BASTEI
LÜBBE
TASCHENBUCH

Über den Autor:

Paul Waters ist Altphilologe und hat einen großen Teil seines Lebens außerhalb seiner Heimat England verbracht – in Afrika, Amerika und Griechenland. *Alles geben die Götter* ist sein erster Roman.

Paul Waters

Alles geben die Götter

Historischer Roman

Aus dem Englischen von
Angela Koonen

BASTEI
LÜBBE
TASCHENBUCH

BASTEI LÜBBE TASCHENBUCH
Band 16 402

1. Auflage: März 2010

Vollständige Taschenbuchausgabe

Bastei Lübbe Taschenbuch in der BASTEI-LÜBBE GmbH & Co. KG

Deutsche Erstausgabe

Für die Originalausgabe:

Titel der Originalausgabe: »Of Merchants and Heroes«
Originalverlag: Macmillan, London

Für die deutschsprachige Ausgabe:

Textredaktion: Andrea Kalbe
Titelillustration: © getty-images / Fototeca Storica Nazionale
Umschlaggestaltung: Christin Wilhelm
Kartenzeichnung: Helmut W. Pesch
Satz: hanseatenSatz-bremen, Bremen
Gesetzt aus der Stempel Garamond
Druck und Verarbeitung: CPI – Ebner & Spiegel, Ulm
Printed in Germany
ISBN 978-3-404-16402-8

Percy: »… des Lebens Zeit ist kurz:
Die Kürze schlecht verbringen, wär' zu lang …«
– Shakespeare, *König Heinrich IV., Teil 1*, 5. Akt., 2. Szene

»In der Fähigkeit zu lieben, das heißt zu sehen,
liegt die Befreiung der Seele von der Fantasie.«
– Iris Murdoch, *Die Souveränität des Guten*

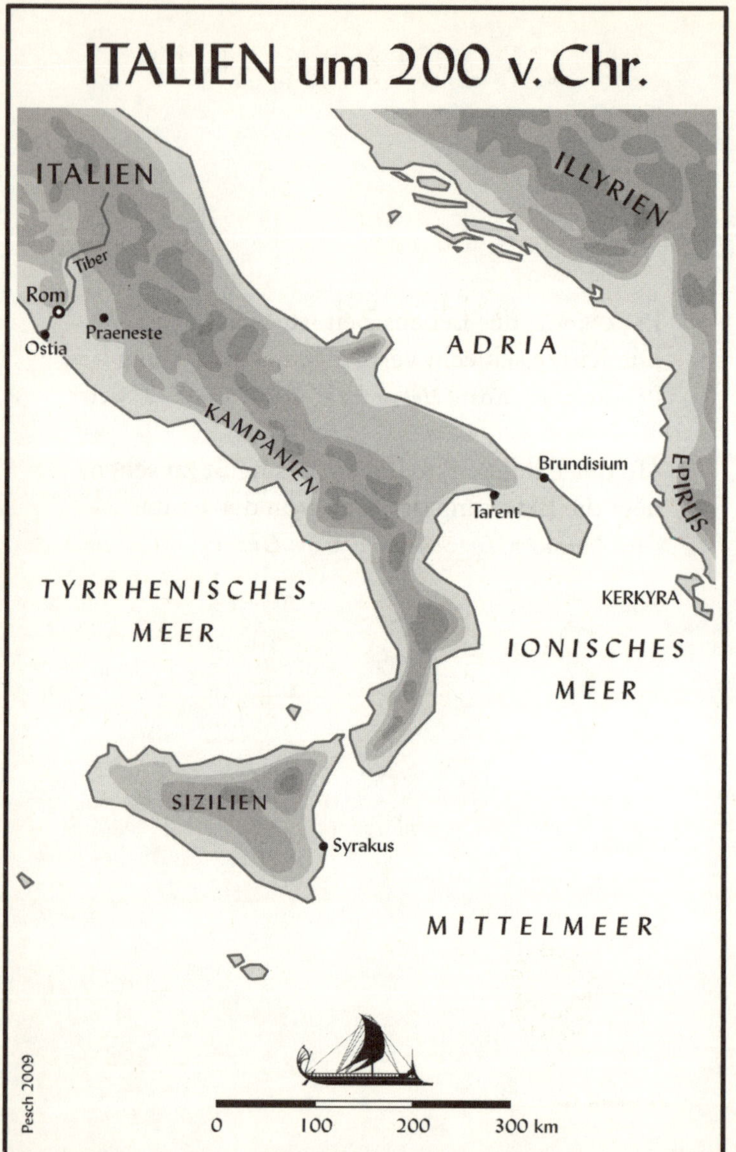
ITALIEN um 200 v. Chr.
ITALIEN
ILLYRIEN
Tiber
Rom
Ostia
Praeneste
ADRIA
KAMPANIEN
Brundisium
Tarent
EPIRUS
KERKYRA
TYRRHENISCHES MEER
IONISCHES MEER
SIZILIEN
Syrakus
MITTELMEER
0
100
200
300 km
Pesch 2009

GRIECHENLAND

Erstes Kapitel

Mit vierzehn Jahren legte ich meine Knabenkleider ab und das Gewand des Erwachsenen an. Wir hielten zu Hause auf dem Hof beim Altar der Laren neben dem Olivenhain eine Zeremonie ab. Die Sklaven und Hofknechte standen dabei, während mein Vater ein Zicklein opferte und danach Wein und Weihrauch.

Ohne darüber nachzudenken, hatte ich angenommen, dass von diesem Tag an alles anders sein würde. Doch am nächsten Morgen, als das Fest vorbei war und meine neue weiße Toga zusammengefaltet in der alten bronzebeschlagenen Kleidertruhe in meinem Zimmer lag, fühlte ich mich noch genauso knabenhaft wie immer. Was es heißt, alles Kindliche hinter sich zu lassen, erfuhr ich erst einige Monate später, als ich einen Mann tötete.

Vermutlich ist das für einen Römer nicht allzu ungewöhnlich, denn damals waren Versprengte von Hannibals Heer noch über ganz Italien verstreut, plünderten Bauernhöfe und überfielen unvorsichtige Reisende. Aber der Mann, den ich tötete, war kein Soldat Karthagos, und ich war auch nicht in Italien, als es geschah. Und obwohl es nicht meine Absicht gewesen war, ihn zu töten, war ich froh, als er tot war.

Mein Vater war ein stiller, frommer und gelehrter Mann. Er hätte nach Rom gehen und sich einen Namen machen können, und dabei auch ein Vermögen, wie es viele damals taten. Doch er pflegte zu sagen, dass Ruhm unter Narren gar keiner sei, und blieb stattdessen lieber auf unserem Hof oben in Praeneste, las Bücher und lebte mit dem Wechsel der Jahreszeiten, wie es seine Vorfahren getan hatten. Er war zu der Zeit fünfzig Jahre alt, hager und grau und verrunzelt. Und bei all seiner Sanftheit war sein Innerstes aus Eisen.

Als ich schon älter war und selbst einige Erfahrungen gemacht hatte, begriff ich allmählich, dass er ein guter Mann war und seine Schweigsamkeit nicht von einem trägen Gemüt kam, sondern Klugheit war. Doch zu der Zeit dachte ich wie jeder vierzehnjährige Junge, er sei zurückhaltend und wortkarg, und ich sehnte mich nach etwas Neuem.

Die Veränderung kam recht bald. Im selben Jahr, dem ersten meines Mannesalters, rief er mich eines Tages zu sich in sein Arbeitszimmer, und kündigte mir seine Absicht an, meinem Onkel auf Kerkyra, wo Rom einen Flottenstützpunkt hatte, einen Besuch abzustatten. Er meinte, es sei an der Zeit, dass ich etwas von der Welt zu sehen bekomme, und er werde mich mitnehmen. Und so kam es in jenem Frühjahr, als die Schafe ihre Lämmer geboren hatten und der Schnee auf den hohen Pässen weggeschmolzen war, dass wir die Küstenstraße nach Süden nahmen und in Brundisium ein Handelsschiff nach Griechenland bestiegen.

Ich weiß noch, dass der Bug einen furchterregenden Schlangenkopf mit aufgerissenem Maul hatte, ein karthagisches Schnitzwerk mit blutroten Augen und blanken Zähnen. Der libysche Matrose mit den goldenen Ohrringen und den öligen schwarzen Haaren lachte, als ich darauf starrte, und flüsterte mir ins Ohr, dass die Schlange die bösen Geister der See abschrecke, die so zahlreich seien. Ein Glücksbringer also. Seitdem verlasse ich mich nicht mehr auf dergleichen.

Die meisten Passagiere waren Kaufleute, die nach Kerkyra und Griechenland wollten, nur ihre Geschäfte im Kopf hatten und ihre Bedeutung an der ihres Nachbarn maßen. Sie saßen auf dem Achterschiff unter einem Sonnendach oder lehnten sich auf die Reling und schauten ernst aufs Wasser, murmelten Gebete für eine glückliche Überfahrt oder schwatzten laut mit gespielter Zuversicht. Denn eine Seereise ist immer unsicher.

Und da war dieses Mädchen.

Sie blieb stets für sich und stand mit ihrem überbesorgten griechischen Lehrer an der Reling gegenüber. Sie hatte feine Gesichtszüge, auf dem Kopf trug sie einen Schleier aus weißer Seide. Schon während ihr Gepäck an Bord getragen wurde, heftete der Libyer seine Blicke auf sie. Er saß auf einer Taurolle, stocherte sich mit langen Fingernägeln in den glänzenden Haaren und starrte wie eine Eidechse. Einmal drehte sie sich um und ertappte ihn; da sah er weg. Er machte dabei ein seltsames Gesicht, wie ein Hungernder. Inzwischen habe ich diesen Ausdruck viele Male gesehen, aber damals war ich jung und konnte ihn nicht deuten.

Was mich angeht, so gefiel es mir, dass sie für sich blieb und die schwatzenden Kaufleute nicht beachtete. Sie strahlte eine natürliche Würde aus, ruhte in sich selbst, wie ein alter Mensch im Körper eines Kindes.

An diesem strahlenden Morgen ahnte ich nicht, dass sie die Fundamente meines Lebens einreißen sollte. Das ist die Blindheit, die die Götter den Menschen gewähren, um sie vor Wahnsinn zu bewahren. Die Parzen weben, was sie weben, und kein Gott kann das Werk ihrer Hände wieder entflechten.

Die Piraten kamen am Nachmittag des zweiten Tages.

Wir hatten das offene Meer zwischen Italien und Griechenland bereits überquert und segelten nach Süden an den dunklen Felsen und bewaldeten Hängen der Küste von Epirus entlang. Schon ragte verschwommen am Horizont der Gipfel Kerkyras auf, und die Reisenden kamen, das Ende der Überfahrt erwartend, an Deck. Ich sah meinen Vater mit ernster Miene nicken, während ihn ein Händler mit seinen Geschäften langweilte.

Ich drehte mich wieder zum Wasser hin. Ich saß beim Anker im Bug, ließ die Beine über den Rand baumeln und hielt nach Delphinen Ausschau. Das Mädchen war herübergekommen und stand in meiner Nähe im Schatten des großen Rahsegels. Plötzlich trat sie zu mir und fragte: »Was ist das?«

Ich sah sie an, dann folgte ich ihrem Blick. Zuerst konnte ich nichts entdecken außer dem stillen, felsigen Küstenstreifen, der rosa-violett in der aufgehenden Sonne lag. Ich hielt mir die Hand über die Augen.

»Nein, dort«, sagte sie und zeigte mit dem Finger.

Sie meinte eine kleine waldige Insel, die sich so nah am Festland befand, dass ich sie zuerst für eine Landzunge hielt.

Dort war ein flaches, wendiges Boot in Sicht gekommen, das mit kräftig schlagenden Riemen sehr schnell auf uns zuhielt.

Ich starrte es begriffsstutzig an und wunderte mich, warum ein Fischerboot es so eilig hatte und so viele Männer benötigte. Hinter diesem kam aus dem Schutz der Insel ein zweites hervor, und die ersten kalten Finger der Angst krochen mir den Rücken hinauf.

Es wurde still. Dann stieß ein Passagier an der Achterhütte einen Schrei aus, und plötzlich herrschte überall Geschrei und Gerenne. Der Rudergänger ließ das Ruder los, das Schiff begann sich der Küste zuzudrehen. Über den Lärm hinweg brüllte der Lotse seine Befehle, doch niemand achtete auf ihn.

Von meinem Platz im Bug sah ich mich erschrocken nach meinem Vater um, und mein Blick blieb an dem Gesicht des Libyers hängen. Er saß still abseits. Ich glaubte zuerst, er schliefe, bis er den Kopf drehte und das Mädchen mit kalten Augen angaffte.

Ich hatte keine Zeit, mir darüber Gedanken zu machen. Ihr Lehrer hastete mit wilden Armbewegungen heran und stieß die Leute zur Seite, die ihm in die Quere kamen. Sowie er in Hörweite kam, begann er zu jammern, dass wir alle sterben würden.

Bis dahin meinte ich, das Mädchen habe die Gefahr noch nicht erkannt. Doch dann sagte sie mit harter, klarer Stimme: »Ja, Gryllos. Ich habe es gesehen. Kannst du schwimmen?«

Zur Antwort glotzte er voll Schrecken auf das Wasser.

»Nein«, sagte sie. »Ich auch nicht. Wir werden also abwarten müssen, was diese Piraten wollen.« Sie blickte flüchtig über die panischen Menschen. Dann sagte sie: »Du bist ein Mann und ein Sklave und ich die Tochter eines Senators. Also beruhige dich. Sie wollen vor allem mich.«

Sie drehte sich wieder zur Reling und begegnete meinem Blick. Sie war älter als ich, aber nur ein oder zwei Jahre. Hier waren dreimal so alte Männer, die sich die Haare rauften und zu den Göttern schrien. Nicht dass sie keine Angst hatte; sie war aschfahl im Gesicht, und ich sah, als sie an die Reling griff, dass ihre kleine Hand zitterte. Aber sie drängte ihre Angst zurück und bezwang sie, so jung sie war.

All das wurde mir in einem Augenblick deutlich, und auch, dass ich sie um keinen Preis meine Furcht spüren lassen wollte. Darum schluckte ich mein Entsetzen herunter, stellte mich neben sie und sagte in dem feierlichen Ton meines Vaters, wenn er die Götter anrief: »Ich lasse nicht zu, dass sie dir etwas tun. Das verspreche ich.«

Sie wandte mir überrascht das Gesicht zu. Der Schleier war ihr vom Kopf gerutscht. Der Wind spielte in den Falten und mit den Haarsträhnen, die darunter hervorkamen. Wenn ich an sie denke, sehe ich dieses Bild vor mir. »Danke«, sagte sie nach einem Moment und lächelte mich an wie eine Mutter ihr unschuldiges Kind.

Dann drehte sie sich scharf zu dem jammernden Sklaven um. »Sei still, Gryllos! Schäm dich!«

Die Piraten fielen über unser Schiff her wie Hunde über einen verwundeten Hirsch. Der Lotse erhob Einspruch, und sie töteten ihn. Den Libyer begrüßten sie wie einen alten Freund, klopften ihm lachend auf die Schulter und scherzten mit ihm, während sie uns an Land zerrten und den Berg hinaufzwangen. Ich belauschte sie. Wie ich hörte, sprachen sie eine Abart des Griechischen, so viel hatte ich von dieser Sprache gelernt, aber es klang fremd und ungehobelt. Ich fragte meinen Vater, was das für Leute seien.

»Illyrer«, antwortete er mit einem grimmigen Blick auf unsere lachenden Entführer. »Ein Volk von Piraten und Dieben sind sie.«

Wir wurden einen steilen, schmalen Pfad entlanggeführt, der zwischen Felsen aufstieg, und konnten nur miteinander sprechen, wenn unsere Feinde nicht in Hörweite waren, sonst schlugen und stießen sie uns und drohten uns mit dem Messer. Ein Stück vor mir konnte ich die Senatorentochter neben dem Libyer sehen und bemerkte leise: »Das Mädchen sagte, sie sei es, die sie wollen.«

»Was sie wollen, ist Gold«, erwiderte mein Vater. »Sie werden ein Lösegeld fordern, im Austausch für ihr Leben.«

Ich deutete mit dem Kopf auf den Libyer. »Dieser Mann wusste davon.« Und dann, als mein Verstand weiter arbeitete: »Aber was wird aus uns, Vater?«

Einen Moment lang schwieg er. Dann antwortete er: »Wir haben kein Gold, das wir ihnen geben könnten.«

Ich sah ihn an und überlegte, was das bedeutete. Ich war jung, aber nicht dumm. Meine nächste Frage schluckte ich herunter.

Vorne sah ich eine plötzliche Bewegung. Der Arm des Libyers fuhr in die Höhe und zog dem Mädchen den dünnen weißen Schleier vom Kopf. Ihr Haar war im Nacken mit einer Spange aus weiß emailliertem Gold zusammengesteckt. Das filigrane Schmuckstück glänzte in der Sonne. Auch das riss er ihr vom Kopf und hielt sich nicht erst damit auf, die Spange zu öffnen. Selbst von Weitem konnte ich die blonden Haare sehen, die er mit ausgerissen hatte. Das musste schmerzhaft gewesen sein, doch sie war nicht einmal zusammengezuckt. Sie ließ sich nicht herab, es zu bemerken, sondern ging weiter.

Mein Vater hatte es bemerkt. Sein Gesicht war hart und reglos, wie aus Holz, und seine Augen funkelten vor Zorn.

Die Piraten hatten ihr Lager in den Ruinen einer Stadt aufgeschlagen. Eine gewaltige Umwälzung musste die Bewohner zur Flucht getrieben haben. Sie war verlassen. Verwitterte weiß getünchte Mauern und eingefallene Dächer breiteten sich über das Hochplateau bis zum Waldrand aus. Der Anführer wartete auf dem einstigen Marktplatz. Er stand auf den Stufen des Tempels und schaute aufs Meer.

Er sah nicht aus wie die anderen Piraten, die dunkelhäutig und stämmig und mit erbeutetem Schmuck behängt waren. Sein Gesicht war breit und knabenhaft, und ein Wust flachsblonder Locken fiel ihm auf die Schultern herab.

In einer Bronzeschale auf dem Altar brannte ein Kohlenfeuer. Als wir näher kamen, nahm er eine Handvoll Weihrauch aus einem Korb und warf ihn hinein. Der Weihrauch zischte und spritzte und schickte eine blaue Rauchwolke zwischen die ausgeblichenen Säulen. Dann drehte sich der Mann zu uns herum und grinste. Fast schien er freundlich, bis man seine Augen sah, die finster und verschlagen blickten.

Neben mir erhob jemand seine Stimme, die zorngeladen und voll Abscheu war. »Du wagst es, den Göttern, die die Ordnung der Welt bewahren, Ehre zu bezeigen?« Ich brauchte einen Augenblick, um zu begreifen, dass es mein Vater war.

Die anderen Gefangenen starrten ihn an. Doch der blonde Pirat warf den Kopf zurück und lachte.

»Glaubst du etwa, alter Mann«, rief er, »ich ehre Zeus, den Herrscher im Donnergewölk? Oder den ferntreffenden Apollon? Oder Eintracht? Oder Gerechtigkeit?«

Er fegte mit dem Arm durch den Rauch, dass er zerstob. Dann sprang er die Stufen hinab.

Von Nahem sah ich, dass seine knabenhafte Hübschheit voller Makel war. Seine Wangen unter dem kurz geschnittenen Bart waren pockennarbig, um die Augen hatte er Runzeln, sodass sie auf befremdliche Weise älter wirkten als der ganze Mann, so als wohnte ein Greis in einem jungen Gesicht. Mit wilder Geste zeigte er auf den Tempel. Das Dach war seit Langem eingestürzt, die bleichen Säulen ragten in den leeren Himmel auf und trugen nichts. In der Cella, wo einst das Standbild des Gottes seinen Platz hatte, häuften sich die geraubten Schätze: gediegene Truhen aus dunklem Holz mit Messing und Eisen beschlagen, große Amphoren mit Wein und Öl, reich verzierte Kästchen, in denen Männer ihr Erspartes und Frauen ihren Schmuck zu verwahren pflegten, und zwischen alldem besticktes Leinen, Seiden und fein gefärbte Wolle, Mäntel und Kleider, die aus umgestürzten Truhen quollen und über die Steinplatten geworfen waren wie wertlose Lumpen. Wenn ihre Eigentümer je freigekauft wurden, so ohne ihre Kleider.

»Die Götter sind entschwunden!«, schrie der blonde Pirat meinen Vater an. »Darum wähle ich mir eigene Götter – was könnte besser sein? Soll ich dir ihre Namen nennen? Sie heißen Zügellosigkeit und Gottlosigkeit! Große Zügellosigkeit, die die Welt regiert, und Gottlosigkeit, die mich an ihrem üppigen Busen nährte.«

Lachend schlug er sich auf die Schenkel, dass die anderen Piraten mit einfielen. Es machte ihm Spaß.

»Entsetzt dich das, alter Mann?«, fragte er plötzlich ernst. »Aber sieh mich an!« Er breitete die Arme aus wie ein Mann, der mit seiner neuen Tunika prahlt. »Ich bin reich und mächtig. Ich habe alles, was ich mir wünsche. Und du? Du bist mein Gefangener, ein gebrochener alter Narr wie all die anderen. Ich lebe und gedeihe, und du wirst bald tot sein.« Er zog eine Miene spöttischer Ratlosigkeit und hob fragend den Finger. »So sag mir denn, wessen Götter größer sind, meine oder deine?«

Er wandte sich ab. Ich glaube nicht, dass er eine Antwort erwartet hatte. Doch mein Vater zeigte zum Rand des Plateaus, wo ein alter knorriger Olivenbaum aus einer Felsspalte wuchs. Der Baum war halb abgestorben. An einem der blattlosen Zweige gedieh ein grässlicher Pilz. Mit einem Mut, der mir an ihm gänzlich unbekannt war, sagte er kalt und ohne Zittern: »Es gibt Geschöpfe, die leben, indem sie anderen die Lebenskraft entziehen. Eine Zeit lang gedeihen sie, aber wenn ihr Wirt, von dem sie sich ernähren, stirbt, sterben auch sie, denn allein sind sie nichts.« Er blickte herausfordernd auf den Baum. »Erkennst du ihn? Das ist ein Parasit. Wie du einer bist.«

Es folgte ein entsetztes Schweigen. Die Entführten starrten meinen Vater mit großen Augen an. Man hörte nur den heiseren Klang der Zikaden.

Der Pirat zog die Brauen zusammen, das Grinsen verlor sich. Von hinten empörten sich die Gefangenen und riefen diesem Barbaren zu, mein Vater habe es nicht so gemeint und er spreche nur für sich selbst, die Angst habe seinen Verstand aus den Angeln gehoben, und sie würden das Geld für ihre Auslösung beschaffen. So plapperten sie weiter und drängten vorwärts und streckten flehend die Arme aus. Mein Vater drehte nicht den Kopf oder zollte ihnen irgendwelche Beachtung. Er machte eine Miene ruhiger Geringschätzung.

Plötzlich fuhr der Pirat sie an. »Haltet das Maul«, brüllte er.

Sie verstummten wie vom Donner gerührt. Alle außer dem griechischen Sklaven, der alle Selbstbeherrschung verloren hatte. Er setzte sein zittriges Wimmern fort, das sich anhörte wie das eines Klageweibs oder eines Fuchswelpen.

Der Pirat stand vor meinem Vater und musterte ihn. Es entstand eine Pause. Dann griff er sich in seine filzigen blonden Haare, tastete darin herum und zog etwas mit Daumen und Zeigefinger heraus. Eine Laus. Die hielt er meinem Vater vor die Augen.

»Sieh!«, sagte er grinsend. »Ein Parasit. Einer meiner Brüder.« Er zerdrückte das Tier und wischte sich die Finger an seinem Lederumhang ab. Dann lachte er, und nach einem Moment des Zögerns schlossen sich seine Gefangenen an, um sich bei ihm einzuschmeicheln.

Alle außer meinem Vater und mir. Und dem Mädchen. Wir sahen ihn stumm an.

Ganz allmählich erstarb das Gelächter. So gezwungen es war, wollte doch niemand der Erste sein, der damit aufhörte. Dann trat der Libyer hervor.

»Nun?«, fragte der blonde Pirat.

Der Libyer stieß das Mädchen grob nach vorn. Seine Zähne leuchteten weiß, als er sagte: »Die Nachricht ist schon unterwegs, Dikaiarchos. Ich selbst habe dafür gesorgt, bevor wir in Brundisium ablegten. Ihr Vater wird sie inzwischen bekommen haben.«

»Er wird euch gar nichts zahlen.«

Der Blonde, der sich Dikaiarchos nannte, schaute sie schmollend an. »Nein? Aber ganz bestimmt wird er. Er ist ein sehr reicher Mann, und du bist seine einzige Tochter. Auf eine Schiffsladung Gold kann er leicht verzichten, aber nicht auf dich.«

Er lächelte sie süßlich an, sie blickte zornig. Ihr Sklave wimmerte in einem fort und kaute vor Angst auf seiner Hand. Dikaiarchos runzelte seufzend die Stirn und machte eine schnelle Geste. Darauf drehte sich der Libyer herum, zog mit einer flinken fließenden Bewegung einen Krummdolch aus dem Gürtel und schnitt dem Sklaven die Kehle durch.

Der fiel nieder und starb wie ein Opfertier. Wir alle starrten schaudernd auf den Toten, der in seinem Blut lag. Ich glaube, das war der Augenblick, wo ich begriff, was auf uns alle wartete.

»Schaff die Gefangenen weg«, sagte Dikaiarchos, wandte sich ab und stieg die Tempeltreppe hinauf, drehte aber noch einmal den Kopf, als der Libyer seinen Namen rief.

»Du hast gesagt, ich darf sie haben. Du hast es versprochen.«

Dikaiarchos rümpfte angewidert die Nase. »Hab ich das? Ach ja. Nun, dann nimm sie dir. Aber ohne Spuren. Keine Sauerei.«

Bei diesen Worten rannte das Mädchen los. Doch der Libyer war aufmerksam. Er fing sie ein, umschloss mit blutiger Hand ihren Arm. Einen Moment lang wehrte sie sich, doch die Vergeblichkeit musste ihr klar gewesen sein, und so gab sie auf und blickte nur stumm und starr geradeaus wie ein gefangener Vogel.

Wir wurden weggeführt durch die verlassene Stadt und eine steile Straße zwischen verfallenen Häusern hinauf.

Einmal drehte das Mädchen sich um. Ich sah ihr Flehen und dann die Hoffnungslosigkeit der anderen, die wegschauten.

Ich hatte gedacht, soweit ich noch zum Denken fähig war, der Libyer würde sie an einen abgeschiedenen Platz mitnehmen, doch auf halber Höhe zog er sie wie ein Mann, der sich dringend erleichtern muss, auf die Seite, drückte sie mit dem Unterarm gegen die Mauer und zwang seine blutige Hand zwischen ihre Beine.

Die anderen Gefangenen wandten den Blick ab, doch nicht um das Mädchen, sondern um sich selbst zu schonen. Die übrigen Piraten glotzten wie Hunde, die auf ihr Futter warten, und ich begriff, dass der Libyer nur der Erste sein würde. Mein Herz füllte sich mit Scham und Abscheu gegen alle Männer. Aber ich drehte mich nicht weg.

Der Libyer schnaufte und raunte ihr Worte ins Ohr. Bei seiner nächsten Bewegung fiel ein Strahl der sinkenden Nachmittagssonne auf die Bronzebeschläge seines Gürtels. Dort sah ich die Hand des Mädchens sachte vorwärtstasten. Es sah aus wie eine Umarmung, doch es war keine. Langsam glitten ihre Finger an den Nieten entlang auf den Dolch zu, der in seiner Lederscheide steckte.

Mein Vater bemerkte das auch. Kaum wahrnehmbar drehte

er den Kopf. Dann schrie er aus Leibeskräften: »Bei den Göttern! Kennst du denn gar keine Scham?«

Sofort drängten ihn die anderen Gefangenen vorwurfsvoll flüsternd zum Schweigen, zischten durch die Zähne, er habe schon genug getan, damit sie alle umgebracht würden. Der Pirat, der am nächsten stand, schlug meinem Vater mit der Faust ins Gesicht. Er taumelte, und als er sich wieder aufrichtete, blutete er an Mund und Nase. Doch das verschaffte dem Mädchen den nötigen Augenblick.

Ihre zierlichen Finger schlossen sich um das Heft des Dolches. Ich sehe die Waffe noch vor mir. Sie war milchweiß, aus Elfenbein oder anderem Knochen, und rot vom Blut ihres Lehrers. Behutsam führte sie die Hand aufwärts, unauffällig mit den Bewegungen des Libyers, hielt inne, drückte die Faust entschlossen zu, und mit einem klaren Schrei stieß sie ihm die Klinge in die wogende Seite.

Brüllend, die Eidechsenaugen weit aufgerissen, drehte er sich einmal um die eigene Achse. Das Mädchen stach ein zweites Mal zu, in den Bauch, dann, als er zu taumeln begann, stieß sie ihn von sich und rannte.

Die Straße führte steil aufwärts über Marmorstufen, aus deren Rissen Thymian und Gras sprossen. Oben, wo sie eine Biegung machte, befand sich eine niedrige, kniehohe Mauer, und dort blieb sie stehen.

Der Libyer stolperte hinter ihr her, drückte eine Hand auf seine blutende Seite und fuchtelte mit der anderen. Ich konnte nicht begreifen, warum sie stehen blieb. Ihr Verfolger würde gleich bei ihr sein.

»Lauf!«, schrie ich. Dann sah ich, was sie aufhielt.

Die Straße machte keine Biegung. Sie endete dort an der niedrigen Mauer, und dahinter ging es steil in die Tiefe.

Das Mädchen schaute und zögerte. Der Libyer, der ihre Lage erkannte, brüllte ihr entgegen, was er ihr alles antun werde. Sie warf einen letzten flüchtigen Blick auf ihn, dann drehte sie sich um, stieg auf die Mauer und trat so unbekümmert über den Rand, als wäre er die Schwelle eines Hauses.

Es war still.

Der Libyer griff ins Leere. Er spähte in die Tiefe. Dann fing er an zu lachen. Und dieses Lachen, ein grausames, Angst einflößendes Lachen, das klang, als stiege es aus einem fauligen Ort seiner Seele auf, löste endlich meine rasende Wut und trieb mich zu meiner Tat.

Unsere Entführer hatten in ihrer Bestürzung vergessen, uns festzuhalten. Ich brach aus, rannte geduckt an ihnen vorbei, und als der Libyer sich herumdrehte, rammte ich ihn mit aller Kraft an seiner verwundeten Seite.

Er schrie vor Schmerzen und versetzte mir einen Fausthieb am Kopf. Doch ich musste ihm das Gleichgewicht genommen haben, denn er wankte rückwärts, riss die Arme hoch und kippte mit verwundertem Gesicht über die Mauer in den Abgrund. Seinen Tod vor Augen stieß er einen langgezogenen Schrei aus. Der Schrei verstummte, und es war wieder still.

Die anderen Piraten scharten sich um die Stelle und gafften in die Tiefe. Dann drehten sie sich nach mir um.

Ich hörte meinen Vater rufen: »Lauf! Such deinen Onkel. Caecilius heißt er. Vergiss es nicht!« Dann wechselte er ins Griechische und schrie die Piraten wild fuchtelnd an: »Euer Freund ist selbst schuld, dieses Tier, und sein Tod war gnädig verglichen mit dem, den ihr erleiden werdet, wenn unsere Soldaten kommen.«

Ich sah ihn an. Einen Moment lang trafen sich unsere Blicke, und plötzlich begriff ich mit aller Schärfe seine Absicht.

Er fuhr fort zu schreien wie ein Verrückter, rief den Fluch der Götter herab, beschimpfte die Piraten, dass sie schlimmer seien als Bestien. Da drehte ich mich um und rannte. Ich sprang durch ein Fensterloch, wand mich zwischen jungen Bäumen und verworrenen Zweigen durch und rannte durch die eingefallenen Häuser um mein Leben.

Die Dämmerung brach rasch herein. Ich hörte die Schritte meiner Verfolger, und einer schrie auf. Dann sagte ein anderer: »Lass ihn laufen. Es ist gleich dunkel. Den holen sich die Wölfe, ehe es Morgen wird.«

Ich langte in einem ehemaligen Garten an, der zu einer prächtigen Villa gehört haben musste. Es gab darin ein Wasserbecken und eine efeuüberwachsene Statue. Ich kletterte über eine Ziegelmauer und stieg einen steilen Abhang hinauf. Oben gelangte ich auf eine Terrasse mit überwucherten Weinstöcken. Dahinter begann ein dichter Pinienwald. Erst dort hielt ich an und schaute zurück.

Jenseits des Plateaus versank die Sonne in blendend roter Glut im Meer. Zuerst konnte ich nichts anderes erkennen. Aber dann sah ich unten in der Ruinenstadt eine Fackel zwischen den Häusern und die Schar der Piraten und ihrer Gefangenen und in ihrer Mitte den Blonden, den sie Dikaiarchos nannten.

Er hielt ein Schwert in der Hand. Vor ihm ausgestreckt am Boden lag mein Vater.

Ich dachte, es läge an den langen Schatten der Dämmerung und dem hellen Fackelschein, dass sein Kopf nicht zu sehen war. Dann trat der Fackelträger näher, und ich erkannte, was sie ihm angetan hatten.

Ein Bauer setzt sein Feld in Brand. Das Feld brennt ab, und hinterher ist da nichts mehr. Genauso war mir zumute. Ich konnte mir keine Zukunft vorstellen. Meine Vergangenheit schien nur ein Traum gewesen zu sein. Das einzig Wirkliche war mein Schmerz.

Tagelang wanderte ich durch Waldschluchten, erwartete jeden Moment eine erneute Gefangennahme oder den Angriff der Wölfe, den die Piraten vorhergesagt hatten. Mein Essen bestand aus Beeren und Wurzeln und was mir sonst begegnete, und es kümmerte mich nicht, ob sie giftig waren oder nicht.

Endlich gelangte ich an einen langen, flachen Sandstrand, an dem niemand war außer einem alten Fischer, der dort saß und seine Netze flickte. Er sprach Griechisch oder eine Abart davon und erklärte sich bereit, mich über die Meerenge nach Kerkyra überzusetzen.

Jeder Mensch sollte einmal im Leben erfahren, wie es ist, mittellos in einer fremden Stadt anzukommen. Bis dahin hatte ich mir nicht überlegt, welchen Anblick ich bot. Ich war vom Kopf bis zu den Füßen verdreckt, meine Tunika beim Sturz über eine Geröllhalde zerrissen, meine Hände und Knie waren aufgeschürft.

Ich schlenderte durch die Stände des Hafenmarkts und versuchte Leute anzusprechen, um zu erfahren, wo das Haus des Caecilius sei. Doch ehe ich etwas sagen konnte, schüttelten sie schon den Kopf und wandten sich ab. Und während es um mich herum nach gebratenem Fisch, Früchten und Honigkuchen duftete, nagte der Hunger an meinen Eingeweiden wie eine Krankheit.

Kerkyra zu erreichen war das Einzige, das mich aufrecht gehalten hatte. Nun, nach so vielen Tagen erzwungenen Vorwärtsschreitens, brach in mir etwas zusammen, und ich gab mich der Verzweiflung hin.

Bei einer Mauer am Rand des Marktes setzte ich mich hin und ließ den Kopf in die Hände sinken. Ich hätte weinen mögen, wenn ich es gekonnt hätte. Aber das hatte ich nicht mehr getan seit dem Tag, wo ich den Piraten entkam – wo mein Vater starb, um mich zu retten. Als ich so vor mich hinstarrte, hörte ich durch das Geplapper der Griechen, Epiroten und Phöniker die vertrauten Töne des Lateinischen.

Sie kamen von zwei Matrosen des römischen Flottenstützpunkts. Zuerst begegneten sie mir mit dem gleichen Misstrauen wie die anderen Leute. Aber dann stieß ich in einem Wortschwall hervor, was geschehen war, und als sie hörten, dass ich Römer war, blieben sie stehen und hörten mir zu.

Ja, sagten sie, der Name sei ihnen bekannt – Caecilius, ein Mann aus Kampanien, der die Handelsstation leite und die Flotte versorge. Ob das der Mann sei, zu dem ich wolle. Unendlich erleichtert versicherte ich, er sei der Richtige, obwohl ich es in Wirklichkeit gar nicht wusste. Einer der beiden kannte den Weg zu seinem Haus. Er ginge ohnehin dort entlang und könne mich hinbringen, wenn ich wollte. Und so geleiteten sie mich durch enge, belebte Straßen der Stadt Kerkyra den Berg hinauf zu der hohen, weiß getünchten Mauer eines Anwesens, das über den Hafen blickte.

Der Haushalter musterte mich von oben bis unten und befahl mir, draußen vor der Tür zu warten, ließ mich wie einen Bettler vor dem schmiedeeisernen Tor stehen, während er gemächlich ins Haus zurückging, um seinen Herrn zu fragen.

Nach einer Weile kam er wieder. Der Herr sei beim Abendessen und bewirte wichtige Freunde, aber ich solle mitkommen und mich waschen. Mein Onkel werde mich gleich empfangen, sobald er Zeit habe.

Er führte mich in ein Bad hinter dem Haus, befahl dem Diener, mir frische Kleider zu geben, und ließ mich allein.

Ich saß am Rand eines großen Marmorbeckens und sah mich um. Der Raum war mit lapislazuliblauen Kacheln und Wandgemälden geschmückt, auf denen dralle nackte Dryaden in Waldseen badeten. Es gab einen marmornen Handtuchständer mit goldenen Beschlägen und in der Ecke einen Tisch mit einer Steinplatte, darauf kleine Duftkrüge in bunten Glasgefäßen. Ich konnte mir keinen größeren Unterschied zu meinem schlichten Zuhause vorstellen, und während ich mich mit einem großen weichen Schwamm wusch, wunderte ich mich zum ersten Mal, warum mein Vater die Absicht gehabt hatte, hierherzureisen.

Zweifellos teilen alle Kinder zunächst den Geschmack ihrer Eltern, bis sie für sich selbst zu denken beginnen und sich verändern und danach trachten, etwas Besseres zu werden. Aber nicht jede Veränderung ist ein Fortschritt. Ich erinnerte mich, wie mein Vater über die neuen vornehmen Männer Roms lachte, die zielstrebigen, ehrgeizigen Ritter, die ihre Höfe in den Händen von Verwaltern ließen und in die Stadt zogen, um ihr Glück zu machen. Geschmack und Weisheit, pflegte er zu sagen, wechseln nicht mit den Jahreszeiten. Und diese Leute jagten ihrem eigenen Schatten nach. Und dennoch hatte er sein geliebtes Heim verlassen und sich aufgemacht, um diesen seltsamen reichen Mann in seinem Haus zu besuchen. Und es hatte ihn das Leben gekostet. Ich konnte es nicht begreifen.

Der Badediener brachte mir eine saubere Tunika der groben Machart, wie sie von Sklaven getragen wird, und trug meine alten Kleider zum Ofen wie eine Küchenmagd eine tote Ratte. Nach angemessener Zeit kam der Haushalter und sagte, mein Onkel wolle mich jetzt empfangen.

Ich hatte erwartet, dass er seine Gäste nach Hause geschickt hätte und ich ihn trauernd vorfände. Doch als der Haushalter mich durch den Garten führte, hörte ich männliches Gelächter durch den Säulengang schallen. Man war noch beim Wein.

Mein Onkel Caecilius lag auf einem Speisesofa, nach griechischer Art auf einen Ellbogen gestützt, und balancierte einen großen, reich verzierten Weinkelch in der Hand. Ich sah deutlich, dass er für eine große Gesellschaft zurechtgemacht war. Er trug eine lange Robe aus fein gekämmter hellgrüner Wolle, rote Hirschledersandalen mit goldenen Schnallen und auf dem Kopf einen üppigen Kranz aus Frühlingsblumen. Seine Haare waren glänzend schwarz, sein Gesicht jedoch war blass und dicklich. Neben ihm lag eine junge, spärlich bekleidete Frau mit kunstvoll geflochtenen und hochgesteckten Haaren. Sie schaute mich aus geschminkten Augen an. Selbst eine Unschuld vom Land wie ich konnte erkennen, dass sie nicht seine Gattin war.

»Ah, Marcus«, rief er ein wenig zu laut. »Wir dachten, du

seist tot. Wärst du ein bisschen früher gekommen, hättest du mit uns speisen können. Aber sag dem Sklaven, er soll dir etwas aus der Küche geben. Du wirst doch aber sicher einen Becher Wein trinken?« Er winkte einem Knaben in der Ecke, der daraufhin aus einem Krug ausschenkte.

Ich sagte: »Ich bin am Leben, Herr, aber mein Vater ist tot. Wir wurden von Piraten gefangen genommen.« Das hatte ich alles schon dem Haushalter erzählt und angenommen, er würde es meinem Onkel berichten.

Und das hatte er getan. Denn Caecilius sagte, seinen Weinkelch schwenkend: »Ja, das ist wirklich sehr bedauerlich und wird für deine Mutter eine unwillkommene Überraschung sein. Doch darüber können wir ein andermal sprechen ... Aber sag mir doch, wie ist sie?«

Ich blickte ihn an und dachte: Er ist betrunken, er begreift überhaupt nichts. Ich warf einen Blick auf seine Gäste. Sie waren alle mittleren Alters wie mein Onkel, jeder hatte eine Gefährtin bei sich. Sie schauten mich mit glänzenden Augen und erstarrter Lustigkeit an, und plötzlich hatte ich das Gefühl, ein peinliches Schauspiel zu bieten.

Den Mund halb geöffnet, schaute mein Onkel zu mir hoch, und ich merkte, dass er auf meine Antwort wartete. Es gelang mir, das eine oder andere zu sagen, doch dabei überlegte ich wie schon viele Male zuvor, was ich meiner Mutter sagen, wie ich ihr erklären könnte, dass ich den Tod meines Vaters herbeigeführt hatte.

Mich befiel eine große Müdigkeit. Völlig ratlos schlug ich die Augen nieder, und mein Blick fiel auf die junge Frau. Ihre Finger- und Zehennägel waren hellrot bemalt, sie trug ein Kleid aus hauchdünner Seide, durch die ich ihre Brüste und die geschminkten Brustwarzen sehen konnte. Sie zog einen Schmollmund und starrte mich mit glänzenden, leeren Augen an.

Ich beachtete sie nicht weiter, sondern wandte mich wieder an meinen Onkel. »Ich danke dir für deine Gastfreundschaft und für die sauberen Kleider, Herr«, sagte ich wieder gefasst. »Aber ich bin sehr müde und würde mich gern schlafen legen.«

Kurz blickte er mich stirnrunzelnd an, aber dann winkte er den Knaben weg, der mit dem Wein gekommen war, und rief: »Ja, ja, geh und schlafe also. Der Sklave wird dir ein Zimmer anweisen.«

Kaum hatte ich den Innenhof verlassen, hörte ich neues Gelächter und das Klirren der Weinkelle, als die Becher nachgefüllt wurden.

Ich bekam ein Zimmer im oberen Stock mit einem Fenster, das auf den Hafen blickte. Am nächsten Tag, als ich ausgeschlafen und satt war, sagte ich mir, dass ich eine wichtige Zusammenkunft meines Onkels gestört haben musste und dass er heute anderer Stimmung wäre.

Erst am späten Vormittag kam der Sklave mich holen.

Caecilius saß in seinem Arbeitszimmer hinter einem großen Tisch mit grüner Onyxplatte, auf dem Schriftrollen und Tafeln mit Berechnungen verstreut lagen. Sein Gesicht war aufgedunsen und grau. Neben seinem Arm standen eine kleine Flasche Wein und ein halb leerer Becher.

Er bedeutete mir, Platz zu nehmen, und nach einer Weile schob er seine Geschäftsbücher beiseite und sah mich an. Dann stellte er Fragen über unseren Hof: die Ernten und Gebäude, die Anzahl der Sklaven, Felder, das Vieh und die Aufteilung des Landes.

Ich gab so gut ich konnte Auskunft, während ich mich wunderte, was ihn das anging. Unterdessen nickte er zu meinen Antworten und schrieb hin und wieder etwas auf eine Wachstafel. Er schien etwas zu überlegen. Doch was es war, sagte er nicht, und schließlich wechselte er das Thema und begann von seinen eigenen Angelegenheiten zu sprechen: wie er die Flotte von Italien und Griechenland aus belieferte, welche Schwierigkeiten er mit Dienern und Sklaven hatte und über einige Dinge, die mit Maklern und Frachtgütern zu tun hatten. Dann entließ er mich, sagte, er habe eine Verabredung auf der Werft und wir würden das Gespräch bald fortsetzen.

Den Rest des Tages wartete ich, doch er schickte nicht nach mir. Am folgenden Morgen ging er früh aus und kam erst in der Nacht zurück.

So vergingen drei Tage. Dann vier. Jeden Morgen erwartete ich, er würde mir mitteilen, dass er meine Heimreise in die Wege geleitet habe. Zuerst dachte ich, er wollte mich zur Erholung dabehalten, doch am fünften Tag, als ich das Warten leid war, ging ich ungefragt in sein Arbeitszimmer und sprach ihn darauf an.

Ich hatte schon überlegt, ob es eine Frage des Geldes sei, wenngleich er davon reichlich zu haben schien, und so begann ich mit den Worten: »Herr, ich weiß, dass ich nichts habe, um meine Überfahrt bezahlen zu können, aber ich bin sicher, meine Mutter wird, wenn sie hört, dass ...«

»Nanu, Marcus«, sagte er und schnitt mir mit einer Geste das Wort ab. »Das ist nicht der rechte Augenblick, um über Geld zu sprechen, nicht im Geringsten – obwohl es mich freut«, fügte er hinzu, während er mir in die Augen sah, »dass du daran denkst und der Frage gehörige Bedeutung beimisst.« Er lehnte sich zurück. »Aber ich wollte in Kürze darauf kommen, denn wie es sich gerade fügt, habe ich beschlossen, selbst nach Italien zu reisen. Eines meiner Handelsschiffe segelt gegen Ende des Monats mit einer Ladung korinthischer Silberarbeiten nach Brundisium und ...«

»Ende des Monats?«, rief ich mit großen Augen und bar aller Höflichkeit. »Aber, Herr, es ist gerade erst Neumond.«

Sein fleischiger Mund verhärtete sich.

»Es ist nicht nötig, mir zu sagen, welcher Tag dies ist.« Er wartete, dass ich um Verzeihung bäte, dann fuhr er fort: »Wegen deiner Mutter brauchst du dich nicht zu sorgen. Ich habe ihr schon einen Brief geschrieben, und da du so klug warst, das Geld anzusprechen, solltest du dich einmal fragen, warum ich dir eine Überfahrt auf einem fremden Schiff zahlen sollte, wenn ich dafür mein eigenes benutzen kann.«

Er hob seine plumpe Hand und rieb bedeutsam Daumen und Zeigefinger aneinander. »Damit«, sagte er, als er sicher war, dass ich die Geste verstanden hatte, »habe ich mir ein erfolgreiches Leben geschaffen. Dein Vater hat nie in solchen Begriffen gedacht – andernfalls hätte er mehr aus sich machen können.«

Ich starrte auf den Mosaikboden, denn ich traute mir nicht zu, ihm ruhig in die Augen zu sehen. Ich hatte Gebirge und Wälder und Schluchten durchquert, um hierherzugelangen. Ich sagte mir, dies sei nur ein weiteres Ungemach in einer Zeit der Qual, und dann wäre ich wieder daheim und würde diesen Mann niemals wiedersehen müssen.

Zweites Kapitel

Ich fand meine Mutter am Webstuhl in ihrem Lieblingszimmer, dem mit der Eberesche vor dem Fenster, wo man einen Blick auf die fernen Berge hatte. Die Abendsonne, die schräg hereinfiel, schien in ihr Gesicht, und einen Moment lang sah ich einen Ausdruck tiefer, hoffnungsloser Traurigkeit. Doch dann hörte sie mich, drehte sich zu mir und vertrieb sie mit eisernem Willen. Sie stand auf und breitete die Arme aus, und da vergaß ich meine sorgfältig zurechtgelegten Worte.

»Mutter!«, rief ich und stürmte ihr in die Arme. Da endlich liefen meine Tränen.

Sie blieb still und schweigsam in meiner Umarmung. »Er hat dir geschrieben«, sagte ich.

»Ja«, sagte sie, »er hat geschrieben. Aber ich wusste es schon vorher. Priscus war in Rom, als die Nachricht kam. Da ist ein Mädchen mit dir gereist, es gab eine Lösegeldforderung. Sie war die Tochter eines Senators. Die Entführer forderten Gold.«

»Ja«, sagte ich.

Sie löste sich sacht von mir. Ihre Haare trug sie aufgesteckt wie immer, mit feinen Strähnen in der Stirn. Es war mehr Grau zu sehen, als ich in Erinnerung hatte.

»Sowie Priscus davon hörte, brach er seinen Besuch in der Stadt ab und eilte zurück, um es mir zu sagen. Doch in Rom wusste man nichts von dir. Erst durch Caecilius' Brief erfuhr ich, dass du noch am Leben bist.«

»Ist niemand sonst zurückgekehrt?«, fragte ich.

Sie schüttelte den Kopf und schaute über die abschüssigen Wiesen. »Die Konsuln haben ein Kriegsschiff nach Epirus gesandt. Man fand nur Leichen ... oder was die Wölfe und Krähen übrig gelassen hatten. Du bist der einzige Überlebende, Marcus.«

Ich holte tief Luft, und vor meinem geistigen Auge sah ich wieder das Mädchen, wie es sich gegen den Libyer wehrte und ruhig über den Rand der Mauer trat. Der furchtbare Gedanke, der mich seit dem ersten Tag befallen hatte wie eine Krankheit, stieg wieder in mir auf: dass sie vielleicht noch am Leben wären, wenn ich mich nicht eingemischt hätte. Hatte ich ihr Schicksal besiegelt? Ihren Tod herbeigeführt? Ich zog die Brauen zusammen und versuchte, mir das Geschehen ins Gedächtnis zu rufen, aber das war, als wollte ich die Einzelheiten eines dämonischen Traums zurückholen.

Ich setzte mich aufs Sofa und legte den Kopf in die Hände, suchte nach Worten, stotterte mir alles von der Seele, was seitdem passiert war – über den Libyer, das Mädchen, den Anführer namens Dikaiarchos, der meinen Vater getötet hatte. Als ich endlich fertig war, blickte ich auf und wischte mir die Tränen ab. Ihre Augen waren trocken. Mit fester Stimme sagte sie: »Wenn du es nicht getan hättest, wärst du jetzt auch tot. Das ist alles.«

Sie sah mich den Kopf schütteln und fuhr fort: »Ehe du geboren wurdest, habe ich, selbst kaum älter als ein Kind, einen Sohn zur Welt gebracht. Er starb in der ersten Woche.«

Ich richtete mich ruckartig auf und starrte sie, aus meinem Selbstmitleid gerissen, an. »Aber ... das habe ich gar nicht gewusst.«

»Ja. Aber ich erzähle es dir jetzt. Lange Zeit habe ich mir die Schuld dafür gegeben und geglaubt, ich hätte irgendetwas tun oder lassen müssen. Am Ende wurde ich krank und sehnte den Tod herbei. Meine Mutter, die das sah, kam zu mir und sagte:

Jetzt ist es genug. Was geschehen ist, liegt bei den Göttern, die mehr sehen als der Mensch, und du darfst dir nicht einbilden, mehr zu wissen als sie. Also hör auf und denk an die Zukunft. Du hast Pflichten gegen Rom und deinen Gatten. Du musst ihm einen Sohn gebären. Und dann kamst du zur Welt.«

Ihr Gesicht war starr. Sie wirkte hart wie Stein. Durch das Fenster sah ich die rote und blasslila Glut der untergehenden Sonne, und irgendwo draußen rief einer der Knechte.

»Ich erinnere mich noch an Cannae«, sagte sie und hob den Kopf, »als wir glaubten, alles sei verloren. Karthago hatte uns besiegt, und mancher gab die Hoffnung auf. Doch wir haben überlebt durch innere Stärke und durch die Überzeugung, dass wir aushalten sollten … Es gibt Zeiten, Marcus, da Tapferkeit alles ist, was man noch hat.«

Durch ihre kalten, ernsten Worte nachdenklich gestimmt, blickte ich schweigend auf den Steinboden. Das war ihre Art, so kannte ich sie. Es war die römische Art. Trauer war Schwäche, und obwohl sie sicherlich litt, war das Leiden nicht für andere Augen bestimmt. Das kam mir hart vor, doch sie stammte aus einer harten Familie tapferer Männer und Frauen, die die Generationen überdauert hatte, indem sie Härten und Verlusten die Stirn bot. Von ihrer langen Ahnenreihe wollte sie nicht als Erste in die Knie gehen.

Und ich auch nicht, lautete mein Entschluss.

Am nächsten Tag ging ich auf die andere Hügelseite, um unseren Nachbarn Priscus zu besuchen. Er und mein Vater hatten sich schon als Knaben gekannt. Er lebte inzwischen allein auf seinem Gehöft, seine Frau war vor langer Zeit im Kindbett gestorben. Als ich drei Jahre alt war, fiel sein einziger Sohn bei Trasimene gegen Hannibal während des Krieges, der fast eine Generation lang dauerte. So ist das Leben. Das hatte ich immer gewusst. Aber jetzt fühlte ich es zum ersten Mal selbst.

Priscus war ein Mann, der den Wert des Schweigens kennt.

Während jener ersten Tage lud er mich oft ein, bei ihm auf seiner Terrasse mit Blick über das Tal zu speisen, ein einfaches Mahl aus Bohnen, Kohl und ein wenig Schinken und kühlem Wein aus Tonbechern, der aus seinem Weinberg stammte. Er hatte ein gütiges Gesicht und einen weißen Bart und schien trotz seiner schweren Verluste mit sich im Frieden zu sein. Darum empfand ich seine Gegenwart als Trost. Nie belastete er mich mit Fragen oder bat um Erklärungen. Wenn er sprach, so nur über alltägliche Dinge: das Land, die Ernte, das Vergehen der Jahreszeiten. Er nahm mich manchmal mit auf einen Gang über die Felder und ermahnte mich, da der Hof nun meine Sorge sei, dass dieses Feld ein Jahr brach liegen oder ein anderes mit Gemüse bepflanzt werden sollte; oder er merkte an, dass sich die Reben gut entwickelten, er habe aber im Vorbeigehen gesehen, dass man sich um die Rüsternholzstützen kümmern müsse und die Gräben müssten neu ausgehoben werden, und ob er seinen Haushalter und ein paar Knechte schicken dürfe.

Die Tage vergingen, und ich erholte mich schlecht und recht. Ich trieb mich hart an, doch hinter dem Tatendrang und der Müdigkeit am Ende eines langen Tages empfand ich ein beständiges Unbehagen, das ich nicht vertreiben konnte. Das war wie ein Juckreiz, der sich nicht stillen ließ, ein Schatten auf meiner Seele, ein Mangel von ich weiß nicht was.

Es wirkte sich aus, wo ich es nicht erwartet hätte. Meine Freunde seit Kindertagen, die auf den Nachbarhöfen oder im Dorf lebten, erschienen mir plötzlich fade und seicht. Ich besaß genug Verstand, um zu begreifen, dass ich es war, der sich verändert hatte, nicht sie. Doch ich konnte nicht ergründen, was mich quälte. Ich fühlte mich wie ein Mann, der zu viel erlebt hat, der in die Unterwelt gewandert ist und dort große Schrecken gesehen hat, die nicht für die Augen der Sterblichen bestimmt sind, und der nach seiner Rückkehr niemanden findet, der ihn verstehen will.

Bei diesem inneren Aufruhr, über den ich mit niemandem reden konnte, war ich am glücklichsten allein. Ich stand jeden Tag beim ersten Hahnenschrei auf und arbeitete bis zur Erschöpfung. Erschöpfung und Arbeit halfen. Aber ab und zu fuhr ich mitten in der Nacht aus dem Schlaf hoch, war schweißgebadet, und die Decke lag am Boden.

Wie das Wasser eines aufgewühlten Teiches sich langsam wieder klärt, wurden auch meine Träume deutlicher. Was mich quälte, war mein Vater oder vielmehr sein ruheloser Schatten. Das begriff ich, als er mir einmal im Traum erschien, zuerst kopflos, dann unversehrt, und mit bleichen, blutverschmierten Lippen lautlose Worte formte. Am Morgen ging ich beim ersten grauen Dämmer, als noch der Nebel an den Hängen schwebte, hinter das Haus und holte einen Hahn aus dem Hühnerstall. Den steckte ich in einen Weidenkorb und nahm den Pfad am Eichenwald entlang zu dem kleinen Platz, wo unsere Ahnen begraben liegen, Generation auf Generation seit undenklicher Zeit – alle außer meinem Vater. Dort stand zwischen efeubewachsenen Säulen ein Altar.

Ich zog meine Tunika aus, sodass ich nackt dastand, griff unter den Deckel des Korbes und holte den Hahn heraus. Ich schnitt ihm mit meinem Jagdmesser den Kopf ab und ließ ihn über dem alten Stein ausbluten. Dann schmierte ich mir das warme Blut auf Stirn und Brust, wie ich es einmal bei einer Opferung gesehen hatte, und reckte die Fäuste zum Himmel, wo das erste Rot sich über den Berggipfeln zeigte. Ich betete: »Mars, du Rächer, nie zuvor habe ich etwas von dir erbeten. Aber jetzt, wenn dir dieses Opfer gefällt, gewähre mir eine Bitte. Dikaiarchos heißt der Mann. Ich weiß nicht, wo er ist, aber Götter sehen mehr als Menschen, und du musst mich zu ihm führen. Ich habe eine Schuld zu begleichen. Lass mich den Tod meines Vaters rächen und Blut mit Blut vergelten. Lenke meine Schritte und mach mich zu dem Mörder, der ich sein muss!«

Ich schaute auf. Die ersten goldenen Sonnenstrahlen schienen über den Kamm. Ein Vogel schrie, und ich sah einen großen gelbbraunen Adler über den Bäumen kreisen. Er stieß hinab und schwang sich mit kräftigen Schwingen in die Lüfte, in den Krallen eine sich windende Schlange. Der Wind strich durch das Tal, rauschte in den Eichen, und in meiner Brust fühlte ich eine neue Kraft strömen wie frisches Blut, und ich wusste, der Gott hatte mich erhört.

Danach ging ich hinunter zum Bach, der unterhalb des Obstgartens floss, um mich zu waschen. Ich spülte mir das Blut ab und legte mich zum Trocknen auf einen flachen Felsen am Wasser.

Bald darauf hörte ich Schritte im Laub. Ich stützte mich auf einen Ellbogen und sah Priscus den Weg herunterschlendern. Er hob den Arm zum Gruß und kam näher.

»Marcus, beim Morgengrauen auf den Beinen, wie ich sehe.« Er setzte sich neben mich und tauchte die Hand ins Wasser. »Ist es nicht ein bisschen zu kalt zum Schwimmen?«

»Es ist warm genug, aber ich bin nicht zum Schwimmen hergekommen.« Ich verfiel in ein unangenehmes Schweigen, bei dem ich mit einem Fuß in dem kalten Gebirgswasser planschte.

Priscus schaute sich um. »Nun, das ist immerhin ein hübscher Flecken Erde ... was du auch hier getan haben magst.« Er stand auf. »Aber ich muss gehen. Ich bin auf dem Weg zu den Bienenstöcken. Die Wiese steht voll gelber Blüten. Das wird den Bienen gefallen. Vielleicht möchtest du mitkommen, falls du hier fertig bist.«

Ich sagte ja und nahm meine Tunika vom Felsen. Dabei sah ich seinen Blick dorthin wandern. Mein Jagdmesser lag auch da, ich hatte vergessen, es zu reinigen.

»Also warst du jagen«, sagte er angesichts der blutigen Klinge.

»Nein, nicht jagen«, erwiderte ich.

Stirnrunzelnd nahm ich das Messer und fing an, es abzuwischen. Ich hatte mein morgendliches Werk für mich behalten wollen, aber ich wollte Priscus nicht anlügen. Ich setzte mich wieder hin und erzählte ihm, was ich getan hatte.

Er hörte mir ruhig zu, und als ich geendet hatte, schwieg er eine Weile. Dann sagte er: »Und der Gott hat dich erhört, sagst du?«

»Aber ja, Priscus, ganz bestimmt. Da kam ein großer Adler von rechts, und in den Klauen hielt er seine Beute. Das ist ein sicheres Zeichen.«

Er nickte langsam und schürzte die Lippen in seinem weißen Bart. Ich trocknete das Messer an einem Grasbüschel ab, aber als ich sein Gesicht sah, ließ ich es sinken. »Was hast du?«, fragte ich. »Meinst du, ich habe das Falsche getan?«

Er zuckte die Achseln. »Es war ein ehrenhaftes Gebet«, sagte er schließlich. »Aber du musst dir gut überlegen, worum du bittest.«

Das verdross mich. Was er denn meine, fragte ich. Ich wisse sehr wohl, worum ich gebeten hätte. »Was denkst du? Dass der Gott mich nicht erhört hat oder dass ich ihn beleidigt habe?«

Er schüttelte den Kopf. »Nein, das nicht. Du hast den Adler gesehen, und du hast es im Herzen gespürt. Das ist die Art, wie die Götter zu den Menschen sprechen. Nein, der Gott hat dich erhört. Aber manchmal, wenn sie einem Menschen die Bitte erfüllen, gewähren sie etwas Unerwartetes.«

»Du sprichst in Rätseln«, sagte ich ärgerlich, drehte mich um und zog mir die Tunika über. Zum ersten Mal hatte ich mich wieder heil gefühlt. Von diesem Gefühl durchströmt, wollte ich seine Zweifel nicht hören. »Wie dem auch sei, es ist geschehen. Jetzt liegt es bei dem Gott, komme, was will. Also lass uns gehen und nach den Bienen sehen.«

Er sagte dazu kein weiteres Wort.

Das warme Wetter kam, und in diesem Jahr wurde ich fünfzehn.

Ich arbeitete schwer, und mein Körper entwickelte sich. Wo ich sonst die Hilfe der Knechte gebraucht hatte, wenn ich einen Balken heben oder einen Karren ziehen wollte, kam ich allein zurecht. Ich war ein schlanker Knabe gewesen, und nun wurde ich stämmig. Mir wuchsen Muskeln an den Knochen, und ich erlebte meine Kraft als angenehm.

Was Priscus auch gedacht hatte – seit dem Tag meines Opfers an den Rächer Mars hatten meine schlechten Träume aufgehört. Ich hatte ein Ziel, und das war Dikaiarchos der Pirat. Er füllte meine Gedanken bei Tag, und bei Nacht träumte ich von meiner Rache, wie ich ihn fand und tötete und den Schatten meines Vaters sein Blut trinken ließ.

Bald erhielt ich ein anderes Zeichen, dass der Gott mich erhört hatte. Eines Tages, als ich hinter dem alten Vorratsraum nach einer Axt suchte, fand ich einen Haufen Speere versteckt hinter aufgestapelten Werkzeugen und daneben in ein Öltuch gewickelt ein Schwert. Es war eine schwere alte Schmiedearbeit mit einem feinen Knauf aus Bronze, der vom Alter Grünspan angesetzt hatte. Mein Vater hatte das Schwert nie erwähnt, und dem Aussehen nach vermutete ich, dass es meinem Großvater gehört hatte, der vor meiner Geburt gestorben war. Es stammte noch aus der Zeit, wo jedes Haus eine Festung sein und sich selbst verteidigen musste.

Ich reinigte die Klinge und wachste die Eschenschäfte der Speere, und wenn ich mal nicht arbeitete, übte ich mich in ihrem Gebrauch, schwang das Schwert und stieß es in die Luft, warf die Speere auf Ziele im Wald.

Ich entdeckte, dass ich scharfe Augen hatte. Bald konnte ich sprintend einen Baumstamm treffen, der so breit war wie ein Mann. Anfangs war das Schwert zu schwer für mich, aber es wurde mit der Zeit leichter, und meine Arm- und Schultermuskeln festigten sich.

Ein hungriger Mensch findet noch etwas zu essen, wo ein Satter nichts entdeckt. Und so ist es auch mit dem Zorn. Er trieb mich an, jeden Morgen vor Sonnenaufgang aufzustehen, er gab mir Kraft, wenn mein Körper müde war, er lenkte meinen Speer auf einen hüpfenden Hasen im Wald oder auf eine fette Taube auf einem Ast. Und wenn ich mit meiner Beute über der Schulter nach Hause kam, trug sie einen Namen: Dikaiarchos.

Durch meine Jagden wurde ich wortkarg und einsam. Wenn ich alten Freunden im Dorf begegnete, fand ich sie schlaff und ziellos, und sie fanden mich zweifellos seltsam und verschlossen. Doch ich diente dem Gott. Wir hatten einen Pakt geschlossen. Wenn sie mich fragten, warum ich so viel allein bliebe, entschuldigte ich mich mit der Arbeit auf dem Hof. Sie glaubten mir nicht und hörten bald auf zu fragen. Aber ich wusste, sie würden mich doch nicht verstehen.

An einem späten Nachmittag saß ich auf der Grasterrasse vor dem Haus und schärfte mein Jagdmesser an einem Wetzstein, als meine Mutter zu mir kam.

»Du hast gesungen«, sagte sie lächelnd.

Achselzuckend gab ich das Lächeln zurück. »Es war ein guter Tag. Ich habe einen Hasen erlegt.«

Sie setzte sich auf die Steinbank und fragte, wie die Arbeit auf dem Hof vorangehe. Ich fuhr fort, mein Messer zu schärfen, und erzählte ihr, dass das Korn auf den unteren Feldern gut gedeihe und das Vieh sich vermehre und dass ich mit den neuen Entwässerunggräben, die ich im Weingarten gegraben hatte, sehr zufrieden sei. Ich berichtete lachend, wie unsere alte, schlechtgelaunte Ziege den Schweinehirten mit dem Kopf in den Wassertrog gestoßen hatte. Doch plötzlich, wie ein kühler Windstoß an einem warmen Tag, kam mir fröstelnd der Gedanke, dass sie mir etwas mitteilen wollte und nur auf den rechten Augenblick wartete. Denn sie kam niemals zu mir, um mit mir zu plaudern. Ich stockte, schaute zu ihr auf und sagte: »Mutter, erzähl mir, was passiert ist.«

Ich hatte richtig vermutet. Ihre Heiterkeit verschwand, sie machte eine kleine traurig-verächtliche Geste. Sofort legte ich den Wetzstein beiseite und sprang auf. Da erst sah ich den Brief in ihrer Hand.

»Dein Onkel Caecilius hat geschrieben«, sagte sie und hob das Pergament. Das Siegel war gebrochen. »Lass uns ins Haus gehen, Marcus. Es gibt ein paar Dinge, über die wir sprechen müssen.«

Wir gingen in das Arbeitszimmer meines Vaters. Seit meiner Rückkehr war ich kaum darin gewesen, und jetzt sah ich mich überrascht um. Seine Buchrollen mit den sorgfältig beschrifteten Schildchen lagen geordnet in den Regalen, wie er sie zurückgelassen hatte, aber auf dem Schreibtisch zwischen den bunten Briefbeschwerern, die er gesammelt hatte, waren seine Abrechnungen verstreut, als wäre sie jemand durchgegangen.

Doch das konnte warten. Meine Mutter hatte die Tür hinter uns geschlossen, was sie selten tat.

»Was will er denn?«, fragte ich, und es kam schärfer als beabsichtigt. Ich dachte an Kerkyra zurück. Seitdem hatte ich an meinen Onkel keinen Gedanken mehr verschwendet.

Sie durchschritt das Zimmer und setzte sich in den Birnbaumsessel am Fenster, ehe sie antwortete. Sie hielt noch immer den Brief in der Hand. Einen Moment lang meinte ich, sie zittern zu sehen, dann legte sie das Schreiben in ihren Schoß, seufzte und sah mich an. Es sah ihr gar nicht ähnlich, vor sich herzuschieben, was gesagt werden musste.

»Du kannst es ebenso gut jetzt erfahren. Dein Onkel Caecilius beabsichtigt, mich zu heiraten.«

Ich machte einen Satz, als hätte mich etwas gebissen. »Dich heiraten?«, rief ich. »Was redet er da? Hat er den Verstand verloren?«

»Hör mir zu, Marcus, und steh nicht mit offenem Mund da wie ein Bauer auf dem Markt …«

»Aber Mutter, du kennst ihn nicht, und er dich nicht … Du würdest ihn nicht mögen … das weiß ich genau.«

»Das ist unwichtig«, sagte sie rundweg.

»Aber Mutter!«, rief ich jetzt in flehentlichem Ton. »Du weißt nicht, was du tust. Was für eine Tollheit ist das? Was hat er dir weisgemacht?«

Inzwischen war sie an den Schreibtisch gegangen. Sie schob die Pergamente hin und her. »Hat dein Vater dir gesagt, warum er nach Kerkyra reisen wollte?«

Das traf mich überraschend, und ich stockte. »Nein«, bekannte ich und wurde misstrauisch. »Warum denn?«

»Also nicht. Nun, er wollte dich nicht mit diesen Dingen belasten, das war seine Art. Dein Vater war ein guter Mann, Marcus, aber kein Geschäftsmann. Er war es zufrieden, den Hof so zu führen, wie er es immer getan hatte. Warum soll ich etwas ändern, pflegte er zu sagen, wenn alles so ist, wie es mir gefällt? Aber die Welt hat sich verändert. Wir können nicht so weitermachen wie früher.«

Ich sah ihr ins Gesicht und versuchte zu erfassen, was sich in meinem Gedächtnis regte. Und plötzlich, begleitet von aufwallender Angst, wurde es mir klar. Das waren nicht ihre Worte, die ich hörte. Es waren seine, Caecilius' Worte.

»Soll die Welt sich doch verändern!«, rief ich. »Wir haben den Hof. Wir können ihn bewirtschaften, du und ich.« Ich sprach über die kommende Ernte, die vielversprechend sei, und die Oliven und die Weinstöcke. Sie ließ mich eine Weile reden, aber dann schüttelte sie sanft den Kopf. »Was denn, Mutter?«, fragte ich mit zorniger Geste. »Ist das nicht genug?«

Sie bedachte mich mit einem dünnen, traurigen Lächeln. »Wenn es nur eine Frage harter Arbeit wäre, sollten wir maßlos reich sein. Glaubst du denn, ich hätte dich nicht beobachtet? Doch die Sache rührt aus der Zeit, als Hannibals Heer Italien verwüstete. Es waren harte Zeiten. Dein Vater geriet in Schwierigkeiten, und Caecilius half uns aus. Er war großzügig, als es kein anderer sein wollte, und jetzt fordert er seine Schulden ein.«

Ich starrte sie an. »Seine Schulden?«, rief ich. »Und was bist du? Die Begleichung? Bei den Göttern, wie viel bist du ihm wert?«

»Das ist genug!«, erwiderte sie scharf. Sie ging zum Fenster und sah hinaus. Ohne sich umzudrehen, sagte sie. »Ich will den Hof nicht verlieren. Das ist alles, was zählt.«

Es hatte keinen Zweck. Ich ließ mich in den Stuhl meines Vaters fallen und fuhr mir durch die Haare. Mir glühte der Kopf vor Zorn. Ich holte Luft, um gegen sie zu wüten und gegen das Schicksal, das uns dahin gebracht hatte. Doch die Worte meiner Mutter drangen in mein Bewusstsein wie ein Lichtstrahl durch Sturmwolken, und fast hätte ich vor Schmerz aufgeschrien. Ich blickte auf die verstreuten Aufzeichnungen. Die Abrechnungen. Sie musste sie viele Male durchgegangen sein, ehe sie zu mir gekommen war. Was tat ich, außer alles noch schlimmer zu machen? Sie wollte den Hof nicht verlieren. Das hatte sie gesagt. Caecilius hatte einen Wunsch geäußert – eine Forderung –, und sie ging darauf ein, um unser Heim zu erhalten … und ich war trotz all meiner Anstrengung nur ein nutzloses Kind, das ihr nicht helfen konnte.

Mein Zorn verließ mich und machte etwas Schlimmerem Platz. Ich sah zu ihr hinüber. Sie schaute noch immer nach draußen. Ihr Rücken war gerade, ihr Gesicht starr und ernst und voller Qual. Aber kurz sah ich, was sie am besten von allem verbarg: ihre Schwäche, und in meinen Augen brannten die Tränen ohnmächtiger Wut. Sie war wie ein großer edler Vogel, eine mächtige Adlerin: alt geworden, von der Zeit gebrochen, aber stolz bis zuletzt.

Ich schluckte und starrte auf den Boden. Ich konnte mich gerade noch bezwingen, nicht laut loszuweinen über die Ungerechtigkeit der Welt. Aber ich wusste, was sie dazu gesagt hätte: Tränen verhindern nicht, dass die Sonne aufgeht, und können Wasser nicht bergauf fließen lassen. Darum presste ich wie sie die Lippen zusammen und blickte auf die Abrechnungen, als verstünde ich sie zu lesen, und nach einer Weile sagte ich: »Was immer du tust, Mutter, meine Liebe gehört dir.«

Ein älterer Mann – oder ein klügerer – hätte sie in dem Augenblick mit solchen Worten verschont. Aber ich war jung und glaubte, Gefühle seien das Wichtigste. Ich hörte sie den Atem anhalten und sah, wie sie sich am Fensterrahmen festhielt.

»Mein lieber, einziger Sohn«, sagte sie in einem Ton, der mir das Herz brach.

Später besprachen wir die Einzelheiten wie eine Trauerfamilie, die sich mit den Begräbnisvorbereitungen und den Einladungen und der Speisenfolge befasst, während der Tote im Nebenzimmer unerwähnt bleibt.

Caecilius war noch in Rom, wo sein Geschäft, wie er schrieb, einige Monate in Anspruch genommen hatte. Wenn sein Angebot als annehmbar gelte, werde er nach Praeneste reisen. Sie zeigte mir den Brief. Ich sagte ihr nicht, dass er ihn nicht einmal selbst geschrieben hatte. Es war die Hand eines Schreibers.

Als alles gesagt war, ging ich zum Waldhang und stieg durch die Föhren und Pinien zu der Stelle hinauf, wo ein nackter Fels über dem Tal auskragt. Dort wollte ich allein sein.

Eine Zeit lang stand ich da, lauschte dem Wind, der in den Zweigen rauschte, und den hallenden Schreien der Gebirgsvögel. Ich weiß nicht, was ich mir dabei gedacht hatte, außer dass ich von unserem Haus und den Menschen wegwollte. Jedenfalls packte mich wieder der Zorn, und ich rammte meine Faust gegen den nächsten Baumstamm und schrie lange und laut, rief den Rächer Mars an, er möge sich meiner erinnern.

Meine einsame Stimme hallte ins Tal. Die aufgeschreckten Vögel flatterten aus den Bäumen. Und dann hörte ich nur noch meinen Atem und meinen Herzschlag.

Caecilius kam einen halben Monat später in einer üppig bemalten Kutsche mit Vorhängen aus rot gefärbtem Leder, die von zwei gallischen Stuten mit verziertem Geschirr gezogen und von zwei gleich gekleideten Vorreitern begleitet wurde.

Auf Bitten meiner Mutter wartete ich vor dem Haus, um ihn zu begrüßen, und neben mir standen die versammelten Haussklaven und Hofknechte, gewaschen, in ihren besten Kleidern und mit gefalteten Händen, wie sie an Festtagen vor dem Altar gestanden hatten, wenn mein Vater den Göttern opferte. Wir hatten viel Zeit gehabt, um uns dort aufzustellen, denn schon eine Stunde zuvor war das bunte Gefährt zu sehen gewesen, wie es den steilen, gewundenen Weg aus dem Tal heraufschaukelte. Es mochte für die leicht befahrbaren Straßen um Rom geeignet sein, aber nicht für Praeneste.

Doch irgendwann fuhr die Kutsche vor, und mein Onkel stieg aus. Er trug eine kostspielige, milchweiße feine Wolltunika, die am Saum mit springenden Hirschen in Rot bestickt war, und an den Füßen neue Kalblederstiefel. Er war dicker geworden, sein Haar schwärzer als in meiner Erinnerung, und es stach von seinem blassen, aufgedunsenen Gesicht ab wie ein Amselflügel von Marmor.

Er schaute die Reihe der wartenden Diener entlang, und sein Blick glitt an mir vorbei. Da fiel mir ein, vorzutreten und die Begrüßungsworte zu sprechen.

Er guckte mich an. Ich hatte eine saubere Tunika angezogen, aber sonst unterschied ich mich nicht von den Sklaven und Knechten. Doch dann erkannte er mich.

»Nun, Marcus, sieh mal an«, rief er mit Donnerstimme. »Braun wie eine Nuss, und wie du gewachsen bist. Ich hatte noch denselben schüchternen Knaben erwartet, keinen stattlichen Jüngling.« Er lachte und schaute in die Runde. »Aber wo ist deine Mutter?«

Ich sagte, sie warte im Haus auf ihn.

»Dann lass uns hineingehen«, schlug er vor, schnippte einem

seiner Diener mit den Fingern und befahl: »Sorgt für mein Gepäck«, und dann, als wir den kurzen Weg zum Haus entlang gingen: »Ich habe in Rom viele nützliche Geschäfte abgeschlossen und hoffe bald …« Er unterbrach sich fluchend und schlug mit ärgerlicher Gebärde eine Libelle weg. Aus den Augenwinkeln sah ich einen jungen Knecht verhalten schmunzeln. Auch andere sahen, dass mein Onkel nicht aufs Land gehörte. »Nun«, fuhr er fort und blickte misstrauisch auf das schwebende Insekt, das sogleich zurückgekehrt war, »wir können zu gegebener Zeit über alles sprechen. Und«, fügte er hinzu, indem er vertraulich meinen Ellbogen nahm und mich zu sich heranzog, »du musst lernen, mich Vater zu nennen, nicht mehr Onkel.«

Ich weiß nicht, was der Anstand vorschrieb oder was in Rom als das richtige Benehmen galt. Ich hatte angenommen, er würde uns nur einen kurzen Besuch abstatten, der Form halber. Doch am nächsten Tag kamen Wagen die Bergstraße herauf, die mit seinen Besitztümern beladen waren: mit Körben, Kleidertruhen, sogar mit Zierrat und Möbeln. Damit war klar, dass er zu bleiben gedachte.

Vor dem Monatsende fand die Heirat statt. Es gab eine kurze Zeremonie. Gäste waren nicht geladen. Darüber war ich froh, denn in meinen Augen war das keine Hochzeit, sondern ein Kontrakt und ein schäbiger dazu.

In dieser Nacht lag ich im Bett und stellte mir meine Mutter mit ihm vor. Ich fegte die Gedanken beiseite, weil ich fürchtete, verrückt zu werden. Ich stand vor Morgengrauen auf und stieg auf den Hang hinauf, setzte mich auf den Felsvorsprung und sah dem Sonnenaufgang zu.

Die formale Adoption wurde kurz darauf vollzogen. Die Worte wurden gesprochen, ich wurde dem Gesetz nach Caecilius' Sohn, und er gewann die Macht eines Vaters über mich.

Wie wahr es doch ist, dass man erst erkennt, was man hat, wenn man es verliert. Caecilius leitete sofort Veränderungen ein. Die kleinen Feste und Tafeln, die wir für die Hofknechte und ihre Familien abgehalten hatten, um den Wechsel der Jahreszeiten kundzutun und die hiesigen Götter zu ehren – die Feldgeister, Wächter der Zäune, Nymphen und Frühlingsgötter –, er schaffte sie alle ab und sagte, als ich ihn darauf ansprach, dass zu viel Zeit mit Albernheiten verschwendet würde, anstatt den Hof zu bewirtschaften. Er bezahle die Leute fürs Arbeiten. Wenn sie das nicht wollten, würde er sich andere suchen.

Ich hörte zu, wenn er mir solche Vorträge hielt, und schwieg, nicht aus Scheu vor ihm, denn die empfand ich nicht, sondern weil ich wusste, dass ihn meine Worte nicht umstimmen könnten, und weil die Hofknechte die Götter dieses Ortes trotz seiner Anweisungen so wenig missachten würden, wie sie das Atmen einstellten. Die heiligen Geister waren für sie so gewiss vorhanden wie die Bäume und Bäche.

Recht bald wurde mir klar, dass für Caecilius alles nur eine Frage des guten oder schlechten Geschäfts war. Er sprach darüber mit Ehrfurcht wie ein Philosoph von der Wahrheit. Er hatte eine Vorstellung im Kopf und erwartete, dass sich die Welt daran anpasste. Ich habe nie ganz verstanden, was er eigentlich tat. Als ich ihn einmal fragte, antwortete er, er treibe Handel, ein andermal hieß es, er kaufe und verkaufe später, und das Entscheidende dabei sei, zu wissen wie, wann und wo. Er sei ein glücklicher Mann, weil er für ein gutes Geschäft einen Riecher habe. Das behauptete er sehr gern, und dabei tippte er sich mit dem Finger an die Nase und guckte mich mit seinen kleinen Augen an, als würde er mir etwas Bedeutendes mitteilen.

Trotz seiner vagen Auskünfte begriff ich allmählich, dass er durch den Krieg gegen Karthago, der sich inzwischen dem Ende zuneigte, reich geworden war, wenngleich er nie erklärte, wie. Ich lebte schon seit meinem ersten Atemzug mit diesem Krieg. Doch nun endlich gelang es dem Heerführer Scipio, Hannibal Dorf um Dorf aus Italien zurückzudrängen. Ich glaube, Caecilius war der einzige Mensch, der vom Ende des Krieges mit Bedauern sprach.

Mein Vater hatte der Stadt argwöhnisch gegenübergestanden, aber immer davon gesprochen, dass er mich, sobald ich alt genug wäre, nach Rom schicken würde, um mich bei einem der neuen Lehrer aus Griechenland erziehen zu lassen, die in der Stadt Schulen einrichteten. Die Vorstellung, mein Zuhause zu verlassen, behagte mir damals nicht, und ich fragte ihn, warum er mich dorthin schicken wolle, wo er doch für die Stadt gar nichts übrig habe. Darauf antwortete er, die Stadt sei eine Sache und Wissen eine andere. Es stünde ihm nicht zu, mir das Wissen vorzuenthalten, ohne das es keine Weisheit geben könne. Ich hätte im Leben Entscheidungen zu treffen, und dafür müsse ich etwas über die Welt erfahren und wissen, was weise Männer darüber sagten. Außerdem tue es einem Mann gut, das Leben in der Stadt zu kennen, auch wenn er es ablehne.

Caecilius hatte keine Zeit für solche Dinge. »Was ist es, das du wissen willst?«, fragte er, und als ich ihm nicht antworten konnte, hob er den Finger und sagte: »Da hast du's! Wenn du das nicht weißt, hast du es auch nicht nötig. Besser, du lernst etwas vom Geschäft, statt in Rom bei diesen Schwätzern deine Zeit zu verschwenden – und mein Geld.«

Aus Rom wurde also nichts.

Kurze Zeit später, an einem heißen Hochsommertag, als ich mit einigen Knechten im Obstgarten arbeitete, kam der Schweinehirt vom Haus her gerannt, ein kräftiger Knabe namens Milo, ein einfältiger Kerl, der die Angewohnheit hatte, mit allem herauszuplatzen, was ihm in den Kopf kam, ganz gleich wie taktlos es war. Gewöhnlich brachte er die anderen mit seinen Bemerkungen zum Lachen, doch jetzt sprang er die Terrassen herunter zu der Leiter, auf der ich stand, und schrie lauthals: »Marcus, Herr, du musst etwas tun: Er schickt den alten Postumus weg!«

Ich stieg von der Leiter und stellte meinen Korb beiseite, befahl Milo, sich zu setzen und mir alles zu erzählen, was er gehört hätte. Er sprudelte die Sätze auf seine übliche unüberlegte Art hervor, und ich hörte zu, obwohl das kaum noch nötig war, denn ich hatte bereits alles erraten. Aber während dieser Pause konnte ich meinen wachsenden Zorn bändigen. Postumus war der älteste Knecht auf unserem Hof. Er war neuerdings langsam geworden, und vergesslich, und ich hatte bei Caecilius schon vermitteln müssen, der ihn als Geldverschwendung betrachtete, obwohl der Knecht alt genug war, um sein Vater zu sein.

Ich ließ Milo zu Ende erzählen, dann ließ ich ihn im Obstgarten zurück und ging zum Haus.

Ich fand Caecilius im Arbeitszimmer meines Vaters, das er zu dem seinen gemacht hatte. Ich mied den Raum, sooft ich konnte. Er hatte die Bücher meines Vaters entfernt und an ihrer Stelle bemalte Vasen aufgestellt, die er aus Griechenland hatte, mit zügellosen Satyrn, die Nymphen nachstellten. Er blickte ärgerlich auf, als ich eintrat. Er verlangte, dass man anklopfte, selbst von meiner Mutter und mir. Ich war staubig, und in dem kühlen Zimmer konnte ich meinen Schweiß riechen.

»Ja?«, schnauzte er. »Was ist denn?«

»Du schickst den alten Postumus weg«, sagte ich.

Er schob seine Berechnung beiseite und lehnte sich zurück, als hätte er nur darauf gewartet. »So ist es. Er ist ein bezahlter Knecht, kein Sklave, und ich habe für ihn keine Verwendung mehr.«

»Wir haben vergessen, es dir zu sagen, Herr, bei alldem, was zuletzt passiert ist, aber Postumus ist schon sein Leben lang bei uns, und vor ihm war es auch sein Vater. Er hat niemanden, zu dem er gehen könnte.«

»Und ich habe einen Hof zu bewirtschaften.«

»Aber Herr!«, rief ich. »Was soll er denn tun? Er gehört fast zur Familie. Er ist kein alter Schuh, den man auf den Abfallhaufen wirft.«

Er starrte mich an, und es entstand eine unangenehme Pause. Zweifellos war ich zu weit gegangen. Aber ich war wütend.

»So hat dein Vater dich gelehrt, mit Älteren zu sprechen?«, erwiderte er aufgeblasen.

»Mein Vater hätte niemals einen Mann wie Postumus entlassen.«

Caecilius' dicke Lippen bildeten einen harten Strich. »Ich möchte von Toten nicht schlecht reden, Marcus. Dein Vater hatte seine Vorzüge, nehme ich an. Doch er war beileibe zu nachsichtig, und solche Männer werden ausgenutzt. Diese Arbeiter«, sagte er mit einer ärgerlichen Geste zum Fenster hin, »werden fürs Arbeiten bezahlt. Eines Tages werden sie alle alt und nutzlos sein. Was dann? Meiner Ansicht nach stehst du ihnen viel zu nah. Sie als Familie zu betrachten, wie du es nennst, ist schlecht für die Disziplin. Und jetzt sehe ich sogar, dass du nach ihrer Pfeife tanzt. Ich nehme an, sie haben dich geschickt. Oder streitest du das ab?«

Ich setzte zu einer entrüsteten Antwort an, doch er gebot mir zu schweigen. »Nein, sei still. Hör zu. Aus Rücksichtnahme auf deine Mutter werde ich für den alten Mann eine andere Tätigkeit finden, welche, das wissen die Götter. Aber komm nie wieder mit solch einer Forderung zu mir, es sei denn, du willst mit deinen eigenen Mitteln dafür zahlen. Ich hoffe, das ist jetzt klar.« Er nahm einen Brief von einem Stapel Schriftrollen und sagte: »Und da du schon einmal hier bist, gibt es noch etwas anderes zu besprechen. Ich habe beschlossen, hier einen Verwalter einzusetzen. Es gibt überall nützliche Männer – ehemalige Soldaten oder ins Unglück geratene Landbesitzer –, die jedes Angebot annehmen. Meine Geschäfte werden mich in Kürze von hier wegführen, und mir ist klar, dass ich den Hof nicht sich selbst überlassen kann.«

Das war seine Rache. Sein Gesichtsausdruck verriet es mir. Er war nicht der Mann, dem man widersprach, auch nicht in der kleinsten Sache. Für ihn war alles Kampf, und er hatte zu siegen.

»Aber Herr, ich kann mich doch darum kümmern.«

»So? Davon bin ich nicht überzeugt. Aber ich habe ohnehin nicht vor, dich hierzulassen, damit du deine Zeit verschwendest und Äpfel pflückst oder das Korn drischst wie ein Kleinbauer. Woanders bist du mir nützlicher. Ich brauche Hilfe, und da du nun mein Adoptivsohn bist, ist es Zeit, dass du dir dein Leben verdienst.«

Er machte eine Pause – eine bedeutsame, selbstgerechte Pause, um mich spüren zu lassen, wer hier gesiegt und wer verloren hatte. Wir blickten einander in die Augen, ich voller Zorn, während er mich stumm herausforderte, mich zu widersetzen. Schließlich senkte ich den Blick auf die grauen Steinplatten. Ich war machtlos, und das wollte er mir klarmachen. »So«, brummte er zufrieden. »Ich erwarte Nachrichten aus Rom, die meine künftigen Pläne bestimmen werden. Wenn ich reisefertig bin, wirst du von mir hören.« Er wedelte mit der Hand. »Und jetzt darfst du gehen und Postumus von seinem Glück erzählen.«

Es dauerte nicht lange, da wartete mein Stiefvater mit einer neuen Überraschung auf. Ich wusste, dass er schon einmal verheiratet gewesen war. Aber dass er eine Tochter hatte, erfuhr ich erst an dem Tag, bevor ihre Kutsche kam.

Sie war zwölf Jahre alt und hieß Caecilia, aber ihr Vater nannte sie Maus. Das war kein Kosename, sondern seine Art, sich über ihr Aussehen lustig zu machen.

Er redete mit ihr wie mit einer Dienerin, befahl ihr, Dinge zu holen, den Kopf zu heben, nicht zu schlurfen, lauter zu sprechen, nicht zu schmollen. Sie hatte glattes braunes Haar, das ohne Rücksicht auf Schönheit kurz geschnitten war, ein blasses, rundes Gesicht und glanzlose Augen, die die Blicke anderer mieden. Sie hätte mir verhasst sein können, weil sie seine Tochter war und in das Haus einzog, das ich als meines ansah.

Doch sie erregte mein Mitgefühl. Wenn ich sah, wie er sie herumschubste und demütigte, tat sie mir leid.

Sie strich durchs Haus oder saß bei meiner Mutter oder auch allein unter den Zweigen der Eberesche auf dem abschüssigen Rasen.

Anfangs benahm sie sich vor mir so schüchtern, dass man sie für stumm halten konnte, und schlug die Augen nieder wie eine Sklavin. Aber eines Nachmittags hatte ich Gelegenheit, mit ihr zu sprechen. Es war einige Tage nach ihrer Ankunft, als ich von irgendeiner Arbeit auf den Hof zurückkam und sie allein auf der Terrasse fand. Sie war in ein Buch vertieft, das auf ihrem Schoß lag. Als sie mich sah, legte sie es hastig beiseite. »Grüß dich, Maus«, sagte ich. »Was liest du da? Hat er dich an seine Abrechnungen gesetzt?«

Sie wurde bis an die Ohren rot. Widerstrebend hob sie die Schriftrolle auf und hielt sie mir hin, als hätte ich sie bei etwas Verbotenem erwischt. Ich schaute auf den Rand und erkannte sie sofort. Es war eine Schrift von Homer, die ich erst kürzlich aus ihrem Exil im Schuppen gerettet hatte. Ich versuchte, Griechisch zu lernen, da ich beschlossen hatte, selbst für die Bildung zu sorgen, die mein Vater für mich gewünscht hatte. Ich hatte die Rolle im Haus liegen lassen.

»Homer, nicht wahr?«, sagte ich trocken. »Du liest also Griechisch?«

Ehrlich gesagt, hatte das ein wenig herabsetzend klingen sollen. Es ärgerte mich, dass sie sich das Buch einfach genommen hatte. Was bildete sie sich denn ein, dass sie in mein Haus kam und ohne zu fragen meine persönlichen Dinge benutzte?

Doch mit ihrer schüchternen Stimme sagte sie: »Nur ein bisschen, ich kann es nicht besonders gut.« Wieder wurde sie rot und sah zu Boden. »Du bist wütend auf mich. Hier, nimm es. Ich hätte dich vorher fragen sollen, aber Vater sagte, du seist auf dem Feld und ich solle es zurücklegen, ehe du es bemerkst.«

Mir lag eine scharfe Erwiderung auf der Zunge. Ich litt

noch immer unter dem Rüffel, den ich von Caecilius bekommen hatte, und Maus war ein leichtes Ziel. Doch jeder Mensch hat die Macht, Leid zuzufügen oder darauf zu verzichten. Ich dachte an Caecilius. Das genügte, damit ich meine barschen Worte hinunterschluckte.

»Sei unbesorgt«, sagte ich. »Lies weiter, wenn du magst. Es ist wahr, ich habe noch zu arbeiten.«

Darauf schaute sie mich an. Ihre Augen wurden feucht, und zum ersten Mal sah ich sie lächeln. Sie erinnerte mich an die scheuen kleinen Vögel, die ich im Winter mit Futter auf die Hand lockte, wenn sie hungerten, weil der Boden hart gefroren war. »Da sind noch mehr Bücher, weißt du. Sie liegen versteckt in dem Schuppen da drüben. Ich kann sie dir zeigen, wenn du willst.«

»Das würdest du tun?«, rief sie.

Ich lachte. »Warum nicht? Ich habe sowieso keine Zeit, sie zu lesen«, fügte ich hinzu und traktierte ein Grasbüschel mit Tritten, »weil dein Vater mich mitnimmt.«

Hierauf wurde sie wieder ernst. »Ja, Marcus, ich habe davon gehört. So ist er, immer in Bewegung, nirgends bleibt er. Es ist wie eine Krankheit. Aber ich wünschte, du würdest bleiben.«

Seit diesem Tag waren wir Freunde.

Am nächsten Morgen vor der Arbeit nahm ich sie zu dem Schuppen mit. Unterwegs sagte ich: »Wenn du lesen kannst, musst du doch auch Bücher zu Hause haben.«

»Ich habe kein Zuhause«, erwiderte sie auf der Stelle.

»Aber irgendwo musst du eins haben. Wo warst du denn, bevor du hierher kamst? In Rom doch, nicht wahr?«

»Ja, eine Zeit lang. Und davor in Cales in Kampanien. Davor auf Sizilien und davor wieder in Cales. Und jetzt bin ich hier.«

»Nimmt er dich nicht immer mit?«

Sie zuckte die Achseln. »Manchmal tut er es, wenn es ihm passt. Aber das Geschäft geht vor.«

»Ach ja«, sagte ich, das war mir auch schon aufgefallen.

Wir kletterten durch die Heuballen und Körbe und aufgereihten Werkzeuge zu einer dunklen Ecke an der Hinterwand, wo Caecilius die Schriftensammlung meines Vaters hingeworfen hatte. Als ich sie zum ersten Mal dort fand, lagen die Rollen durcheinander auf einem Haufen, ein Futter für die Ratten. In dem Wissen, was sie meinem Vater bedeutet hatten, hob ich sie auf und legte sie an eine Stelle, wo sie vor Feuchtigkeit geschützt waren, um wenigstens einen Teil seines Andenkens zu bewahren.

Jetzt griff Maus danach und berührte ehrfürchtig eine nach der anderen mit ihren dicken Fingern, drehte die flatternden Schildchen um und flüsterte immerzu »oh, oh«. In dem staubigen Dämmer leuchtete ihr Gesicht vor Glück. Das rührte mein Herz. Ihre unbefangene Freude machte sie beinahe schön.

Nachdem wir eine Weile in den Rollen gekramt hatten, sagte ich, ich müsse gehen, die Knechte würden warten. Aber ehe ich ging, sprach ich sie noch einmal an. »Maus?«

Sie drehte den Kopf und sah mich mit großen Augen an.

»Ich möchte dir sagen ... ich bin froh, dass du hier bist. Jeder braucht ein Zuhause. Das hier soll deines sein, so lange du möchtest. Vergiss das nicht.«

Priscus hörte auf, uns zu besuchen. Aber einen Monat nach der Heirat, als ich im Dorf etwas zu erledigen hatte, lief er mir auf dem Markt über den Weg.

Eine Weile plauderten wir über belanglose Dinge. Dann entstand eine Pause, und er sagte leichthin, als würde es das Gespräch auf natürliche Weise fortsetzen: »Ich bin neulich deinem Stiefvater begegnet, als ich durch den Obstgarten ging.«

»Ach«, sagte ich und fing seinen Blick auf. »Dann hast du Glück gehabt. Er erlaubt sich selten einen Spaziergang.«

Priscus räusperte sich und gab vor, einen Stand mit Messern und Sicheln zu betrachten. Dann sagte er: »Er rief mich zu sich ... Ich glaube, er hielt mich tatsächlich für einen der

Knechte. Er schaute in einen Baum und wollte wissen, was diesen Äpfeln fehlte. Ich antwortete, den Äpfeln fehle gar nichts, soweit ich das beurteilen könne, und er schaue in einen Pflaumenbaum.«

Ich lachte laut heraus.

»Nun, diesem Irrtum verfällt man leicht«, fuhr Priscus stirnrunzelnd fort, »und ich nehme an, er ist in der Stadt aufgewachsen, so man solche Dinge nicht lernt.«

»In der Stadt? Überhaupt nicht. Er stammt aus Kampanien, wo die Menschen solches Wissen mit der Muttermilch einsaugen. Nicht aber Caecilius, wie es scheint. Er verachtet den Landbau. Er ist Geschäftsmann, wie er sagt.«

Priscus zog die grauen Augenbrauen hoch und ging weiter, und als ich seinem Blick begegnete, sagte er: »Aha, ein Geschäftsmann, nun, das kann man wohl sagen.«

Wir gingen schweigend die schmale, gepflasterte Straße hinunter. Dann konnte ich mich nicht länger beherrschen und platzte heraus: »Ich sag dir, Priscus, Vater hätte solch einen Mann verabscheut. Alles hat einen Preis, und er macht es sich zur Aufgabe, ihn zu kennen. Er glaubt, dass man alles kaufen und verkaufen kann. Das nennt er Geschäft, und jetzt behauptet er, ich müsse das auch lernen.«

Priscus nickte. Bei ihm wusste man nie so recht, ob er belustigt war oder nicht. »Nun«, meinte er, »es schadet nicht, den Wert der Dinge zu erkennen. Wie willst du sonst urteilen lernen? Ich frage mich, welchen Preis er für Freundschaft ansetzt?«

Ich lachte. »Für Freundschaft?«

»Oder Liebe.«

Ich schüttelte den Kopf.

»Dann kennt er wohl doch nicht den Preis aller Dinge. Aber was meinst du, Marcus, der du so viel weniger über das ›Geschäft‹ weißt als er? Welchen Preis können diese Dinge deiner Meinung nach erzielen?«

»Aber gar keinen Preis, Priscus!«, rief ich aus. »So etwas kann man nicht kaufen oder verkaufen!«

»Und doch haben sie einen Wert«, schloss er.

Wir waren an einen kleinen Platz gelangt. Dort hatte ich oft als Kind gespielt und kannte ihn gut. Auf einer Seite, im Schatten einer Linde, stand eine Steinbank neben einem Brunnen. Wir setzten uns und schauten über das Tal. Die Glocken der Ziegen klingelten über die Terrassenfelder, und irgendwo hörte man einen Hirtenjungen singen.

Priscus sagte: »Siehst du, Marcus, manche Dinge haben einen Wert, aber keinen Preis, und ein weiser Mann erkennt sie und ihren Wert. Darum lass dich nicht von den Maßstäben des Marktplatzes leiten. Dorthin geht man, um Mehl und Gemüse, nicht um Tugenden zu kaufen.«

Ich kniff die Augen zusammen und spähte zu den fernen Bergen, den Eichenhainen und den Zypressenreihen und wurde plötzlich von der Schönheit der Landschaft ergriffen, und Priscus' freundliche Klugheit, die ich in meiner jugendlichen Unrast selten wahrnahm, berührte mich. Mein Vater hatte einmal zu mir gesagt, es sei die Bürde der Weisen, dass ihnen niemand zuhört. Das fiel mir jetzt wieder ein, obwohl ich mich an den Anlass nicht erinnern konnte. »Er will mich von hier fortbringen«, sagte ich.

»Du wirst zurückkommen. In der Zwischenzeit denke darüber folgendermaßen: Es gibt Dinge, die du von deinem Stiefvater lernen kannst, wenn auch vermutlich nicht die, die er sich vorstellt. Trotzdem wirst du Nützliches daraus schöpfen und das Übrige lassen. Bedenke, dass es in deiner Macht liegt, zu dem zu werden, was du sein wirst. Und dein Stiefvater hat immerhin so weit recht, dass du nicht für immer hier bleiben kannst. Die Welt verändert sich, und es nützt niemandem, wenn du dich davor versteckst, am wenigsten dir selbst.«

Ich drehte mich zu ihm herum. »Ist es mir denn bestimmt, Priscus, ein Kaufmann zu werden?«

»Das bezweifle ich. Aber die Entscheidung liegt bei dir. Im Übrigen hast du einen Schwur geleistet, wie ich mich erinnere. Hast du deinem Stiefvater davon erzählt?«

»Ich habe niemandem davon erzählt«, sagte ich, »und ihm schon gar nicht. Er würde das nicht verstehen.«

»Nein, wahrscheinlich nicht. Und so etwas bleibt am besten zwischen dir und den Göttern. Aber wie ich sehe, hast du ihn nicht vergessen.«

»Ich werde ihn nie vergessen«, sagte ich entschlossen.

Drittes Kapitel

Bald darauf, als die Trauben an den Weinstöcken reiften und die morgendliche Kälte in den Hochlagen den Herbst ankündigte, rief Caecilius mich in sein Arbeitszimmer.

Er hatte den alten Postumus angewiesen, die Wände zu streichen, und hatte an den Fenstern rosa und safrangelbe Vorhänge anbringen lassen. Jetzt sah es mehr wie ein Brautgemach aus. Die Möbel meines Vaters waren fort bis auf den großen polierten Eichenschreibtisch. Daran saß Caecilius mit selbstzufriedenem Gesicht.

»Wie ist dein Griechisch?«, fragte er und schlug mit den Handflächen auf die Tischplatte.

Ich antwortete, dass ich es leidlich beherrschte.

»Gut. Da ich zu einem Sohn gelangt bin, kann ich ihn auch in Anspruch nehmen.« Das war seine Auffassung von Humor, und er brach in schallendes Lachen aus, bei dem seine kleinen Augen nahezu in dem dicklichen Gesicht verschwanden. Dann fuhr er fort: »Ich habe die erwartete Nachricht erhalten. Lass deine Sachen packen, wir brechen übermorgen auf. Nach Tarent.«

Er wandte sich wieder seinen Unterlagen zu, ein Zeichen, dass ich entlassen war.

»Warum reisen wir nach Tarent?«, fragte ich.

Er gab vor, mich nicht zu hören – eine Gewohnheit von ihm –, aber da ich weiterhin wartend vor seinem Schreibtisch stand, hob er schließlich schnaubend den Kopf. »Das wirst du bald genug erfahren, da du mit mir reist. Vorerst brauchst du nur zu wissen, dass mir von den Zensoren in Rom ein Kontrakt gewährt wurde, eine große Gelegenheit und ein Zeichen ihrer Gunst. So, ich bin ein vielbeschäftigter Mann, wie du wohl siehst, und du hast Vorbereitungen zu treffen.«

Ich sagte nichts mehr. So war er eben. Er hortete gern sein Wissen wie ein Geizhals sein Gold, nicht weil es ihm etwas einbrachte, sondern weil es ihm Vergnügen machte, dass er etwas hatte, was einem anderen Mann fehlte. Und wenn er sein Wissen teilte, dann grollend und in ärgerlich kleinen, nutzlosen Portionen. Er tat immer gern, als könne er bloß nicht leiden, gefragt zu werden. In Wahrheit war es so, dass Wissen eine Form der Macht über andere war. Er wusste, ich war neugierig, und darum freute es ihn, mir nichts zu verraten.

Derweil bereitete ich mich auf meine Abreise vor. Tarent war eine der großen griechischen Städte in Süditalien, das von Griechen besiedelt worden war, als sie sich nach Westen ausbreiteten. Es war schon eine Weltstadt gewesen, als Rom noch ein Dorf aus Lehmhütten auf einem Hügel war. Ich erinnerte mich, denn darüber war viel gesprochen worden, als ich noch klein war, dass eine große Belagerung stattgefunden hatte, eine der vielen Schlachten in dem langen Krieg gegen Karthago.

Aber das war alles, was ich wusste. Begierig, mehr zu erfahren, ging ich über die Felder auf einen Besuch zu Priscus.

»Ah ja«, sagte er, »das war in der finsteren Zeit nach Cannae. Hannibals Heer zog durch ganz Italien, und unsere Verbündeten, die spürten, dass der Wind sich drehte, wandten sich nacheinander gegen uns.«

Er hielt inne, als eine Dienerin eine Platte mit Feigen und Honigkuchen auf die Terrasse brachte, wo wir saßen. Er goss mir einen Becher verdünnten Wein ein und fuhr fort: »Es gab eine Faktion in Tarent, die sich für Hannibal und Karthago entschied, doch wir hatten eine Garnison in der Festung, und obwohl die Stadt abtrünnig wurde, hielt die Garnison aus. Erinnerst du dich noch an das Jahr, wo mein Heuschober in Brand geriet und ihr alle zu Hilfe kamt und dein Vater mir nachher die Hälfte seines Futters schenkte, damit ich über den Winter kommen konnte? Du musst wie alt gewesen sein? Zehn?«

»Elf«, sagte ich und dachte an den Brand zurück. Er hatte sich fast über den Hang ausgebreitet, durch die trocknen Eichen und Pinien. Das halbe Dorf war gekommen, um mit anzufassen. Wir waren fast die ganze Nacht auf den Beinen, reichten Eimer weiter und schlugen die Flammen zurück.

»Ah ja. Nun, das war das Jahr, als Heerführer Fabius Konsul wurde. Er marschierte auf Tarent und belagerte es, und ehe Hannibal mit seinen Soldaten zur Verteidigung kommen konnte, fiel die Stadt.« Er nahm eine Feige aus der Schale, biss hinein und runzelte die Stirn. »Aber welche Geschäfte führt dein Stiefvater dort?«

Ich erzählte ihm, was ich von Caecilius erfahren hatte. Als ich die Zensoren in Rom erwähnte, sagte er: »Ach, die Zensoren, das ist es also. Fabius hat nach der Belagerung viel Land beschlagnahmt, und die Zensoren erhielten die Aufgabe, es unter unsere Bürger zu verteilen. Seitdem versuchen sie schon, Kolonisten dafür zu gewinnen, doch niemand will es haben. Als ich zuletzt in Rom war, hat sogar einer ihrer Makler mir ein Anwesen angeboten – umsonst, wenn ich es bewirtschaften würde. Doch ich sagte ihm, ich hätte selbst genug Land und sei nicht erpicht, das eines anderen Mannes an mich zu bringen. Das bringt zu viel Ärger mit sich … Hier, nimm noch eine Feige, sie sind da, um gegessen zu werden.«

Wir schwiegen eine Weile und aßen und schauten über das Land.

Es hatte am Morgen geregnet. Die Luft war kühl und feucht und roch nach dem Rauch aus den Weinbergen. Mir fiel ein, dass ich dort sein und bei der Traubenernte helfen müsste, wenn ich nicht fortgehen würde.

»Aber ich kann mir wirklich nicht vorstellen«, sagte Priscus und sah mich an, »dass dein Stiefvater beschlossen hat, ein Gut zu bewirtschaften.«

Ich dachte daran, wie Caecilius diesen Morgen in seinen teuren Stiefeln den schlammigen Garten durchquert hatte, mit aufgerafftem Mantel und einem Ausdruck des Abscheus.

»Nein«, meinte ich lächelnd, »ich auch nicht.«

Wir wechselten einen Blick und sprachen von etwas anderem.

Und so kam ich nach Tarent mit seiner mächtigen Festung, die über die Hafenbucht blickte. Aus der Kutsche bestaunte ich die langen Kolonnaden mit den Läden, die Menschenmassen, die leuchtend bemalten und vergoldeten Tempel in den schattigen, ummauerten Gärten. Zum ersten Mal in meinem Leben dachte ich: Das ist Kultur, wenn viele Menschen etwas erschaffen, was ein Mann allein nicht leisten kann. Und bei dieser Ehrfurcht wurde mir zum ersten Mal meine Unwissenheit deutlich. Das war eine ganz neue Welt, und ich wusste darüber nichts.

Caecilius hatte ein Haus gemietet, eine stattliche Villa oberhalb des Hafens zwischen dem Tempel des Apollon und dem Marktplatz.

Er stolzierte in die hohe, lichtdurchflutete Eingangshalle und schaute in den schönen Garten. »Ah, ja«, meinte er zufrieden, »das wird mir gefallen. Man sieht, dass es einem Adligen gehört hat. Was diesen Griechen auch sonst fehlen mag, sie verstehen sich beim Bauen auf Bequemlichkeit.«

Ich strich mit den Fingern über die fein geriffelten Säulen. Überall war Raum und Helligkeit. Dagegen erschien unser Haus in Praeneste grob, dunkel und alt. Dann fragte ich, was dem Adligen zugestoßen sei.

»Ach, das weiß ich nicht. Wirklich, Marcus, warum stellst du so törichte Fragen? Vermutlich ist er umgekommen, als die Stadt eingenommen wurde, oder er ist fortgezogen. Wer soll das wissen? Nicht dahin, ihr Dummköpfe!«, schrie er plötzlich die Sklaven an, die sich mit dem Gepäck abmühten. »Könnt ihr nicht sehen, dass das in mein Arbeitszimmer gehört? Marcus, beaufsichtige sie, ja? Ich muss mich ein wenig ausruhen.«

Später trafen zwei Männer ein, die Caecilius von Rom vorausgeschickt hatte, um seine Angelegenheiten zu regeln. Einer war fett und wichtigtuerisch. Der andere hatte das verkniffene Gesicht der ewig Scheiternden.

Der alte griechische Sklave, der sie an der Tür hätte empfangen müssen, war im Haus und packte aus, und da niemand da war, um sie hereinzuführen, waren sie durch die Eingangshalle auf die Gartenterrasse geschlendert.

»Du da!«, rief der Fette. »Steh nicht faul herum. Geh und hol deinen Herrn!«

Er hielt mich für einen der Sklaven.

Ehe ich antworten konnte, beugte sich Caecilius, der sie gehört haben musste, vom Balkon. Es war hübsch, ihre Gesichter zu sehen, als ich ihnen vorgestellt wurde. Doch mit diesen Männern würde ich arbeiten müssen, sagte Caecilius. Das war ein schlechter Anfang.

Sobald ich Zeit für mich hatte, ging ich die Stadt erkunden und wanderte die breiten Straßen und schattigen Gassen entlang, schaute in die Läden und Tempel und Gärten. Ich hatte noch nie so viele Menschen an einem Ort gesehen. Wie alle Besucher stieg ich den steilen Weg zur Burg hinauf, die die Griechen Akropolis nennen, und bis zu dem Poseidon-Tempel mit den gedrungenen Säulen. Von dort konnte ich ganz Tarent überblicken, das auf der schmalen Halbinsel ausgebreitet lag, mit dem Meer und der geschwungenen Küstenlinie auf der einen und der großen Hafenlagune auf der anderen Seite. Doch die meiste Zeit der ersten Wochen war von Arbeit bestimmt.

Allmählich erfuhr ich etwas über Caecilius' Geschäfte und auch einiges über ihn.

In Praeneste gab es Schweine, die wohlschmeckende, unter der Erde wachsende Pilze erschnüffeln konnten. Genauso, fand ich, konnte Caecilius riechen, dass sich ein Gewinn machen ließ, wo andere Männer nur Unrat oder gar nichts sahen.

Priscus hatte in einem recht gehabt. Caecilius war wegen der beschlagnahmten Ländereien nach Tarent gegangen. Aber er war nicht dort, um Land zu bewirtschaften. Er warb Verwalter an – gescheiterte Haushalter und arbeitslose Männer aus Rom –, die die Höfe beaufsichtigen sollten, bis die Zensoren Siedler dafür gefunden hätten. Diese Verwalter verstanden nichts von der Landwirtschaft, genauso wenig wie er.

»Aber das ist unbedeutend«, versicherte er mir. Ihre Aufgabe war es, die Sklaven zu führen, hauptsächlich kriegsgefangene Karthager, Sizilianer, Libyer, und diese würden pflügen und ernten und das Vieh versorgen. »Und du sollst Augen und Ohren für mich offen halten und dafür sorgen, dass sie mich nicht bestehlen.« Denn er kenne diese Art Menschen nur zu gut. Sie würden ihn betrügen, sobald er ihnen den Rücken kehre.

Wenn ich das alles von Anfang an gewusst hätte, vielleicht hätte ich einen Weg gefunden, um zu verschwinden, ohne mich um die Folgen zu scheren. Aber Caecilius gab immer nur ein bisschen preis, und was er mir verriet, das beschönigte er.

Es war eine widerwärtige, schäbige, langweilige Arbeit. Seine Makler – Florus und Virilis – lehnten mich ab, die Landverwalter, die wenig mehr als Verbrecher waren, gebärdeten sich hochfahrend und misstrauisch.

Und wie das Bespitzeln zum Beaufsichtigen erhöht wurde, so wurde auch das Wesen anderer Arbeiten beschönigt. Caecilius hatte seine Frachtgeschäfte nicht aufgegeben, so wenig wie seinen Kontrakt, die Flotte in Kerkyra auszurüsten. Und da Tarent ein großer Hafen war, gab es Schiffe zu besuchen, Ladung und Frachtlisten zu prüfen.

Eines Morgens rief mich Caecilius in sein Arbeitszimmer und gab mir einen Brief, den ich zur Residenz des Prätors bringen sollte. Der Prätor sei Caeso, erklärte er mir, der in Rom einige Bedeutung habe und nach Tarent gesandt worden sei, um die Stadt nach der Belagerung zu regieren. Ich sollte den Brief abgeben und auf eine Antwort warten. Solche Beziehungen, so sagte er in einem Ton, als würde er mir ein großes Geheimnis anvertrauen, müssten gepflegt werden. Er sei in der Tat überrascht, dass man ihn noch nicht eingeladen habe. »Doch der Prätor ist ohne Zweifel ein vielbeschäftigter Mann, und seine nichtsnutzigen Diener werden es versäumt haben.«

Ich ging davon. Die Residenz des Prätors war nicht weit entfernt, ein großes, von Mauern umgebenes Haus neben dem Heiligtum der Aphrodite. Bei meiner Rückkehr hörte ich die laute selbstzufriedene Stimme des fetten Maklers im Arbeitszimmer, darum beschloss ich, im Garten unter Palmen und Oleanderbüschen zu warten.

Doch Caecilius musste mich im Vorbeigehen gesehen haben. »Komm bitte herein, Marcus«, rief er. Ich gehorchte. Außer Florus war auch Virilis dort.

»Nun?«, fragte er. »Hast du den Brief abgegeben?« Er neigte den Kopf und sprach Florus in belehrendem Ton und mit hochgezogenen Brauen an: »Wie ich dir gesagt habe, bedeutende Männer sind einander stets von Nutzen. Der Prätor wird meinen Namen von Rom her kennen und mich natürlich so schnell wie möglich sprechen wollen.«

Er wandte mir wieder seinen Blick zu, und es entstand eine Pause. Alle sahen mich erwartungsvoll an. Gerade diese Lage hatte ich vermeiden wollen.

»Nun?«, sagte Caecilius und pochte mit seinem Ring auf den Schreibtisch.

Etwas zögerlich antwortete ich: »Ich habe den Brief abgegeben, Herr, aber …« Ich machte ihm mit Blicken Zeichen, dass wir besser allein darüber sprechen sollten, doch Caecilius platzte ungeduldig heraus: »Aber was? Komm, Junge, reiß dich zusammen, wie lautete die Antwort? Wann wünscht der Prätor mich zu sprechen?«

»Es gab keine Antwort«, sagte ich.

»Keine Antwort?«, wiederholte er, und die Röte stieg ihm in die feisten Wangen. Jetzt endlich hatte ich seine Aufmerksamkeit. Ich konnte seinen Verstand arbeiten sehen. Rasch sagte er: »Natürlich, du hast mit dem Prätor persönlich gesprochen.«

Das konnte er kaum annehmen. Selbst er empfing Boten nicht persönlich. Das überließ er dem Haushalter oder einem der Sklaven. Aber ich wusste, was er da tat. Er wahrte sein Gesicht auf meine Kosten.

Verlegen erklärte ich, was er gewiss wusste, dass nämlich ein anderer Mann den Brief entgegengenommen hatte.

»Ein schwachköpfiger Diener«, sagte er und nickte seinen Maklern zu. »Und hat er ihn gelesen? Vermutlich nicht. Er dürfte kein Latein lesen können.«

»Doch, Herr, er las ihn in meinem Beisein. Er war Römer. Er sprach Latein mit mir.«

Es folgte eine Stille. Florus richtete sein ganzes Augenmerk auf den Oleander vor dem Fenster. Virilis betrachtete seine Stiefel.

Mein Stiefvater räusperte sich. »Nun, Caeso ist sehr beschäftigt. Schließlich muss er sich um eine ganze Stadt voller Griechen kümmern. Aber wirklich, Marcus, du hättest auf eine Antwort warten können ... Nein!«, er hob die Hand, als ich Luft holte, »versuche nicht, mir zu widersprechen! Lass mich ausreden. Muss ich mich immer selbst um alles kümmern, wenn es angemessen erledigt werden soll? Wahrscheinlich bist du gleich davongeeilt, um deine Zeit auf dem Markt zu vergeuden oder in die Läden zu gaffen. Ich habe es dir schon einmal gesagt: Die Arbeit geht vor!«

Tatsächlich war ich sofort heimgekehrt. Aber das sagte ich ihm jetzt nicht. Auch nicht, dass ich den Mann an der Residenz um eine Antwort bestürmt hatte. Er war kein einfacher Diener gewesen, sondern ein Quästor oder ein anderer höherer Beamter, ein Römer in weißer Tunika mit roter Borte. Er war höflich gewesen, und als ich noch einmal um Antwort bat, las er den Brief ein zweites Mal und wiederholte, es werde keine geben. Dann fügte er hinzu: »Wer ist eigentlich dieser Aulus Caecilius? Irgendein Händler?«

Nichts von alledem erwähnte ich vor meinem Stiefvater. Stattdessen sagte ich: »Willst du, dass ich noch einmal hingehe, Herr?«

»Nein, nein, lass es.« Er scheuchte mich ärgerlich hinaus. »Ich werde sicher im Laufe des Tages etwas hören.«

Aber er hörte nichts. Ich war es, der dem Prätor als Erster begegnete. Und unter Umständen, die keiner von uns geahnt hätte.

Tarent reizte mich sehr, denn es gab immer etwas Neues zu entdecken. Aber ich war nicht im Stadtleben groß geworden, und es gab Zeiten, wo ich froh war, ins stille Hinterland zu entkommen, wo die großen Gehöfte lagen. Zwar mochte ich die übellaunigen, argwöhnischen Verwalter dort nicht, die so hart und grausam geworden waren wie die Sklaven, die sie beaufsichtigten, doch ein Ritt durch die Gestüte, Obstgärten und Weinberge war eine Freude, und ich war froh, eine Weile von Caecilius fort zu sein.

Es war ein schöner Tag mit klarem Himmel, die Wintersonne schien warm, vom Meer wehte ein frischer Wind. Florus und Virilis ritten neben mir auf dem grasbewachsenen Weg und unterhielten sich über meinen Kopf hinweg. Wir waren schon bei einem halben Dutzend Höfen gewesen und hatten vor unserer Rückkehr noch zwei vor uns.

Plötzlich hörten wir hinter einer Böschung laute Rufe von Männern. Florus, der gerade das Wort führte, stockte und machte große Augen. Ich sprang vom Pferd und lief geduckt zum Kamm hinauf.

Von oben, wo der Weg in die Hauptstraße nach Tarent mündete, sah ich einen Trupp römischer Soldaten. Sie kämpften gegen eine Bande wilder, zerzauster Banditen, die über sie hergefallen waren.

Die Römer waren beritten, trugen Rüstungen und rote Reiterumhänge. Sie waren abgestiegen und hatten einen engen Verteidigungskreis gebildet. Sie waren ihren Feinden mindestens drei zu eins unterlegen, hielten aber ihre Formation, während die Banditen wie ein Rudel Hunde angriffen.

Während ich zusah, stieg in mir eine große Wut auf. Einen Moment lang konnte ich kaum atmen. Dann begriff ich: Solche Männer hatte ich schon einmal gesehen, und sie hatten mir das Liebste entrissen. Das waren nicht Dikaiarchos' Männer, aber sie waren von derselben Art, und mehr Eingebung brauchte ich nicht. Ich hatte keine Rüstung, aber wir waren alle mit einem Schwert bewaffnet. Ich weiß nicht, was ich vorhatte, ich wusste nur eines: Ich wollte nicht tatenlos dabeistehen, wenn andere Männer starben.

Ich drehte den Kopf, um den Maklern zuzurufen, sie mögen mir das Schwert von meinem Sattel bringen. Mein Pferd stand, wo ich es gelassen hatte, und kaute Gras. Aber die Makler waren nur noch ein Fleck in der Ferne und trieben ihre Maultiere zur Höchstgeschwindigkeit an. Sie hatten mich verlassen.

Ich rannte den Hang hinab, ergriff mein Schwert, raste wieder hinauf und über den Kamm und brüllte aus vollem Halse einen Schlachtruf.

Die Banditen, dem Aussehen nach Versprengte von Hannibals Heer, kehrten mir den Rücken zu. Beim Klang meiner Stimme erschraken sie und fuhren verblüfft herum.

Den ersten Mann tötete ich auf der Stelle mit einem Stoß in die Brust. Den nächsten, der angerannt kam, verwundete ich, dass er hinsank, und einer der Römer gab ihm den Rest. Ich hatte noch nie an einem Kampf teilgenommen. Ich stand als ungeübter Jüngling gegen Veteranen eines schmerzlich besiegten Heeres. Sie hatten ihre Soldatenausbildung und den bitteren Geschmack der Niederlage im Mund. Doch ich hatte meinen Zorn. Er strömte mir wie Feuer durch die Adern.

Die Zeit stand still. Ich focht und duckte mich so wendig wie eine Schwalbe, mein Kopf war kühl und klar. Es gibt Dinge, die ein Mann in seinem Innersten weiß, bevor er Zeit hat, zu überlegen, wie und warum. So wusste ich, dass die Hand des Rächers Mars die meine führte. Nicht umsonst nennen die Dichter den Kampf einen Tanz. Genauso fühlte es sich an, jede Bewegung und Drehung folgte auf die andere, in fließender Folge, an deren Ende Leben oder Tod stand.

Der Kampf war rasch vorbei. Der Mann, den ich getötet hatte, musste der Anführer gewesen sein. Als die anderen ihn tot sahen, riefen sie einander in ihrer fremden, rauen Sprache etwas zu und flohen. Ich hielt inne. Neben mir war ein älterer Mann in römischer Uniform gefallen. Sein Pferd lag halb auf ihm und wieherte qualvoll. Zwei Soldaten zogen das Tier von ihm herunter. Ich richtete ihn ein wenig auf und lehnte ihn gegen einen Felsen. Er atmete mühsam. Unter seiner Rüstung quoll das Blut hervor.

Einer der Soldaten sprach mich an: »Wer bist du, Jüngling? Woher kommst du?«

Ich gab ihm irgendeine Antwort. Allmählich kam ich zu mir, mir war schwindlig, ich fühlte mich wie entrückt. Alle scharten sich um den alten Mann. Schwer atmend zischte er sie an: »Lasst das Getue! Seht ihr nicht, dass der Junge gleich zusammenbricht?«

Und dann, kurz bevor ich umfiel, sah ich das Blut aus meinem Oberschenkel quellen.

Sie verbanden mir die Wunde und brachten mich auf einer Korbtrage nach Tarent. Der alte Mann, der kurz geschnittenes graues Haar und ein hartes Soldatengesicht hatte, wurde neben mir getragen. Ich war nicht ganz bei Bewusstsein, erinnere mich aber, dass er sagte: »Diese Karthager dachten, du habest ein Heer mitgebracht. Ich ebenfalls. Ich habe selten einen solchen Schlachtruf gehört.«

Ich hätte es nicht sagen sollen, doch in meinem benommenen Zustand drehte ich den Kopf und erwiderte grinsend: »Ihr solltet euch in acht nehmen. Ihr habt Glück gehabt, dass ich gekommen bin.« Und darauf lachten alle.

Kurz danach muss ich ohnmächtig geworden sein. Als Nächstes wachte ich in einem fremden Bett auf. Die Fensterläden waren geschlossen. Durch die Ritzen schienen helle Sonnenstrahlen.

Ich lag still und starrte an die Decke. Sie war aus Holz, dunklem Holz, Eiche oder Zeder. Dann muss ich wieder eingeschlafen sein. Als ich das nächste Mal die Augen öffnete, blickte ein junger Mann auf mich herab.

»Hier, trink das«, sagte er lächelnd. Und als ich trank: »Du hast viel Blut verloren, aber deine Wunde ist sauber und wird verheilen.«

Ich trank. Nach dem Wasser ging es mir besser. »Wo bin ich?«, fragte ich.

»Du bist im Haus des Prätors in Tarent. Du bist hier ein Held, weißt du.« Wahrscheinlich sah er mein überraschtes Gesicht, denn er sagte: »Weißt du es denn nicht? Du hast dem Prätor das Leben gerettet.«

Seine hellbraunen Haare waren nachlässig gekämmt und fielen lockig in die Stirn. Er hatte einen missbilligenden, empfindsamen Mund, aber wenn er lächelte, kamen starke weiße Zähne zum Vorschein. Sein Bart war noch jünglingshaft, dünn und strähnig an den Wangen. Doch was am meisten beeindruckte, war das leuchtende Blau seiner Augen.

»Wer bist du?«, fragte ich, stützte mich auf den Ellbogen und rieb mir die Augen.

Er lachte und gab mir die Hand. »Ich bin Titus. Der Prätor ist mein Onkel.«

Als es mir wieder einigermaßen gut ging, wurde ich zu meinem Stiefvater zurückgebracht, und ein paar Tage lang ruhte ich noch aus. Nachdem der Verband abgenommen war, sah ich, dass meine Wunde sauber zuheilte, wie Titus gesagt hatte. Doch es blieb eine lange raue Narbe zurück, die zu sehen war, wenn ich eine kurze Tunika trug. Ich besah sie, wann immer ich nackt war, und wünschte sie fort, denn ich fühlte mich hässlich und gehemmt.

Ich wollte nicht an sie erinnert werden. Aber sowie ich wieder auf den Beinen war und für meinen Stiefvater einige fade Schreibtischarbeiten erledigen konnte, zog er meine Tunika hoch und zeigte meine Narbe den geschäftlichen Besuchern, die bei uns ein und aus gingen, und sagte kopfschüttelnd: »Seht ihr? Die wird er bis an sein Lebensende haben. Aber er hat sie, weil er dem Prätor das Leben gerettet hat – ihr habt doch davon gehört? Also wird es vielleicht zu etwas nutze sein.« Und so sah Caecilius selbst in meiner Qual einen Wert.

Mit der Zeit ließen der Wundschmerz und das Hinken nach. Aber die Scham, entblößt und von gleichgültigen Fremden begafft zu werden, musste ich noch länger ertragen. Ich habe mich seitdem oft gefragt, ob er wusste, wie sehr er mich demütigte, wenn er meinen Saum anhob.

Florus und Virilis hatten ihm erzählt, sie hätten anderen Banditen nachgesetzt, die ebenfalls angreifen wollten. »Ach, tatsächlich?«, meinte ich sarkastisch, als Caecilius es mir berichtete. Aber mir fiel ein, was mein Vater zu sagen pflegte: Lass dich nie herab, mit einem Lügner zu streiten. Und so schwieg ich.

Bald darauf, als ich an dem behelfsmäßigen Zeichentisch in Caecilius' Arbeitszimmer arbeitete, kam der alte griechische Haushalter hereingeeilt. »Herr«, rief er, »du hast einen Besucher. Es ist der Neffe des Prätors, Titus Quinctius.«

»Aha!«, sagte Caecilius, schob seinen Stuhl weg und richtete seine Tunika. Er warf eine Schreibtafel auf meinen Tisch. »Geh doch diese Frachtliste fertig durch, Marcus. Ich werde eine Zeit lang weg sein, und sie muss morgen bis zum Auslaufen fertig sein.«

Der alte Sklave, ein stiller, gesitteter Mann namens Telamon, räusperte sich und schaute beunruhigt. »Verzeih, Herr«, begann er, »aber es ist der junge Herr, nach dem verlangt wird.«

Caecilius war schon halb an der Tür. Er blieb stehen, drehte sich um und rang um ein gleichmütiges Gesicht.

»Aber natürlich. Warum nicht? So komm schon, Marcus, auf die Beine. Er ist kein Mann, den man warten lässt.«

Ich stand auf, sah einen Moment lang in Telamons Gesicht, und wir wechselten verstohlen einen belustigten, verständnisinnigen Blick. Nachdem er seine pflichtgemäße Miene wieder aufgesetzt hatte, führte er uns in die lichtdurchflutete Eingangshalle, wo Titus wartete.

»Sei gegrüßt, Herr«, sagte Titus, der sich vom Treppengeländer umwandte, als Caecilius angehetzt kam.

»Wir sind äußerst geehrt«, rief mein Stiefvater. Zu Telamon machte er eine scheuchende Handbewegung »Beeilung, steh nicht so da, lass aus der Küche Erfrischungen bringen.« Und an Titus gewandt: »Wein vielleicht und eine Kleinigkeit zu essen? Ich habe einen guten kampanischen ... oder vielleicht etwas Leichteres, einen aus Sizilien, ach ja, und ich habe eine Lieferung vom Ätna ...«

»Nichts, danke«, schnitt Titus ihm die Rede ab. »Dein guter Haushalter hat mich bereits gefragt.« Es entstand eine Pause. Titus sah an Caecilius vorbei und grinste mich an. »Eigentlich bin ich gekommen, um deinem Sohn ein wenig von Tarent zu zeigen, jetzt wo er sich erholt hat. Er war lange genug mit seiner rühmlichen Wunde eingesperrt. Ich meine, er könnte ein wenig frische Luft vertragen.«

Ich rechnete mit Widerspruch, doch Caecilius drückte die Hände aneinander und rief: »Aber ja! Ein ausgezeichneter Plan! Komm, Marcus, lass den Mann nicht warten, wenn er sich deinetwegen solche Mühe macht.« Und zu Titus: »Es wird ihm guttun, ein wenig öfter außer Haus zu gelangen. Hast du sein Hinken bemerkt? Zeig es ihm, Marcus. Körperliche Ertüchtigung sollte ein wenig helfen, aber ich fürchte, das wird sich nie ganz verlieren.«

Titus schaute besorgt. »Es wäre mir gar nicht aufgefallen … aber Marcus, wenn du lieber nicht möchtest …?«

Ehe ich antworten konnte, rief Caecilius: »Unsinn! Nichts könnte ihm besser gefallen.«

»Also gut. Dann lass uns gehen. Wir brauchen nicht weit zu laufen. Sag, hast du schon die Bibliothek und die Gärten gesehen?«

Verglichen mit Praeneste war der Winter in Tarent recht warm. Der Himmel war tiefblau, und das harte Sonnenlicht glitzerte auf der Bucht. Während wir die Kolonnaden am Marktplatz entlanggingen – ich mit leichtem Hinken –, fragte ich, wie sich sein Onkel von der Verletzung erholte.

»Ach, einigermaßen gut«, antwortete Titus achselzuckend. »Er hat einen ausgezeichneten griechischen Arzt aus Syrakus. Aber es würde ihm noch besser gehen, wenn er dessen Rat beherzigen und mehr ruhen würde. Leider herrscht er ihn ständig an, er solle das Getue unterlassen. Er sagt, er habe fünfzig Jahre ohne Arzt gelebt und brauche sich auch jetzt von keinem belästigen zu lassen … Nein, hier entlang.«

Wir gelangten in das Viertel vor der Bibliothek und stiegen die glatten Marmorstufen hinauf. Drinnen sah ich zwischen Säulen ein Bücherfach über dem anderen. Hier und dort saßen Männer an Tischen oder standen vor Pulten und lasen. Die Sonnenstrahlen fielen aus hohen Fenstern herein.

»Riechst du das?«, fragte Titus schnüffelnd. »Das ist Zedernholz. Das nehmen sie, um die Bücher zu erhalten.« Ich schnupperte. Ich kannte den Geruch aus der kleinen Bibliothek meines Vaters zu Hause. Ich blickte mich um. Es war mir unvorstellbar gewesen, dass es so viele Bücher geben könnte.

Wir gingen eine Weile umher und grüßten den Bibliothekar. Dann wanderten wir in den Bibliotheksgarten. Auf der Straße draußen waren viele Menschen unterwegs gewesen – wie überall in Tarent, so schien es mir –, aber der hoch ummauerte Garten mit den langen schattigen Wegen und den Lavendelkübeln war ein Hafen des Friedens. Wir fanden eine sonnige Nische und setzten uns auf eine Bank.

Titus streckte sich aus, atmete tief durch und betrachtete den prächtigen Bau und den skulpturenreichen, bemalten Giebel.

»Schön, nicht wahr?«, sagte er. »Und all das haben Menschen geschaffen. Wie gern würde ich nach Athen oder Pergamon oder nach Alexandria fahren! Wir können so viel von ihnen lernen.«

Seine blauen Augen strahlten. Angesteckt von seiner Begeisterung und von der Schönheit und weil ich ihm mitteilen wollte, was ich empfand, sagte ich: »Meinem Vater hätte es hier gefallen. Ich wünschte, du hättest ihn gekannt.«

»Aber was meinst du damit?«, sagte er. »Ich habe ihn doch vor einer Stunde erst gesehen.«

»Was, den?«, rief ich aus meiner Schüchternheit aufgeschreckt. »Oh nein! Er ist nicht mein Vater, denk das bloß nicht.«

Und dann erklärte ich es ihm.

Er hörte ruhig zu, nickte nur ab und zu oder runzelte die Stirn. Schließlich sagte er: »Das ist wahrhaftig schwer zu ertragen. Es wäre eine Ehre gewesen, solch einen Mann zu kennen. Und Caecilius sieht dir übrigens überhaupt nicht ähnlich.«

Er lächelte, und ich wusste, er versuchte, mir mein Unbehagen zu nehmen.

»Weißt du, Marcus, du hast etwas an dir, das dich von anderen unterscheidet. Ich kann es in deinen Augen sehen, es ist wie ein Feuer.«

Ich wurde rot und sah zu Boden. Die Erinnerung an Epirus hatte meinen Zorn wieder aufgerührt, und es berührte mich seltsam, dass mir jemand meine geheimen Gedanken ansehen konnte.

»Aber ich bringe dich in Verlegenheit«, sagte er freundlich lachend. »Komm, gehen wir noch ein wenig spazieren.«

Er stand auf, hielt inne und sah mir in die Augen. »Eines noch: Lass dir das Feuer von niemandem ersticken. Es ist die Schmiede deiner Seele.«

Wir verließen den Bibliotheksgarten, schlenderten weiter am Theater vorbei und blieben eine Weile vor dem Heiligtum der Persephone stehen, das einen Vorbau mit hohen Säulen und bemalte Tonstatuen auf dem Dach hatte. Titus erzählte mir, dass er, bevor er nach Tarent kam, unter Claudius Marcellus Tribun gewesen war. Er hatte gegen Hannibal gekämpft und war in der Nähe gewesen, als Marcellus in einen Hinterhalt geriet und von Hannibals Reiterei getötet wurde.

»Das war ein schwarzer Tag«, sagte er. »Das vergisst man leicht, seit Scipio die Karthager aus Italien vertrieben hat.«

Er schwieg einen Moment und schüttelte den Kopf.

»Zu viele sind umgekommen, bei Cannae und Baecula und Metaurus, eine ganze Generation. Das soll uns kein Volk mehr antun können. Scipio wird sie bald bis nach Karthago zurückgejagt haben – wenn es den Göttern gefällt und seine Feinde im Senat das nicht vereiteln. Die Welt ist nur für die sicher, die sie sicher machen. Es gibt immer und überall Männer, die die Schwachen und die Unvorsichtigen versklaven wollen. Ein Mann muss sich dagegen stark machen, sonst kann es keine Freiheit geben.«

Ich schaute zu dem verzierten Giebel hinauf, aber vor meinem geistigen Auge sah ich die Felsspitzen von Epirus, und mein Zorn regte sich von Neuem. »Wer sind diese Verräter, die gegen Scipio arbeiten, während er für unsere Sicherheit kämpft?«, fragte ich.

Er lächelte. »Du bist nicht der Einzige, der sich über sie ärgert, aber Verräter sind sie nicht. Sie sind führende Männer in Rom, Senatoren und auch ehemalige Konsuln. Dennoch irren sie sich. Sie glauben, wir brauchen die Karthager nur aus Italien zu vertreiben, dann werden wir in Frieden gelassen. Lasst uns wie früher sicher innerhalb unserer Grenzen leben, sagen sie. Sie sind alt und sehnen sich nach der Vergangenheit, wo alles einfacher war oder so erschien. Doch es gibt kein Zurück. Zweimal mussten wir gegen Karthago Krieg führen. Das ist genug. Es darf kein drittes Mal geben.«

Bevor wir auseinandergingen, nahm er meine Hand und sagte: »Nun, Marcus, ich freue mich zu sehen, dass du wiederhergestellt bist, und mach dir keine Sorgen wegen des Hinkens« – er hatte meinen Ärger darüber bemerkt – »das ist kaum der Rede wert und wird in ein paar Tagen weg sein.« Er überlegte etwas und fuhr dann fort: »Aber höre, ich gebe ein kleines Gastmahl nur für ein paar Freunde. Komm doch auch. Ich bin sicher, dein Stiefvater ist zu beschäftigt, um für etwas Unterhaltung zu sorgen. Ich werde dir eine Seite von Tarent zeigen, die du noch nicht kennst.«

Caecilius wartete mit einer Unmenge Fragen auf mich: ob ich den Prätor gesprochen hätte, ob ich in seiner Residenz gewesen sei, worüber wir uns unterhalten hätten. Meine Antworten stellten ihn nicht zufrieden.

»Du musst immer daran denken, Junge«, sagte er, »bei allem, was du tust, was es dabei zu gewinnen gibt. Ein Gespräch mit wichtigen Leuten ist niemals nur eine Unterhaltung.« Er tippte sich an die Schläfe. »Nutzen, Nutzen, Nutzen. Nur darauf kommt es an.«

Zwei Tage später kehrte ich vom Hafen zurück, wo ich eine Ladung einheimischer Töpfer- und Eisenwaren verschifft hatte, und ging durch die Eingangshalle, als mich Telamon hastig und ängstlich beiseitewinkte.

»Oh, Marcus, Herr«, sagte er leise, »während du fort warst, wurde ein Brief aus der Residenz des Prätors abgegeben, zusammen mit einer Schachtel. Dein Name stand darauf. Es hätte nicht klarer sein können.«

Ich schaute zu dem Zypressenholztisch in der Ecke, wo solche Sendungen gewöhnlich abgelegt wurden. Aber bis auf die hohe grüne Glasvase, die Telamon immer mit Blumen aus dem Garten füllte, war der Tisch leer.

»Wo ist der Brief?«, fragte ich, hatte es aber schon erraten.

Armer Telamon. Wer immer der Vorbesitzer des Hauses gewesen war – und der alte Diener war zu verschwiegen, um je darüber zu sprechen –, er war gewiss ein Mann von guter Herkunft und feinen Manieren gewesen. Bei Caecilius war Telamon völlig verloren. Da ich das verstand, dankte ich ihm und sagte: »Das macht nichts.« Und dann drehten wir uns um, weil Caecilius aus dem Arbeitszimmer rief.

Der Brief war, wie ich erraten hatte, von Titus. Er lag geöffnet auf dem Schreibtisch, eine vornehme Papyrusrolle, auf der in kühner Handschrift mit schwarzer Tinte mein Name stand.

»Du scheinst doch noch einen günstigen Eindruck hinterlassen zu haben«, meinte mein Stiefvater und blickte auf. »Der Prätor ist ganz sicher auch bei dieser Gesellschaft. Du musst ihn überzeugen, dass er mich mit der Versorgung der Garnison betraut. Im Augenblick ist dieser Dummkopf Mummius noch dafür zuständig, aber ich kann einen besseren Preis anbieten. Sag ihm das unbedingt. Soll ich dir das aufschreiben, zusammen mit den Zahlen? Oder behältst du das im Kopf? Und vergiss nicht, ihm zu sagen, dass ich schon die Flotte in Kerkyra ausrüste – aber das dürfte er wohl wissen …«

Er plapperte weiter, doch er musste gesehen haben, wie mein Blick zu dem Stück Papyrus hinwanderte, denn er unterbrach sich und sagte: »Was denn? Ich erhalte täglich viele Briefe, und dein Name ist mir erst aufgefallen, als ich ihn schon geöffnet hatte.«

»Ja, Herr.«

Er beäugte mich und rümpfte die Nase. »Jedenfalls bist du mein Adoptivsohn. Du unterstehst meiner Gewalt, und ich kann tun, was mir beliebt. Hier, lies ihn selbst.«

Er schob mir das Schriftstück zu.

Darauf stand: »Titus an Marcus, sei gegrüßt. Komm übermorgen bei Sonnenuntergang. Bis dahin nimm das kleine Geschenk von Onkel Caeso, dem es gut geht, und von mir. Etwas Griechisches. Wenn sie dir gefällt, trage sie.«

Seine Gabe – eine kleine bemalte Geschenkschachtel – lag auf dem Schreibtisch. Das Siegel war gebrochen und das Band gelöst. Caecilius musste damit beschäftigt gewesen sein, als ich das Haus betrat.

Ich nahm den Deckel ab und zog eine feine weiße Tunika mit grüner und scharlachroter Borte heraus, hielt sie hoch und betrachtete sie. Sie war besser als alles, was ich besaß.

»Eine feine Arbeit«, meinte Caecilius nickend und rieb den Stoff zwischen seinen kurzen, dicken Fingern. »Irische Wolle erster Güte. Solche ist selbst in den besten Läden Roms schwer zu bekommen.« Und dann mit einem scharfen Blick zu mir: »Es heißt, dieser Titus mag alles auf die griechische Art. Du bist ein recht gutaussehender Bursche, trotz der Narbe am Bein. Pass auf dich auf bei dieser Gesellschaft.«

So goss er auf geschickte Art Essig in den Wein. Ich tat, als wüsste ich nicht, was er meinte, aber mein Erröten verriet mich zweifellos. Ich hatte ein Geschenk von einem Freund bekommen. Mehr nicht. Aber für Caecilius hatte jeder niedrige Beweggründe, und ehe er die nicht aufgedeckt hatte, war er nicht zufrieden.

Titus' Gastmahl war in der Tat sehr griechisch – elegante Speisesofas aus glänzendem Holz mit gestreiften Seidenkissen, ein Flötenspieler in der Ecke, der eine lydische Weise spielte, silbernes Geschirr und darauf verschiedenartige Speisen in kleinen Portionen: sizilianisches Rehkitz, Honigsesam-Huhn, gewürzter Fisch in zartem Teigmantel, alles köstlich zubereitet und von geübten Dienern aufgetragen.

Als ich eintraf, erkundigte ich mich nach dem Prätor.

»Er liegt im Bett und wird sich nicht zu uns gesellen«, sagte

Titus. »Seine Wunde quält ihn. Endlich hört er auf den Rat des Arztes und ruht sich aus.«

Er führte mich zwischen die Sofas und stellte mich seinen Freunden vor. Die waren zwei Römer in seinem Alter, Villius und Terentius, ein junger Tribun von der Garnison, und zwei Griechen aus Tarent, die mit der Stadtregierung zu tun hatten.

Ich begrüßte all diese Leute. Doch wer meine Blicke auf sich zog, saß auf dem Ehrensofa neben Titus' Platz. Ich musste mich beherrschen, um sie nicht bewundernd anzustarren. Sie musste gut vierzig Jahre alt sein, hatte aber eine Haltung wie eine kunstvolle Statue und war so anmutig wie die sanfte, betörende Musik, die aus der Nische kam. Sie trug ein Seidengewand von tiefstem Blau, das an den Rändern zart mit Gold bestickt war, ihre kastanienbraunen Haare waren geflochten und mit einer goldenen Schwalbenbrosche aufgesteckt. Mittlerweile kannte ich mich ein wenig aus und sah, dass sie eine Kurtisane war. Doch bei ihrer Ausstrahlung wollte man meinen, sie sei eine Königin im Kreise ihrer Untertanen.

Sie unterhielt sich mit einem Gast, aber als Titus mich zu dem Sofa geleitete, leuchteten ihre dunklen Augen auf. Sie trugen nur einen Hauch Schminke und wirkten tief und klug und abschätzend. Titus sagte: »Das ist meine Freundin Pasithea. Ich habe dir den Platz neben ihr gegeben.«

Sie lächelte zu mir herauf.

»Du bist also der tapfere junge Mann, der die Karthager in die Flucht geschlagen hat. Ich war schon sehr gespannt auf dich.«

Ich gab eine schüchterne Antwort, bei der ich mir vorkam wie ein Rüpel vom Lande, der sich unversehens in Gegenwart einer Göttin wiederfindet.

Doch sie beherrschte die Kunst, einem Mann Behagen einzuflößen, und bald, mit wenigen Worten, einem Blick, einer Geste – ich konnte nicht sagen, wie sie es machte –, ließ sie mich meine Unbeholfenheit vergessen, und ich dachte nur noch an sie.

Ich entspannte mich und begann mich wohlzufühlen.

Titus teilte sein Sofa mit einer jungen Frau namens Xanthe. Auch sie war wie alle weiblichen Gäste eine Kurtisane, aber ich konnte sehen, dass sie auch enge Freunde waren, die nicht nur den Körper des anderen, sondern auch das Gespräch mit ihm schätzten. Hin und wieder berührte sie beim Sprechen ganz beiläufig seinen Arm, seine Hand, sein Bein oder wandte ihm die blau geschminkten Augen zu und lächelte ihn an. Sie war sich ihres Körpers und seiner Wirkung bewusst. Aber es war nichts Plumpes oder Unangenehmes oder Besitzergreifendes an ihr. Ihr Lachen war perlend wie Tau, ihr Benehmen makellos. Sie war ein Könner, und ein Blick auf Pasithea zeigte, wer ihr Lehrer gewesen war.

Auf dem Sofa neben meinem lag Villius, und während wir aßen, erzählte er mir, er sei kürzlich aus Rom gekommen und würde Titus noch aus ihren Kindertagen kennen. Er pries Praeneste und sagte, er habe Tempel der Fortuna besucht. So plauderten wir eine Weile über meine Heimat und die Plätze, die wir beide kannten.

Später sprach Titus über Tarent. Es war der Wunsch seines Onkels, die Selbstverwaltung der Stadt wieder herzustellen, und er versuchte, auch den römischen Senat davon zu überzeugen. Die rechtschaffenen Leute, die Adligen und die Gebildeten, hatten Hannibal nicht unterstützt, und in seinen Augen waren viele in den Wirren nach der Belagerung zu Unrecht enteignet worden. Die Zeit sei gekommen, meinte er, diese Ungerechtigkeit wiedergutzumachen und die Tarenter nicht zu Untertanen, sondern zu Freunden und Verbündeten Roms zu machen.

Dabei dachte ich an Caecilius und wie wenig ihm das passen würde. Ich war froh, dass der Prätor nicht da war, denn so brauchte ich ihm die peinliche Bitte meines Stiefvaters nicht vorzutragen, was mich in dieser Gesellschaft zutiefst beschämt hätte.

Später, als die Gäste aufstanden und sich vermischten, fragte

Pasithea mich, wie mir die Stadt gefalle und was ich schon gesehen hätte.

Bis dahin hatte ich angenommen, dass sie selbst aus Tarent stammte. Doch sie war zwar einige Male in der Stadt gewesen und hatte dort einige Freunde, war aber Griechin.

»Aus Athen?«, fragte ich und stellte mir ihr Haus in einer prächtigen, kultivierten Stadt vor.

Sie lachte freundlich und schlug die Augen nieder. »Nein, mein Lieber. Ich bin in einer kleinen Stadt namens Abydos aufgewachsen. Ich glaube nicht, dass du je davon gehört hast.«

Sie irrte sich, und das sagte ich ihr, denn Caecilius hatte den Ort oft erwähnt, da er auf der Schiffsroute von Griechenland zum Schwarzen Meer lag, wo seine Schiffe manchmal einliefen. Ich fragte sie, warum sie von dort weggegangen sei.

»Ach, es war so langweilig.« Sie beugte sich vor und legte eine Hand auf meinen Arm. Die Berührung war zart, aber gefühlvoll. Ich roch ihren Duft; er war fein und leicht wie ein Frühlingslüftchen und barg dabei eine Tiefe, die die Sinne betörte. »Weißt du, als ich ein kleines Mädchen war, dachte ich, es läge nur daran, dass ich mich eben leicht langweilte. Kennst du solche Gedanken, Marcus? Aber nachdem ich Korinth und Athen gesehen hatte, wurde mir klar, dass es nicht an mir lag, sondern an Abydos.«

Sie verdrehte die Augen, und ich lachte, wie von ihr beabsichtigt. Sie lachte mit mir, und ihre goldenen Ohrringe glänzten im Lampenschein.

»Und so«, fuhr sie fort, »verließ ich diese Stadt und ging nach Korinth, in die entzückendste Stadt von allen. Warst du schon dort? Ach, wie habe ich sie nach Abydos bewundert! Ich tue es noch immer. Gesellschaften, Freunde, Theater, Musik, und immer etwas Neues, das den Geist anregt. Ich habe dort ein kleines Haus an der Kenchreaistraße mit einem hübschen Garten. Aber ich reise gern, und natürlich habe ich überall Freunde.«

Sie plauderte so fort, erzählte mir von Plätzen in Tarent, die ich besuchen sollte, fragte nach meinem Kampf mit den Karthagern und ein bisschen nach meinem bisherigen Leben (aber wirklich nicht viel – Titus hatte sie wahrscheinlich gewarnt). Sie brachte mich zum Lachen, sie weckte den Wunsch in mir, sie näher kennenzulernen, sie lockte mich aus meiner Schale und gab mir das Gefühl, lebendig zu sein.

Als ich mich wieder einmal setzte, rutschte mein Saum ein wenig hoch, wie das bei einer Tunika eben der Fall ist. Unwillkürlich zog ich ihn herunter, um meine Narbe zu verbergen. Das war mir zur Gewohnheit geworden.

Das fiel niemandem auf, so glaubte ich zumindest.

Aber ein bisschen später legte Pasithea ihre Hand auf meinen Oberschenkel und sagte bei einem leichten Klaps: »Das ist ein Ehrenzeichen. Kein anständiger Mensch könnte das anders sehen. Setze es nicht durch Scham herab.«

Solche aufmerksamen Freundlichkeiten waren ganz ihre Art. Und diese eine, die an einen verletzlichen Jüngling gerichtet war, habe ich nie vergessen.

Von den berühmten griechischen Kurtisanen hatte ich sogar in dem verschlafenen Praeneste gehört, denn die Knaben, mit denen ich als Kind befreundet gewesen war, sprachen darüber hinter vorgehaltener Hand und stellten Vermutungen an. Da ich es nicht besser wusste, stellte ich sie mir wie die ungehobelten Huren vor, die in den Gassen hinter dem Markt wohnten und die Ziegenhirten und Viehknechte befriedigten, wenn die ihre Tiere zum Verkauf ins Dorf brachten.

Jetzt sah ich, wie sehr ich mich geirrt hatte. Pasitheas Verstand war so scharf wie ein Rasiermesser und ihr Witz dementsprechend. Desgleichen Xanthe. Die Griechen nennen sie Hetären, das heißt Gefährtin, und genau das waren sie. Was sie gaben, gaben sie aus freien Stücken. Sie erniedrigten sich nicht, indem sie Bezahlung verlangten. Sie nahmen nur Geschenke an, die freiwillig von denen geboten wurden, die sie als ihre

Freunde bezeichneten. Sie waren Frauen, die beschlossen hatten, ihr eigener Herr zu sein, und wenn diese Freiheit einen Preis hatte, so waren sie bereit, ihn zu zahlen.

Ich wandte mich wieder den Gesprächen zu. Titus fragte Villius nach den Wahlen in Rom, die kürzlich stattgefunden hatten.

»Scipio war da«, berichtete Villius. »Er mischte sich unters Volk und warb für sich. Fabius sprach natürlich gegen ihn. Desgleichen …« Er nannte die Namen etlicher Männer aus alten, mächtigen Familien.

»Was haben sie gesagt?«, fragte Titus.

Villius zuckte die Achseln. »Das Gleiche wie immer. Scipio sollte Frieden schließen, wenn er ihm angeboten würde. Sie sind den Krieg leid.«

Titus drehte sich zu mir um. »Siehst du, Marcus, wie ich es dir gesagt habe.« Und dann zu Villius: »Bei den Göttern, wir alle sind den Krieg leid. Aber deswegen werden sich unsere Feinde nicht abwenden. Endlich, nach so vielen Jahren, steht Karthago vor einer Niederlage, und diese alten Männer wollen zurückweichen wie Hunde, die bellen und nicht beißen. Den Fehler haben wir schon einmal gemacht, und sie sind gestärkt wiedergekommen, und viele Männer sind gefallen. Nein«, sagte er mit zorniger Geste, »wenn wir sie jetzt in Ruhe lassen, kommen sie zurück, wenn unser Augenmerk etwas anderem gilt, und dann geht die Sache vielleicht anders aus. Nicht den Narren gewähren die Götter Glück. Es ist nicht so lange her, dass Hannibal vor den Toren Roms stand. Haben sie das schon vergessen?«

Villius lachte. Es war Schweigen eingetreten, und er brach es, indem er sagte: »Wie ich sehe, hast du dich nicht verändert. Aber du weißt, was dein Vater sagen würde.«

»Ach der!«, erwiderte Titus mit verächtlicher Geste. Er holte Luft, und ich glaubte, er würde weitersprechen. Aber dann schüttelte er bloß den Kopf und nahm seinen Weinkelch. Xanthe machte neben ihm eine heitere Bemerkung. Er wandte sich ihr zu, und eine Weile nahm die Unterhaltung eine andere Richtung.

Aber dann sagte Villius: »Ich habe übrigens Lucius in Rom gesehen. Sie haben sich wieder gestritten, er und dein Vater.«

Titus unterbrach sein Gespräch. Einen Moment lang verdüsterte sein Gesicht ein solcher Zorn, dass Xanthe, deren Hand auf seiner ruhte, sich hastig von ihm zurückzog.

Sofort nahm er reuig lächelnd ihre Hand und hielt sie fest. »Nein, das ist nicht deine Schuld«, sagte er, und dann zu Villius: »Sie streiten immer. Das kann Vater am besten. Lucius muss von ihm weg. Ich werde ihm noch einmal schreiben und ihn bitten zu kommen. Er ist schließlich mein Bruder, welche Fehler er sonst haben mag, und ich muss tun, was ich kann.«

Die Tische wurden abgeräumt. Ein Tänzer kam herein, ein geschmeidiger, dunkelhäutiger Grieche aus Tyros, der zur Melodie der Panflöten und einer Laute tanzte. Xanthe, die an meiner anderen Seite saß, stellte mit großen Augen neugierige Fragen über Rom, das sie für eine grässliche, barbarische Stadt zu halten schien, die weit entfernt lag und wo niemand hinreiste, etwa wie das Land der bemalten Kelten oder der Hyperboreer. Wir plauderten unbeschwert und lachten. Der Tänzer, nackt bis auf das Lendentuch, bewegte sich im Lampenschein, die Flöten bliesen ihre verspielte Melodie. Dann, es war wie ein eisiger Windstoß an einem Sommertag, hörte ich von der anderen Seite des Raumes einen Namen, bei dem ich ruckartig den Kopf drehte und zu dem Sprecher hinüberstarrte.

Einer der griechischen Freunde sprach über König Philipp von Makedonien. Doch nicht dieser Name hatte mich aufgerüttelt. Es war Dikaiarchos'.

Titus sah meine plötzliche Bewegung.

»Was hast du?«, fragte er. »Kennst du den Mann?«

»Ich werde ihn niemals vergessen«, antwortete ich, »und eines Tages werde ich ihn töten.«

Das hatte ich gar nicht sagen wollen, aber jetzt war es geschehen, und so, während alle Augen auf mich gerichtet waren, erklärte ich, warum.

Am Ende sagte der griechische Freund – Mimas hieß er: »Das tut mir leid. Und wenn du mich fragst, wir werden noch häufig von ihm hören.«

Ich fragte, warum.

»Er hat römische Schiffe mit Getreide gekapert, und nichts könnte so stark die Aufmerksamkeit des Senats auf sich ziehen. Alle sagen, dass Philipp dahinter steckt, was der natürlich bestreitet. Aber er und Dikaiarchos sind Gastfreunde.« Er zog seine schwarzen Brauen hoch und fügte mit einem lächelnden Blick durch den Raum hinzu: »Manche behaupten sogar, dass sie einst Liebende waren ... Aber wie dem auch sei, sie sind zweifellos dicke Freunde. Du solltest auf sie achtgeben, Titus. Scipio ist zu Ruhm gelangt, als er Hannibal aus Italien vertrieb. Was könnte edler sein, als Griechenland vom Stiefel dieses Tyrannen zu befreien?«

Titus strich sich seinen Jünglingsbart. Er nahm seinen Kelch, und die blauen Augen leuchteten. Ich erinnere mich an diesen Moment nicht nur um meinetwillen, sondern weil ich das Ende kenne und weiß, was daraus wurde. Ich habe mich oft gefragt, hinterher, ob das der Anfang gewesen ist.

Bald darauf brach die Gesellschaft auf.

Während ich draußen an der Treppe stand und auf die Fackelträger wartete, kam Pasithea zu mir und küsste mich auf die Stirn.

»Du musst mich unbedingt einmal besuchen«, sagte sie, als sei ich an dem ganzen Abend das Beste gewesen. »Mein Haus kennt jeder. Ich werde meinen Diener mit einem Brief schicken.«

Dann kamen die Fackelträger, und sie ging durch den Garten und unter dem Bogen hindurch, wo die Goldfäden in ihrem langen geschmeidigen Kleid das Licht der Stocklaternen einfingen.

Viertes Kapitel

Der Frühling zog ein. An den Hängen zwischen den Zypressen blühten die Schlüsselblumen, und der Hafen, wo es den Winter über still gewesen war, erwachte zu neuem Leben.

Mein Stiefvater war früh auf gewesen und mit Florus und Virilis zum Hafen gegangen. Ich war im Garten, als ich von drinnen laute Stimmen und eilige Schritte hörte. Dann erschien Caecilius auf der Schwelle. Er sah aus, als sei er den ganzen Weg vom Markt hierhergerannt. Er hatte rote Flecke im Gesicht und war außer Atem.

»Er ist tot!«, rief er, die Arme hochwerfend. »Er ist tot!«

Florus erschien neben ihm in der Tür und dann Virilis, beide eifrig um Bestürzung bemüht.

»Wer ist tot?«

»Na, der Prätor!«, rief Caecilius und sah mich an, als wäre ich ein Idiot. »Caeso! Vor einer Stunde, bei Sonnenaufgang ist er gestorben. Es hat sich schon überall herumgesprochen.«

»Aber seine Wunden heilten doch.«

»Vielleicht hat er sich erkältet, was weiß ich? Auf jeden Fall ist er tot. Du musst hingehen und kondolieren … Sieh zu, dass man sich deiner erinnert. Geh dich umziehen – lauf! Mach dich auf, solange die Nachricht noch neu ist und bevor die ganze Stadt anrückt.«

Ich kleidete mich um und ging zum Haus des Prätors.

Die Menschenmenge stand bereits davor, Schmeichler, Opportunisten, Speichellecker, Männer, die auf einen Vorteil aus waren, und alle auffällig trauernd. Ich entfernte mich, ohne mit jemandem gesprochen zu haben.

Als Nächstes erfuhren wir, dass Titus die Nachfolge seines Onkels angetreten hatte. Er hatte ohnehin schon die Regierungsgeschäfte geführt, und zu gegebener Zeit erteilte der Senat, der mit dem Krieg gegen Karthago beschäftigt war, seine Zustimmung.

Unterdessen war Titus von der Regierungsarbeit völlig eingenommen, und ich von den Geschäften meines Stiefvaters. Ich sah ihn eine Zeit lang nicht. Aber eines Morgens kam ich nach einem Besorgungsgang am Garten des Dioskouroi-Tempels vorbei, wo die Mandelbäume in voller Blüte standen, und da sah ich ihn von hinten neben dem Tor stehen, das auf den Marktplatz führt.

Es war noch früh, und die Stände waren noch nicht ganz aufgebaut. Ich war reichlich überrascht, Titus dort zu sehen. Es war nicht seine Gewohnheit, sich auf dem Markt die Zeit zu vertreiben, und wenn er auch nicht mit offiziellem Gefolge in die Stadt ging, weil, wie er sagte, die Tarenter das übel nähmen, so doch wenigstens in Begleitung von zwei oder drei Freunden.

Ich lief den Säulengang entlang, um ihn zu begrüßen. Als ich näher kam, meinte ich, dass er mir anders vorkam als sonst. Seine Haare waren wie immer, aber er hielt sich eigentümlich, als wäre er müde oder krank. Oder – das wurde mir gerade klar, als ich seinen Namen sprach – betrunken. Doch das konnte nicht sein. Titus betrank sich nie, schon gar nicht auf dem Marktplatz.

Er drehte sich um und blickte mir mit kalten, unsteten Augen ins Gesicht. Mir lief es kalt den Rücken hinunter. Es ist eine beunruhigende Erfahrung, wenn man von einem Mann, den man als seinen Freund betrachtet, nicht erkannt wird.

»Kenn ich dich etwa?«, fragte er barsch. Und dann dämmerte es mir.

»Was stimmt mit dir nicht?«, fragte er. »Hast du keine Augen im Kopf?«

Ich stotterte eine Entschuldigung.

»Dann sieh genau hin und merke es dir«, sagte er unversöhnlich. »Ich bin nicht Titus. Ich bin Lucius.«

Lucius ist also hergekommen, dachte ich, als ich davoneilte. Und dann begriff ich, woher er gekommen sein musste: aus der Gasse hinter dem Säulengang, wo die rauen Schenken liegen, die bei Sonnenaufgang öffnen, um die Markthändler zu versorgen, und die Männer, die ohne Wein nicht durch den Vormittag kommen.

Ich bedauerte meinen Fehler und hoffte, ich würde mich bei unserer nächsten Begegnung noch einmal gehörig entschuldigen können. Aber ich dachte nicht weiter darüber nach, denn etwas, das mir näher lag, hatte angefangen mir Sorgen zu machen.

Es hatte gegen Ende des Winters begonnen, und zuerst glaubte ich nicht, was ich sah. Es war eine alte Gewohnheit von mir, beim ersten Schein des Tages aufzustehen. Eines Morgens war ich allein im Garten und saß auf der Bank an der Mauer, als ich eine junge Frau den Säulengang hinunterhuschen sah. Sie blieb bei einer Säule stehen, fuhr sich mit den Fingern durchs Haar und zog ihren Umhang zurecht, dann – nach einem raschen Blick nach allen Seiten – schoss sie die Stufen hinauf ins Haus. Sie hatte mich nicht gesehen. An der Mauer wuchs ein üppiger Jasminstrauch. Der hatte mich vor ihren Blicken verborgen.

Ich lehnte mich schmunzelnd zurück und machte mir keine Gedanken, da ich annahm, sie sei die Freundin eines der Sklaven. Mein Stiefvater verbot solche Besuche. Sie verließ das Haus, bevor er aufstand.

Aber einmal aufmerksam geworden, gibt man acht. An einem der nächsten Morgen sah ich sie wieder. Diesmal war sie nicht so verstohlen, sondern fühlte sich sicherer. Wieder blieb sie stehen, um ihre Kleider zu richten, und ich fasste sie deutlicher ins Auge. Sie hatte dickes schwarzes Haar und trug eine billige Kupferkette mit Glasperlen. Die Schuhriemen machten ihr Schwierigkeiten, und als sie danach griff, glitt ein boshafter Ausdruck über ihr Gesicht. Mit ihrem schmalen Gesicht und dem spitzen Kinn sah sie aus wie eine Phönikerin oder Sizilianerin. Solche Gesichter sah man viele in Tarent, besonders in der Hafengegend.

Als sie sich ins Haus stahl, folgte ich ihr und sah sie durch die Vordertür hinaus und die Straße entlangeilen, wo sie sich am Rand im Dunkeln hielt. Ich kehrte in den Garten zurück und ging in die Richtung, aus der sie gekommen war. Am Ende des Säulengangs befand sich hinter einem Oleander verborgen ein Durchgang in der Mauer und dahinter ein offener Gang, der an der Rückseite des Hauses entlangführte und mit totem Laub übersät war. Er endete an einer Treppe und der Hintertür zu den Schlafräumen meines Stiefvaters. Die Fußabdrücke der Frau waren im Staub zu sehen.

Ich kehrte zu meiner Bank zurück und dachte nach. Ich will nicht so tun, als wäre ich sehr überrascht gewesen. Ich sagte mir, was man überall hörte: dass die Vergnügungen eines Mannes nur ihn etwas angingen. Dennoch war ich angewidert. Das war nicht irgendein Mann, er war der Mann, der meine Mutter geheiratet hatte.

Keine der verschiedenen Zerstreuungen Tarents schienen ihn je zu reizen. Ich erinnerte mich ironisch lächelnd, wie er einmal streng erklärte, er habe für oberflächliche Vergnügungen wie Theater oder Konzerte im Odeion oder Spaziergänge keine Zeit. Ich dachte auch darüber nach, dass er sich trotz all seines Geldes nur diese grobe Hure als Gefährtin erwählt hatte. Doch wie hätte es anders sein können? Er hätte sich niemals eine Frau mit dem charmanten, gebildeten Wesen einer Xanthe oder Pasithea ausgesucht. Die hätten ihn als den Mann vorgeführt, der er war.

Als er später mit verquollenen Augen und gereizt aus seinem Zimmer kam, erwähnte ich um meiner Mutter willen die Hure nicht. Doch später schnauzte er mich an, er sei müde, und da erlaubte ich mir sagen: »Trotz der vielen Arbeit solltest du mehr schlafen, Herr. Du wirst schließlich nicht jünger, und sieh, was Caeso passiert ist.«

Als Titus mich das nächste Mal zu einem Gastmahl einlud, war auch sein Bruder da. Sobald es sich taktvoll einrichten ließ, entschuldigte ich mich für mein Versehen. Er schien die Entschuldigung anzunehmen, blickte mich aber an, als wüsste er nicht, wovon ich redete. Vielleicht war das seine Art zu zeigen, dass er mir verziehen hatte. Da er Titus so ähnlich sah, war es verwirrend, dass er sich so ganz anders benahm. Von Weitem sahen sie gleich aus, das gleiche Kinn, die gleiche Stirn, der gleiche Fall der braunen Haare, die gleichen ebenmäßigen Gesichtszüge. Doch um Mund und Augen lag eine Verdrossenheit, wie bei einem verzogenen Kind, dem etwas vorenthalten wird, das es sich wünscht.

Diese Gesellschaften hatten immer etwas gewollt Griechisches. Ein Jüngling oder ein Mädchen sang sanft zu den Klängen von Leiern und Flöten, oder Titus hatte einen bekannten Rhapsoden aus Tarent oder anderen griechischen Städten Italiens gebeten, Heldenerzählungen und alte Liebessagen vorzutragen. Alles wirkte stilvoll und wohlerzogen.

Mir fiel das auf, weil es für mich neu und unterhaltsam und fremdländisch war. Ich bemerkte auch, dass Lucius sich darüber ärgerte. Er beschwerte sich über die Musik und dass die Bedienung während des Essens, wo es sorgfältig ausgesuchte Speisen gab, zu langsam sei, am langsamsten beim Weinausschenken, denn er trank gern nach seiner Gangart, und die war schneller als bei allen anderen Gästen. Um das zu unterstreichen, leerte er seinen Kelch, kaum dass ihm eingeschenkt worden war, und zeigte, dass er leer war, indem er ihn laut auf dem

Olivenholztischchen vor seinem Sofa abstellte und den Diener fingerschnippend aufforderte, ihn neu zu füllen.

Nach der Art unserer ersten Begegnung war es nicht überraschend, dass ich selten Grund fand, ihn anzusprechen, und umgekehrt. Doch bei einer dieser Abendgesellschaften kam er durch den Raum auf mich zu, um mein Gespräch mit Villius und Pasithea brüsk zu unterbrechen. »Wo wohnst du? In dem Haus über dem Hafen? Mit den weißen Mauern und den hohen Palmen?«

Ich bestätigte seine Vermutung, und darauf nickte er und entfernte sich, und ich dachte mir nichts dabei.

Am nächsten Morgen kam Telamon zu mir und sagte: »Marcus, Herr, da ist ein Mann, der dich sprechen will.«

Es war Lucius.

»Ich bin auf dem Weg zur Palästra«, sagte er. »Ich möchte nicht allein gehen und dachte, du würdest vielleicht mitkommen.«

Ich muss ihn verwundert angesehen haben. Ich konnte meine Empfindungen noch nie gut verbergen. Ich werde rot, wenn ich wütend bin, und starre wie ein Idiot, wenn ich bestürzt bin. Diesmal aber gelang mir so viel Selbstbeherrschung, dass ich meine Verblüffung mit einem Räuspern überspielte. Ich wusste, dass Titus bei seiner Vorliebe für alles Griechische hin und wieder die Palästra besuchte, wo man ringen, laufen und Ball spielen konnte. Aber selbst er ging nur dorthin, wenn seine griechischen Freunde ihn dazu einluden.

Als Römer versteht man diese Zurückhaltung. Zu Hause hatte ich meinen Körper bei der gewöhnlichen Arbeit auf dem Hof und bei der Jagd abgehärtet und mich zuletzt auch im Laufen und Speerwerfen geübt und das schwere alte Schwert geschwungen, das ich im Schuppen gefunden hatte. Das alles hatte einen Zweck gehabt. Aber den Körper um seiner selbst willen auszubilden, wie ein Bildhauer eine Statue formt oder ein Töpfer eine Vase, das war mir fremd.

Doch ich dachte bei mir: Titus gibt den Ton an mit seiner griechischen Lebensart, und Lucius folgt ihm darin. Mir kam auch der Gedanke, dass das ein Friedensangebot von Lucius sein könnte. Es wäre ungehobelt, das abzulehnen, wenn er eigens zu meinem Haus gekommen war.

Darum ließ ich mir meinen Mantel geben, und wir machten uns auf den Weg.

Die Palästra war nicht weit von der Bibliothek entfernt. Sie bestand aus vielen Säulenhöfen, von denen einige mit Rasen ausgelegt, andere gepflastert waren, und Platanen und Zypressen spendeten Schatten. Man gelangte von der Straße hinter dem Bibliotheksgarten durch einen Bogengang hinein.

Wir traten durch das Tor und in den kleinen Brunnenhof, wo die Umkleideräume und das Badehaus waren. Man hörte das Gelächter der Jünglinge und das Platschen von Wasser und ein wenig entfernt die barschen Anweisungen der Ringerausbilder.

»Hier entlang«, sagte Lucius.

Ich begann mich zu fragen, was er vorhatte. Ich hoffte, nicht boxen oder ringen. Ich hatte noch nie im Leben gerungen, und die Boxer, die ich in den Straßen Tarents gesehen hatte, waren furchterregende Gestalten mit blau geschlagenem Gesicht und entstellten Ohren. Doch ein verstohlener Blick auf Lucius sagte mir, dass diese Sportarten ihm genauso wenig zusagten wie mir. Er kaute auf der Unterlippe und sah sich um. Sicher warten seine Freunde irgendwo, dachte ich, obwohl er die unterwegs nicht erwähnt hatte. Vielleicht ist Titus hier, überlegte ich, und Lucius erlaubt sich einen kleinen Scherz.

Wir gelangten zu einem grasbewachsenen Platz mit einer Laufbahn. Im Schatten des Säulengangs blieb er stehen.

Er schaute sich um. Ich konnte niemanden entdecken, den ich kannte, keine Freunde kamen grüßend auf uns zu.

Neben der Laufbahn stand ein Ausbilder auf seinen Stock gelehnt, ein schlanker, grauhaariger Mann in schlichter Tunika, und plauderte mit einigen Jünglingen. Dem Anschein nach hatte er soeben eine Unterrichtsstunde beendet. Rings um den Hof stand man schwatzend beisammen oder schlenderte zu zweit und zu dritt zum Badehaus.

Ich sah Lucius an. Seine Lippen waren leicht geöffnet, seine Augen auf einen Jüngling meines Alters gerichtet, der ein Stück entfernt bei seinen Freunden stand.

In dem Moment lachte er auf und sah sich dabei um. Seine goldbraunen Haare waren kurz geschnitten und über der Stirn nassgeschwitzt. Nackt wie er dastand und staubig von der Laufbahn hätte er eine Götterstatue sein können, so makellos waren seine Proportionen.

Beim Umdrehen sah er, dass Lucius ihn anstarrte. Einen Augenblick lang hielt er inne, und sein Lächeln verwandelte sich in einen finsteren Blick. Er schaute rasch woandershin und machte eine Bemerkung zu seinen Freunden, von denen zwei sogleich zu uns herübersahen.

Der Jüngling sagte noch etwas, dann wandten sie sich absichtlich ab und gingen zum Badehaus.

Lucius atmete plötzlich hörbar aus. Er musste die Luft angehalten haben.

»Das ist Menexenos«, sagte er und folgte dem Jüngling mit hungrigem Blick.

Danach ging er lustlos und offenkundig ohne Ziel durch die ausgedehnte Anlage, durch Kolonnaden, über Rasen und durch Gärten. Wir kamen an das Schwimmbecken. Drei oder vier Schwimmer zogen kraftvoll ihre Bahnen durch das sonnenglitzernde Wasser. Lucius spähte aus schmalen Augen hinter ihnen her, und ich hatte den Eindruck, er suchte unter ihnen nach dem Jüngling von der Laufbahn.

Ich war versucht zu sagen, sein Freund sei ins Badehaus gegangen. Doch Lucius war mürrisch geworden, und außerdem hatte ich den Verdacht, dass er mit diesem schönen, kräftig gebauten jungen Mann so wenig befreundet war wie der Hase mit dem Fuchs. Das machte mich verlegen, und ich hütete meine Zunge.

Schließlich gingen wir unter einem Steinbogen durch und kamen wieder in den Brunnenhof. Lucius stieß einen trägen Seufzer aus wie ein Mann, der an der Schwelle einer Erkrankung steht.

»Sind deine Freunde nicht hier?«, fragte ich um mich schauend. »Wo hast du dich mit ihnen verabredet?«

»Was für Freunde?«, fuhr er mich an. »Du bist hier, oder nicht? Wovon redest du?«

Ich wollte entgegnen, warum er überhaupt hergekommen sei, aber ich schwieg. Die Antwort kam mir von selbst.

Neben dem Toreingang stand eine ausladende Platane und daneben eine Marmorbank. Dort setzte er sich hin.

»Du kannst jetzt gehen«, sagte er, als würde er einen Sklaven wegschicken. »Ich werde wohl noch etwas hierbleiben und sehen, wer kommt und geht.«

Ich verließ ihn. Er hatte gesagt, er wolle nicht allein zur Palästra gehen. Er hatte mich nur mitgenommen, weil er keinen anderen darum bitten konnte. Ich war wütend und beschämt, denn es schien mir, als wäre der einzige Zweck dieses Morgens seine Jagd auf den Jüngling gewesen, der sich Menexenos nannte. In der Tat hätte ich den Morgen als vergeudete Zeit betrachten können, wenn mir damals nicht so viele Tage, die ich für meinen Stiefvater arbeitete, noch vergeblicher erschienen wären.

Als ich Lucius das nächste Mal sah, war es bei einer Versammlung, die Titus in der Prätorenresidenz abhielt. Er zeigte sich mit keiner Geste freundschaftlich, erwähnte mit keinem Wort den Morgen in der Palästra, er sprach nicht einmal mit mir. Das tat ich achselzuckend ab, doch es kam Schlimmeres auf mich zu, das ich nicht ignorieren konnte.

An dem Abend bewirtete Titus bedeutende Männer, die aus Rom zu Besuch waren: zwei einflussreiche Senatoren und ihre Freunde, Bekannte von Scipio, der in diesem Jahr Konsul war. Titus hatte zusätzliche Sofas aufstellen lassen und die lange Eingangshalle mit den Wandgemälden und den fein geriffelten Säulen in einen Festsaal verwandelt. Die Speisen waren wie immer ausgezeichnet, und aus Syrakus hatte er einen berühmten Dichter, den er kannte, kommen lassen, ihm eigens ein Schiff nach Sizilien geschickt. Er wollte, so sagte er mir, diesen Männern aus Rom zeigen, welche Feinheiten Griechenland zu bieten hatte.

Und an diesem Abend wurden nicht nur Speisen angeboten.

Wenn ich bisher noch nicht über Liebe gesprochen habe, so hat das einen Grund. In Praeneste hatte es genug Mädchen gegeben, die man umwerben und haben konnte. Aber nach Epirus hatte sich etwas geändert. Ich kannte den Drang meines heranwachsenden Körpers, doch irgendetwas, ein tiefsitzendes Widerstreben, das mir nur halb bewusst war, hielt mich zurück, wie bei dem wurmstichigen Apfel, in den man nicht beißen möchte.

Was es auch war, ich scheute unwillkürlich davor zurück, und wenn mich ein hübsches Mädchen anlächelte, war ich gesittet und kühl und ging weiter.

Einmal hatte Titus mich vor einem seiner Bankette beiseitegenommen und gesagt: »Xanthe hat viele Freundinnen, weißt du … du brauchst nur ein Wort zu sagen.«

Ich dankte ihm darauf, erwiderte aber, ich sei zufrieden mit dem Verhältnis, wie es war, und er sagte nichts mehr.

Doch ich hatte nur die halbe Wahrheit gesagt, denn tief in meinem Herzen sehnte ich mich nach Liebe, wenn sie auch in meiner Vorstellung keine Gestalt hatte. Über diese Sache dachte ich immer häufiger nach. Wo andere Männer zufrieden waren, war ich es nicht? Hatte Epirus mich für immer verändert? So kam es mir jedenfalls vor, aber ich verstand das nicht. Ich fing an zu glauben, dass ich zur Liebe gar nicht fähig sei.

An jenem Abend, während die Gäste eintrafen, nahm Titus mich beim Ellbogen und führte mich heimlich zu einer Nische. »Xanthe hat heute eine Freundin mitgebracht. Sie heißt Myrtilla. Ich wollte sie neben Terentius setzen, aber seine Schwester ist aus Rom gekommen, und sie wollen zusammensitzen. Darum habe ich sie neben dir platziert. Ich hoffe, es macht dir nichts aus.« Er grinste und fügte hinzu: »Sie ist jedenfalls eine gute Gesellschafterin. Ich glaube, du wirst sie mögen.«

Danach hielt ich nach ihr Ausschau, wie man vielleicht annehmen kann, und sah sie sofort, als sie mit Pasithea eintraf.

Sie trug ein kurzes weißes Kleid aus feinem Leinen mit einer Bronzespange in Form eines Delphins. Ich schätzte, dass sie ein bisschen älter war als ich, vielleicht siebzehn oder achtzehn. Ihre Haare waren schwarz wie meine, und sie trug sie kurz. Die Sklavin nahm ihr den Mantel ab, und Myrtilla blieb stehen, um ihren dunklen, klugen Blick über die Gäste wandern zu lassen. Ihr Körper – oder was man davon sah – war geschmeidig und glatt wie bei einer Tänzerin.

Lucius saß ein paar Sofas von mir entfernt in der Ecke unter der Stehlampe. Als sie an ihm vorbeiging, blickte er von seinem Weinkelch auf und schaute ihr nach. Er schien im Begriff, etwas zu sagen, doch Pasithea, die hoch aufgerichtet und erhaben neben ihr herging, drehte sich sogleich zu ihm hin und sagte: »Sei gegrüßt, Lucius. Ich hoffe, es geht dir gut.« Er brummte zur Antwort und wandte sich wieder seinem Wein zu.

Das Gastmahl verlief, wie Titus es geplant hatte. Es wurde viel über Politik geredet, über Rom, den Krieg und den Sieg über Karthago, der nur noch eine Frage der Zeit sein konnte. Der Sänger und der Kitharist, der ihn begleitete, ernteten höflichen Applaus, und als sie geendet hatten und die Tische abgeräumt waren, verließen die Gäste ihre Sofas, stellten sich zu Freunden oder schlenderten durch den fackelbeschienenen Garten.

Wie Titus versprochen hatte, war Myrtilla eine untadelige Gesellschafterin. Vermutlich hatte ich mehr getrunken als sonst, und der Wein half, denn bis das Geschirr abgetragen war, hatte ich meine anfängliche Schüchternheit überwunden, und wir plauderten angeregt.

Pasithea, die woanders gesessen hatte, kam zu uns. »Ich glaube, Titus ist verliebt«, sagte sie zu uns beiden.

»Das ist keine Überraschung«, meinte ich lachend und spähte den langen Raum hinunter zu ihm hin, der, einen Arm um Xanthe gelegt, auf den Stufen zur Terrasse stand.

»Ach, jeder liebt Xanthe«, erwiderte sie, »aber nach dem heutigen Abend habe ich entdeckt, dass Titus noch eine andere Liebe hat.« Sie lachte neckend und blitzte mich mit ihren braunen Augen an, dann sagte sie zu dem Sklaven, der ihr neuen Wein anbot: »Nein, mein Lieber, keinen mehr.«

Ich sah den Knaben zu der Ecke eilen, wo Lucius ärgerlich winkte.

»Eine andere Liebe?«, fragte ich halb im Scherz. Ich wusste, dass Titus in Xanthe vernarrt war, und sie waren nicht nur Freunde. Aber von einer anderen war mir nichts bekannt.

»Nun ja, etwas viel Ernsteres«, sagte sie. »Er ist verliebt in Griechenland – oder zumindest in seine Vorstellung von Griechenland. Habt ihr sein Gesicht gesehen, als der Sänger auftrat? Er war in den Gesang versunken, unerreichbar in der Ebene von Troja.«

Der Sänger sang am Schluss von dem alten weißbärtigen Priamos, der von Troja weggeritten war, um seinen toten Sohn Hektor loszukaufen, und vor Achilles auf die Knie fiel und ihn bat, die Geschenke anzunehmen, die er zum Austausch gegen die Leiche seines Kindes mitgebracht hatte. Die Geschichte hatte ich noch nie so gut gehört. Selbst die alten Senatoren unterbrachen ihre Gespräche und fielen in Schweigen. Einen sah ich sogar heimlich eine Träne wegwischen, denn als Römer wollte er nicht dabei ertappt werden.

»Ja, das Lied war wunderschön«, sagte ich.

»Ja«, pflichtete sie mir bei, »und Titus hat es den Kopf verdreht, er ist ein Träumer. Er liebt ein Bild.«

Ich schaute sie an. An diesem Abend trug sie ein prächtiges grünglänzendes Kleid, in das kleine weiße Rosen eingewebt waren. Ihre Haare, mit einem juwelenbesetzten Band nach oben frisiert, fielen in kleinen gedrehten Locken zu den Ohren herab. Lächelnd meinte ich: »Jeder Mann kann von ferne lieben. Das weißt du sicher besser als jeder andere, Pasithea.«

Sie ließ ihr angenehmes Lachen hören und legte eine Hand auf mein Knie. »Du bist ein charmanter, entzückender, gutaussehender Junge«, erwiderte sie, »und wenn ich fünfzehn Jahre jünger wäre, würde ich dich mit nach Hause nehmen und vernaschen. Aber heute ist mein Bett nur noch groß genug für einen, und ich lasse mir von dir nicht mit Schmeicheleien den Kopf verdrehen.«

Ich lachte.

»Aber denk an meine Worte«, sagte sie, »jede Münze hat zwei Seiten. Eines Tages wird Titus aus seinem Traum aufwachen und die andere Seite sehen, und er wird enttäuscht sein.« Jemand rief ihren Namen, und sie drehte sich um. »Aber ich bin viel zu ernst. Darum lasse ich euch zwei allein und unterhalte mich mit anderen Freunden, bevor sie denken, ich vernachlässige sie.«

Wir sahen sie durch die Gäste schlendern, mal hier, mal dort stehen bleiben. Ich drehte mich zu Myrtilla um und lächelte sie an.

»Komm«, sagte sie und hakte sich bei mir unter. »Lass uns eine Weile in den Garten gehen. Es ist eine lauschige Nacht, und ich bin dieser vielen Menschen überdrüssig.«

Wir bahnten uns einen Weg nach draußen. Es hatte zwischendurch geregnet, und die Luft war angenehm kühl. Durch die Wolkenstreifen sah man die Milchstraße wie einen silbernen Gürtel glänzen. Es roch nach Gras und dem feinen Duft der Abendblumen.

Am Ende der Terrasse, wo der Wein an den Säulen hochwuchs und mit breiten Blättern von oben herunterrankte, drehte sie sich um und küsste mich auf die Lippen. »Den«, sagte sie lächelnd, »weil du ein so guter Gesellschafter bist. Ich habe mich amüsiert. Ich dachte, ich verbringe den Abend mit einem dieser grimmigen alten Senatoren.«

Wir lachten, und dann kam mir in den Sinn, ihren Kuss zu erwidern.

Sie blickte mir in die Augen. »Ich habe ein kleines Haus in der Nähe und ein großes Bett.«

Ich runzelte die Stirn und schaute in die Dunkelheit. An den gewundenen Wegen brannten die Fackeln. Die Büsche rauschten leise vom Wind, der von der Bucht heraufwehte.

Es liegt mir nicht, mich jemandem aufzudrängen. Doch im Laufe des Abends hatte sie taktvoll klargemacht, was sie mir anbot, wenn ich mich entschließen würde, es anzunehmen. Ich hatte den Abend genossen, obwohl ich nicht damit gerechnet hatte. Wir hatten zusammen gelacht und geplaudert. Am Ende schien es flegelhaft, sie zurückzuweisen, und auf eine Weise schwach. Außerdem wollte ich nicht, dass sie glaubte, ich würde sie nicht mögen.

Ich lächelte und wollte ihr eben antworten, als neben mir die Büsche raschelten und knackten und eine dunkle Gestalt daraus hervorkam und ins Licht trat.

Myrtilla unterdrückte einen Schrei und machte einen kleinen Satz.

»Grüß dich, Lucius«, sagte ich erschrocken.

Er antwortete nicht, sondern sah mit starrem Blick an mir vorbei auf Myrtilla. Er musste uns beobachtet haben. »Wer ist sie?«, fragte er auf Latein, als wäre sie eine Ziege auf dem Markt.

Ich antwortete auf Griechisch. »Das ist Myrtilla, meine Freundin.«

Ganz unvermittelt machte er einen Schritt auf sie zu und packte sie grob an ihrer Tunika. Mit einem Schrei fuhr sie zurück. Er zog sie ruckartig zu sich heran, sodass der dünne Stoff zerriss. Die Delphinbrosche, die ihn zusammengehalten hatte, fiel ihr klirrend vor die Füße.

»Komm mit ins Haus«, sagte er und wollte sie beim Arm fassen.

Mit einer flinken Bewegung entwand sie sich dem Zugriff und blieb, mit einem Arm die Tunika haltend, den anderen abwehrend ausgestreckt, einen Schritt entfernt stehen. »Ich suche mir meine Freunde aus, Herr«, sagte sie ruhig und klar, »und wer du auch bist, du gehörst nicht zu ihnen.«

All das war so schnell und unerwartet geschehen, dass ich nur verblüfft zugesehen hatte. Jetzt schüttelte ich die Verblüffung ab und trat vor Lucius.

Er war ein bisschen größer als ich, aber ich war breiter. Und da ich meine fünf Sinne wieder beisammenhatte, stieg der Zorn in mir auf.

»Lass sie in Ruhe«, sagte ich und machte einen Schritt auf ihn zu. »Sie ist meine Freundin und mein Gast. Du bist betrunken, Lucius. Morgen früh wird es dir leidtun.«

Er hob die Fäuste. Hinter mir hörte ich Myrtilla den Atem anhalten. »Wie bitte?«, schrie er. »Auf einmal bist du der kleine Ehrenmann? Willst du sie denn auch haben, ja? Wenn nicht, dann mach Platz für einen anderen.«

Er versuchte, an mir vorbeizukommen. Ich verstellte ihm den Weg, spannte die Muskeln an, doch ich dachte: Um Titus' willen werde ich nicht als Erster zuschlagen, aber wenn er es tut, wird er es bereuen.

»Halt!«, rief jemand vom anderen Ende der Terrasse.

Lucius fuhr erschrocken herum. Es war Titus.

»Es ist genug«, sagte er mit stahlharter Stimme.

Lucius biss sich zögernd auf die Unterlippe, dann stieß er einen Fluch aus und lief schwankend in die Dunkelheit des Gartens.

Titus kam mit langen Schritten heran. Er sah mich an, dann Myrtillas zerrissenes Kleid.

»Das wird nicht wieder vorkommen«, sagte er, »mein Wort darauf.« Damit lief er flink die Terrassenstufen hinunter und folgte seinem Bruder.

Es war still.

»Wer war das?«, fragte Myrtilla leise.

Ich sagte es ihr, bückte mich und hob ihre Brosche auf.

Sie nahm sie, und dabei sah ich ihre Hand zittern. Mit einem Blick in den beleuchteten Garten sagte sie: »Dann stehe ich in Aphrodites Schuld, weil du heute Abend mein Gesellschafter gewesen bist und nicht so ein Tier wie er.« Sie steckte sich die Brosche wieder an, rückte das Kleid zurecht und gab mir einen hastigen Kuss auf die Wange. »Nimm ihn als Dank. Ich bin froh, dass wir uns kennengelernt haben, Marcus. Aber jetzt werde ich lieber nach Hause gehen.«

Sie eilte die Stufen hinab und ließ sich nicht einmal den Mantel bringen.

Danach war ich eine Zeit lang mit den Angelegenheiten meines Stiefvaters beschäftigt. Da es Frühling war, fuhren wieder Schiffe, und es gab im Hafen viel zu tun.

Der fette, wichtigtuerische Florus hatte uns im Winter verlassen. Warum, erfuhr ich nicht. Stattdessen übertrug Caecilius mir dessen Aufgabe, das Ein- und Auslaufen seiner Handelsschiffe zu überwachen, mit den Lagerhausverwaltern zu verhandeln und die Stauer zu bezahlen. Er machte ein großes Gewese darum, aber in Wirklichkeit war das eine einfache, langweilige, immer gleiche Arbeit. Trotzdem war ich froh darüber, denn sie lenkte mich von meinen Gedanken ab, die mich seit dem Zwischenfall mit Myrtilla bedrückten.

Eines Morgens, nachdem ich eine Ladung purpurgefärbte Tarenter Wolle für Asien abgefertigt hatte, blieb mir eine Stunde Zeit, und ich beschloss, zur Akropolis hinaufzusteigen, um das Handelsschiff durch die Bucht fahren zu sehen.

Es war ein schöner Frühlingstag. Am Himmel standen hohe

Wolkenstreifen, und eine frische Brise wehte von den Bergen herab. Ich stand an der Mauer, spürte die Sonne auf meinem Rücken und sah zu, wie das Schiff durch die Meerenge fuhr. Es entrollte die blau-weiß gestreiften Segel und nahm Kurs nach Osten, wo es an den bunt gestrichenen Fischerschmacken vorbeikam, die mit dem Morgenfang heimkehrten.

Caecilius würde bald ungehalten werden. Es war Zeit für mich, nach Hause zu laufen.

Doch vorher blieb ich noch bei dem großen Tempel Neptuns stehen, den die Griechen Poseidon nennen. Ich schaute zum Giebel auf, wo Poseidon seinen Dreizack hält und die freie Hand beruhigend über das Meer ausstreckt.

Dabei trat ich einen Schritt zurück und stieß mit jemandem zusammen. Mit einer Entschuldigung auf den Lippen drehte ich mich um und blickte in ein bekanntes Gesicht. Es war Menexenos, ein Gesicht, das man nicht vergaß.

»Verzeih«, sagten wir gleichzeitig und lachten dann. Seine Haare waren noch feucht, er musste von der Palästra gekommen sein.

»Nein«, widersprach ich, »ich hätte aufpassen müssen, wo ich hintrete. Ich habe zu Poseidon hinaufgesehen.«

Er folgte meinem Blick. »Ja«, meinte er nachdenklich, »eine alte Statue, aber sie hat etwas an sich, das die Seele berührt.« Er lächelte, und seine klaren grauen Augen forschten in meinem Blick. »Die Reiter auf der Ostseite sind sogar noch besser. Hast du sie schon gesehen? Aber entschuldige, vielleicht halte ich dich von Wichtigem ab.«

»Nein«, sagte ich.

»Dann komm und schau sie dir an«, forderte er mich auf, fasste mich am Ellbogen und führte mich die Stufen hinauf.

Er hatte recht. Die Skulpturen waren wunderbar: ein bemalter Fries über den Säulen, Poseidon in erhabener Pose, Pferde und Reiter, ein Opfer auf einem Altar. Ich hatte ihn schon einmal betrachtet, aber aus irgendeinem Grund verschwieg ich das.

Während ich nach oben schaute, spürte ich Menexenos' Blick auf mir.

»Aber ich kenne dich«, sagte er und zog die Brauen zusammen. »Du warst an der Laufbahn mit diesem Römer. Und du bist auch Römer, das höre ich an deiner Aussprache.« Er hielt inne, und seine Miene versteinerte sich. Dann fragte er: »Ist er dein Freund?«

Ich dachte an den Abend bei Titus und schüttelte den Kopf. »Nein, kein Freund«, sagte ich. »Ich kenne ihn, mehr nicht. Er ist der Bruder des Prätors. Sein Name ist Lucius.«

»Ja«, bestätigte Menexenos stirnrunzelnd.

»Du kennst ihn also?«

Er zuckte die Achseln. »Ich habe ihn in der Palästra gesehen. Er stand da und beobachtete mich.«

Ich spürte, dass er mehr sagen wollte. Doch er besann sich anders und drehte den Kopf, um über die Bucht zu schauen.

Er trug eine schlichte Tunika, in der Taille mit einem braunen Ledergürtel gehalten. Er stand ein wenig steif da, die Arme an den Seiten, die wohlgeformten Füße fest auf dem Boden. Doch er hatte nichts Gehemmtes oder Gekünsteltes an sich.

Ich konnte verstehen, was Lucius zu ihm hinzog, jeder lebendige Mensch konnte das sehen. Er besaß eine strenge Schönheit, die den Wunsch weckte, die Hand auszustrecken und ihn zu berühren. Und trotz seiner ebenmäßigen, athletischen Gestalt war es eine Schönheit, die von innen heraus schien wie Licht aus einem Fenster.

»Nun«, sagte er und wandte sich mir lächelnd zu, »ich bin auf dem Weg zu meinem Freund Eumastas. Komm doch mit.«

Wir gingen zur Stadt hinunter, und unterwegs erzählte er mir, dass er nicht aus Tarent stamme, sondern aus Athen, und dass er bei Eumastas zu Gast sei. Ihre Familien kannten sich seit Generationen, und er war im Auftrag seines Vaters hierhergereist, teils um den Freund zu besuchen, teils wegen einer

Angelegenheit zwischen Eumastas und seinem Vater. Dann sagte er: »Ihm gehört ein Gestüt im Tal … bisher jedenfalls.«

Ich kannte das Tal gut. Es war eine schöne offene Landschaft mit Pferdekoppeln und Kastanien und Weingärten auf den Terrassenhängen. »Ach, was ist passiert?«, fragte ich. Aber das war noch nicht ganz ausgesprochen, da hatte ich schon verstanden. Ich biss mir auf die Lippe und verfluchte im Stillen meine Gedankenlosigkeit.

Menexenos blickte düster. Ich bat um Verzeihung.

»Nein, es war taktlos von mir, das überhaupt zu erwähnen. Ich habe einen Moment lang vergessen, wer du bist. Die Römer haben seinen Hof nach der Belagerung beschlagnahmt, und seitdem macht seine Familie eine schwere Zeit durch. Darum hat mein Vater mich hergeschickt. Ich sollte ihnen etwas bringen, das sie über Wasser hält.«

Ich dachte an Caecilius und seine Makler und Sklavenaufseher. »Das tut mir leid«, sagte ich.

»Nun, du kannst nichts dafür. Es war Krieg. Die Ungerechtigkeit liegt darin, dass Eumastas' Vater zu denen gehörte, die Rom unterstützt haben – es war das einfache Volk, das für Hannibal stimmte. Aber als die Aufforderung kam, die Stadt zu verteidigen, hat er gehorcht. Er stammt aus einer alten Tarenter Familie. Es war Ehrensache.«

Wir hatten den Marktplatz hinter uns und waren fast an dem Torweg der Palästra angelangt. Dort sah ich einen Jüngling warten. Er war einer von denen, die ich bei Menexenos hatte stehen sehen, ein stämmiger Dunkelhaariger mit kräftiger Stirn und eckigem Kinn, ein Ringer, kein Läufer. Er hatte nichts von Menexenos' Schönheit, aber als er aufblickte und seinen Freund sah, hellte sich sein strenges Gesicht auf, und seinen dunklen Augen war die Zuneigung anzusehen.

Er begrüßte mich mit vollendeten Manieren, aber ein wenig steif. Ich konnte es ihm kaum verübeln.

Menexenos erklärte, sie gingen zu einer Lyra-Stunde. Titus

hatte so etwas schon erwähnt. Es schien, dass vornehme Griechen nicht nur ihren Körper ausbildeten, sondern auch ihre musische Begabung. Er hatte auch gesagt, dass solche Bildung heutzutage selbst unter Griechen als altmodisch galt und nur noch von den adligen Familien gepflegt wurde, die früher über die Städte herrschten.

»Komm doch mit uns«, sagte er.

Ich dankte ihm für die Einladung, sagte aber, dass ich jetzt gehen müsse. Mich Eumastas aufzudrängen, der sicher zu wohlerzogen war, um auszusprechen, was er über mich denken musste, wäre mir wie eine Beleidigung vorgekommen.

Kurz hielt ich inne, bevor ich mich zum Gehen wandte. Denn trotz allem wünschte ich mir in meinem Innersten diesen schönen Jüngling zum Freund. Mein Zögern konnte nur einen Moment gedauert haben, aber ich spürte, dass Menexenos es bemerkte.

Einen Augenblick lang sah er stirnrunzelnd zu Boden, als überlegte er etwas. Dann schaute er auf und sagte: »Ich werde morgen hier sein, in der Palästra. Komm doch vorbei, wenn du Zeit hast. Ich werde nach dir Ausschau halten.«

Unsere Blicke trafen sich, und etwas Unausgesprochenes ging zwischen uns hin und her, das der Berührung einer Flamme glich. Vielleicht war es eine Täuschung durch die spielenden Schatten der Platanen, aber ehe er sich umdrehte, meinte ich zu sehen, dass er rot wurde.

Am nächsten Tag beging ich den Fehler, vor Caecilius zu erwähnen, dass ich ausgehen wollte.

»Wir würden alle gern durch die Stadt trödeln, Marcus«, sagte er, »aber hier sind Schreibarbeiten zu erledigen, und dann kannst du zum Hafenmeister gehen und dich erkundigen, was aus der Lieferung ägyptischer Salben geworden ist, auf die ich warte.«

»Ja, Herr«, sagte ich. Doch auf dem Rückweg vom Hafen

schlug ich einen großen Bogen. Erst am Eingang der Palästra fiel mir ein, dass wir keinen Treffpunkt vereinbart hatten.

Menexenos war nicht in dem Hof mit den schattigen Bäumen und dem Löwenkopfbrunnen. Ich setzte mich eine Weile auf die Bank, wo Lucius gesessen hatte. Dann ging ich zögernd weiter durch die Höfe und Vorhallen und überdachten Gehwege.

Ich kannte die Regeln in dieser Anlage nicht, wusste nicht, wo man sich aufhalten durfte und wo nicht, und wollte nicht mit einem der strengen Lehrer oder gar mit dem Gymnasiarchen aneinandergeraten. Und noch weniger sollte auffallen, dass ich jemanden suchte. Denn mir war inzwischen der Gedanke gekommen, dass Menexenos gar nicht gewollt hatte, dass ich komme. Wenn ein Römer aus Praeneste sagte, tu dies oder jenes, meinte er das ernst, aber bei einem Griechen war ich mir nicht so sicher. Vielleicht hatte er auch nur höflich sein wollen.

Nach einiger Zeit ziellosen Umherwanderns, wo ich versuchte, ungezwungen zu erscheinen, kam ich aus dem rückwärtigen Garten heraus und setzte mich auf eine Bank unter einer ausladenden Zeder. Da sah ich ihn aus einem der Gebäude kommen.

»Da bist du ja, Marcus!«, rief er und nahm meine Hand. Seine Haare waren feucht, er roch nach frischem Öl und einem Hauch Pinie. Als wäre eine Erklärung nötig, sagte er: »Eumastas musste nach Hause. Er soll für seine Mutter einiges erledigen.«

Wir schlenderten umher, und er zeigte mir die ganze Anlage: die Ballplätze, Weitsprunggruben, die verschiedenen Laufbahnen mit den Startsteinen und Wendepfosten, in welche die Initialen längst verstorbener Läufer eingemeißelt waren. Wir schauten auf die Rasenplätze dahinter, wo ältere Männer Ball spielten oder plaudernd in den Säulengängen saßen. Es gab Gesellschaftsräume, Lesesäle, Zimmer zum Malen und Musizieren und Wasch-, Umkleide- und Massageräume.

Dabei erzählte er mir, er sei seit Beginn des Frühjahrs in Tarent, und schon als ich mit Lucius in der Palästra gewesen war, hatte ich vermutet, dass er noch nicht lange in der Stadt war. Sein Vater, sagte er, habe ein Haus in Athen und ein Gehöft auf der attischen Halbinsel, das seit Solons Tagen im Familienbesitz sei. Sie bauten Getreide, Oliven und Wein an und hielten Ziegen und Schafe. Er besaß ein graues Fohlen und hatte am berittenen Speerwerfen bei den Athener Spielen teilgenommen. Doch jetzt übte er für den Fünfkampf, weil sein Vater es wünschte.

Sein Ton bei dieser Erwähnung veranlasste mich, ihn anzusehen, und so fügte er mit gequältem Blick hinzu: »Vater war selbst einmal Fünfkämpfer, und sein Vater hat den Siegerkranz gewonnen. Er will, dass ich das auch tue. Das ist seine große Hoffnung.«

»Aber nicht deine?«, fragte ich.

Er zuckte die Achseln.

»Mir gefällt das Sprinten und Speer- und Diskuswerfen. Aber Faustkampf und Ringen … Nun, du kannst selbst sehen, was daraus geworden ist.«

Inzwischen waren wir unter dem Bogen durchgegangen, der zu den Ringerplätzen führte. Menexenos blieb an einer Säule stehen. »Man kann den Fünfkampf nicht ohne Ringen gewinnen. Und beim Ringen kann man nicht siegen, außer man wird *so*.«

Er deutete mit dem Kopf auf den sonnigen Platz, wo die Ringer übten und sich ächzend wie Ochsen im Staub wälzten.

»Mit diesem Körper taugen sie nicht als Soldaten und können ihre Stadt nicht verteidigen, sie können nicht aufs Pferd steigen. Sie können kaum laufen, so sehr sind sie durch ihre Muskulatur gefesselt. Schon als kleines Kind werden sie der Mutter weggenommen und für den einen Zweck aufgezogen – bei den Spielen zu gewinnen. Es heißt, dass sie fünf Pfund Fleisch am Tag essen müssen, ist das zu glauben!« Er schüttelte den Kopf. »Sie können keine Lyra spielen, sie können kaum lesen. Was für ein Leben ist das für einen freien Mann? Ein Sklave hat keine Macht über sein Geschick, und man kann ihm nicht vorhalten, was er nicht ändern kann. Aber ein Freier, der dieses Leben wählt, ist verrückt – oder schlimmer: Er beleidigt absichtlich die Götter. Doch das gemeine Volk sieht diese Männer als Helden an.«

Ich sah sie mir an. Ich überlegte, was ich Gutes über sie sagen könnte, doch ihre Betätigung erschien mir hässlich und sinnlos. »Aber wie tritt man gegen solche Männer an?«, fragte ich. »Was für ein Wettbewerb ist das?«

Er zuckte die Achseln. »Kann sich ein Mann mit einem Ochsen messen? Um gegen sie kämpfen zu können, muss man werden wie sie. Da ist es besser, ich gehe die Äcker meines Vaters pflügen. Das ist wenigstens rechtschaffen.«

Er seufzte und sah mich an, ob er zu viel geredet hätte. »Nun, wie dem auch sei, wir müssen die Welt wohl nehmen, wie sie ist. Aber so war sie noch nicht, als mein Großvater den Siegerkranz gewann. Solche Dinge werden von Menschen gemacht, und Menschen können sie ändern.«

Wie der erste Trieb einer Eiche aus dem Samen wächst und zuerst zart und leicht zu brechen ist und dann mit jedem Tag stärker wird, so wuchs unsere Freundschaft. Jedes Mal wenn wir uns trafen, fanden wir einen Anlass, um uns neu zu verabreden, bis diese Treffen für uns selbstverständlich wurden.

Es war jedoch etwa einen Monat danach, dass die Sache passierte, die ich befürchtet hatte, denn da begegnete ich Lucius in der Palästra.

Er war zwischenzeitlich in einer Angelegenheit für Titus in Rom gewesen und kürzlich zurückgekehrt. Ich ging hinter den Laufbahnen die Kolonnade entlang und hatte Menexenos schon erspäht, der mit Eumastas in einer Gruppe älterer Athleten den Lehrer umringte. Sie hatten soeben ihre Übungen beendet, und der Lehrer erklärte ihnen etwas und zeigte ab und zu mit dem Stock auf die Bahn. Ich wollte gerade hinaus in die Sonne treten, als ich ein Stück entfernt Lucius entdeckte.

Er lehnte halb verdeckt an einer Säule. Wie vorher beobachtete er Menexenos mit ganzer Aufmerksamkeit. Er hatte mich nicht gesehen.

Bevor er nach Rom abreiste, war ich ihm noch ein- oder zweimal in der Prätorenresidenz begegnet. Wir gingen höflich miteinander um, aber er sprach mich mit keinem Wort auf das Bankett bei Titus an, weder, um sich zu entschuldigen, noch aus einem anderen Grund.

Es gibt Menschen, das ist wahr, deren Seelengröße es ihnen gestattet, über kleine Meinungsverschiedenheiten hinwegzusehen oder dies vorzugeben. Doch ich glaubte nicht, dass Lucius dazu gehörte. Er dachte, er hätte nichts getan, wofür er sich entschuldigen müsste. Entweder das, oder er hatte die Sache schon vergessen. Genug getrunken hatte er damals jedenfalls.

Wie auch immer, ich hatte genug Verstand, um zu wissen, dass es besser wäre, wenn er mich in der Palästra nicht als Menexenos' Freund wiedersah. Ich trat zurück in den tiefen Schatten hinter den Säulen.

Bei der Laufbahn hatte der Lehrer seine Rede beendet. Die Jünglinge entfernten sich zum Badehaus.

Sobald der Lehrer gegangen war, kam Lucius zum Vorschein. Eumastas unterhielt sich mit Menexenos. Ich sah ihn aufblicken, dann drehte Menexenos sich um.

Lucius, der gewöhnlich mit angriffslustig-verdrossenem Gesicht umherlief, versuchte zu lächeln. Es wurde eine nervöse, beängstigende Grimasse. Selbst von Weitem war zu erkennen, wie angespannt er war. Dann fiel mir auf, dass er etwas in der Hand hielt, einen Lederbeutel. Er ging auf Menexenos zu, sprach ein paar Worte, dann hielt er ihm den Beutel hin.

Menexenos schaute darauf und dann in das errötende Gesicht seines Gegenübers. Er erwiderte etwas, worauf Lucius hastig an der Kordel des Beutels zerrte und einen hübschen silbernen Striegel hervorzog, sowie ein birnenförmiges Ölfläschchen mit einem weißen Band um den Hals.

Eumastas zog die Brauen hoch. Menexenos sagte etwas, begleitet von einer höflichen Geste, und als Lucius darauf antwortete, schüttelte er den Kopf. Er wollte sich abwenden, doch Lucius hielt ihn am Arm zurück.

Ich glaube nicht, dass er ihn gewaltsam aufhalten wollte. Doch seine Unsicherheit machte ihn sicherlich ungeschickt.

Menexenos drehte sich mit düsterer Miene herum, sagte etwas kopfschüttelnd und wandte sich erneut zum Gehen. Er schritt mit Eumastas zum Badehaus davon und ließ Lucius auf dem Rasen stehen, der theatralisch den Striegel und das Fläschchen in der geöffneten Hand hielt.

Mehr sah ich nicht. Die Leute starrten bereits zu ihm hinüber, und das war keine Szene, von der er wissen sollte, dass ich sie beobachtet hatte. Ein wenig später kam Menexenos gewaschen und umgezogen zu mir in den Garten zu der verabredeten Stelle. Seine schwarzen Augen schauten betrübt. Es war Eumastas, der sagte: »Dein römischer Freund war wieder hier. Ich dachte, er sei fort.«

»Das war er«, sagte ich. »Er ist in Rom gewesen.«

»Und jetzt ist er wieder da.«

»Lass nur, Eumastas«, sagte Menexenos. »Ich sagte doch, er ist unwichtig. Lass uns die Sache vergessen.«

Wenn ich auch in Praeneste aufgewachsen war, war ich nicht völlig naiv. Ich hatte Augen im Kopf, und ich wusste, dass Lucius nicht der einzige Freier in der Palästra war. Es gab ein gewisses Ritual, dem es häufig nicht an Stil und Anmut mangelte. Mir war schon aufgefallen, wie Männer in den Höfen und Kolonnaden, neben den Laufbahnen oder am Schwimmbecken standen und zusahen, als hätten sie nichts Besseres zu tun. Immer wurden irgendwo Übungen oder Musikstunden oder irgendwelche Spiele abgehalten, und dabei herrschte ein ständiges Kommen und Gehen von Zuschauern.

Doch diese Männer kamen nicht, um mitzuspielen, Freunde zu treffen oder ihren Körper zu ertüchtigen. Sie kamen aus keinem anderen Grund, als die nackten Jünglinge zu begaffen.

Zuerst war ich bestürzt. Doch mit der Zeit sah ich, dass die jungen Männer ihre Nacktheit nicht beachteten und es ihnen nichts ausmachte, ob andere sie so sahen. Sie waren in dieser Nacktheit auf die Welt gekommen, und mehr war nicht dabei.

Außerdem hatte ich noch etwas anderes begriffen. Nicht alle Zuschauer waren unwillkommen. Einige Jünglinge hatten Geliebte und freuten sich, wenn sie kamen und sie unterstützten. Doch diese benahmen sich ehrenhaft. Noch nie hatte ich erlebt, dass jemand an einen Jüngling vor seinen Freunden herantrat und ihm ein teures Geschenk aufdrängte. Es war nicht verwunderlich, dass Menexenos nicht darüber sprechen wollte. Das würde als anstößig betrachtet, und man würde annehmen, Lucius sei ermuntert worden.

Ich hatte mich über Eumastas gewundert. Es war mir nicht entgangen, wie seine gleichmütigen Züge eine Weichheit annahmen und seine dunklen Augen zärtlich leuchteten, wenn er seinen Freund beim Sprinten beobachtete. Ob sie Geliebte waren, wusste ich nicht zu sagen. Sie waren beide wohlerzogen, mit aristokratischer Förmlichkeit, und was sie auch füreinander empfinden mochten, solche Leute zeigten ihre Gefühle nicht in der Öffentlichkeit.

Aber da lag noch etwas anderes verborgen. Das kann ich jetzt sagen.

Wie die Sonne durch den Nebel dringt, so traten meine Gefühle aus der Unbewusstheit hervor. Keiner, der Augen hat zu sehen, bleibt von Schönheit unberührt, und Schönheit verändert uns wie das reinigende Feuer. Ich fühlte mich zu Menexenos hingezogen mit einem Verlangen, das ich nur halb begriff, und das machte mich unruhig. Er hatte eine Gelassenheit, ein Selbstvertrauen, das mir fehlte. Er schien selbstbeherrscht, vollkommen, makellos – wie Licht oder die Erinnerung an die Kindheit. Allmählich kannte ich seine Mimik, seine Bewegungen, seinen Geruch. Aber was mich am meisten bewegte, war, was tief in ihm lag. Manchmal, wenn er sich unbeobachtet glaubte, sah ich sie sein Gesicht verdunkeln wie eine Wolke, die übers Wasser zieht: eine tiefe Melancholie, die zurückgedrängt, die vor den Blicken anderer verborgen wurde. Sie brachte mein Herz zum Schmelzen und berührte meine Seele.

In meinem ganzen Leben habe ich mich nie für gutaussehend gehalten. Ich war ein schmächtiger Knabe gewesen und hatte erst nach dem Tod meines Vaters durch harte Arbeit Muskeln angesetzt und die Gestalt eines Mannes gewonnen. Und da war immer dieser dunkle Punkt. Die Narbe am Oberschenkel, an die Caecilius mich unaufhörlich erinnerte, erschien mir als das Zeichen meiner Unvollkommenheit. Sobald ich mich auszog, hatte ich sie und meine Hässlichkeit vor Augen.

Ich wusste, ich war nicht wie andere Männer. Ich war allein. Kein Tag verging, wo ich nicht an meinen Schwur dachte, und an das mörderische Ziel, das ich mir gesetzt hatte. Nachts lag ich in meinem Bett und flüsterte ins Dunkle: »Dikaiarchos, du kannst dich nicht verstecken, ich komme dich holen.« Mein Racheschwur war immer gegenwärtig, selbst in meinen Träumen. Er gab meiner Einsamkeit einen Sinn.

Davor hatte ich nur Ruhe, wenn ich mit Menexenos zusammen war. Bei ihm sah ich, ohne es mir erklären zu können, ein Licht in undurchdringlicher Dunkelheit, einen Spalt Tageslicht am Ende der Höhle. Das weckte in mir die Sehnsucht, mehr zu sein, als ich war; doch was, das hätte ich nicht zu sagen vermocht.

Dennoch spürte ich es sonnenklar. Und Lucius zu sehen, wie er sich zum Narren machte, quälte mich, nicht um seinet-, sondern um meinetwillen. Denn ich ahnte dunkel, dass ich, wären da nicht mein Stolz, mein Gefühl für Würde und mein Wunsch, von Menexenos geachtet zu werden, zu demselben Verhalten fähig wäre. Das jagte mir eine Kälte über den Rücken, als blickte ich in einen Abgrund. Ich wünschte mir, vollkommen zu sein, und wusste, ich war es nicht. Ich sehnte mich nach Menexenos.

All diese Gedanken behielt ich für mich. Mir fehlten die Worte, sie auszudrücken, selbst wenn ich es gewagt hätte.

Und so standen die Dinge, als Menexenos eines Tages, wo ich mit ihm und Eumastas in der Bucht zum Schwimmen war, vorschlug, ich solle mit ihnen in der Palästra meinen Körper ausbilden.

Die Sommerhitze hatte kürzlich eingesetzt. An den Hängen zirpten laut die Grillen. Wir sonnten uns auf einem flachen, warmen Stein am Wasser und ließen uns trocknen. Menexenos betrachtete meinen Körper und sagte: »Weißt du, Marcus, du bist kein Schwächling, und doch sehe ich dich nie bei athletischen Übungen.«

Ich erzählte ihm schüchtern, wie ich zu Hause auf dem Land gearbeitet hatte.

»Aber was ist mit der Athletik? Gibt es in Praeneste kein Gymnasion?«

Ich lachte laut heraus, weil ich mir die entsetzten Gesichter der Landbewohner vorstellte. »Nein«, sagte ich, »so etwas gibt es da nicht.«

»Dann komm doch mit uns«, schlug er vor. »Wir können zusammen Diskus und Speer werfen und vielleicht ein wenig laufen. Aber mit dem Diskus können wir anfangen, nicht wahr, Eumastas? Aber Marcus, warum machst du ein finsteres Gesicht?«

»Menexenos«, rief ich, »ich bin Römer!«

»Na und? Du bist jetzt in Tarent, und ob Römer oder nicht, du bist ein Mann.«

Ich stellte mir vor, was Caecilius dazu sagen würde, und schmunzelte insgeheim. »Na gut«, sagte ich, »warum nicht?«

Die Bewegung des Diskuswerfers, wenn sie makellos ausgeführt wird, vereint Zielstrebigkeit mit Anmut wie der Tanz des Kriegers oder der Flug des Adlers. Menexenos beherrschte sie meisterlich, so sehr, dass andere Jünglinge in der Palästra innehielten und zusahen und der Lehrer, wenn er in der Nähe war, sich auf seinen Stock stützte und zu den Jüngeren sagte: »Seht hin und lernt.«

Menexenos war auch ein guter Lehrer: ruhig und geduldig und genau. Wenn er mich unterrichtete, war er wie bei allem mit ganzer Seele dabei. Ich wünschte, ich hätte dasselbe von mir behaupten können.

Er stand dicht dabei, drehte meine Schultern, führte mein linkes Bein mit dem Fuß an die richtige Stelle. »Nein, so, wie ich es dir gezeigt habe«, sagte er dann, legte seine Hand über meine und schob meine Finger über dem Diskusrand zurecht.

So nah roch er nach süßem männlichen Schweiß und Pinienharz und Staub und Öl, und wo sich unsere Haut berührte, spürte ich die Hitze seines Körpers wie ein Feuer.

»Jetzt schwing den Arm zurück, schau, so … Du bist nicht bei der Sache, Marcus! Na, macht nichts. Versuchen wir es noch mal.«

Und wir versuchten es noch mal.

Fünftes Kapitel

»Er ist ein gefährlicher Pirat, raubt die Städte an der Ägäis aus, und Lucius sagt …« Titus hielt inne. Es dauerte einen Moment, bis ich es bemerkte.

Ich hatte aus dem Fenster in den Garten gesehen, während er redete, auf die Blüten des Pfirsichbaums, aber mit den Gedanken war ich anderswo gewesen, bei den Felswegen der wilden epirotischen Küste. Titus sprach über Dikaiarchos.

Er sagte: »Du siehst aus, als hättest du einen Geist der Unterwelt gesehen.«

Und genauso kam es mir vor. »Entschuldige, Titus, ich hing einer Erinnerung nach.«

»Nun«, fuhr er fort, »er spielt ein gefährliches Spiel. König Philipp denkt, wir seien zu erschöpft vom Krieg und zu ängstlich, um seinem Tun Beachtung zu schenken. Er deckt jeden Piraten von hier bis Asien. Und er bewaffnet sich neu, baut heimlich eine Flotte. Aber man kann nicht unbemerkt so viel Geld ausgeben.«

Ich nahm meinen Verstand zusammen und zwang mich, dem Gespräch zu folgen. »Er wird doch sicher nicht wagen, nach Italien zu kommen«, sagte ich. »Er weiß, wie es Pyrrhus ergangen ist.«

»Pyrrhus wurde nur um Haaresbreite geschlagen. Das war ein knapper Sieg, und diesmal hat Scipio die besten unseres Heeres nach Afrika geführt. Philipp weiß das. Welcher Zeitpunkt wäre besser, um anzugreifen?«

Mimas sagte: »Wäre er so frech? Nimmt er etwa an, die griechischen Städte hier würden ihn unterstützen?«

Titus zuckte die Achseln. »Das ist ihm vielleicht gleichgültig, wenn er stark genug ist. Und er ist unberechenbar. Wenn er nichts Böses vorhat, warum verbirgt er dann so sorgfältig seine Absichten? Manche sagen, er baut die Flotte, um Antiochos in Asien anzugreifen. Philipp selbst behauptet, dessen Freund zu sein.«

»Er stellt sich als jedermanns Freund hin, wenn es ihm nützt«, meinte Mimas.

»Ganz recht. Und wenn er jedermanns Freund ist, warum braucht er dann so dringend eine Flotte?« Titus machte eine ärgerliche Geste. »Und dann ist da noch Ägypten …«

König Ptolemaios war dieses Jahr gestorben. Sein Sohn war noch ein Kind, und in den Wirren der Nachfolge hatte es einen Aufstand in Unterägypten gegeben. »Vielleicht richtet sich sein Blick nach Ägypten«, fuhr Titus fort. »Wenn er das Land in die Hände bekommt, zerquetscht er Antiochos wie eine Laus, und er hätte die Macht über Alexandrias Getreidehandel.«

Mimas pfiff durch die Zähne. »Was sagen deine Freunde in Rom dazu?«

»Die sagen, eins nach dem anderen: Befassen wir uns zuerst mit Hannibal.«

»Stimmst du ihnen zu?«

»Mit Einschränkungen. Wir müssen Philipp beobachten. Was er auch vorhat, es wird nicht zu Roms Nutzen sein. Er wartet ab, ob wir den Mut haben, uns ihm entgegenzustellen.«

Mein Stiefvater hatte mich gebeten, herauszufinden, was in Griechenland im Gange war. Als ich ihm nun berichtete, was ich gehört hatte, wurde er ungeduldig mit mir, denn das war nichts, was er hören wollte.

»Ach, Titus redet Unsinn«, sagte er, meine Worte beiseitewischend. »Philipp ist keine Bedrohung.«

Wie viele Männer mittleren Alters hatte er schon seit Jahren aufgehört, seinen Geist zu fordern. Er pflegte selbstgefällig seine Ansichten, und weil er sich mit Männern umgab, die ihm nicht zu widersprechen wagten, glaubte er, er hätte in allem recht. Er sah nur, was er sehen wollte, und zurzeit wollte er nicht, dass sein Handelsgeschäft, auf das er in Griechenland hinarbeitete – nämlich die Einfuhr von Seide aus Kos und Syrien und von Glaswaren aus Phönizien –, durch irgendetwas gestört würde.

Neuerdings sammelte er auch Kostbarkeiten, da er von einem Handelsfreund gehört hatte, damit wäre bald Geld zu machen, und besonders in Rom würde die Neigung zu solchen Dingen wachsen. Darum wies er seine Makler im Osten an, in den durch Krieg und Not verarmten Städten aufzutreiben, was möglich war, und mit der gewöhnlichen Fracht zu verschiffen, ohne allzu sehr nach ihrer Herkunft zu fragen. Caecilius zeigte sie mir immer, wenn sie eintrafen, und es waren tatsächlich feine Gegenstände. Ich erinnere mich an einen Becher aus streifigem Sardonyx, erhaben verziert mit einem jungen Mann, ein Pferd haltend, oder an eine ägyptische Glasschale mit einem Hauch Grün, die aussah wie Meerwasser, wenn die Sonne hineinschien, oder an Adonis von schwebenden Cupidos umgeben neben der trauernden Aphrodite in einer Blumenlaube. Dieses Stück – das ich wollüstig und überreif fand – liebte er besonders und behielt es für sich selbst. Die übrigen packte er weg, um sie später zu verkaufen.

»Eines Tages werden solche Dinge sehr begehrt sein, glaub mir«, sagte er zu mir, während er seine Aphrodite beguckte und mit seinen dicken Fingern über ihren glatten Marmorleib strich.

Im Laufe dieses Sommers fing ich an, über vieles nachzudenken, was ich bislang für selbstverständlich erachtet hatte. Ich fragte mich, wie ein Mann Gutes erkennt und wie er beurteilt, was eine Sache oder einen Menschen besser oder schlechter macht als andere.

Das kam teils durch meine Gespräche mit Menexenos, der, so schien es mir, vom Hinsehen unterscheiden konnte, was echt und was vorgetäuscht war. Er machte nicht viel Aufhebens darum. Aber ab und zu sagte er etwas, worauf ich eine Skulptur oder ein Gemälde zum zweiten Mal betrachtete und eine neue Tiefe darin fand.

Ich wunderte mich, woher er solches Wissen hatte. Das war mehr als etwas Angelerntes. Es schien, als sähe er solche Dinge als Teil eines lebendigen Ganzen und könne sie beurteilen, sprich, wie sie dazu passten.

Auf solchen unauffälligen Wegen war Menexenos über die Wochen völlig in meine Gedanken eingedrungen. Eines Tages während dieser Zeit beschwerte sich Caecilius: »Was ist neuerdings mit dir los? Bei wichtigen Dingen bist du nie bei der Sache. Du wirst mir mit jedem Tag unähnlicher.« Da wurde mir klar, dass ich mich veränderte.

Als ich noch ein Kind war, pflegte ich an Tagen, wo der Himmel klar und wolkenlos und so blau wie Kornblumen oder Saphire war, auf den Berg zu steigen, hoch hinauf, wo sich die Eschen an die Felsen klammern und selbst die gewandten Ziegen vorsichtig klettern. Der Aufstieg war hart und machte mich atemlos. Aber dann drehte ich mich herum und stand zwischen Himmel und Erde und schaute über das Tal, in dem der Fluss wie ein Silberfaden glitzerte. Dort schien mir die Welt eine andere zu sein, meine kleinen Sorgen fielen von mir ab, und ich wusste, dass sich die Anstrengung gelohnt hatte.

So war es auch mit meiner jungen Seele. Indem ich mich mit dem Guten beschäftigte, das ich in Menexenos sah, war ich mir der Dinge bewusster geworden, besonders meiner selbst. Das war hart wie der Aufstieg auf den Berg, denn meistens waren es meine Schwächen, die ich deutlicher sah. Aber immer, wenn ich mich fragte, ob sich das lohnte, brauchte ich mir nur Caecilius anzusehen. Er hatte recht. Wie ein Schiff, das vom Ufer ablegt, entfernte ich mich von ihm zusehends. Ich änderte mich, er nicht oder nicht so wie ich.

Inzwischen war es nicht nur eine Hure, die frühmorgens aus dem Haus schlich, sondern zwei, und auch nicht immer dieselben. Einmal kam er am späten Vormittag mit einem großen violetten Saugmal am Hals und dunklen Schatten unter den Augen aus seinem Schlafzimmer ins Arbeitszimmer marschiert und erklärte verärgert: »Du bist neuerdings zu viel aus dem Haus.«

Nach diesen Nächten war er immer schlechter Laune. An diesem Tag war ich seit Sonnenaufgang aufgewesen und hatte einen Haufen sinnloser Arbeiten erledigt, die er mir aufgetragen hatte. Ich war beinahe fertig und hatte vor, mich später mit Menexenos zu treffen. Angestachelt von der Ungerechtigkeit seiner Worte erwiderte ich: »Gibt es etwas, das ich nicht erledigt habe, Herr?«

»Ganz bestimmt, wenn ich mir dir Mühe machte, nachzusehen«, schnaubte er. »Aber ich habe Besseres zu tun.« Er setzte sich an seinen Schreibtisch und schob gereizt die Tafeln und Pergamentrollen hin und her. »Was ich eigentlich sagen wollte, Marcus, ist Folgendes: Ich plane am Monatsende eine Zusammenkunft mit meinen Freunden. Ich erwarte, dass du daran teilnimmst.«

Er zählte die Namen verschiedener Geschäftsleute auf und fügte am Ende hinzu: »Es ist Zeit, dass ich ihnen zeige, wie ein vermögender Mann sie bewirten kann. Nicht nur der Prätor kann ein Bankett geben. Ach, und einige meiner Freundinnen werden auch kommen.«

Ich sagte nichts. In dem Moment hörte ich die Tür aufgehen. Es war Telamon, der ein Tablett hereintrug – mit dem morgendlichen Wein für meinen Stiefvater.

»Stell es dorthin und verschwinde«, schnauzte Caecilius.

Telamon, der wie ich die Zeichen der Gefahr kannte, gehorchte eilig und zog die Tür hinter sich zu. Es folgte eine angespannte Stille gleich der Ruhe vor dem Sturm. Man hörte nur das Scharren der hölzernen Schreibtafeln, in denen Caecilius kramte, und sein unwilliges Schnauben.

Dann kam es. Er knallte die Tafeln auf seinen Schreibtisch und schrie: »Ich nehme an, du wartest, dass du wieder zur Palästra laufen kannst, ja? Glaubst du, ich weiß nicht, wie du deine Zeit verbringst? Virilis hat dich erst gestern da herumlungern sehen.«

»Herumlungern, Herr?« Ich spürte, wie ich rot wurde. Wie immer hatte er die schwache Stelle meiner Rüstung entdeckt. »Ich mache kein Geheimnis daraus, wohin ich gehe. Du brauchst mich nur zu fragen, wenn du es erfahren willst. Und ich lungere nicht herum. Ich gehe hin, um athletische Übungen zu machen und meine Freunde zu treffen.«

Ich war versucht zu fragen, was der blasse Virilis mit seinem Rundrücken in der Palästra tat, aber es hatte keinen Zweck, ihn noch wütender zu machen.

»Übungen!«, rief er und gestikulierte so heftig, dass er den Becher umstieß und den dunklen Wein über seine Unterlagen vergoss. »Du bist alt genug, um den Ruf dieser Stätten zu kennen.«

Ich fluchte im Stillen, denn ich errötete bis an die Ohren. »Ich brauche mich für nichts zu schämen«, erwiderte ich.

»Nein? Virilis hat dich dort unbekleidet gesehen, nackt wie du zur Welt gekommen bist … Ich sehe, du streitest es nicht einmal ab.«

»Aber, Herr!«, schrie ich. »Jeder ist dort nackt. Das ist so üblich.«

»Vermutlich. Die Griechen sind schließlich zu jedem Laster fähig. Aber bedenke, dass du ein Römer bist, und denk an die Ehre deiner Mutter, wenn du schon deine eigene vergisst.«

Er blickte mich wütend an, stachelte mich stumm zum Widerspruch an. Er hatte Speichel am Mund. Die Ader an seiner Schläfe pochte, und er war so dunkelrot wie der Wein in der Flasche.

Da wollte ich kein Wagnis eingehen. Irgendwie gelang es mir – ich war inzwischen selbst sehr zornig –, mich zu beherrschen. Ich sagte mir, dieser Ausbruch habe nichts mit mir oder der Palästra zu tun. Ich dachte an die beiden Huren, die ich am Morgen hatte fortgehen sehen: derbe, blasse, stark geschminkte, verbitterte Geschöpfe, die unzufrieden miteinander flüsterten. So viel zur Ehre meiner Mutter, dachte ich. Und was Caecilius' leitende Hand anging, so war er ganz für strenge Zucht außer bei sich selbst.

Das Monatsende kam und mit ihm Caecilius' Bankett. Mit Titus' Gastmählern hatte es keinerlei Ähnlichkeit. Es glich dem Kreischen einer ungestimmten Fiedel nach einer harmonischen Lyra. Im Garten war ein großes Feuer entfacht, das neben Palmen und Zypressen loderte und knackte. Es gab wilde, trunkene Unterhaltungen, brennende Pechfackeln und Haufen gebratenen Fleisches. Und später, als die Tische abgeräumt waren, kam eine Tänzerin mit bemaltem Bauch und Holzklappern an den Fingern, die anzüglich lächelnd zwischen den Sofas tanzte und die Gesichter der lachenden Gäste an ihren Schritt drückte.

»Kaufe in Massen« war eine Regel meines Stiefvaters, die ich seiner Meinung nach beherzigen sollte. Das hatte er mit den weiblichen Gästen getan. Sie waren nicht bestellt worden, damit sie sich mit den Gästen unterhielten, was sie bei dem Lärm auch kaum vermocht hätten. Doch der Lärm war für mich eine Erleichterung, denn er ersparte mir das belanglose Gerede mit meinen Nachbarn, bei denen sich alles nur um Frachtkosten, die Sklavenpreise und die Aussichten der nächsten Getreideernte drehte.

Später, als das Feuer heruntergebrannt war, warf sich eine der jungen Frauen auf mein Sofa und tat erst gar nicht, als wollte sie mit mir plaudern, sondern griff mir sogleich unter die Tunika. Ich erkannte sie wieder. Sie gehörte zu denen, die morgens durch den Garten geschlichen waren. Ich zog ihre Hand weg.

»Was denn?«, lallte sie beleidigt. Sie roch nach lydischem Öl und weiblichem Schweiß. Sie zog den tiefen Ausschnitt ihres Kleides ein Stück herunter und entblößte eine schlaffe Brust. »Sieh her! Hier ist ein Festschmaus für dich. Greif zu!«, schrie sie gellend, und ich sah Caecilius auf der anderen Hofseite große Augen machen.

»Ich stelle fest, dass ich keinen Hunger habe«, sagte ich, während sie sich vor mir rekelte.

Sie zuckte die Achseln und trollte sich leise schimpfend mit entblößter Brust zu einem anderen Sofa, wo sie begierig empfangen wurde.

Auf diese Weise zog sich der Abend hin wie eine Krankheit. Ich fühlte mich düster, leer und hoffnungslos.

Und während der folgenden Tage kam es mir vor, als wäre überall Lüge und Täuschung, nicht nur bei mir zu Hause. Denn Lucius versuchte erneut, mit Menexenos anzubandeln, und war nicht mehr so leicht zu ignorieren.

Ich kam eines Tages in die Palästra, als im Innenhof Aufregung herrschte. Der Faustkampflehrer sprach zornig mit einem der anderen Ausbilder, und eine Schar Jünglinge, die dabeistand, hörte mit ernstem Gesicht zu.

Als ich näher kam, sah ich Eumastas in meine Richtung kommen. Ich fragte ihn, was geschehen sei.

»Was schon?«, meinte er mit finsterer Miene. »Dieser Römer war wieder da.« Und dann erzählte er es mir.

Es gab Regeln, die selbst die vernarrtesten Freier beachteten, und eine davon war, dass die Athleten im Badehaus, wenn sie sich den Sand und Schweiß abschabten und sich wuschen, ungestört bleiben sollten. Lucius jedoch war Menexenos dorthin gefolgt und hatte ihn vor allen anderen belästigt.

Ich schüttelte den Kopf. »Aber was tat Menexenos?«

»Er hat ihn natürlich nicht beachtet und hätte damit auch Erfolg gehabt. Doch dann kam der Faustkampflehrer herein und sah, wie der Mann sich an ihn heranmachte. Er rief die Sklaven und ließ ihn rauswerfen. Du kannst dir vorstellen, wie das aussah.«

Ich starrte ihn entsetzt an.

»Ja, ich weiß«, meinte Eumastas. »Es war schrecklich. Und es wurde noch schlimmer. Lucius fragte den Lehrer, ob er wisse, wer er sei. Der antwortete: ›Das weiß ich. Und das macht die Sache noch schändlicher. Verschwinde jetzt, oder muss ich erst zum Prätor gehen?‹«

Ich stieß einen leisen Pfiff aus. Dass Lucius solch eine Demütigung hinnehmen würde, war schwer zu glauben.

Die Sache war damit noch nicht vorbei. Als Nächstes hörte ich, dass er entdeckt hatte, wo Menexenos wohnte.

Eumastas' Vater hatte zwar sein Gehöft verloren, unterhielt aber noch ein Haus in der Stadt in einem grünen Viertel hinter dem Theater, wo man Aussicht aufs Meer hatte. Ich bin nie dort gewesen. Wegen der Sache mit seinem Hof wäre es mir peinlich gewesen, seine Höflichkeit auszunutzen.

Aber einmal, nachdem wir in der Stadt spazieren gewesen waren, standen wir an dem gemauerten Torweg von Eumastas' Haus und wollten uns verabschieden, da sagte Menexenos: »Komm für einen Moment herein. Ich möchte dir etwas zeigen.«

Ich folgte ihm in den baumbestandenen Vorhof. Dort stand auf einem Sims eine kleine Bronzestatue: Zeus mit dem sich windenden Ganymed, ausgeführt in dem neuen Stil mit lauter weichen Linien und großem Gefühl.

»Was hältst du davon?«, fragte Menexenos.

»Es ist schrecklich.«

»Ja«, meinte er finster, »hässlich und übertrieben. Es wurde heute Morgen gebracht, zusammen mit diesem Brief.« Er zeigte mir ein Stück Papyrus mit einem Band daran, auf dem stand: dem schönen Menexenos von einem verschwiegenen Freund.

»Es würde mir nichts ausmachen, wenn es nur um mich

ginge«, sagte er und warf den Brief beiseite. »Aber ich bin Gast in diesem Haus, und niemand hier könnte sich so ein Ding leisten. Es beleidigt meine Gastgeber, besonders wenn man bedenkt, von wem es kommt.«

»Was wirst du tun?«, fragte ich.

»Ich dachte daran, es zu verkaufen, aber das genügt nicht. Also werde ich es zur Residenz des Prätors zurücksenden.«

Ich nickte und schaute ernst auf den bronzenen Gott, der das grinsende nackte Kind im Arm hielt. Als ich aufsah, begegnete ich seinem Blick, und wir lachten.

Nach diesem kamen noch andere Geschenke: ein Siegerkranz aus goldenen Olivenzweigen, eine Gürtelschnalle mit Lapislazuli, ein hübsches geflochtenes Silberarmband aus Gallien. Er schickte alle zurück.

Wenn wir darüber noch gelacht hatten, so geschah bald etwas, wo einem das Lachen verging.

Lucius musste sich umgehört haben. Er lauerte Eumastas auf der Straße auf und sagte, er könne erwirken, dass sein Vater den Hof zurückbekomme. Er vergeudete keine Zeit mit Andeutungen, sondern fügte mit einem langen, vielsagenden Blick hinzu: »Allerdings musst du mir dafür etwas anderes überlassen.«

»In diesem Fall ist der Preis zu hoch«, erwiderte Eumastas sofort. Und damit kehrte er ihm den Rücken zu und ließ ihn stehen.

Das erzählte er mir später und sagte schließlich: »Ich habe es vor Menexenos nicht erwähnt und werde das auch in Zukunft nicht tun. Dir, Marcus, erzähle ich es nur, weil es an der Zeit ist, diesem Irrsinn ein Ende zu machen.«

»Ja«, sagte ich schamgepeinigt. Ich hatte mir schon oft überlegt, was ich tun könnte. Mit Lucius zu sprechen hatte keinen Sinn. Und wegen dieser Sache zu Titus zu gehen erschreckte mich. Doch Eumastas hatte recht. Ich war ein Freund von Titus, und ich war Römer. Wenn jemand eingreifen sollte, dann ich.

Ich beschloss, ein vertrauliches Gespräch mit Titus zu suchen.

Ehe es jedoch dazu kam, spitzte sich die Sache zu. Es war ein heißer Nachmittag, Sturmwolken zogen auf, und die Luft war stickig. Das Fest Poseidons stand bevor, das in Tarent eine große Sache ist, mit Konzerten und Wettkämpfen und Theaterspielen. Menexenos war gebeten worden, in der Palästra auszuhelfen und mit den Knaben zu üben, die am heiligen Fackellauf teilnehmen sollten.

Um kein Öl ins Feuer zu gießen, hatte ich mich stets bemüht, nicht in Erscheinung zu treten, wenn Lucius in der Nähe war. Doch seit seinem Rauswurf hatte er sich nicht mehr in der Palästra blicken lassen, und ich nahm natürlich an, er würde nicht mehr kommen. So war ich unvorsichtig geworden.

Ich stand mit Eumastas und einigen anderen bei der Laufbahn und sah zu, wie Menexenos seine Knabenschar vorbereitete. Plötzlich trat Lucius aus dem Schatten der Kolonnade hervor. Er ging direkt auf Menexenos zu, der an der Startlinie stand und schwerlich von dort weg und seine Schützlinge allein lassen konnte. Das musste Lucius bedacht haben.

Ich verfolgte entsetzt die Szene.

»Bei den Göttern«, murmelte Eumastas neben mir. »Kennt er denn gar keine Scham?«

Lucius sprach ihn an. Menexenos drehte sich kurz nach ihm um, schüttelte den Kopf und wandte sich ab. Darauf trat Lucius noch näher und flüsterte ihm etwas ins Ohr, wobei er ihn am Ärmel zupfte. Die jungen Läufer, die darauf warteten, sich aufstellen zu können, sahen einander an und fingen an zu kichern.

Plötzlich schrie Lucius wütend auf, sodass seine Stimme durch den Hof hallte. »Ha! Du und dein göttergleicher Körper! Hüte dich! Schönheit vergeht, du wirst nicht ewig die Sonne in den Schatten stellen.«

Darauf herrschte Totenstille. Menexenos sah ihn an, sagte

aber nichts, zumindest nicht mit Worten. Seine Miene war beredt genug. Ich sah ihn Luft holen, und dann wandte er sich den staunenden Knaben zu und sagte: »Kommt jetzt, reiht euch auf und nehmt die Fackeln.«

Lucius war kreidebleich geworden. Einen Moment lang rührte er sich nicht. Dann fuhr er mit einem Mal herum, und sein Blick traf mein Gesicht. Er erschrak. Bis zu diesem Augenblick hatte er nicht gewusst, dass ich da war.

Darauf verlor er vollends die Beherrschung.

Aus vollem Hals und vor aller Augen beschuldigte er mich jeder Art von Gemeinheit, sagte, ich wolle ihm seine Beute stehlen, nachdem er sie bis zu ihrem Schlupfwinkel verfolgt habe, und dass ich ein Dieb sei, der sich die Trophäe schnappe, ohne das Rennen mitzumachen. »Oh ja!«, schrie er, zeigte mit dem Finger auf mich, er wisse, worauf ich aus sei. »Aber hast du dich schon vor ihm ausgezogen?« Er spuckte in den Staub. »Er ist hochmütig und vornehm, dieser unterworfene kleine Grieche, und ich bin ihm nicht gut genug. Glaubst du etwa, er nimmt einen Kümmerling wie dich? Du würdest ihn anwidern.«

Er stockte. Alle starrten ihn an. Sogar der Faustkampflehrer, der aus dem Nachbarhof herüberkam, blieb im Durchgang stehen und sperrte den Mund auf.

Irgendwann bei seiner Tirade hatte Lucius' Griechisch nicht mehr ausgereicht, und er erging sich in lateinischen Schimpfworten. Vermutlich kannten die meisten Zuhörer sie gar nicht. Aber das war kein Trost. Man brauchte kein Seher zu sein, um zu erraten, was sie bedeuteten.

Lucius schien plötzlich bewusst zu werden, wo er war. Er blickte wild um sich auf die schweigenden Zuschauer und kaute auf der Unterlippe. Ich glaube, sogar er begriff, dass er zu weit gegangen war. Mit einem Wutschrei drehte er sich um und rannte durch den Bogengang davon.

Noch nie im Leben hatte ich mich so geschämt. Die

Wunde aus einem Kampf war nichts verglichen mit dieser. Ich wünschte mir, die Erde würde sich auftun und mich verschlingen. Das Letzte, was ich an diesem Tag noch wollte, war, zur Residenz des Prätors zu gehen. Doch als ich endlich nach Hause kam, lag für mich eine Nachricht von Titus da, in der er mich bat, am Nachmittag zu kommen.

Titus' Haushalter Sextus, der mich kannte, sagte bei meinem Eintreffen: »Ah ja, Marcus, Herr, er erwartet dich. Du findest ihn im Garten auf der Bank am Ende des Weges. Verginius ist soeben bei ihm fertig geworden. Wahrscheinlich wirst du ihm begegnen.«

Wie er vorhergesagt hatte, rannte ich Verginius auf der Terrasse in die Arme. Er war Militärtribun der Garnison, und wir hatten uns immer gut verstanden. Er blieb grüßend stehen, wir wechselten einige Worte. Er redete gern, was mir gerade recht kam, denn ich hatte mich von diesem Morgen noch nicht erholt und brachte kaum einen vernünftigen Satz zustande.

Wenn ich mich recht entsinne, erzählte er von einem Feldzug in Afrika, der dem Höhepunkt zustrebte und das Ende des Krieges herbeiführen würde, wie alle hofften. Am Ende sagte er: »Es wird Zeit, dass ich zur Garnison zurückkehre. Du wirst Titus bei den Kräuterbeeten finden, aber ich würde an deiner Stelle eine Weile warten. Lucius ist eben gekommen. Er wirkte reichlich aufgebracht … Aber Marcus, du bist ja aschfahl geworden. Ist dir nicht gut?«

»Doch, doch, Verginius«, gelang es mir zu antworten. »Danke für den Hinweis. Ich werde wohl hierbleiben, bis die beiden fertig sind.«

Er ließ mich allein, und ich setzte mich auf die Steinbank hinter mir, stützte den Kopf in die Hände und wünschte, ich wäre überall, nur nicht dort. Dann fuhr ich voll Schrecken auf. Irgendwo hinter dem großen Myrtenstrauch, der die Terrasse vom Garten abtrennte, hörte ich Lucius' Stimme näher kommen.

Ich sprang auf. Ich dachte, ich sollte davonlaufen und mir später eine Entschuldigung ausdenken. Aber ich konnte nur über den Weg fliehen, den ich gekommen war, also durch einen Zipfel des Gartens ins Haus zurück. Dabei würde ich ihnen direkt in die Arme laufen.

So harrte ich aus. Die Stimmen kamen näher. Titus sagte: »Aber Lucius, es liegt in deinen Händen. Siehst du das denn nicht?«

Lucius antwortete in klagendem Ton: »Aber er ist so edel und so schön! Ich muss ihn haben!«

Ich starrte zwischen die Myrtenblüten und wagte kaum zu atmen. Im Laub saß eine Singdrossel und blickte mich mit geneigtem Kopf an.

Dann hörte ich Titus scharf erwidern: »Du hast wieder Wein getrunken. Ich kann es riechen.«

»Was du nicht sagst!«, brauste Lucius auf. »Du hörst dich schon an wie Vater.«

»Lass Vater aus dem Spiel. In einem hat er aber recht: Die Welt wird sich nicht nach deinen Wünschen richten, wie sehr du auch gegen sie wütest.«

»Aber ich will ihn!«, stöhnte Lucius. »Er muss mich lieben! Ich habe ihm Geschenke gemacht … alles … ich habe ihm alles gegeben.«

Er wimmerte.

Ich sah mich um und dachte: Ich darf hier nicht gefunden werden. Auf keinen Fall.

Es entstand eine Pause, und ich hörte ihn leise weinen.

Und dann: »Ach, Titus, mein Verlangen macht mir Angst. Was soll ich nur tun?«

Etwas freundlicher antwortete Titus: »Der Wein spricht aus dir, nicht mein Bruder. Trockne dir die Augen, Lucius, und komm zu dir. Ein Mann kann Liebe nicht kaufen, nicht einmal du. Wenn der Junge nicht will, kannst du es nicht ändern. Nun komm, es wird andere geben. Aber niemand liebt einen Trunkenbold. Du musst dich beherrschen, kleiner Bruder. Was soll ich denn tun? Den Wein im Schrank einschließen?«

Das fachte Lucius' Aufruhr wieder an. Aber endlich traute ich mich wieder, Luft zu holen, denn die Stimmen entfernten sich durch den Garten.

Als Titus mich schließlich begrüßte, bedachte er mich mit einem forschenden Blick, dass ich mich fragen musste, was Lucius sonst noch gesagt hatte. Doch er mochte auch meinem Äußeren gelten, denn ich muss halb krank ausgesehen haben. Wir besprachen, weswegen er mich hergebeten hatte, obwohl jeder mit seinen Gedanken offensichtlich woanders war. Hinterher, als wir ins Haus zurückgingen, sagte er halb zu sich: »Weißt du, wenn man ein Fohlen lange genug schlägt, und hart genug und oft genug, scheut es irgendwann vor dem eigenen Schatten. Ein Tier kann gebrochen werden – ein Mensch ebenfalls ... Mein Vater hat sich für vieles zu verantworten.« Er tat einen langen, melancholischen Seufzer. »Aber verzeih, Marcus. Ich rede von meinen Sorgen. Komm, du siehst aus, als würde dir ein Becher Wein guttun. Und da wir gerade dabei sind, ich könnte auch einen gebrauchen.«

Wir gingen auf die Terrasse, wo der Haushalter den Wein hingestellt hatte, zusammen mit einer Platte Honigkuchen. Er musste es gebracht haben, während ich mit Titus sprach. Mir fiel auf, dass einer der Becher benutzt war. Auch Titus sah das. Er zog die Brauen hoch, sagte aber nichts.

Das Sommerwetter blieb schwül und windstill, und meine düstere Stimmung verließ mich nicht.

Nach dem schrecklichen Morgen in der Palästra hatte ich mich wortreich bei Menexenos entschuldigt.

»Wofür?«, erwiderte er. »Das ist nicht deine Schuld.«

Doch ich konnte den Gedanken nicht zerstreuen, dass ich Schande über ihn gebracht hatte und dass die entsetzliche Szene ohne mein Zutun nicht stattgefunden hätte. Lucius hatte gesagt, ich würde ihn anwidern, und in meinem schwermütigen Zustand schien es mir, als könne es gar nicht anders sein. Ich spürte meine ganze Hässlichkeit und war sicher, Menexenos müsste sie auch empfinden.

So schlimm das war, es war noch nicht alles, was mich bedrückte. Ich begann mich zu fragen, was er nun über meine Beweggründe dachte, die ihm so ausführlich von Lucius beschrieben worden waren. Dass er mich für einen Freier nach Lucius' Art halten könnte, war mir, bei allem, was ich für ihn empfand, unerträglich. Da ich mich außerstande sah, ihm davon etwas zu erklären, wurde ich immer stiller und zog mich von ihm zurück, gab mir auch keine Mühe, mit ihm zusammenzutreffen.

Ich wusste, das entging ihm nicht. Ein oder zwei Mal sagte er: »Ich habe heute in der Palästra nach dir Ausschau gehalten, Marcus«, oder: »Wo bist du die vergangenen Tage gewesen? Ich habe dich vermisst.«

Dann verlegte ich mich auf höfliche Ausreden, schob die Arbeit vor oder was mir sonst in den Sinn kam. Vielleicht spürte er, dass ich log. Bald hörte er auf zu fragen, und ich ließ ihn denken, was er wollte. Mir schien es besser so.

Aber ich litt. Ich war vom Licht berührt worden. Die Rückkehr in die Dunkelheit war doppelt so schwer.

Als ich Pasithea wiedersah, musterte sie mich mit ihren klugen braunen Augen und sagte: »Du hast heute kaum zwei Worte gesprochen, Marcus. Ich glaube, es ist Zeit, dass wir uns beide einmal unterhalten. Komm mich übermorgen besuchen. Ich werde dir meinen Sklaven Niko schicken, damit er dich holt.«

Zwei Tage später zur Stunde, da die Lampen angezündet wurden, kam Niko mich abholen, ein schwarzhäutiger Sklave aus Memphis mit leuchtenden Augen und großen goldenen Ohrringen. Er war zweifellos gebildet, und ich vermutete, dass Pasithea, von der er mit großer Zuneigung sprach, ihn unterrichtet hatte.

Zu gegebener Zeit gelangten wir zu einem rosa getünchten Haus auf einer Terrasse am Hang, dem Weinranken Schatten spendeten.

Pasithea erwartete mich in dem hoch ummauerten Garten, wo sie neben einem Becken voller Teichrosen saß, das von einem plätschernden Wasserstrahl gespeist wurde. Sie war sorgfältig gekleidet wie immer, und heute trug sie ein leichtes Kleid aus himmelblauer Seide mit eingewebten fliegenden und sitzenden Schwalben in Gold. Ihre Haare hingen, von einer Rosengirlande geschmückt, offen herab.

Niko brachte einen Krug mit kaltem honigfarbenen Wein und eine Schale Brot und schwarze Oliven und eine kleine gelb glasierte Platte mit Ziegenkäse. Während er mit dem Auftragen beschäftigt war, plauderte Pasithea von ihrem Plan, nach Korinth zu reisen und Freunde zu besuchen. Dann hielt sie inne, sah mir in die Augen und sagte: »Ich höre, dein Stiefvater hatte auch Freunde eingeladen.«

»Davon hast du gehört?«, fragte ich niedergeschlagen, da ich annehmen musste, seine Anstößigkeit sei Stadtgespräch.

Sie lächelte. »Sei nicht überrascht. Ich bin die Erste, die solche Dinge erfährt. Schießlich unterhalten sich meine Freunde mit mir, und ich habe viele.« Sie fing meinen Blick auf und zwinkerte. »Ich vermute, die kleine Zusammenkunft deines Stiefvaters war nicht ganz nach deinem Geschmack. Ist es das, was dich bedrückt, oder willst du allein weiter leiden und mir nichts verraten?«

Darauf sprudelten die Worte aus mir heraus.

Mir war nicht bewusst gewesen, wie sehr ich jemanden zum Reden gebraucht hatte. Ich weiß nicht, ob es der Wein war oder ihr freundliches, verständnisvolles Lächeln oder der friedliche Hof unter den Sternen. Jedenfalls strömten alle aufgestauten Gedanken aus mir heraus wie ein Wasserfall. Ich erzählte ihr, Caecilius sei ein Scheusal und dass er mich zu seiner Belustigung demütige und Schande über meine Mutter bringe, die gut und ehrlich und treu sei. Ich beklagte den Tag, da er sie geheiratet hatte, und vermutete, ich müsse einen Gott beleidigt haben, dass mir so viel Pech beschieden war. Es komme mir vor, sagte ich bitter, als würde es nichts Schönes auf der Welt geben, sondern nur Gemeinheit und Selbstsucht.

Ich erging mich darüber viel zu lange, sprach voll Zorn über die Welt und meinen Platz darin.

Als ich endlich verstummte, legte sie mir tröstend die Hand auf den Arm und sagte freundlich: »All das verstehe ich, mein lieber Marcus. Du bist nicht der Erste, der so empfindet, und wirst auch nicht der Letzte sein. Und es ist wahr, dass ein Mensch, der Schändliches finden will, nicht lange zu suchen braucht. Aber ist das wirklich die einzige Wahrheit?«

Ich zuckte die Achseln. »Ich schaue mich um und sehe das: Männer, die nicht besser sind als Tiere, außer dass sie auf zwei Beinen statt auf vieren gehen, und die sich gierig nehmen, was sie wollen, wie Hungerleider beim Festmahl.«

»Du sprichst vom Platz des Mannes in der Welt und behauptest, er sei das Schlimmste, das du dir vorstellen kannst. Ist denn alles andere nur ein Traum?«

»Was gibt es denn sonst noch?«, erwiderte ich mürrisch.

Sie lehnte sich zurück und betrachtete mich mit ironischem Blick.

»Was?«, fragte ich.

»Schau auf das, was du liebst.«

Unsere Blicke trafen sich.

»Ja, mein Lieber. Das ist deine Richtschnur. Da findest du den Beweis, dass der Mensch mehr ist, als du schilderst.«

Sie spielte mit den Fingern im sprudelnden Wasser des Teiches. Die Seerosen trieben schaukelnd auf mich zu. Pasithea lächelte, nicht spöttisch, sondern klug und verständnisvoll.

»Wie ich höre, hat unser Freund Lucius ein kleines Drama aufgeführt«, sagte sie leichthin.

Ich ließ den Kopf in die Hände sinken. »Dir entgeht wirklich nichts, Pasithea. Hast du selbst Augen in der Palästra, wo keine Frauen hingehen?«

Sie lachte. »Nichts so Geheimnisvolles. Der Faustkampflehrer ist mit mir befreundet.«

»Sogar du hast es also erfahren.«

»Wer nicht? Die ganze Stadt weiß es.«

Es war schlimmer als vermutet. Mich schauderte, wenn ich daran dachte, wie Lucius mich genannt hatte. »Das ist eine große Demütigung«, sagte ich bis an die Ohren errötend.

»Für Lucius, ja. Du hast keinen Grund, dich zu schämen. Und Menexenos auch nicht. Das ist jedem klar, der nur ein bisschen Geschmack hat, denn er würde sich auch nicht mit einem ungehobelten Säufer einlassen. Lucius hält sich für frei, weil er sich nimmt, was er will. Und jetzt hat er etwas gefunden, das er nicht haben kann – nicht für Geld, nicht durch schöne Worte, nicht durch Drohungen. Ich bezweifle, dass er das jemals erlebt hat.«

Ich rutschte ein Stück nach vorn und drückte mir die Fäuste an die Augen. »Ich sollte von hier weggehen. Menexenos verabscheut mich. Ich weiß es. Du hast nicht gehört, was Lucius gesagt hat.«

»Das zählt überhaupt nicht. Und der Faustkampflehrer hat es mir deutlich genug berichtet. Glaube mir, ich habe schon Schlimmeres gehört. Aber warum bist du so niedergeschlagen? Weil es gelogen oder weil es wahr ist?«

Ich fuhr mit dem Kopf zu ihr herum. »Weil es gelogen ist natürlich! Wie kannst du etwas anderes denken?«

Sie lächelte. »Menexenos ist so schön, dass sich verheiratete Männer zu ihm hingezogen fühlen. Es gibt viele junge Hetären, die ihn sehr gern empfangen würden, wenn er sie nur wollte.« Sie hob ihren Becher und sah mich über den Rand hinweg an. »Und vermutlich auch viele Jünglinge, aber darüber solltest du mehr wissen als ich.«

»Aber nein, Pasithea!«, rief ich. »Du verstehst nicht. Es ist ganz anders. Es ist wahr, dass wir uns sehen, und er war so freundlich, mir Tarent zu zeigen, und hat dafür gesorgt, dass ich mich hier wohlfühle. Aber mehr ist da nicht.«

Sie lehnte sich zurück und betrachtete mich.

»Du fürchtest deine Begierden«, sagte sie schließlich.

Ich wusste, dass ich schon wieder rot wurde. Meine Ohren glühten. Ich wollte mein Gesicht verbergen. Aber ihr gebührte mehr, und darum schaute ich sie an. »Ich habe gesehen, was Begierde aus einem Mann macht«, sagte ich.

»Wenn du den Unersättlichen verachtest, weigerst du dich dann zu essen? Nein, Marcus. Und ebenso wenig kannst du deine Begierde verbannen. Sie ist ein Teil deiner Seele. Du musst sie also kennen und beherrschen lernen und dich von deiner Vernunft leiten lassen. Junge Menschen haben viel Gutes, aber eines fehlt ihnen immer …«

Sie schwieg, bis ich fragte: »Was?«

»Die Götter sagen: Erkenne dich selbst.«

»Leichter gesagt als getan«, meinte ich düster.

»Ich habe nicht behauptet, dass das leicht ist. Aber notwendig. Komm, Marcus, die Wahrheit ist dir vom Gesicht abzulesen. Wir haben etwas in unserer Seele, das sofort weiß, wenn es gefunden hat, was es sucht. Du weißt es, aber du willst es nicht anerkennen. Musst du es erst entwischen lassen?« Sie hob die Hand und sagte: »Ich sollte jetzt schweigen, sonst wirst du noch böse auf mich. Aber wenn ich etwas sicher weiß, dann dies: Lass niemals zu, dass du vergisst, wie man liebt. Das ist das Wichtigste.«

Ich schaute auf meine Füße und fragte mich, welche Sehergabe sie besaß, dass sie so tief in mein Inneres blicken konnte. Ich dachte an ihr Gewerbe. »Liebst du denn, Pasithea?«

Ich sah auf und in ihre blau geschminkten, lachenden Augen.

»Aber ja, mein Lieber«, sagte sie. »Immer.«

Der Tag des Poseidon-Festes kam. Ich schaute mit Menexenos und Eumastas den Wettkämpfen zu. Lucius war nirgends zu sehen.

Der Fackellauf der Knaben wurde bei Dämmerung im Heiligtum unter dem Tempel abgehalten. Er ging ohne Zwischenfälle vonstatten, und die Zuschauer jubelten.

Hinterher kam eine Schar Freunde mit dem Lehrer, um Menexenos zu gratulieren und ihn zum Feiern abzuholen. »Komm mit, Marcus«, forderte er mich lächelnd auf. Aber ich lehnte ab. Denn kurz vorher hatte ich in der fackelbeschienenen Menschenmenge ein Gesicht gesehen, das ich kannte. Es war Myrtilla.

Seit dem Abend bei Titus hatte ich sie nicht wiedergesehen. Und jetzt zwischen den lodernden Fackeln, den lachenden Menschen und bei der warmen Nachtluft zog es mich zu ihr hin. Nachdem die anderen Menexenos entführt hatten, schob ich mich durch die Menge, blieb mal hier, mal dort stehen und sah den stolzierenden Schwertschluckern zu, den Fackelwerfern, den Messertänzern, den barbrüstigen, glänzenden Akrobaten mit ihren geölten, hochgebundenen Haaren. Und schließlich war ich wie zufällig bei ihr angelangt.

»Grüß dich, Marcus«, sagte sie. »Ich habe mich schon gefragt, wann wir uns wohl wiedersehen.«

Manchmal wissen wir etwas, bevor es passiert. Vielleicht leitet uns ein Gott, oder wir sehen mehr, als unser Verstand uns mitteilt. Ich wusste jedenfalls im ersten Moment, was kommen würde.

An einem Stand tranken wir etwas Wein und schauten einem dunkelhäutigen Sizilianer zu, der von Panflöten und Trommeln begleitet einen Freundentanz aufführte. Dann entfernten wir uns in stillem Einvernehmen von den lebhaften Plätzen und betraten einen Garten hinter dem Heiligtum, wo blauer Mondschein durch die dichten Baumkronen sickerte.

Es waren noch andere Paare dort, auf den Bänken in den Nischen und auf dem Rasen, die sich flüsternd unterhielten und zu den Sternen hinaufschauten.

Irgendwann sagte Myrtilla: »Mein Haus ist nicht weit.«

Wir stiegen die schmale Straße hinauf. Ab und zu berührten sich unsere Hände. Weiter oben am Hang war die Luft geschwängert mit dem schweren Duft der Pinien, und ringsherum zirpten die Grillen in die Nacht hinaus.

Myrtillas Schlafgemach blickte über den Steilhang hinter dem Haus. In einer bronzenen Räucherschale glomm Weihrauch, und daneben brannte eine kleine abgeschirmte Lampe.

Unser Liebesspiel machte mir Vergnügen, das will ich nicht leugnen. Doch als der Augenblick kam, musste ich an das Mädchen in Epirus denken und an den Libyer mit seiner blutverschmierten Hand.

Nachher, als ich still neben ihr lag, starrte ich die schwarzen Deckenbalken an und fühlte mich von Einsamkeit umfangen. Ich hatte Mars den Rächer gebeten, mich auszuwählen, mir zu gewähren, worauf mein zorniges Herz brannte. Bedenke, um was du bittest, hatte Priscus gesagt. Die Worte gingen mir jetzt durch den Sinn und hallten in der Stille. Gehörte das auch dazu?

Die Götter in ihrer Weisheit versagen dem Menschen den Blick in die Zukunft. Was das Schicksal in der geschlossenen Hand für mich bereithielt, vermochte ich nicht zu sagen. Aber ich verstand jetzt, was ich in dieser Nacht gesucht hatte: Die Flucht vor mir selbst. Ich hatte versucht, wie andere Männer zu sein, die mit einer Frau ins Bett gehen und am nächsten Morgen mit schwerem Kopf aufwachen und denken: Das heißt Leben, ich bin zufrieden.

Erkenne dich selbst, sagen die Götter. Ich hatte mir ein hartes Ziel gesetzt. Da war kein Raum für Tränen. Angst streifte mich, und Sinnlosigkeit. Und dann, ohne dass ich es verstand, musste ich an Menexenos denken.

Als ich im Morgengrauen nach Hause ging, sah ich Eumastas auf dem Markt Gemüse kaufen. Er sprach ernst und aufmerksam mit einem Standbesitzer, neben ihm stand ein Sklave mit einem Korb.

Ich erinnerte mich, dass Menexenos einmal erzählte, Eumastas habe diese häusliche Pflicht auf sich genommen, um den Vater zu schonen, da die Familie eine harte Zeit durchmachte. Deswegen ging ich verstohlen unter den Kolonnaden entlang, um ungesehen an ihm vorbeizukommen.

Auf dem Markt war es noch recht ruhig. Im entscheidenden Augenblick drehte der Sklave den Kopf, erkannte mich und hob die Hand zum Gruß.

Darauf drehte sich auch Eumastas um, sodass ich ihm nicht mehr aus dem Weg gehen konnte, ohne unhöflich zu sein.

»Grüß dich, Marcus«, sagte er ein wenig verlegen, als ich auf ihn zukam. Er blieb stirnrunzelnd stehen und blickte flüchtig über die Stände und frühen Käufer.

Ich machte eine Bemerkung über den Morgen, und dann stellte sich Schweigen ein. Ich wollte mich gerade verabschieden, als Eumastas zu dem Sklaven sagte: »Trage den Korb nach Hause.« Und zu mir: »Komm, Marcus, gehen wir ein Stück. Ich möchte dir etwas sagen.«

Solange ich ihn kannte, war er immer höflich zu mir gewesen, hatte es aber nie darauf angelegt, mit mir zusammen zu sein, wenn Menexenos nicht dabei war. Ich wunderte mich, was er wollte.

Der Sklave ging mit den Einkäufen davon. Wir ließen den Marktplatz hinter uns und folgten der steilen Straße, die zur Festung führte. An der Stelle, wo man einen Blick über die Bucht hatte, blieb Eumastas stehen.

Er war nie besonders redselig, aber jetzt hatte er den ganzen Weg noch kein Wort gesprochen. Er lehnte sich gegen die niedrige Mauer am Straßenrand, kniff die Augen gegen die Sonne zusammen und sah mir forschend ins Gesicht.

Ich erwiderte seinen Blick. Mir tat der Kopf weh. Ich hatte am Abend zu viel Wein getrunken.

»Ist etwas vorgefallen, Eumastas?«, fragte ich.

Er zögerte mit seiner Antwort. Dann sagte er: »Du kennst Menexenos nicht so wie ich.«

»Du bist sein ältester Freund. Jeder weiß das.«

»Ja, das bin ich.« Er drehte sich um und schaute düster über den weiten Bogen der Bucht. Die schrägen Sonnenstrahlen zogen einen glitzernden Pfad über das Wasser.

»Die Leute fühlen sich zu ihm hingezogen«, fuhr er nach einem Augenblick fort. »Nicht alle auf angenehme Art. Das macht ihn vorsichtig.«

Das ist es also, dachte ich. Ich hatte mich schon gefragt, wann Lucius für unsere Freundschaft eine zu große Belastung werden würde. »Ehrlich, Eumastas, ich bedauere den Vorfall mit Lucius. Ich schäme mich zutiefst, wenn ich daran denke. Ich hätte längst mit dir sprechen sollen, aber …«

Ich stockte, weil er mich befremdet ansah. »Lucius?«, sagte er.

»Geht es denn nicht darum?«

Er zog die Brauen zusammen. »Menexenos ist mein Freund, Marcus«, sagte er wie jemand, der noch einmal von vorn beginnt, »und ich lasse nicht zu, dass ein Mann ihn kränkt. Denke nicht, nur weil er seine Gefühle nicht zur Schau stellt, dass er keine hat.«

Ich hatte nicht viel geschlafen, mein Verstand arbeitete langsam, und ich konnte nicht erfassen, was er mir eigentlich sagen wollte. Ich dachte bei mir: Dann sind sie also ein Liebespaar, wie ich anfangs vermutet habe, und er versucht mich, von ihm fernzuhalten. Ich dachte an Lucius und seine üblen Belästigungen. Ich wollte lieber sterben, als bei Eumastas den gleichen Eindruck zu erwecken. Ich sagte: »Du brauchst nichts zu befürchten, Eumastas. Ich würde mich niemals zwischen euch drängen.«

Ich dachte, das würde genügen. Doch er runzelte nur umso mehr die Stirn. Ein Sonnenstrahl flammte in seinen braunen

Augen auf wie ein Reisigfeuer, und er machte eine ungeduldige Armbewegung. »Was redest du denn da?«, rief er.

Mir war schon unbehaglich genug, aber jetzt kam ich mir vor wie ein Dummkopf. »Seid ihr denn kein Liebespaar?«

»Wir, ein Liebespaar?« Er lachte – bei ihm eine Seltenheit.

Aber als er mein ernstes Gesicht sah, hörte er auf. »Doch, ich liebe ihn. Mehr als irgendeinen Mann außer meinem Vater. Aber wir sind kein Paar. Hast du das angenommen?«

»Ja.«

Er schüttelte den Kopf. »Dann hast du dich geirrt. Vielleicht kenne ich ihn schon zu lange, oder ich bin, wie ich fürchte, nicht imstande, Männer zu lieben.«

Einen Moment lang sahen wir uns schweigend an. »Worum geht es dir, wenn nicht um Lucius oder dich?«, fragte ich dann.

Er warf den Kopf in den Nacken. »Ihr Römer! Ich mag dich, Marcus, aber dein Volk ist anders als meines, und ich kann dich nicht verstehen, wie ich einen Griechen verstehe. Weißt du es denn wirklich nicht?«

Ich sah ihn an, halb verwundert, halb begreifend. Mein Verstand klärte sich. Pasitheas Worte fielen mir wieder ein.

»Vielleicht stimmt es«, fuhr Eumastas fort, »dass ihr Römer kein Gefühl für diese Dinge habt. Oder liegt es daran, dass du nur Mädchen magst?«

Ich sah zu Boden und scharrte mit dem Fuß im Sand, um meine Verwirrung zu überspielen. Oben auf der Festung läutete der Priester die Morgenglocke, ein sanftes Ping-Ping-Ping wie das Geklingel der Ziegenglocken an den Hängen von Praeneste. Ich dachte an Myrtilla und an das Mädchen in Epirus und dann an das Gefühl von Menexenos' Haut, wenn er mir in der Palästra nahe kam.

»Nein, das ist es nicht«, sagte ich und blickte auf.

Ich spürte, wie mir die Röte ins Gesicht stieg. Ich hatte noch nie über solche Dinge gesprochen.

Erkenne dich selbst, sagen die Götter. Doch das erkannte ich nicht. Oder vielleicht hatte ich es schon immer gewusst. Ich dachte an meine hässliche Narbe und meine ganze Unvollkommenheit. Was Eumastas mir zu verstehen gab, war kaum zu glauben. Ich schüttelte den Kopf. »Aber Menexenos hat doch sicher ... Gibt es niemanden in Athen?«

»Das denken alle – dass da irgendwo jemand sein muss. Aber es gibt niemanden.« Er zuckte die Achseln. »Nicht dass er es sich nicht wünschte. Ich glaube, er denkt, dass das, was er sucht, gar nicht zu finden ist. Er liebt die Ehre, Marcus, und etwas, das darüber hinausgeht und das er sieht, aber für mich unbegreiflich ist. Wenn ich ihn danach frage, sagt er, es sei das Licht hinter der Sonne, was immer das sein mag ... Aber wie dem auch sei, ich weiß, er würde lieber keinen nehmen als einen niedrig gesinnten Liebhaber.«

Es folgte ein langes Schweigen. Ich glaube, er war genauso verlegen wie ich.

Schließlich sagte ich: »Ich wusste nicht ... Ich hätte nie gedacht, dass ...« Ich stockte und starrte über die Bucht.

»Ich dachte, du spielst nur mit seinen Gefühlen«, sagte Eumastas. »Das hat mich wütend gemacht.«

Ich schüttelte den Kopf. »Nein. Bestimmt nicht.« Dann sah ich ihm ins Gesicht. »Das würde ich niemals tun.«

»Dann hoffe ich, dass du mir verzeihst«, sagte er.

»Da gibt es nichts zu verzeihen. Und genauso wenig kann ich mir vorstellen, sein Freund und nicht auch deiner zu sein.«

Er nickte. Ich meinte, ihn ganz leicht erröten zu sehen.

»Dann halten wir es so«, sagte er auf seine förmliche Art.

Und er nahm meine Hand wie ein Mann, der einen Bund besiegelt.

Sechstes Kapitel

Menexenos und ich verabschiedeten sie am Kai. Zu meiner Überraschung waren sie inzwischen fest befreundet. Anfangs hatte ich überlegt, ob sie überhaupt miteinander auskommen würden, denn sie waren, so schien es mir, Geschöpfe aus verschiedenen Welten, die verschiedene Luft atmeten. Erst später wurde mir klar, dass das nicht ganz zutraf. Sie standen beide auf ihre Weise über den allgemeinen Gepflogenheiten der Gesellschaft. Sie sahen die Dinge mit eigenen Augen, nicht mit denen anderer, und schätzten, was sie ineinander fanden.

Was mich und Menexenos betraf, so mochte es für den Außenstehenden erscheinen, als habe sich nichts geändert, und so wollten wir es. Ich weiß, was mein Stiefvater gefragt hätte, wäre es ihm bekannt gewesen. Ich sorgte dafür, dass es nicht dazu kam. Nicht aus Scham, sondern um etwas Schönes vor seinen derben Händen zu schützen.

Der männliche Kuss war mir ungewohnt. Was das Übrige angeht, spürte ich, dass er so zögerlich war wie ich selbst.

Eines Tages sagte er, indem er meine Stirn an seine zog: »Die Zeit wird kommen. Wir werden es wissen.« Er wollte, dass unsere Liebe eine Liebe der Seele sei, weil es am Ende keine andere gäbe.

Ich dachte an Lucius und verstand.

In mir ging eine Veränderung vor wie der Wechsel vom Winter zum Frühling. Die zeigte sich in kleinen Dingen. Zum ersten Mal sprach die Musik zu mir, hörte ich die tiefe Harmonie der Welt. In der Palästra flog mein Diskus, wie er sollte, und ich begriff, was Menexenos mir von Anfang an hatte beibringen wollen: dass es mein Herz war, das den Diskus zum Fliegen brachte, nicht meine Arm- oder Schultermuskeln. Manchmal schien es mir sogar, als habe mein Stiefvater eine verborgene gute Seite.

So wandelte ich im Licht, doch Mars der Rächer blieb bei mir. Es dauerte nicht lange, bis ich wieder von Dikaiarchos hörte.

Bei meiner Arbeit im Hafen hatte ich den Hafenmeister und die Kapitäne kennengelernt, die regelmäßig anlegten. Eines Tages hörte ich, dass Dikaiarchos auf Kreta sei und dort die Piraten anführte, von einem anderen, dass er die Bewohner der Kykladen in Angst und Schrecken versetzte, ihr Getreide stahl, ihre Städte niederbrannte, und von einem dritten, dass er die rhodischen Händler und die Küste Asiens plünderte.

Manche Leute behaupteten, er sei nicht mehr als ein geschickter Dieb, der die mangelnde Amtsgewalt in der Ägäis ausnutzte. Aber Titus, dem ich diese Berichte vortrug, war anderer Meinung. »Die Leute glauben, was sie glauben möchten. Sie blicken noch immer nach Afrika. Doch wir werden bald sehen, was er vorhat.«

Zu der Zeit war ich oft oben in der Prätorenresidenz, denn Lucius war nicht mehr da. Titus hatte kurz nach dem Skandal in der Palästra gesagt: »Er ist fortgereist. Er hat in Rom Geschäfte zu erledigen.« Mehr sagte er nicht, und ich fragte nicht weiter.

Die Kapitäne und die Mannschaften waren harte Männer. Jede Seereise konnte ihre letzte sein, und vielleicht weil sie stets dem Tod ins Auge blickten, liebten sie das Leben auf ihre Weise, oder vielleicht gehörten sie auch zu denen, die das Leben sowieso liebten. Als ich sie kennenlernte, erzählten sie mir ihre Geschichten – denn alle Seefahrer haben Erstaunliches zu berichten. Ich empfand eine gewisse Verwandtschaft mit ihnen. Sie hatten ihre eigene Würde, im Gegensatz zu den Verbrechern, die mein Stiefvater als Verwalter auf den Höfen beschäftigte und die gierig und bösartig und unerbittlich waren, obwohl sie unter den elenden Sklaven wie Könige lebten.

Einer meiner Freunde im Hafen war ein junger Grieche namens Theramon aus Heraklea in Lukanien. Sein Vater war dort Töpfer wie sein Vater vor ihm. Doch Theramon wollte zur See und hatte es gegen den Willen seines Vaters getan.

Er hatte mit nichts angefangen, hatte dann aber in Tarent Geldgeber gefunden, die ihm so viel zutrauten, dass sie ihm ein Schiff ausstatteten und ihn zum Kapitän machten. Sein Schiff hatte ein rotes Segel, auf dem der erste Buchstabe seines Namens in Weiß prangte. Er war stolz darauf und auf seinen Werdegang.

Kurz bevor Pasithea nach Griechenland fuhr, hatte ich ihn zu einer Reise nach Mytilene verabschiedet, wohin er eine Ladung purpurgefärbte Tarenter Wolle bringen sollte. Danach sollte er nach Pergamon weitersegeln, mit einem Auftrag meines Stiefvaters. Ich kannte die Einzelheiten nicht, denn Caecilius hatte ausnahmsweise selbst mit Theramon verhandelt.

Diesmal beförderte das Schiff auch einige Reisende: eine Familie mit zwei kleinen blonden Mädchen, die mir lachend winkten, als sie vom Kai ablegten, voller Freude über das Abenteuer und ohne Kenntnis der Gefahren. Ihre heiteren Gesichter wühlten eine Erinnerung auf, doch ich schob den dunklen Gedanken beiseite. Ich lachte zurück und winkte, bis sie außer Sicht waren. Erst später, nachdem Theramons Schiff durch die Meerenge verschwunden war, die vom Hafen ins offene Meer führte, erlaubte ich mir, ein düsteres Gesicht zu machen. Es passierte häufig, dass plötzlich die Erinnerung in mir wach wurde, aber meistens bei Nacht oder im Traum. Auf dem Heimweg drängte es mich, in den Poseidon-Tempel zu gehen, und ich brachte ein kleines Rauchopfer dar.

Einen Monat später, ich stand am Kai und zählte eine Ladung Weinamphoren nach, die für Rom bestimmt waren, tippte mir einer der Stauer auf die Schulter und sagte grinsend: »Guck mal, da ist der alte Caecilius.«

Ich sah mich um. Caecilius kam selten zum Hafen, da er es als unter seiner Würde betrachtete. Er stand am Ende des Kais bei einem neu eingetroffenen Handelsschiff und machte dem Kapitän Vorhaltungen.

Ich legte meine Wachstafel beiseite und ging zu ihm, da ich annahm, er wollte mit mir sprechen.

»Da bist du!«, schrie er und kehrte dem Kapitän den Rücken zu. »Was ist das für eine Geschichte mit Theramon? Ist dir nicht eingefallen, zu mir zu kommen und zu berichten?«

Ich blickte zwischen ihm und dem Kapitän hin und her. Dessen Name war Phylakos. Er segelte die Route von Kos und Rhodos zu den griechischen Städten Italiens. Wir kamen gut miteinander aus, aber er war kein Mann, der sich von oben herab behandeln ließ, was mein Stiefvater meisterlich konnte, und darum stieß er Caecilius in den Rücken und sagte: »Der Jüngling weiß es noch nicht. Darum hat er dir nicht davon berichtet.« Dann sah er mich an. »Ich wollte auf dem Rückweg vom Hafenmeister zu dir kommen. Ich habe es auf Rhodos erfahren, von einem Mann, der soeben von Khios kam …«

»Ertrunken?«, fragte ich mit Angst im Bauch.

»Hingeschlachtet, auch die Mädchen, nachdem die Piraten sich mit ihnen vergnügt hatten. Es war wieder dieser prahlerische Dikaiarchos. Er hat am Strand seinen Altar für Zügellosigkeit und Gottlosigkeit hinterlassen. Das ist sein Zeichen, heißt es.«

Es war nicht viel dazu zu sagen, und Phylakos entfernte sich schließlich. Sobald er fort war, stieß Caecilius einen lauten Fluch aus. »Das ist ein schwerer Verlust.«

»Ja«, pflichtete ich ihm bei.

»Ach, du weißt gar nichts. Ich meine nicht die Ladung Wolle. Die kann ersetzt werden. Das Schiff beförderte ein kleines Vermögen an Silber.«

Ich starrte ihn ungläubig an. Meinen Ausdruck missdeutend, nahm er mich beim Arm und fuhr in vertraulichem Ton fort: »Ich habe es dir nicht gesagt, aber dieser Kapitän – wie heißt er noch gleich? – führte einen vertraulichen Auftrag für mich aus, sollte Geldmittel für Waffen zu einem meiner Verbindungsmänner in Pergamon bringen.« Er tippte sich an die Nase. »Sie waren für Antiochos in Syrien bestimmt. Das musste geheim gehalten werden.«

Mit tonloser Stimme sagte ich: »Jetzt hat Dikaiarchos dein Silber oder König Philipp, der sein Verbündeter ist, wie alle sagen.«

»Schon möglich«, sagte Caecilius achtlos. »Sicher ist, dass ich mein Geld verloren habe. Verflucht soll er sein, dieser – wie heißt er?«

»Dikaiarchos, Herr. Er ist es, der meinen Vater getötet hat.«

»Ach, wirklich? Es ist Zeit, dass du das hinter dir lässt. Was geschehen ist, ist geschehen.« Dann rieb er sich stirnrunzelnd das Kinn. »Hätte ich die Fracht doch nur aufgeteilt!«

Ich sagte nichts. Ich traute meiner Selbstbeherrschung nicht.

Titus hatte recht. Es dauerte nicht lange, bis man wieder von König Philipp und Dikaiarchos hörte. Die Nachricht kam, er habe Städte an der asiatischen Küste angegriffen und rüste mit dem erbeuteten Reichtum seine Flotte aus. Er habe Lysimacheia, dann Thasos eingenommen, die Städte am Hellespont geplündert.

Das erzählte ich Menexenos, und er sagte sofort: »Er will Athen damit drohen.«

Ich fragte ihn, warum er dessen so sicher sei.

»Das ist die Strategie aller Feinde Athens. Wer den Hellespont beherrscht, beherrscht Athen, denn das ist unsere Getreideroute vom Schwarzen Meer, die unsere Ernährung sichert.«

Als Titus sein nächstes Gastmahl abhielt, sagte er zuvor: »Es wäre mir eine Ehre, wenn dein Freund Menexenos auch käme.

Sollte ich ihm eine Einladung schicken?«, sinnierte er. »Ja, das sollte ich wohl. Aber bitte ihn trotzdem, wenn du ihn siehst, und sag ihm, ich würde mich sehr freuen.«

Ich wunderte mich, woher er es wusste. Vielleicht von Xanthe. Ich lächelte still. Da hatte ich geglaubt, ein Muster an Verschwiegenheit zu sein, aber die Liebe leuchtet aus einem Gesicht, und rückblickend muss ich sagen, dass nur ein Blinder es nicht bemerkt hätte.

Das war Titus' Art von Freundlichkeit, um die er immer bestrebt war. Nach dem Vorfall mit Lucius wäre es der bequemere Weg gewesen, darüber hinwegzugehen. Aber so war er nicht.

Bei dem Gastmahl war auch Villius, der aus Rom zu Besuch gekommen war. Das tat er häufig, denn er fungierte als geheimer Mittelsmann zwischen Titus und dessen Freunden im Senat. Mimas war bei ihm, und Titus hatte auch Verginius von der Garnison eingeladen, sowie ein oder zwei andere, die ich nur flüchtig kannte.

Pasithea wurde von allen vermisst, doch die hübsche Xanthe war da und teilte wie immer strahlend und unterhaltsam das Sofa mit Titus. Ich begrüßte sie soeben, als Verginius eintraf, verspätet, weil ihn eine Angelegenheit in der Garnison aufgehalten hatte. Ich erschrak ein wenig, nicht seinetwegen, sondern wegen seiner Begleiterin. Es war Myrtilla.

Natürlich war sie eine Kurtisane. Doch in meiner Unwissenheit in diesen Dingen fürchtete ich, sie könnte sich herabgesetzt fühlen, weil ich sie seit dem Poseidon-Fest nicht mehr aufgesucht hatte. Ich hätte mich nicht zu sorgen brauchen. Sie grüßte alle freundlich, und als sie zu mir kam, bedachte sie mich mit einem Blick, als wollte sie sagen: Was zwischen uns gewesen ist, bleibt unter uns. Dann wandte sie sich Menexenos zu. »Du hast einen guten Freund gewählt, Menexenos Sohn des Kleinias. Ich sehe, du kannst Gold von Tand unterscheiden. Viele vermögen das nicht.«

»Dann bist du mir darin überlegen«, erwiderte er lächelnd, »du hast das Gold vor mir erkannt.«

Das freute sie, wie er es beabsichtigt hatte. »Ich weiß nicht, wen ich mehr beneiden soll, ihn oder dich«, meinte sie.

Menexenos antwortete lachend: »Aber mich natürlich, wie jeder in der Stadt.«

Ich schüttelte den Kopf und errötete über seine Schmeichelei, und Myrtilla ging glücklich lachend, um sich neben Verginius zu setzen.

Abgesehen von mir, den ein paar Monate von ihm trennten, war Menexenos der Jüngste an diesem Abend. Doch er glänzte in jeder Gesellschaft. Ob das Thema die Stadt oder die Seele war, er sprach mit Charme, Anstand und Witz.

An dem Abend ging es hauptsächlich um Karthago und König Philipp. Der alte Quintus Fabius, der Tarent vor sieben Jahren bei der Belagerung zurückerobert hatte, war kürzlich gestorben. Er war fünf Mal Konsul gewesen und gehörte zu den Gegnern Scipios. Der Senat hatte Scipio schon seine Zustimmung erteilt, den Krieg zum Feind nach Afrika zu tragen, aber dann überzeugte Fabius die Senatoren, Scipio die Legionen zu verweigern. Es wurde ihm nur noch gestattet, mit Freiwilligen nach Karthago zu ziehen, so er denn welche fände.

Fabius glaubte die Pläne seines Rivalen durchkreuzt. Doch als Scipio nach Freiwilligen rief, liefen ihm scharenweise Männer zu, die ihm jubelnd folgten, so groß war seine Beliebtheit. Jetzt standen sie vor den Toren Karthagos und machten sich für die letzte Schlacht gegen Hannibal bereit.

Fabius war zwar tot, aber Scipios Gegner murrten weiter, darunter auch Titus' Vater, der meinte, es sei eine Sache, in Italien gegen Hannibal zu kämpfen, und eine ganz andere, ihn auf eigenem Boden, auf der Türschwelle seines Hauses, schlagen zu wollen. Die Gegner sagten, er fordere die Götter heraus, und warnten vor einer Niederlage.

Das alles wurde erörtert. Dann wandte sich das Gespräch

König Philipp und dem wachsenden Chaos in der Ägäis zu. Titus fragte Menexenos, was er von den Überfällen am Hellespont halte, und Menexenos wiederholte seine Ansicht von der Bedrohung Athens.

Titus hörte bedächtig nickend zu. Als Menexenos geendet hatte, wandte sich der Prätor an Villius. »Was sagt man in Rom dazu?«

»Sie wenden die Augen ab wie ängstliche Weiber. Dein Vater sagt, die Ägäis sei nicht unsere Sorge. Soll Philipp tun, was ihm beliebt, solange er uns in Frieden lässt.«

»Das sagt er? Hast du gehört, was Philipp in Thasos getan hat?«

Angesichts der bevorstehenden Niederlage und Philipps Versprechen, sie zu verschonen, hatten sich die Bürger von Thasos ergeben. »Also öffneten sie die Tore, und sobald Philipp im Besitz der Stadt war, verkaufte er sie in die Sklaverei.« Er schüttelte den Kopf. »Aber warum erzähle ich dir das. Du weißt, was für ein Ungeheuer er ist. Mein Zorn gilt diesem aufbrausenden Narren, der mein Vater ist und das nicht sehen will.«

Schweigen trat ein. Wir wussten inzwischen alle, wie Titus über seinen Vater dachte, doch dazu wollte niemand etwas bemerken, um nicht später, wenn Vater und Sohn sich versöhnt hätten, in Erinnerung zu kommen.

Nach ein paar Augenblicken ergriff Villius wieder das Wort. »In Rom geht das Gerücht, dass Antiochos mit Philipp einen Pakt geschlossen hat.«

Titus stellte seinen Becher hin und sah ihn an. »Zu welchem Zweck?«

»Ägypten«, antwortete Villius. »Antiochos gelüstet schon seit Jahren nach dem Land, wie schon seinen Vater vor ihm. Er möchte alles erobern, was einst Alexander gehört hat, und jetzt hält er den Augenblick für günstig, da es in den Nachfolgewirren steckt.«

»Und er will nicht, dass Philipp im Weg steht«, meinte Titus.

»So scheint es.«

Titus rieb sich seinen flaumigen Bart. »Aber was wird Philipp dafür haben wollen? Was kann Antiochos ihm anbieten?«

»Was sonst als freie Hand in Griechenland, die Herrschaft über den Hellespont und die Möglichkeit, König Attalos in Pergamon zu demütigen? Er hat in dessen Reich bereits geplündert, und es besteht eine alte Fehde zwischen ihnen.«

»Niemand wird ihn mehr unterstützen, wenn er sein Wort bricht und ganze Städte in die Sklaverei verkauft. Möchte er über Einöden herrschen?«

»Ich fürchte, das ist ihm gleich, solange sie ihm gehören.«

Titus runzelte die Stirn. »Auch für einen König gibt es Grenzen«, sagte er. »Tyrannen missachten die Gerechtigkeit auf eigene Gefahr.«

Es entstand eine Pause, weil alle darüber nachdachten. Die einzige Darbietung an diesem Abend war das Spiel einer einzelnen Flöte. In der plötzlichen Stille ging es zu einer langsamen, phrygischen Melodie über, die voller Schwermut war.

Es war Mimas, der den Faden wieder aufgriff. »Diese beiden«, rief er, »sind wie Wölfe, die sich um das Aas streiten.«

Und zu jedermanns Verblüffung sagte Xanthe, die sonst selten zu derlei Themen beitrug: »Dann sollten sie sich hüten. Denn manchmal schleicht sich unbemerkt der Löwe heran und schnappt ihnen die Beute weg.«

Titus, der düster in seinen Wein gestarrt hatte, drehte mit hochgezogenen Brauen den Kopf. »Aber Xanthe, du kleines Biest, wer soll denn dieser Löwe sein?«

Sie steckte sich eine Olive in den Mund. »Rom ist der Löwe«, sagte sie.

Titus lachte schallend. »Nun, du kluger Stratege, ich sehe schon, wir werden dich noch zum Heerführer machen. Aber ich fürchte, auf diesen Schmaus hat Rom keinen Appetit.«

Caecilius, der die Welt selten über den eigenen Nutzen hinaus beachtete, richtete den Blick dieses Jahr nach Osten.

Der Verlust seines Geldes auf Theramons Schiff war offenbar nicht die Katastrophe, die er zuerst darin gesehen hatte. Nach zwei Monaten war er so weit, dass er neues Geld für sein Geschäft in Asien schicken konnte. Die Einzelheiten verschwieg er mir, aber ich wusste, dass er etwas im Sinn hatte. Ab und zu sagte er mit auffälliger Beiläufigkeit: »Ach, ich werde wohl heute einmal selbst zum Hafen gehen und mit Phrikias verhandeln. Der Spaziergang wird sicher angenehm.« Oder er räusperte sich und fragte: »Sag, Marcus, ist schon eine Nachricht von Hamilkars Schiff gekommen?« Oder von Chares'. Oder von Mellons.

Er hatte gern seine kleinen Geheimnisse, aber noch lieber ließ er mich merken, dass er welche hatte. Ich ging auf seine halb ausgesprochenen Sätze und Andeutungen nicht ein und ließ mich schon gar nicht herab, nachzufragen, weil er gerade das wollte. Wenn er es mir nicht sagen wollte, so war das seine Entscheidung. Sein Ausweichen zeigte mir nur, dass er niemandem traute, nicht einmal mir, den er, wenn es ihm passte, seinen Sohn nannte.

Der Osten, zu jener Zeit unsicher und gefährlich, war für Caecilius verheißungsvoll. Wo ehrliche Männer nur gefährliche Unordnung sahen, erblickte er günstige Gelegenheiten. Er fragte mich nach jeglicher Neuigkeit, die ich im Hafen aufschnappte, und manchmal, wenn etwas seine besondere Aufmerksamkeit erregte, eilte er selbst zum Kai hinunter und befragte die Kapitäne.

Ich wusste, dass meine Freunde – Menexenos, Eumastas, Titus – ihn verachteten. Wie sollte es auch anders sein? Wer kann schließlich einen Mann achten, der den Gelderwerb zum Selbstzweck betreibt und dem das Schicksal anderer gleichgültig ist, außer er kann daraus Nutzen ziehen?

Ein guter Mann, sagte Menexenos einmal zu mir, nutzt Reichtum als Mittel zu einem guten Leben. »Ja«, antwortete ich sofort. »Aber wenn er gar nicht danach fragt, was ein gutes Leben ist, was nützt ihm dann all sein Geld? Er wird sein Sklave, nicht sein Herr.«

In diesem Sommer dachte ich zum ersten Mal über solche Dinge nach. Ich fragte mich, was einen Mann gut machte, wessen Fußstapfen er folgen, was er lernen müsste. Die Antworten fielen mir nicht ein. Aber eines war mir klar trotz all meiner Unsicherheit: Auf keinen Fall wollte ich wie Caecilius sein.

Im Laufe des Jahres schmiedete er eine Verbindung mit einem gewissen Kritolaos in Patrai, einem Staatsmann und vollendeten Redner.

Kritolaos, so erzählte er mir, hatte das Volk von Patrai überredet, ihn mit größter Macht auszustatten, und nachdem er sie gewonnen hatte, vertrieb er die Landbesitzer, ließ die reichen Adligen hinrichten und beschlagnahmte ihre Güter, die er versprochen hatte, unter den Armen zu verteilen.

»Natürlich hat er auch etwas für sich behalten«, erklärte Caecilius, »wie das jeder täte. Aber jetzt scheinen sich welche aus dem Pöbel zu beschweren, behaupten, er hätte sich genommen, was ihm nicht gehört.« Er nickte weise und fügte hinzu: »Da sieht man's mal wieder …«

Ich weiß nicht, was man daran sehen sollte, jedenfalls war Kritolaos kürzlich zu dem Schluss gekommen, er brauche eine bewaffnete Leibgarde, um sich vor seinen Mitbürgern zu schützen. So hatte er bei Caecilius nach Waffen gefragt.

Als ich Menexenos von diesem Geschäft erzählte, sagte er: »Oh, ja, Kritolaos. Er ist ein Demagoge der übelsten Art.«

Inzwischen sprach ich sehr gut griechisch, doch dieses Wort war mir neu. »Ist ein Demagoge nicht ein Redner?«, fragte ich.

»Nicht ganz, obwohl beide ihre Stimme gebrauchen, um andere zu überzeugen. Aber ein Redner lässt sich vom Allgemeinwohl leiten und gebraucht seine Begabung, um in diesem Sinne auf andere Einfluss zu nehmen. Ein Demagoge dagegen sagt alles, was nötig ist, um Macht zu gewinnen und sich zu bereichern.«

An diesem Tag waren wir aus der Stadt gewandert und schlenderten am Strand der Bucht entlang. »Aber Caecilius behauptet, der Mann sei beliebt«, wandte ich ein.

»Schon möglich. Er stiehlt von wenigen und gibt es vielen. So kann man sich leicht beim Volk beliebt machen. Aber wie du sagst, muss er sich schon durch bewaffnete Leibwächter schützen. Ich nehme an, das Geld ist ausgegangen. Und was die Männer angeht, die er bestohlen hat, so kann er kaum erwarten, dass sie darüber hinwegsehen. Er muss nun täglich in Angst leben.«

Er verfiel in Schweigen. Schließlich kamen wir zu einem großen Felsen, kletterten hinauf und setzten uns, um übers Meer zu schauen und die fernen Schiffe zu beobachten. Es war ein schöner Tag. Die Hochsommerschwüle war vorbei, die Luft war frisch und sauber.

Ich hatte eigentlich etwas erzählen wollen, was mir auf der Seele lag. Caecilius hatte angedeutet, er möge es vielleicht als passend erachten, mich als seinen Makler zu diesem Kritolaos zu schicken. Wie immer hatte er das nur in Halbsätzen und indirekten Bemerkungen kundgetan, und ich wusste, wenn ich näher nachfragte und mir anmerken ließe, dass ich nicht dorthin wollte, würde das seinen Entschluss nur bestärken. Darum hatte ich nichts dazu gesagt. Als Menexenos nun schwieg, beschloss ich, meine Befürchtungen könnten auf eine andere Gelegenheit warten, wenn es Genaueres zu berichten gäbe. Anstatt zu sprechen, sprang ich auf, zog mich aus und sprang von dem Felsen in das klare kalte Wasser, und Menexenos sprang hinterher.

Später kehrten wir über einen landeinwärts gelegenen Weg zurück. Auf den fernen Hängen liefen Männer mit Erntekörben. In der Nähe eines großen Gehöfts graste eine Herde

Pferde in der goldenen Nachmittagssonne. Ich kannte das Gehöft gut. Wie auch nicht? Es wurde von meinem Stiefvater verwaltet. Es hatte Eumastas' Vater gehört.

Der Verwalter, den Caecilius dort eingesetzt hatte, war nicht so schlimm wie die meisten. Er war ein Kleinbauer aus Kampanien und ein Pferdenarr. Aber ich ging trotzdem selten dorthin. Ich hatte versucht, mit Caecilius über diesen Hof zu sprechen und ihm nahezubringen, dass der Besitzer zu Unrecht enteignet worden und dass Eumastas mein Freund war. »Dann hättest du lieber nicht so viel Zeit mit Griechen verbringen sollen«, gab er mir zur Antwort.

Daran dachte ich, als Menexenos meine Gedanken unterbrach, und sagte: »Ich habe einen Brief von meinem Vater bekommen.«

Unsere Blicke trafen sich. Was das bedeutete, wussten wir beide, denn wir hatten darüber gesprochen. »Schon?«, sagte ich.

Er schaute düster über das Tal. »Weil die Zukunft so unsicher ist, sei es Zeit für mich, nach Hause zu kommen, schreibt er.«

Ich ging ein paar Schritte, ehe ich darauf etwas sagte. Ich hatte schon viele Male mit mir abgemacht, dass, wenn der Augenblick käme, ich mich wappnen sollte, um es wie ein Mann zu ertragen. Wie Menexenos einmal gesagt hatte: Über Notwendiges lässt sich nicht streiten. »Ist es denn so schlimm?«

»Es wird Krieg geben, meint er. Er weiß nicht, wann. Aber die ersten Schritte sind schon getan. Philipp ist ein prahlerischer Tyrann, der athenische Demos besteht aus Maulhelden. Aber Philipp besitzt wenigstens Klugheit, was man vom Demos nicht behaupten kann. Wenn es darum geht, einen Krieg zu beginnen, sind sie wie ein Vielfraß am überladenen Tisch: Sie können nicht erwarten, damit anzufangen, wissen aber nicht, wie sie ihn am Ende bewältigen sollen.«

»Wann musst du abreisen?«, fragte ich.

Er legte den Arm um meinen Nacken und zog mich zu sich heran. Seine Haut roch nach Meer.

»Ehe die Schifffahrt zum Winter eingestellt wird«, sagte er.

»Das ist nicht mehr lange hin.«

»Nein.«

Ich nickte und dachte, dass auch die Liebe mit Schmerzen verbunden ist. Ich war Römer, er Athener. Es war der natürliche Lauf der Dinge, dass wir verschiedene Wege gingen. Das war mir längst klar. Die Parzen hatten unser Schicksal gewebt, bevor wir geboren wurden. Und dennoch war ich froh. Dieser Sommer war wie Tageslicht nach langer Dunkelheit gewesen.

Als hätte er meine Gedanken gelesen, sagte er sanft: »Das bleibt uns für immer. Das Übrige ist, was wir daraus machen. Die Sehnsucht birgt Kraft, Marcus. Vergiss das nie.«

Wir waren auf dem niedrigen Kamm angelangt. Der Wind hatte aufgefrischt, rauschte in den Blättern des Olivenhains und blähte unsere Kleider. Vor uns lagen die roten Dächer und weißen Mauern Tarents und auf der Festung der Poseidon-Tempel mit seinem goldenen Dreizack.

Ich glaubte zuerst, das Geräusch, das man hörte, sei der Wind, der durch das Tal pfiff. Dann erkannte ich, dass der Wind die Stimmen vieler Menschen herübertrug, ein Geschrei, das an- und abschwoll. Da war kein Gefecht im Gange, es musste etwas anderes sein. Es schien aus der Stadt zu kommen oder aus der Garnison.

Menexenos reckte den Kopf und lauschte. Er hatte es auch gehört. Wir sahen uns an.

»Da ist etwas los«, sagte ich. »Wir sollten umkehren.«

Wir beschleunigten unsere Schritte. In der Ferne vor der Stadtmauer, wo die Wagen und Kutschen warteten, lief eine Menschenmenge zusammen. Dann entdeckte ich einen Legionär auf einem Maulesel, der das Tier mit Rutenschlägen antrieb. Er war ein magerer, schon ergrauter Zenturio. Sein bärtiges Gesicht war gerötet, und sein Mund bewegte sich, als würde er schreien oder singen. Aber er war zu fern, als dass ich seine Worte verstehen konnte.

Wir liefen den Hang hinab, um ihm den Weg abzuschneiden. Als er in Rufweite kam, schrie ich, was denn geschehen sei.

»Zama!«, brüllte er zur Antwort, lachte übers ganze Gesicht und winkte so ungestüm mit seiner Gerte, dass er fast von seinem Reittier fiel.

»Was sagt er?«, wollte Menexenos wissen.

Ich schüttelte den Kopf. »Zama ... aber ich weiß nicht, was das bedeutet ... Ich glaube, er ist betrunken.«

Wir rannten den Weg entlang und holten ihn ein.

»Zama!«, schrie er wieder, als ich nachfragte. Und dann nach einem langen Rülpser: »Hast du's nicht gehört? Es ist vorbei, Junge. Aber wahrscheinlich warst du noch nicht geboren, als es losging ... Wie alt bist du? Sechzehn?«

»Siebzehn. Was ist vorbei?«

»Scipio hat diese karthagischen Schweinehunde vor ihrer eigenen Stadt besiegt. Endlich ist es vorbei. Der Krieg ist zu Ende!«

Damit klopfte er dem Maulesel die Seite und ritt ausgelassen singend davon.

Jeder erzählt seine eigene Geschichte, wie er es erfahren hat. Dies ist meine. Später hörte ich noch mehr.

Scipio hatte Hannibal zur Schlacht herausgefordert. Er hatte das feindliche Heer und seine Verbündeten vor einem Dorf namens Zama besiegt. Hannibal war vom Schlachtfeld geflohen, und die Ältesten Karthagos hatten um Frieden gebeten.

Als ich nach Hause kam, fand ich Caecilius in seinem Arbeitszimmer, wo er sich vor seinen Freunden ausließ. Das tat er gern, auch über Dinge, mit denen er sich nicht auskannte, und soeben sagte er: »Natürlich habe ich das lange vorausgesehen. Darum habe ich meine Geschäfte breit gestreut. Jetzt haben wir Frieden, und das wird Folgen haben, vermute ich.

Aber wir müssen weitermachen, so gut wir können. Ich bin Scipio einmal begegnet, müsst ihr wissen. Ein fähiger Mann, wenn auch sehr von sich eingenommen … Ach, Marcus, da bist du ja. Wo warst du? Ich hoffe, du hast nicht vor, zu gehen und dich den närrischen Feiern anzuschließen.«

Der Herbst schritt voran. Mir war, als spürte ich jedes einzelne Blatt, das sich verfärbte. Der Geruch von Holzfeuern hing in der Luft, und im Hafen legten die Handelsschiffe ein letztes Mal zu ihren fernen Zielen ab, bevor die Winterstürme einsetzten.

Jetzt, wo Menexenos' Abreise bevorstand, verweigerte ich mich der Niedergeschlagenheit. Eines Tages kam Eumastas zu mir und sagte: »Mein Vater gibt ein Gastmahl zum Abschied – es kommen nur ein paar Freunde. Wirst du auch kommen?«

Ich sah ihn an. Das war das erste Mal, dass er mich in sein Haus einlud. Ich verstand das. Er musste die Ehre seines Vaters wahren.

Vielleicht las er diese Gedanken in meinem Gesicht, denn er sagte: »Wenn wir ein Unglück erlitten haben, so ist es ebenso die Schuld der Tarentiner, die Hannibal unterstützt haben, wie der römischen Herrscher. Du bist mein Freund. Das genügt.«

Ich dankte ihm und nahm die Einladung an.

Aristippos, Eumastas' Vater, war ein ehrbarer Gutsbesitzer. Er benahm sich, als geruhte er die beengten Verhältnisse nicht zu bemerken. Aber man spürte, dass er sich nicht daran gewöhnt hatte. Er hatte seine alten Möbel von dem Hof gerettet: große geschnitzte Truhen, schwere Tische und dunkle Holzsofas mit silbernen Füßen. Jeder sah, dass sie nicht in dieses enge Stadthaus passten. So wenig wie der Hausherr.

Als ich ihn so sah, ein Bär in einem kleinen Käfig, tat er mir leid. Er erinnerte mich an Priscus und meinen Vater. Solche

Enge kannte er nicht. Er war es gewohnt, über die Felder zu gehen, sich um das Vieh zu kümmern, sein Leben nach den Jahreszeiten auszurichten. Er erwähnte das mit keinem Wort, aber in seinen Augen sah man den Verlust.

Später ging ich durch die dunklen Straßen, ein Fackelträger leuchtete mir heim. Ich war fast am Tor angelangt und wollte meinen Begleiter bezahlen, als die Seitentür aufging und eine junge Frau verstohlen hinausschlüpfte. Sie warf einen ärgerlichen Blick auf den hellen Fackelschein, zog ihren Schleier zurecht und eilte davon. Ich hatte genug gesehen, um sie zu erkennen. Sie war eine von Caecilius' Huren, die häufiger kam, ein rot angemaltes, zänkisches Weib mit der Stimme einer Krähe. Es musste etwas vorgefallen sein, dass sie das Haus vor Sonnenaufgang verließ.

Ich gab dem Knaben die Münze und ging hinein. Die Eingangshalle lag dunkel da, und ich blieb einen Moment lang stehen, um mich daran zu gewöhnen. Dann hörte ich die Dielen auf dem Treppenabsatz knarren und von oben Caecilius' Stimme. »Marcus, komm herauf. Ich möchte mit dir sprechen.«

Er wartete in seinem Wohnzimmer. Auf dem Tisch brannte düster eine einzelne Flamme unter einem durchbrochenen Lampenschirm. Daneben stand eine Weinflasche, und ich bemerkte die zwei Becher.

Caecilius ließ sich schwer auf das Sofa sinken und nahm seinen Wein. Sein schlaffes Gesicht sah fleckig und aufgedunsen aus. »Ich will wissen, wer dieser Menexenos ist«, schnauzte er mich an.

Ich zögerte. Es war spät, und ich war müde. Darauf war ich nicht gefasst gewesen.

»Er ist mein Freund, Herr«, antwortete ich.

Er wackelte mit dem Kopf und lachte laut heraus. Ich sah, dass er sehr betrunken war. »Freund?«, lallte er. »So nennst du ihn also? Ich höre, er ist mehr als das … oder weniger.«

Er brachte seinen Becher an den Mund und trank wie ein Verdurstender, der endlich Wasser gefunden hatte. Plötzlich stieß er den Kopf vor und brüllte: »Gehst du mit ihm ins Bett?« Er gebrauchte einen groben Gossenausdruck, den er mit besonderer Betonung auskostete, langsam über die Zunge gleiten ließ und mit so viel Schmutz und Hässlichkeit versah, wie er nur konnte.

Darauf herrschte Stille. Das Gesagte stand zwischen uns im Raum wie ein Ungeheuer. Ein kleiner Windstoß vom Fenster erfasste die Lampenflamme. Sie flackerte und zischte, warf wilde Schatten auf die Wand, und von ihrem Licht fiel etwas auf das Bett jenseits der Flügeltür.

Die Laken waren unberührt. Ich dachte an die Hure. Das gedämpfte Licht war für einen anderen Anlass gedacht als diesen.

Darauf wallte der Zorn in mir auf, strömte durch die Adern und pochte im Takt meines Herzschlags hinter den Schläfen.

Ich machte einen Schritt nach vorn. Langsam, mit stählerner Stimme sagte ich: »Nein, Herr, das tue ich nicht. Aber wenn er mich darum bäte, würde ich es mit Freuden tun. Willst du noch etwas wissen? Wenn nicht, werde ich jetzt zu Bett gehen. Ich bin müde. Und deinem Aussehen nach zu urteilen, brauchst auch du deinen Schlaf.«

Damit wandte ich mich ab und schritt aus dem Zimmer.

Am nächsten Tag ging ich mit Eumastas zum Hafen, um Menexenos zu verabschieden. Wir standen neben der Laufplanke, sprachen über dieses und jenes, während ringsherum die Stauer mit dem Beladen fertig wurden. Nur zu bald rief der Kapitän von Deck, dass er zum Auslaufen bereit sei.

»Dann ist es wohl Zeit«, sagte Menexenos. Er umarmte Eumastas, dann mich.

Als wir uns im Arm hielten, flüsterte ich ihm ins Ohr: »Sehnsucht birgt Kraft … ich habe es nicht vergessen.«

»So glaube es auch«, sagte er, und sein warmer Atem strich

mir über den Hals. »Zwischen uns ist keine Entfernung, ganz gleich wie weit wir voneinander weg sind, außer du möchtest es.«

Und dann küsste er mich.

In den Tagen und Wochen danach zwang ich mir harte athletische Übung ab, entweder mit Eumastas oder allein, ohne mich darum zu kümmern, was andere davon hielten. Ein oder zwei Mal sah ich, wenn ich den Kopf wandte, den Makler meines Stiefvaters, den verschlagenen Virilis, im Schatten lauern. Ich hatte mir schon gedacht, dass er es war, der mir nachspionierte. Aber sollte er doch. Ich brauchte mich für nichts zu schämen, weder vor Caecilius noch vor den Göttern, die alles sehen.

Ich jedenfalls nutzte die Gelegenheit, um zu vervollkommnen, was ich bei der Arbeit auf dem Hof aus meinem Körper gemacht hatte.

Teils tat ich es um Menexenos' willen, denn er fehlte mir noch mehr, als ich geglaubt hatte, und zu laufen, wo er gelaufen war, zu ringen, wo er gerungen hatte, brachte ihn mir nahe.

Ich bat Eumastas, mir von Athen zu erzählen. Als Knabe war er einmal dort gewesen, hatte aber, wie er sagte, die meiste Zeit auf dem Land im Gehöft von Menexenos' Vater verbracht.

Eumastas war keiner, der viele Worte machte, wenn wenige genügten. Er beantwortete eine Frage und schwieg dann wieder. Als ich ihn kennenlernte, vermutete ich hinter seinen zusammengezogenen Brauen ein grüblerisches Wesen oder Ablehnung. Aber das traf nicht zu. Ich glaube, er wusste bloß nicht viel zu sagen, und da ihm das bewusst war, machte es ihn verlegen.

Im Hafen war es ruhig, aber irgendwann traf noch ein spätes Frachtschiff ein. Der Kapitän fragte nach mir, und als ich kam, händigte er mir einen Brief von Menexenos aus. Er war wohlbehalten angekommen. In Athen sprach man nur vom Krieg. Er vermisste mich.

Dann setzten die Winterstürme ein, und ich hörte nichts mehr von ihm.

Es war eine Zeit der Veränderungen. Der Krieg, der vor meiner Geburt angefangen hatte, war vorbei, und nun kündigte Caecilius mir eines Tages an, dass sich seine Geschäfte in Tarent dem Ende zuneigten. Er könne bald alles seinen Maklern und Verwaltern überlassen. Im Zuge dessen musste er einige Beamte in der Residenz des Prätors aufsuchen, und als eine der kleinlichen Demütigungen, die er anderen gern zufügte, um sich des eigenen Wertes zu vergewissern, nahm er mich als Träger mit, anstatt seinen Haufen Dokumente von einem Sklaven schleppen zu lassen.

Die Residenz diente nicht nur Titus als Wohnhaus, sondern auch anderen Beamten als Arbeitsstätte. So hatte ich keinen Grund anzunehmen, dass ich Titus sehen würde. Doch als ich mich im Schlepptau meines Stiefvaters mit meiner Last abmühte, erschien er in einer Tür am anderen Ende des Innenhofes, begleitet von dem Tribun Verginius und einer Schreiberschar.

»Aber, Marcus, du schleppst dich ab wie ein Maultier! Lass mich jemanden rufen, der dir das abnimmt … Was ist das alles überhaupt … war denn kein Sklave zur Verfügung?«

Er nahm mir selbst einige Tafeln und Schriftrollen ab und gab andere an die Schreiber weiter. »Bei den Göttern«, sagte er lachend, »das reicht für zwei. Was tust du – übst du dich fürs Ringen?« Dann sah er auf und entdeckte Caecilius zwanzig Schritte entfernt im Säulengang vor den Beamtenräumen, wo er mit mahnendem Zeigefinger auf jemanden einredete. »Ah«, meinte er stirnrunzelnd, »dein Stiefvater.«

In dem Augenblick drehte sich Caecilius mit ärgerlichem Gesicht suchend nach mir um. Sobald er Titus sah, veränderte sich seine Miene, und er kam breit lächelnd über die Pflastersteine herbeigeeilt, sodass sein Umhang um seine Körperfülle schlenkerte. »Mein lieber Prätor, welch eine Ehre, eben noch sagte ich zu meinem Sohn hier …«

Er plapperte schmeichlerischen Unsinn, bis Titus ihn unterbrach: »Ich glaube, du verlässt uns, Aulus Caecilius? Hast du schon entschieden, wohin du gehen wirst?«

»Zurück nach Praeneste«, antwortete er. »Zumindest für den Winter … Aber danach, wer weiß? Ich habe Verpflichtungen in Griechenland, wie du vielleicht gehört haben magst, und auch anderswo. Aber wie man so sagt, die Welt ist voller Gelegenheiten, man …«

»Ganz recht. Dann wünsche ich dir Erfolg.« Und zu mir gewandt: »Ich höre, in der vorigen Woche ist ein Schiff aus Athen gekommen. Hast du Nachricht von Menexenos?«

Ehe ich antworten konnte, platzte Caecilius heraus: »Ah, Menexenos! Ein ausgezeichneter junger Mann, für einen Griechen.« Er hielt stirnrunzelnd inne, vielleicht fiel ihm ein, dass der Prätor in dem Ruf stand, ein Griechenfreund zu sein.

Titus sah ihn an. »Ja, in der Tat, und ein Mann, den ich als besonderen Freund betrachte … Aber du musst sehr viel zu tun haben, Aulus Caecilius, und ich halte dich von deinen Geschäften ab … Marcus, gib doch den ganzen Plunder einem Schreiber«, meinte er mit dem Daumen auf die Schriftstücke deutend, »ich möchte dir etwas zeigen – falls Caecilius dich entbehren kann?«

»Aber ja, ja natürlich, ganz gewiss«, sprudelte mein Stiefvater heraus und bedachte mich mit einem verschwörerischen Blick.

»Gut. Dann komm, Marcus. Und dir wünsche ich einen guten Tag, Aulus Caecilius.« Er hakte sich bei mir unter und führte mich zum Haupthaus hinüber.

»Du wirst mir fehlen«, sagte er unterwegs. »Verginius sagt, du hast dich in der Garnison im Schwertkampf geübt. Warum? Willst du dich beim Heer einschreiben?«

Ich lachte. »Ein Mann sollte sich verteidigen können. Er muss wissen, wie man kämpft.«

»Wohl wahr. Nun, wenn Verginius es beurteilen kann, fichst du schon besser als jeder andere. Jede Bewegung sitzt, sagt er, und du seist schnell.«

Wir gingen die lange Kolonnade neben dem Garten entlang. Ein Stück entfernt harkten Sklaven den Rasen und schnitten die niedrigen Zierhecken. »Wir werden uns wiedersehen«, sagte er, »aber vergiss nicht, ein letztes Mal zum Abendessen zu kommen, ehe du aufbrichst ... Ich werde nur einige enge Freunde einladen, Xanthe, Mimas, vielleicht euch Verginius ...« Wir kamen an den Tisch auf der Terrasse, und dort blieb er stehen. »Nun zum Geschäft«, sagte er. »Dein Freund, von dem du mir erzählt hast, der mit dem Gestüt, wie heißt er noch gleich?«

»Eumastas.«

»Richtig, Eumastas.« Er nahm eine Schriftrolle vom Tisch. »Ich wollte das schon lange tun. Alles hat viel länger gedauert, als nötig. Aber ich hatte einige unerwartete Widerstände zu überwinden.« Er blickte stirnrunzelnd auf die Rolle, dann gab er sie mir mit den Worten: »Nicht zuletzt von deinem Stiefvater, der darauf bestand, dass ich den formalen Weg über Rom einzuhalten hätte. Aber nun ist es vollbracht, und hier ist die Urkunde, die ich dir zeigen möchte. Du kannst Eumastas sagen, dass ihm sein Hof zurückgegeben wird.«

Ich starrte auf das Dokument, das in der breiten, klaren Handschrift des strengen römischen Beamtenstands abgefasst war. Ich schluckte, dann fiel mir ein, ihm zu danken.

Er wischte meinen Dank beiseite. »Das ist nur gerecht«, sagte er. Dann sah er mein Zögern. »Welche Bedenken hast du?«

»Nur dies, Titus: Ich möchte nicht der Überbringer dieser Nachricht sein. Weißt du, sein Hof ist kein Geschenk meinerseits, und er soll nicht nach all der Zeit auf diesen Gedanken verfallen.«

Er nickte. »Ich verstehe. Ich werde Sextus hinschicken. Er wird die Sache taktvoll handhaben.«

»Und mein Stiefvater?«, fragte ich. Caecilius hatte es mir gegenüber mit keinem Wort erwähnt.

Titus' blaue Augen blitzten, und er antwortete schmunzelnd: »Er wird in diesem Augenblick in Kenntnis gesetzt.«

Siebtes Kapitel

Praeneste im Winter. Überm Tal hing der Nebel wie ein Seidenschleier, aber als wir den Weg erklommen, der in die Vorberge aufstieg, ließen wir ihn unter uns zurück, und die Morgenluft war klar und schneidend wie ein Kristall.

Meine Mutter wartete stolz und kerzengerade auf der Schwelle, neben ihr meine Stiefschwester. Einige Knechte hatten sich versammelt, und bei ihnen, aber mit Bedacht ein wenig abseits, stand der Verwalter, den mein Stiefvater eingesetzt hatte, ein schwarzhaariger, unsicher wirkender Mann mit starrem Blick.

Ich ging auf sie zu, und meine Mutter begrüßte mich und nahm meine Hände. »Du bist ein Mann geworden«, sagte sie lächelnd. »Ich sehe ein wenig Ähnlichkeit mit meinem Vater … Schau nur, Caecilia«, meinte sie zu Maus, »wie breitschultrig und stark er jetzt ist.«

Maus blickte mich freudig an, und als ich sie umarmte, flüsterte sie: »Willkommen daheim, Marcus.«

Das Gehetzte war aus ihrem Blick verschwunden, ihr bescheidenes, aufmerksames Gesicht zeigte neue Zuversicht.

Während der folgenden Tage wanderte ich zu meinen alten Lieblingsplätzen, ging die Wege unter den Eichen entlang, zum Bach, in den Apfelgarten und in den hoch gelegenen Hain zu dem alten Sandsteinaltar, wo meine Vorfahren lagen. Ich sah sofort, dass der Verwalter einiges verändert hatte.

Er war ein kleinlicher, geschwätziger Mann, der sich bei

meinem Stiefvater und mir einschmeichelte, mit allen anderen aber hart umging. Der Grund für seine Unruhe wurde offenbar, nachdem ich einen Morgen lang mit ihm durch die Wiesen und Weinterrassen gegangen war. Was er über Landwirtschaft wusste, hatte er sich in den fruchtbaren Gegenden Kampaniens erworben. Er konnte nicht lang gebraucht haben, um zu bemerken, dass seine Methoden für Praeneste nicht taugten. Aber er war nicht der Mann, der einen Rat annimmt, und als die Knechte ihn auf seinen Irrtum hinweisen wollten, hatte er sie wütend zurückgewiesen.

Folglich hatte er zu spät gesät, neue Weinstöcke auf nordwärtige Terrassen gepflanzt, wo sie nicht wachsen konnten, hatte die Wasserkanäle verschlammen lassen und, indem er die Warnungen der Knechte in den Wind schlug, die Heuernte vernachlässigt, sodass nicht genug Winterfutter für das Vieh vorhanden war.

Caecilius bemerkte wohl von all dem nichts. Aber eines konnte er nicht übersehen, und kurz nach unserer Rückkehr ging ich am alten Arbeitszimmer meines Vaters vorbei und hörte von drinnen seine schnippisch maulende Stimme. Er hatte die Abrechnungen durchgesehen. Auf seine schroffen Fragen folgten die verworrenen, ausweichenden Antworten des Verwalters, der die Schuld auf das Land und die Knechte und das Wetter schob.

Ich fand das ungerecht und wollte soeben hineinplatzen und ihn eines Besseren belehren, hatte schon die Hand an der Klinke, als ich hinter mir die Stimme meiner Mutter vernahm, die mich streng ansprach. »Marcus!« Und als ich überrascht herumfuhr: »Bitte komm, ich möchte mit dir sprechen.«

Schweigend ging sie mit mir in ihr Wohnzimmer. Dort bat sie mich, die Tür zu schließen. Dann setzte sie sich und schaute mich an. »Ich nehme an, du hast dich umgesehen?«

»Ja«, antwortete ich und wollte fortfahren, aber sie hob die Hand und dämpfte mich. »Dann wird dir aufgefallen sein, dass dieser Verwalter« – Retius hieß er – »ein Dummkopf ist.«

»Allerdings, Mutter!«, rief ich aus und schilderte ihr die Misserfolge im Einzelnen.

Sie hörte mir eine Weile zu, aber sobald ich einmal innehielt, sagte sie: »All das ist mir bekannt, Marcus. Oder glaubst du, ich hätte von meinem Vater und von deinem nichts gelernt? Was aber glaubst du, wird geschehen, wenn du es Caecilius sagst?«

»Geschehen?«, fragte ich mit großen Augen. »Nun, ich hoffe, er schickt ihn weg. Was sonst?«

Sie nickte. »Und dann wird er einen anderen anbringen, mit dem ich dann von vorn anfangen muss. Dieser Retius hat wenigstens vage begriffen, dass er versagt hat. Und dort«, sagte sie mit bedeutungsvoller Pause, bei der sie mir in die Augen sah, »will ich ihn haben.«

Ich fing an zu begreifen. Caecilius war bei seiner Rückkehr nichts aufgefallen, außer dass die Erträge mager waren, das Einzige, was er von der Landwirtschaft verstand. Er hatte Retius falsch beurteilt, und seine nächste Wahl mochte auf einen noch größeren Dummkopf fallen. Meine Mutter hatte einen Hebel gefunden, mit dem sie ihn lenken konnte.

Ich musste schmunzeln. Meine Mutter, die sah, dass ich verstand, nickte knapp und wandte sich etwas anderem zu.

Kurz darauf trat Maus scheu an mich heran, sie wolle mir etwas zeigen, und ging mit mir ins hintere Haus, wo sie ein kleines Zimmer hatte.

»Aber Maus!«, rief ich lachend. »Du hast dir eine Bibliothek gebaut!«

An jeder Wand waren sorgfältig gezimmerte Bücherborde. Es war kaum noch Platz für ihr Bett.

Sie sah mich mit großen Augen an. »Dann bist du nicht böse?«

»Böse? Wie konntest du das denken? Das ist doch wunderbar.«

Sofort fiel die Unruhe von ihr ab. Sie setzte sich aufs Bett und erzählte glücklich, wie sie die alten Bücher meines Vater aus der feuchten Scheune geborgen und den Knecht Milo gebeten hatte, ihr beim Bau der Bibliothek zu helfen.

Ich trat näher und ließ meinen Blick über die Bücher wandern. Sie waren geordnet, mit neu beschrifteten Schildchen versehen und gestapelt. Ich fragte sie, wie viele sie schon gelesen habe.

»Aber alle«, antwortete sie mit leuchtenden Augen. Sie sah so stolz und glücklich aus, dass ich den Raum durchquerte – ein Schritt genügte – und sie umarmte.

Als ich zurücktrat, sah ich, dass sie rot geworden war. Aber sie wandte nicht den Blick ab, wie sie es früher getan hätte. Und nun, da sie meine Haltung kannte, erzählte sie mir mehr. Sie habe entdeckt, dass einige Bücher sehr alt und abgegriffen seien, und habe angefangen, sie abzuschreiben. Schüchtern nahm sie eine Rolle aus einem Korb unter dem Bett und zeigte sie mir. Sie hatte eine schöne, klare Handschrift. Das sagte ich ihr lächelnd, und ihr war anzusehen, wie sie sich darüber freute.

»Ich möchte dich um einen Gefallen bitten«, sagte sie.

»Nur zu«, forderte ich sie auf.

»Es heißt, dass man in Griechenland unzählige Bücher kaufen kann. Wenn du dort bist und einige schöne findest, wirst du sie mir schicken, wenn es möglich ist?«

»Aber natürlich, Maus.« Caecilius hätte das mühelos für sie tun können, wenn ihn jemand dazu angeregt hätte. Dann fragte ich: »Aber wer hat dir gesagt, ich würde nach Griechenland reisen? Ich weiß von nichts.«

Sie deutete mit dem Kopf zur Tür. »Er. Nach Patrai, hat er gesagt.«

Ich legte das Buch beiseite.

»Ich habe es geahnt, weil er dort Geschäfte betreibt. Aber gesagt hat er mir nichts, jedenfalls nicht ausdrücklich.«

»Das tut er nie.« Sie sah mich forschend an. »Willst du nicht dorthin?«

Ich zuckte die Achseln. Es gab vieles, was ich dazu hätte sagen können, aber ich wollte den klaren Quell ihrer Heiterkeit nicht trüben. Darum antwortete ich nur: »Es wäre mir lieber gewesen, er hätte mich gefragt, das ist alles.« Aber im Stillen dachte ich: Kritolaos und Patrai. Ich frage mich, was daraus werden wird. Und dann dachte ich an Menexenos.

Kurz nach der Wintersonnenwende kam ein Bote mit einem Brief von Titus. Er schrieb, seine Freunde in Rom hätten ihm eine neue Stellung gesichert. Er werde Tarent verlassen und, da er in der Nähe vorbeikomme, mir einen Besuch abstatten, wenn mein Stiefvater einverstanden sei.

»Aber natürlich, natürlich«, rief Caecilius, als ich das erwähnte, und zu meiner Mutter und Maus gewandt: »Es ist eine große Ehre, dass ein Mann wie Titus mich mit einem persönlichen Besuch beehrt. Ich erwarte, dass ihr alles tut, um ihm gefällig zu sein. Das ist eine große Gelegenheit.«

Einen Monat später, als sich an den Apfelbäumen die ersten Blüten zeigten, kam er begleitet von einer berittenen Eskorte, die er im Dorf einquartierte.

An dem Abend speisten wir, was meine Mutter zubereitet hatte. Ich werde nicht alles wiedergeben, was mein Stiefvater zu sagen hatte. Er erging sich in weitschweifigen, oberflächlichen Nettigkeiten, in die er ungeschickte Fragen nach Titus' Plänen einstreute, aus denen er Nutzen zu ziehen hoffte. Er entschuldigte sich immer wieder für das Essen, auf das meine Mutter viel Sorgfalt verwendet hatte, und sagte etwa: »Natürlich musst du Besseres gewöhnt sein als diese Bauernkost«, oder: »Lass es stehen, ich bin sicher, du findest es langweilig.« Mit der Tischsklavin war er streng, nannte sie ungeschickt und störrisch, worauf sie erst recht unbeholfen wurde. Und Maus, die

Titus' Gesellschaft sehr genossen hätte, wurde in die Küche verbannt und musste mit den Mägden essen.

Am nächsten Morgen fing Titus meinen Blick ein und sagte: »Komm, Marcus, lass uns etwas frische Luft schöpfen.«

Wir nahmen den Weg durch den Wald, und unterwegs erzählte er mir seine Neuigkeiten.

In Rom habe einige Ratlosigkeit geherrscht, was man mit ihm tun sollte, sagte er. Er war als Quästor nach Tarent gegangen, und bei einer gewöhnlichen Laufbahn hätte er erwarten können, danach das Amt des Ädilen zu bekommen. Aber dann war sein Onkel Caeso gestorben, und Titus hatte eine Stufe übersprungen und war Prätor geworden. Nun war es allen sinnlos und falsch erschienen, ihn mit einem Ädilat zu belohnen, was eine Rückstufung gewesen wäre. »Darum haben sie mich in eine Landkommission berufen, die an Scipios Veteranen, die aus Afrika zurückkommen, Land verteilen soll. Oh, das ist keine großartige Sache«, meinte er, »aber es macht mich bekannt, und ich lerne die Veteranen kennen. Sie werden nützliche Verbündete sein, wenn ich mich einmal zur Wahl stelle.«

Ich gratulierte ihm. Ich wusste, dass er eines Tages Konsul zu werden hoffte, und dann würden die Stimmen der alten Soldaten zählen. Ich fragte, ob es Neues über Philipp und Griechenland gebe.

Hierauf machte er ein ernstes Gesicht. »In der Tat, und es hat in Rom großes Aufsehen verursacht.«

Nach dem Sieg über Hannibal, als die karthagischen Gefangenen besichtigt wurden, fand man unter ihnen viertausend makedonische Fußsoldaten.

Ich blickte ihn überrascht an.

Er nickte. »Ja. Viertausend. Niemand hielt Philipp für neutral, als er es zu sein behauptete, aber es rechnete auch keiner damit, dass auf Seiten unserer Feinde ein makedonisches Heer kämpft.«

Der Senat war zornig, und dieser Zorn wuchs noch, als Philipp Gesandte nach Rom schickte, die in überheblichem Ton verlangten, die Männer freizulassen.

»Was hat der Senat gesagt?«, fragte ich.

»Dass diese Männer Feinde Roms sind. Wenn Philipp sie jetzt in Ketten finde, habe er sich das selbst zuzuschreiben.«

Ich stieß einen leisen Pfiff aus.

»Was wird der Senat jetzt tun?«, fragte ich.

»Nichts«, antwortete er, und seine Ungeduld war ihm anzumerken. »Noch immer nichts. Sie wollen beobachten und abwarten. Vielleicht beobachten sie nunmehr etwas genauer. Aber es sind noch zu viele, die glauben, dass die Gefahr verschwindet, wenn sie sie nur lange genug missachten.«

Unterdessen waren wir den Waldweg hinaufgegangen, der an der alten Quadermauer von Praeneste vorbeiführte, und gelangten nun auf eine breite Felsplatte, von der man über das Tal blicken konnte. Das war der Platz, den ich als Knabe so oft aufgesucht hatte, wenn ich allein sein wollte. Unter uns fiel das Land steil ab. Die kühle Luft roch nach Pinien und Morgentau.

Titus ging bis zum Rand und schaute zu den schneebedeckten Gipfeln hinüber. Er atmete tief durch, und nach einer Pause nannte er den Namen eines Mannes und fragte, ob ich von ihm gehört habe.

Ich verneinte.

»Er ist ein Senator, einer von denen, die mich unterstützen. Aber das ist nicht wichtig. Er hatte einmal eine Tochter. Er verlor sie vor vier Jahren – in Epirus.«

Ich hatte mit verschränkten Armen an einem Baum gelehnt. Aber jetzt richtete ich mich angespannt auf und blickte Titus ins Gesicht.

»Vor ungefähr einem Jahr«, fuhr er fort, »nahm eine unserer Triremen ein Piratenschiff gefangen, nicht weit von Kerkyra. Die meisten Piraten wurden dabei getötet, aber nicht alle. Die Überlebenden wurden verhört, und einer gab zu, an dem

Tag dabei gewesen zu sein, als das Mädchen starb. Du hast versucht, sie zu retten … Ich habe das nicht gewusst.«

Ich seufzte bei der Erinnerung und schaute über das Tal. Weit entfernt zog eine Schar Schwäne über den Himmel, weiß auf blau. Die Bilder der Vergangenheit drängten herauf. Ich sagte: »Ich habe es versucht, aber ich konnte niemanden retten. Sie starb und ebenso mein Vater. Ohne mich wären sie vielleicht noch am Leben.«

Ich hörte, dass Titus sich zu mir herumdrehte, und spürte seinen Blick auf mir. Schließlich sah ich auf. »Hast du es darum auf Dikaiarchos abgesehen?«, fragte er.

Ich scharrte mit der Fußspitze über den Boden und zuckte die Achseln. »Teils. Manchmal denke ich, dass er mich zu dem gemacht hat, was ich bin. Es ist wie ein Fluch.«

Titus' blaue Augen musterten mich forschend. Wie sollte ich ihm das erklären? Mir schien es, als hätte Dikaiarchos sich in mein Wesen eingebrannt. Großer Hass verändert einen Mann, wie auch große Liebe. Das wusste ich jetzt. Dikaiarchos lebte in mir. Wie sollte ich das jemandem mitteilen? Schließlich sagte ich: »Es liegt bei den Göttern. Ich habe einen Schwur geleistet.«

Darauf nickte er, und eine kurze Weile schwieg er. Dann sagte er: »Es ist wohl Zeit, dir zu sagen, warum ich gekommen bin.«

Wir setzten unseren Spaziergang fort, und er erklärte, seit der Gefangennahme von Philipps Soldaten sei er sicherer denn je, dass es zum Krieg kommen würde. Er wisse nur nicht, wann und wo. »Von den Geschäften in Italien werde ich eine Zeit lang in Anspruch genommen sein. Ich brauche jemanden in Griechenland, dem ich vertrauen kann und der dort Augen und Ohren für mich offen hält. Die Geschäfte deines Vaters wären eine hervorragende Tarnung. Du kannst dort kommen und gehen, ohne Verdacht zu erregen, und du wärst am richtigen Ort, falls«, er stockte und machte eine ungeduldige Handbewegung, »falls etwas vorfällt. Willst du das tun?«

Ich zögerte keinen Augenblick. »Du weißt, dass ich das will.«

Er lachte. »Ja, ich weiß es. Nun denn, lass uns gehen und mit deinem Stiefvater sprechen.«

Nachdem Caecilius Bescheid wusste, konnte er von nichts anderem mehr reden. Einfluss in Rom war für ihn alles, und jetzt war ich ein Günstling auf höchster Ebene. Titus ließ ihn eine Weile schwatzen und ermahnte ihn dann, dass Verschwiegenheit notwendig sei. Es sollte sich in Griechenland nicht verbreiten, dass ich sein Spion war, noch nicht.

»Du kannst dich darauf verlassen«, versicherte Caecilius. »Meine Verschwiegenheit ist es gerade, weshalb ich so erfolgreich bin. Das kann dir jeder bestätigen.«

Dieses Frühjahr segelte ich zum zweiten Mal von Brundisium nach Griechenland.

Das Schiff lief in Kerkyra ein, und wieder ging ich den Kai entlang, aber nicht als mittelloser Knabe, der seinen Vater verloren hat, sondern als gut gekleideter Sohn eines bedeutenden römischen Kaufmanns. Das Schiff legte nur so lange an, bis einige unbezeichnete Kisten ausgeladen waren, dann segelte es südwärts nach Patrai.

Vor meiner Abreise hatte Caecilius mit unmissverständlichem Blick gesagt: »Es ist nicht nötig, dass du dich um die Fracht für meinen Freund Kritolaos kümmerst, wenn du ankommst. Das wird er selbst besorgen. Ich hätte es gern gesehen, wenn du dort mehr Zeit verbringen könntest. Aber mach dir keine Gedanken. Deine Dienste für Titus sind für mich viel wertvoller.« Er tippte sich auf diese ärgerliche Art an die Nase. »In Rom erzählt man sich, dass Titus ein aufsteigender Stern ist. Wir müssen uns wie Kletten an ihn heften.«

So redete er wohl gewohnheitsgemäß daher wie ein Mann, der eine Beschwörungsformel herleiert, die er nicht versteht.

Seit der Nacht in Tarent, in der er mich zu Menexenos befragte, hatte sich einiges zwischen uns geändert. Er hatte mich nie wieder auf meinen Freund angesprochen, noch erwähnte er jemals diesen Wortwechsel. Später bemerkte ich, dass er sich vor mir in acht nahm, mir seltener Vorhaltungen machte und nicht mehr von mir wissen wollte, wie ich meine Zeit verbrachte. Ich vermutete, dass ihm schon lange keiner mehr die Stirn geboten hatte. Und ihm war anzumerken, dass er froh war, mich loszuwerden.

In Patrai blieb ich einen Monat, lange genug, um den Anschein zu erwecken, ich sei in Geschäften meines Stiefvaters unterwegs. Dann lief das Schiff ein, das mich nach Osten bringen sollte, und die Fahrt nach Athen verlief ohne Zwischenfall.

Im Hafen von Piräus herrschte das übliche lebhafte Treiben – Handwagen, Eselkarren, barbrüstige Stauer, die an den Ladebäumen arbeiteten oder Warenballen weiterreichten, während ihre rhythmischen Arbeitslieder über das Wasser schallten, Schiffsmakler, Passagiere, die bei ihrem Gepäck warteten, Matrosen, Soldaten und lauter Kaufleute und Kleinbauern, die ihnen dienlich waren. Man sah Menschen aus allen Völkern: olivbraune Phöniker, hellbraune Ägypter in heller Seide, schwatzende Nubier mit einer Haut wie poliertes Ebenholz, Perser mit krausen Bärten und vornehmem Kopfputz, große, muskulöse Kelten und natürlich Griechen – reiche, arme, Sklaven, Freie, schwarzhaarige, blonde, bärtige, rasierte –, die durcheinanderriefen und plaudernd umherliefen.

Über dieses lärmende Getriebe hinweg erspähte ich Menexenos an der Hafeneinfahrt abseits des Gedränges unter der großen schmiedeeisernen Stocklaterne, wo die Knaben unterhalb der Hafenmauer angelten. Ich winkte, und als sich unsere Blicke trafen, machte mein Herz einen Freudensprung. Seine Haare waren ein wenig länger als sonst. Er trug eine kurze Tunika, die die schönen Konturen seiner Arme und Beine offenbarte. Er sah aus wie ein müßig verweilender Gott.

Das Schiff legte an, und ich sprang von Bord. Wir fielen uns lachend in die Arme. Und schließlich, als wir mit unserer Begrüßung fertig waren, sagte er: »Komm, Vater will dich kennenlernen.«

Wir verließen Piräus und nahmen die Straße zur Stadt. Es war noch früh, ein strahlender Morgen voller Verheißung. Wie einen großen Felsen, in die Ebene geschleudert von einem Titanen, konnte ich die Stadt schon von Weitem aufragen sehen, an den unteren Hängen waldig, auf der Höhe Athenes Tempel, die anderen ringsherum verstreut, blendend hell in der frühen Sonne, ein makelloses Juwel in Blau, Weiß und Gold vor einem kobaltblauen Himmel.

Menexenos' Haus stand am Hang nahe der Agora, ein Stück von der Straße entfernt hinter einer hohen weiß getünchten Mauer in einem Garten mit großen, Schatten spendenden Feigenbäumen. Ein schlanker, grauhaariger Mann kam aus dem Haus, und ich wusste sofort, dass es Kleinias war.

Er hatte die grauen Augen seines Sohnes und den gleichen gelassenen klugen Blick. Er musste an die sechzig Jahre alt sein, doch er besaß noch eine strenge Schönheit und eine Ausstrahlung, die keine vornehme Kleidung brauchte, um sich zu empfehlen. In diesem Moment verstand ich wohl zum ersten Mal, was es heißt, ein Aristokrat zu sein.

»Sei willkommen, Marcus«, sagte er und fasste meine Hand mit kräftigen Fingern. Er führte mich in einen angenehm sparsam geschmückten Raum, wo Wein und Kekse auf einem niedrigen Tisch bereitstanden. Er sagte, ich hätte hoffentlich eine angenehme Reise hinter mir, und fragte mich ein wenig über Tarent und Praeneste aus, hörte höflich zu und nahm jedes Wort und jede meiner Bewegungen in sich auf.

Ich will nicht sagen, dass er mir die Scheu nehmen wollte. Das war nicht seine Absicht. Ich fragte mich, was er von mir hielt, und erkannte mit leisem Schrecken, dass er von unserem Liebesverhältnis nicht nur wusste, sondern es auch billigte.

Nicht dass ich mich für irgendetwas hätte schämen müssen, aber in Praeneste kam so etwas nicht vor. Hier schien dergleichen geläufig zu sein und so wohlwollend betrachtet zu werden wie die geschmackvollen Gegenstände, die dieses Zimmer schmückten – ein glänzender Teller, eine Vase, ein Intarsientisch.

Kleinias sprach ein klares, präzises Griechisch ohne alle Geziertheit, aber mit dem natürlichen Selbstvertrauen eines Mannes, der seine Mittel kennt und einzusetzen versteht. Aber ich bemerkte schnell, dass ihm oberflächliche Gespräche nicht leichtfielen, und sobald genügend Zeit mit guten Umgangsformen vergangen war, sagte er, er müsse sich um verschiedene Dinge kümmern und hoffe, ich werde ihm verzeihen, wenn er uns nun allein lasse.

Nachdem er gegangen war, legte Menexenos die Hand auf meine Schulter und sagte: »Das ist nun erledigt. Er kann mitunter sehr streng sein.«

Ich lächelte ihn an. »Er ist großartig und makellos, wie diese Vase dort in der Ecke.«

Er lachte. »Das ist wahr, und mit Vollkommenheit lässt sich nicht immer leicht leben. Aber komm, ich will dir dein Zimmer zeigen.«

Am nächsten Tag nach einem Frühstück mit Brot, Käse und verdünntem Wein sagte Kleinias uns Lebewohl, er werde zum Gehöft aufs Land fahren, wo er vorzugsweise seine Zeit verbringe. »Ich bin den Lärm und die Verrücktheiten der Stadt müde: Jeden Tag gibt es einen Skandal und eine Krise, die bei meiner Rückkehr vergessen sein wird, als hätte es sie nie gegeben. Aber ihr beide werdet sicher eine Weile hierbleiben wollen. Schließlich seid ihr jung. Aber kommt zum Hof, wenn ihr genug habt.«

In den folgenden Tagen führte Menexenos mich in der Stadt herum, und ich bewunderte alles wie jeder Fremde, der dorthin reist. Ich hatte noch nie so viel Marmor und Gold und schöne

Statuen an einem Ort versammelt gesehen. Und wenn man der bemalten Tempel, verborgenen Heiligtümer, Denkmäler und heiligen Gärten jemals müde werden konnte, so gab es Handwerker und Händler jeglichen Gewerbes – Waffenschmiede, Tischler, Goldschmiede, Schneider, Korbmacher, Töpfer, Instrumentenbauer, Wein-, Gewürz- und Parfümverkäufer und mehr Buchhändler, als ich in meinem Leben gesehen hatte. Wir kamen an Schulen vorbei, wo Knaben Schreiben, Geometrie und Musik erlernten, wir gingen auf den Pnyx, wo die Volksversammlungen abgehalten wurden, stiegen den steilen, pinienbewachsenen Hügel in die Oberstadt hinauf und betrachteten das Bildnis der jungfräulichen Göttin in ihrem Tempel, eine Statue aus Elfenbein und Gold so hoch wie das Tempeldach, umgeben von brennenden Räucherschalen, deren Rauch zur Decke aufstieg.

Als wir wieder ins Freie traten, machten wir eine Pause an der Brustwehr, und Menexenos zeigte auf eine Gruppe rot gedeckter Häuser unterhalb der Burgmauer in einem Hain mit Platanen und Zypressen, wo auch eine Laufbahn zu sehen war.

»Da ist das Lykeion«, sagte er. »Dort übe ich meinen Körper, wenn ich nicht draußen auf dem Hof bin … Und da drüben«, er nahm mich bei der Schulter und drehte mich ein Stück, »liegt die Akademie.«

Ich schaute. Sie lag etwa eine Meile weit vor der Burg zwischen kleinen Bauernhöfen in einem Garten mit hohen Bäumen am Fluss. »Ist das auch ein Gymnasion?«, fragte ich.

»Eigentlich ja, aber es ist jetzt mehr für seine Philosophen bekannt … Schau da drüben«, er zeigte auf ein von Mauern umgebenes Haus daneben, das halb hinter Bäumen verborgen war, »das ist die Schule, die Platon gegründet hat. Sein Grab ist auch dort, im Garten zwischen Myrtensträuchern, und in diesem Haus, dem weißen, hat er gelebt.«

Er erzählte mir, dass er für den Fünfkampf übe, da er für die

Panathenäischen Spiele ausgewählt sei, die diesen Sommer stattfinden würden. Wenn er sich gut schlage, könne er an den Isthmien teilnehmen, wie sein Vater es wünsche. Aber die waren noch zwei Jahre hin. Er hatte seinen Speerwurf verbessert. Er sei zuversichtlich, was das Sprinten betraf, und zufrieden mit seinem Diskuswurf.

»Du warst doch immer gut darin«, meinte ich.

Er lachte. »Ja, das kann ich am besten.«

»Und wie steht's mit dem Ringen?«, fragte ich.

Er zuckte die Achseln und schaute düster zum Tempel der Athene hinüber. Unterhalb des Daches verlief ein bemalter Fries, in dem Männer mit Kentauren kämpften. Dort verweilte kurz sein Blick.

Dann sagte er: »Mein Großvater hat den Siegerkranz im Pentathlon gewonnen, und sein Vater vor ihm. So ist es seit undenklichen Zeiten. Vater hat alle Siegeramphoren draußen auf dem Gehöft.«

»Aber er selbst hat keinen Siegerkranz? Ist er nicht zum Wettkampf angetreten?«

Er begegnete meinem Blick. »Er hat nicht gesiegt.«

Ich nickte und dachte an den dünnen, genügsamen, strengen Kleinias. Die Niederlage musste für ihn hart gewesen sein. »Seit der Zeit deines Großvaters haben sich die Dinge geändert ... die Wettkämpfe ebenfalls. Das haben wir beide gesehen.«

Er machte eine ausholende Handbewegung. »Du hast recht, Marcus. Aber das ist alter Brauch, und deshalb nehmen wir daran teil. Und die Spiele haben noch immer eine Vortrefflichkeit, die die Götter bewegt – wie sehr die Ungebildeten das auch vergessen mögen.« Er schwieg und fing an, mit einem Kieselstein auf dem Mauersims zu spielen. Als ihm das bewusst wurde, legte er ihn beiseite. »Ich sollte dir wohl sagen, dass ich einen Bruder gehabt habe.«

Ich hatte den bronzenen Apoll betrachtet, der dem Tempel

gegenüber stand, aber jetzt drehte ich den Kopf. »Einen Bruder? Das hast du nie erwähnt. Was ist geschehen?«

Er zuckte die Achseln. »Wir sprechen zu Hause nicht darüber. Autolykos war ein guter Athlet, und Vater setzte große Hoffnungen in ihn. Eines unserer Pferde hat ihn abgeworfen. Das Tier kam ohne ihn in den Hof zurück. Darauf gingen wir ihn suchen. Er hat sich den Hals gebrochen. Vater sagte, es sei ein rascher Tod gewesen.«

»Das tut mir leid«, sagte ich.

»Du hast gestern von Vollkommenheit gesprochen. Er war fünf Jahre älter als ich, und er war vollkommen.« Er deutete mit dem Kinn zum Tempel. »Er hätte für Apoll Modell stehen können, wenn man solche Statuen heute noch machen würde. Schön und tugendhaft, wie bei den Dichtern beschrieben. Wenn er am Leben geblieben wäre, hätte er bei den Spielen gesiegt, mit allem, was nötig ist. So war er. Und als er tot war, gelobte ich mir, an seiner Stelle zu gewinnen.«

Die Schatten wurden länger, als die Sonne über den fernen Bergen herabsank. Die untere Stadt lag bereits im Dämmer.

Ich erinnerte mich, wie mir einmal in Tarent die tiefe, geheime Traurigkeit in seinem Gesicht aufgefallen war, wie sie seinen Zügen eine zarte Schönheit verlieh. Jetzt sah ich sie wieder und fragte mich, ob sie daher rührte.

Weil ich in meiner Bekümmertheit um mich selbst kreiste und ständig mit meinen Unzulänglichkeiten beschäftigt war, hatte ich nicht bemerkt, dass er seinerseits mit Dämonen rang und Kummer hatte. Mir schien, als sähe ich ihn mit neuen Augen, mit neuer Erkenntnis. In mir regte sich die Liebe, nicht die Leidenschaft, die mir inzwischen sehr vertraut war, sondern ein Gefühl, das rein war wie ein klarer musikalischer Ton und die Welt in ihrer Ganzheit einschloss.

Wir standen schweigend da, während jeder mit seinen Gedanken Zwiesprache hielt und zusah, wie die Sonne hinter dem Parnes unterging und der Abendstern am Horizont den Abend ankündigte. Ich empfand eine neue Nähe zu ihm, einen Verlust an Torheit, eine Klarheit des Blicks, bis ich mich, angesichts all der Tempel und Altäre ringsherum, fragte, ob ein Gott mich an der Schulter berührt und mir eingeflüstert habe: »Sieh nun, was ich sehe, wenn auch nur für einen Moment, denn hier ist Wahrheit zwischen zwei Männern.«

Am nächsten Morgen sagte Menexenos: »Lass uns zur Akademie gehen, ich möchte dir etwas zeigen.«

So wanderten wir durch das große Doppeltor, das die Athener Dipylon nennen, an alten Ehrenmälern der Gefallenen vorbei, und gingen den Weg durch die Gärten und Bauernhöfe, bis wir in den schattigen Akademiegarten gelangten.

Es war noch früh. Hier und da schlenderten Leute auf den Spazierwegen. Wir kamen an das Tor zur Schule Platons. Dort waren einige junge Männer versammelt. Aus ihrem ernsten Benehmen und den sorgfältig gepflegten jungen Bärten schloss ich, dass dies die besagten Philosophen sein mussten, und fragte Menexenos.

»Oh ja«, sagte er und warf einen aufmerksamen Blick auf sie, »oder wenigstens halten sie sich dafür. Darum kleiden sie sich so und lächeln nicht. Doch wenn Weisheit von Einbildung käme, wäre jeder Schauspieler ein besserer Philosoph als sie.« Er grinste mich an, und wir gingen weiter.

Irgendwann verließen wir den Weg und liefen über den Rasen zu einem Altar, der im Schatten von Myrtensträuchern auf einer Lichtung stand. Überall blühten gelbe und weiße Blumen. Einige waren gepflückt worden und lagen vertrocknet auf dem Altarstein. Menexenos blieb stehen, und ich fragte, wem dieser Platz geweiht sei.

Er spähte zwischen die Sträucher, bevor er antwortete. Ich glaube gar, er wurde rot.

»Eros«, sagte er dann. »Das ist ein Platz für Liebende. Ich bin als Knabe oft hierhergegangen und habe etwas geopfert.«

»Allein?«, fragte ich.

Er lächelte bei meiner Frage, dann nickte er. »Immer allein.«

Ich betrachtete die kleinen trocknen Sträuße. »Und hat der Gott dich erhört?«

»Ich habe es lange Zeit nicht geglaubt und dachte, was ich suchte, gäbe es gar nicht. Doch jetzt scheint es, er hat mich doch erhört.«

Er ließ einen überhängenden Zweig in die Höhe schnellen. »So, jetzt weißt du es. Ich habe dem Gott gelobt, dich hierherzubringen, wenn ich dich gefunden habe – und das habe ich nun getan. Ich glaube, Eros hat dich vor langer Zeit erspäht.«

Ich sah ihn lächelnd an, dann nahm ich ihn beim Arm und zog ihn hinter die Büsche unter die alten Bäume. »Wenn das so ist«, meinte ich und zog ihn an mich, »sind wir dem Gott etwas schuldig.«

Und dann küssten wir uns.

Den Rest des Tages liefen wir hinter der Akademie am Ufer des Kephissos entlang. Als wir ins Haus zurückkehrten, wartete ein Brief auf mich. Er war von Pomponius, dem Oberhaupt der römischen Gesandtschaft in Athen. Ich wurde zu einem Besuch aufgefordert.

»Man hört, wenn ein Römer in der Stadt eintrifft«, sagte Pomponius und machte es sich auf seinem gepolsterten Sofa am Fenster bequem. Er war ein gewandter, selbstgefälliger Mann von fünfzig Jahren mit einem dicken Bauch und breitem, zufriedenem Gesicht. »Und ich glaube«, fuhr er fort und glättete die Falten seines feinen, wollenen Gewandes, das eine Borte aus stolzen Reitern hatte, »du bist ein Freund von Titus Flaminius.«

»Ja, Herr«, sagte ich. »Kennst du ihn?«

»Ich bin ein Freund seines Vaters.«

Ich nickte.

»Du kennst seinen Vater?«

»Nein. Wir sind uns noch nicht begegnet.«

»Wie schade. Er ist ein guter, solider Römer – ohne diese griechischen Gewohnheiten. Es ist ein Jammer, dass seine Söhne nicht mehr von ihm gelernt haben, als hinter diesem aufwieglerischen, philosophischen Kerl Scipio herzurennen ... Doch ich habe dich nicht hergebeten, um darüber zu sprechen. Crispus«, er deutete auf den blassen jungen Schreiber, der in der Ecke beim Schreibtisch stand, »sagt mir, dass du in Tarent gewesen bist.«

»Das ist wahr.« Ich erzählte ihm von den Geschäften meines Stiefvaters.

»Ach so. Dann hast du also nicht zu Titus' Stab gehört?«

»Nein, Herr.«

Er bedachte mich mit einem langen forschenden Blick, dann fuhr er fort: »Es heißt, du bist in privaten Geschäften in Athen.« Er gab dem Wort »privat« eine besondere Betonung. »Das ist schön und gut, aber wie ich Titus und seine Freunde kenne, wird er dich gebeten haben, den Finger in den Wind zu halten ...« Wieder schwieg er einen Moment. Dann: »Ich will Folgendes sagen: Bei allem, was du hier tust, verbitte ich mir die Einmischung in Fragen der Politik.«

»Ich werde mich nicht einmischen, Herr.«

»Gut. Dann halte es so. Hier braut sich schon genug Ärger zusammen. Du wirst vielleicht davon gehört haben.«

Ich versicherte ihm, ich hätte nichts gehört, da ich erst kürzlich angekommen sei.

Er fingerte lustlos in einer Schale mit Süßigkeiten. Dann lehnte er sich zurück, spitzte die Lippen und musterte mich. Ich stand da und sah ihn an. Er hatte mich nicht eingeladen, Platz zu nehmen.

»Nun«, fuhr er schließlich fort, »da es inzwischen jeder weiß, kannst du es ebenso gut erfahren. Die Athener haben sich auf einen törichten, sinnlosen Streit mit einem Volk von Niemanden eingelassen, den Akarnaniern – die sitzen irgendwo in Westgriechenland, ich weiß nicht einmal genau, wo, aber das ist unwichtig. Wichtig ist, dass die Akarnanier Verbündete von König Philipp sind, und jetzt haben sie ihn um Hilfe gebeten … und das kommt uns jetzt überhaupt nicht gelegen. Ich weiß wirklich nicht«, er wandte sich wieder der Süßigkeitenschale zu, »warum diese Griechen immer so empfindlich und streitlustig sind. Das fing mit irgendeinem Unsinn an, der offenbar mit den Eleusinischen Mysterien zu tun hatte. Es gab Frevel und Übergriffe, Beleidigungen wurden ausgestoßen, und nun glauben die Athener, sie müssten den Akarnaniern Benehmen beibringen.« Er schüttelte den Kopf. »Ich sage dir eins, junger Mann: Ganz gleich was dein Freund Titus denkt, dieses Hornissennest ist das Letzte, wo Rom hineingeraten will. Und was wir auch tun, die Griechen werden es uns nicht danken … Also nimm dich in acht.«

»Gewiss, Herr«, sagte ich.

Und als ich dieses Haus verließ, war es mir damit ernst, denn ich konnte mir nicht vorstellen, was ich bei diesem Streit zu suchen hätte.

Nicht lange danach nahm mich Menexenos zu einem Besuch auf seinem Gehöft mit. Nach den großen Anwesen in Tarent kam es mir klein vor, aber es war ordentlich und gut bewirtschaftet und lag auf fruchtbarem Land unterhalb des Paneion. Da waren Gerstenfelder, ein alter Olivenhain und Weinstöcke auf einer Terrasse, die hinter dem Haus am Berghang lag. Da waren Weiden mit Ziegen und Schafen, und auf der Koppel graste ein hübsches graues Fohlen, das zur Begrüßung das Maul in unsere Hände schmiegte.

Das Haus war alt und so schlicht eingerichtet wie das in Athen. Doch was vorhanden war, war von vornehmer Prunklosigkeit – Stühle aus glatt poliertem Olivenholz, ein niedriger Tisch mit Elfenbeineinlagen und ein alter Wandteppich, auf dem eine kaledonische Wildschweinjagd zu sehen war. All das nahm ich in mich auf. Was am meisten meinen Blick anzog, war die Vase auf dem Sims. Sie stand völlig allein. Darauf war

Rot auf Schwarz ein Diskuswerfer zu sehen, die Arme mit Siegesgirlanden umwickelt, den Kopf gebeugt, um von Athene den Olivenkranz zu empfangen.

Zur Ehre meines Kommens befahl Kleinias dem Haushalter, ein Kitz zu schlachten, und am Abend labten wir uns im offenen Hof an geröstetem Fleisch und saßen lange beim hellroten Wein des Gutes unter dem großen Bogen der Milchstraße, während eine einzelne Lampe ihr flackerndes Licht ringsum auf die Säulen warf.

Kleinias fragte, was ich von der Stadt hielte, und ich antwortete, ich hätte noch nie so viel fesselnde Schönheit an einem Ort gesehen. Ein wenig später erwähnte ich auch, dass Pomponius nach mir geschickt und von einem Streit zwischen Athen und Akarnanien gesprochen hatte, der ihm Sorge zu bereiten schien.

»Er ist zu Recht besorgt. Die ganze Sache ist ein prächtiges Beispiel für Torheit.«

Ich fragte ihn, was vorgefallen sei.

»Nur eine unbedeutende Kleinigkeit, und dabei hätte es bleiben sollen.«

Zwei junge Akarnanier, die Söhne reicher Männer, die nach Athen gekommen waren, um die Stadt zu besichtigen und sich zu vergnügen, waren der Menschenmenge gefolgt, die sich aufgemacht hatte, um in Eleusis die Riten zu feiern. Als sie den Tempel der Demeter betraten, wo die geheimen Riten abgehalten wurden, waren die beiden Akarnanier ebenfalls hineingegangen, ohne zu wissen, dass der Zutritt nur Eingeweihten gestattet war. Sie plauderten ahnungslos miteinander, erkundigten sich bei den Umstehenden, wie Reisende es eben tun, und fielen dadurch auf. Die Leute gerieten in Zorn. Die Eingeweihten des Kultes schleppten die Jünglinge vor den Priester des Tempels, und ehe es jemand verhindern konnte, wurden sie wegen Gotteslästerung getötet.

»Das war überflüssig und völlig übertrieben, lauter falscher, geheuchelter Zorn. Man hätte diese Knaben schlagen und heimschicken, nicht umbringen sollen. Das einfache Volk in Eleusis hat in seiner Raserei nicht bedacht, dass Akarnanien mit Philipp verbündet ist, und Philipp wartet nur auf einen Vorwand, gegen uns Krieg führen zu können.«

Er schüttelte den Kopf. »Ich weiß nicht viel über Rom, nur so viel, dass dort die besten Männer regieren, Männer, die gelernt haben, zum Wohl der Stadt ihre Gemütserregungen und persönlichen Zwecke beiseitezulassen.«

Ich antwortete, dass ich das ebenfalls so gehört hätte, und er sprach weiter: »Hier war es früher auch so, und Klugheit und Mäßigung setzten sich durch. Jetzt aber herrscht das einfache Volk – dieser elende, prahlerische Demos –, und Politiker, deren Pflicht es ist zu führen, laufen bloß noch hinterher und stacheln sie an wie milde Eltern, die einem verwöhnten Kind Geschenke machen, es aber nicht zurechtweisen.« Er seufzte. »Aber ich rede zu viel. Die Toren wird es immer in größerer Zahl geben als die Weisen, und von vielen regiert zu werden heißt, von Toren regiert zu werden.«

Dann schwieg er zu dem Thema, und bald danach entschuldigte er sich und begab sich zu Bett.

Ich dachte darüber nach, was er gesagt hatte, und am nächsten Tag, als Menexenos und ich nach den Weinstöcken sahen, fragte ich: »Warum regieren denn die einfachen Leute, wenn sie so töricht sind?«

»Manche sind überzeugt, dass sie beim Regieren mit der Zeit besser werden, wie ein Reiter oder Läufer sich durch Übung verbessert«, antwortete er.

»Aber dein Vater stimmt ihnen nicht zu.«

»Er hat schon viel vom Wankelmut des Volkes gesehen. Er sagt, man erzieht einen Trunkenbold nicht zur Mäßigung, indem man ihn allein im Weinkeller sitzen lässt. Und das Volk ist nicht berechtigt, Falsches und Ungerechtes zu tun, nur weil es in der Überzahl ist. Wenn sie nicht willens oder fähig sind, sich selbst Tugend zu lehren, sollten sie die Geschäfte der Stadt anderen überlassen.«

Wir waren auf der Höhe über den Weinterrassen angelangt. Das Hochland war ein Teppich von Frühlingsblumen. Auf der Landspitze eines türkisblauen Sees stand ein Tempel, und in der Ferne hielt ein Handelsschiff mit geblähtem, rotbraunem Segel auf Piräus zu.

»Und du, Menexenos, was denkst du?«, fragte ich.

Er ging bis an den Rand des Berghangs und schaute, die Augen beschattend, aufs Meer. Der Wind spielte in seinen Haaren und mit dem Saum seiner Tunika. »Ich glaube, dass ein Mann sich nicht in der Menge findet, sondern in der Einsamkeit. Das Volk ist ein Bild, mehr nicht, und doch huldigen die Menschen dem Demos wie einem Gott und stolpern in den Irrtum. Es ist nichts Heiliges an einer Menschenmenge. Wenn ein Mann weiß, was gut ist, dann hat er es für sich allein erkannt. Das habe ich auf der Laufbahn und dem Diskusfeld gelernt. Kein Mann kommt mit hervorragenden Fähigkeiten zur Welt, Marcus. Und wenn ihm ein Demagoge sagt, er brauche nicht an sich zu arbeiten, so gibt es viele in der Stadt, die das glauben wollen.« Er zuckte die Achseln und drehte sich herum. »Trotzdem ist Vater zu streng. In den meisten Menschen steckt etwas Gutes, wenn man nur genau hinsieht. Er hat aufgehört, hinzusehen, nachdem er zu oft enttäuscht worden ist. Aber wer bin ich, über ihn zu urteilen?«

Bevor wir in die Stadt zurückkehrten, nahm Menexenos mich zum Wohnbereich der Frauen mit, damit ich seine Mutter kennenlernte.

Sie war eine zarte Frau mit leiser Stimme und feinen Gesichtszügen, mit stolzer und klarer Haltung. Ihr haftete eine Melancholie an wie ein Schatten an einem strahlenden Tag, und danach war Menexenos eine Zeit lang still und sprach auch später nicht über sie. Ich dachte an die Siegeramphore mit dem Diskuswerfer und an seinen Bruder. Das schien bei allem im Hintergrund zu stehen, wurde aber nie erwähnt.

Wieder in Athen, ging ich zu einem der Buchhändler in der Straße hinter der Agora und kaufte wie versprochen etwas für Maus. Der Händler machte viel Aufhebens, versicherte mir, er beschäftige nur die allerbesten Schreiber, und zeigte mir den ägyptischen Papyrus, den er benutzte. »Von allerbester Güte«, sagte er nickend und lud mich ein, das Blatt zu befühlen, »und bei sorgfältiger Behandlung hält er über Generationen. Das kann jeder in der Akademie oder in der Stoa bestätigen.«

Ich verbrachte dort den halben Vormittag, las in den verschiedenen Rollen und versuchte in dieser Fülle zu entscheiden, was Maus wohl am besten gefiele, wissend, dass sie am liebsten bei mir wäre, um selbst in den Schriftrollen zu wühlen. Am Ende kaufte ich einige Schriften von Herodot, ein Theaterstück von Agathon und einen Dialog über die Liebe von Platon, den Menexenos einmal erwähnt hatte.

Danach verweilte ich glücklich wie ein Kind vor dem Laden und besah meine Erwerbungen. Durchs Fenster hörte ich den Verkäufer im Ton gespielten Entsetzens seinem Freund zuraunen: »Ein Römer, der Bücher kauft! Was wird als Nächstes kommen? Glaubst du, er kann überhaupt lesen?«

Ich war versucht, mich zu räuspern, damit er merkte, dass ich noch da war. Aber dann schmunzelte ich in mich hinein, nahm mein Bündel und ging davon. Wichtig war nur, was ich aus mir machte, nicht was dieser Buchhändler von mir oder von Maus oder sonst einem Römer dachte.

Zwei Tage später, als ich die Bücher nach Italien auf den Weg bringen wollte, nahm der Streit seinen Anfang.

Ich war an diesem Tag auf mich allein gestellt, da Menexenos ins Gymnasion gerufen worden war, damit er sich für die Spiele übte. Ich war zum Hafen gegangen, um mit einem Kapitän zu sprechen, den ich aus der Zeit in Tarent kannte, einem alten Syrakuser namens Kratos, der Eigner seines Schiffes war und die Route zwischen Griechenland und Sizilien segelte. Er hatte sich bereit erklärt, mein Päckchen für Maus mitzunehmen, und auch einen Brief an Titus.

Wir trafen uns zur verabredeten Zeit neben dem Heiligtum der Aphrodite am Ufer. Ich gab ihm die beiden Sachen, und wir blieben eine Weile stehen, um zu plaudern.

Ringsherum herrschte einiger Lärm – Stauer, Straßenhändler, Matrosen riefen einander zu, Holzkisten wurden polternd aufgestapelt oder auf Karren geladen. Aber wie ein Hund, der eine neue Witterung aufnimmt, hörte Kratos durch den vertrauten Lärm etwas, das ihn mitten im Satz innehalten und lauschen ließ. Seine Miene verfinsterte sich.

»Was ist los?«, fragte ich.

Er schaute nach allen Seiten. »Da kommt Ärger auf.«

Und dann hörte ich es auch. Vom südlichen Hafen her, ein paar Straßen entfernt auf der anderen Seite von Piräus, drangen aufgebrachte Rufe herüber.

Kratos spähte den Kai entlang zu der Stelle, wo sein Schiff hinter vier athenischen Triremen lag. Es war nur mit einem einzelnen Tau festgemacht und bereit, rasch auszulaufen.

An Deck wartete die Mannschaft, reckte die Hälse und hielt mit ernsten Gesichtern Ausschau. Auch sie hatten den Aufruhr gehört.

Kratos blickte suchend über das Wasser und die Mole, dann gab er seinem Steuermann ein kurzes Zeichen. Der hob bestätigend die Hand, und Kratos wandte sich mir wieder zu.

»Ich verschwinde und schlage vor, du tust dasselbe. Ich habe schon Hafenaufstände erlebt. Ich werde nicht warten, bis sie mir das Schiff plündern oder niederbrennen.«

Er gab mir kurz die Hand, versprach mir, meine Fracht abzuliefern, und eilte zu seinem wartenden Schiff, wo er im Vorbeigehen die Leine losmachte. Die Mannschaft stieß vom Kai ab, und die kurzen Riemen tauchten ins Wasser.

An Deck der nächsten Trireme erschien ein Matrose. Er rief etwas, winkte mit den Armen und gab jemandem am anderen Ende des Kais Zeichen, schrie, was es dort gebe. Zwei Handwerker kamen neugierig unter Deck hervor. Sonst waren die Triremen unbemannt. Hinter ihnen sah ich Kratos' Schiff an der Hafenausfahrt. Das große gestreifte Segel fiel herab und blähte sich, die Mannschaft arbeitete an der Takelage.

Ringsherum auf dem Kai ließen Männer ihre Arbeit liegen. Ich wandte mich zum Gehen. Und dann sah ich das erste große, bemalte makedonische Kriegsschiff um die Hafenmauer biegen, das Deck voller bewaffneter Soldaten.

Doch nicht ihretwegen starrte ich offenen Mundes auf das Schiff.

Er stand im Bug, einen Arm um die bunte Galionsfigur gelegt, das Haar zurückgebunden, in der Hand ein Schwert.

Er drehte sich lachend zu seinen Männern um. Mich überfiel ein plötzlicher Schauder. Meine Hände wurden kalt, mein Atem stockte. Es war Dikaiarchos.

Ich weiß nicht, was mein erster Gedanke war. Die Leute im Hafen rannten schreiend davon. Mein Herzschlag dröhnte mir in den Ohren, und es schien mir, als würde sich die Welt langsamer drehen. Alle Geräusche kamen wie aus weiter Ferne. Es war, als ob ein finsterer Teil meiner selbst, ein Geschöpf meiner Albträume vor meinen Augen erschien und die übrige Welt verdunkelte. Ich drehte den Kopf nach allen Seiten, wollte aber nicht wegrennen.

Ich wandte mich wieder zum Wasser hin. Zwei weitere Kriegsschiffe waren in Sicht gekommen und liefen in voller Fahrt, mit ausholenden Riemen in den Hafen ein. Ich sah Kratos' Schiff das Ende der Mole erreichen, wo der Leuchtturm stand, und in anderer Richtung davonsegeln. Die Makedonier beachteten es nicht. Was sie hier wollten, schloss Kratos nicht mit ein.

Ich zwang mich zu vernünftigem Denken. Ich war unbewaffnet, hatte nicht einmal ein Jagdmesser (was ich in Praeneste immer bei mir hatte).

Ich sah mich suchend nach etwas um, das als Waffe taugen mochte. Einer der Handwerker von der vertäuten Trireme rannte an mir vorbei. »He!«, rief ich. Doch er flüchtete weiter, ohne mich zu beachten. Der Schrecken stand ihm im Gesicht.

Der Matrose auf dem Achterdeck starrte übers Wasser auf die näherkommenden Makedonier. Ich wusste nicht, war es Tapferkeit oder Angst, weshalb er stehen blieb. Dann fiel mir ein Stoß Wurfspeere ins Auge, die an Deck lagen, unweit von der Stelle, wo der Matrose stand.

Ich rannte die Laufplanke hoch. Die Speere waren festgezurrt. Ich begann, die Lederriemen zu lösen. Der Matrose rief mich an: »Du da! Was tust du da?«

Der Knoten ging auf, und ich zog einen Speer von dem Stapel. »Ich werde kämpfen«, antwortete ich. »Und du?«

Einen Moment lang sah er mich sprachlos an, als fiele ihm gerade erst ein, dass es zu einer Schlacht kommen könnte. Er war noch jung, ein Ephebe in der militärischen Ausbildung. Die ersten Barthaare zeigten sich als Flaum an seinen Wangen.

Doch zur Entscheidung brauchte er nur einen Augenblick. Er sprang zu mir herunter und ergriff einen Speer. »Ich kämpfe«, sagte er und sah mich fest an.

Dann stellten wir uns zum Feind.

Das erste der makedonischen Schiffe war längsseits gekommen. Die Soldaten sprangen von Bord und bildeten einen Verteidigungsring. Als sie sahen, dass sie keine Gegner hatten, schwärmten sie über den Kai. Das Schiff des Anführers hielt sich zurück. Vom Bug brüllte Dikaiarchos seine Befehle, zeigte, winkte mit den Armen. Der Hafen war verlassen, überall standen verwaiste Karren, Kisten, Körbe. Die Athener waren überrascht worden. Verteidiger waren nirgends zu sehen.

Der junge Athener bei mir sah das alles und begegnete meinem Blick. Er hatte ein freundliches, ausdrucksvolles Gesicht.

Sein Verstand arbeitete sichtlich, er nahm all seinen Mut zusammen. Er bekam einen entschlossenen Zug um den Mund und nickte mir kaum merklich zu, als wollte er sagen: Wenn heute der Tag gekommen ist, so sei es – ich werde sterben für meine Ehre und die meines Volkes. Er spannte die Muskeln an, balancierte den Speer in der Hand, zielte und warf.

Er hatte gut gezielt. Die Waffe sauste durch die Luft und durchbohrte einen rennenden Soldaten am Hals, wo seine Rüstung ihn nicht schützte. Dann warf ich auch und traf den Mann neben ihm. Wir nahmen neue Speere und zielten zum zweiten Mal.

Plötzlich, ich hatte den Speer schon erhoben, schwankte unter mir das Deck und zwang mich zu einem Ausgleichsschritt, sodass ich im Werfen innehielt. Ich fuhr herum, weil ich glaubte, wir würden gerammt. Das Schiff des Anführers kam längsseits, die Makedonier machten sich mit Seilen und Haken zum Entern bereit.

Ich duckte mich, ergriff zwei Speere und warf einen dem Athener zu. Er fing ihn gekonnt mit einer Hand, und wir rückten gemeinsam vor. Die Soldaten sprangen bereits an Bord – zuerst misstrauisch, für den Fall dass wir Verstärkung unter Deck hatten. Sie würden schnell begreifen, dass wir allein waren.

Doch das beschäftigte mich nicht. Ich beobachtete Dikaiarchos. Er rief von seinem Schiff aus: »Kappt die Leinen – schnell.« Seine flinken Fuchsaugen leuchteten. Er trug einen Brustpanzer bestickt mit einer aufgehenden Sonne, seine Haut war braungebrannt. Seine Befehle gab er lachend. Er hatte Spaß wie ein ungestümes Kind, das endlich zum Spielen hinausdarf.

Ich zielte sorgfältig.

Hinter mir polterten Schritte über das Deck. Eine zweite Möglichkeit würde sich nicht bieten. Ich steckte den Finger in den Speerriemen, beugte die Knie und balancierte den Schaft in der Handfläche.

Dikaiarchos stand von mir abgewandt. In dem Moment

erhielt er einen Zuruf. Er brach ab, was er sagen wollte, und drehte sich langsam um. Ich saugte Luft in meine Lungen, und mit einem mächtigen Schrei und einer Krümmung des Körpers ließ ich den Speer fliegen, gerade als sich unsere Blicke trafen.

Seine Brauen fuhren in die Höhe. Verblüffung überzog sein Gesicht. Dann traf der Speer sein Ziel.

Ich hatte auf den Hals gezielt. Ich weiß nicht, ob ich schlecht geworfen oder ob das Schiff geschwankt hatte. Der Speer steckte zitternd im Hals der Galionsfigur, wo Dikaiarchos seine Hand hatte.

Ich riss entsetzt die Augen auf, die Gelegenheit war vertan. Dann bewegte er die Hand, ich sah das Blut auf dem bemalten Holz.

Ich hatte keine Zeit zu verlieren. Die Makedonier griffen an. Der junge Ephebe sprang ins untere Deck. Drei drangen auf ihn ein.

Den Ersten tötete er. Mit ein paar Sätzen war ich bei den Speeren, griff einen und zielte. Doch dabei packte mich jemand von hinten, riss meinen Arm hoch und entwand mir die Waffe.

Ich hörte den Athener aufschreien und drehte den Kopf. Er war von Feinden umringt. Ihre Schwerter blitzten in der Sonne, sie waren rot von seinem Blut. Er schrie nicht noch einmal.

Mein linker Arm wurde mir auf den Rücken gedreht. Ich spürte die Hitze des Mannes hinter mir. Ich hielt den Atem an und wartete auf den Todestoß.

Der Mann zögerte. Der Stoß blieb aus. Dann hörte ich die bekannte Stimme sagen: »Lass ihn, spare ihn für mich auf.« Und Dikaiarchos trat in mein Blickfeld.

Aber er wandte sich mir nicht gleich zu. Eine Weile lenkte er seine Männer, rief den anderen Schiffen Befehle zu, brüllte über den Kai. Die Makedonier begaben sich unter Deck. Da erst begriff ich, was geschah: Sie bemannten die Triremen.

Ich drehte den Kopf. Die Leinen waren schon gekappt. Sie

hingen lose von den Pollern. Das Schiff schwenkte vom Kai weg. Die Feinde nahmen ihre Plätze auf den Ruderbänken ein, ich hörte das Klappern der Riemendollen. Dikaiarchos stahl den Athenern die Kriegsschiffe.

Ordnung kehrte ein. Die Riemen zogen durch das Wasser. Das Schiff fuhr auf die Hafenmitte zu und nahm Fahrt auf. Zwei Soldaten trugen die Leiche des jungen Atheners und warfen ihn über Bord. Dann überquerte Dikaiarchos das Deck und stand vor mir.

Ich fragte mich, ob er mich erkannt hatte, doch ihm war nichts anzumerken.

Er hob die linke Hand, hielt sie mir vor die Augen. Aus der Speerwunde sickerte Blut. Er blickte zur Seite und streckte den Arm aus. Der Soldat neben ihm gab ihm sein Schwert. Als er das Heft umfasste, kniff er kurz vor Schmerzen die Augen zusammen. Dann machte er einen Schritt auf mich zu und setzte mir die Schwertspitze an die Kehle.

Auf der Klinge tanzten die Sonnenstrahlen und blendeten mich. Ich wartete auf den tödlichen Stoß. Doch plötzlich zog er das Schwert schwungvoll zur Seite, und ich spürte einen Stich am Unterarm.

»Gleiches mit Gleichem«, sagte er grimmig lächelnd, und mir wurde klar, dass er keinen schnellen Tod für mich plante. Er würde mich quälen.

»Töte mich!«, rief ich.

Er trat dicht an mich heran und fasste mit blutiger Hand mein Kinn. Ich roch seinen Atem, ein scharfer Schweißgeruch stach mir in die Nase. Dabei blickten wir einander fest in die Augen. Ich spürte seine Lebenskraft wie etwas Lebendiges in mir wogen.

Er hielt inne, dann wich er grinsend ein wenig zurück. »Nicht jetzt. Wir werden es ein wenig aufschieben, mein schöner schwarzhaariger Freund.«

Er ließ das Schwert sinken und ging ein paar Schritte.

Er schaute übers Wasser. Wir waren jetzt weit vom Kai entfernt und näherten uns der Hafenausfahrt.

»Es ist eine Schande, dich wegzuwerfen«, sagte er dann. »Ich hätte Freude an dir gehabt. Aber ich kann hier keine Römer gebrauchen. Wir wollen mal sehen, ob du schwimmen kannst.«

»Wirf ihn über Bord«, befahl er dem Soldaten.

Achtes Kapitel

»Halte still, hörst du?«

»Ich halte ja still.«

»Gut, dass du schwimmen kannst.«

»Ja, kann ich. Das weißt du doch.«

»Trotzdem solltest du nicht ohne richtige Waffe in den Kampf ziehen. Das ist verrückt. Was hast du geglaubt, was du da tust? Die Makedonier allein besiegen?«

»Du bist wütend.«

Er blickte finster auf den Verband, den er um meinen Arm schlang, und zog ihn fester.

»Menexenos, hör doch. Das war er. Dikaiarchos. Ich habe es doch schon gesagt.«

»Ich weiß, ich weiß.«

»Und du bist trotzdem wütend.«

»Hätte er nicht erkannt, dass du Römer bist, würde ich jetzt deine Leiche herrichten, wie der Vater des armen Eudoxos.«

Eingedenk des jungen Epheben wurde ich still. Ich hatte das Gesicht seines Vaters gesehen, als er kam und den Leichnam verlangte.

»Ich bin noch hier.«

»Ja. Ein Gott wacht über dich.« Er hielt inne und seufzte. »Ich will dich nicht verlieren. Noch nicht. Ich habe dich eben erst gefunden.«

Wir saßen nebeneinander auf der Bettkante. Mit dem unverletzten Arm drehte ich sein Gesicht zu mir und küsste ihn auf den Mund. »Du wirst mich nie verlieren, Menexenos.«

»Ich sagte, du sollst stillhalten«, erwiderte er mürrisch und schob mich weg. Doch seiner Stimme hörte ich an, dass er besänftigt war.

Ich saß still, und er band den Knoten.

»So, das sollte genügen. Gib acht, dass du nirgendwo gegenstößt. Es ist immerhin dein Schwertarm.«

Er sah zum Fenster hoch. Von draußen hörte man das zornige Stimmengewirr vom Marktplatz und der Straße heraufschallen. Der Rat hatte das Volk zur Versammlung geladen. Sie warteten auf den Posaunenstoß, der sie zum Pnyx hinauf rief. Im Hof sprach Kleinias mit einigen Freunden. Überall herrschte Empörung.

»Ich sollte jetzt gehen«, sagte Menexenos. »Leg dich hin und schlafe ein wenig.«

Ich gehorchte und schloss die Augen. Draußen hörte ich die Leute vorbeiströmen. Ich wünschte, ich könnte mit ihnen gehen und hören, was sie zu sagen hatten. Doch zu der Versammlung waren nur Athener zugelassen.

Ich musste eingeschlafen sein. Denn ich erwachte, als jemand an das Hoftor schlug. Eilige Schritte entfernten sich zum Tor. Dann näherte sich die Stimme von Pomponius, der mich in stark verfälschtem Griechisch zu sprechen verlangte.

»Was habe ich dir gesagt?«, schrie er, sobald der Sklave ihn zu mir einließ. »Du hast dich nicht nur nicht herausgehalten, sondern hast dich allein in einen Kampf gegen die Makedonier gestürzt. Das hätte ich nicht für möglich gehalten. So wie die Dinge stehen, ist das Letzte, was ich wünsche, ein bewaffneter Zwischenfall mit König Philipp.«

Ich begann zu erklären, dass ich durch eine unglückliche Fügung in Piräus gewesen und von den Umständen überrascht worden sei.

»Ja, ja«, unterbrach er mich. »Jeder Dummkopf beruft sich

auf die Parzen, wenn es ihm passt. Und ich nehme an, sie waren es auch, die dich davon abgehalten haben, das Weite zu suchen, wie? Den Athenern ist die Flucht einigermaßen geglückt. Aber nicht dir. Was ist mit deinem Arm passiert?«

Ich sagte es ihm und fragte dann, ob er schon Neues gehört habe.

»Ich war nicht da«, sagte er mit einem scharfen Blick zu mir, »habe aber erfahren, dass der Anführer der Piraten – wie heißt er?«

»Dikaiarchos.«

»Ah, ja, dieser Dikaiarchos hat zuvor versucht, den Kriegshafen anzugreifen. Er muss beabsichtigt haben, Feuer an den Schiffshallen zu legen und die Flotte niederzubrennen, ehe sie fertig ist. Doch die Hafeneinfahrt war mit Ketten versperrt. Darum ist er zur Nordseite gesegelt.«

Am Ende hatte Athen nur vier Kriegsschiffe verloren. »Natürlich gefällt ihnen das nicht. Doch es wäre viel schlimmer gekommen, wären die Piraten zur Flotte vorgedrungen. Was sie am meisten erzürnt, ist die Frechheit des Unternehmens. Sie halten sich noch immer gern für die führende Stadt in Griechenland, und dass nun ein Räuber in ihren großartigen Hafen einfährt wie in die Badebucht einer kleinen Insel und ihnen ihre Kriegsschiffe wegnimmt, ist mehr, als sie ertragen können.«

»Aber wo ist Philipp?«, fragte ich. »Er kann nicht weit sein.«

Pomponius war zur Wand gegangen und betrachtete den Teppich, das fein gewebte Bild eines fischenden Jünglings am Bach. Er strich stirnrunzelnd über den fadenscheinigen Stoff und fragte sich vermutlich, warum ein Mann wie Kleinias etwas so Altes, Glanzloses in seinem Hause hatte.

»Niemand weiß, wo er ist«, antwortete er wieder zu mir gewandt. »Die einen behaupten, er ist in Böotien, andere sagen, auf Euböa, wieder andere meinen, er ist nach Korinth gesegelt, wo er eine Garnison hat.«

»Könnte es dann nicht sein, dass er sich auf einen Angriff vorbereitet?«, fragte ich, stützte mich auf einen Ellbogen und sah ihn an. »Was sollte denn sonst dieser Überfall heute Morgen?«

»Aber nein«, widersprach er milde lächelnd. »Du vergisst, dass ich hier bin, Marcus. Er würde es nicht wagen, solange eine römische Gesandtschaft in Athen ist. Das würde große Empörung hervorrufen. Nicht einmal Philipp ist so skrupellos.«

Er lachte leise, ein kundiger Diplomat, der einen unerfahrenen Dummen vor sich hatte. »Aber nein«, wiederholte er. »In ein paar Tagen ist das alles vergessen. Bei allem Getöse und Kriegsgerede weiß selbst das athenische Volk, dass sie nichts tun können. Mit Akarnanien können sie es aufnehmen, haben sie geglaubt. Ein einfacher, kleiner Krieg ohne Schmerzen. Aber jetzt hat Philipp ihnen eine Warnung geschickt, und die werden sie beherzigen. Sie werden den Löwen nicht reizen wollen.«

»Was werden sie also tun?«

»Reden. Das können sie gut. Sie werden eine Zeit lang kläffen und sich dann in ihre Hundehütte schleichen.« Er ging ans Fenster, um hinauszusehen. »Ah, endlich. Es hört sich an, als seien sie fertig. Dann muss ich gehen. Ich habe ein Treffen mit dem Rat vereinbart, gleich nach der Versammlung.«

Er wünschte mir knapp guten Tag, dann sagte er noch: »Beim nächsten Mal nimm die Beine in die Hand und lauf wie alle anderen. Du bist nicht hier, um dich in einen fremden Krieg hineinziehen zu lassen.«

Er ließ mich allein.

Meine Wunde heilte. Als der Verband abgenommen wurde, hatte ich eine lange, schräge Narbe am Unterarm: ein Mahnzeichen, ganz wie es Dikaiarchos beabsichtigt hatte.

Menexenos übte sich jeden Tag für die näherrückenden Wettkämpfe. Sobald ich wieder auf den Beinen war, rannte ich mit ihm draußen hinter der Akademie am Strand des Kephissos.

Seit dem Überfall auf Piräus war das mein erster Tag im Freien, und ich spürte die Stimmung in der Stadt sofort. In der Straße der Dreifüße auf dem Weg zum Dipylon hatten die Leute ihre Arbeit liegen lassen und standen in kleinen Gruppen beisammen, nickten und redeten mit ernstem Gesicht.

»Haben sie Angst?«, fragte ich.

Menexenos warf den Kopf in den Nacken. »Wahrscheinlich, aber das ist nicht das Thema ihrer Gespräche. Sie sind unzufrieden, weil sie noch keinen gefunden haben, dem sie die Schuld geben können. Irgendwann werden sie auf einen Hafenbeamten verfallen, oder auf einen im Rat, der sich schlecht verteidigen kann. Er wird bestraft werden, und dann fühlen sie sich besser.«

Wir gingen durch das Tor und schlugen den Weg ein, der an den Obstgärten und kleinen Höfen vorbeiführte, wo wir unseren Schritt beschleunigten.

Menexenos, der schneller war als ich und mich bei jedem Wettbewerb schlagen konnte, ging heute langsam an meiner Seite. Wir durchquerten den Akademiegarten, dann nahmen wir den Weg am Fluss. Es war ein schöner Morgen. Rote Mohnblumen und weiße Schierlingsstauden wuchsen am Ufer. Von unseren Schatten aufgeschreckt, flitzten kleine braune Fische in das klare Wasser zwischen den Schilfstängeln.

Schließlich ließen wir die Häuser hinter uns und liefen an grünen Wiesen entlang.

»Sieh da«, meinte Menexenos irgendwann. »Wie ich gesagt habe. Jeden Tag laufen die Leute daran vorbei, aber sie tun nichts.«

In der Ferne jenseits der blütengesprenkelten Felder sah man die lange Mauer, die früher den ganzen Weg von Athen nach Piräus geschützt und für die Stadt samt Hafen eine uneinnehmbare Befestigung bedeutet hatte. Jetzt grasten Schafe zwischen dem vernachlässigten Mauerwerk. Die grasbewachsenen Steine sahen hübsch aus in der morgendlichen Sonne, hübsch aber nutzlos.

»Früher hatten sie die Einsicht, solch eine Sache zu bauen. Warum lassen sie sie jetzt verfallen? Sagt ihnen niemand, was sie tun müssen?«

»Durchaus«, antwortete Menexenos. »Aber wenn es darum geht zu entscheiden, wie die Mittel der Stadtkasse verwendet werden sollen, stimmen sie nicht für die Verteidigungsanlagen, sondern für Festspiele und öffentliche Almosen. Sie sind wie der Mann, der jeden Abend ein Festmahl hält und es versäumt, sein Dach auszubessern. Die Wahrheit ist, dass sie durch ihre Vergnügungen selbstzufrieden und verweichlicht sind.«

»Sie können nicht beides haben.«

»Das denken sie aber, denn wenn die Wahlen kommen, wählen sie den Mann, der ihnen das weismacht. Am Ende schweigen die guten Männer und kümmern sich um die eigenen Gärten, und die Mauer verfällt weiter.«

Ich schüttelte den Kopf und wollte eben Luft holen, um etwas zu sagen, als von Piräus her Lärm zu hören war.

Wir wechselten einen beredten Blick und schwenkten vom Weg ab, um auf das Tor von Piräus zuzuhalten. Wir waren noch vierhundert Schritte weit weg. Beim Näherkommen erkannten wir, dass das kein Kampfgeschrei war, wie zunächst vermutet, sondern Jubel.

Schon im Tor rief Menexenos einen Kleinbauern an, der eilig seine Waren zusammenpackte, und fragte, was die Aufregung zu bedeuten habe. Der Mann schüttelte den Kopf und fuhr mit seinem Tun fort. Aber ein anderer kam vom Hafen her gerannt und rief: »Freut euch! Sie haben uns die Schiffe zurückgebracht!«

»Was redest du da, Mann? Wer hat sie zurückgebracht?«

Er rannte schon weiter, um als Erster die Nachricht in die

Stadt zu bringen. »Die Rhodier!«, rief er über die Schulter. »Die Rhodier und König Attalos!«

Wir schoben uns durch die Menschenmenge und kamen am Ufer heraus. Am Kai lagen die vier Triremen, die Dikaiarchos mitgenommen hatte, und wurden soeben vertäut, und ringsherum eine Eskorte anderer Kriegsschiffe, an denen die Flaggen von Rhodos und Pergamon wehten. Die Matrosen an Deck winkten freudig und riefen den Leuten am Kai zu, und die winkten außer sich vor Freude und stießen Jubelschreie aus.

In unserer Nähe stand ein Kapitän aus Pergamon, der den Umstehenden berichtete, was geschehen war. Wir schoben uns heran, um zuzuhören.

Schon seit Philipp das Gebiet Pergamons im vorigen Jahr überfallen hatte, versuchten sie, die Makedonier anzugreifen. Sobald das Gerücht ging, er sei in der Gegend, hatte König Attalos seiner Flotte befohlen, auszulaufen. Und so waren sie in der Nähe gewesen, im Golf von Ägina, als Dikaiarchos seinen Überfall einleitete. Sie sahen die Makedonier mit den gestohlenen athenischen Triremen davonfahren und jagten ihnen nach, und weil die Triremen nicht ausreichend bemannt waren, stellten sie für die rhodischen und pergamenischen Schiffe, die mit voller Ruderbesatzung fuhren, keinen schwierigen Gegner dar. Nicht lange, und die Makedonier sahen, dass sie nicht entkommen konnten, flohen auf ihren Schiffen und ließen ihre Beute zurück.

»Und Dikaiarchos?«, fragte ich.

Einer der Athener unter den Zuhörern drehte sich um und sagte barsch: »Was bedeutet der schon, Römer? Wir haben unsere Kriegsschiffe zurück. Unsere Ehre ist wiederhergestellt.«

Die anderen pflichteten ihm lauthals bei, und ich sagte nichts mehr. Dikaiarchos war meine Sorge, nicht ihre.

Noch am selben Tag versammelten sich die Leute auf dem

Pnyx und überreichten eine Einladung an König Attalos, von Ägina, wo er sich zur Zeit aufhielt, nach Athen zu kommen und zur Volksversammlung zu sprechen. Als er bald darauf eintraf, schien es, dass sämtliche Bürger der Stadt aus ihren Häusern kamen, um ihn zu bejubeln. Sie säumten die Straße vom Dipylon bis zur Agora. Am Kopf der Prozession sonnte sich der oberste Archont in der Lobhudelei, und um ihn scharten sich die anderen Räte der Stadt. Die Menschen warfen Blumen. Jeder jubelte und winkte. Es war wie ein Volksfest.

Ich sah mit Menexenos von den Stufen des Demeter-Tempels zu. Die Schmiede und Steinmetze und das Töpferviertel Kerameikos hatten ihre Werkstätten für den Tag geschlossen. Die langen Kolonnaden waren voller Menschen. Auf den Altären wurden Feuer angezündet, und nicht weit von uns auf den Tempelstufen sang ein Knabenchor in weißen Gewändern und mit Eichenlaub geschmückt eine Lobeshymne.

König Attalos ritt auf einer prächtigen braunen Stute und einer roten Decke mit Goldtroddeln. Die glänzten und funkelten in der Sonne bei jeder Bewegung. Am Doppeltor stieg er ab, und die Archonten und führenden Männer der Stadt geleiteten ihn an den jubelnden Menschen vorbei in die Stadt.

Von meinem erhöhten Aussichtspunkt sah ich ihn vorüberziehen. Er war mit einem vergoldeten Olivenzweig gekrönt und trug einen langen Umhang in strahlendem Weiß mit einer roten Borte. Ich hatte noch nie einen König gesehen. Dieser Mann, der gemessen und würdevoll seinen Machtanspruch wie ein altvertrautes Kleidungsstück trug, schien dazu erzogen zu sein, und das sagte ich zu Menexenos.

»Oh nein«, widersprach er. »Er ist der erste König von Pergamon, und davor war er nichts weiter als ein Heerführer.« Was er nun darstelle, habe er selbst aus sich gemacht, meinte Menexenos.

Ich schaute wieder aufs Geschehen. Attalos war nun näher herangekommen, und zu meiner Überraschung sah ich, dass er kein Mann mittleren Alters war, wie ich zuerst geglaubt hatte. Er hatte die kerzengerade Haltung des Soldaten, aber er musste über sechzig Jahre alt sein. Sein Haar war so weiß wie sein Umhang.

»Wie alt ist er?«, fragte ich Menexenos.

»Über siebzig«, sagte er und lachte, als er mein Gesicht sah. Das war ein Alter, wo die meisten Männer zu Hause saßen und umsorgt von ihren Enkelinnen und Urenkelinnen eine warme Brühe schlürften. Er aber führte Krieg gegen die größte Macht in Griechenland, durchstreifte die Meere auf der Jagd nach Philipp. Ich betrachtete ihn mit Ehrfurcht.

Später wurden die Bürger zur Versammlung gerufen, und ein Brief von Attalos wurde verlesen, denn er hatte den Archonten gesagt, er möchte lieber nicht vor der Versammlung sprechen. Er erinnerte die Athener an ihre Freundschaft mit Pergamon und drängte sie nun, sich ihm im Kampf gegen Philipp anzuschließen. Dann sprachen die Rhodier und forderten dasselbe, und als es zur Abstimmung kam, stimmte man für den Krieg.

Es war Kleinias, der mir berichtete, was auf dem Pnyx vorgegangen war. Ich überlegte nicht, was mich dazu bewog – vielleicht etwas an seinem Tonfall –, jedenfalls fragte ich am Ende seines Berichts: »Hat jemand dagegen gesprochen?«

Wir waren zum Haus zurückgekehrt, saßen auf den Steinbänken im vorderen Hof unter den Feigenbäumen. Der Abend nahte, und die Schatten ringsumher wurden länger. Ich sah Kleinias starr werden, und da wusste ich, warum ich die Frage gestellt hatte und was er antworten würde. Auf seine trockene, förmliche Art antwortete er: »Ich habe dagegen gesprochen.«

»Aber warum denn, Herr?«, fragte ich verblüfft. Denn auch mich hatte die allgemeine Freude ergriffen, und es schien recht zu sein, wenn die Stadt König Attalos und den Rhodiern vergälte, was die für sie getan hatten.

Er drehte den Kopf und sah mir ins Gesicht. »Ich erinnerte

die Versammlung daran, dass Attalos' Heer weit weg in Asien steht und dass die Rhodier eine Seemacht sind. Wenn Philipp gegen uns zieht, wird er nicht übers Wasser, sondern über Land kommen, und keiner von ihnen wird uns helfen können. Wir werden allein dastehen.«

Er machte eine müde Geste. »Der oberste Archont erwiderte, der römische Gesandte habe ihm gesagt, dass Rom uns zu Hilfe kommt, wenn Philipp angreift. Ich fragte ihn daraufhin, ob er eine formelle Zusage habe, denn ich hätte davon noch nicht gehört. Darauf antwortete er nicht … Ich hoffe, du verzeihst mir, dass ich das sage, Marcus, da du unser Gast bist, aber sofern ich das nach meinen Gesprächen mit Pomponius beurteilen kann, ist der Römische Senat nicht in der Stimmung für einen Krieg, und selbst wenn das nicht so wäre, gibt es in Griechenland doch kein römisches Heer.«

Ich nickte langsam, denn ich wusste noch gut, mit welcher Überzeugung Pomponius gemeint hatte, dass die Athener es nicht wagen würden, den Löwen zu reizen.

Ich fragte, was danach passiert sei.

»Meine Worte wurden so verdrossen aufgenommen wie der ernste Mann bei einer fröhlichen Runde, der, wenn der Krug noch halb voll ist und die Tänzerinnen hereinkommen, die Gäste ermahnt, dass sie am Morgen einen schweren Kopf haben werden.« Er lächelte matt über seinen kleinen Scherz. »Es heißt, die Perser hätten einen weisen Brauch. Wenn eine folgenschwere Entscheidung zu fällen ist, denken sie zweimal darüber nach, einmal betrunken und einmal nüchtern. Das ist ein vernünftiges Vorgehen, das unseren Bürgern auch gut anstünde. Sie sind kriegstrunken. Wenn sie wieder einen klaren Kopf haben, wird es zu spät sein.«

Er stand auf, blieb aber noch einen Moment lang stehen, ehe er ins Haus ging, und sagte mit einem Blick auf den dunkler werdenden Abendhimmel: »Der Anblick törichter Männer bei der Machtausübung hat etwas Beängstigendes.«

Als er gegangen war, sagte ich zu Menexenos: »Er sieht krank aus.«

»Das überrascht mich nicht. Es war noch viel schlimmer, als er es hier dargestellt hat. Er wurde niedergeschrien, und hinterher, als er die Versammlung verließ, wurde er vom Pöbel angerempelt. Es war schändlich. Die Männer sollten nur überlegen, bevor sie den Krieg beginnen, wie sie ihn führen wollen. Das war alles, worum er sie bat.«

Attalos ließ ein paar Soldaten in Piräus und segelte ab. Philipp und die Makedonier waren vergessen, und da die Spiele näher rückten, wandte Menexenos sich seiner Ertüchtigung zu.

Wenn er nicht außerhalb der Stadt für den Stadionlauf übte, war er im Lykeion. Aufgrund seiner Disziplin besaß er die Fähigkeit, sich den Alltagssorgen zu verschließen und seine Gedanken ganz auf die bevorstehende Aufgabe zu richten. Es war, als würde man einem Mann bei einem einsamen Kult zusehen. Sein Gesicht war ruhig, sein Körper gelassen und anmutig, seine grauen Augen strahlten von einem inneren Licht. Seine Schönheit nahm mir manchmal den Atem, so wie bei unserer ersten Begegnung in Tarent. Ich konnte auch jetzt noch nicht recht glauben, dass er auf der ganzen Welt mich als Freund gewählt hatte. Mir schien, als könnte ich auf kein größeres Geschenk hoffen.

Ich sah ihm zu, wann immer ich konnte. Doch in diesem Sommer wurde ich meinerseits von einer Aufgabe in Anspruch genommen.

Ich hatte über meinen Zusammenstoß mit Dikaiarchos nachgedacht. Mars hatte mich zu ihm geführt, und ich hatte versagt. Nachdem ich mich ins Verhör genommen hatte, schloss ich, dass es mir an Kampfvermögen mangelte. Ich wusste aber nicht, wie ich dem Mangel abhelfen sollte.

Eines Tages im Lykeion fragte ich Menexenos' Lehrer.

Er hörte mich an, musterte mich mit kundigem Auge, rieb

sich das Kinn und sagte schließlich: »Ich weiß, welchen Mann du brauchst, aber er wird es ablehnen, dich zu unterrichten.«

Dieser Bescheid steigerte nur meine Entschlossenheit, und nach ein wenig Überredung erklärte sich der Lehrer bereit, mich zum Haus des Mannes zu führen. Er sei ein Fechtlehrer, der sich aber zur Ruhe gesetzt habe, erklärte er mir unterwegs. Er hieße Antikles und sei sehr schwierig.

Ich fragte ihn, was er damit meine, und er antwortete: »Einige Schüler nimmt er, andere nicht. Es ist keine Frage des Geldes. Ich habe erlebt, wie Söhne reicher Männer um Unterricht bettelten und er sie um keinen Preis nahm. Er verachtet die herrschende Lebensweise und spart nicht mit der Rute. Von vielen wird er gefürchtet.«

Wenn ich aber entschlossen sei, liege es bei mir, ihn zu überzeugen, denn das könne kein anderer besser.

Wir gelangten an ein bescheidenes Haus und fanden ihn im Hof unter einem Sonnendach sitzen, wo er das Heft eines Schwertes polierte.

Er hörte sich an, was der Lehrer zu sagen hatte. Dann antwortete er, ohne mich auch nur anzusehen: »Ich nehme keine neuen Schüler. Lebt wohl.«

Ich musterte ihn. Er hatte einen kurzen grauen Bart und war mit einer schlichten Tunika bekleidet. Sein Körper war braungebrannt und hager. Er musste an die sechzig Jahre alt sein.

Mit den Worten des Lehrers im Kopf trat ich unter das Sonnendach und sagte: »Herr, mir wurde gesagt, es gebe für mich beim Fechten nichts mehr zu lernen, und vielleicht ist das wahr. Alles, worum ich bitte, ist ein halber Vormittag. Wenn du siehst, dass du mir nichts mehr beizubringen hast, wie ich annehme, dann werde ich dich nicht weiter belästigen.«

Wie ich gehofft hatte, drehte er sich zu mir hin. Er lehnte das Schwert gegen die Mauer und nahm von dort seine Weidengerte.

Ich blieb ruhig vor ihm stehen. Wenn er mich für meine Anmaßung schlagen wollte, so hatte ich schon beschlossen, es ohne zu zucken hinzunehmen.

Doch er schlug mich nicht. Er sah mir lange ins Gesicht. Dann fragte er: »Wie alt bist du, Knabe?«

»Achtzehn, Herr.«

»Achtzehn, und meinst, dass du nichts mehr zu lernen hast? Was für ein Dummkopf bist du?«

»Ich habe mich ausdauernd geübt. Ich weiß, was ich kann. Aber ich kann nicht genug für das, was nötig ist.«

Er betrachtete mich eingehend und tippte dabei mit der Gerte auf die Steine. Nach einer langen Pause sagte er: »Ich werde beim ersten Morgengrauen beim Hain des Wolfsappollon sein. Wenn du nicht weißt, wo das ist, erkundige dich. Sei rechtzeitig dort. Ich werde nicht warten.«

Es war noch dunkel, als ich mich am nächsten Tag zum Garten des Lykeions auf den Weg machte, wo in einem heiligen Hain Apollon auf einem Steinsockel stand, die Hand ausgestreckt, eine Lyra an seiner Seite und zu Füßen eine Wölfin.

Dort wartete ich in der kühlen Dämmerung, scharrte mit den Füßen im Sand und spähte den Weg hinunter, den Antikles kommen würde.

Plötzlich und so nah, dass ich erschrak, bewegte sich etwas an einer dunklen Stelle, und er trat hervor. Ich hatte ihn nicht gesehen.

»Was ist das?«, fragte er mit Blick auf mein Schwert.

»Mein Schwert«, antwortete ich in rechtfertigendem Ton. Es war das alte Kriegerschwert aus Praeneste.

Er nahm es mir aus der Hand und besah es, indem er es gegen den aufgehellten Horizont hob, und balancierte es in der Hand.

Er ließ sich damit Zeit, dann sagte er: »Es ist gut gemacht. Ein edles Schwert. Aber zu schwer für dich. Du wirst deine Arme und Schultern noch kräftigen müssen. Hast du damit gefochten?«

»Nein, Herr.«

Er nickte und gab es mir zurück. »Ja, ich sehe es. Du hast dir eine harte Aufgabe gestellt. Nun zieh dich aus, und wir werden sehen, was du tun kannst.«

Bis zum Vormittag, wo sich das Gymnasion zu füllen begann, war ich voll blauer Flecke, wund und verschwitzt. Antikles hatte nicht einmal seine Tunika abgelegt. Sie war noch so sauber wie am frühen Morgen.

Während der ganzen Zeit sprachen wir kaum ein Wort. Und doch teilte er mir durch seine Bewegungen ausführlich mit, welche Fehler ich machte, und stellte meine Schwächen heraus, sodass ich sie zum ersten Mal klar erkannte.

Am Ende, als ich nach einem weiteren Fall keuchend am Boden lag, stand er über mir, stellte den Fuß auf meine Brust und setzte mir die Klinge an den Hals. »Du bist tot. Weißt du, warum?«

»Nein«, bekannte ich, ausgebreitet daliegend.

Er nahm den Fuß weg.

»Steh auf.«

Ich stand auf.

»Glaubst du noch immer, dass ich dir nichts mehr beizubringen habe?«

Ich schüttelte den Kopf. »Ich kann überhaupt nichts«, antwortete ich bitter. Und obwohl ich zuvor der Überredung halber übertrieben hatte, erschien es mir nun wirklich so, als wäre mein ganzes Können, auf das ich so stolz gewesen war, nichts weiter als Einbildung, da dieser Mann, der dreimal so alt war wie ich, mich so leicht vernichten konnte.

Ich ließ den Kopf hängen, dann machte ich jaulend einen Satz rückwärts. Er hatte mir einen Hieb mit der Gerte versetzt.

»Antworte mir nicht wissentlich falsch. Du fichst besser als viele andere, und du weißt es. Aber weißt du auch warum?«

Ich schüttelte den Kopf. »Nein, Herr.«

»Weil du zornig bist, darum. Der Zorn leuchtet dir aus den Augen wie ein Feuer. Er gibt dir etwas, was anderen fehlt. Aber hüte dich vor dem Zorn, junger Mann. Er treibt dich an, kann dich aber auch töten.«

Er schlug mich noch einmal hart.

»Das zum Einprägen. Nun geh und wasch dir den Staub vom Mund, und sei morgen früh wieder hier.«

Der Sklave schaute erschrocken auf meine abgeschürften Arme und Beine, als ich das Haus betrat, und schickte nach warmem Wasser, Heilkräutern und einem Schwamm, und während er mir half, die Wunden zu reinigen, erzählte er mir, dass am Morgen ein Matrose mit einem Brief für mich gekommen sei.

Er brachte ihn mir. Der Brief war von Caecilius. Er schrieb von seinen Angelegenheiten und so langweilig, als wäre ich gar nicht fortgegangen. Er war in Rom gewesen; er hatte einen reichen Senator kennengelernt, der ihm helfen könnte; er verfolgte einen neuen Versorgungskontrakt mit dem Heer in Gallien; er plante eine weitere Reise nach Kerkyra und vielleicht nach Patrai. Am Schluss ermahnte er mich, die Augen für Gelegenheiten offenzuhalten. Da Philipp ganz Griechenland in Angst versetze, lasse sich gewiss Nutzen daraus ziehen, und er baue darauf, dass ich ihm derlei mitteile.

All das las ich mit wenig Anteilnahme. Doch als ich den Brief bis ganz unten aufrollte, fiel ein gesondertes Schreiben heraus. Ich hob es auf und erkannte die Handschrift meiner Stiefschwester.

Sie schrieb: »Caecilia an ihren Bruder Marcus – sei herzlich gegrüßt. Die Bücher, die du geschickt hast, sind angekommen. Tausend Dank. Du kannst nicht erahnen, wie viel Freude sie mir machen. Sie liegen auf meinem Tisch, und wenn ich sie ansehe, denke ich an dich, der du so weit weg bist. Deiner Mutter geht es gut, sie wünscht dir alles Gute. Der Hof ist wie immer. Desgleichen mein Vater. Leider muss ich sagen, dass er uns wegen seiner Geschäfte bald wieder verlassen wird. Aber wir sind zuversichtlich, dass wir ohne ihn zurechtkommen. Wir haben ihm versichert, dass er zuallererst für seine Geschäfte sorgen muss. Er sagt, er wird nach Griechenland gehen. Wenn du kannst, besuche ihn. Lass es dir gut gehen. Vergiss mich nicht.«

Ich legte den Brief beiseite. Caecilius hatte ihn sicherlich gelesen, ehe er ihn mit einrollte, und seine Tochter hatte ihn in diesem Wissen geschrieben. Ich schmunzelte. Ihre wahren Gedanken, die sie vor ihm verschleiert hatte, las ich so klar heraus, wie es ihre Absicht war.

Später, als Menexenos vom Lykeion heimkam, rief er aus: »Beim Zeus, wie siehst du aus! Bist du auf der Straße überfallen worden?«

»Keine Scherze bitte. Das war Antikles.«

»Er weiß genau, was er tut. Ich habe mich im Gymnasion umgehört, und jeder hat es mir bestätigt. Jetzt sehe ich den Beweis.«

Ich bedachte ihn mit einem grimmigen Lächeln und betastete meine Blutergüsse.

Während der folgenden Tage steckte ich viele kräftige Hiebe von Antikles ein. Jeden Mittag, wenn er mit mir fertig war, sagte er: »Hast du noch nicht genug?«, und ich antwortete stur: »Nein.«

Alles, was ich zu können glaubte, machte er mir zunichte. Und doch wusste ich, trotz aller Demütigungen, dass ich den Mann gefunden hatte, den ich brauchte. Ich hing an ihm wie eine Klette, und er hätte mich töten müssen, eher hätte ich nicht von ihm abgelassen.

Ein paar Tage später, als ich zu unserem Treffpunkt beim Wolfsapollon kam, sagte er: »Machen wir einen Spaziergang.«

Wir gingen stadtauswärts am schäumenden Eridanos entlang, an den Gärten und Feldern vorbei und den waldigen Hang des Lykabettos hinauf.

Antikles fragte: »Hast du Schmerzen?«

Mein Stolz wollte es verneinen. Aber ich hatte gelernt, dass er keinerlei Unehrlichkeit duldete, und darum antwortete ich: »Ja.«

»Gut so. So soll es sein. Besser diese Blutergüsse als der Tod auf dem Schlachtfeld. Oder bist du anderer Meinung?«

»Nein, Herr.«

Wir gingen weiter. Er hatte mir nicht gesagt, wohin wir gingen, und ich fragte nicht. Nach einiger Zeit gelangten wir auf eine Lichtung, und hier, sagte er, sollten wir eine Pause machen.

Ich schaute mich um. Eine seiner Lehren besagte, dass man seine Umgebung aufmerksam wahrnehmen soll. Ich wusste inzwischen, dass alles, was er tat, einen Zweck hatte. Er wollte nicht überrascht werden.

Hinter einem knorrigen, wilden Olivenbaum, halb verborgen im Schatten, stand ein alter, grob behauener Steinaltar, und dahinter ein kleines Heiligtum für Artemis die Jägerin, überwachsen mit Geißblatt und Efeu.

Wir hatten einen langen Aufstieg hinter uns, und ich konnte über die Ebene blicken und sah Athen ausgebreitet daliegen: den Marktplatz und die Straßen, die Oberstadt mit den Tempeln, das Lykeion und weiter weg, am glitzernden Strom des Kephissos, die roten Dächer der Akademie in den üppigen Gärten.

Antikles setzte sich, den Stock zwischen den Knien. »Wir sind an einer Weggabelung angelangt«, sagte er.

Ich sah ihn verwundert an. Er aber fuhr fort: »Du hast dich gekräftigt, und ich lobe dich dafür. Du fichst gut, entschlossen und geschickt. Auch dafür lobe ich dich.«

»Doch es ist nicht genug«, schloss ich lustlos.

»Für einen Mann wie dich, der die Hand ins Feuer strecken will, nein. Du kannst dich nicht allein auf deine Stärke verlassen … oder auf deinen Zorn. Dieser Weg wird dich nicht ans Ziel führen.«

Zornig und enttäuscht schrie ich auf. »Was denn noch? Ich habe alles gegeben, was ich kann!«

Er betrachtete mich still unter seinen dichten Brauen hervor mit geduldiger Miene, als hätte er den Ausbruch erwartet. Nachdem mir das klar wurde, setzte ich mich zu seinen Füßen ins Gras und wartete.

»Ich bitte dich nicht zu geben«, sagte er ruhig. »Ich bitte dich zu erkennen.« Er machte eine Pause. »Du bist voller Zorn und Verlangen. Du glaubst, du kannst das unterdrücken, aber solche Kraft hat kein Mann.«

»Was soll ich denn tun?«, fragte ich zu ihm aufschauend.

»Du musst sie zähmen, wie der Reiter das Wildpferd. Du musst dich zu ihrem Herrn machen. Du musst erforschen, was dir in der Seele das Teuerste ist, und dann leg es frei ... Nein, schüttle nicht den Kopf. Ich sehe dir an, dass du begreifst. Das habe ich bei unserer ersten Begegnung gesehen. Darum habe ich dich angenommen.«

Ich tat einen langen Atemzug. Über dem Zirpen der Grillen hörte ich auf dem Berg einen Roten Milan schreien, einsam und durchdringend. Er schrie nach mir, rief aus einer anderen Welt. Mir war warm von dem Aufstieg, dennoch fröstelte ich.

»Du siehst in meine Seele«, sagte ich. »Aber was hat das mit dem Schwertfechten zu tun?«

Er beugte sich vor und sah mir in die Augen. »Alles. Es geht darum, der Beste zu sein. Und dazu musst du deiner selbst Herr werden.«

Die Tage verstrichen.

Wenn ich nicht mit Antikles zusammen war, ging ich ins Lykeion und stellte mich zu den üblichen Zuschauern, Freiern und Passanten in die Kolonnaden, um Menexenos zuzusehen.

Sein Diskuswurf war besser geworden, und sein Sprint auch. Über das Ringen sagte er wenig. Es werde davon abhängen, wen er beim Wettkampf als Gegner bekomme. »Und das liegt bei den Göttern«, meinte er, »falls die sich mit solchen Dingen abgeben.«

In der Stadt herrschte eine seltsame Unruhe, und ich war froh, dass ich mich mit meinen eigenen Angelegenheiten befassen konnte. Auf den Straßen und dem Marktplatz redeten alle vom Krieg. Doch das Leben ging unverändert weiter.

Nach seiner anfänglichen Überraschung sagte Pomponius, dass Philipp sich scheuen werde, Rom zu verärgern. Als ich das vor Kleinias erwähnte, meinte er: »Ja, ja, das behaupten alle. Aber wo ist Philipp dann?« Und er hatte recht, denn wie es schien, konnte das niemand sagen.

Eines Nachmittags, als wir beide unsere Übungen beendet hatten, gingen Menexenos und ich spazieren und fanden uns schließlich im äußeren Kerameikos-Viertel wieder, wo die alten Gräber liegen. An einem blieb ich stehen, denn mir war etwas ins Auge gesprungen.

Es war eine verwitterte alte Stele, die halb hinter einem weißen Oleander versteckt stand. Die Farben der Skulpturen waren fast völlig verblasst, aber die eingemeißelten Worte waren klar zu lesen. Der Stein zeigte zwei Freunde Hand in Hand mit einem trauernden Hund zu ihren Füßen.

Ich trat näher und rieb die Flechten von der Inschrift. Unter dem Fries stand: Fremder, der du vorübergehst, sag deinen Freunden, in diesem Grabe ruhen Krates und Polemon, zwei hochherzige Männer, die in Weisheit lebten und nun heitere Unsterblichkeit teilen.

Ich schaute versonnen und wurde plötzlich von Trauer ergriffen, so sehr, dass ich blinzeln und mir über die Augen wischen musste.

»Warum so traurig?«, fragte Menexenos und legte mir die Hand auf die Schulter.

Ich schüttelte den Kopf. »Ich dachte gerade, wie kurz das Leben ist«, antwortete ich, das Monument der Freundschaft betrachtend. »Kaum ist der Sommer da, liegt schon der Winter in der Luft. Wer erinnert sich der beiden noch? Selbst ihr Grab wird bald zu Staub zerfallen sein.«

Er schob die Hand in meinen Nacken und massierte mir sanft die Muskeln. »Sie hatten, was sie hatten. Dieser Stein wurde aufgestellt, damit man sich ihrer eine kurze Zeit erinnert. Du hast recht: Auch Stein zerfällt. Doch was sie hatten, war etwas Wahres und besteht noch fort, denn es hat die Kraft, dich in der Seele zu berühren. Warum also traurig sein, wenn du Schönheit gesehen hast?«

Ich nickte lächelnd und schob die Traurigkeit beiseite. Ich denke oft, er hatte die Kraft, weiter zu sehen als ich. Denn er sah Licht, wo ich nur Dunkelheit erblickte. Er sah in allem das Gute.

Einen halben Monat später wurde ich mitten in der Nacht von lauten Rufen auf der Straße aus tiefem Schlaf gerissen.

Zuerst drehte ich mich um, weil ich dachte, es seien betrunkene Zecher. Doch was ich dann hörte, brachte mich mit einem Satz aus dem Bett. »Die Makedonier! Die Makedonier kommen!«, schrie der Mann.

Ich rannte, um die Fensterläden aufzustoßen. Schon wurden oben auf dem Berg Lichter angezündet. Eben noch war es nur die Stimme dieses einen Mannes, dann schrie ganz Athen, und die Hunde bellten, und überall erschienen Lampen in den Fenstern und Torwegen.

Ein Nachtwächter auf dem Pass bei Dekeleia hatte als Erster Philipps Heer gesehen. Es war eine finstere Neumondnacht, und er hätte sie gar nicht entdeckt, wenn er nicht ein fernes Maultier hätte straucheln hören. Dann, als er angestrengter spähte, hatte er sie auf dem Kamm ausmachen können, einen dahinziehenden Schatten vor dem Sternenhimmel, denn ihre Fackeln waren gelöscht.

Sofort entsandte der Befehlshaber der Festung seinen schnellsten Läufer, einen Sieger im Langstreckenlauf, der die Schleichwege und Ziegenpfade kannte. Der rannte durch die Nacht. Und ohne ihn wäre die Stadt im Schlaf erobert worden.

Der Alarm ging durch die Oberstadt und rief die Reserve auf die Mauer. Im Haus schnallten Menexenos und Kleinias sich die Rüstung um, und der kleine Lamos zählte die Speere im Köcher und machte die Schwerter bereit. Dann waren sie fort, und es war still im Haus.

Ich drehte mich zu Lamos um und fragte: »Was jetzt?«

Er zuckte die Achseln. Er war ein stämmiger Thraker-Junge mit breitem, ernstem Gesicht und einer unbändigen Masse roter Haare. »Wir warten«, antwortete er.

Ich setzte mich aufs Sofa und sprang sofort wieder auf. »Ich kann nicht warten und nichts tun. Ich gehe mein Schwert holen.«

»Aber Marcus, Herr. Du bist Römer, kein Athener. Außerdem hast du keine Rüstung.«

»Die Söldner wurden herausgerufen, die sind auch keine Athener. Was macht da schon einer mehr?«

Ich eilte die Treppe hoch in mein Zimmer und holte mein Schwert aus der Truhe. Inzwischen handhabte ich es so selbstverständlich wie meine Arme und Beine. Während meiner Zeit mit Antikles hatten sich meine Muskeln an Armen und Seiten noch weiter entwickelt und gefestigt. Das Schwert bewegte sich mit meinen Gedanken. Sein Gewicht spürte ich gar nicht mehr.

Ich fand Menexenos auf dem Laufgang über dem Dipylon. Als er mich sah, runzelte er die Stirn und setzte zu sprechen an, doch dann nickte er nur.

Ich spähte zwischen den Zinnen in die Dunkelheit. »Was gibt es Neues?«, fragte ich.

»Noch nichts.« Er zeigte nach Nordwesten. »Sie werden von dort kommen, vom Parnes.«

Ich starrte dorthin. Alles war still. Die Sterne funkelten am klaren Himmel. In der Ferne war eine schwarze Silhouette zu sehen, wo sich die Berge aus der Ebene erhoben. Die Nacht erschien wie jede andere. Es war schwer zu glauben, dass Philipp irgendwo dort draußen mit seinem Heer stand und uns bedrohte.

Menexenos rief einen Jüngling an, der in der Nähe stand. »Lysandros, lauf zu Hippokrates' Übungsstätte und bitte um einen Brustharnisch, und sieh, was sie dir sonst noch geben können.«

»Ja, Menexenos«, sagte der Knabe, der ihn offensichtlich bewunderte und froh war, sich nützlich machen zu können. Mit heiligem Ernst eilte er die Leiter hinab. »Verflucht, Marcus, ich wusste, du würdest kommen. Aber das ist nicht deine Schlacht.«

»Erinnere dich, was du nach Piräus gesagt hast«, erwiderte ich. »Ich bin hier an deiner Seite. Ich gehöre nirgendwoanders hin.«

Er runzelte die Stirn und versuchte ein missbilligendes Gesicht zu machen.

Die Nacht verging. Kurz vor Morgengrauen meldeten Späher, das Heer sei in der Ebene angekommen. Inzwischen leuchtete die Stadt wie ein Signalfeuer. Die Lichter mussten ihm gesagt haben, dass ihm die Überraschung misslungen war.

Schließlich wurde gemeldet, er habe sein Vorrücken verlangsamt. Zur Eile gab es nun keinen Grund mehr. Er würde warten, bis es hell war.

Beim ersten Grau des Tages sahen wir sie, eine lange Reihe ziehender Schatten mit den Packtieren als Nachhut.

Eine Meile vor der Stadtmauer hielten sie an und verteilten sich am Ufer des Kephissos und rings um die Akademiegärten. Ein rotes Band zeigte sich über dem fernen Kamm des Hymettos, die Vögel setzten ein, und der Befehl, die Fackeln zu löschen, lief die Mauer entlang.

Von der Straße unten stieg das Rascheln und Flüstern der sich sammelnden Männer herauf.

»Was tun sie?«, fragte Lysandros mit einem Blick nach unten.

In dem Moment kam Kleinias zu uns. Er nickte mir ohne Überraschung zu und warf einen raschen Blick auf den alten Brustharnisch und die Beinschienen, die ich angelegt hatte. Menexenos sagte: »Vater, was geschieht da unten?«

»Der Stratege hat befohlen anzugreifen«, antwortete Kleinias mit müder, ausdrucksloser Stimme. »Er beabsichtigt, die Makedonier zu überraschen, sowie es hell ist.«

Menexenos sah sich um, ob niemand zuhörte. Außer mir war keiner in Hörweite.

»Was?«, flüsterte er. »Hat er den Verstand verloren?«

»Er hält das für eine schlaue List. Er sammelt alle Männer, die er finden kann.«

»Aber das wird ein Gemetzel geben!«

Kleinias zögerte, dann sagte er: »Bete, dass es nicht so kommt, denn wir wurden hinabbefohlen.« Und zu mir: »Du nicht, Marcus. Du brauchst nicht.«

»Verzeih, Herr«, sagte ich sofort. »Aber ich komme mit.«

Er schüttelte seufzend den Kopf. »Dann sollte dir jemand einen Schild besorgen.«

Wir versammelten uns auf dem großen Platz am Tor. Einige Männer, die um mich herum standen, klopften mir auf die Schulter und murmelten ihren Dank. Die meisten aber starrten angespannt und stumm nach vorn, fassten immer wieder das Heft ihres Schwertes und machten sich ihre Gedanken. Unter ihnen sah ich weißhaarige Greise mit uralten Rüstungen, die seit einer Generation nicht mehr benutzt worden waren. Weiter vorn unter dem Torpfosten stand der junge Lysandros bei einigen Älteren und gab sich Mühe, tapfer auszusehen. Menexenos sah ihn auch. Er drückte mir den Arm und ging zu ihm hin. Ich konnte nicht hören, was er zu ihm sagte, aber das Gesicht des Jünglings hellte sich auf, und er kam mit Menexenos zu mir und stellte sich zwischen uns.

Über den Türmen des Stadttors zeigte sich der Himmel in langen rosa Streifen. Irgendwo hinter uns brüllte der Stratege einen Befehl. Die Riegel knarrten in ihrer Führung, und die Torflügel schwangen langsam auf. Dann stimmte ein Mann den Päan an, und andere stimmten ein, bis die Hymne zu einem Gebrüll anschwoll, das das Blut befeuerte. Dann stürmten wir hinaus in die Dämmerung.

Schon in den ersten Augenblicken ahnte ich das Scheitern wie ein Läufer, der ein unbemerktes Hindernis auf seiner Strecke erkennt und auszuweichen versucht, obwohl er weiß, dass es dazu zu spät ist. Das war nicht verwunderlich. Die meisten Männer waren nicht auf der Stadtmauer gewesen – sie hatten die Größe von Philipps Heer nicht gesehen.

Entlang der makedonischen Schlachtlinie wurden Befehle gebrüllt und Trompeten geblasen. Der Stratege hatte in einem recht gehabt: Die Makedonier hatten uns nicht erwartet. Doch wenn sie überrascht waren, dann eher wie ein Löwe, zu dem sich eine Antilope in die Höhle verirrt.

Doch für Zweifel war es zu spät. Wir kämpften zwischen den Obstgärten und Pferdekoppeln und Bauernhäusern, zogen uns gegen Mauern zurück, rasten durch Scheunen, stolperten durch Pferche voll aufgebrachter Gänse und Hühner. Die Makedonier traten uns nur langsam entgegen, aber wenn sie es taten, kamen sie von allen Seiten, benutzten ihre langen Piken, wo sie konnten, fochten mit dem Schwert, wo kein Raum war.

Unsere Reihe brach rasch auf und verteilte sich. Ich fand mich am Rand eines Olivenhains wieder, wo ich vor einer Scheune kämpfte. Lysandros war an meiner Seite geblieben, und es waren andere bei uns, die ich nicht kannte. Ich sah mich nach Menexenos um, konnte ihn aber nirgends entdecken. Ich nahm an, er sei bei Kleinias geblieben, doch für weitere Überlegungen war keine Zeit, denn soeben kam eine Schar Makedonier im Sturmlauf durch die Bäume. Wir nahmen sie am Rand der Pflanzung in Empfang, wo ein flacher Graben verlief. Eine

Weile hielten wir sie auf, und ich glaubte schon, sie würden sich zurückziehen, als eine weitere Schar von der Seite vorrückte, über den Weg vor der Scheune.

Im Vorbeilaufen warf ein Makedonier eine Fackel durchs Tor in das staubtrockne Heu. Es fing sofort Feuer, und die Flammen schossen auf. Ich kehrte dem Feuer den Rücken zu und stellte mich den anrückenden Feinden. Dann hörte ich aus dem Innern den Schrei einer Frau. Sie musste sich dort versteckt haben, als die Stadttore geschlossen wurden.

Jemand sprang an mir vorbei zwischen die Heuballen. Es war Lysandros.

»Warte!«, schrie ich, doch er rannte weiter.

Inzwischen wurden wir von allen Seiten angegriffen. Wir waren hoffnungslos unterlegen. Rasch blickte ich mich um.

Dichter Rauch stieg von dem hohen Scheunentor auf. Schon leckten die Flammen an dem Stroh unter dem Dach. Lysandros war nicht zu sehen. Ich rief nach ihm. Dann schrie die Frau voller Angst. Ich schlug den Mann zurück, gegen den ich focht, duckte mich unter dem brennenden Türsturz hindurch und rannte ins Innere.

Was Lysandros aufhielt, war nicht zu übersehen. Eine Flammenwand teilte die Scheune in der Mitte. Auf der anderen Seite hockte die Frau in einem leeren Pferch. Lysandros, den Unterarm vor dem Gesicht, tat sein Bestes, um das Feuer mit der flachen Klinge auszuschlagen, doch er wirbelte das brennende Heu dabei auf, und wo es herabfiel, geriet anderes in Brand.

Ich blieb stehen, ging drei Schritte zurück, nahm Anlauf und sprang durch die Flammen. Ich rannte zu der Frau und packte sie beim Arm. Zuerst folgte sie, dann, als sie begriff, dass ich sie zum Feuer hinzog, wehrte sie sich und schlug mir mit der freien Hand an die Brust.

»Hör auf!«, brüllte ich. Darauf erschlaffte sie und zitterte wie ein gefangener Vogel.

Halb schleppte, halb stieß ich sie auf die Flammen zu. Die

Hitze versengte mir die Lungen. Ich konnte die verbrannten Haare an meinen Unterarmen riechen. Dann waren wir durch und auf der anderen Seite. Ich warf die wimmernde Frau Lysandros in die Arme. »Bring sie zur Stadt!«, rief ich. In dem Moment verdunkelten vier Makedonier den einzigen Ausgang.

Sie grinsten, und ich sah meinen Tod in ihren Gesichtern. Das Feuer kam näher. Sie wussten, dass wir nicht entkommen konnten, und rückten nebeneinander vor.

Ich beruhigte mein Gemüt, wie Antikles es mich gelehrt hatte, und schickte ein stummes Gebet zu Mars, dem Gott des Krieges, und zum Wolfsapollon. Dann sprang ich.

Einer unserer Gegner, der glaubte, ich sei so gut wie tot, warf bereits hungrige Blicke auf die Frau. Ich kannte diesen Gesichtsausdruck. Ich hatte ihn damals bei dem Libyer gesehen.

Ihn tötete ich als ersten, und gleich den zweiten mit dem Rückhandschwung, während er verblüfft auf seinen sterbenden Kameraden starrte. Lysandros übernahm den dritten und trieb ihn vor sich her, ich brachte den vierten zu Fall.

»Jetzt lauf!«, rief ich und stieß ihn mit der Frau durch die brennende Toröffnung.

Auch mitten in der Niederlage gibt es noch Siege, und dies war meiner. Sobald ich draußen war, hörte ich die Schreie der verteilten Athener, die einander zuriefen, sich zurückzuziehen. Ich deckte Lysandros' Rückzug, bis er fort war, dann lief ich zur Straße.

Dort fand ich Menexenos wieder.

Er war umringt von drei Makedoniern, und weitere näherten sich aus dem Obstgarten hinter ihm. Ich stieß einen Schlachtruf aus und rannte ihm zu Hilfe, tötete einen und verwundete einen anderen. Das gab den übrigen zu denken. Sie zögerten und liefen davon. Wahrscheinlich glaubten sie, ich sei die Vorhut einer frischen Streitmacht. Das verschaffte uns die Gelegenheit zum Rückzug.

Von überall stürmten die Feinde auf die Stadtmauer vor.

Während wir zurückwichen, fiel mir in ihrer vordersten Reihe ein Mann mit kurzem schwarzem Bart und goldbestickter Rüstung ins Auge, darauf das makedonische Emblem der aufgehenden Sonne. Niemand brauchte mir zu sagen, wer das war. Mitten in der Schlacht, wo er leicht erschlagen werden konnte, trug Philipp den königlichen Stirnreif. Er führte seine Männer an, und in dem Augenblick kam mir zu Bewusstsein, dass ich den Strategen der Athener noch kein einziges Mal gesehen hatte. Nur seine Stimme hatte ich gehört, von ganz hinten, wo er den Befehl zum Angriff gab.

Die letzte Verteidigungslinie fiel. Die Luft war voller Rauch und hallte von den Schreien der Verwundeten wider. Ich stolperte über einen Toten. Er war einer von vielen, und ich schenkte ihm keine Beachtung. Doch dann sah ich etwas, das mich innehalten ließ.

Es war der schlichte Schwertknauf in der ausgestreckten Hand des Mannes. Ich kannte die Waffe. Ich hatte sie viele Male gesehen, über mir zum Todesstoß bereit. Sie gehörte Antikles.

Er lag auf der Seite in seinem Blut, von hinten durchbohrt. Mund und Augen waren offen, aber sein Geist hatte ihn verlassen.

Inzwischen riefen die anderen nach mir. Das Tor würde gleich geschlossen werden. Doch ich blieb noch.

Ich kniete nieder und schloss ihm die Augen, richtete seine blutbesudelte Tunika und dankte ihm für alles, was er mich gelehrt hatte, falls er mich von dem Ort, wohin die Toten gehen, hören konnte.

Als ich aufstand und mich zum Gehen anschickte, fiel mein Blick noch einmal auf sein Schwert. Ich hob es auf. Ich wusste, es wäre sein Wunsch gewesen.

Danach wagten sich die Athener nicht mehr aus ihren Mauern. Die Makedonier, die die Stadt nicht erstürmen konnten, zogen sich zurück und schlugen ihr Lager auf.

An diesem Tag hörte man in jeder Straße die Klagen der Frauen. Später trafen sich der Stratege, der Archont und die führenden Beamten im Rat und ließen nachher verbreiten, dass es ein großer Sieg sei, Philipp von den Mauern zurückgeschlagen zu haben.

Manche, die lieber an einer schönen Selbsttäuschung festhielten, als der Wahrheit ins Gesicht zu sehen, fielen darauf herein. Doch man hatte nicht mehr erreicht, als dass nun Männer tot waren, die am Abend mit ihren Freunden, Frauen und Kindern das Brot geteilt hätten, wäre diese sinnlose Schlacht nicht gewesen, so sagte Kleinias später.

Ich wusch mir den Schmutz vom Leib, ging zu Bett und schlief. Bei Sonnenaufgang weckte mich der Sklave aus tiefem Schlaf. Ein Bote sei da, Pomponius wünsche mich sofort zu sprechen.

Ich ging voller Zorn. Zweifellos hatte ihm jemand verraten, dass ich mit den Athenern gekämpft hatte, und nun wollte er mir einen Vortrag halten. Ich war nicht in der Stimmung dafür. Mein Körper schmerzte, und ich hatte lange nicht einschlafen können. Antikles' Tod machte mir schwer zu schaffen. Während ich im Dunkeln an die Decke starrte, gingen mir immerzu Worte von ihm durch den Kopf. Erst ein paar Tage vorher hatte er zu mir gesagt, dass der Mann, der sich jeden Tag vor dem Tod fürchtet, tausend Mal stirbt. Jetzt war er tot. Ich war sein letzter Schüler gewesen.

Pomponius' wohlhabende Residenz befand sich auf der anderen Seite der Stadt in dem vornehmen Viertel beim Olympieion.

Es war noch fast dunkel, als ich eintraf, und doch wartete schon eine große Schar von Klienten im Hof. Ich erkannte den obersten Archonten, der im Kreis einiger Ratsbeamter stand und auf Angehörige der römischen Gesandtschaft einredete.

»Ah, Marcus, da bist du«, rief Pomponius und trat unter dem Vordach heraus.

Er winkte dem Archonten, einem mageren, hohlwangigen Mann mit flinken, vorstehenden Augen. Mir fiel ein, wie Kleinias, der ihn nicht leiden konnte, einmal gesagt hatte, er sei ein gerissener Redner mit Volksnähe. Jetzt sah er bloß bleich und ängstlich aus.

Pomponius wandte sich mir zu und rief mit lauter Stimme, damit alle es hören konnten: »Sicher wirst du von der gestrigen Schlacht gehört haben. Philipp weiß, dass Athen eine römische Gesandtschaft hat, und dennoch wagt er anzugreifen. Das ist eine Ungeheuerlichkeit!«

»Eine Schmach«, fiel der Archont sogleich ein.

»Eine vorsätzliche Beleidigung«, sagte der Mann daneben.

»Vorsätzlich«, pflichtete Pomponius bei, dessen Eitelkeit an diesem Punkt sicher schon gestreichelt worden war, bevor ich eintraf. »Eine Beleidigung der ganzen Gesandtschaft … und des Senats und des römischen Volkes.«

Ringsherum erhoben sich empörte Stimmen.

Ich sagte: »Du hast nach mir geschickt, Herr? Der Bote hat bestellt, es sei dringend.«

»So ist es! Ich werde persönlich mit Philipp sprechen. Ich werde eine Erklärung fordern.«

»Du, Herr?«

»Nun, wir alle, nicht nur ich. Du bist Römer und ein Freund von Titus. Ich möchte dich dabeihaben. Je mehr Römer desto besser … und es kann nicht schaden, wenn Titus davon erfährt.«

Ich fragte, was er vorschlage, das man Philipp sagen sollte.

»Ihm sagen? Natürlich dass das aufhören muss. Was sonst? Es muss sofort aufhören. Er muss sich von Attika zurückziehen. Er muss Entschädigung leisten.«

Er blies die Backen auf und schaute in die Runde, worauf sogleich jeder zu reden anfing, ihn ermutigte und seine Klugheit pries.

Sobald es wieder ruhiger wurde, fragte ich: »Aber wenn er

gar nicht zuhört, was dann? Schließlich hat Athen ihm den Krieg erklärt, nicht umgekehrt.« Das sagte ich laut genug, um das allgemeine Gemurmel zu übertönen. Plötzlich herrschte Stille.

Ich sah mich um. Der Archont und die Beamten, die Schreiber und Mitglieder der Gesandtschaft starrten mich alle an. Man konnte meinen, ich hätte eine große Unschicklichkeit begangen oder diese Überlegung sei ihnen völlig neu.

»Nicht zugehört?«, rief Pomponius aus, und sein mächtiges Kinn zitterte, als die Worte über seine Lippen donnerten. Und dann, während das Schweigen anhielt und aller Augen auf ihn gerichtet waren: »Das wird er nicht wagen. Und wenn doch, dann wird er feststellen, dass er nicht nur mit Athen Krieg führt, sondern auch mit Rom.«

Die Worte waren vor der halben Regierung gefallen. Sein großer, feister Mund sprach von Entschlossenheit, doch einen Moment lang sah ich in seinen Augen den Zweifel aufblitzen. Es war zu spät. Die Worte waren gesprochen. Jeder hatte sie gehört, und auch die im Hintergrund standen, wiederholten sie schon leise. Ein Rückzug war nicht mehr möglich.

Auf den dünnen Lippen des Archonten sah ich ein Lächeln aufscheinen. Er blickte zur Seite und hüstelte hinter vorgehaltener Hand. Mir wurde klar, dass er erreicht hatte, was er wollte: Er hatte in Pomponius eine hochtrabende, dröhnende Empörung angefacht und ihn gelenkt wie einen Esel mit einer baumelnden Möhre.

Es blieb keine Zeit mehr, ihn zum Umdenken zu drängen. Er beabsichtigte, sogleich aus der Stadt zu marschieren und Philipp vor seinem Lager zur Rede zu stellen. Ich hob noch einmal zum Sprechen an, doch er schnitt mir mit einer Geste das Wort ab und eilte mit den Worten, er müsse sich umziehen, in seine Privaträume.

Ich wartete mit den anderen im Hof. Irgendwann kam er, herausgeputzt mit einer schweren, bestickten Wollrobe, die mit

Lapislazuli besetzt war. Ein vergoldeter Olivenkranz thronte auf seinem kahlen Haupt.

Unter den Griechen wurden einige Blicke gewechselt. In Athen hält man Gepränge gemeinhin für vulgär. Ich starrte ihn an. Er sah aus wie ein reicher sizilianischer Händler auf dem Weg zu einem nächtlichen Gelage.

Kurz darauf setzten wir uns in Marsch und gingen zum Dipylon.

Der Archont, der inzwischen sehr still geworden war, näherte sich Pomponius und meinte mit gesenkter Stimme, es sei vielleicht besser, wenn er bei diesem Treffen nicht persönlich zugegen sei … die Verstimmung zwischen Athenern und Makedoniern sei doch zu groß … er hätte das eher bedenken sollen … er wolle den Erfolg nicht gefährden …

»Ja, ja, wie du wünschst«, sagte Pomponius, ohne wirklich zuzuhören.

Der Archont blieb zurück und ließ Pomponius mit einigen Mitgliedern der Gesandtschaft – und mir – allein durch das Stadttor schreiten.

Wir schlugen den Weg zum Gymnasion des Kynosarges ein. Ich kannte ihn gut, da ich ihn oft mit Menexenos gegangen war. Er führte durch einen dichten, schattigen Wald mit Zypressen und niedrigen Pinien, wo in der Mitte ein Herakles-Tempel stand. Dort hatten die Makedonier ihr Lager aufgeschlagen.

Als wir uns näherten, konnte ich die Zelte zwischen den Bäumen sehen. Von den Kochfeuern stieg der Rauch in den klaren Himmel auf. Dic Soldaten hatten die Höfe geplündert, und der Geruch von röstendem Fleisch hing stechend in der Luft.

Als wir ungefähr zwei Drittel des Weges zum Lager zurückgelegt hatten, hörten wir Bewegung, und ein paar Augenblicke später sprengte uns eine Schar Reiter entgegen.

»Lasst sie herankommen«, sagte Pomponius und gebot uns mit ausgestrecktem Arm, stehen zu bleiben.

Wir warteten.

Der vorderste Reiter war ein Mann mittleren Alters in kurzem Umhang und goldenem Brustharnisch. Ein paar Schritte vor uns saß er ab, nahm den mit rotem Rosshaar geschmückten Helm vom Kopf und ging das letzte Stück zu Fuß. Ich wusste, das war ein Zeichen der Achtung. Er hätte ebenso gut heranreiten und uns vom Pferd aus ansprechen können.

Pomponius, die Sonne im Gesicht, sah ihm mit zusammengekniffenen Augen entgegen. Dann verlegte er sich darauf, ein peinliches Schauspiel aufzuführen, indem er übertrieben in alle Richtungen spähte wie ein Possenreißer im Theater, der sein Maultier verloren hat, und sagte: »Wo ist Philipp? Ich sehe Philipp nicht.«

Der makedonische Heerführer erstarrte.

»Der König ist nicht da«, erklärte er. »Ich bin an seiner Stelle hier. Mein Name ist Philokles. Ich führe hier den Befehl.«

»Mir ist gleich, wer du bist«, herrschte Pomponius ihn an. »Ich bin der römische Gesandte von Athen und wünsche Philipp zu sprechen. Nun geh und rufe ihn her.«

In anderer Umgebung hätte ich mich herumgedreht und ihn offenen Mundes angestarrt. Stattdessen stand ich mit steifem Rücken, die Augen geradeaus gerichtet da. Pomponius machte sich nie viel Mühe mit seinem Griechisch, und wahrscheinlich glaubte der Makedonier zuerst, sich verhört zu haben. Einen Moment lang forschte er verblüfft im Gesicht seines Gegenübers, und sein Blick streifte kurz den goldenen Olivenkranz. Dann machte er ein entschiedenes Gesicht und erwiderte in schärferem Ton: »König Philipp ist nicht da, wie schon gesagt. Trage also vor, was du zu sagen wünschst, oder kehre in die Stadt zurück.«

Pomponius blickte ihn wütend an. Inzwischen stand die Sonne hoch am Himmel, und auf der staubigen Straße war kein Schatten. Sein fleischiges Gesicht wurde immer röter, und kleine, dunkle Schweißperlen bildeten sich am Ansatz seiner gefärbten, sorgfältig frisierten Haare.

Er drehte den Kopf zu uns, als wollte er fragen »Was nun?«, dann stieß er mit zitternder Stimme hervor: »Das ist völlig unannehmbar. Ich verlange, dass ihr euch zurückzieht.«

Philokles blickte ihm offen ins Gesicht. »Warum bist du hier, Römer? Das ist eine Sache zwischen uns und den Athenern, die uns den Krieg erklärt haben. Haben sie zu große Angst, um hinter ihren Mauern hervorzukommen? Was bist du? Ihr Bote? Bist du gekommen, uns ihre Unterwerfung anzubieten?«

Pomponius zögerte mit der Antwort. Ich glaube, da erst kam ihm der Gedanke, der Archont könnte ihn in eine unmögliche Lage gebracht haben. Inzwischen schwitzte er stark. Sein Gesicht war blutrot. Ob das von der Hitze oder von seiner Wut kam, konnte ich nicht sagen. Die jüngeren Gesandten neben mir tauschten Blicke mit der stummen Frage, ob sie eingreifen sollten. Wenn Philipp nicht da war, konnte Pomponius das zum Anlass nehmen und sich zurückziehen, um die Sache zu überdenken. Doch ehe einer vortreten und ihm seinen Vorschlag ins Ohr flüstern konnte, sprach er selbst.

»Nun, wenn Philipp nicht kommen will, so magst du ihm dieses sagen: Im Namen des Senats und des Volkes von Rom verbiete ich ihm, gegen Athen oder eine andere griechische Stadt Krieg zu führen. Ich befehle ihm, augenblicklich von Attika abzuziehen, und ich verlange Entschädigung für das an den Athenern begangene Unrecht.«

Damit drehte er sich um, forderte uns knapp auf, mitzukommen, und schritt so energisch, dass sein purpurn bestickter Mantel sich hinter ihm bauschte, zum Stadttor zurück.

Auf Philipps Antwort brauchten wir nicht lange zu warten.

Neuntes Kapitel

Als Erstes gingen der Hain um Kynosarges und der Tempel des Herakles in Flammen auf, dann kam das Lykeion dran. Wir sahen von der Stadtmauer zu, wie die Pinien zum Himmel loderten und das Feuer alles verschlang, die Kolonnaden, von denen ich Menexenos und seinen Freunden aus zugesehen hatte, das Badehaus, die Gesellschaftsräume mit den Lesesälen und Skulpturen und feinen Wandgemälden, sogar der heilige Hain um den Wolfsapollon, von dem jeder glaubte, sie würden ihn aus Ehrfurcht vor den Göttern verschonen.

Das Lykeion war erst der Anfang. Danach wandten sich die Makedonier der Akademie zu, die in ganz Griechenland berühmt war für ihre Gelehrsamkeit. Erwachsene Männer standen mit tränenüberströmtem Gesicht da, weil sie hilflos zusehen mussten, wie das Feuer in Schule, Bibliothek und Gärten wütete. Kein strategischer Vorteil sei durch diese Zerstörung zu gewinnen, sagten sie. Hier werde das Wissen der Menschheit vernichtet.

Philipp teilte sein Heer und ließ Philokles vor den Mauern Athens, damit er uns belagerte, während er selbst auf Piräus zumarschierte.

Ich dachte an die langen Mauern, durch die die Athener sicher vom Hafen zur Stadt hätten gelangen können, wären sie nicht so vernachlässigt worden. Jetzt waren sie zerfallen. Obwohl so nah, musste Piräus nun nach besten Kräften selbst für seine Verteidigung sorgen.

Durch die Gunst eines Gottes und die Sturheit der kleinen Garnison hielt Piräus stand. Darauf ließ Philipp seine Wut an der Umgebung aus, setzte alles in Brand, was brennbar war. Alle Tempel, Heiligtümer, Gegenstände der Verehrung, alles Schöne riss er nieder. So weit das Auge reichte, sahen wir Rauch aufsteigen, als Felder und Höfe angezündet wurden.

Als schließlich nichts mehr übrig war, was sich noch stehlen oder zerstören ließ, und keine Nahrung für das Heer, zogen die Makedonier ab, nach Norden über die Pässe nach Böotien, woher sie gekommen waren. Am Tag darauf ritt ich mit Menexenos und seinem Vater hinaus, um zu sehen, was aus dem Hof geworden war.

Die Straße jenseits des Stadttors lag voller Scherben. Selbst die Toten waren von Philipps Zorn nicht verschont geblieben. Denn bei den Scherben handelte es sich um die zerschmetterten Totenvasen, die auf den Gräbern entlang der Straße gestanden hatten. Auch die Gräber waren zerstört. Knochen aus den eingeschlagenen Sarkophagen lagen verstreut auf verbrannter Erde. Die bäuerlichen Tempel mit ihren Holzpfeilern und Strohdächern waren abgebrannt, die Standbilder umgeworfen.

Kleinias war kein Mann, der sich seine Empfindungen anmerken ließ. Doch bei jedem neuen Beispiel böswilliger Zerstörung schüttelte er den Kopf oder bemerkte, wem das verwüstete Land gehörte, an dem wir vorbeiritten.

Irgendwann jenseits des Hymettos sagte Menexenos: »Vater, kehre doch zur Stadt zurück. Wir können das an einem anderen Tag tun.«

»Nein«, erwiderte er. »Wir müssen dem ins Gesicht sehen.«

In der Ferne wurde der Paneion sichtbar, und wir bogen auf den Weg ab, der zu ihrem Gehöft führte. Schon von Weitem sah man die niedergebrannten Terrassen an den Hängen, wo die Weinstöcke gestanden hatten.

Bald darauf fanden wir die verkohlten Kadaver der Schafe auf den einstigen Feldern. Was die Makedonier nicht verzehren oder mitnehmen konnten, hatten sie niedergemetzelt und zusammen mit dem Getreide verbrannt.

Die Olivenbäume beim Haus, die geduldige Arbeit von Generationen, waren abgehackt und in Brand gesteckt worden. Dadurch konnten wir auch schon sehen, was sie mit dem Haus getan hatten. Die Mauern standen noch. Aber das Dach war fort, und die Fenster waren schwarz vom Ruß und glichen leeren Augenhöhlen.

Eine Weile saß Kleinias nur auf seinem Pferd und starrte, als wäre er in einen Wachtraum verfallen. Dann stieg er ab. Ich glaubte, er würde hinsinken, aber er lehnte sich an sein Tier.

»Sie haben dein Fohlen mitgenommen«, sagte er eigenartig langsam, als ob sonst nichts fehlte.

»Ja, Vater, es ist fort, aber wir werden ein neues bekommen.«

Er nickte und wiederholte: »Wir werden ein neues bekommen.«

Menexenos warf mir einen Blick zu mit den stummen Worten: »Wir müssen ihn von hier wegbringen.« Doch schon schritt Kleinias mit plötzlicher Zielstrebigkeit auf die Haustür zu.

Die alten Tische mit den feinen Einlegearbeiten, die schönen Truhen, die Sofas waren zu Asche verbrannt. Hier und da sah ich den Stumpf eines geriefelten Stuhlbeins oder den Rest eines Kissens, der dem Feuer entgangen war. Die Steinplatten waren noch heiß, das spürte ich durch die Schuhsohlen.

Als ich aufblickte, starrte Kleinias auf den Wandsims. Ich brauchte einen Moment, um zu begreifen, was dort gestanden hatte. Er stieß einen sonderbaren Schrei aus und wankte durch den Raum, fiel auf die Knie und begann in der Asche zu scharren.

»Lass es, Vater«, bat Menexenos zu ihm tretend. »Lass uns gehen.«

Doch Kleinias schien ihn nicht zu hören. Er hob die Hand und starrte an, was er in den Fingern hielt. Es war eine schwarzrote Tonscherbe, darauf der Kopf eines Diskuswerfers mit Siegerkranz.

»Das ist zu viel«, sagte Kleinias mit schwacher Stimme und wie von ferne. »Ein Mann kann nicht unendlich oft besiegt werden.«

Es schien, als ob die Kräfte ihn verließen, und er wäre in den schwarzen Staub gestürzt, hätte Menexenos ihn nicht aufgefangen.

»Nein, Vater«, rief er bewegt, »es wird alles wieder gut. Ich werde es wieder schön machen. Komm mit zur Stadt zurück. Wir können hier jetzt nichts tun.«

Wir nahmen ihn zwischen uns und gingen nach draußen. Seine Arme zitterten. Er blinzelte mit leerem Blick in die Sonne. Als ich seine Würde so erniedrigt sah, kroch mir die Angst den Rücken herauf. Es war, als wäre seine Seele erloschen. Wir brachten ihn in sein Stadthaus zurück, aber er war nicht mehr derselbe Mann, der es am Morgen verlassen hatte.

Den ganzen Rückweg über redete Menexenos beruhigend auf ihn ein. Sein Vater antwortete nicht, noch schien er ihn zu hören. Er schaute nur in die Ferne und schwankte mit den Bewegungen des Reittiers.

Ich hätte weinen mögen, aber Tränen nützten nichts, und so sprach ich nur wenig, kümmerte mich um Kleinigkeiten und gab acht, dass Kleinias nicht aus dem Sattel rutschte.

Ich fand keine Worte, die seiner Trauer gerecht geworden wären, und irgendwann gab ich mich meinen Gedanken hin und rief mir ins Gedächtnis, was Titus einmal gesagt hatte, nämlich dass ein Mann nichts hat, wenn er es nicht verteidigen kann, und dass ohne Schutz nichts Kostbares, Schönes, Geliebtes sicher ist, weil es immer Menschen gibt, die zerstören wollen, was ein anderer geschaffen hat.

Athen war einmal der stolze Anführer aller Griechen gewesen. Nun war es so weit heruntergekommen. Und nicht durch das Schicksal, noch durch allmählichen Verfall, sondern dadurch, dass es zu lange auf die Stimme von Narren gehört hatte. Und das war der wahre Geschmack der Niederlage, der bitter auf der Zunge lag wie der beißende Rauch, der über den verkohlten Feldern hing.

Als schließlich die Oberstadt aus dem Dunst der Ferne hervorkam, unberührt von der Zerstörungswut der Feinde, rang Kleinias sich wieder Haltung ab. Seine Frau, Menexenos' Mutter, wartete auf die Neuigkeiten. Er würde vor sie hintreten müssen.

Bis wir durch die Hoftür traten und sie ihm aus dem Frauenflügel entgegeneilte – was ich sie noch nie hatte tun sehen –, hatte er Ähnlichkeit mit seiner alten Erscheinung zurückerlangt. Er nahm ihre zarte Hand und sagte: »Wir werden alles wieder schön machen, Menexenos ist sich dessen sicher. Und in der Zwischenzeit haben wir das Stadthaus, wo wir bleiben können, bis der Hof wieder der alte ist.«

Ich sah ihren Blick über sein Gesicht huschen. Sie musste es erkannt haben. Schließlich war sie keine Närrin. Doch sie sagte nichts, zumindest nicht in meiner Gegenwart, und führte ihn rasch ins Haus.

In der Stadt schlug das Entsetzen in Wut um. Oben auf dem Pnyx beklagten die Leute, was sie verloren hatten, und schrien ohne Ausnahme, dass sie jemand hätte warnen müssen.

Der oberste Archont, der mit Menschenmengen umzugehen wusste, stellte einen Antrag, den Strategen anzuklagen. Das fand heiseren Beifall. Dann wurden Erlasse verfügt, einer nach dem andern, welche jede Ehrung widerriefen, die je einem Makedonier zuteil geworden war, ganz gleich welche Tugenden er haben mochte. Auf dem Marktplatz, in den Straßen und in der Oberstadt wurden Ehrenmale niedergerissen und dankbare Inschriften weggemeißelt. Als gerissener Staatsmann wusste der

Archont, dass das Volk, solange es seinen Zorn gegen Philipp richtete, von ihm abgelenkt wäre.

Eines Tages kam Kleinias vom Pnyx zurück und fand mich im vorderen Hof, wie ich mit nacktem Oberkörper übend das Schwert schwang. Er setzte sich auf die Bank unter dem Feigenbaum und sah mir zu. Ich kam zu einem Ende und legte das Schwert beiseite, fragte ihn, ob es ihm gut gehe und ob ich nach dem Sklaven schicken oder ihm etwas bringen solle.

Beides lehnte er kopfschüttelnd ab. Dann sagte er: »Hör dir an, wie tief wir nun gesunken sind. Heute haben unsere weisen Herrscher bestimmt, dass jeder Bürger, der König Philipp mit Worten oder Taten ehrt, von jedem rechtmäßig hingerichtet werden soll ohne Gerichtsverhandlung.« Er stieß ein hartes Lachen aus. »So führt das tapfere Volk Krieg – mit der Zunge.«

Es war eine gewisse Erleichterung, dass bald die Panathenäischen Spiele stattfinden sollten, denn es schien mir, als wäre die Stadt vor Wut und Hass in Raserei verfallen.

Es war der heiße Sommermonat, den die Athener Hekatombaion nennen. In der Oberstadt fanden die Opferungen statt, gebetet wurde nach den alten Ritualen. Dann zogen die Männer und Knaben, die für die Wettkämpfe ausgewählt waren, in einer Prozession den Berg hinab und über die Agora, und die Bürger sahen jubelnd zu und waren wenigstens für eine Weile von ihren vergeblichen Rachegelüsten abgelenkt.

Das Stadion, das außerhalb der Stadtmauern am Ufer des Ilissos lag, war von der Zerstörung verschont geblieben, aber nicht aus Mitgefühl oder Scham, sondern weil die wuchtigen, dicht verbauten Quadersteine nicht so leicht zu zerbrechen waren, noch gab es dort etwas zu verbrennen oder zu stehlen.

Ich ging jeden Tag dorthin und verfolgte von den Tribünen aus die Wettkämpfe. Kleinias saß neben mir.

Zuerst hatte ich angenommen, er würde nicht hingehen. Ich hatte die Stimme seiner Frau aus den Frauengemächern gehört, wie sie ihn überreden wollte, zu Hause zu bleiben. Doch eine grimmige Entschlossenheit schien ihn anzutreiben, und er bestand darauf, sich alles anzusehen.

Wie erwartet siegte Menexenos beim Diskuswerfen, übertraf seinen besten Gegner um fünfzehn Schritte. Als die Richter den Sieger ausriefen, lächelte er zu uns herauf und grüßte mit erhobener Hand. Wie er so nackt vor dem weißen Marmor auf der verbrannten Erde stand, erinnerte er mich an die Figur auf der schwarz glasierten Siegervase. Doch den Gedanken behielt ich für mich.

Ich sah Kleinias von der Seite an. Er wirkte abwesend und starr. Er hatte noch kein Wort mit mir gesprochen, und ich wusste nicht, was in ihm vorging.

Nach dem Speerwerfen brauchten die Richter einige Zeit, um die Entfernung zu den Stellen zu messen, wo die Speere gelandet waren. Schließlich gaben sie bekannt, dass Menexenos um eine Handbreit gewonnen hatte. Beim Weitsprung strauchelte er jedoch, und obwohl er das Missgeschick noch auszugleichen versuchte, waren die Gewichte in der Sprungbahn gestört, und am Ende siegte ein kräftig gebauter, schwarzhaariger Jüngling aus Acharnai.

Am nächsten Tag fanden die Läufe statt: der kurze Sprint für den Fünfkampf, der Langstreckenlauf und der Zwei-Stadien-Lauf um den Pfosten. Menexenos nahm nur am Sprint teil, und den gewann er.

Allgemein kann man feststellen, dass es einen Körperbau gibt, mit dem das Laufen am leichtesten fällt, mit einem anderen dagegen der Faustkampf, mit einem dritten das Ringen. Für den Fünfkampf, wo Kraft und Schnelligkeit gleichermaßen zählen, gibt es solch einen Typus nicht. Das eine Jahr mag ein Läufer gewinnen, das andere ein Ringer, der auch beim Speer- und Diskuswerfen hervorragt. Darum konnte man bei diesem Wettkampf keinem den Sieger vorher ansehen – was die Tippgeber hinter dem Stadion, die behaupteten, hundert Methoden der Vorhersage zu kennen, keineswegs verstummen ließ.

Der letzte Wettkampf war der, der mir am wenigsten gefiel: das Ringen. Warum das so war, nachdem ich den Krieg und das Töten schon sorgfältig studiert hatte, konnte ich nicht sagen. Vielleicht wegen der Dinge, die ich in der Palästra in Tarent gesehen hatte. Es kam mir roh und überflüssig vor, und wenn Menexenos auch behauptete, früher einmal habe diese Disziplin gewisse Vorzüge gehabt, so fand ich das schwer einzusehen.

Ich hatte gehofft, er würde gegen einen der leichter gebauten Läufer antreten, ahnte aber schon, wer sein Gegner sein würde, und war nicht überrascht, als die Lose gezogen waren, dass der Stämmige aus Acharnai vortrat.

Er war mir nicht ganz unbekannt, denn ich hatte ihn einige Male im Lykeion mit Freunden vorbeigehen sehen, nicht aber beim Üben, sodass ich vermutete, er besuchte eines der anderen Gymnasien der Stadt. Das erwähnte ich vor Menexenos, doch er sagte: »Nein, er verbringt die ganze Zeit auf dem Land – zumindest tat er das, bevor er wie wir alle seinen Hof verloren hat. Was er jetzt macht, weiß ich nicht.«

Das Ringen fand am nächsten Tag statt. Wir hatten noch nicht darüber gesprochen, und jetzt fragte ich Menexenos, wie seine Aussichten stünden.

Er zuckte die Achseln.

»Er ist stark und entschlossen – aber das bin ich auch.«

Am Morgen des Wettkampfs ging ich sehr früh mit Kleinias auf den offenen Platz neben dem Stadion, wo die Ringer antraten.

Am Flussufer sammelten sich schon die Zuschauer, und der Platz brummte vor freudiger Erwartung. Verkäufer von Speisen und Wein bauten ihre Stände auf. Tippgeber nahmen Wetten an, es fanden Würfel- und Knöchelspiele statt. Geheimnisvolle Quacksalber boten für jede Krankheit ein Mittel an. Sophisten versprachen den Leichtsinnigen schnellen Reichtum.

Schöne Kurtisanen in teuren asiatischen Seiden gingen mit ihrem Sklaven unter Sonnenschirmen spazieren und unterhielten sich lachend mit ihren Freundinnen. Verbitterte Huren aus den Marktschenken lagen breitbeinig am Ufer und beschimpften die Knaben, die sie mit Wasser bespritzten. Ich sah eine Schar Tänzer aus Ionien und Akrobaten, Feuerschlucker und Rhapsoden.

Menexenos' Freunde warteten am Wettkampfplatz. Sie begrüßten Kleinias mit Hochachtung und machten in vorderster Reihe für ihn Platz. Es war noch früh, aber die Sonne brannte schon heiß, und bald würde es noch heißer werden. Es roch nach zertrampeltem Gras, nach Männerkörpern und Athletenöl.

Zu gegebener Zeit hielten die Richter Einzug und nahmen unter dem gestreiften Sonnendach ihre Plätze ein. Das Signal wurde gegeben, die Pfeifen ertönten, und die Wettkämpfer traten, nackt und eingeölt, in einer Reihe vor ihnen an. Menexenos' Freunde jubelten ihm zu und ich ebenfalls.

Kleinias neben mir war still. Er betrachtete den Jüngling aus Acharnai, als stünde er selbst in dem sandbestreuten Ring kurz vor dem Kampf. Er hielt seinen Spazierstock in der Hand, die Finger fest darum geklammert, und ab und zu stieß er ihn unbewusst in die sandige Erde.

Auch ich hatte Menexenos' Gegner abschätzend gemustert. Ich hielt ihn anfangs für einen Rohling, ohne dass ich dieses Urteil mit einem Hinweis rechtfertigen konnte.

Aus der Nähe aber, wo ich ihn in bester Verfassung fand, konnte ich die Klugheit in seinem gleichmütigen Gesicht erkennen. Er hatte sich die Haare mit einem Band zurückgebunden. Seine ausgeprägten Rücken- und Beinmuskeln glänzten in der Sonne. Ich musste zugeben, er besaß eine grobknochige, ländliche Schönheit. Der Schiedsrichter gab Anweisung, sich bereit zu machen. Menexenos mit seinen sonnengebleichten Haaren und dem Stirnband ging in Position und wartete. Der Schiedsrichter senkte die Hand, und der Kampf begann.

Der schwarzhaarige Jüngling packte Menexenos und überraschte ihn mit einer geschickten Finte. Sie umklammerten einander, verdrehten sich und rangen. Dann kam Menexenos zu Fall. Der Jüngling machte einen Sprung, um auf ihm zu landen, aber Menexenos rollte im Fallen zur Seite, stieß sich vom Boden ab und kam auf die Füße, alles in einer Bewegung.

Darauf hielt der Jüngling inne und wartete ab, maß ihn, beobachtete ihn genau, blieb angespannt und bereit. Sie umfassten sich wieder, rangen und trennten sich, umschlangen sich in einer Reihe ergebnisloser Angriffe.

Mit der Zeit sah ich, wo seine Stärke lag. Niemand konnte bezweifeln, dass er körperlich kräftig war, und beim ersten Hinsehen war es leicht, ihn als roh und dumm abzutun. Aber seine äußere Erscheinung war irreführend, und da er dies wusste, nutzte er das zu seinem Vorteil und ließ die anderen zu einem Fehlurteil kommen, wie mich. Ich fing an zu begreifen, dass er über Aufbau und Taktik seines Kampfes gründlich nachgedacht hatte, und das versuchte er vor seinem Gegner zu verbergen, kämpfte aber mit nahezu poetischer Gewandtheit.

Menexenos fiel erneut. Dann ein drittes Mal, und das hart, und einen Moment lang presste ihn der Jüngling an den Boden.

Ringsherum schallten ermutigende Zurufe oder Ratschläge. Nur Kleinias war still, sein Blick finster, fast als wäre er zornig.

Menexenos erschlaffte. Dann mit einer plötzlichen Drehung kam er wie eine Schlange unter einem Stein hervor und war wieder frei. Er sprang auf die Füße, und der Kampf ging weiter. Doch Runde um Runde warf der Acharnaianer ihn zu Boden und gewann die Oberhand. Mal kämpfte er mit Körperkraft, dann wieder, wenn Menexenos ein Gefühl für seine Taktik bekam, wechselte er und kämpfte wie ein anderer: schoss vor, duckte und drehte sich, hielt inne und beobachtete.

Menexenos fiel noch einmal. Der Jüngling hatte ihn mit einer Armdrehung niedergeworfen. Er hielt ihn auf dem Bauch, mit dem Gesicht in den Sand gedrückt, und drehte ihm den Arm auf den Rücken. Viele Männer hätten diese Drehung ein bisschen zu weit getrieben, um Schmerzen zu bereiten und ihren Gegner zu schwächen, ehe der Schiedsrichter einschreiten konnte. Aber dieser Acharnaianer war so ehrenhaft, die Lage nicht auszunutzen. Kleinias sagte: »Er muss sich zusammenreißen, sonst wird er verlieren.«

»Ja, Herr«, erwiderte ich und schaute, plötzlich voller Abneigung gegen ihn, düster auf den Kampfplatz. Tatsächlich verstand ich die Bemerkung nicht gleich, dann aber dämmerte mir die Wahrheit. Das war nicht die Unterstützung des Vaters für den Sohn. Das sollte auch gar keine sein. Vielmehr hatte er Menexenos die Last aller Rückschläge und Niederlagen und unerfüllten Hoffnungen auf die Schultern gelegt – den Verlust des Gehöfts, den Tod des älteren Sohnes, den Siegerkranz, den er selbst nie errungen hatte. Kleinias hatte ihn gezwungen, nicht ein vorzüglicher Sohn zu werden, sondern zwei. Und Menexenos war wie Atlas, der auf seinen Schultern den Traum seines Vaters stemmte. Es gab zu viele Gründe, weshalb er sich nicht erlauben konnte, diesen Kampf zu verlieren. Und Kleinias, der mit grimmiger Miene still urteilte und ihm mit einem Blick wie ein Feuerstrahl seinen Willen aufzwang, war der stärkste Grund von allen.

Kleinias brach noch einmal in meine Gedanken ein und fragte mich, wer Menexenos' Gegner sei. Ich antwortete, dass ich es nicht wisse, außer dass er in Acharnai auf einem Gehöft lebe.

Darauf nickte er brummend und stieß seinen Stock in den Boden. In diesem Augenblick sah Menexenos zu mir hin. Ich hob die Faust und brüllte seinen Namen, und neben mir schrie Kleinias: »Siege, mein Sohn, siege für mich und Autolykos.« Ich sah, wie Menexenos eine neue Entschlossenheit gewann.

Mit dem Unterarm wischte er sich den Schweiß von der Stirn. Dann drehte er sich zu seinem Gegner um.

An diesem Tag lernte ich, dass in jeder Tat eines Mannes Ehre und Anstand liegen können, wenn er es beschließt. Beide rangen mit Anmut und Geschick. Als das Ende kam, so darum, weil Menexenos es gelungen war, die Poesie der Bewegungen seines Gegners zu lesen und die Absicht dahinter zu erkennen. Er fing an vorauszusehen, ob der Jüngling mit Wucht oder Leichtigkeit handeln würde, und begann sich anzupassen, begegnete Kraft mit Kraft, Finte mit Finte und geschickten Griffen mit geschickten Griffen. Er brachte den Acharnaianer zu Fall und hielt ihn fest.

Der Schweiß rann ihm über die Haut, bildete Rinnsale im Sand, der ihm an Rücken und Brust klebte. Der Jüngling wand sich, doch Menexenos hielt ihn mit einem Klammergriff, der trotz all der angewandten Kraft wie ein freundschaftlicher Handschlag aussah.

Und nach kurzer Zeit, die mir unendlich vorkam, war es vorbei, und der Jüngling hob die Hand zum Zeichen seiner Unterwerfung.

Ich schrie und pfiff und stampfte mit den Füßen wie alle anderen. Menexenos drehte sich um, reckte die Faust und grinste. Vom Podium kam der Richter und erklärte ihn zum Sieger.

Dann stürmten wir alle nach vorn, um ihm die Siegesbänder um die Arme und Oberschenkel und den Kopf zu winden.

Kleinias rief: »Mein Sohn!«, und die Tränen liefen ihm übers Gesicht.

»Ich habe gesiegt, Vater. Ich habe gesiegt.«

Dann wandte er sich zu mir um, sah mir lächelnd in die Augen, und ohne einen Gedanken an meine Kleidung oder die Schicklichkeit umarmte und küsste ich ihn und nahm Öl, Schweiß und Sand in Kauf, während ringsherum die Leute jubelten.

Später ging ich mit ihm zum Waschhaus. Von überall wurde

er laut beglückwünscht und gelobt. Wir kamen an den Bogen, der zu den Bädern und Umkleideräumen führte. Dort hatte sich eine große Zuschauerschar versammelt, die die Athleten beim Hineingehen sehen wollte.

Als wir zwischen ihr hindurchschlenderten, drängte sich ein Mann nach vorn, zeigte mit dem Finger und rief: »Du hättest nicht gesiegt, wenn du nicht der Sohn eines Aristokraten wärst.«

Menexenos drehte den Kopf. Der Mann hatte ein dünnes, blasses Gesicht und milchweiße krumme Beine. Da er sich aus der Masse herausgehoben sah, wich er einen Schritt zurück. Er sah aus, als käme er geradewegs aus einer Werkstatt. In seinen rotblonden, ungekämmten Haaren klebte Gesteinsstaub, und seine Tunika war mit Essen bekleckert.

»Und du«, entgegnete Menexenos nach einem Moment der Betrachtung, »hättest nicht gesiegt, selbst wenn du einer wärst.«

Die Leute lachten, und Menexenos ging zum Waschhaus weiter, wo die anderen Fünfkämpfer an der Tür warteten, um ihn zu feiern.

Ich ließ ihn gehen.

Der blasse Mann, der nichts mehr erwidert hatte, war nun wieder zu vernehmen und sagte zu jedem, der es hören wollte: »Bei solchen Männern wird mir übel. Es fehlt ihnen an nichts, und sie verbringen ihre Zeit, indem sie ehrliche, arbeitende Leute wie mich herabsetzen.«

Sein verbittertes Gesicht war voller Hass und zugleich voller Stolz auf seinen niedrigen Stand. Ich dachte an die jahrelange Anstrengung, die Menexenos zu dem heutigen Sieg gebracht hatte, und sah das ausgebrannte Zimmer vor mir, wo Kleinias in den Ascheresten seines Lebens zusammenbrach.

Ich hätte den Mann nicht weiter beachten sollen. Er war bösartig und engstirnig, der Verachtung nicht wert. Doch plötzlich geriet ich in Zorn.

»Habe ich dich je im Lykeion gesehen, Herr?«, fuhr ich ihn an. »Oder vielleicht im Kynosarges oder in der Akademie?«

Er lachte rau und suchte Zustimmung heischend die Blicke der Umstehenden.

»Was, ich? Ich bin Mikkos der Steinschleifer, ein Arbeiter. Ich habe nicht das Geld, um es an einem Gymnasion zu verschwenden wie diese hochnäsigen Oligarchen und gezierten Schönlinge.«

»Und doch steht der Eintritt allen offen«, sagte ich, »nicht wahr?«

Hierauf sah er mich aus schmalen Augen misstrauisch an.

»Na und? Ich tue, was mir gefällt. Ich bin ein freier Bürger.«

»Und in deiner Freiheit hat es dir gefallen, aus dir zu machen, was du bist«, erwiderte ich. »Also beschwere dich nicht, wenn ein besserer Mann gewinnt.«

Ich hatte genug gesagt und wandte mich zum Gehen. Doch er schrie: »Besser? Kein Mann ist besser als ich! In dieser Stadt sind alle gleich!«

»Ach?«, meinte ich mit hochgezogenen Brauen. »Das glaubst du? Dann wundert es mich nicht, dass du nicht mehr sein willst, als du bist. Mein Freund hat recht. Selbst wenn du reich wie Kroisos wärst, würdest du hier stehen, dich über die Vortrefflichkeit anderer beschweren, anstatt selbst danach zu streben.«

Die Umstehenden lachten. Ich drehte mich um und ging.

Nach ein paar Schritten hörte ich ihn schimpfen: »Römischer Hund!«

Ich blieb stehen und blickte über die Schulter. Darauf stieß er einen spitzen Schrei aus und floh durch die Menge.

Die Panathenäischen Spiele endeten mit einem Fackellauf, und später gaben Menexenos' Freunde für ihn ein Gastmahl.

Er trug an diesem Abend einen schlichten weißen Chiton mit Mäandermuster am Saum und einen Kranz aus Eichenlaub.

Die Stimmung des Abends wurde geschürt durch die ganze Lebendigkeit jugendlicher Sieger.

Jeder sprach über die Spiele – wer gut gelaufen war, beachtlich geworfen hatte, wer sich hervorgetan hatte, die Erfolge der Freunde wurden erörtert. Später, als die Tische abgeräumt waren, drehten sich die Gespräche um andere Dinge.

Die Gesellschaft bestand nur aus Athleten und ihren Gästen, aber ihr Augenmerk galt nicht nur dem Diskuswerfen, Weitsprung oder Speerwerfen. Sie konnten sich auch kundig über Landwirtschaft, Kriegführung, Geschichte und Philosophie unterhalten, und wenn die Lyra hervorgeholt wurde, konnte jeder darauf spielen und ein Skolion singen.

Einer von Menexenos' Freunden, den ich vom Lykeion kannte, begann über die Schönheit zu sprechen und fragte, ob alle Schönheit, wie er einen Sophisten kürzlich sagen hörte, nichts weiter als Illusion sei, eine Einbildung des jeweiligen Geschmacks.

Er hatte sich frisch verliebt, und alle lachten, als er dieses Thema aufbrachte.

»Wirklich, Ismenios«, meinte einer, »schon den ganzen Abend bringst du das Gespräch auf Theodoros, und jetzt glaubst du, du kannst uns dazu bringen, ihn schon wieder wegen seiner Schönheit zu rühmen.«

»Also meinetwegen könnt ihr über ihn reden, wenn ihr wollt«, erwiderte Ismenios lachend, »ich werde euch nicht daran hindern.«

Darüber wurde erst einmal ausgiebig gescherzt. Als das Gelächter irgendwann verebbte, sagte einer der anderen: »Dann wollen wir es von dir zuerst hören, Ismenios. Ist dein Theodoros für den einen schön und für den anderen hässlich? Und würden beide zu Recht so denken?«

Hierauf gab es noch mehr Gelächter, aber dann antwortete Ismenios: »Tatsächlich sind es meine Begegnungen mit ihm, die mich zum ersten Mal ernsthaft darüber nachdenken ließen.

Ich weiß genau, dass ich vorher noch nie geliebt habe. Aber jetzt ist es anders, und als ich die Worte des Sophisten hörte, wusste ich in meinem Innersten, dass er irrt, konnte aber nicht sagen, warum. Und darum habe ich darüber nachgedacht.«

»Und zu welchem Schluss bist du gekommen?«, fragte Menexenos lächelnd.

»Mir scheint nun, dass es wirklich eine Schönheit gibt oder etwas, das über Schönheit hinausreicht, das für alle gleich ist. Das habe ich bis dahin nicht gesehen, nicht von selbst, und weil ich es nicht selbst gesehen habe, dachte ich nicht, dass es da wäre. Aber jetzt verstehe ich es. Ein Mann muss schauen, und er muss an der richtigen Stelle schauen, und am wichtigsten ist, dass er mit den Augen der Liebe schaut.«

»All das nur durch die Liebe zu Theodoros?«, meinte einer.

»Warum nicht? Es ist, als wären mir die Augen geöffnet worden … Und Marcus stimmt mir zu. Seht, er nickt.«

Ein Freund, der mit Ismenios gekommen war, ein stämmiger Zweikämpfer namens Pandion, erklärte grinsend: »Er sagt, Theodoros sei der Erste. Wir wollen hoffen, dass er auch der Letzte ist. Ich könnte wohl keinen zweiten Monat wie diesen ertragen: Theodoros hier und Theodoros da, während ich mich für meine athletischen Übungen sammeln will.«

»Ach du, du kannst das natürlich nicht verstehen«, meinte Ismenios. »Jeder weiß, dass du nur Mädchen magst.«

»Stimmt nicht«, widersprach Pandion zwinkernd. »Ich würde lieber heute als morgen Menexenos' Geliebter werden, wenn er mich darum bäte. Aber er tut es nicht.«

Das löste allerhand Scherze aus. Dann drehte Ismenios sich zu mir. »Du bist ganz still, Marcus. Was meinst du dazu?«

Ich zuckte die Achseln. Ich hatte gehofft, er würde nicht fragen.

Aber nun ordnete ich meine Gedanken und antwortete: »Mir scheint, es führen mehrere Wege ans Ziel. Ein Mann geht diesen, der andere jenen. Die Wege sehen verschieden aus, aber von oben betrachtet ist der Anblick derselbe. Wenn jeder Mann klar sehen könnte, würde er wohl erkennen, dass das Makelloseste auch das Schönste ist.«

»Wohl gesprochen!«, rief Ismenios mit einem Schlag auf den Oberschenkel. »Und das ist zweifellos Theodoros ... oder vielleicht«, überlegte er stirnrunzelnd, »ist es Menexenos?«

»Siehst du?«, meinte Pandion lachend und füllte meinen Becher, »Ismenios ist reichlich verwirrt. Nun kommt, bringt neuen Wein und lasst uns ein anderes Lied singen.«

Der Abend ging schließlich zu Ende, und die Gäste verabschiedeten sich nach und nach. Als Menexenos den letzten eine gute Nacht gewünscht hatte, kam er ins Zimmer zurück und setzte sich neben mich aufs Sofa.

Ich sah ihn ein Gähnen unterdrücken.

»Es ist spät«, sagte ich, »und du bist müde. Ich werde jetzt zu Bett gehen.«

Ich wollte aufstehen, doch er streckte lächelnd die Hand aus und sagte: »Aber ich bin gar nicht müde. Und du?«

Ich war im Begriff zu erwidern, er sei seit dem Morgengrauen auf den Beinen und ich weiß nicht, was noch alles. Dann begegnete ich seinem Blick.

In solchen Momenten schenkt Eros Verständnis. Ich nickte und lächelte, und Worte waren nicht mehr nötig.

Ich erwachte im gefleckten Sonnenschein, der durch das Laub des Feigenbaums vor dem Schlafzimmerfenster fiel. Das Licht zauberte zarte tanzende Figuren auf den Holzboden und die zerwühlten Laken. Menexenos' Arm lag auf meiner Brust.

Er bewegte sich, wachte aber nicht auf, und ich drehte mich herum, um sein schönes, schlafendes Gesicht zu betrachten, und seinen nackten, ausgestreckten Körper.

Brust und Rücken bewegten sich sacht unter seinem gleichmäßigen Atem. Er hatte blaue Flecke und Schürfwunden vom Ringen. Ich hätte sie alle küssen mögen, aber dann wäre er aufgewacht.

Ich dachte an die lange Nacht, wo ich seinen Körper erlebt, vom Quell seines Wesens getrunken, die Lippen hart auf seinen Mund gedrückt hatte, wo ich ihm näher gewesen war als jeder andere, bestrebt, einen Leib aus zweien zu machen, so sehr zwei Männer das vermögen.

Jetzt, wo ich ihn schlafend betrachtete, wusste ich mit schmerzlicher Traurigkeit, dass sein innerstes Wesen, seine eigentliche Schönheit, weit jenseits lag, stets unerreichbar.

Mein Herz füllte sich mit Liebe und Sehnsucht, und zugleich mit einem tiefen Seelenschmerz wie bei Verlassenheit und Trauer.

Später, als wir aufgestanden und angekleidet waren, gingen wir in die Stadt, und unterwegs sprachen wir zärtlich von Liebe und Freundschaft, und ich erkannte überrascht, dass das bei all seiner Selbstsicherheit auch für ihn völlig neu war.

Er war zurückhaltend und nachdenklich, beinahe schüchtern. »Wahre Freundschaft«, sagte er an einer Stelle, »ist das größte Gut, das ein Mann einem anderen geben kann.« Er erklärte zaghaft, er habe viele Bewunderer gehabt, sei der unernsten Schmeicheleien und törichten Geschenke müde geworden und habe am Ende beschlossen, dass es besser sei, den Göttern zu opfern, wonach er sich sehnte, da er geglaubt habe, unter Männern sei das nicht zu finden. Er fing meinen Blick auf und machte eine kleine unsichere Geste. »Ich dachte bisher, das sei nur etwas für Poeten, seien nur schön klingende, leere Worte.«

»Und jetzt?«, fragte ich lächelnd.

»Du weißt mehr als sonst jemand.«

Es traf sich, dass wir hinter dem Theater vorbeigingen, wo wir einmal am Hang gesessen hatten. Es lag ihm nicht, seine Gefühle zur Schau zu stellen, so wenig wie seinem Vater. Aber jetzt, als wollte er seine Worte besiegeln, zog er mich an die Mauer, fasste mich bei den Schultern und küsste mich heftig.

»Das ist meine Antwort«, sagte er, und seine kühlen grauen Augen leuchteten vor Leidenschaft.

Pomponius schickte eine Nachricht, worin er mich um einen Besuch bat.

Als ich eintraf, fand ich Titus' Freund Villius in dem kühlen, hohen Arbeitszimmer jenseits des Hofes.

Seit Tarent hatten wir uns nicht mehr gesehen, und die Begrüßung fiel herzlich aus. Pomponius, der für heitere Ungezwungenheit nicht zu haben war und ohne Selbstgefälligkeit nicht auskam, räusperte sich.

»Villius ist hier im Auftrag der Konsuln und des Senats. Er wünscht eine ernste Angelegenheit mit dir zu besprechen.«

Er setzte sich hinter die wuchtige Barriere seines Schreibtischs und fuhr fort: »Vor ein paar Tagen gab es Neuigkeiten von Philipp. Er ist in Thrakien, wie es scheint, und richtet am ganzen Hellespont Verwüstung an. Maroneia ist gefallen, und Ainos, Kypsela, Doriskos … Ich werde nicht alle aufzählen. Ich nehme nicht an, dass du diese Namen überhaupt kennst.«

»Wichtig ist«, sagte Villius und beugte sich vor, »dass diese Städte an der Schifffahrtsroute zwischen Europa und Asien liegen. Wenn es Philipp gelingt, sie zu erobern, wird er sich mit König Antiochos verbünden und ist dann in der Lage, ganz Griechenland zu erpressen. Der Senat ist endlich aufgewacht. Sie sehen ein neues Karthago erstehen, genau wie Titus vorhergesagt hat.«

»Wehren sich diese Städte nicht?«, fragte ich.

»Sie sind zu schwach, zu uneinig. Er pflückt sie eine nach der anderen heraus. Elaious, Alopekonnesos, Kallipolis, Madytos haben ihm die Tore geöffnet. Aber eine – und darum bin ich hier – hat sich geweigert: Abydos.«

Der Name war mir irgendwoher bekannt. Doch ehe ich darauf kam, fuhr er fort: »Ich habe das alles schon mit Pomponius besprochen. Später werde ich dir die Karte zeigen. Jetzt möchte ich dir erst einmal unterbreiten, was du für uns tun könntest …«

Das tat er, und als er fertig war, stand er auf und sagte: »Aber komm, Marcus, lass uns durch den Garten gehen, und ich erzähle dir einige persönliche Neuigkeiten.« Und zu Pomponius: »Willst du uns entschuldigen?«

Als wir draußen waren, ließ er den Blick über den weiten grünen Innenhof wandern, betrachtete die kunstvollen Blumenbeete, die schön bemalten Skulpturen und die ausstaffierten Sklaven, die den Säulengang entlangliefen. »Wie ich sehe«, bemerkte er mit knappem Lächeln, »spart unser Gesandter nicht an seinen Bedürfnissen.«

Wir schlenderten zu einer kleinen Bronzefigur des Pan, wo eine Steinbank bei einem plätschernden Mauerbrunnen stand. Dort setzten wir uns.

»Verzeih mir die kleine List«, sagte er. »Denn ich habe keine persönlichen Neuigkeiten zu erzählen. Doch im Beisein von Pomponius durfte ich nicht erwähnen, worum es in Wirklichkeit geht. Sag mir: Wie gut kennst du unseren Gesandten?«

»Gut genug«, antwortete ich mit vielsagendem Blick.

Er lachte und nickte. »Dann wirst du verstehen, warum wir meinen, dass er nicht der richtige Mann für diese Aufgabe ist. Er hat schon genug Unheil angerichtet. Zuerst lässt er vor jedem verlauten, der es hören will, dass Rom Philipp nicht entgegentreten wird, um dann im falschen Augenblick, wo wir noch nicht bereit sind, die Nerven zu verlieren und mit Krieg zu drohen. Dadurch sind wir gezwungen, unsere Pläne zu beschleunigen. Unsere Spione in Makedonien berichten, dass Philipp glaubt, es mangle uns an Willen. Doch hüte dich bei diesem Auftrag, Marcus. Philipp ist gefährlich und unberechenbar. Halte dich daran, was ich dir gesagt habe. Das ist nicht die rechte Zeit, um sich als Held hervorzutun.«

Menexenos wartete hinter dem Haus. »Was wollte Pomponius diesmal?«, fragte er mit hochgezogenen Brauen. Pomponius war in Athen zur Witzfigur geworden.

Ich sagte: »Philipp belagert Abydos. Die Konsuln wollen, dass ich hingehe und ihn fortweise.«

Er sah mich erstaunt an. »Abydos? Ist das wahr?«

»Natürlich.« Ich erzählte, was ich über Philipps Vormarsch auf dem Hellespont erfahren hatte, und nannte die Städte, die bereits gefallen waren. »Nur Abydos will sich nicht ergeben … Was ist? Was hast du?«

»Aber weißt du es denn nicht mehr?«, rief Menexenos. »Pasithea ist in Abydos!«

Ich war bestürzt. Darum hatte ich bei dem Namen gemeint, mich an etwas erinnern zu müssen. »Was wird Philipp tun, wenn die Stadt fällt?«, fragte ich.

»Sie wird fallen«, antwortete er. »Sie kann nicht allein standhalten, nicht gegen das ganze makedonische Heer. Und dann wird er die Stadt plündern und die Bürger versklaven, weil sie es gewagt haben, sich ihm zu widersetzen.«

Ich setzte mich auf eine Bank und starrte finster auf die Pflastersteine, während ich versuchte nachzudenken. Dann hob ich den Kopf. Menexenos' Blick ruhte auf mir.

»Wir dürfen sie nicht im Stich lassen«, sagte ich.

»Nein, das dürfen wir nicht. Genauso wenig kannst du sie allein retten. Und darum komme ich mit.«

Wie es unmöglich ist, vom Mittelmeer zum Atlantischen Ozean zu segeln, ohne an den Säulen des Herakles vorbeizukommen, so kann man nicht ins Schwarze Meer einfahren, ohne die Stadt Abydos zu sehen. Eine Entfernung von nur zwei Stadien trennt Abydos auf der einen Seite des Hellespont von Sestos auf der anderen Seite: eine Strecke, die ein Mann schwimmend überwinden kann. Und wenn die alte Geschichte wahr ist, dann schwamm Leandros jede Nacht hinüber, um seine Frau zu besuchen, die Priesterin der Aphrodite, bis eines Nachts ein Sturm aufkam und er ertrank.

Diese Tatsachen und die Geschichte hörte ich von unserem Kapitän, der regelmäßig die Schwarzmeerroute fuhr und jeden Hafen, jede Bucht und Flussmündung kannte wie seine Handfläche. Abydos habe einen vorzüglichen Hafen, so sagte er, der vor den gefährlichen Strömungen der Meerenge geschützt sei, und es sei ganz leicht, uns hineinzubringen.

Doch als wir dort ankamen, sahen wir, dass die Makedonier mächtige Holzpfeiler in der Hafeneinfahrt errichtet und mit Eisenketten verbunden hatten, um Schiffe am Einlaufen zu hindern.

Der Kapitän gab den Befehl zum Wenden. Wir segelten nach Süden und gingen in einer kleinen Bucht vor Anker, die durch einen Hügelrücken vor Blicken geschützt war. Nachdem wir an Land gegangen waren, stiegen wir auf die grasige Anhöhe und schauten über die Ebene.

Es dämmerte. Abydos lag in der Ferne, auf der Stadtmauer brannten Fackeln. Ringsherum auf dem flachen Grund flackerten die Kochfeuer wie Abendsterne, und die Belagerungsmaschinen standen wie schlafende Ungeheuer entlang der Zeltreihen.

Ich wandte mich an den Kapitän: »Kannst du uns auf irgendeinem Weg hineinbringen?«

Er rieb sich den Bart und sah stirnrunzelnd nach der untergehenden Sonne. »Nicht durch diese Verschanzung. Ihr habt die Hafeneinfahrt selbst gesehen.«

Er schritt auf dem Hügelkamm auf und ab und dachte nach. Dann drehte er sich um und sagte: »Der Tender wäre klein genug. Aber er könnte nie und nimmer den makedonischen Seglern davonfahren, die die Einfahrt bewachen.«

Wir schauten alle aufs Meer. Draußen in der Bucht lagen als schwarze Silhouetten im letzten Schein des Tages makedonische Triremen vor Anker wie Jagdhunde vor dem Kaninchenbau.

»Aber sie müssten uns erst einmal bemerken«, hielt ich ihm entgegen. »Wann wird heute der Mond aufgehen?«

Als es dunkel war, legten wir ab.

Der Tender war ein kleines Ruderboot, mit dem Vorräte

und Reisende an Bord gebracht wurden. Gegen die starke Strömung mussten wir hart anrudern, und ohne Licht waren wir in der ständigen Gefahr, auf einen verborgenen Felsen zu treiben.

Doch die makedonischen Kriegsschiffe achteten nicht auf so kleine Boote, und wir schlüpften ungesehen an ihnen vorbei.

Die Strömung hörte auf, sobald wir in den Schutz der Bucht glitten. Wir duckten uns unter den großen Ketten durch und ruderten hinein. Als wir die Kaimauer erreichten, riefen uns zwei abydenische Nachtwachen an und richteten ihre Speere auf uns. Aber wir gaben rasch Antwort, und sie ließen uns durch.

Wir machten das Boot fest. Die Stadt war in großer Angst, was uns nicht überraschte, nachdem wir erfuhren, was dort geschehen war.

Schließlich wurden wir zum Haus eines hohen Beamten gebracht und standen wartend in dem unbeleuchteten Hof, während der Sklave hineinging, um seinen Herrn zu rufen.

Die Nacht schritt voran. Wir liefen auf den Pflastersteinen auf und ab, aber bald trat der Mann, ein Greis mit weißem Bart und noch in Tageskleidern, aus dem Haus.

Er hatte tiefe Schatten unter den Augen, und ich fragte mich, wann er zuletzt geschlafen hatte. Er begrüßte uns höflich, sagte, sein Name sei Iphiades, und schickte den Sklaven nach Erfrischungen.

Er setzte sich und hörte ruhig zu, als ich ihm erklärte, weshalb ich gekommen war. Am Ende sagte er müde: »Es wäre besser, wenn du mit der Nachricht gekommen wärst, dass das römische Heer zu uns unterwegs ist. Das ist das Einzige, was Philipp beeindrucken kann.«

Dann erzählte er uns ihre schreckliche Geschichte.

Obwohl Philipps Heer um ein Vielfaches größer war als das der Abydener, hatte die Stadt seine Angriffe zunächst zurückschlagen können. Er hatte große Kriegsmaschinen auf Schiffen herangeführt, und die Abydener hatten mit Katapulten Felsblöcke auf sie geschleudert und die Schiffe mit Brandpfeilen angezündet.

Nachdem sein erster Angriff zunichtegemacht war, ließ Philipp von der Landseite angreifen. Die Stadtmauer war stark und gut erhalten, aber mit der Zeit trieben seine Soldaten Gräben unter das Mauerwerk, und gleichzeitig wurde die Hafensperre errichtet und die Lebensmittelzufuhr abgeschnitten.

Als die äußere Mauer einzustürzen begann, hatten die Abydener bereits eine zweite dahinter erbaut. »Aber da wusste schon jeder, dass das Ende nicht mehr lange aufzuhalten war«, sagte Iphiades. »Das Volk hungerte. Die Makedonier untergruben die Mauern schneller, als wir neue bauen konnten. Der Rat trat zusammen, und ich wurde ausgesandt, mit Philipp zu sprechen.«

Er starrte ins Dunkle und seufzte tief. Irgendwo bellte ein Hund. Er klang hungrig.

»Doch ihr seid noch da. Wollte Philipp nicht auf die Bedingungen eingehen?«

Er stieß ein trocknes Lachen aus. »Bedingungen haben wir keine gestellt. Wir haben unsere Unterwerfung angeboten. Er sollte die Stadt, die Bauten, die Schätze, alles bekommen. Wir baten ihn nur, uns gehen zu lassen, damit wir uns anderswo eine Bleibe suchen könnten. Wie du sicher schon errätst, hat er abgelehnt. Er verhöhnte uns und sagte, wir würden nützliche Sklaven für Makedonien abgeben und Bettgefährten für seine Soldaten. Wir könnten entweder bis zum Untergang kämpfen oder uns in die Sklaverei ergeben. Die Wahl werde er uns überlassen.«

Er schwieg einen Moment lang und drückte sich die Handballen an die geschlossenen Augen. »Du bist müde, Herr«, sagte Menexenos leise. »Wir sollten morgen früh darüber weitersprechen.«

»Nein«, erwiderte er und riss sich zusammen. »Die Stadt

kann jederzeit fallen, und ihr müsst dabei sein, damit ihr der Welt berichten könnt.«

Eine Belagerung ist eine Belagerung: voller Schrecken. Doch ich ahnte noch etwas anderes, einen tieferen Schrecken, von dem er noch nicht gesprochen hatte. Ich spürte ein leises Grauen den Nacken heraufkriechen.

Er stand von dem Schemel auf und ging ein paar Schritte über die untere Terrasse, blieb zwischen Blumenkübeln stehen, streifte die Blätter geistesabwesend mit den Fingerspitzen. Rosmarin und Lavendel. Ein Rankenstrauch blühte an einem Spalier. Dann drehte er sich zu uns um.

»Den Augenblick und die Art seines Todes zu wählen ist die edle Tat eines freien Mannes«, sagte er. »Doch diese Wahl für einen anderen zu treffen …« Er schüttelte den Kopf. »Das ist ein Frevel an den Göttern, aber sie wollen nicht hören.«

»Was meinst du damit, Herr?«, fragte ich. »Was ist geschehen?«

Er holte tief Luft und stieß einen langen Seufzer aus. »Verzeih, ich erzähle das Ende am Anfang. Die Volksversammlung hat beschlossen, dass alles von Wert, das die Bürger besitzen – Geld, Silberwaren und Gold, Halsbänder, Ringe, Amulette, alles Kostbare –, zur Agora gebracht werden soll. Wenn das geschehen ist, sollen die Frauen zum Tempel der Artemis gebracht werden – dort oben auf dem Berg; ihr könnt das Kohlebecken brennen sehen –, und die Kinder zum Gymnasion.«

Ich sah ihn fragend an. »Aber warum, Herr?« Schon während ich die Frage stellte, wurden mir die Hände kalt.

»Sobald die innere Mauer fällt«, erklärte er weiter, »wird eine Schar Soldaten, die eigens dazu ausgewählt wurde, zum Tempel und zum Gymnasion ziehen und die Frauen und Kinder töten. Niemand soll überleben, das haben diese Männer am Altar vor den Göttern schwören müssen. Danach werden sie die Schätze ins Meer werfen und gegen die Makedonier kämpfen bis zum letzten Mann.«

»Beim Zeus und dem Olymp«, flüsterte Menexenos.

Iphiades nickte. »Das war gestern. Ich habe dagegen gesprochen, wurde aber überstimmt. Seitdem werden keine neuen Mauern mehr errichtet. Die Verteidigung ist aufgegeben. Die Mauern werden nicht mehr lange standhalten. Wir warten auf das Ende.«

Es entstand ein kurzes Schweigen.

»Weiß Philipp davon?«, fragte ich.

»Noch nicht, sonst wäre er schon in der Stadt.«

»Dann muss ich zu ihm gehen, bevor er es herausfindet. Kannst du den Rat überreden, die Frist zu verlängern – die Mauern wenigstens abzustützen?«

Er machte eine hoffnungslose Geste. »Ich werde mein Möglichstes tun. Aber sie sind entschlossen.«

Menexenos sagte: »Sind die Frauen schon im Tempel? Eine Freundin von uns ist unter ihnen.«

»Kenne ich sie vielleicht?«

»Wahrscheinlich nicht. Sie ist zu Besuch hier, ihr Haus steht in Korinth. Sie heißt Pasithea.«

Dass Iphiades eine Frau wie sie kennen sollte, erschien mir so abwegig wie bei dem alten, strengen Kleinias. Doch der Schein trügt oft. Er blickte ruckartig auf. »Ihr kennt Pasithea?«, rief er.

»Aber ja, Herr«, antwortete Menexenos ein wenig verblüfft.

»Dann kann ich euch genau sagen, wo sie ist … Aber am besten«, er winkte dem Sklaven, der bei der Säule stand, »bringt Gyrtias euch hin.« Auf seinem müden Gesicht schien ein Lächeln auf, das erste seit unserem Betreten des Hauses, und er fügte hinzu: »Als man sie zum Tempel bringen wollte, befahl sie dem Mann, ihr sein Schwert zu geben, sie werde ihr Glück auf den Mauern versuchen. Sie kann eine Amazone sein, wenn sie will.« Er schaute zum Himmel auf. »Aber ihr solltet euch beeilen.«

Ich folgte seinem Blick. Ich war so sehr in seine Erzählung

vertieft gewesen, dass ich gar nicht auf den Mondaufgang geachtet hatte. Ein kalt leuchtender Halbkreis stand am wolkenlosen Himmel. Er würde den Hafen erhellen wie ein Leuchtfeuer.

Wir machten uns hastig auf den Weg. Sobald wir auf der Straße waren, sagte Menexenos: »Marcus, du musst sofort gehen.«

»Aber Pasithea …«

»Ich werde zu ihr gehen. Der Kapitän wartet. Uns bleibt keine Zeit. Wenn du es weiter verzögerst, wird man dich entdecken. Komm morgen nach Einbruch der Dunkelheit und hole uns ab. Wenn du das nicht kannst, werde ich einen anderen Ausweg finden.«

»Nein, Menexenos, warte! Du hast den alten Mann gehört. Ich will dich hier nicht allein lassen …«

Doch ich redete ins Leere. Er rannte mit dem Sklavenjungen bereits weiter die Straße hinauf. Er drehte sich noch einmal um und warf mir eine liebevolle Geste zu, die zwischen uns üblich war. »Lauf!«, rief er. »Ehe dich die ganze Flotte hinausrudern sieht.«

Ich fand den Kapitän neben dem Tender auf und ab schreiten.

Beim Hinausrudern blickte ich auf die Stadt zurück. Oben auf dem Berg in der Vorhalle des Artemis-Tempels loderte ein großes Kohlebecken und sandte ein Funkengestöber in den Wind. Ich schauderte und legte mich kräftiger in die Riemen.

Bis wir wieder am Schiff ankamen, zeigte sich im Osten das erste Grau des Tages. Ich ging und setzte mich allein an den Strand und sah den Sternschnuppen nach, während das Wasser des Hellespont über den Sand spülte.

Beim ersten Sonnenstrahl stand ich auf. Ich zog mich aus und wusch mich und traf Vorbereitungen, mich durch die makedonischen Linien führen zu lassen.

König Philipp wartete mit seinen Vertrauten und Heerführern vor einem großen, quadratischen blau gefärbten Zelt, dem an den Seitenwänden das goldene Emblem des makedonischen Königshauses aufgemalt war.

Er gab vor, nicht zu beachten, wie ich mich mit der Eskorte näherte, wenngleich man ihn von meinem Kommen unterrichtet hatte. Als der Hauptmann der Wache meinen Namen nannte, drehte Philipp sich mit hochgezogenen Brauen um und sagte mit funkelnden Augen: »Sei gegrüßt, Römer. Bist du gekommen, um Zeuge von Abydos' Ende zu werden?«

In Athen hatte ich ihn von Weitem gesehen, und nun zum ersten Mal von Nahem. Er hatte einen kurz geschnittenen schwarzen Bart und glänzende, lockige Haare, die der königliche Stirnreif bändigte. Und er hatte gelbbraune Augen wie ein Wolf.

Mir fielen die Geschichten ein, wonach er in seiner Jugend viele Geliebte gehabt hatte, sowohl Männer als auch Frauen. Seine Schönheit war ihm noch anzusehen. Sie war von animalischer Anziehungskraft wie ein Geruch, und sein Gesicht hatte leicht belustigte Züge, als würde es in einem fort sagen: »Was ich will, das nehme ich mir.«

Er hatte aber auch etwas Furchterregendes an sich, etwas Wildes und Zerstörerisches. Um die Augen hatte er zu viele Falten, wie ein Mann, der zu wenig schlief und zu viel trank.

Ich wusste, was mir zu sagen aufgetragen war, und ich hatte die Dämmerung verbracht, indem ich mir sorgfältig zurechtlegte, wie ich es vorbringen wollte. So setzte ich ihn nun weder unterwürfig noch herausfordernd in Kenntnis, dass mich der Senat gesandt habe, ihn zu bitten, den allgemcinen Frieden zu wahren und den Krieg gegen die Städte am Hellespont zu beenden. Der Senat, so sagte ich, wünsche keinen Krieg zwischen Rom und Makedonien, sei aber entschlossen, ihn nötigenfalls mit Waffengewalt zurückzutreiben. Ich forderte ihn auf, die Belagerung von Abydos abzubrechen.

Während meiner Rede schaute er an mir vorbei über die

Ebene. Ich begriff, dass diese Grobheit Absicht war, und scherte mich nicht darum, sondern trug weiter vor, was ich zu sagen hatte.

Doch unterdessen hörte ich ein Räuspern und Bewegung hinter den Lederbahnen, durch die man in Philipps Zelt gelangte. Sie teilten sich, und ein Mann trat heraus, blinzelte gegen die Sonne und fuhr sich mit den Fingern durch die Haare.

Bis auf ein Handtuch um seine Hüften war er nackt. Brust und Beine waren blond behaart, die Haut von vielen Kämpfen mit alten Narben gezeichnet. Ich geriet ins Stocken und glotzte, und meine sorgfältig zurechtgelegten Worte verließen mich. Es war Dikaiarchos.

Philipps Blick schwenkte zu mir herum. »Bist du schon fertig? Ist das alles?«

»Nein, Herr«, stammelte ich und riss mich mühsam zusammen.

»So fahre fort.«

Hinter ihm an einem Wassertrog wusch sich Dikaiarchos Gesicht und Oberkörper. Ich zwang mich, an die Abydener zu denken, und wandte den Blick von ihm ab. Aber zu spät. Ich war auf die Begegnung nicht vorbereitet gewesen und hatte den Faden meiner Rede verloren.

Philipp spürte das sofort. Plötzlich wachsam, richtete er seine gerissenen Wolfsaugen auf mich, und als ich nicht sofort weitersprach, sagte er: »Nein, Römer, du irrst dich. Es waren die Rhodier, die mich angegriffen haben, nicht umgekehrt. So war es auch mit dem alten Narren Attalos. Sie haben mich angegriffen, und ich habe sie überlistet. Und jetzt haben sie wie Kinder, die weinend zu ihrer Mutter rennen, Rom um Hilfe gebeten.«

Er machte sich über mich lustig.

Da ich das merkte und über mich selbst zornig war, erwiderte ich in scharfem Ton: »Und die Abydener? Haben die auch als Erste angegriffen?«

Plötzlich war es ringsherum still. Die Höflinge und Heerführer, Schreiber und Sklaven drehten den Kopf und starrten uns an. Dikaiarchos, der, sich ungeniert kratzend, auf der Kante des Steintrogs gesessen hatte, stand auf und stellte sich an Philipps Seite.

Ehe Philipp sich gefasst hatte, war ihm einen Augenblick lang anzusehen, dass es lange her war, seit ihn jemand schroff angesprochen hatte.

Dann erwiderte er geschmeidig: »Du bist zu freimütig, Römer. Du sprichst zu einem König.«

Ich blickte ihn zornig an und fühlte die Röte in mein Gesicht steigen.

Als Philipp das sah, lachte er und meinte zu Dikaiarchos: »Ein hübscher Jüngling, findest du nicht auch? Hast du seine kräftigen Schenkel und Backen gesehen? Was hältst du von ihm?«

Während er scherzte, versuchte ich fortzufahren, indem ich ihn an die Abydener erinnerte, deren Leben auf dem Spiel stand. Doch ohne Erfolg. Er und Dikaiarchos neigten den Kopf zur Seite und musterten meinen Körper, als wäre ich ein Ochse auf dem Markt. Ich sah die Narbe am Handrücken des Piraten, wo mein Speer ihn getroffen hatte. Obwohl er mich ausgiebig beäugte, schien er mich nicht wiederzuerkennen.

Inzwischen hatte Philipp mich mit seinen Blicken ausgezogen. Ich wusste, dass ich bis zu den Ohren rot geworden war, und je mehr ich das unterdrücken wollte, desto schlimmer wurde es.

Ich verstummte. Philipps Lächeln wurde immer breiter. »Ich habe dich zu Ende angehört, und jetzt muss ich eine Stadt einnehmen. Aber das dauert nicht lange. Warte doch in meinem Zelt auf mich. Das Bett ist breit genug für zwei, und ich werde bald wieder da sein.«

Er schaute belustigt in die Runde, seine Heerführer und Beamten lachten pflichtschuldig.

»Willst du denn alle Abydener töten?«, rief ich voller Zorn, weil man sich über mich lustig machte.

Das Gelächter erstarb. Er antwortete in einem völlig anderen Ton: »Wenn die Abydener wollen, dass die Belagerung endet, sollen sie die Tore öffnen.«

»Sie haben dir die Stadt bereits angeboten, und auch ihr Gold.«

»Warum sollte ich auf die Hälfte verzichten, wenn ich das Ganze bekommen kann? Ich werde die Männer töten und ihre Frauen und Kinder als Sklaven und Gespielinnen nehmen.«

»Dann töten sie sich selbst.«

Er schnalzte mit der Zunge. »Tatsächlich? Dann sollten sie sich beeilen.«

»Ist das deine Antwort an den Senat von Rom, Herr?«

Hierauf zögerte er. Sein Blick wurde wütend und gefährlich, und da wusste ich, dass die Geschichten über ihn, wie er seine Familie ermordet hatte, wahr waren.

»Es ist Zeit«, sagte er langsam, »dass man euch westliche Barbaren in die Schranken weist. Du magst deinem Senat sagen, sie fordern mich auf eigene Gefahr heraus. Und wenn sie es doch wagen, werden sie sehen, dass Makedonien Rom mehr als gewachsen ist.«

Ich kehrte zu unserem Schiff zurück und beobachtete den Rest des Tages, wie die Makedonier die Stadt angriffen. Die Kriegsmaschinen wurden aufgereiht und verschossen schwere Stein- und Bronzekugeln auf die bröckelnde Mauer. Soldaten stürmten die Leitern hinauf und kletterten über die Mauertrümmer.

Ich konnte sehen, wie die Abydener sie zurückschlugen, doch sie wurden stündlich weniger, und die Makedonier rückten stündlich ein Stück vor. Es war der längste Tag in meinem Leben.

Als es endlich Abend wurde, war der Hellespont von Feuerschein erleuchtet, und in der gelbroten Glut ruderten wir noch einmal nach Abydos. Der Kapitän spähte zu den makedonischen Triremen hin, die dicht nebeneinander vor der Hafeneinfahrt lagen, und schüttelte den Kopf. Doch wir gelangten an ihnen vorbei, und als wir in der Stadt ankamen, war der Kampf auf den Mauern für die Nacht beendet, und über allem lag eine bedrückende Stille.

Ich lief zum Haus des Iphiades. Als mich der Sklave einließ, hörte ich im Hof Pasitheas unverkennbare Stimme.

Unterwegs entlang der Küste und durch die makedonische Blockade, als ich nicht einmal an Menexenos dachte, hatte ich mich gefragt, wie es ihr wohl ergangen war. Ich stellte sie mir halb verhungert oder gedemütigt vor, ihrer Würde beraubt wie die übrige Stadt.

Doch als ich sie sah, war es, als wäre seit Tarent nichts weiter geschehen. Sie saß auf der Kante eines Gartensofas, mit Menexenos und Iphiades in ein Gespräch vertieft. Sie trug ein dunkles ionisches Gewand, und ihr Haar war wie immer hochgesteckt.

»Mein lieber, lieber Marcus«, rief sie aus. »Wie schön, dass du gekommen bist.«

Dann traten zwei Männer herzu, die ich nicht kannte. Iphiades stellte sie vor. »Das ist Glaukides und das Theognetos. Sie gehören dem Rat an.«

Sie begrüßten mich kühl, und ich spürte eine argwöhnische Anspannung. Iphiades fragte nach meiner Begegnung mit Philipp, und als ich ihm davon berichtete, sagte Glaukides: »Dann ist es so, wie wir erwartet haben. Wen kann das überraschen? Der Mann ist ein Barbar.«

Er sprach im Ton der Endgültigkeit, als gäbe es dazu nichts mehr zu sagen, und Theognetos nickte feierlich.

Iphiades schüttelte langsam den Kopf. Er sah erschöpft und elend aus. Doch es war Pasithea, die das Wort ergriff.

»Bei den Göttern, Glaukides«, sagte sie, »willst du es nicht noch einmal überdenken?«

Glaukides seufzte ungeduldig, als wäre sie ein Kind, dem man alles zweimal sagen musste. »Das ist die Heimat unserer Vorväter. Was wären wir anderes als Sklaven und Wanderer, die keinen Platz ihr Eigen nennen? Wir wären für immer Fremde. Nein. Ein Mann mag den Tag seiner Ankunft auf der Erde nicht bestimmen können, aber den Tag seines Fortgangs kann er wählen, und wir haben gewählt.«

»Du stellst dich zu hoch«, erwiderte Pasithea. »Es ist nicht an dir, die Wahl für andere zu treffen. Solche Entscheidungen können nicht durch Abstimmung bei einer Versammlung getroffen werden.«

»Sie hat recht«, sagte Iphiades.

»Es ist geschehen. Die Sache ist beschlossen.«

»Dann ändere die Entscheidung«, verlangte Pasithea in scharfem Ton, »solange noch Zeit ist.«

»Zeit wofür?«, schnauzte Glaukides. »Du hast gehört, was dein römischer Freund berichtet hat.«

»Herr«, begann ich und trat einen Schritt vor, »die Stadt ist nicht nur ein Stück Land, besteht nicht bloß aus Marmor und Stein. Sie besteht auch in eurem Herzen. Ist es nicht besser, die Leute leben zu lassen? Es sind schon Städte neu gegründet worden, und das kann wieder geschehen. Aber wenn alle Abydener sterben, ist es damit für immer vorbei.«

»Du hast versucht, uns zu helfen«, sagte Glaukides, »und dafür danke ich dir. Aber du hast nun selbst gesehen, was für ein Mann Philipp ist. Das ist nicht bloß eine Niederlage, wo man am nächsten Morgen aufwacht und denkt: Was tun wir jetzt? Das ist die Auslöschung, das Ende aller, die Vernichtung unserer Stadt, unserer Heimat, der Tempel unserer Götter, unseres Platzes in der Welt, der Gemeinschaft unseres Volkes. Verzeih, aber du bist noch jung. Hast du schon einmal erlebt, wie eine Stadt eingenommen wird? Kinder werden ihren Müttern entrissen und vor ihren Augen erschlagen, die Mütter vor den Augen ihrer Töchter geschändet, wissend, dass ihre Männer bereits tot sind. Und wenn einer dem Morden entgeht, so nur um ein Leben in Knechtschaft zu führen, der Würde beraubt und der Gnade eines rohen Herrn ausgeliefert.«

Er drehte sich zu Iphiades und Pasithea und fuhr mit erhobener Stimme fort: »Glaubt ihr denn, ich weiß nicht, was vor uns liegt? Glaubt ihr, ich habe leichtfertig den Tod derer befohlen, die wir lieben? Ich tue es, um ihnen die Qualen zu ersparen, den Augenblick der Entscheidung, wenn der Dolch in der Hand immer schwerer wird und für den letzten Stoß die Kraft nicht reicht. Gegen Philipps Streitmacht sind wir hilflos. Aber dies ist auch ein Sieg, ein Sieg über die Todesangst und über seine Gier und seine Bosheit. Künftige Generationen werden an diesen Ort kommen, sie werden über grasbewachsene Ruinen schreiten und sagen: Gedenkt der Abydener!«

Er verfiel in Schweigen. Die Lampe an der Wand flackerte, als vom Hafen eine Brise heranwehte. Irgendwo hörte man einen Säugling schreien.

Pasithea erwiderte ruhig: »Deine edlen Worte trüben deinen Blick für die Wirklichkeit, Glaukides.«

Er fuhr sie zornig an: »Das sagst du, die du beschlossen hast, einen anderen Ort zu deiner Heimat zu machen.«

»Ja, das ist wahr«, stimmte sie zu. »Manche Dinge kann man nur aus großem Abstand wirklich erkennen.«

Ich sagte: »Das römische Heer wird kommen.«

»Aber nicht rechtzeitig.«

Ehe ich noch etwas sagen konnte, näherten sich von der Straße laute Männerstimmen und eilige Schritte. Dann klopfte es laut ans Tor. Der Sklave rannte und kam einen Augenblick später mit zwei Soldaten zurück. Sie waren staub- und blutverkrustet.

»Was gibt es?«, fragte Glaukides.

»Ein nächtlicher Angriff, Herr. Die Makedonier massieren sich an der Behelfsmauer.«

»Ich werde mit euch kämpfen«, sagte ich.

Einer der Soldaten setzte zu einer Erwiderung an, aber Iphiades, der den Kopf in die Hände gestützt hatte, kam ihm zuvor. »Nein, Marcus, du musst etwas anderes für uns tun. Du musst uns jetzt verlassen. Geh und sprich für uns in Rom. Berichte dort, was geschehen ist.«

Er stand auf und holte aus dem tiefen Schatten des Säulengangs ein Schwert samt Scheide und schnallte es um seine Taille. Der alte Sklave rannte auf ihn zu und rief mit bewegter Stimme: »Aber nein, Herr!«

»Lass nur, lass, Antiphon«, sagte Iphiades zu ihm. »Du warst mir ein guter Freund, du sollst jetzt frei sein. Geh und rette dich. Die Makedonier werden dich durch ihre Reihen lassen.« Dann zu Glaukides und Theognetos gewandt: »Werdet ihr mit mir kommen?«

Statt einer Antwort hörten wir ein lautes Krachen und das Poltern einstürzender Mauersteine. Die Katapulte hatten ihre Arbeit begonnen. Iphiades schüttelte mir und Menexenos die Hand. »Lebt wohl. Mögen die Götter euch beschützen.«

Wir ließen ihn in seinem Hof zurück, einen Greis in seiner alten Rüstung, würdig in der Niederlage, auf dem Weg in seinen Tod.

Unten im Hafen war der Kapitän fast außer sich. Er hatte schon halb vom Ufer abgelegt, der Tender war nur noch mit der dünnen Bugleine festgemacht.

»Beeilt euch!«, rief er, sobald er uns sah. »Die Triremen schließen ihre Reihe, wir werden nicht mehr hinauskommen.«

Dann sah er Pasithea, fasste finster ihr langes Gewand ins Auge und sagte: »Wir fahren zu keinem Gastmahl.«

»Gewiss nicht«, entgegnete sie. »Aber vielleicht in den Tod, und wenn ich heute Abend in die Unterwelt reisen soll, möchte ich schön gekleidet sein.«

Er verdrehte die Augen zum Himmel und brummte. Sie stieg in den Tender und nahm Platz.

Wir stießen vom Kai ab und ruderten mit größter Geschwindigkeit über das stille Wasser des inneren Hafens auf die Reihe der versenkten Pfeiler zu. Dahinter lagen die Triremen wie Wölfe auf der Lauer.

Der Mond stand am Himmel, fast auf dem Scheitelpunkt seiner Bahn, doch wir passierten ungesehen die Barriere. Die Triremen waren so nah, dass wir die Stimmen der Makedonier an Deck hören konnten. Sie standen an der Reling, den Blick auf das Schauspiel gerichtet, das sich in der Stadt entfaltete.

Unser Kapitän steuerte mit der Ruderpinne zwischen einem Schiff und dem felsigen Ufer hindurch. Es war ein enger Kanal mit starken, tückischen Strömungen. Von Abydos drang Schlachtenlärm heran, gemischt mit dem Poltern und Krachen der schweren Kriegsgeräte. Wir ruderten mit aller Hast, der Kapitän steuerte gebannt, alle achteten auf das strömende Wasser.

Fast schien es, als hätten wir die Blockade passiert, da schlenderte ein einzelner Makedonier an die Reling, griff sich an die Lende und begann sich zu erleichtern.

Dabei schaute er beiläufig auf. Ich sah sein plötzliches Erstaunen. Er sprang von der Reling zurück und schrie aus voller Kehle.

Seine Kameraden kamen gerannt. Ich hörte ihre Schritte an Deck. Unser Kapitän fluchte und rief: »Rudert, was ihr könnt!« Stille war nicht mehr nötig.

Auf der Trireme setzte die Trommel ein, und wir hörten die Befehle. Die Ruderbänke knarrten, in die Riemen kam Bewegung.

Unser Kapitän schaute mit erfahrenem Blick nach der Strömung, runzelte die Stirn, sah noch einmal auf die gezackte Uferlinie, dann riss er entschlossen das Ruder herum und lenkte uns zwischen die Felsen. Der Tender erzitterte. Der Matrose auf der Bank neben mir rief: »Hier sind überall Klippen, Herr.«

»Ich weiß, ich weiß«, schnauzte der Kapitän, ohne den Blick von dem dunklen Wasser abzuwenden.

Die vorderste Trireme nahm Fahrt auf. An ihrem Deck wurde es laut, und irgendein neues Takelwerk erschien.

»Was ist das?«, fragte ich und zeigte darauf.

»Ein Schiffskatapult«, antwortete der Matrose neben mir. »Kannst du schwimmen?«

Die Trireme drehte, ihre Riemen strichen über das Wasser wie die Flügel eines großen aufsteigenden Vogels. Bogenschützen gingen in Stellung und schossen brennende Pechpfeile auf uns ab. Sie sausten ringsherum durch die Luft, zogen eine Leuchtspur und landeten zischend im Wasser.

Einer verfehlte mich um Armeslänge. Das Pech trieb brennend dahin. Dann sah ich eine große, runde Masse auf mich zufliegen.

»Steine!«, schrie ich.

Sofort warf der Kapitän das Ruder herum. Wir hievten die Steuerbordriemen ein, gerade noch rechtzeitig, sonst wären sie zertrümmert worden.

Es gab einen lauten Knall. Der ganze Tender zitterte und ächzte, als er über ein Riff scharrte. Der Matrose neben mir begann mit einer Beschwörung. Dann, mit dem tiefen schwingenden Laut straff gespannter Lederriemen, verschoss das Katapult seine Ladung.

Es waren die Felsen, die uns retteten. Wären die glatten, moosbewachsenen Steine nicht gewesen, die sich neben uns wölbten wie Schildkrötenrücken, unser Boot wäre durch die Steinkugel in tausend Stücke zertrümmert worden. Doch sie glitt von dem rutschigen Bewuchs ab, sprang gegen einen anderen und zerschellte. Trotzdem hüpfte der Tender und krängte, eine große Welle klatschte gegen das Heck und warf mich nach vorn, dass ich auf allen vieren landete.

Ringsumher schrien die Matrosen und ruderten, was das Zeug hielt, der Kapitän bediente das Ruder. Als ich an meinen Platz zurückkroch, hörte ich Menexenos schreien: »Wo ist Pasithea?«

Ich fuhr mit dem Kopf herum zu ihrem Sitzplatz. Sie war nicht mehr da.

Schon stand Menexenos und zog sich aus.

»Hast du den Verstand verloren?«, brüllte der Kapitän. »Die Strömung ist zu stark, sie wird dich hinunterziehen.«

Menexenos achtete nicht auf ihn und setzte, mittlerweile nackt, zum Sprung an.

»Warte!«, schrie ich. »Menexenos, schau!«

Auf meinen Zuruf blickte er über die Schulter. Am Heck stieß Pasithea mit dem Kopf aus dem Wasser. Sie schwamm mit kräftigen Zügen, ihre Haare trieben wie eine Teichrose hinter ihr her.

Wir rannten nach hinten, warfen eine Leine aus und streckten die Arme nach ihr aus. Sie erreichte uns, und mit einer Wendigkeit, die ich ihr nicht zugetraut hätte, schnellte sie an der Seite hoch und zog sich über das Schanzkleid.

»Festhalten!«, befahl der Kapitän, als ein neues Geschoss durch die Luft flog.

Es landete ein Stück entfernt. Das Kriegsschiff verrichtete mit vollen Kräften seinen Dienst, die schwarz-weiß gestreiften Riemen stießen im Takt ins Wasser, Mannschaft und Soldaten waren auf Gefechtsstation.

Nun sah ich, warum der Kapitän uns zwischen die Felsen gesteuert hatte. Der stetige Schlag der Trommeln in der Trireme wurde langsamer. Dann verstummte er.

Man hörte dringende Befehle. Die Riemen verharrten in ihrer Bewegung, dann stießen sie ins Wasser, um die Fahrt des Schiffes abzubremsen.

Der Matrose neben mir brach in Lachen aus. Vom Ruder her hörte ich den Kapitän sagen: »Sie werden sich nicht in die Untiefen wagen, und bis sie sich eine andere Route ausgedacht haben, sind wir längst fort.« Dann drehte er sich breit grinsend zu Pasithea um. »Du schwimmst wie ein Perlenfischer, Herrin.«

Sie lachte. »Das ist nicht verwunderlich. Denn von denen

habe ich es gelernt. Ich bin früher von den Felsen gesprungen, wenn die anderen Mädchen sich vor dem Spiegel herausputzten und vom Heiraten träumten.«

»So«, meinte der Kapitän nickend und betrachtete sie voller Hochachtung, »dann bist du eine Frau mit vielen Begabungen.«

Sie antwortete lächelnd: »Du bist nicht der erste Mann, der mir das sagt.«

Dann zog sie einen Kamm aus ihrem triefenden Kleid und begann sich das Haar zu richten.

Zehntes Kapitel

Im Herbst reiste ich nach Italien, denn der Senat hatte mich nach Rom gerufen.

Pomponius hatte mir feierlich und ungeheuer wichtigtuerisch mitgeteilt, ich solle den Senatoren über Philipp und Abydos berichten. An einem frischen, klaren Herbstmorgen, als die Oberstadt wie ein Goldelfenbeinbildwerk vor dem blauen Himmel stand und die bunten Fischerboote auf den Wellen schaukelten, bestieg ich einen rhodischen Kutter nach Brundisium.

Ich hatte von Athen einen Brief an Caecilius geschickt und geschrieben, dass ich komme. Eine Antwort erreichte mich aber nicht, auch nicht im Hafen von Brundisium.

Von dort reiste ich mit der Eskorte weiter, die man mir geschickt hatte, und als ich in Rom ankam, nahm ich mir ein Zimmer in einem Gasthaus am Aventin in einer belebten Straße mit Läden und Tavernen. Ich schickte eine kurze Nachricht an Titus, dass ich eingetroffen sei, und verbrachte den Rest des Tages, indem ich mir das Forum und die anderen öffentlichen Plätze ansah, denn dies war mein erster Besuch in der Stadt, die mein Vater so sehr abgelehnt hatte.

Nach Athen erschien mir Rom rau und farblos. Ich hatte geglaubt, mich dort heimisch zu fühlen, stattdessen fühlte ich mich wie ein Fremder. Ich hatte in dem griechischen Tarent gelebt, dann in Griechenland selbst, und war es gewohnt, Händler und Besucher aus allen Städten des Mittelmeers mit ihren eigenen Sprachen, Trachten und Gebräuchen zu erleben. Im Vergleich sah Rom wie eine Garnison aus, ein Ort ohne Handel und ohne Schönheit. Selbst das Essen in den Tavernen war fade und wurde mir von einem Wirt gebracht, der mit seinem Benehmen zu sagen schien: Das kommt heute auf den Tisch; ob du es isst oder stehenlässt, ist mir völlig gleichgültig.

Als ich auf mein Zimmer zurückkehrte, lag ein Brief von Titus da, in dem er schrieb, er werde mir am nächsten Morgen einen Sklaven schicken.

Sein Haus lag ein kleines Stück außerhalb der Stadtmauer, nahe am Tiber an einer morastigen Wiese, auf der Vieh weidete.

Es war ein niedriger, ausgedehnter Bau mit rotem Ziegeldach und umgeben von einer hohen Mauer am Rand eines Eichenwaldes, der mehr einem Gehöft glich als einer Stadtvilla. Das war es zweifellos einmal gewesen, bevor die Stadt begonnen hatte, sich auszubreiten.

Während ich neben dem Sklaven herlief, fragte ich mich, wie weit Titus sich wohl verändert haben würde. Pomponius, der jede Kleinigkeit im politischen Leben Roms verfolgte wie ein Spieler, der den Blick ständig auf den Würfeltisch heftet, hatte gesagt, er sei jetzt eine politische Macht, mit der man rechnen müsse, und er könne bald Konsul werden. Ich wusste, dass Titus darauf gehofft hatte, ich hatte aber nicht geglaubt, dass er so schnell aufsteigen würde.

Vor meiner Abreise aus Athen hatte Pomponius viel Zeit darauf verwendet, mir zu versichern, dass er immer ein großer Bewunderer und Unterstützer von Titus gewesen sei, auch wenn ich aus hastig hingeworfenen oder launigen Worten seinerseits den einen oder anderen falschen Eindruck gewonnen haben könnte. Er hoffte, ich werde seinen Namen nicht unerwähnt lassen, es wäre sogar überaus freundlich, wenn ich ihn eigens herausstellen wollte. Ich schmunzelte im Stillen. Nachdem ich so lange mit meinem Stiefvater gelebt hatte, wusste ich, was ein

Speichellecker war. Aber Macht verändert einen Mann, dachte ich, während die grasenden Kühe den Kopf drehten und mich gleichgültig ansahen. Das Gleiche galt für den Erfolg. Ich hoffte, dass Titus noch der Freund war, an den ich mich erinnerte.

Doch ich hätte mir keine Sorgen zu machen brauchen. Sobald der Diener mich angekündigt hatte, kam er herangeeilt und begrüßte mich mit echter Herzlichkeit. Dann schickte er den Diener nach einer Flasche vom besten Wein.

Er trug die Toga des römischen Senators und wirkte damit gesetzter als früher. Sein hellbrauner Bart, in Tarent noch spärlich, war dunkler und dichter geworden, und auf seine Haare schien er größere Sorgfalt zu verwenden. Nur seine Augen waren noch dieselben: blau wie der Frühlingshimmel und voller Leben und Träume.

Der Diener kam zurück, und während er uns die Erfrischungen vorsetzte, fragte Titus, wie mir Rom gefalle.

»Ich fürchte, ich sehe es mit griechischen Augen«, sagte ich.

Darüber lachte er. »Langweilig und provinziell, meinst du? Nun, du hast schon einiges gesehen, und das lässt sich nicht vergessen. Aber allmählich kommen Philosophen und Künstler hierher, es werden jedes Jahr mehr, und eines Tages, wenn genügend Römer über die Grenzen ihrer engen Welt hinausgesehen haben, werden sie Veränderungen herbeiführen. Ein Mann muss zuerst erkennen, woran es ihm mangelt, und sich ausmalen, was er aus sich machen will. Vorerst kennen sie nur die bäuerlichen Dörfer im Umland, gegen die Rom eine lebensprühende Weltstadt ist.«

Er erzählte mir von seinen politischen Angelegenheiten. Die Landkommission war ein Erfolg gewesen, und der hatte seinem Ruf beträchtlich genützt. Die Konsulatswahlen standen bevor, und er war von etlichen führenden Männern Roms überredet worden, sich trotz seines jugendlichen Alters aufzustellen.

»Wirst du gewinnen?«, fragte ich.

Er tauchte den Finger in seinen Wein und zog auf dem Tisch ein Zeichen der Griechen, das gegen Missgeschicke schützen soll. »Ich habe noch Gegner. Aber seit den Ereignissen in Griechenland sind sie weniger geworden.« Er schwieg einen Moment lang, dann sah er mich an. »Und du kannst dabei etwas für mich tun, Marcus.«

Ich lachte. »Aber was weiß ich schon von Rom?«

»Du weißt, was in Abydos geschehen ist, und kannst es den Senatoren an meiner Stelle sagen. Natürlich wissen sie es schon aus Eilbotschaften, aber sie haben es noch nicht von jemandem gehört, der dort war und alles gesehen hat. Schildere ihnen, wie es wirklich war, nicht mehr und nicht weniger.«

»Nun, die Wahrheit ist erschütternd genug«, meinte ich zurückdenkend.

Wir sprachen eine Weile über Philipp und Griechenland und über alles, was passiert war, seit wir uns zuletzt gesehen hatten. Währenddessen klopfte ein Diener an die Tür und brachte einen gefalteten, versiegelten Brief.

»Verzeih«, sagte Titus, nahm ihn und erbrach das Siegel. Ich wandte mich ab, um ihn in Ruhe lesen zu lassen, und schaute mich müßig in dem Raum um.

Am Fenster stand ein großer eichener Anrichtetisch, ein schweres, altmodisches Stück, wie wir es zu Hause in Praeneste hatten, darauf befanden sich einige Gegenstände aus schwerer, blanker Bronze – ein Kästchen mit einem Schloss, eine Tischlampe, eine flache Schale mit Hirschfüßen. Leicht und zierlich wirkte daneben ein schwarzer griechischer Weinpokal von makelloser Schönheit, der außen glatt und glänzend, innen mit einem weißen springenden Delphin verziert war. Ein schönes Stück, das mich aber sogleich an Lucius denken ließ. Titus hatte ihn noch nicht erwähnt. Als der Diener wieder gegangen war, fragte ich Titus, wie es seinem Bruder gehe, und blickte eigens von dem Gefäß weg.

»Ach, ihm geht es recht gut«, sagte er und machte ein heiteres Gesicht. »Er wurde für ein Ädilat im nächsten Jahr bestimmt, und ...« Er stockte und sah mich an. »Nein, ich sollte nicht so tun, als ob, Marcus, nicht vor dir. Er hat sich nicht so sehr gewandelt, wie ich gehofft hatte ... Aber er ist trotz allem mein Bruder, und ich muss ihm helfen, wo ich kann.«

Am nächsten Morgen in dem Gasthaus erwachte ich früh vom Lärm der Straße, der nie aufzuhören schien außer in der tiefsten Nacht.

Beim ersten Morgengrauen stand ich auf. An einem Stand kaufte ich mir einen Rosinenkuchen und setzte mich damit auf die Stufen der Rostra im Forum.

Die schweren Wolken von gestern waren aufgerissen. Über den gefleckten Himmel zogen sich rote Streifen. Während ich mein Frühstück aß, sammelte ich meine Gedanken für den anstehenden Tag wie ein Mann, der sich auf eine Schlacht vorbereitet.

Ich war früh zu Bett gegangen, um frisch und ausgeruht zu sein, doch wegen des Lärms von der Straße und der Gedanken, die mir durch den Kopf gingen, hatte ich dann schlecht geschlafen und mir im Geiste immer wieder neu zurechtgelegt, was ich vor dem Senat sagen sollte. Während die Nachtstunden verstrichen, kam mir jede präparierte Rede schlechter vor als die vorige, bis selbst die einfachsten Worte falsch klangen, und ich versank in Zweifel und Unschlüssigkeit. Irgendwann in den stillen Morgenstunden schlief ich ein und träumte Schlimmes von Abydos.

Rom ist auf sieben Hügeln erbaut. An diesem Tag versammelte sich der Senat im Tempel auf dem Kapitol, der hinter dem Forum aufragt.

Ich beendete mein Frühstück und begab mich dorthin.

Der Tempel stand frei auf der südlichen Hügelkuppe. Nach den Bauten in Athen erschien er mir klobig und reizlos – alte verwitterte rote Ziegel, die hier und da auf grauen Stein stießen, und am Dachsims kleine grobschlächtige Figuren aus bemaltem Ton. Ein freudloser Priester fegte den Platz vor dem Eingang.

Bis zur Versammlung war es noch eine Weile hin, aber so wollte ich es. Denn nach meinem misslungenen Zwiegespräch mit Philipp, das mich sehr aufgewühlt hatte, wollte ich keine neue Überraschung erleben.

Eine Zeit lang wanderte ich zwischen den Altären und Statuen umher und blieb vor den angesammelten Siegestrophäen stehen – einem Haufen alter Schilde und Schwerter, die Rost und Grünspan angesetzt hatten, und grober Votivfiguren, lauter Gedenkstücke längst vergessener Schlachten und zu Staub zerfallener Helden.

Ich stand auf den Stufen vor dem mächtigen Standbild des Jupiters, der düster, allmächtig, streng und herb aussah, ganz wie die Stadt, über die er wachte.

Bald lichtete sich der Himmel zu einem wolkengefleckten Blau, und als ich die Senatoren eintreffen sah, begab ich mich zur Vorhalle, wo die Bronzetüren offen standen, und spähte hinein.

Im Innern herrschte morgendliche Kälte. Sonnenstrahlen fielen durch die hohen Fensterschlitze herein und warfen schmale Lichtflecke auf die hölzernen Bänke. Weiter hinten unter einem auf Holzpfeilern ruhenden Baldachin stand die Statue der Juno auf einer Plinthe aus schwarzem Granit. Vor ihr schwelten duftende Wacholderzweige in einer Räucherschale.

Die Senatoren nahmen ihre Plätze ein, die meisten alte Männer mit hagerem, ernstem Gesicht.

Angesichts ihres Alters und ihres grimmigen Ernstes war mir anfangs unbehaglich, aber dann dachte ich an das athenische Volk, das sich in seiner Beschränktheit von den schmeichelnden Worten jedes gerissenen Redners lenken ließ, der es seinem Willen unterwerfen wollte. Lieber von diesen strengen alten Männern regiert werden, die eine Schlacht aus eigener Anschauung kennen, so dachte ich, und ein Argument ohne Gefühle bedenken können. Sie sind hier, um über Frieden und Krieg zu entscheiden, über Leben und Tod. Da ist kein Platz für Leichtfertigkeit.

In diesem Augenblick kam Titus mit einigen jüngeren Senatoren. Er grüßte mich kurz. Vermutlich sah er mir mein Unbehagen an, denn er sagte: »Sei unbesorgt. Erzähle, wie es gewesen ist. Das sind achtbare Männer, auch die, die nicht meine Ansicht teilen, und sie können eine wahrheitsgetreue Schilderung von Aufschneiderei unterscheiden.« Dann fügte er mit einem raschen Lächeln hinzu: »Ich danke dir, Marcus. Es gibt keinen, den ich heute lieber vor dem Senat sprechen sähe, als dich.«

Damit ging er zu seinem Platz. Ich wartete, bis man mich aufriefe, und schaute zu den fernen Bergen hinüber. Hier und da stiegen Rauchfahnen auf. Es war das Ende der Ernte, und die Bauern verbrannten das abgeschnittene Holz aus den Weingärten. Bei ihrem Anblick musste ich an zu Hause denken. Dort würde ich hingehen, sobald meine Aufgabe in Rom beendet wäre. Doch nun sprach mich der Senatsdiener an, und ich drehte mich um und folgte ihm hinein, mit den Gedanken bereits bei meiner Rede.

Trotz meiner nächtlichen Befürchtungen fand ich die richtigen Worte. Später sagte ich mir, dass mir die Schatten der Abydener zu Hilfe gekommen waren, und ich gelobte im Stillen, Mars dem Rächer ein Opfer darzubringen, denn mir schien, dies war vor allem seine Sache.

Die Senatoren hörten mir schweigend zu. Hinterher folgten Fragen und Erörterungen. Vieles hatte ich schon von Titus gehört. Ich entsinne mich eines alten Senators, der Einwände machte und dem Titus entgegenhielt: »Wie lange willst du es noch verzögern? Müssen wir warten, bis Philipp in Italien landet wie Hannibal und Pyrrhus?«

Der Senator wischte das mit einer Armbewegung beiseite,

als hätte er diesen Satz schon zu oft gehört. »Heute ist nicht damals«, erwiderte er. »Die Lage ist anders.«

»Bist du dessen so sicher?«, fragte Titus nach. »Philipp hält in Griechenland bereits die Vorherrschaft. Unsere Spione berichten, dass er geheime Verhandlungen mit Antiochos führt. Ägypten ist schwach. Müssen wir warten, bis der ganze Osten einig gegen uns steht?«

Er wandte sich den anderen zu und fuhr fort: »Keine Stadt besteht durch die Gnade der Götter, nicht einmal Rom. Wir überleben durch unsere Tapferkeit, solange wir sie besitzen, und durch unsere Stärke, solange wir sie bewahren. Wir haben unser Ansehen eingesetzt, als wir Philipp den Rückzug befahlen, und er hat uns nicht beachtet. Wenn wir jetzt nichts unternehmen, warum sollte er uns beim nächsten Mal ernst nehmen? Er wird uns für schwach und wankelmütig halten. Möge sich jeder vor Augen halten, dass eine leere Drohung schlimmer ist als keine Drohung!«

Beifälliges Gemurmel erhob sich ringsherum. Dies waren Männer von Ehre, und das Wort eines Mannes verpflichtete ihn.

Danach spürte ich eine leise Veränderung, einen Stimmungsumschwung wie das erste Frühlingslüftchen am Ende des Winters. Und als es schließlich zur Abstimmung kam, wusste ich, wie sie ausgehen würde, und ich war froh.

Als die Hände für Titus gehoben wurden, fiel mir Philipps Entgegnung ein, nämlich dass wir ihm auf eigene Gefahr drohten.

Dann dachte ich an die Abydener.

Ich hatte sie kein zweites Mal enttäuscht.

Ich nahm den vertrauten Weg durch den Eichenwald.

Es wehte kein Wind, der Himmel zeigte sich tiefblau und wolkenlos, und oben von hohen Felsen, wo ich als Knabe gespielt hatte, hörte ich die Ziegenglöckchen bimmeln.

Ich saugte die Luft in meine Lungen und empfand eine Sehnsucht nach ich weiß nicht was: nach dem einfachen Leben, nach der verlorenen Kindheit.

Schließlich erreichte ich die lange Pappelallee, die die Grenze unseres Besitzes markierte, und sogleich fielen mir Veränderungen ins Auge. Der Bach, der zwischen den Terrassen hinabfloss, der mit der Zeit und den Konturen des Berges seinen natürlichen Verlauf gefunden hatte, war vertieft, verbreitert und befestigt worden. Das umliegende Waldland war gerodet und umgepflügt worden, und hinter dem weiß getünchten Haus, wo die Knechte lebten, waren neue Viehgatter.

Ich kam unangemeldet. Lächelnd sah ich der Überraschung entgegen. Worauf ich nicht vorbereitet war, waren die Tränen meiner Mutter.

Ich fand sie in ihrem Zimmer. Sie drehte sich erschrocken um.

»Mutter«, sagte ich und ging die paar Schritte auf sie zu, um sie zu küssen.

Es dauerte einen Moment, bis mir auffiel, was sich verändert hatte. Das Zimmer kam mir nackt vor, obwohl ich nicht erkennen konnte, was fehlte. Dann hob ich den Kopf und sah, dass die alte ausladende Eberesche vor dem Fenster verschwunden war.

»Du hast den Baum fällen lassen«, sagte ich. »Du hast ihn immer gemocht.«

»Dein Vater hat entschieden, dass wir mehr Licht brauchen.«

Ich ging zum Fenster. Da war nur noch der abgesägte Stumpf. Ich dachte an das entstellte Landstück, das sinnlos einem schlecht überlegten Plan angepasst worden war. Plötzlich empfand ich eine starke Verbitterung, und ehe ich mich besinnen konnte, sagte ich in scharfem Ton: »Kann er denn gar nichts unberührt lassen? Er ist nicht mein Vater, verflucht, er wird es niemals sein.«

Der Zorn war mit mir durchgegangen. Ich schämte mich sofort, denn das war alles nicht ihre Schuld. Mit reuevollem Gesicht wandte ich mich vom Fenster ab.

Sie saß reglos da und starrte auf die kleine Näharbeit in ihrem Schoß. Ihre Haare waren wie immer zurückgebunden, bis auf ein paar achtlose Strähnen an den Seiten. Aber das letzte Blond war verschwunden.

Zum ersten Mal fand ich, dass sie alt aussah. Ich hatte ein Gefühl des Einsackens, als würde das Fundament meines Lebens bröckeln. Mir wurde deutlich, was sie geopfert hatte, um den Hof zu erhalten. Sie hatte nie davon gesprochen. Aber es erfüllte mich jetzt mit dumpfer, trostloser, ohnmächtiger Traurigkeit.

In dem Augenblick hob sie den Kopf, und es zerriss mir das Herz, als ich die aufsteigenden Tränen sah.

»Mein lieber, teurer Marcus«, sagte sie sanft. »Wie froh ich bin, dich zu sehen! Du hast mich wirklich erschreckt.«

Sie blinzelte und fasste sich ins Gesicht, dann fuhr sie mit festerer Stimme fort: »Wir haben deine Briefe aus Athen erhalten. Du hast so viel getan, und ich bin stolz auf dich. Dein Vater – dein wirklicher Vater – wäre auch stolz auf dich. Und sieh nur, was für ein kräftiger Mann du geworden bist.«

Ich drehte den Kopf zum Fenster, damit sie meine Augen nicht sehen konnte. Aber meine Stimme ließ mich kurz im Stich, als ich sagte: »Dennoch bin ich derselbe geblieben, Mutter. Derselbe alte Marcus.«

Ich hörte, wie ihr der Atem stockte.

»Caecilius ist nicht hier«, sagte sie dann. »Er ist in Patrai, führt dort mit irgendeinem König oder Herrscher Geschäfte.«

Ich nickte.

Es entstand eine qualvolle Stille. Schließlich sagte sie mit leiser, heller Stimme: »Der Hof war mir wichtig. Begreife das. Ich wollte ihn nicht verloren geben.«

Das war der Moment, wo all meine aufgestaute Trauer hervorbrach. Ich hatte gewollt, dass sie zu mir spräche, die verschlossene Tür öffnete und einmal die Maske der Pflicht fallen ließe. Und nun, da sie es tat, wurde ich von meinen Gefühlen umgerissen.

Ich stieß einen schluchzenden Laut aus, um ihres und meines Verlustes willen und wegen der tiefen, fortwährenden Grausamkeit der Welt, der nun auch die schattenspendende Eberesche zum Opfer gefallen war.

Ich eilte zu ihr, kniete mich vor sie und nahm ihre Hand in meine. »Ich weiß, Mutter«, flüsterte ich. »Ich weiß.«

Sie strich mir über Haar und Wange. Nach einer kurzen Weile stand sie auf und ging ans Fenster.

»Deine Schwester hat dich vermisst«, sagte sie. »Sie liebt dich aufrichtig. Hast du das gewusst? Vielleicht hat ein Gott sie hergeführt, der weiß, was sie am meisten braucht. Sie hat in dir einen Bruder gefunden. Es vergeht kaum ein Tag, an dem sie nicht von dir spricht.«

»Ich habe Bücher für sie mitgebracht.«

»Das wird ihr Freude machen. So geh doch zu ihr. Du findest sie auf der unteren Terrasse bei der alten Eiche auf der Sommerweide. Das war einer deiner Lieblingsplätze, weißt du noch?«

Sie fuhr erschrocken auf, als ich sie rief. Sie hatte sich in einen schweren Wintermantel gehüllt und ein Buch im Schoß.

»Marcus!«, rief sie.

Sie legte das Buch beiseite und kam gerannt.

»Warum hast du nicht geschrieben? Ich dachte, du seist in Griechenland.«

Ich erklärte es ihr, und sie hörte mir mit großen, klugen Augen zu.

Am Ende sagte sie: »Ein neuer Krieg. Nun, es wurde schon lange darüber geredet.« Sie hielt inne und sah mich an. »Wirst du kämpfen müssen?«

»Vielleicht. Das ist nichts Neues für mich … Oh, fast hätte ich es vergessen: Da liegt ein großes Paket für dich im Haus. Ich war in Athens Buchläden einkaufen, bevor ich abgereist bin.«

Sie hielt entzückt die Luft an. »Oh Marcus«, rief sie und küsste mich auf die Wange.

»Aber zuerst«, sagte ich lachend, »musst du mir erzählen, wie es dir hier ergangen ist.«

»Ach, ich bin glücklich«, sagte sie. »Ich schätze jeden Tag, den ich hier bin. Ich habe deine Mutter um mich, die Leute vom Hof und die Bücher deines Vaters.«

»Dann bin ich froh.«

Ich schwieg einen Moment, dann sah ich sie an. »Und was macht er?« Es war nicht nötig, den Namen auszusprechen.

»Er ist in Griechenland«, sagte sie achselzuckend.

»Ich weiß. Mutter hat es mir gesagt.«

»Du fragst, was er macht. Nun, er hat natürlich seinen Reichtum vergrößert und sorgt dafür, dass das jeder erfährt. Er ist fetter geworden. Und er hört noch weniger zu.« Sie schaute über die abschüssige Weide zum gegenüberliegenden Berghang. »Hast du schon einmal ins Tal auf die winzigen Höfe und Tiere und Knechte geschaut und gedacht, dass ein Vogel sie genauso sieht?«

»Oft«, sagte ich. »Ich pflegte an derselben Stelle zu sitzen wie du.«

»Von ferne kannst du sie alle sehen, den Wagen auf dem Weg, den Hengst bei der Stute, die schwimmenden Knaben im Fluss, die Diener bei der Arbeit. Sie können einander nicht sehen, aber ich hier oben sehe sie alle, gewiss wie ein Gott alles auf einmal in den wahren Größenverhältnissen. Und so ist es mit ihm. Früher war er für mich mein Vater: Das war alles, was ich wusste, und die Grenze meiner Welt. Aber wenn er jetzt nach langer Abwesenheit hierherkommt, sehe ich nicht den Vater, sondern den Mann.«

»Hat er sich so sehr verändert?«

Sie schüttelte den Kopf. »Nein, Marcus. Ich habe mich verändert. Ich sehe, was ich früher nicht gesehen habe. Reichtum genügt ihm nicht mehr, wenn er auch oft genug darüber redet. Jetzt gibt es etwas anderes: Er hat die Macht gewittert, so sehr, dass es ihn nach mehr verlangt. Aber er begreift sie nicht und wie man sie gewinnt oder was sie aus einem Mann machen kann. Hast du sein Arbeitszimmer schon gesehen?«

Ich verneinte.

»Dann geh und schau es dir an, wenn du es dir zumuten möchtest. Man erfährt viel über einen Mann, wenn man sieht, wonach es ihn verlangt und was er als schön erachtet. Das Zimmer ist mit dem neusten vulgären Tand angefüllt. Bronzen sich küssender, nackter Knaben, Satyrn, die Nymphen beiliegen, Göttinnen, die sich ans Geschlecht greifen – das ist ein Spiegel seiner geheimen Seele.«

Ich betrachtete ihr ernstes Gesicht. Ja, dachte ich, sie hat sich verändert. Sie hatte an finstere Orte geschaut und war zu gelassener Klugheit gelangt, die aus Kenntnis und Schmerz geboren war.

Dann fragte ich: »Bringt er Frauen hierher?«

»Hierher nicht, den Göttern sei Dank. Er weiß, deine Mutter würde sich das nicht bieten lassen. So viel Vernunft hat er wenigstens.«

Ich nickte, und wir sprachen nicht weiter darüber. Eine Weile redeten wir über unbedeutende Dinge. Aber irgendwann meinte sie: »Du bist anders geworden. Mit dir ist etwas geschehen.«

Ich lächelte.

»Ich bin wohl älter geworden. Und ich habe vieles erlebt, und nicht nur Gutes.«

»Ja«, sagte sie und schwieg einen Moment. »Aber da ist noch etwas anderes, ich sehe es in deinen Augen.« Dann fragte sie: »Bist du verliebt?«

Ich musste laut lachen. »Du siehst vieles, kleine Schwester.«

»Verzeih. Ich hätte nicht fragen sollen. Du brauchst es mir nicht zu erzählen.«

»Doch, das möchte ich durchaus.« Und so erzählte ich ihr von Menexenos.

Ich redete viel zu lange, wie Verliebte es eben tun. Am Ende sagte sie: »So etwas habe ich vermutet. Es muss wunderbar sein, einen solchen Freund zu haben. Ist er wie ein Bruder für dich?«

»Ein Bruder?« Ich zuckte die Achseln und lächelte. »Das kann ich nicht sagen, ich hatte nie einen.«

»Ich auch nicht.« Und mit einem scheuen Seitenblick fügte sie hinzu: »Erst jetzt.«

Mir fielen die Worte meiner Mutter ein. Ich drehte mich zu Caecilia hin. »Und ich habe jetzt eine Schwester. Eine bessere hätte ich mir nicht wünschen können.«

Ihr ernstes Gesicht leuchtete auf, was selten genug geschah. »Ich hoffe, du bringst ihn eines Tages hierher. Ich würde ihn gern kennenlernen.«

Voller Glücksgefühl stellte ich mir vor, wie ich Menexenos nach Praeneste führen und ihm die Welt meiner Kindheit zeigen würde.

»Das werde ich tun«, versprach ich, »eines Tages. Ihr beide würdet Freunde werden, ganz gewiss.«

An einem Wintertag, als ich draußen auf den Feldern war, sah ich einen Reiter den langen Weg heraufkommen. Es war ein Bote aus Rom, und er brachte mir einen Brief von Titus.

Ich schickte ihn zum Stallgebäude, wo er für sich und sein Pferd eine Mahlzeit bekam. Dann erbrach ich das Siegel und las.

»Titus an seinen Freund Marcus, sei gegrüßt. In zehn Tagen finden die Wahlen statt. Alles ist in der Schwebe. Komm, wenn du kannst.«

Ich ging zu den Küchen hinters Haus und fand den Boten über einem dampfenden Teller Bohnen mit Speck. Die Haussklaven umringten ihn und hörten sich die Neuigkeiten an. Als er aufblickte, sagte ich: »Richte ihm aus, dass ich komme.«

Gegen Titus trat in diesem Jahr ein alter Senator an, aus der Faktion derer, die sich einem Krieg mit Philipp oder anderen widersetzten. Wie ich erfuhr, gehörte Titus' Vater auch dazu. Titus fürchtete, die Wahl könnte gegen ihn ausfallen, doch mit Unterstützung der Veteranen, denen er zu neuem Land verholfen hatte, erhielt er am Ende reichlich Stimmen. Zur Feier hielt Titus ein Bankett ab. Es war fast wie in den alten Tagen in Tarent. Er hatte einen griechischen Kitharisten und einen berühmten Koch aus Neapolis kommen lassen. Aber jetzt wollte natürlich jeder mit ihm befreundet sein, und ich war nur ein Gast unter vielen.

Allerdings gab es eine bemerkenswerte Abwesenheit. Sein eigener Vater kam nicht, da er sich auf andere Verpflichtungen berief, wie ich hörte.

Die Konsuln, wenngleich im Winter gewählt, nehmen ihre Amtsgeschäfte erst an den Iden des März auf. Während der Wartezeit traf Titus seine Vorbereitungen, und von diesen traf mich eine mit Bestürzung. Auf seinen Rat hin hatte der Senat Lucius den Befehl über die Flotte gegeben.

Ich weiß nicht, ob sie Befürchtungen geäußert hatten. Wenn ja, so erzählte mir Titus nicht davon. Und wie man sich denken kann, behielt ich für mich, was ich über diese Ernennung dachte. Titus, der gewöhnlich klar sah, fühlte sich seinem Bruder so sehr verpflichtet, dass ich es für klüger hielt, dazu zu schweigen.

Zu der Zeit hielt sich Lucius wegen militärischer Angelegenheiten in Gallien auf. Ich dachte nicht weiter an diese Sache, bis Titus eines Tages sagte: »Philipp bedrängt Attalos und die Athener. Wir müssen tun, was uns möglich ist, um sie zu entlasten.

Ich habe an Lucius geschrieben und ihn gebeten, nach Athen zu segeln, sobald die Seerouten befahrbar sind. Du kennst die Griechen besser als er: Ich möchte, dass du ihn begleitest. Dein Rat wird nützlich sein, und außerdem wird es Zeit, dass du ein eigenes Kommando bekommst.«

Ich dankte ihm, fragte mich aber, ob er den Streit in Tarent vergessen hatte. Titus war zu großherzig, um solche Vorfälle einzubeziehen. Lucius nicht, fürchtete ich.

Als ich Rom in diesem Winter besser kennenlernte, fand ich Gefallen an der Stadt.

Ich verbrachte viel Zeit mit Villius und seinem Freund Terentius, und mit diesen beiden als Führer entdeckte ich die verborgenen Plätze hinter der freudlosen Fassade.

Wie Titus gesagt hatte, zog es damals Lehrer, Schauspieler und Künstler aller Art nach Rom. Man hörte sie in den kleinen Hinterhoftavernen und fand ihre Werkstätten hinter Gartenmauern in den hässlichen Stadtvierteln, wo hinzugehen niemandem einfiel. Dort übten sie still ihr Gewerbe aus und gaben ihr Wissen und Können an die Jungen weiter, an Schüler und Lehrlinge, wie es von alters her üblich war, seit Menschen sich zusammengetan hatten, um in Städten zu leben und sich eine Kultur zu schaffen. Da waren Töpfer, die im griechischen Stil arbeiteten, Vasenmaler, Silber- und Goldschmiede, Bildhauer, Maler und Baumeister. Bald würde ihr Werk Früchte tragen. Sie würden Rom verschönern, und ihr Wissen würde sich ausbreiten und wie die Strahlen der aufgehenden Sonne schließlich bis in den letzten Winkel reichen, wo Barbaren nackt gingen und wilde Tiere ungehindert umherstreiften.

Eines Tages nahmen mich Villius und Terentius zu einem Philosophen aus Rhodos mit, der gekommen war, um einige Vorträge zu halten.

Er begann das Gute zu preisen, und dies mit so ausgefeilten, schönen Worten, dass meine Seele sich aus meinem Körper emporzuschwingen schien. Dann aber zerstörte er mit gleichem sprachlichen Geschick, was er zuvor gesagt hatte, sodass mir der Kopf davon schwirrte.

Als der Vortrag vorbei war und wir die Straße zum Forum entlanggingen, fragte mich Villius, was ich davon hielte. Ich antwortete, dass ich nach solch einem Auftritt nicht mehr wisse, ob ich auf festen Boden träte oder nicht. Darüber musste er lachen.

»Aus solchen Gründen wollen manche die Philosophen aus der Stadt jagen«, sagte er. »Sie schenken starken Wein ein, sie zwingen Männer, sich anzusehen, wie sie denken und handeln, und dabei schert es sie nicht einmal. Sag mir, bist du Titus' Vater schon einmal begegnet?«

Ich verneinte.

»Er nennt sie oberschlaue Schwätzer, die reden und reden und nichts klären. Wenn es nach ihm ginge, würde jeder Philosoph und Künstler, jeder Rhetor und Rhapsode mit Gewalt vertrieben ... Wenn du den Vater kennst, fängst du an, die Söhne zu verstehen.«

Das überraschte mich, und ich sagte: »Beide Söhne? Titus und Lucius? Aber sie scheinen mir sehr verschieden zu sein.«

»Das sind sie, wie zwei verschiedene Pflanzen aus demselben Garten. Ihr Vater glaubt, man könne einem Knaben Tugend mit dem Stock einbläuen. Sie bekamen nur die Hälfte zu essen. Essen, das man keinem Hund vorsetzen würde. Es gab keine Musik, keine Bücher. Und natürlich niemals – niemals – etwas Griechisches. Sie tragen beide ihre Narben, jeder auf seine Weise.«

Ich ging neben ihm her und dachte mit düsterer Miene darüber nach. »Aber Titus erscheint mir so ...«, nach dem Vortrag kam mir das Wort kaum über die Lippen, »... so gut. Das muss er woandersher bekommen haben.«

»Oh, ganz recht. Und das ist der Witz an der Sache, das ist es, was sein Vater nicht erträgt. Eines Tages traf es sich, dass er auf der Straße einen Rhapsoden Homer vortragen hörte. Es kann nicht besonders gut gewesen sein, aber danach war Titus davon gefesselt. Was er aus sich gemacht hat, hat er von den Griechen gelernt. Er hat sich nach seinem Traum geformt. Und das kann sein Vater ihm nicht verzeihen.«

»Aber Villius«, rief ich, »das ist doch schrecklich!«

Er lächelte über meine Entrüstung.

»Ich habe schon Schlimmeres gehört. Kratze an irgendeiner Familienfassade, und du findest etwas.«

Wir sagten dazu nichts weiter, denn Villius sah einige Freunde den Hügel hinaufgehen, und wir liefen, um sie zu begrüßen.

Nicht lange danach, als ich Titus besuchte, begegnete ich auch seinem Vater.

Der Winter war plötzlich kalt geworden. Der Rauch von tausend Häusern hing in der frostigen Morgenluft. Als mir der Haushalter den Mantel abnahm, kam Titus aus seinem Arbeitszimmer. Er war in ernste Gedanken versunken.

Fast fuhr er zusammen, als er mich sah. Er hatte wohl vergessen, dass ich kommen wollte. Doch das überspielte er und sagte: »Ah, Marcus!« Und dann in leisem, düsterem Ton: »Mein Vater ist hier. Er wird gleich wieder fort sein, aber du solltest ihn einmal kennenlernen. Er beklagt sich schon, dass ich ihm meine Freunde vorenthalte.«

Sein Vater stand zwischen Schreibtisch und Fenster und schaute in den grauen winterlichen Garten. Er drehte sich heftig um, als wir eintraten, und ich spürte sogleich, dass ich einen Streit unterbrochen hatte.

Titus stellte mich vor und erwähnte auch einiges, was ich getan hatte. Dabei betrachtete mich sein Vater mit regloser Miene. Er war noch schmaler im Gesicht als sein Sohn und hatte lange Falten um den Mund, die seinen finsteren Blick unterstrichen. Das Auffälligste waren seine Augen. Wenn in Titus' Gesicht ein Licht aufschien, löschten sie es aus.

Er musterte meine Tunika und rümpfte die Nase. Ich hatte

sie mir in Athen gekauft. Sie war nicht besonders auffällig, hatte nur eine schmale Borte aus rotem Eichenlaub mit ein wenig Blau. Er aber trug eine schlichte graubraune, wie sie ein Bauer für den Stall anzog.

Unter seinem kalt urteilenden Blick meinte ich, mich schämen zu müssen, obwohl ich wusste, dass es dazu keinen Grund gab. Darum sah ich ihm in die Augen und sagte, dass ich mich freute, ihn endlich kennenzulernen.

Er brummte eine höfliche Antwort. »Aber ich bin schon auf dem Weg hinaus, wenn nur dieser elendige Diener endlich meinen Mantel brächte. Bist du nicht der Knabe aus Praeneste, dessen Vater in Epirus starb?«

»Ja, Herr.«

Ich nahm an, er würde mir sein Bedauern ausdrücken, stattdessen sagte er: »Epirus ist eine gefährliche Gegend. Es wäre klüger gewesen, wenn er nicht dorthin gefahren wäre … Wie alt bist du?«

»Zwanzig, Herr.«

Er lachte. »Zwanzig, und schon stürzt du dich in dieses gefährliche Unternehmen. Dann bist du es, der in Abydos war?«

»Ja, Herr. Ich war dort, als die Stadt fiel.«

»Die Griechen haben sich das selbst zuzuschreiben, und jetzt erwarten sie von uns, dass wir sie retten kommen. Aber ich vergeude meinen Atem. Du wirst wohl ebenso wenig auf mich hören wollen wie er«, sagte er und deutete mit dem Daumen auf seinen Sohn. »Ich meine, ein junger Mann sollte seine Zeit auf dem Hof seines Vaters verbringen und dem Beispiel seiner Vorfahren folgen. Die sind nicht übers Meer gefahren, um sich in anderer Leute Kriege einzumischen.«

Hinter mir hörte ich Titus seufzen. »Sie waren eben nicht dazu gezwungen.«

»Und du auch nicht. Was kann es uns denn bedeuten, wenn sie einander umbringen? Sollen sie doch.«

»Herr«, erwiderte Titus geduldig, »darüber haben wir schon

gesprochen. Nicht allein um der Griechen willen müssen wir gegen Philipp kämpfen, sondern um unserer selbst willen.«

»Das glaube ich nicht.«

»Das ist mir bekannt.«

»Wenn wir erst einmal damit angefangen haben, wird es kein Zurück mehr geben. Die Griechen werden uns verderben. Lass das Kopfschütteln. Bist du kürzlich einmal durch die Stadt gegangen? Die Jugend besteht nur noch aus wohlriechenden Stutzern, die sich kleiden wie Schauspieler, sich den Kopf mit Unsinn vollstopfen – mit griechischem Unsinn. Sie sehen mehr wie Frauen, denn wie Männer aus. Wahrscheinlich wissen sie selbst nicht mehr, ob sie Männlein oder Weiblein sind.«

»Ja, Vater«, sagte Titus müde.

»Es ist nicht gut, zu viel zu lernen. Das macht die Menschen unzufrieden. Sieh dir nur diesen betrunkenen Taugenichts von deinem Bruder an. Ich habe immer gesagt, aus ihm wird nichts werden, und ich hatte recht. Mein Vater hätte mir das mit Schlägen ausgetrieben. Aber die Schuld liegt bei mir. Ich war zu milde, habe an der Rute gespart ...«

Titus schlug die Augen nieder, seine Wangen röteten sich unter dem hellbraunen Bart.

Sein Vater fuhr fort. »Sieh dich an! Du bist noch keine dreißig Jahre alt, hast den Kopf voller Träume, und jetzt hast du die Leute überzeugt, dich zum Konsul zu wählen. Konsul! Mit neunundzwanzig! Solche Torheit ist mir noch nicht untergekommen.«

»Scipio hat es auch getan.«

»Scipio ist auch so ein Tor. Erst gestern habe ich mit Cato gesprochen. Er ist meiner Meinung. Das ist ein vielversprechender junger Mann. Du könntest manches von ihm lernen.«

»Cato!«, rief Titus aus und verdrehte die Augen. »Wenn es nach ihm ginge, würden wir noch in Lehmhütten wohnen und uns zweimal im Jahr im Tiber waschen. Was ich tue, tue ich für Rom.«

»Du täuschst dich. Was du tust, tust du für dich selbst ... Sextus! Wo bleibt mein Mantel?«

Er schritt zur Tür, wohl um nach dem Sklaven zu suchen, doch dann erinnerte er sich meiner und drehte sich um.

»Auf ein Wiedersehen«, sagte er. »Sieh zu, dass du nicht getötet wirst wie dein Vater.«

Damit ging er hinaus.

Titus begegnete meinem Blick. »Cato!«, sagte er bitter. »Den hält er für ein Vorbild! Hast du ihn schon einmal erlebt? Er ist ein herzloser Pedant, der Armut bevorzugt und sich selbst für den tugendhaftesten Mann in ganz Rom hält. Nichts ist widerwärtiger als ein reicher Mann, der vorgibt, arm zu sein. Aber die alten unnachgiebigen Senatoren und mein Vater halten diese eitle Pose für Tugendhaftigkeit nach alter Sitte und bewundern ihn.«

Er ließ sich auf den Schreibtisch sinken. »Ganz gleich was ich tue, es ist nie genug. Er verachtet die Griechen, weil sie mehr wissen als er. Tugend heißt für ihn handeln ohne zu fragen, wie es die Sklaven tun. Wie kommt es, dass immer die die Philosophie verachten, die ihrer am meisten bedürfen?«

Ich überlegte, was ich darauf antworten könnte. Er sah niedergeschmettert aus. Aber was sagte man über fremde Väter? Ich wusste es nicht. Verlegen und hilflos sagte ich schließlich: »Ich nehme an, er meint es gut.«

Titus blickte auf. »Tatsächlich? Dann nur, weil du ihn nicht kennst. Er ist wie eine Gorgo, unter deren Blick sich alles zu Stein verwandelt.« Er spielte gedankenverloren mit dem marmornen Briefbeschwerer, indem er ihn antippte und zum Schaukeln brachte. Diese Unruhe erinnerte mich an Lucius, und mir fielen Villius' Worte wieder ein, wonach die Brüder Pflanzen aus demselben Garten seien. Doch selbst auf diesem armseligen Boden war einer zum Licht gewachsen, während der andere dahinwelkte. Das war mir ein Rätsel.

Irgendwann wurde ihm seine Spielerei bewusst, und er hielt

das schaukelnde Gewicht an. Er starrte auf die dunklen Adern des Steins, dann stellte er ihn ungeduldig beiseite.

Mit leiser, angestrengter Stimme murmelte er halb zu sich selbst: »Das ist meine Familie.«

Mehr nicht. Es war, als hätte sich die Ofentür geschlossen und das wütende Feuer eingesperrt.

Er schüttelte den Kopf, stand auf und sagte: »Aber komm, Marcus, lassen wir uns etwas warmen Gewürzwein bringen, dann können wir über die Zukunft sprechen.«

Seinem Vater bin ich nie wieder begegnet. Aber immer wenn ich einen bedeutenden Politiker höre, wie er die Familie als selbstverständlichen Vorteil preist, denke ich an ihn.

Elftes Kapitel

Wir wurden aufgehalten. Lucius war während des Jahres in Gallien Prätor gewesen. Titus hatte ihn gedrängt, sich eilig aufzumachen, sobald sein Amt es zuließe, und ihm mitgeteilt, dass die Flotte in Kerkyra auf ihn warte. Dennoch musste ich noch bis Monatsende in Brundisium ungeduldig ausharren, zusammen mit den übrigen Befehlshabern, Lotsen und Matrosen und einer kleinen Abteilung Soldaten.

Endlich kam er, aber nicht zu Pferd oder mit einem schnellen Einspänner, sondern in einer massigen Kutsche, die von zwei gemütlichen Ochsen gezogen wurde, sowie einem Wagen vollbeladen mit seinen Besitztümern.

In Tarent hatte ich ihn einmal mit Titus verwechselt. Das war jetzt schlechterdings unmöglich. Es war, als stünde man vor einem ausgezehrten Titus, vor seinem Gespenst. Seine braunen Haare waren schlaff und stumpf. Er trug eine kostspielige, purpurn gestreifte lange Tunika und darüber einen schweren Wintermantel in Pfauenblau von der Art, die reiche Männer sich neuerdings aus Griechenland kommen ließen.

Sein Körper war unter all diesem faltenreichen Putz verborgen, doch am Gesicht sah man, dass er fett geworden war. Von seiner leichtlebigen Schönheit war nichts mehr übrig. Seine Augen waren eingesunken, seine Miene gereizt und verhärmt, die Wangen schlaff, und sein grüblerischer Trotz war zu einem gefährlichen Charakterzug geworden.

Die bei mir standen, sahen es auch. Man wandte die Augen

ab. Niemand wollte als Erster seinem herausfordernden Blick begegnen.

Alle außer mir. Und so blieben seine rastlosen, feindseligen Augen zuerst an mir hängen, der ich in solchen Momenten immer der arglose Narr bin.

»Was tust *du* denn hier?«, rief er aus.

Seit Tarent war seine Stimme tiefer geworden. Damals enthielt sie noch einen Hauch Unsicherheit, einen Mangel an Selbstvertrauen. Jetzt sprach er wie ein Mann, der es gewohnt ist, anderen Befehle zu erteilen.

Meine Kameraden, die neben mir mit den Füßen scharrten, trauten sich endlich, aufzublicken, nun da er mich herausgegriffen hatte und die Gefahr vorüber war. Ich gab ihm Antwort. Ich wusste genau, dass Titus ihm in einem Brief mitgeteilt hatte, dass ich dort sein würde, und meine Uniform und die Abzeichen eines Militärtribuns hätten ihm das Übrige sagen sollen – selbst wenn er nicht die Liste gekannt hätte, die Titus ihm geschickt hatte und mit der er sich ungeduldig auf die Handfläche schlug.

Es war gleichgültig, was ich sagte, denn er hörte gar nicht zu.

»Da du nun einmal hier bist, kannst du dafür sorgen, dass meine Sachen ordentlich verstaut werden«, sagte er und deutete mit dem Arm auf den berstend vollen Wagen, als wäre ich ein Deckmatrose. Dann zum Kapitän der Quinquereme, der vorgetreten war: »Ich will jetzt mein Schiff sehen. Wir haben keine Zeit zu verlieren.«

Als wir in Kerkyra eintrafen, stellten wir fest, dass die Flotte ohne uns abgesegelt war. Lucius war außer sich vor Zorn. Er ließ den Militärbeamten holen, der die Aufgabe hatte, die Bewegungen der römischen Kriegsschiffe zu beaufsichtigen, und verlangte eine Erklärung.

Ich sah von Deck aus zu, wie er den Mann beschimpfte. Neben mir stand der Lotse, ein schwarzhaariger Jüngling aus Ostia namens Lamyros, der ein freches Gesicht und eine gute Nase für Toren hatte.

Während Lucius tobte, meinte Lamyros hinter vorgehaltener Hand: »Genau wie ich es ihm gesagt habe, Marcus. Der Legat hatte Befehl, auf niemanden zu warten, nicht einmal auf ihn.«

Wir wechselten einen Blick und gestatteten uns ein verstohlenes Lächeln. Auf dem Kai erklärte der Hafenpräfekt, von Lucius immer wieder wütend unterbrochen, dass die Flotte nach Kephallenia ausgelaufen sei, wo sie Vorräte an Bord nehmen werde, um dann um das Kap Malea nach Piräus zu segeln.

Lucius hörte ihm ungeduldig schnaubend weiter zu. Dann hielt der Hafenpräfekt inne, sichtlich voller Unbehagen ob des Nächsten, das er vorzutragen hatte. Doch wie ein Mann, der nach einem Erdbeben über die Schwelle seines Hauses tritt und nicht weiß, ob gleich das Dach über ihm einbricht, setzte er eine entschlossene Miene auf und fuhr fort.

»Ich habe Befehl, Herr, dir mitzuteilen, dass du sofort und mit äußerster Eile nach Kephallenia weitersegeln sollst und dass, obwohl die Flotte dort ein paar Tage liegen wird, der …«

»Befehl?«, platzte Lucius heraus. »Wer wagt es, mir zu befehlen? Wer hat den Befehl gegeben? Ich will den Namen wissen. Er soll hierhergebracht werden.«

Der Hafenpräfekt blickte ihn bestürzt an.

»Nun?«, schrie Lucius drohend.

»Es war der Konsul, Herr. Titus. Ich habe den Befehl hier.«

Es war gut, dass Lucius mit dem Rücken zum Schiff stand, sonst hätte er die grinsenden Gesichter der Besatzung gesehen, und der Lotse musste sich gar die Hand vorhalten und husten. Auf dem Kai entstand eine lange unangenehme Pause.

»Also gut«, sagte Lucius schließlich. »Das ist keine große Sache. Wir können die Flotte auf Kephallenia einholen, wie du sagst … Ich wurde aufgehalten, und die Flotte ist schon ausgelaufen, weiter nichts.« Plötzlich stieß er ein hartes Lachen aus, das nach einem würgenden Hund klang. »Aber noch sind wir hier, und da können wir ebenso gut etwas essen und uns ein bisschen Vergnügen gönnen … Welche Taverne ist die beste, und wo gibt es die besten Frauen?«

Der arme Hafenpräfekt, ein dünner, ernst blickender Mann mittleren Alters, der zweifellos die Flottenbewegungen und andere Dinge ausgezeichnet verwalten konnte, bekam einen gequälten Blick, da er wohl vermutete, Lucius versuche ihm einen Mangel an militärischer Disziplin nachzuweisen.

»Das kann ich nicht sagen«, stotterte er. »Ich esse gewöhnlich in der Messe. Allerdings habe ich gehört, dass es oben auf dem Hügel gute Speisehäuser geben soll … Was das Übrige angeht, so kenne ich mich nicht aus.«

Lucius musterte ihn mit einem Seitenblick, um zu ergründen, ob er sich über ihn lustig machte. Er musste zu dem Schluss gekommen sein, dass der Mann aufrichtig meinte, was er sagte, denn mit wegwerfender Handbewegung rief er aus: »Dann lass mich in Ruhe«, und schritt energisch über den Kai davon.

Wir beschäftigten uns mit dem Wenigen, das es zu tun gab.

Lucius kehrte bald darauf mit einer gewissen Gefasstheit zurück und verkündete, dass kein Grund zur Eile bestünde, nachdem die Flotte bereits fortgesegelt sei. Er werde die Nacht in der Stadt verbringen, und wir Übrigen könnten tun, was wir wollten.

Schon als unsere Quinquereme in den Hafen einlief, war mir das große weiße Haus auf der Anhöhe aufgefallen, wo ich damals meinen Stiefvater zum ersten Mal gesehen hatte. Es ließ viele schlechte Erinnerungen in mir aufsteigen. Ich machte mir nicht einmal die Mühe, herauszufinden, ob es ihm noch gehörte. Es war mir gleichgültig, und ich hatte nicht vor, dorthin zu gehen. Als wir unsere Arbeit auf dem Kai erledigt hatten, begab ich mich mit der Besatzung in eine lärmende Seemannsschenke in der Straße hinter dem Hafen.

Ich war in meinem Zimmer und ordnete meine Habseligkeiten, als einer der Matrosen an die Tür klopfte und sagte, es sei jemand unten, der mich sprechen wolle. Er habe es abgelehnt, heraufzukommen, und würde auf der Straße warten.

»Hat er seinen Namen genannt?«, fragte ich, verwundert, wer mich in Kerkyra kennen mochte.

»Wollte er nicht«, antwortete der Matrose, »behauptete aber, ein Freund zu sein.«

Neugierig ließ ich meine Sachen halb ausgepackt auf dem Bett liegen und ging die Treppe hinunter. Es war bereits Abend. Die Sonne war hinter den Bergen versunken, die Straße lag im Dämmer. Unter dem Vordach lehnte jemand an einer Säule und kehrte mir den Rücken zu. Als ich durch die Tür kam, drehte er sich um.

»Marcus, Herr, so bist du es doch … Aber was soll ich sagen?«, meinte er mit übertriebener Bewunderung für meine Uniform, »du hast etwas aus dir gemacht seit Tarent, aber das habe ich immer gewusst, ganz sicher …«

Er goss einen Schwall leerer Lobhudelei über mich aus, während ich ihn musterte.

Es war der einstmals fette Florus, der sein Bestes getan hatte, um mir das Leben in Tarent sauer zu machen, und der davongeritten war, als ich in Gefahr geriet.

Offensichtlich wollte er etwas. Eine Weile hörte ich mir seine schmierigen Reden an, mit denen er mir seine Achtung und Zuneigung beteuerte. Als er schließlich innehielt, fragte ich, ob er noch für Caecilius arbeite.

»Ah!«, sagte er, den Atem durch die Zähne saugend, »weißt du, Herr, das ist es gerade. Ich bin hier, wenn ich gebraucht werde, stehe immer zu Diensten … obwohl dein Vater zurzeit in Griechenland weilt, wie du sicher weißt.«

»Mein Stiefvater. Ja, ich habe davon gehört.«

»Ja, ja«, sagte er lebhaft nickend, wobei er die Hände rang, »aber wenn du ihn siehst – du wirst ihn doch gewiss sehen –, vielleicht magst du ihm dann sagen, Herr, dass wir uns begegnet sind und dass ich hier bin und auf seine Anweisungen warte.«

Ich musterte ihn gründlich. »Ja, wenn du es wünschst. Falls ich ihn sehe. Wolltest du mich deswegen sprechen?«

»Ja … also, nein, nicht nur. Da du jetzt ein bedeutender Mann bist«, sagte er mit einer Geste auf meine Uniform, »könntest du mich vielleicht in der Garnison empfehlen … Mir ist jede Arbeit recht … die meiner Würde entspricht, meine ich … Du findest mich im …« Er stockte, trat einen Schritt näher und fuhr in gedämpftem Ton fort: »Um ehrlich zu sein, Marcus, wechsle ich soeben meine Unterkunft, aber frag den Schreiber des Hafenmeisters, Amplicus heißt er, der wird wissen, wo ich anzutreffen bin.«

So nah roch ich seine üblen Ausdünstungen. Er hatte sich mit seiner Kleidung Mühe gegeben, aber ich sah wohl, dass der Mantel schmutzig war, und wo der Saum über den Boden schleifte, war er durchgerieben. Seine Füße waren grau vom Straßenstaub, und die Riemen seiner Sandalen waren mit Nieten geflickt. Er versuchte, wie ein erfolgreicher Geschäftsmann auszusehen, bot aber einen armseligen Anblick. Jeder konnte die Täuschung erkennen, und einen Moment lang tat er mir leid.

»Ich werde in der Garnison ein Wort für dich einlegen«, sagte ich in der Annahme, man werde dort etwas für ihn finden. Dann fragte ich ohne besonderen Grund: »Wie geht es deinem Freund Virilis? Ist er auch hier?«

Sofort änderte sich sein Gesicht. Er fuhr zurück und rief: »Diese Schlange! Was fragst du nach ihm? Hat Caecilius es dir gesagt?«

»Was soll er mir gesagt haben?«

Er überhörte die Frage und redete weiter: »Mein Freund ist Virilis nicht, dieser stinkende Hurensohn – mögen die Götter ihn verfaulen lassen, diese Ratte! Es war ein Versehen, mehr nicht …«

»Was war ein Versehen?«

Er sah mich misstrauisch an. »Du weißt es. Du hast es die ganze Zeit gewusst und machst dich über mich lustig. Caecilius muss es dir gesagt haben. Ich habe die Pachtgelder nicht gestohlen, wie diese hinterlistige Schlange behauptet hat. Es war nur ein Versehen. Ich hatte das Geld zur sicheren Aufbewahrung in meinem Zimmer, ich wollte es abgeben und muss es vergessen haben, mehr nicht. Ein Versehen, wie es jedem unterlaufen kann.«

Ich fing an zu begreifen. Florus muss es mir angesehen haben, denn plötzlich, wieder schmeichlerisch, griff er nach meiner Tunika, als ich mich der Tür zuwenden wollte. »Sag ihm das, Marcus, Herr. Vergiss es nicht, ein Versehen, mehr nicht, nur ein Versehen.«

In dem Augenblick schrie jemand die Straße entlang: »He, du da!«

Florus drehte ruckartig den Kopf, schnappte erschrocken nach Luft, biss sich in die Fingerknöchel, raffte seinen Saum zusammen und eilte ohne ein weiteres Wort in eine Seitengasse.

Ich sah ihm hinterher, dann drehte ich mich um. Der Rufer kam die Straße heruntergerannt.

Ich trat einen Schritt vor und streckte den Arm aus, um ihn aufzuhalten.

Er blieb stehen, sah mich ärgerlich an, bemerkte dann meine Uniform.

»Er schuldet mir Geld«, sagte er.

»Er hat nichts.«

»Pah! Das hätte er sich vorher überlegen sollen«, erwiderte der Mann. Inzwischen war Florus entkommen.

Da der Mann dies sah, zuckte er verächtlich die Schultern, spuckte in die Gosse und ging schließlich den Weg zurück, den er gekommen war.

So stand es also um Florus. Ich weiß nicht, in welche Schwierigkeiten er sich gebracht hatte, aber ich tat nicht mehr für ihn, als diesen Mann eine Weile von ihm abzubringen.

Kopfschüttelnd kehrte ich in mein Zimmer zurück. Ich hatte selbst genug Sorgen, denn während der Überfahrt von Brundisium hatte sich gezeigt, dass Lucius weder vergessen noch vergeben hatte. Deswegen und wegen seines zänkischen Gemüts sah ich der Reise bis Athen nicht heiter entgegen.

Am nächsten Tag liefen wir aus und steuerten nach Süden zur Insel Kephallenia. Ich stand mit Lamyros am Heck und verfolgte, wie die felsige, buchtenreiche Küste von Epirus im Osten verschwand.

Ich dachte an Titus. Er war bereits dort, irgendwo zwischen den steilen Waldhängen und hohen Gipfeln, und bei ihm waren die besten von Scipios Veteranen, Männer, die Hannibal in Afrika geschlagen hatten und den Geschmack des Sieges kannten.

Den ganzen Winter über hatte er sich mit seinem Stab zur Planung des Krieges zurückgezogen, über die Aufstellung des Heeres beraten, Posten vergeben, die Soldaten zur Verschiffung eingeteilt, Berichte der Spione gelesen und alles getan, was sonst noch erforderlich ist, um ein Heer in Marsch zu setzen. Aber die Befehlsgewalt wird den neuen Konsuln, wenn sie ihr Amt antreten, nur formal übertragen und der Aufgabenbereich beider später per Los bestimmt – außer der Senat stimmt einer anderen Regelung zu. Und so war bis zu diesem Tag nichts gewiss.

In diesem Jahr war der zweite Konsul ein Mann namens Paetus. An den Iden des März, dem Tag ihres Amtsantritts, beriefen sie den Senat ein und baten um Zustimmung, die Geschäfte dieses Jahr nicht wie üblich per Los, sondern durch Absprache zuzuteilen, und teilten dem Senat mit, er und Paetus seien übereingekommen, dass Paetus Italien verwalten solle, während Titus nach Epirus ziehen würde, um gegen Philipp Krieg zu führen.

Der Senat stimmte zu, und am nächsten Tag reiste Titus nach Brundisium ab, wo sein Schiff auf ihn wartete.

Irgendwo hinter mir drängte sich Lucius' Stimme in meine Gedanken. Er beklagte sich über Lamyros. Ich hörte kaum hin, denn seit Brundisium beklagte er sich jeden Tag über etwas anderes. Wenigstens war ich für eine kurze Weile nicht die Zielscheibe seiner Gereiztheit.

Seit dem ersten Augenblick, wo er mich gesehen hatte, war er kurz angebunden und feindselig. Auf einem Schiff werden solche Dinge schnell bemerkt. Noch ehe wir Kerkyra erreichten, hatte die Besatzung ihn durchschaut und warf mir heimlich mitfühlende Blicke zu – die Matrosen machten, wenn sie sicher sein konnten, dass Lucius sie nicht sah, eine spöttische Geste mit den Fingern oder verdrehten die Augen, streckten die Zunge heraus, als wäre ihnen schlecht geworden, oder äfften in albernster Weise seinen unbeholfenen, schmerbäuchigen Gang an Deck nach.

Es wäre die einfachste Sache der Welt gewesen, das zu meinem Vorteil zu nutzen und Lucius zu schaden. Aber das würde nur meine Eitelkeit befriedigen, so dachte ich, und weder Titus noch der Sache Roms würde ich damit einen Dienst erweisen, und auch nicht den Schatten der unschuldigen Abydener.

Darum beschloss ich, Lucius keinen Grund zur Klage zu geben und seine Befehlsgewalt nicht zu untergraben, wie sehr er mich auch herausforderte. Und so weigerte ich mich, die vielsagenden Blicke der Besatzung zu erwidern, als er keine zwei Stunden, nachdem wir Kerkyra verlassen hatten, zum Deckhaus ging und nach einer Flasche Wein verlangte. Ich stellte mich an die Reling und betrachtete die lange Küstenlinie in der Ferne, behielt meine Gedanken für mich und dachte an die kommenden Schlachten.

Am zweiten Tag umfuhren wir die nackten, weißen Felsen am Kap Leukatas, auf denen ein Tempel Apollons stand. Ein Stück voraus, hinter der Landzunge, lag Kephallenia, das sich pinienbewachsen aus der glitzernden See erhob, und dicht daneben die Insel Ithaka.

Das Segel wurde eingeholt. Der Lotse gab Befehl zum Rudern, und wir liefen in die Meerenge ein, die die beiden Inseln trennt, und gelangten kurz vor Sonnenuntergang in eine breite, geschützte Bucht.

Auf der entfernten Seite zog sich Sami den Hügel hinauf, weiß getüncht und rot-golden übermalt von der untergehenden Sonne, und ringsherum lagen wie polierte Bronzen die Triremen und Quinqueremen und Versorgungsschiffe der römischen Flotte friedlich vor Anker.

Ich hätte keinen Grund, unseren Aufenthalt in Sami zu erwähnen, wäre nicht der Umstand gewesen, dass Lucius hier die Liebe seines Lebens fand.

Wo er auf den Jüngling gestoßen war, weiß ich nicht, aber vom zweiten Tag an waren sie unzertrennlich. Er hieß Doron. Er war mehr als zehn Jahre jünger als Lucius, sechzehn oder siebzehn, aber sein schlanker Leib und mädchenhaftes Gebaren ließen ihn noch jünger erscheinen.

Er hatte eine makellose olivbraune Haut, hübsche, aufgeregte Hände und verschlagene schwarze Augen wie ein Geldverleiher. Sein Vater, so hörte ich später, hatte sich vor einigen Jahren mit einer Frau aus Syrakus davongemacht und seine Erziehung der verbitterten Mutter überlassen, die den Sohn abgöttisch liebte. Sie ließ ihn in allem gewähren, was in einer belebten Hafenstadt nicht die beste Art ist, ein Kind aufzuziehen. Er hatte wenig Geld, entdeckte aber irgendwann, dass er etwas besaß, das ihm Macht über andere gab: sein androgynes Aussehen.

Das nutzte er ganz zu seinem Vorteil aus und gewann einen Schatz kleiner Liebesgaben und reichlich Geld, um sich in helle, vornehme Gewänder zu kleiden. Jeder, der einmal die Straßen hinter einem Hafen abgegangen ist, kann sich denken, was Doron zum Tausch dafür gab.

Bei all meiner Abneigung gegen Lucius fand ich es schmerzlich zu sehen, wie er ausgenutzt wurde. Doron zupfte an den

Saiten seines Herzens wie ein kundiger Kithara-Spieler. Im Beisein von Lucius bestand er ganz aus Zärtlichkeit und Lächeln. Sobald er ihm den Rücken kehrte, war er mürrisch, spitzzüngig und gereizt. Er beherrschte sein Mienenspiel wie ein Schauspieler.

Während dieser paar Tage in Sami verfiel Lucius seinem Sirenengesang. Er glaubte, die vollkommene Liebe gefunden zu haben, obwohl selbst die raubeinigsten Deckmatrosen und Hafenhuren erkennen konnten, dass er getäuscht wurde. Er wurde der Sklave von Dorons Launen.

Wenn Lucius blind war, Doron war es nicht. Listenreich wie ein alter Fischer hatte er Lucius eingefangen.

Und diesen Fang würde er nicht wieder vom Haken lassen.

Es dauerte nicht lange, bis die Flotte ausgerüstet war und auslaufen konnte.

Die bauchigen, schwer beladenen Versorger würden rund um den Golf von Malea festmachen, was eine langsame, ermüdende Fahrt mit vielen Aufenthalten bedeutete. Dafür hatte Lucius keine Geduld. Er gab seine Absicht bekannt, mit drei schnellen Quinqueremen nach Athen vorauszusegeln. Der Rest der Flotte möge mit angemessener Geschwindigkeit nachkommen.

Am nächsten Tag waren wir fertig zum Auslaufen. Rings um die weite Bucht ruderten Tender zwischen den Schiffen und dem Ufer hin und her, an Deck wurden die Segel entfaltet, die Leinen bereit gemacht, die letzten Vorratskörbe und Wasserfässer verstaut.

Plötzlich gab es Aufregung am Ufer. Ich schaute von meiner Tätigkeit auf und sah Doron den Kai entlangschreiten, auf dem Kopf einen Sonnenhut mit einem Band, um die Schultern einen prächtigen himmelblauen Reisemantel mit rubinroten Knöpfen.

An Deck drehte jeder den Kopf, gerade als Lucius an seiner Seite erschien, strahlend wie ein Bräutigam, gefolgt von drei Trägern, die sich mit einer mächtigen Zedernholztruhe abmühten.

»Bei den Göttern!«, murmelte Lamyros neben mir. »Er wird doch den Bengel nicht mitnehmen wollen?«

Die zerfurchten Veteranen des Punischen Krieges saßen auf dem Kai, wo sie mit ihrer Ausrüstung befasst waren oder in der Sonne faulenzten, bis es Zeit wäre, an Bord zu gehen. Einer drehte sich um und sagte etwas. Dann fuhren auch die anderen Köpfe herum.

Sie waren zuverlässige, an hartes Leben gewöhnte Männer, die sich aufs Kämpfen und Töten verstanden. Ich glaube nicht, dass ihnen jemand wie Doron schon einmal unter die Augen gekommen war. Sie starrten mit offenem Mund wie Küken im Nest und waren so gebannt von dem Anblick, dass sie nichts anderes mehr wahrnahmen.

Lucius beachtete sie nicht, sondern fegte an ihnen vorbei die Laufplanke hinauf. Aber Doron blieb stehen, verdrehte die dunklen Augen, schenkte ihnen ein breites Lächeln und wedelte mit dem bestickten Saum seines neuen Mantels, als wollte er sagen: Seid ihr nicht neidisch? Seht doch, welch hübschen Mantel er mir gekauft hat.

Kurz darauf segelten wir als schneller Verband von drei schwarz-gold gestrichenen Quinqueremen mit weißen Riemenenden. Am dritten Tag umrundeten wir die Landspitze von Ägina, und dann leuchtete in der Ferne die Oberstadt Athens wie eine Perle umgeben von Grün.

Der Himmel war wolkenlos und saphirblau, und auf dem Plateau sah man klar und scharf den Tempel der Athene stehen. Jemand trat neben mich an die Reling. Es war Lamyros.

Er stieß einen leisen Pfiff aus und sagte: »Ich habe Afrika, Spanien und Gallien gesehen, bin sogar an den Säulen des Herakles vorbei auf dem Ozean gefahren, der sich zweimal am Tag vom Land zurückzieht. Aber so etwas habe ich noch nie gesehen. Es sieht aus wie von den Göttern gebaut. Und das will Philipp zerstören? Dann muss er so verrückt sein, wie die Leute sagen.«

»Er ist verrückt«, erwiderte ich. »Und es mag ein zweifelhafter Ruhm darin liegen, als der Mann im Gedächtnis zu bleiben, der eine unersetzliche Schönheit vernichtet hat. Er will die Stadt für sich haben, wie jeder Tyrann. Aber wenn er sie nicht bekommt, wird er sie lieber brennen sehen.«

Ich blickte über die Schulter. Die Veteranen, die gern behaupteten, die Welt hielte nichts Neues mehr für sie bereit, waren verstummt und staunten. Es schien, als habe jeder – der Steuermann, die Matrosen in der Takelage, der Lotsenmaat – seine Arbeit für diesen Anblick unterbrochen. Dann schallte Dorons helles Lachen vom Deckhaus herüber, und ich sah, dass ich mich täuschte. Er und Lucius ruhten auf einem Haufen Kissen im Schatten des Sonnensegels, plauderten leise und tranken, allein auf sich selbst bedacht, aus einem silbernen Weinpokal, den sie sich teilten.

Bis wir in die Hafeneinfahrt von Piräus einbogen, war dort eine Menschenmenge zusammengelaufen.

Ich hielt nach Menexenos Ausschau und sah ihn sofort oben unter dem großen Leuchtfeuer an der Hafenmauer, von dem er wusste, dass ich ihn dort als Erstes suchen würde.

Ich hob grüßend den Arm, und als er mich entdeckte, winkte er grinsend zurück.

Wie er in seiner schlichten weißen Tunika und mit den Locken in der Stirn etwas abseits von der Menge auf den flachen Stufen stand, sah er aus wie ein Götterstandbild, und zum zweiten Mal an diesem Morgen erlebte ich, wie Schönheit mir den Atem benahm.

Während ich ihn betrachtete, trat eine Frau in Grün, Safrangelb und Rot an seine Seite, die wie eine exotische Blüte aussah. Ich lachte und winkte. Es war Pasithea.

Nachdem das Schiff endlich angelegt hatte und wir plaudernd auf dem Kai standen, zeigte Menexenos über die Leute hinweg und fragte: »Wer ist dieser Jüngling, der so ein Getue macht?«

»Das ist Doron«, sagte ich. »Lucius hat ihn in Sami kennengelernt.« Wir blickten alle drei hinüber. Doron hatte ein paar Stauer zu sich befohlen, die mit dem Entladen eines Nachbarschiffs beschäftigt waren. Sie hatten einen Kran mitgebracht, und er lenkte vom Kai aus ihre Bewegungen, während sie seine Kleidertruhe aus dem Frachtraum hievten. Er schlug einen sehr hochmütigen Ton an – was bei athenischen Arbeitern nicht angeraten ist –, und der ärgerte sie schon von Anfang an. Inzwischen waren sie über seine ständigen Zurufe »Halt!« und »Wartet!« und »Nein, ihr Tölpel!« recht erbost, und die Truhe hing über dem Wasser in den Halteseilen schwankend, während sie stritten, wie weiter zu verfahren sei.

»Er sieht sehr jung aus«, meinte Menexenos zu mir gewandt.

»Das ist er. Sechzehn, so sagt er.«

»Er sieht wie vierzehn aus.«

»Das weiß er. Er hat den Körperbau eines Knaben oder Mädchens. Ich glaube nicht, dass er je den Fuß in ein Gymnasion gesetzt hat.«

»Was tut er dann hier? Ein Soldat kann er nicht sein.«

Ich lachte laut. »Nein, ganz sicher nicht. Im Augenblick lässt er Lucius tanzen wie einen dressierten Affen.« Ich erzählte ihm von Sami.

Menexenos runzelte die Stirn.

»Ich frage mich, was er von Lucius erwartet. Nimmt er an, er wird ihn Tugend lehren?«

»Um die Wahrheit zu sagen«, antwortete ich schmunzelnd, »schert er sich nicht viel um Tugend. Aber er schätzt die teuren Geschenke, die er von Lucius bekommt. Diese Kleidertruhe ist vollgestopft mit Schätzen, dabei sind sie erst seit einer Woche zusammen. Lucius ist völlig vernarrt in ihn.«

»Tatsächlich?« Menexenos schaute zu der schaukelnden Truhe hinauf. »Was will er nur von dem Jüngling? Ein Austausch des Geistes kann es nicht sein, noch die Sorge um das Gute … Aber was ist denn, Marcus? Was ist so komisch?«

Ich schüttelte den Kopf. Dann, als ich sein ernstes, ratloses Gesicht sah, brach ich in schallendes Lachen aus. Er schaute fragend Pasithea an, worauf sie ebenfalls lachen musste.

»Menexenos«, sagte sie, »manchmal bist du unschuldig wie ein Säugling.«

»Was denn, ich?«, rief er völlig verblüfft. »Nein. Lucius ist hier der Unschuldige, wenn er wirklich so ein Tor sein kann.«

»Du weißt also schon, dass er ein Tor ist«, sagte ich. »Tatsächlich komme ich nicht umhin, Mitleid mit ihm zu haben, wenn ich sehe, wie er von diesem gerissenen Schwindler hereingelegt wird. Aber wer wird es ihm sagen? Ich gewiss nicht.«

Ich wechselte einen lachenden Blick mit Pasithea, und im Stillen dankte ich den Göttern, dass ich Menexenos unter so vielen herausgefunden hatte.

Der Kai war voller Menschenscharen, es herrschte Lärm und Gedränge. Die Leute gebrauchten ihre Ellbogen und riefen nach Freunden, Träger warben für ihre Dienste und schoben Handkarren, Stauer sangen bei der Arbeit, Verkäufer von Wasser, Wein und Speisen und Hafenhuren beiderlei Geschlechts versuchten, die Aufmerksamkeit der Seeleute zu erringen.

Bei all dem bemerkte ich hinter mir zusätzliche Bewegung. Ich dachte mir nichts dabei, bis ich Menexenos plötzlich aufblicken sah.

Darauf drehte ich mich um, just als sich ein Mann mit gerötetem Gesicht mithilfe seiner Ellbogen einen Weg durch die Leute bahnte und mit starkem lateinischen Akzent verlangte, dass man ihn durchließe.

Es war Caecilius.

Ich sah ihn verwundert an.

»Was denn?«, sagte er verärgert. »Kennst du mich nicht?«

»Herr«, begann ich, als ich die Sprache wiederfand, »ich wusste nicht … Ich dachte, du seist in Patrai.«

»Da war ich. Jetzt bin ich hier, in Geschäften für deinen Freund Lucius Flaminius. Hat er dir nichts gesagt, obwohl ihr so weit zusammen gesegelt seid? Du überraschst mich.«

Dann fiel sein Blick auf Pasithea, und er stutzte.

»Sei gegrüßt, Caecilius«, sagte sie, »ich hoffe, dich wohlauf zu finden.«

»Sei gegrüßt«, entgegnete er unsicher, und ich sah ihn die Stirn runzeln, während er sich fragte, woher sie seinen Namen kannte, ob er ihr schon einmal begegnet war und ob er es zugeben durfte.

Schließlich räusperte er sich und wandte den Blick ab. »Nun, jedenfalls findest du mich im Haus von Tuchon, dem phönikischen Reeder«, meinte er zu mir, »in der Straße hinter dem Waffenlager. Jeder kennt es, es ist das mit dem rot-blauen Anstrich und den vergoldeten Statuen. Komm hin, wenn du mit deinen Freunden fertig bist, falls du die Zeit hast.«

In diesem Augenblick erhob sich Dorons helle, näselnde Stimme über den allgemeinen Lärm wie ein schriller Vogelschrei. Ungehalten rief er: »Nein, lasst sie dort, sage ich! Oh, wo ist nur Lucius?«

Caecilius drehte sich um und reckte den Hals.

»Wer ist denn das?«, fragte er und verzog die Lippen zu einem höhnischen Lächeln.

»Ein besonderer Freund von Lucius, Herr.«

»Ah! Ein Freund von Lucius. Ich verstehe. Natürlich. Aber ich muss weiter. Ich bin ein vielbeschäftigter Mann.«

Er nickte Menexenos kurz zu, sah Pasithea noch einmal stirnrunzelnd an und machte sich durch die Menschenscharen davon.

Später suchte ich ihn auf. Eine Weile grollte er mir, als hätte ich wissen müssen, dass er in Athen war. Doch ich spürte schon, dass er dringend auf seine Geschäfte zu sprechen kommen wollte, und kurz darauf sagte er: »Wie dem auch sei, es wird dich freuen zu hören, dass mein Freund Tuchon mich in ein hübsches Geschäft einbezogen hat, bei dem es um Kriegsmaterial aus Werkstätten der Inseln geht, die zurzeit sehr gefragt sind. Krieg schafft Gelegenheiten, wie ich dir immer gesagt habe.«

Er schwieg und wartete, dass ich stumm beipflichtete. Ich nickte und dachte über Tuchon nach.

Auf meinem Weg ins Haus war ich ihm begegnet. Er war ein Phöniker aus Sidon mit öligen schwarzen Haaren, roch nach einem scharfen asiatischen Parfüm und stellte seinen Reichtum mittels Kleidung und Schmuck zur Schau. Kurz gesagt, er war ein Mann nach dem Geschmack meines Stiefvaters – abgesehen von dem Duft, den damals kein Römer gewagt hätte zu tragen.

Caecilius redete unterdessen weiter und erklärte, wie er sich durch seine Bekanntschaft mit Lucius einen Kontrakt gesichert habe, sodass er jetzt die Flotte samt Soldaten ausrüsten dürfe, und da der Bedarf so plötzlich und unerwartet gestiegen sei, habe er den Preis in die Höhe treiben können. Lucius sei erpicht, sich einen Namen zu machen, solange Titus noch in Epirus festgehalten werde: Er plane, Eretria auf Euböa anzugreifen – »noch ist es ein Geheimnis, gib acht, mit wem du darüber sprichst«. Die Stadt sei in Philipps Hand, was die Schiffsrouten der Verbündeten empfindlich störe. »Ich wusste, dass sich meine Freundschaft mit Titus als nützlich erweisen wird«, sagte er und hob belehrend den dicken Zeigefinger. »Immer auf lange Sicht planen, Marcus. Beherzige das. Das ist ein guter Rat.«

»Ja, Herr, ich verstehe.«

Er lehnte sich in seine weichen Kissen, faltete die Hände über dem Bauch und beäugte meine Uniform, als sähe er sie zum ersten Mal.

»Was hat Titus aus dir gemacht? Einen Zenturio?«

»Einen Tribun.«

»Ah, einen Tribun.« Er nickte. »Dann nehme ich an, wirst

du mit dem Heer ziehen und die Geschäfte mir allein überlassen?«

»Selbstverständlich geht das Geschäft vor«, sagte ich bedächtig, »das ist klar, und ich danke dir, dass du mich daran erinnerst. Gewiss wird Lucius mich von meiner Pflicht entbinden, wenn ich ihm sage, dass du meine Hilfe verlangst. Er wird nicht erfreut sein, und wir sind knapp an Leuten, aber ...«

»Was denkst du denn!«, rief er aus und beugte sich schwerfällig nach vorn. »Du darfst Lucius um keinen Preis verärgern. Hast du denn gar nichts von mir gelernt?«

»Du hast recht, Herr«, sagte ich verständnisinnig nickend. »Ich werde gehen und kämpfen. Das wird das Beste sein.«

»Ganz recht, ganz recht.« Und dann: »Kannst du das überhaupt? Wer hat es dir beigebracht? Hoffentlich verstehst du davon mehr als vom Geschäft.«

Von Epirus kamen Neuigkeiten. Philipp hatte um ein Treffen mit Titus gebeten, da er annahm, er könnte sich mit dem jungen Konsul auf günstige Bedingungen einigen oder, falls das fehlschlüge, ihm mit ausgedehnten Verhandlungen die Zeit stehlen.

Er stellte bald fest, dass Titus kein unschlüssiger römischer Feldherr war, der sich in Epirus hierhin und dorthin drängen ließ, bis seine Amtszeit als Konsul um wäre. So sagte Titus bei dem Treffen, dass, wenn er Frieden mit Rom wünsche, er die Festungen in Thessalien, Euböa und Korinth aufgeben müsse. Diese Städte – Demetrias in Thessalien, Chalkis auf Euböa und das mächtige Akrokorinth – nannte man die Fesseln Griechenlands, denn wer sie einnahm, konnte dem ganzen Land seinen Willen aufzwingen.

Wenn Philipp sie freigebe, so sagte Titus, und mit seinem Heer Griechenland verlasse, dann könne er Frieden haben. Andernfalls würde Rom kämpfen. Er sei gekommen, um Griechenland zu befreien, nicht um Makedonien zu erobern. So laute seine Absicht.

Philipp geriet darüber in Wut. Er fürchte Rom nicht. Er werde sich nicht von einem römischen Emporkömmling befehlen lassen. Er schwor, Titus und sein Heer ins Meer zu treiben.

Sobald Pomponius hörte, dass ich in Athen war, ließ er nach mir schicken.

Als ich in seiner Residenz ankam, bewirtete er mich mit Wein, schenkte mir sogar eigenhändig ein und reichte mir den Pokal.

Dann sagte er: »Was sollen wir tun? Ich nehme an, du hast die Neuigkeiten aus dem Osten erfahren?«

Ich sagte ihm, ich sei eben erst angekommen und hätte noch nichts gehört.

»Meine Güte«, sagte er kopfschüttelnd und machte ein ernstes Gesicht. »Während Attalos in Griechenland beschäftigt war, hat Antiochos seine Abwesenheit genutzt, um Pergamon anzugreifen.« Er warf mir einen düsteren Blick zu, schüttelte wieder den Kopf und fuhr fort: »Die Sache weitet sich aus. Antiochos bedrängt uns von Asien her, und Philipp stürzt sich auf Griechenland. Und jetzt sitzt Titus auf den epirotischen Pässen fest ... Ich fürchte, um ganz offen zu sein, Marcus, dass wir uns übernommen haben.«

Er schaute mich hoffnungslos an und wartete.

»Nun, Herr«, begann ich und stellte meinen Wein ab, »dann haben wir Krieg, und wir müssen ihn führen.«

»Aber bedenke, Marcus, was wird geschehen, wenn wir unterliegen? Sie werden sich nicht damit begnügen, uns aus Griechenland hinauszutreiben, weißt du. Sie werden innerhalb eines Jahres in Italien sein.«

»Dann dürfen wir nicht unterliegen«, entgegnete ich. »Titus weiß, was er tut.«

»Hoffentlich hast du recht.«

Ich blickte ihm ins Gesicht und sagte: »Ich bin davon überzeugt.«

Allerdings verriet ich ihm nicht, wie wenig Zutrauen ich zu Lucius hatte.

Ich hatte ihn an diesem Morgen gesehen. Nach allem, was mir zu Ohren gekommen war, begann ich zu fürchten, er würde Unheil über uns alle bringen.

Am Abend vertraute ich mich Menexenos an.

Ich saß nackt auf der Bettkante und strich beim Reden geistesabwesend mit dem Finger durch die Kerzenflamme. Menexenos lag neben mir auf den zerwühlten Laken auf einen Ellbogen gestützt und hörte mir zu.

Ich erzählte, dass ich nach Piräus in Lucius' Quartier gerufen worden sei und bei meiner Ankunft die Schreiber in großer Aufregung angetroffen hätte, während Lucius durch die geschlossene Tür brüllte.

Ich hatte im Vorzimmer gewartet und den Beamten am Schreibtisch gefragt, worum es sich handeln würde.

Es sei eine Nachricht gekommen, so verriet er mir in gedämpftem Ton – denn Lucius jagte allen Angst ein –, wonach die vereinigten Flotten von Attalos und den Rhodiern schon unterwegs nach Euböa seien. Seitdem tobe Lucius vor Zorn.

»Ohne die Flotte kann er nicht segeln«, sagte ich.

Er sah mich mit großen Augen an. »Bring du es ihm bei, wenn du es wagst. Alle anderen haben es schon versucht. Was glaubst du, warum solche Aufregung herrscht?«

In dem Augenblick flog die Tür auf, und ein gepeinigter Beamter stürzte heraus. Der Mann hinter dem Schreibtisch sagte: »Du solltest jetzt hineingehen.«

Ich ging durch das Kartenzimmer.

Sobald ich Lucius sah, war mir klar, dass er von niemandem einen Rat annehmen würde. Er polterte und fluchte mit hochrotem Gesicht. Die Frachtschiffe, die in Piräus lagen, hatte er bereits für seine Zwecke beschlagnahmt. Er wollte am nächsten Tag bei Morgengrauen auslaufen. Die Flotte – »nutzlose Schnecken« – hatte Befehl nachzukommen, sobald sie eintraf.

»Also stürmen wir unvorbereitet auf Euböa los«, sagte ich zu Menexenos gewandt. »So werden Kriege verloren.«

Er streckte den Arm zur Seite aus, sodass seine Hand auf meinem Oberschenkel lag.

»Was hat dieser Mann nur?«, überlegte er. »Es kann doch nicht schaden, auf die Flotte zu warten.«

»Ihm durchaus. Er fürchtet, dass Attalos Eretria ohne ihn einnimmt. Er will sich von niemandem den Ruhm stehlen lassen.«

Menexenos ließ sich in die Kissen fallen und stieß einen langen Seufzer aus. Weitere Worte waren nicht nötig.

Unsere kleine Flotte lichtete am nächsten Tag die Anker.

Vor Andros trafen wir uns, wie ausgemacht, mit den Schiffen von Pergamon und Rhodos und segelten nach Norden durch die Meerenge auf Eretria zu. Was Lucius dort tat, sollten die Griechen noch lange Zeit nicht vergessen.

Eretria ist eine Hafenstadt an der Westküste der langgestreckten Insel Euböa und blickt über den Sund, der sie vom Festland trennt. Im Norden liegt die mächtige Festung Chalkis, wo Philipp seinen Heerführer Philokles mit einer makedonischen Streitmacht zurückgelassen hatte, da er sie nicht wieder verlieren wollte. Auch die Bürger Eretrias waren Verbündete Philipps. Er hatte eine Garnison bei ihnen gelassen, um sich ihrer Treue zu versichern, falls sie einmal ins Schwanken geraten sollten.

Jeder hatte angenommen, dass Doron, soweit wir überhaupt an ihn dachten, in Athen bleiben würde. Doch kurz bevor wir ablegten, erschien er auf dem Kai, in einem Gewand, das die Kleidung der Soldaten in verspielter Weise nachahmte – es war aus dem gleichen roten Stoff, bestickt mit blauen stolzierenden Kriegern –, und erklärte vor der staunenden Besatzung, dass er an Lucius' Seite kämpfen werde.

Lucius eilte ihm über die Laufplanke entgegen, um in ihrem

üblichen gurrenden Liebesgeflüster vorzubringen, dass diese Feindfahrt zu gefährlich sei.

Darauf rief Doron aus, dass er lieber vor den Mauern Eretrias in seinen Armen sterben wolle, als sein Leben ohne ihn zu verbringen.

Die Dichter und Philosophen sagen, dass solche Liebe eines Mannes Tapferkeit stärkt und ihn an seine Tugend gemahnt. Zweifellos hatte Doron das von den schlechten Rhapsoden der Hafentavernen aufgeschnappt. Er besaß einen schnellen Verstand wie alle Betrüger, und jetzt wartete er mit einem langen, peinlichen Loblied auf die Liebe auf.

Lucius hörte ihm mit feuchten Augen zu, als lauschte er den Worten der göttlichen Musen. Als der Jüngling fertig war, bekannte Lucius, nachdem er kurz und wenig überzeugend widersprochen hatte, er habe die halbe Nacht wach gelegen und gehofft, dass Doron kommen werde. »Wir werden zusammen leben oder sterben!«, rief er. »Wie ehedem die großen Helden.«

Die Hafenarbeiter, sein Publikum bei dieser mitleiderregenden Szene, machten staunende Gesichter.

Zu gegebener Zeit kam Eretria in Sicht.

Wir selbst waren nur wenige, aber Attalos hatte sein Heer und eine Flotte von vierundzwanzig Quinqueremen mitgebracht, und die Rhodier hatten zwanzig Kriegsschiffe ihrer Flotte unter dem Befehl von Akesimbrotos geschickt.

Ich erwartete, meine Befehlsgewalt als Tribun ausüben zu dürfen, doch Lucius hatte andere Pläne, wie ich bald feststellte. Und kurz nach unserer Ankunft rief er mich in sein Zelt und sagte, da ich gut Griechisch spreche, solle ich für die Verständigung zwischen Attalos, Akesimbrotos und ihm sorgen.

Das war kaum mehr als eine Botenaufgabe, und das wusste er. Aber Widerspruch wäre zwecklos gewesen. Außerdem war ich bald froh über diese Zuteilung, denn so erfuhr ich stets als einer der Ersten, was vor sich ging, und dabei lernte ich auch König Attalos kennen.

Zu Anfang verteidigten die Eretrianer ihre Stadt mit großer Entschlossenheit. Aber eines Morgens sagte Attalos zu mir: »Marcus, komm und hör dir etwas an.«

Er ging mit mir durch das Lager zum Wachhaus und erzählte unterwegs, worum es ging. In der Nacht hatten seine Späher zwei Schäfer gefangen genommen, die im Schutz der Dunkelheit vor die Stadt geschlichen waren, um zu sehen, ob sie von ihren Herden einige Tiere holen könnten. Nun sollte ich mir anhören, was sie zu sagen hatten.

Die Schäfer waren noch im Knabenalter. Sie waren in einem leeren Stall eingesperrt, aber nicht gefesselt worden, und man hatte ihnen zu essen und zu trinken gegeben. Der alte Attalos, der mit königlichem Stirnreif und purpurgesäumter Uniform vor sie trat, flößte ihnen große Ehrfurcht ein. Er hatte ihnen gesagt, sie hätten nichts zu befürchten, und im Laufe der Nacht hatten sie zu reden angefangen. Nun befahl er ihnen, das vor mir zu wiederholen.

Die Stadtmauer sei durch unsere Kriegsmaschinen geschwächt, berichteten sie. Die Nahrungsmittel seien schon knapp, und die Stadt werde sich nicht mehr lange halten können. Die Beamten hatten gesagt, sie wollten um Verhandlungen bitten, doch der Befehlshaber der makedonischen Garnison lehnte ab. Als die Beamten widersprachen, wurde ihnen gedroht. Danach hatten die Eretrianer genug.

Wir erfuhren auch, dass Philipp einen Boten mit dem dringenden Befehl geschickt hatte, unter allen Umständen auszuhalten, da er eine Streitmacht zur Verstärkung schicken werde. Wir verdoppelten die Wachen an den nördlichen Küstenzufahrten, und Späher hielten Wache auf den bewaldeten Höhen. Ein paar Tage später erschien eine Vorhut der Makedonier auf der Straße.

Wir waren vorbereitet und überraschten sie mit einem Angriff vom Hügel, mit dem wir sie zurücktrieben. Der alte Attalos, wiewohl in seinem siebzigsten Lebensjahr, ritt auf einem prächtigen weißen Ross mit roter Schabracke an der Spitze. Lucius ritt an seiner Seite.

Aber Doron war nicht bei ihm, trotz allem, was er gesagt hatte, denn als die Nachricht der Späher kam und das Lager mit all dem Lärm, den ein Heer bei der Vorbereitung zum Abmarsch macht, in Bewegung geriet, befielen ihn plötzlich Magenkrämpfe. Ich hörte ihn in Lucius' Zelt wimmern, er habe das gestrige Abendessen im Verdacht. Lucius, kummervoll davon überzeugt, obwohl sonst niemand erkrankt war, befahl dem Feldarzt, eine lindernde Brühe zubereiten zu lassen und am Bett des Jünglings zu sitzen. Er würde selbst bei ihm bleiben, sagte er, wolle aber Attalos nicht den Ruhm allein überlassen.

Nach diesem Tag blieben die Makedonier bei Chalkis und wagten sich nicht noch einmal heran. Attalos, der geriebene alte Haudegen, ließ die Neuigkeit zu den Eretrianern durchdringen, und bald darauf schickte die Stadt Gesandte, um zu verhandeln.

Am selben Abend rief Attalos uns zusammen. Die Stadt sei bereit, auf unsere Seite zu wechseln, sagte er. Das einzige Hindernis sei die makedonische Garnison. »Aber die ist klein, und die Bürger sind viele. Wenn wir klug vorgehen, wird uns die Stadt kampflos in die Hände fallen.«

Ich werde nicht berichten, was alles gesagt wurde. Am Ende kam man überein, den Beamten die Zusicherungen zu geben, die sie verlangten, und zu warten, dass sie uns heimlich in die Stadt ließen. Bis dahin sollten wir unser Bestes tun, die Bürger zu schonen, und keinen großangelegten Angriff unternehmen.

Ich schaute zu Lucius. Er war grundsätzlich kein guter Zuhörer. Gewöhnlich war er der Erste, der seine Meinung kundtat, aber an diesem Abend war er still. Er kaute auf der Unterlippe, wie er es immer tat, wenn sein Verstand arbeitete.

Während der folgenden Tage ließ die Verteidigung der Stadt nach, nicht plötzlich, nicht so, dass die Makedonier etwas ahnten. Ich teilte mein Zelt mit Lamyros dem Lotsen. Eines Nachts, es war kurz nach Mitternacht, weckte mich etwas. Ich machte die Augen auf und horchte in die Dunkelheit.

Draußen bei unserem Zelt hörte ich verstohlene Bewegungen. Ich griff nach meinem Schwert.

»Lamyros«, flüsterte ich drängend.

Er rührte sich, dann fuhr er auf. Mit einer Geste gebot ich ihm, still zu sein. Wir horchten, dann griffen wir zu den Waffen und stürmten nach draußen, weil wir glaubten, der Feind hätte einen Weg ins Lager gefunden.

Stattdessen sahen wir unsere eigenen Männer in einer Reihe den äußeren Weg des Lagers entlanglaufen, mit Sturmleitern und zur Schlacht gerüstet.

Ich fand einen, den ich mit Namen kannte, und fragte ihn, was los sei.

»Aber hat dir denn niemand etwas gesagt, Marcus? Wir wollen die Stadt einnehmen, mit einem Überraschungsangriff ... Aber was ist denn? Stimmt etwas nicht?«

»Nein, Tertius. Es ist nichts.«

Ich kehrte um, zog mich hastig an und ging auf die Suche nach Lucius.

Ich fand ihn vor seinem Zelt in seiner besten Uniform: in einem nach den Muskeln geformten, glänzenden Brustharnisch mit blank polierten Schnallen, mit einem goldbesetzten Schwertgürtel und einem Helm mit rot-weißem Rosshaarkamm. Doron war bei ihm, herausgeputzt mit seinem eigentümlichen Gewand, mit dem er wie ein Soldat aussehen wollte.

Die Nacht war stockfinster. Lucius sah mich nicht, bis ich in den Lichtkreis des Kohlenfeuers trat. Als er mich erkannte, unterbrach er sein Gespräch mit dem Jüngling und blickte mich wütend an. Er wollte furchterregend und herausfordernd wirken, stattdessen sah er aus wie ein Knabe, der beim Stehlen der Äpfel im Nachbargarten erwischt wird. Mir war augenblicklich klar, dass er mich hatte täuschen wollen.

»Ja, Tribun?«, sagte er kalt.

Ich fragte ihn, was geplant sei.

»Ist das nicht klar? Wir nehmen die Stadt ein.«

Ich spähte über die Ebene zum Lager unserer Verbündeten, hatte aber schon erraten, was ich dort sehen würde. Hier und dort brannten Wachfeuer, aber sonst war alles still.

»Herr, die Stadt ist bereit, uns die Tore zu öffnen. Das kann jeden Tag soweit sein. Die Schlacht ist unnötig.«

»Wage es nicht, mir zu sagen, was nötig ist«, schnauzte er. »Wenn die Stadt bereit ist zu fallen, werde ich sie einnehmen.«

Ich senkte den Blick, damit er meinen glühenden Zorn nicht sähe. Ich begriff allmählich, was er vorhatte, und mit dem Begreifen kam ein flaues Gefühl in der Magengrube. Es war kein Versehen gewesen, dass mir keiner etwas gesagt hatte. Er hatte seinen Plan vor mir verheimlicht, weil er glaubte, ich würde Attalos warnen. Er wollte den Ruhm, Eretria erobert zu haben, für sich allein, wie hoch der Blutzoll auch sein mochte. Den Eretrianern hatten wir eingeredet, ihre Freunde zu sein und ihnen gegen die makedonische Garnison zu helfen. Deswegen war die Stadt kaum noch bewacht. Lucius brauchte nur noch die reife Frucht vom Baum zu pflücken. Da ist sein schmucker Aufzug nicht verwunderlich, dachte ich. Er wird sich nicht einmal schmutzig machen müssen.

Ehe die Nacht herum war, war Eretria gefallen. Die Bürger fürchteten, allesamt erschlagen zu werden, und flüchteten mit Frauen und Kindern in ihre Akropolis zu den Tempeln, wo sie sich der Gnade der Götter anvertrauten. Als die Makedonier sahen, dass sie umzingelt und vom Rest der Stadt abgeschnitten waren, ergaben sie sich recht bald.

Aber Lucius war noch nicht zufrieden. Beim ersten Tagesschein ging er zur Schatzkammer im Tempel Apollons, und da er sie leer vorfand, verlangte er vom obersten Beamten zu wissen, wo er das Gold und Silber versteckt halte.

Der verängstigte Mann antwortete, es gebe keins, da Philipp alles »zur sicheren Aufbewahrung« nach Chalkis gebracht habe.

»Du lügst!«, brüllte Lucius. Er stieß den Mann grob zur Seite und durchsuchte die inneren Räume des Tempels, indem er Krüge und Dreibeine und andere heilige Gefäße durcheinanderwarf. Dann klopfte er die Mauern und Bodenplatten nach einem geheimen Gewölbe ab.

Während er so verfuhr, standen wir Übrigen draußen in der Vorhalle, wagten kaum, einander anzusehen, und hörten uns Lucius' enttäuschtes Geschimpfe an.

Plötzlich stürmte Doron, der ebenfalls bei uns war, auf den greisen Beamten zu, versetzte ihm einen kräftigen Tritt und schrie mit seiner hohen Stimme: »Du bist ein Lügner! Wo hast du es versteckt?«

Der arme Mann, der gewiss viermal so alt war wie Doron, versicherte händeringend, dass er die Wahrheit sage. »Bitte, Herr«, flehte er zu seiner weiteren Erniedrigung, »du kannst jeden fragen. Wir alle haben gesehen, wie die Makedonier es wegbrachten.«

Vielleicht fürchtete er, Doron würde ihm das protzige, edelsteinbesetzte Schwert in den Leib rammen. Ich bezweifelte, dass der kleine Schurke es überhaupt handhaben konnte. Ehe es dazu kam, trat ich dazwischen und wandte mich dem Greis zu, der von Kopf bis Fuß zitterte und sichtlich erwartete, im nächsten Augenblick den Tod zu finden. »Komm, Herr«, sagte ich zu ihm, »du hast eine lange Nacht hinter dir. Ich werde dich nach Hause bringen.«

Es ist nicht nötig zu erwähnen, dass der Mann die Wahrheit gesagt hatte und Lucius keine Schätze fand. In seiner Wut über die verhinderte Bereicherung befahl er, seine Quinquereme in den Hafen zu rudern, und ich sah mit den Eretrianern und unseren Verbündeten zu, wie er mit seinen Männern alles Wertvolle plünderte, das sich wegtragen ließ.

Die Heiligtümer und Tempel und Kolonnaden wurden ausgeräumt, Wandteppiche durch die Straßen geschleift, Bronzeskulpturen von ihrem Podest gesägt und am Kai aufgereiht wie Leichen. Die Dreibeine wurden aus den Tempeln, vergoldete Kränze vom Altar geraubt. Auch die Häuser der Bürger wurden durchwühlt und ihre Silberteller und kostbaren Pokale auf Wagen gehäuft und zum wartenden Schiff gebracht.

Während der Plünderung stand Attalos mit seinen Heerführern abseits. Er fing meinen Blick auf und sah mich vorwurfsvoll an. Beschämt schüttelte ich den Kopf und hoffte nur, er würde mir glauben, dass ich daran keinen Anteil hatte.

Das Schlimmste aber kam von jemandem, den ich gar nicht kannte, einem alten Eretrianer, der an einer Straßenecke stand. Da er glaubte, ich würde sein Griechisch nicht verstehen, sagte er zu seinem Nachbarn: »Siehst du, sie sind doch nichts anderes als Barbaren, wie Philipp gesagt hat. Das soll nun unsere Befreiung sein. Dabei haben wir nur einen Tyrannen gegen den anderen getauscht.«

Die makedonische Garnison wurde freigekauft. Die Soldaten mussten ihre Waffen abgeben, dann durften sie nach Böotien abziehen.

An dem Tag war Lucius mit Doron im Wald auf die Jagd gegangen und hatte es mir überlassen, die Einschiffung der Männer zu beaufsichtigen.

Die Makedonier standen mit gesenktem Kopf in langen Reihen bis zur Anlegebrücke, ungewaschen, entehrt, verdrossen durch die Niederlage.

Der Kapitän eines dieser Frachtschiffe beklagte sich in einem fort über den niedrigen Lohn, den Lucius ihm zugestanden hatte.

Irgendwann drehte ich mich ungeduldig zu ihm herum und holte Luft, um ihm zum dritten Mal zu sagen, dass ich nichts für ihn tun könne, als ich in den Augenwinkeln eine Bewegung wahrnahm.

Ich schaute zur Seite. Auf halber Strecke zum Anleger hatte sich ein Makedonier, ein graubärtiger mit harten Gesichtszügen und einer breiten Narbe auf der Wange, zum Wasser hingewandt und machte seinen Vordermann verstohlen auf etwas aufmerksam. Dann sah er mich und blickte hastig weg, aber zu spät. Ich spähte in seine Blickrichtung.

Draußen in der Bucht, vielleicht eine Viertelmeile entfernt, löste sich ein Kutter vom Ufer und kam mit kräftigen Ruderschlägen hinter einer flachen, bewaldeten Landzunge hervor. Im Bug stand ein Mann.

Ich riss die Augen auf. Trotz der Entfernung erkannte ich ihn. Ich hätte ihn überall erkannt.

»Woher kommt er?«, fragte ich den makedonischen Kapitän in barschem Ton.

Aber er hatte nur einen finsteren Blick für mich übrig und tat den Mund nicht auf.

Ich schaute den Hafen hinauf und hinunter, ob es ein Schiff gab, das ich beschlagnahmen könnte. Doch da lagen nur die großen Frachter hintereinander am Kai vertäut, mit heruntergelassenen Laufplanken und eingerollten Segeln.

Der Makedonier las meine Gedanken und sagte lachend: »Den wirst du jetzt nicht zu fassen bekommen, Römer.« Und die Gefangenen drehten reihenweise den Kopf und erlebten mitten in der Niederlage einen kurzen Augenblick des Triumphs.

Er hatte recht. Es gab nichts, das ich tun konnte. So blickte ich hilflos übers Wasser. Der Bug des Kutters fing an zu stampfen, als er das ruhige Wasser der Bucht verließ. Doch Dikaiarchos blieb dort stehen. Die Füße fest auf das Deck gestemmt, ließ er sich von der Gischt bespritzen, der Wind zerrte an seiner roten Tunika und wehte ihm durch die wüsten flachsblonden Haare.

Mir brannte der Zorn in der Brust. Obwohl ich sein Gesicht nicht erkennen konnte, wusste ich, dass er lachte.

Zwölftes Kapitel

Wir verließen Euböa und wandten uns nach Süden, umfuhren das Kap Sounion und nahmen Kurs auf Korinth.

Während der Fahrt pries Doron Lucius' Tapferkeit, als hätte er eine große Schlacht gewonnen. Er bewunderte auch die erbeuteten Schätze und bekam schließlich zum Andenken ein zierliches Kästchen, das mit Malachit und Lapislazuli eingelegt war, und, um es zu füllen, einen schweren Siegelring aus Onyx mit dem eretrianischen Oktopus aus Chalcedon darauf.

Den zeigte er mir triumphierend und sagte: »Siehst du, er liebt mich.«

Durch die Beute aus Eretria war Lucius über Nacht reich geworden. Er hatte ein Schiff voll beladen mit Schätzen nach Italien geschickt. Er sprach wenig darüber, vielleicht spürte er, dass dem etwas Schändliches anhaftete.

Doron war nicht so zurückhaltend. Er schwärmte von der prächtigen Villa, die sie kaufen würden, um sie mit den geplünderten Statuen, Wandteppichen, vergoldeten Lampen und Silberzeug auszustatten. Sie würden von ganz Rom beneidet werden.

Inzwischen war Nachricht von Titus gekommen. Während Lucius auf Euböa beschäftigt gewesen war, war er endlich von Epirus zur breiten Ebene Thessaliens durchgestoßen, um die Städte zu belagern, die Philipp in seiner Gewalt hielt.

Wo er vorrückte, wich Philipp zurück und zog unsere Legionen vorwärts, indem er der Schlacht auswich.

Es dauerte nicht lange, bis seine Strategie offensichtlich

wurde. Jedes Dorf, zu dem Titus kam, war verlassen und niedergebrannt. Die Felder waren vernichtet, die Wasservorräte verdorben, und Philipp hatte die wehrfähigen Bürger mitgenommen, die Frauen, Greise und Schwachen zurückgelassen. Titus' Vormarsch wurde dadurch gebremst. Er hatte erwartet, sein Heer von den üppigen Feldern Thessaliens zu ernähren. Stattdessen musste er seine Männer immer weiter ausschicken, um Nahrungsmittel zu beschaffen, oder warten, bis Nachschub über die epirotischen Pässe kam. Der Herbst schritt voran, und nichts war erreicht worden.

Das erfuhr ich alles von Lucius. Inzwischen hatte er sich von Doron und seiner eigenen Eitelkeit überzeugen lassen, dass seine schändliche Plünderung Eretrias ein wunderbarer Sieg gewesen sei, und konnte nicht widerstehen, sich selbst vor mir damit zu schmücken.

Und was noch schlimmer war, er stellte seinen eigenen großen Sieg den Schwierigkeiten seines Bruders gegenüber und sagte, während Doron lächelnd dazu nickte: »Wenn ich das Heer anführte, wäre ich längst in Makedonien.« Und ein anderes Mal: »Er kann es nicht. Er ist zu zaghaft.«

Das war es, was er öffentlich sagte. Was er in der Abgeschiedenheit äußerte, konnte ich nur raten. Aber als ich diese dauernden verächtlichen Bemerkungen hörte, kam mir der Gedanke, dass Lucius seinem Bruder die Hilfe bitter übelnahm, die er ihm hatte zukommen lassen. Er wollte nichts anderes, als ihn überstrahlen, selbst wenn das für Titus Niederlage und Demütigung bedeutete. Er ergötzte sich an jeder schlechten Nachricht und erzählte sie jedem, der sie hören wollte.

In diesem Jahr schickte Titus Gesandte in die griechischen Städte, die sie zum Überlaufen überreden sollten. Die meisten erklärten sich bereit. Aber Korinth mit seiner unbezwingbaren Bergfestung weigerte sich. Griechenland würde nicht frei sein, solange Philipp diese Stadt hielt. Alle Blicke waren auf uns gerichtet. Einen weiteren Rückschlag konnten wir uns nicht erlauben.

Und während Titus noch im Norden aufgehalten wurde, brachten wir unsere Streitmacht nach Korinth.

Ich wurde zum zweiten Mal mit Lamyros in einem Zelt untergebracht. Eines Morgens, als wir uns wuschen, sagte er zu mir: »Ich war gestern abend in den Tavernen am Ufer.«

»So?«, meinte ich lachend und klatschte mir das Wasser ins Gesicht. »Und wer war diesmal die Glückliche?«

Lamyros machte den Frauen gern schöne Augen, und der Korinther Hafen war bekannt für seine Anziehungskraft.

»Ich weiß es nicht mehr«, sagte er und spritzte ein paar Tropfen zu mir herüber. »Aber rate mal, wer auch dort war? Lucius' Schönling.«

»Wirklich?«, sagte ich und schaute auf. »Wahrscheinlich fühlt er sich dort zu Hause. Kaufte oder verkaufte er? Und wo war Lucius?«

»Das weiß ich nicht. Dort jedenfalls nicht. Der Schlingel war betrunken. Mit unzüchtigen Liedern könnte er sich gut durchschlagen, weißt du. Und wenn er nicht sang, verbreitete er sich über den Krieg, prahlte, wie Lucius Korinth einnehmen und ganz allein den Krieg gewinnen wird.«

Ich schüttelte den Kopf. »Es ist leicht zu prahlen, wenn den Kampf ein anderer bestehen muss. Besser heute an die Taten von heute denken! Hat ihm noch niemand gesagt, dass es unklug ist, die Götter zu versuchen?«

In der vorigen Nacht, als Lamyros Doron in der Taverne zuhörte, aß ich mit Akesimbrotos und einigen von Attalos' Heerführern zu Abend. Es war offensichtlich, dass sie besorgt waren, und irgendwann verrieten sie mir, warum.

Es mache keinen guten Eindruck, sagten sie, eine prächtige, alte Stadt wie Korinth zu belagern, während ganz Griechenland den Blick auf uns richtet. Sie seien gekommen, die Griechen zu befreien, nicht sie zu unterwerfen.

»Aber jeder weiß doch«, wandte ich ein, »dass die Korinther nichts weiter als Philipps Geiseln sind.«

»Philipp stellt es nicht so dar«, erwiderte Akesimbrotos. »Er sagt, die Garnison sei zu ihrem Schutz da.«

»Und wird ihm geglaubt?«

»Wenn man eine Sache nur oft genug wiederholt, wird sie jemand glauben.«

Darauf meinte einer von Attalos' Männern: »So oder so, Korinth muss eingenommen werden.«

»Ja«, pflichtete Akesimbrotos bei. »Aber tun wir es rasch und gerecht.« Er warf mir einen Blick zu. »Wir wollen kein zweites Eretria.«

Die Belagerung begann. Attalos' Männer erzählten mir, dass die Stadt schon seit undenklichen Zeiten umkämpft sei. Wenn ich mir die Bergfestung ansah, die die ganze Ebene der Landenge beherrschte, verstand ich, warum. Wer sie einnahm, hielt Griechenland bei der Kehle.

Unsere Strategie war es, zunächst Stärke zu zeigen. Attalos hatte sich mit seiner Ansicht durchgesetzt, dass es für unsere Sache umso besser sei, je weniger Bürger zu Schaden kämen. Wenn wir einen Keil zwischen Korinther und Makedonier treiben könnten, würden sie die Garnison vielleicht aus der Stadt werfen oder uns kampflos hineinlassen.

Doch bald sahen wir, dass das nicht sein sollte.

Die Gegenwehr war heftiger als erwartet. Die mächtigen Belagerungsmaschinen, Rampen, Sturmleitern und Katapulte, wurden nach vorn gebracht, und am selben Abend rief Attalos in seinem Lager den Kriegsrat zusammen. Als die Aufstellung erörtert und beschlossen war, trat er vom Kartentisch zurück und sagte: »Es ist ein Unglück, dass sich die Nachricht über die Ereignisse in Eretria in ganz Griechenland verbreitet hat.«

»Ein Unglück?«, fauchte Lucius. »Wie das?«

Attalos sah ihn an. Er war ein erfahrener Staatsmann und ein König, doch einen Augenblick lang war ihm seine Verachtung anzusehen. »Weil«, so antwortete er mit gleichmütigem Ton, »die Korinther sich sonst überzeugen ließen, uns die Tore zu öffnen.«

Lucius bedachte ihn mit einem frostigen Lächeln.

»Schade für die Korinther. Ich werde die Stadt trotzdem einnehmen. Und wenn ich das getan habe, werden sie wünschen, sie hätten keinen Widerstand geleistet.«

»Ich erinnere dich, Herr, dass das kein Eroberungskrieg ist. Wir sind hier, um die Griechen von Philipps Joch zu befreien. Wenn sie zu einem anderen Schluss kommen, werden sie ihre Städte vor uns verschließen, und der Sieg gehört Makedonien. Du tätest gut daran, das zu bedenken. Oder muss ich erst zu Titus schicken und die Sache mit ihm besprechen?«

Lucius schob das Kinn vor und sah ihn wütend an, wie er es zu tun pflegte, wenn er seine Untergebenen einschüchtern wollte. Aber Attalos hielt dem Blick ruhig stand.

»Nicht du, sondern ich habe Eretria eingenommen!«, schrie Lucius. Er drehte sich um und fegte hinaus, ehe jemand etwas erwidern konnte.

Attalos sah ihm mit einer hochgezogenen Braue hinterher. Es folgte ein entsetztes Schweigen. Kurz trafen sich unsere Blicke. Dann wandte er sich wieder dem Kartentisch zu und sagte: »Damit ist unsere Besprechung wohl beendet.«

Später, als ich in mein Quartier zurückkehrte, sagte Lamyros: »Oh, Marcus, eben war ein Bote hier und hat nach dir gefragt. Du musst ihm auf der Straße begegnet sein. Lucius will dich sprechen. Aber warst du nicht eben noch mit ihm zusammen?«

Ich dachte: Was ist jetzt schon wieder?, und machte mich erneut auf den Weg.

Lucius hatte eine große Villa in der Nähe des Hafens für sich beschlagnahmt, den Besitzer hinausgeworfen und ihm gesagt, er müsse sich anderswo eine Bleibe suchen. Ich fand ihn in dem marmornen Speisezimmer hinter dem Innenhof, wo er soeben mit dem Abendessen beginnen wollte, an seiner Seite Doron, mit dem er das Sofa teilte.

»Ah, Tribun, da bist du.«

Er stellte seinen schweren goldenen Weinpokal ab. Es war ein Gefäß von der Art, wie Priester es fürs Trankopfer gebrauchen, und als der Lampenschein darauf fiel, bemerkte ich das Oktopuszeichen an der Außenseite.

»Ich nehme an, du hast mit diesem zaghaften alten Narren Attalos geplaudert«, begann er.

Doron kicherte. Lucius lächelte ihn an. Da war eine unangenehm verschwörerische Atmosphäre zwischen ihnen zu spüren. Ich fragte mich, was kommen würde.

»Wie dem auch sei, ich habe dich nicht hergerufen, um über ihn zu sprechen. Es mag ihm gefallen, vor den Mauern der Stadt das Gefieder zu sträuben und zu warten bis die Bürger ihn einladen. Ich dagegen bin hier, um Korinth zu erobern und diesen Krieg zu beenden, und das werde ich auch tun.«

»Ja, Herr.«

»Sollen sich die Korinther beklagen, wie sie wollen. Ich werde morgen einen Großangriff einleiten und sie überrumpeln. So habe ich es in Eretria gemacht, so kann ich es auch in Korinth tun … mit oder ohne diesen alten Mann.«

Er beugte sich vor und betrachtete mich. Mir lief es plötzlich kalt den Rücken hinunter. Lucius hatte eine beängstigende Seite, die keine Grenzen kannte, er war wie ein Wahnsinniger oder wie ein verzogenes, grausames Kind.

Es entstand eine Pause. Dann sagte er langsam: »Ich habe gehört, dass du ein guter Fechter bist.«

»Ja, Herr, ich fechte leidlich.«

Kurz huschte sein Blick zu Doron, und ich bemerkte die rasche Verständigung zwischen ihnen. Ich dachte: Jetzt kommt's.

»Dann darfst du es morgen beweisen«, fuhr er fort und fasste mich erneut ins Auge. »Du wirst an der Spitze kämpfen mit den Veteranen. Ich will dich an der Front. In der ersten Reihe. Hast du mich verstanden?«

Er beäugte mich. Wahrscheinlich hoffte er, mich erschrecken zu sehen, denn er wusste so gut wie ich, was sein Befehl bedeutete.

Kurz herrschte Schweigen. Ich hörte das Zischen der Lampe und Lucius' schweren Atem.

»Ja, Herr. Ich verstehe vollkommen«, sagte ich.

»Gut. Dann bekommst du draußen die weiteren Befehle.«

Er nahm sich ein Stück Fleisch vom Teller, tunkte es in Soße und ließ es sich in den Mund fallen. Doron warf mir einen seiner schmollenden Unschuldsblicke zu.

»Ist das alles, Herr?«, fragte ich.

»Ja. Geh jetzt.«

Lucius lächelte mich kühl an, dann fügte er, den Mund voller Fleisch und Soße, hinzu: »Ich an deiner Stelle würde noch ein wenig schlafen. Du wirst es nötig haben ... Leb wohl, Marcus.«

Als ich zurückkam, lag Lamyros, die Arme unter dem Kopf verschränkt, auf seinem Bett. Kaum dass ich im Zelt war, redete er los: »Hier steht etwas bevor. Während du fort warst, kam der Befehl, sich bereit zu machen ...« Dann sah er mein Gesicht und setzte sich auf. »Was ist geschehen? Du siehst aus, als wärst du einem Dämon begegnet.«

Ich zuckte die Achseln. »Ich war bei Lucius. Er will im Morgengrauen angreifen.«

»Dann hoffen wir, dass er weiß, was er tut.«

»Das weiß er nicht.«

Ich setzte mich müde auf das Bett gegenüber und nahm mein Schwert, das einmal meinem Lehrer Antikles gehört hatte. Nach ein paar Augenblicken des Betrachtens zog ich es aus der Scheide und drehte es im Schein der Lampe. Es war scharf und eingefettet. Dafür sorgte ich stets.

»Er hat mich ins erste Treffen gestellt«, sagte ich schließlich, »zu den Veteranen.«

Lamyros sah mich an. Er holte Luft, um etwas zu sagen, schwieg dann aber.

Es entstand eine Pause. Ich legte das Schwert beiseite.

»Ich habe einen Freund in Athen«, sagte ich. »Wenn ich falle, wirst du ihm eine Nachricht schicken?«

Sobald ich die Zenturie sah, der ich zugeteilt war, spürte ich wieder Lucius' Absicht. Das waren nicht bloß altgediente Soldaten, sondern die härtesten der schlachtgestählten Veteranen, gefährlich und angriffslustig, doppelt so alt wie ich, die unter Scipio in Afrika gekämpft hatten und stolz darauf waren. Sie verstanden ihr Handwerk, sie gaben nichts auf Ränge und nahmen es übel, wenn ihnen ein jugendlicher Fremder wie ich aufgehalst wurde. Sie machten sich nicht die Mühe, das zu verbergen. Ich konnte es ihnen nicht übel nehmen. Kein Soldat geht gern mit jemandem in die Schlacht, den er nicht kennt.

Aber der Angriff hatte schon begonnen. Es blieb keine Zeit zum Reden, selbst wenn sie mit mir hätten reden wollen. Ich konnte ihnen ansehen, dass sie nicht von der gesprächigen Art waren. Ich würde das Beste daraus machen müssen, und vermutlich dachten sie das Gleiche.

Die Sonne schickte rote Strahlen übers Meer. Die Luft bebte unter den Stößen der Katapulte. Die Trompeten schmetterten, und der Befehl zum Vorrücken kam: zuerst die Veteranen, dann die leichtbewaffneten Plänkler, die Hilfstruppen und die Speerwerfer.

Beim Anmarsch von Osten hat man unebenes Gelände mit Gräben und anderen Hindernissen vor sich, die einen schnellen Angriff verhindern. Aus diesem Grund hatte Lucius beschlossen, dass die Verteidigung dort am geringsten sein würde. Doch schon, als wir im Laufschritt vorrückten, zwischen uns einen mächtigen Sturmbock in Lederschlingen, setzte der Pfeilregen ein, und wir wussten, dass die Verteidiger vorbereitet waren.

Wir hoben die Schilde über den Kopf, damit die Pfeile daran abprallten. Ich ging vorne links, auf der gefährlichsten Position. Ich hatte sie freiwillig gewählt. Ich wusste, bei solchen Männern gab es keinen anderen Weg, um ihr Vertrauen zu gewinnen.

Sie nahmen verständlicherweise an, ich sei einer von Lucius' Günstlingen, der ihnen zu einem Zweck, den man ihnen nicht erklärt hatte, im letzten Moment zugewiesen worden war. Aber Tapferkeit achteten sie, so dachte ich. Ich würde ihnen schnell zeigen müssen, dass ich kein Feigling war.

Anfangs rückten wir rasch vor. Dann, als wir näher kamen, mussten wir in einen steilen, grasbewachsenen Graben hinunter, der eigens angelegt war, um Feinde aufzuhalten.

Die Veteranen fluchten, als wir auf der anderen Seite hinaufkletterten. Der schwere Sturmbock bremste uns.

Voraus sah ich den Teil der Mauer, auf den wir es abgesehen hatten. Das war die Stelle, wo ein Katapultgeschoss getroffen hatte. Der hohe, mit Zinnen versehene Laufgang war eingedrückt und hatte einen großen Riss im Mauerwerk.

»Dorthin!«, schrie ich, und wir schwenkten nach links, wo die Mauer am schwächsten aussah. Wir rannten den Hang hinauf, richteten den Balken aus und versetzten der Mauer einen donnernden Schlag.

Von oben sausten Pfeile, Speere und Steine auf uns herab und fielen scheppernd auf unsere Schilde. Der Sturmbock bebte in seinen Schlingen, die angerissene Mauer splitterte, und droben hörten wir die aufgeregten Rufe der Verteidiger. Es waren Makedonier, keine Korinther. Lucius hatte sich geirrt. Die Verteidigung war an dieser Stelle nicht schwach: Wir hatten es mit den Besten der Garnison zu tun.

»Noch mal!«, riefen die Veteranen und schwangen den Eichenbalken.

Er krachte gegen die Mauer, sie platzte auf und bröckelte. Oben schallten Rufe und Fußgetrappel. Schon fielen die Geschosse nicht mehr so dicht, da die Verteidiger den Laufgang räumten.

Kurz blieb es ruhig. Ich spähte hinauf. Sechzig Schritte entfernt befand sich ein Turm in der Mauer. Korinthische Bogenschützen scharten sich an der Brustwehr und schossen auf uns. Ich schaute mich nach unseren Leichtbewaffneten um. Sie hatten die Aufgabe, die Pfeile auf sich zu lenken, aber sie waren nirgends zu sehen.

Ich hob meinen Schild, als eine Pfeilsalve auf mich niederging. Bis sie uns erreichte, war ihre Kraft halb verbraucht. Die Pfeile schlugen klappernd auf und fielen uns vor die Füße. Aber wenn man unglücklich getroffen wurde, konnten sie doch den Tod bringen.

Mit einem Anlauf rammten wir die Mauer ein drittes Mal. Mörtel regnete uns auf den Kopf. Der Sturmbock zitterte und sang. Einen Moment lang war es still, dann knackte und ächzte die Mauer wie ein gefällter Baum und stürzte unter einer Staubwolke ein.

Wir ließen den Rammbock fallen und stürmten vorwärts, ehe wir noch den Weg erkennen konnten. Da wusste ich, dass ich bei guten Männern war, trotz ihrer grimmigen Feindseligkeit. Sie zögerten nicht und schickten keinen anderen vor. Ohne zurückzuschauen, drängten sie mit mir in die Bresche. Sie war nur so breit wie ein Bauernkarren. Das war der gefährlichste Moment, wo die Verteidiger wussten, dass ihnen nur die eine Gelegenheit blieb, uns zu vernichten.

Wir breiteten uns nach beiden Seiten aus und füllten die Lücke, stiegen durch den wirbelnden Staub mit blankem Schwert über die Steinhaufen. Ihren Päan brüllend, griffen die Makedonier auf meiner Seite an.

Den ersten tötete ich, ehe er seinen Schlachtruf beendet hatte. Mein Nebenmann tötete den zweiten. Das gab den Angreifern zu denken, und einen Moment lang hielten sie inne. Ich blickte zurück und schrie noch einmal nach der Verstärkung, die Lucius versprochen hatte. Jetzt brauchten wir sie, sonst würden sich die Feinde neu sammeln und uns einschließen.

Mein Nebenmann schrie plötzlich auf. Ich fuhr herum. Ein Speer steckte in seinem Oberschenkel, knapp unterhalb seines schützenden Lederschurzes. Er erlaubte sich einen Augenblick der Geringschätzung, dann fasste er den Eschenschaft mit seiner breiten Hand, zögerte abschätzend, und mit einem Schrei durch die zusammengebissenen Zähne riss er ihn heraus. Das Blut strömte über seine Beinschienen.

»Lauf zurück«, schrie ich.

Er zog eine Grimasse. »Später«, rief er. »Hier gibt es Arbeit … Pass auf!«

Wir duckten uns und wehrten mit den Schilden eine Salve Speere ab. Eine neue Schar Verteidiger drang von der anderen Seite auf uns ein.

Ich fluchte laut und schrie: »Wo bleibt die Verstärkung?«

Es blieb keine Zeit, sich nach ihr umzusehen. Ich hatte drei Männer vor mir, die mit dem Schwert angriffen. Wir standen zu zehnt nebeneinander, kämpften gegen dreißig und standen noch immer auf dem wackligen Grund des eingestürzten Mauerwerks. Doch die Männer meiner Zenturie wussten, was sie taten. Sie fochten ruhig, mit tödlichem Geschick und den eingeschliffenen Bewegungen jahrelanger Übung. Wir hielten einer Übermacht stand, aber ohne Unterstützung würden wir das nicht lange durchhalten. Wir mussten durchbrechen oder uns zurückziehen.

Hinter mir hörte ich von der Bresche her Männer kommen. Ihre Stimmen vereinten sich zum Schlachtruf, und ich begriff mit Schrecken, dass die Verstärkung, die ich herbeigerufen hatte, nicht uns galt. Es waren Griechen. Kurz war ich verwirrt. Hatten wir den Feind nun schon im Rücken? Aber dann rief einer meiner Kameraden, der sich wohl das Gleiche gefragt hatte: »Das sind Attalos' Männer.«

»Wo sind dann unsere?«, rief ein anderer.

»Geh und frag Lucius«, antwortete der Erste bitter.

Aber wir hatten Hilfe, von welcher Seite auch immer, und zum Nachdenken war keine Zeit. Sie stürmten heran und füllten neben uns die Bresche.

Endlich schlugen wir die Verteidiger zurück, fochten zäh um jede Handbreit Boden. Die Lücke verbreiterte sich, während wir vorrückten, nahm zehn, dann fünfzehn, dann zwanzig Männer auf. Jenseits der Schutthalde sah ich ein langes Gebäude mit eingestürztem Dach, ein Lagerhaus oder Stall, das von unserem Katapult getroffen worden war. Eine neue Schar Feinde quoll dahinter hervor. Das waren keine Makedonier. Sie waren unterschiedlich gerüstet und wirkten raubeinig und verwahrlost. Das waren auch keine Bauern aus den umliegenden Dörfern, die gekommen waren, um die Stadt zu verteidigen, dafür fochten sie zu gut. Einer brüllte einen Befehl. Zuerst konnte ich nicht sagen, was mich so befremdete. Dann fiel es mir auf: Er sprach weder Griechisch noch Makedonisch, das eine Abart des Griechischen war. Er sprach Latein.

Meine Kameraden wechselten fragende Blicke.

Neben mir fluchte der Mann mit der Speerwunde im Oberschenkel, und nickend meinte er: »So ist das also.«

Dann fielen sie wie ein Rudel Hunde über uns her.

Unsere Reihe schwankte. Die äußere Flanke, wo die pergamenischen Soldaten kämpften, brach ein. Der Mann neben ihnen, plötzlich ungedeckt, war gezwungen, zurückzuweichen, um ihre ungeschützte Seite zu decken, und Augenblicke später brach die ganze Linie zusammen. Ein Mann tauchte vor mir aus dem Staub auf. Er hatte den Kopf kahlgeschoren und mächtige Schultern wie ein Ruderer der Flotte. Anstelle eines Schwertes schwenkte er eine zweischneidige Axt an einer kurzen Kette, die er gekonnt von einer Hand in die andere warf. Dabei grinste er mich an.

Ich machte einen Ausfall. Er trat gewandt zurück, gab der seltsamen Waffe einen Ruck aus dem Handgelenk, und die Kette wickelte sich um meine Schwertspitze.

Ich versuchte, sie loszureißen, doch er folgte meinen Bewegungen und kam dabei näher, während mein Schwert in der Kettenschlinge blieb. Mit der freien Hand riss er einen langen krummen Dolch aus der Scheide und stieß nach mir. Die Klinge blitzte vor meinen Augen. Ich wich aus, trat auf etwas Weiches – eine Leiche – und taumelte. Er hatte nach meiner Kehle gezielt und hätte getroffen, wenn ich nicht gestolpert wäre.

Laut lachend sprang er auf mich zu. Ich blickte auf und sah meinen Tod in seinen schwarzen Augen. Mit einem Schrei stieß ich das Schwert aufwärts, aber er drehte sich, und meine Klinge glitt harmlos an seinem Brustpanzer ab. Darauf schwang er die Axt nach mir. Ich wich aus und stürzte, die Waffe pfiff an meinem Ohr vorbei und traf meine Rüstung.

Als ich versuchte, aufzustehen, begriff ich, dass sich die Kante der Axt in meinem Brustharnisch festgehakt hatte. Er zog mich zu sich heran wie ein Fischer seinen Fang. Doch dann, ich hörte ihn röcheln, riss er die Augen auf und stockte. Aus seiner Brust ragte rot und glänzend wie eine grausige Brosche eine Schwertspitze. Er glotzte sie verblüfft an, würgte einmal, spuckte Blut. Die Axt entglitt seiner Hand, und er fiel.

Mein Kamerad mit der Speerwunde hatte ihn von hinten erstochen. Er zog das Schwert heraus, nickte mir zu und sagte: »Du könntest ihm den Rest geben, aber jetzt ist keine Zeit. Komm, Junge, diese Schlacht ist verloren, wir ziehen uns vor die Mauern zurück.«

Später, als wir uns an einen sicheren Platz begeben hatten und ich bei den Männern meiner Zenturie saß und Wunden verband, dankte ich ihm, weil er den Axtkämpfer getötet hatte.

Er sah mich an und brummte, als ob ihn mein Dank verlegen machte. Dann sagte er: »Hast du geglaubt, wir lassen dich im Stich, damit du von diesem Pöbel getötet wirst?«

Die anderen murmelten zustimmend. Da wusste ich, dass sich die Dinge zwischen uns geändert hatten, und ich gebe zu, dass ich trotz unserer Niederlage einen großen Triumph erlebte. Ich war kein Außenseiter mehr, sie hatten mich aufgenommen.

»Wer waren diese Männer denn?«, fragte ich. »Keine Griechen jedenfalls, ich hörte sie Latein reden.«

Darauf erhoben sich viele Stimmen, fluchten und sagten »Verräter« oder »Abschaum« oder »Schweinehunde«.

Mein Retter sagte: »Seit Zama hat sich jeder abtrünnige Soldat, jeder arbeitslose Söldner und umherziehende Halsabschneider hierher aufgemacht. Solche haben auch in Afrika für Karthago gekämpft. Sie kämpfen für jeden, solange sie bezahlt werden. Und Philipp ist ein ebenso guter Zahlmeister wie jeder andere.«

»... oder Antiochos oder Ptolemaios«, ergänzte einer. »Aber hier werden sie nicht bezahlt, wenn ich die Sache richtig sehe.«

»Was denn?«, fragte ich.

»Einige sind zu Philipp geflohen, um nicht in Gefangenschaft zu geraten. Die anderen suchen Arbeit in einem fremden Heer oder entziehen sich einer Bestrafung.« Er deutete mit dem Kopf verächtlich zur Stadtmauer, auf der die Verteidiger höhnten. »Korinth ist dafür der rechte Ort.«

Ich dachte an den wilden Axtkämpfer zurück und sagte: »Und doch meinte man, sie würden ums nackte Leben kämpfen.«

»Das taten sie. Sie wissen, was mit Ausreißern geschieht.« Er zog die Handkante quer über die Kehle.

Ein pergamenischer Soldat kam zu uns. »Welcher von euch ist Marcus?«, fragte er.

»Ich.«

»Der König wünscht dich zu sprechen.« Er zögerte, um sein Missfallen kundzutun, und fügte dann ein »Herr« hinzu.

Attalos war wütend, wie ich schon vermutet hatte. Er gehörte zu denen, die ganz ruhig werden, wenn sie in Zorn geraten. Im Gegensatz zu Lucius, der dann tobte. Als er mich sah, schickte er seine Leute fort und sagte: »Komm und geh mit mir spazieren, Marcus. Bist du verletzt?«

»Nicht ernstlich. Habe nur ein paar Schrammen.«

»Den Göttern sei Dank dafür.«

Wir gingen den Hang hinunter, bis wir an eine gemauerte Scheune kamen, da blieb er stehen und drehte sich zu mir. Er war so forsch wie ein junger Soldat, trotz seines hohen Alters.

»Nun verrate mir, was dieser Schwachkopf da zu tun meint«, sagte er. »Will er auf eigene Faust den Krieg verlieren? Wenn ja, dann möge er so höflich sein, es uns zu sagen, damit wir nach Pergamon zurücksegeln können.«

Ich sah ihm in die Augen und machte eine hilflose Geste. Darauf fuhr er fort: »Wenn ich nicht gekommen wäre, wärst du dort drinnen umgekommen.«

»Ich weiß, Herr«, sagte ich.

»Und wo war dieser Narr? Du weißt es nicht? Dann werde ich es dir sagen. Er hat die Männer, die euch zur Verstärkung dienen sollten, abgezogen und einen Angriff auf das Kenchreai-Tor unternommen. Er wollte euer Leben wegwerfen. Er glaubte, er könnte sich den Weg in die Stadt erzwingen, während ihr die Verteidiger ablenktet. Beim Zeus, Marcus! Wenn mein Läufer nicht so viel Verstand gehabt hätte, mich zu rufen, wären sie durch die Bresche geströmt und hätten euer Lager überwältigt.« Er stieß einen langen Seufzer aus. »Und es gibt noch mehr zu sagen. Ich habe es Lucius noch nicht berichtet, weil ich ihn noch nicht gefunden habe. Darum sage ich es dir.«

Ich blickte ihn an, und wahrscheinlich war mir mein Zorn auf Lucius anzusehen. »Was noch?«, fragte ich.

»Philipps Heerführer Philokles, der im Gegensatz zu diesem Possenreißer Lucius etwas von Kriegführung versteht, hat unsere Verwirrung genutzt und tausendfünfhundert Makedonier am Westufer der Landenge abgesetzt. Wir hätten sie aufhalten können, wären wir nicht hier beschäftigt gewesen. Nun haben wir den Feind auf zwei Seiten. Kurz gesagt, Marcus, wir können die Belagerung nicht mehr aufrechterhalten. Ich schlage vor, du machst dich auf die Suche nach Lucius, und wäre er kein römischer Feldherr, der vermutlich weiß, was Würde ist und wie man sich beträgt, könnte ich vermuten, dass er sich vor mir verbirgt. Seine Taten heute haben uns Korinth gekostet. Sie hätten uns auch den Krieg kosten können. Es ist nötig, dass er das begreift.«

Die Belagerung wurde abgebrochen. Was wir nicht aufs Schiff bringen konnten, wurde verbrannt, und auf den Mauern jubelten die Verteidiger – Korinther, Makedonier und die Abtrünnigen, Söldner und Halsabschneider. Das war eine demütigende Niederlage, von der bald alle Verbündeten Philipps erfahren würden.

Bevor wir abzogen, kam ein Bote aus dem Norden mit Neuigkeiten von Titus, der in Phokis endlich durchgebrochen war.

Ich stand mit Lucius und einigen Lotsen auf dem Kai, als er eintraf. Mit Lucius war eine Veränderung vorgegangen. Sein überschäumendes Selbstvertrauen hatte sich aufgelöst. Sein Gesicht war grau und aufgedunsen, und er verfiel häufig in längeres Schweigen, das ab und zu von heftigen Wutausbrüchen unterbrochen wurde.

Der Bote, ein junger Tribun, wusste nichts davon. Er kam von Titus und von einem Heer, das soeben einen Sieg errungen hatte. Aus seinen Augen leuchteten die Hoffnung und die Freude, der Überbringer guter Nachrichten zu sein. Er ahnte nicht, dass jedes Lächeln und jeder strahlende Blick ein Stachel in Lucius' Fleisch war, und als er berichtete, wie die makedonische Garnison in Phokis sich ergab und die Bürger Titus in den Straßen als

Befreier feierten, jubelten und klatschten und Kränze und Blumen auf seinen Weg warfen, übersah er die Zeichen der Gefahr – das Kauen auf der Unterlippe, die aufsteigende Röte in dem grauen Gesicht, das nervöse Spiel der Finger. Er redete weiter, deutete Lucius' Schweigen als Anteilnahme und fiel beinah in Ohnmacht, als sein Zuhörer plötzlich in Wut geriet.

Natürlich durfte Lucius sich nicht öffentlich über Titus' Sieg beklagen. Stattdessen beschimpfte er den Tribun, er habe ihn gestört, wenn jeder Dummkopf sehen könne, dass er von eigenen Sorgen überlastet sei. »Glaubst du, ich habe Zeit, mir das alles anzuhören?«, schäumte er. »Gib deine Botschaft dem Schreiber und geh mir aus den Augen.«

Wir standen ein wenig abseits des Hafens in einem Hain mit Eichen und Zypressen hinter dem Tempel des Hermes. Doron war auch dabei. Er war kurz vor dem Boten gekommen. Selbst er sah, dass Lucius sich lächerlich machte, zupfte ihn vielsagend am Ärmel und zischte ihm leise Bemerkungen zu, um ihn zu besänftigen. Aber Lucius fuhr zu ihm herum und brüllte: »Hör auf, mich zu begrapschen wie ein läufiges Weibsstück! Kannst du nicht sehen, dass ich beschäftigt bin?«

Plötzlich war es totenstill. Die Lotsen und Kapitäne und Schreiber wechselten entsetzte Blicke. Der Tribun starrte ihn an und schluckte.

Dann fing Doron an zu weinen, hell und durchdringend, und rief schluchzend, dass Lucius ihn nicht mehr liebe, dass er ganz allein auf der Welt sei, fern von der Mutter und ohne Freunde.

Solche Kniffe beherrschte er meisterlich, und Lucius war wie Wachs in seinen Händen. Eilig schlang er die Arme um die bebenden Schultern des Jünglings, führte ihn tiefer in den Hain und gurrte: »Komm, mein kleines Vögelchen, Lucius tut es leid, hier, trockne dir die Tränen.« Und der Bote starrte ihnen nach, als hätte er eine grauenvolle Erscheinung gesehen.

Diesen Winter verbrachte ich in Athen.

Eine angespannte Stimmung herrschte in der Stadt. Die Leute fragten, was aus dem erhofften Sieg geworden sei. Das Schicksal der Abydener war jedem bekannt.

Menexenos' Vater hieß mich in seinem Haus willkommen wie einen Sohn. Das rührte mich. Zugleich betrübte es mich, wie sehr er sich verändert hatte.

In den Monaten, wo ich ihn nicht gesehen hatte, war er alt geworden. Er ging am Stock. Seine grauen Haare waren jetzt weiß, und wenn ich mit ihm plauderte, schweifte er mit den Gedanken ab.

Ich fragte Menexenos, ob sein Vater krank sei.

»Er ist müde bis in die Seele«, sagte er, »und vielleicht ist das auch eine Krankheit. Seit er den Hof verloren hat, ist er nicht mehr derselbe.«

»Das Getreide wird wieder wachsen«, meinte ich, »und wir können den Hof neu aufbauen.«

»Das sage ich ihm auch. Aber er erwidert mir, dass ein Mann, wenn er nur alt genug ist, alles zum zweiten Mal zu sehen anfängt, und er habe schon zu viel gesehen.«

Mir lag eine leichte Antwort auf der Zunge, aber dann sagte ich gar nichts. Kleinias war alt und hatte viel gesehen. Es stand mir nicht zu, ihm seine Trauer auszureden.

Wir waren zu den Gärten der Akademie gewandert und bei Platons Grab stehen geblieben.

Das Gras und die Büsche waren wieder ausgeschlagen, aber der alte Marmor trug noch die Brandspuren von Philipps Wüten, und es würde noch viele Jahre dauern, bis die Platanen und Zypressen und Schatten spendenden Myrten wieder so sein würden, wie ich sie gekannt hatte.

Ich strich mit der Fußspitze über einen Fleck Herbstblumen und sagte: »Man kann niemals zurückgehen, nicht wahr, Menexenos? Es geht immer nur vorwärts.« Ich schüttelte den Kopf. Das schien mir eine düstere Zukunftsaussicht zu sein.

Menexenos trat zu mir und berührte meine Wange, sodass ich den Kopf drehte und ihn ansah.

»Weißt du noch?«, fragte er und deutete mit dem Kinn auf ein Gebüsch.

Ich schaute dorthin. Alles sah so verändert aus, dass es mir gar nicht aufgefallen war. Dort stand der kleine Altar für Eros wie ein Kultstein auf einem abgebrannten Feld.

»Natürlich«, sagte ich lächelnd, plötzlich voller Liebe und Erinnerung.

»Nur die Götter verändern sich nicht«, sagte er. »Darum verehre ich sie. Ein Mann muss festen Grund haben, auf den er sein Haus bauen kann. Was wären wir sonst? Spreu im Wind, davongetragen von jedem Hauch. Nein, es gibt keinen Weg zurück. Was wäre er auch anderes als eine Rückkehr zur Unwissenheit? Wir haben jeden Tag die Aufgabe, nach dem Wahren zu streben, nach dem Weg zum Licht.«

Wir gingen zum Altar. Die Schatten waren lang geworden, die Sonne war hinter den westlichen Bergen verschwunden und sandte einen Strahlenfächer in den Himmel. Fledermäuse flogen zwischen den eingefallenen Gemäuern hin und her, die einst das Gymnasion und Platons Schule gewesen waren, und irgendwo sang ein Vogel, der ohne Antwort blieb.

Vor dem Altar blieben wir stehen, die Handflächen auf dem kühlen goldenen Marmor und dicht beieinander. Ich sah zum Fluss.

»Eros«, sagte ich. »Liebe. Aber die Liebe ist kein Gott.«

»Er ist ein Dämon – ein Geist; er führt uns zu uns selbst und zu dem, was wahr ist.«

Ich lächelte. »Er hat mich zu dir geführt.«

»Und mich zu dir. Aber das ist nur ein Anfang, kein Ende. Was wir haben, haben wir durch jene vollkommene Stätte, die immer vor uns liegt. Dort führt Eros hin, wenn wir klug sind.«

Ich nickte und dachte nicht zum ersten Mal, dass er so viel weiter sah als ich. Sein Weitblick nährte und stützte mich, und manchmal, wenn mein Geist frei war – auf einem Berggipfel oder beim Anblick von etwas Schönem – ahnte ich, was er sah.

Ein Schatten der Trauer berührte mein Herz. Die Götter mögen ewig sein, dachte ich, aber die Zeit der Menschen ist kurz und die Zeit der Liebe am kürzesten.

Ich hatte schon bemerkt, dass wir allein waren. Ich nahm seine Hand und zog ihn an mich, und ehe er etwas sagen konnte, schloss ich ihm den Mund mit einem Kuss.

Nur meinen Stiefvater schien die allgemeine Schwermut nicht zu berühren. In dem Haus in Piräus, wo er sich aufhielt, herrschte ein ständiges Kommen und Gehen von Kaufleuten und ihren Maklern, Männern mit misstrauischem Blick, die plötzlich verstummten, wenn ich vorbeiging. Sie kamen aus Ionien, Sidon und Antiochia, von Sizilien und aus vage bezeichneten Städten im Norden an der Grenze zu Makedonien, die mit Philipp verbündet oder so gut wie verbündet waren.

Sie gehörten zu denen, die abwarten, woher der Wind weht, ehe sie entscheiden, welchen Weg sie nehmen. Solche Männer habe ich immer verachtet. Bei meinen Besuchen dort erkannte ich, dass, während wir kämpften, um Griechenland von Tyrannei zu befreien, eine große Gemeinschaft von Männern im Schatten gedieh und sich von ihrer Verworfenheit und dem Leid anderer ernährte.

Einer, ein reicher Händler aus Theben namens Tyrtaios, war zu der Zeit ein Lieblingsgast meines Stiefvaters, und sie verbrachten viele Stunden zusammen, während deren sie an geheimen Geschäften arbeiteten. Im Allgemeinen hielten Caecilius und ich damals Abstand voneinander. Doch eines Tages kündigte er an, er werde ein Bankett für seine Freunde abhalten, und wünsche, dass ich daran teilnähme.

Ich war geneigt abzusagen, doch Menexenos meinte, das werde ungehobelt wirken, nachdem ich so lange fort gewesen sei. Und so ging ich widerstrebend hin.

Der Phöniker Tuchon, dessen Haus es war, war auch dort, und er stank nach lydischem Öl und war mit Schmuck behängt. Es kamen ein Händler von Lesbos und einer aus Byzanz. Aber der Thebaner Tyrtaios war der Ehrengast, und ich vermutete, dass das Geschäft, das er mit Caecilius eingefädelt hatte, nun abgeschlossen war. Ich wappnete mich für ein schweres Trinkgelage mit vulgären Belustigungen. Dafür war ich vorbereitet. Am Ende waren es die Gespräche, die mich überraschten.

Tyrtaios war fünfundvierzig Jahre alt, hatte verschlagene, kalte Augen und das Benehmen eines Mannes, dem Verheimlichung zur Gewohnheit geworden war. Im Gegensatz zu Tuchon mit seinen protzigen Juwelen und dem ekelhaften Parfüm, putzte Tyrtaios sich nicht heraus. Nicht aus Geldmangel, wie mir schien, sondern weil es ihm dienlich war, keine Aufmerksamkeit auf sich zu ziehen.

Der Wein floss bereits, als der erste Gang hereingebracht wurde, jeder trank dem anderen zu, nickte in geheimem Einverständnis und stillem Triumph.

Anfangs war die Unterhaltung so langweilig, wie ich erwartet hatte, es ging um Handel, Vermögen, Besitzungen. Der Abend schleppte sich dahin. Ich wünschte mir, bei Menexenos zu sein. Die Hauptspeisen wurden aufgetragen. Als die Sklaven wieder hinausgegangen waren, bemerkte Tyrtaios glatt: »Wir werden uns wohl alle darin einig sein, dass Titus sich diesmal übernommen hat.«

Man nickte und verdrehte die Augen. »Hochmut kommt vor dem Fall«, deklamierte der Byzantiner.

»Und dazwischen gibt es Geschäfte zu tätigen«, sagte mein Stiefvater. Er zwinkerte Tyrtaios zu und meinte: »Das Glück ist mit den Mutigen.«

»Ganz recht, Caecilius, ganz recht. Und nach dem, was ich auf den Straßen höre, sind es nicht nur wir, die erkennen, wie töricht es war, ihn und seinen Handlanger Attalos zu unterstützen. Die Athener haben auf ein lahmes Pferd gesetzt, schon wieder, wie dein guter Sohn hier bezeugen kann.«

Darauf sagte der Byzantiner: »Man darf ihnen nicht trauen. Als die Römer nach Sizilien übersetzten, taten sie es angeblich, um die Phöniker zu vertreiben …«

»So war es«, pflichtete Tyrtaios bei. »Und nun sind die Phöniker fort, aber die Römer sind noch da. Wo ist jetzt die Freiheit Siziliens?« Er gab ein blasiertes Lachen von sich, und über den Rand seines Weinbechers ließ er den Blick über die Gäste schweifen, um zu sehen, ob jeder diese Spitze verstanden hatte.

Ich sah weg. Konnte Caecilius mich so falsch beurteilt haben, dass er annahm, ich würde mir das anhören? Ich rang mir Schweigen ab. Doch dann sagte Tyrtaios: »Ich spüre, dass du anderer Ansicht bist, Marcus.«

»So ist es«, antwortete ich und drehte mich zu ihm um.

Caecilius warf mir einen warnenden Blick zu. Tyrtaios zog mit gespielter Verwunderung die Brauen hoch. »Willst du also bestreiten, dass die Römer noch auf Sizilien sind?«

»Wir gingen nach Sizilien, weil Hannibal dort war. Die Sizilianer haben beschlossen, unsere Feinde zu werden, nicht umgekehrt.«

»Es ist nur natürlich, dass du mit den deinen fühlst.« Er bedachte mich mit einem milden Lächeln wie es Lehrer bei dummen Schülern tun. »Aber wenn das Volk von Sizilien beschlossen hat, Hannibal zu unterstützen, wie kann Rom sich anmaßen, es ihnen zu verbieten? Und nun blicke nach Korinth. Rom kann nicht nach Belieben auf jede freie Stadt marschieren.«

»Die Korinther sind nicht frei. Sie sind die Geiseln einer Bande von Halsabschneidern und Piraten, die von Philipp bezahlt werden.«

Er neigte den Kopf. »So behauptest du. Sicher nützt es Rom, wenn das geglaubt wird.«

Caecilius räusperte sich laut. »Mein Sohn ist noch jung und arglos.«

»Aber die Jugend ist bezaubernd, selbst wenn sie töricht ist. Soll der Junge seine Meinung haben. Jeder Mann hat die Freiheit, seine Meinung zu sagen, so halten es die Athener, wie ich höre. Und da wir in Athen sind …« Die anderen lachten mit ihm. »Aber vielleicht hast du nicht mehr dazu zu sagen«, fuhr er fort. »Ich verstehe das. Ich weiß von Caecilius, dass du ein Freund von Titus bist, und gewiss wird dir keiner einen Vorwurf machen, weil du deinen Wohltäter unterstützt, zumal er dich zum Tribun gemacht hat. Aber wenn du diese Dinge vielleicht einmal leidenschaftslos betrachtest – und dich unbeschwert im Raum umblickst –, wirst du sehen, dass ich recht habe.«

»Du warst nicht in Korinth, Herr, und du warst nicht in Abydos. Aber du bist hier. So geh durch das Stadttor und sieh dir mit eigenen Augen die geschändeten Heiligtümer und abgebrannten Höfe an, denn das ist die Art Freiheit, die Philipp den Griechen anbietet: Gehorche oder stirb.«

Tyrtaios zuckte zusammen. Einen Moment lang sah ich den wirklichen Mann hinter der Maske. Caecilius sah ihn auch. Streng sagte er: »Marcus, du wirst dich entschuldigen.«

Doch mein Zorn loderte. Ich blickte über die seidenen Wandbehänge, die Damastkissen, die Platten mit den kostspieligen Speisen und dachte an die guten Männer, die ihr Leben gelassen hatten, damit diese reichen Kaufleute hier sitzen und höhnen konnten in der Gewissheit, dass sie nie zu den Waffen gerufen würden. Ich dachte an Priscus' Sohn, der bei Trasimene gefallen war. Ich dachte an Abydos und an die Männer, die an meiner Seite in Korinth gekämpft hatten.«

»Entschuldigen?«, erwiderte ich. »Gewiss hofft auch Tyrtaios so sehr wie du und ich auf einen Sieg über Philipp. Oder warum ist er sonst in Athen, das mit Makedonien im Krieg liegt? Aber verzeih, Herr, wenn ich nicht bleibe. Mir ist plötzlich übel. Es muss an dem Essen liegen.«

So viel zu Tyrtaios. Bald hatte ich mich um ernstere Dinge zu kümmern. Von Lucius kam die Aufforderung zu einem Besuch. Er hatte im teuren Viertel Athens, demselben wie Pomponius, nahe den Gärten des Zeus-Heiligums ein Haus für den Winter bezogen.

Als ich in sein Arbeitszimmer geführt wurde, blickte er mich kalt an. Seit dem Tag vor den Mauern Korinths gab es wenig Verstellung zwischen uns. Er schob mir über den Tisch eine Schriftrolle zu, wie man einen Teller mit Essen von sich schiebt, vor dem man sich ekelt. »Das ist für dich«, sagte er.

Ich nahm die Rolle, schaute auf die Beschriftung und erkannte Titus' großzügige Hand, schaute noch einmal hin und runzelte die Stirn.

»Was?«, fragte Lucius, als hätte er das erwartet.

»Das Siegel ist gebrochen«, sagte ich.

»Ich weiß.«

Es folgte ein angespanntes Schweigen. Wir standen da und sahen uns ins Gesicht.

Doch dann wurde die Stille gestört von der Stimme Dorons, die aus den Räumen des Hauses herüberschallte, weil er einen Sklaven anherrschte, wo seine Stiefel abgeblieben seien – die roten aus Kalbsleder, seine Lieblingsstiefel. Abgelenkt von seinem Geschimpfe, wandte Lucius blinzelnd die Augen ab.

»Ich war es, der das Siegel gebrochen hat«, schnauzte er. »Ich habe den Brief gelesen. Du unterstehst meinem Befehl, und ich habe jedes Recht dazu.«

Noch einmal hallte Dorons Stimme über den Gang. Ich fragte: »Soll ich den Brief jetzt lesen, oder möchtest du mir sagen, was drin steht?«

Er sah mich scharf an, da er Unbotmäßigkeit witterte. Aber ich hatte meinen Ton sorgfältig gewählt, und nach einem Moment schnaubte er und sagte: »Mein Bruder will offenbar, dass du nach Nikaia gehst. Philipp hat um eine Verhandlung gebeten, und da du schon einmal mit ihm gesprochen hast, glaubt Titus, dass deine Anwesenheit nützlich sein könnte.«

Nikaia ist ein Fischerdorf am Malischen Golf. Ich nahm den Seeweg und fuhr mit einem schnellen Küstenschiff der Flotte. Titus wartete auf mich am Anleger und stellte mich den Abgesandten unserer Verbündeten vor, die sich dort eingefunden hatten. Da waren ein Vertreter von König Attalos namens Dionysodoros und Akesimbrotos, der Befehlshaber der rhodischen Flotte, der mit uns bei Eretria und Korinth gekämpft, sowie zwei Männer, die der Achaiische Bund entsandt hatte. Sie grüßten mich mit wohlerzogener, militärischer Höflichkeit. Der Fünfte allerdings, ein unzufriedener, auffällig gekleideter Mann, den Titus als Phaineas vorstellte, war das Oberhaupt der Ätolier, und er starrte mich so durchdringend an, dass es an Grobheit grenzte, worauf ich mich fragte, ob er Schlechtes von mir gehört hatte oder einen Groll gegen mich hegte. Später, als wir allein waren, fragte Titus, ob ich einen Brief von Lucius für ihn hätte. Als ich verneinte, war er niedergeschlagen.

»Was denn, gar kein Wort für mich?«

Ich schlug den Blick nieder, und anstatt ihn mit der Wahrheit zu kränken, sagte ich, Lucius hätte sicherlich geschrieben, wenn Zeit dazu gewesen wäre. Der Rückzug von Korinth habe ihn sehr in Anspruch genommen, und nun müsse er für Winterquartier sorgen.

Titus nickte. »Gewiss. Er wird an vieles zu denken haben.« Wir spazierten durch den ummauerten Garten eines der führenden Männer Nikaias, wo Titus zu Gast war. Am Weg wuchsen alte Weinreben und Orangenbäume, und weiter weg stand eine Reihe stattlicher Zypressen, hinter denen sich die Berge von Phokis erhoben. »Nun, es tut gut, dich wiederzusehen, Marcus«, sagte er nach einer kurzen Pause. »Sag mir, was du von Phaineas hältst.«

Ich dachte an den Ätolier mit dem durchdringenden Blick.

Er hatte einen schweren dunkelblauen Mantel und reichlich Schmuck getragen, Broschen, Ringe und dicke Ketten, die er sich über dem Mantel um den Hals gehängt hatte.

»Er sieht aus wie ein Pirat«, sagte ich. »Warum hat er mich so angestarrt?«

Titus lachte. »Das tut er bei jedem. Du wirst dich noch daran gewöhnen. Es liegt an seinen Augen, er kann alles nur von Nahem erkennen.«

»Seltsame Wahl eines Heerführers.«

»In der Tat, ich habe aber gehört, dass er das Kämpfen anderen überlässt. Aber du hast recht: Er sieht aus wie ein Schurke, und das ist er auch. Alle Ätolier sind Schurken, genau wie die Leute sagen. Sie verstehen sich auf Pferde und sind zäh wie alte Weinstöcke, und sie kennen die Pässe zwischen Epirus und Makedonien wie sonst niemand. Aber man darf ihnen nicht trauen. Sie sind Barbaren, und gleich, welche Schwüre und Versprechen sie geben, sie halten sie nur so lange, wie es ihnen gefällt.«

»So schlimm also?«

Er zuckte die Achseln. »Man muss sie im Auge behalten. Phaineas war bis zum vorigen Jahr Philipps Verbündeter. Dann entschied er, dass er mehr zu gewinnen hätte, wenn er die Seiten wechseln würde.«

»Ein Mann von Ehre also«, meinte ich trocken.

»So ist es. Nun, die Griechen sind überhaupt nicht argwöhnisch gegen ihre ätolischen Vettern. Sie sind nützlich gewesen, und im Krieg kann man sich seine Verbündeten nicht immer aussuchen.«

Zwei Tage später kam Philipp mit einer kleinen Flotte übers Meer.

Alle sahen vom Ufer zu. Doch mein Blick war nicht auf Philipp geheftet, als das Beiboot übers flache Wasser kam, sondern auf Dikaiarchos, der neben ihm stand, bekleidet mit einem dicken, wattierten Mantel mit bronzenen Verzierungen, die wüsten blonden Haare von einem Sommer im Freien gebleicht. Seine flinken, belustigten Fuchsaugen nahmen die Szene in sich auf, und unter dem blonden Bart verzog sich sein Mund zu einem höhnischen Grinsen.

Sein Anblick entfachte meinen Zorn aufs Neue. Ich füllte meine Lungen mit der kühlen Herbstluft und versuchte, ruhig zu bleiben. Ich sagte mir, dass sein Beisein zu erwarten gewesen sei. Doch bei meiner eiligen Reise von Athen hatte ich nicht darüber nachgedacht.

Das Boot bremste ab. Philipp deutete mit dem Kopf zum Ufer und sagte etwas. Dikaiarchos zeigte sein freches Grinsen, bei dem er die breiten Zähne entblößte, legte Philipp die Hand auf die Schulter und gab eine Antwort, über die beide herzlich lachten wie zwei Knaben beim Angeln, die keinerlei Sorgen haben.

Mir wurde bewusst, dass Titus mit mir gesprochen hatte, und ich sah ihn fragend an.

»Wer ist der blonde Mann?«, fragte er noch einmal. »Kennst du ihn?«

»Das ist Dikaiarchos«, sagte ich, und Titus drehte sich zu mir herum. In dem Moment, wo mir der Name über die Lippen kam, fiel mir auf, dass ich ihn in meinem ganzen Leben nur fünf Mal erwähnt hatte, den Mann, der meine schlechten Träume ausfüllte und mir in der Seele brannte.

»Das ist er also«, meinte Titus und musterte ihn. Für weitere Worte blieb keine Zeit. Das Boot zog bis auf fünfzehn Schritt ans Ufer heran, die Kriegsschiffe lagen draußen in der Bucht vor Anker. Philipp senkte den Arm, und auf dieses Zeichen zogen die Ruderer die Riemen rückwärts durchs Wasser und brachten das Boot zum Halten.

Es folgte eine Stille, in der man nur das Schlagen der Wellen und die Schreie der Seevögel hörte.

»Willst du nicht an Land kommen?«, rief Titus nach ein

paar Augenblicken, und seine Stimme hallte von den Felsen wider.

Philipp bemerkte etwas zu Dikaiarchos und rief dann: »Lieber nicht.«

Um mich herum erhob sich Gemurmel.

Titus breitete die Arme aus. »Es sind keine Soldaten hier, wie du sehen kannst. Wovor hast du also Angst?«

Philipp trat einen Schritt vor. Er trug einen kurzen Reiterumhang und um den Kopf den goldenen Stirnreif, das Zeichen seiner Königswürde. »Ich habe vor niemandem Angst«, erklärte er. »Aber ich traue den Männern nicht, die bei dir stehen.« Er zeigte mit dem Finger auf Phaineas und fügte hinzu: »Besonders ihm nicht. Er verbirgt wahrscheinlich einen Dolch im Mantel. Schließlich ist er ein Ätolier.«

Phaineas zischte empört durch die Zähne. Titus rief übers Wasser: »Aber diese Gefahr besteht für beide Seiten.«

»Keineswegs«, widersprach Philipp. »Denn wenn ich Phaineas töten würde, gäbe es tausend Ätolier, die seinen Platz einnehmen könnten. Wenn ich getötet werde, gibt es keinen, der meinen Platz einnimmt.«

»Das ist ungeheuerlich!«, schrie Phaineas. »Ich werde nicht hier stehen und mir diese Beleidigungen anhören!«

»Dann geh«, versetzte Philipp grinsend.

Titus trat einen Schritt vor. »Philipp, du hast um diese Zusammenkunft gebeten. Nun bin ich gekommen, wie du verlangt hast. Worüber willst du sprechen?«

»Ich bin hier, um dir zuzuhören«, sagte Philipp.

»Wie das?«

»Rom behauptet, Frieden zu wollen. Sehr gut, dann soll Friede sein. Welches sind deine Bedingungen?«

»Du kennst meine Bedingungen.«

Philipp legte den Kopf schräg.

»Er vergeudet unsere Zeit«, brummte Phaineas.

Titus gebot ihm zu schweigen, dann rief er: »Also gut, die Bedingungen sind folgende: Zieh dein Heer aus Thessalien und Epirus ab, schließe deine Garnisonen in Korinth und Argos und den anderen griechischen Städten. Das sind die bekannten Forderungen. Darüber hinaus hast du auch mit unseren Verbündeten Krieg geführt, und sie müssen dir mitteilen, welche Wiedergutmachung sie begehren.«

Die Abgesandten begannen zu schwatzen wie Frauen am Brunnen. Dionysodoros und Attalos' Heerführer verlangten die Rückgabe gestohlener Schiffe und ihrer Mannschaften und den Wiederaufbau der Heiligtümer, die Philipp in Pergamon hatte zerstören lassen, Akesimbrotos forderte, der Makedonier solle die rhodischen Häfen räumen und Abydos freigeben. Darauf schob sich Phaineas nach vorn und schrie: »Seht ihn euch an! Er lächelt! Er spielt mit uns.«

Philipp zog die Brauen hoch. »Kennst du etwa meine geheimen Gedanken, Phaineas? Besitzt du plötzlich Scharfblick?« Er lachte und blickte Dikaiarchos beifallheischend an.

»Du willst uns entzweien!«, brüllte Phaineas wütend.

»Ist's möglich, dass ihr längst entzweit seid?«, fragte Philipp und zog scheinbar verwundert die schwarzen Brauen zusammen. »Bisher haben nur du und dein Freund gesprochen.«

Phaineas starrte sprachlos aufs Wasser. Dann brüllte er: »Du hast nicht den Mut, uns in offener Schlacht zu begegnen, darum versteckst du dich hinter Stadtmauern und verkaufst Bürger in die Sklaverei. Sieh nur! Du hast sogar Angst, ans Ufer zu kommen.«

»Hör dir das an«, sagte Philipp darauf zu Dikaiarchos. »Ein Ätolier bezichtigt mich der Schande! Das sollten die Chronisten niederschreiben, damit sich unsere Urenkel noch darüber wundern können.«

Er schnippte mit den Fingern, und die Ruderer brachten das Boot näher ans Ufer. »Ich bin der König von Makedonien. Ich bestimme, wie die Makedonier Krieg führen, nicht irgendein abtrünniger Ätolier.«

»Warum verschwenden wir hier unsere Zeit?«, rief Phaineas. Dann zeigte er mit ausgestrecktem Arm auf Philipp. »Ich sehe, worauf du es anlegst!«

»Oho«, erwiderte Philipp breit grinsend, »mir scheint dagegen, dass du gar nichts siehst. Zeigst du auf mich oder auf diesen Myrtenbusch?«

»Ich muss doch sehr bitten«, fuhr Titus dazwischen.

»Du solltest dich hüten«, sagte Philipp mit dem Kinn auf Phaineas deutend. »Ätolier begreifen nicht so recht, was Freundschaft ist. Sie sagen, sie sind deine Verbündeten, und wenn du ihnen den Rücken zukehrst, stoßen sie dir ein Messer hinein. Also gib acht, Titus. Phaineas steht hinter dir.« Er lachte und fuhr fort: »Aber da du danach fragst, sage ich dir, was ich tun werde. Ich werde die Kriegsschiffe zurückgeben, die du forderst, und den Rhodiern ihre Handelshäfen. Was die Schäden in den geheiligten Hainen angeht, so kann selbst ich nicht Bäume über Nacht wachsen lassen, doch ich werde ausgewählte Pflanzen aus Makedonien schicken, und meine besten Gärtner, damit sie sie einpflanzen, falls Attalos das zufriedenstellt.« Dabei zog er eine Grimasse, und Dikaiarchos und die Bootsmannschaft freuten sich sichtlich an seinem spöttischen Ton.

»Gärtner!«, spie Phaineas. »Habt ihr das gehört?«

»Was Argos betrifft, so liegt mir nichts daran. Nehmt es zurück, wenn ihr wollt.«

»Und Korinth?«, rief Phaineas. »Hast du Korinth vergessen?«

»Über Korinth mach dir keine Sorgen, Phaineas. Es liegt zu weit von Ätolien entfernt, als dass es dich betreffen könnte. Über Korinth werde ich mit Titus reden, nicht mit dir.«

Das rief neue Empörung hervor. Philipp nahm eine belustigt abwartende Pose ein wie ein Komödienschauspieler. Wieder sagte er etwas zu Dikaiarchos und den Ruderern, das sie zum Lachen brachte.

Schließlich rief er: »Es ist spät geworden, ihr Herren, und ich habe eine hübsche Thessalin in meinem Bett. Sicherlich habt ihr nun viel zu bereden, darum hört, was ich vorschlage. Wenn ihr euch einig geworden seid, was die Bedingungen für den Frieden sind, dann schreibt sie nieder, damit ihr sie nicht vergesst.« Er stand noch einen Moment lang grinsend da, dann gab er den Ruderern ein Zeichen, und das Boot fuhr davon.

Bis in die Nacht hinein legten die Abgesandten ihre Forderungen schriftlich nieder. Titus tat sein Bestes, um seine Ungeduld zu zügeln, und am Ende sagte er zu mir: »Komm, Marcus, gehen wir ein wenig an die frische Luft.«

Wir liefen am Strand entlang. Es war eine klare, kalte Nacht. Die Sterne blinkten wie Kristall, und an den Hängen zeichnete der Mondschein Silhouetten von Ahornbäumen, Eichen und schlanken Pappeln.

»Es ist nicht verwunderlich, dass Philipp sie verachtet«, meinte Titus nach längerem Schweigen. »Er fragt, was sie wollen, und sie können es ihm nicht einmal sagen.«

Ich nickte. Als wir sie verließen, zankten sie sich wie die Straßenköter, wer Anspruch auf welche Stadt und welchen Streifen Land habe. »Glaubst du, Philipp meint es ernst mit dem Frieden?«, fragte ich.

»Nein. Das habe ich diesen Nachmittag erkannt.«

Ich fragte, woran, und er sagte: »Nicht an seinen Worten, sondern an ihnen.« Er deutete mit dem Kopf in die Richtung, aus der wir gekommen waren. »Er kennt sie. Er wusste, dass sie anfangen würden zu streiten, sobald er ihnen etwas anbietet.«

»Was hat er denn vor?«

»Er will mir zeigen, wie sie sind. Ich sollte sie mit seinen Augen sehen.«

Wir gingen weiter. »Er gefällt dir, nicht wahr?«

Er lachte kurz. »Eigentlich nicht. Er ist wie der Wolf in den Bergen, wild und gefährlich. Er tötet nach Belieben. Er geht, wohin es ihm passt, und tut, was ihm gefällt ... Nein, ich kann ihn nicht leiden. Er lässt seine Leidenschaften über seinen Verstand herrschen.«

Schweigend und mit gerunzelter Stirn ging er ein paar Schritte. Dann sagte er: »Und doch hat er etwas Beeindruckendes an sich – wie Feuer oder wie ein Gott, der sich nicht darum schert, was er ist.«

Am nächsten Tag versammelten wir uns noch einmal zur verabredeten Zeit an dem Strand und warteten, die Augen suchend aufs Meer gerichtet. Von Philipp war nichts zu sehen.

»Seht ihr«, sagte Phaineas, vergeblich auf das leere Wasser starrend. »Er wird nicht kommen. Er hat seinen Spaß gehabt.«

»Er wird kommen«, widersprach Titus. Und als die Sonne den Zenit überschritten hatte und sich den Bergen von Phokis zuneigte, erschienen endlich die schwarzen Kriegsschiffe mit der aufgehenden Sonne auf den Segeln.

»Verzeiht«, rief Philipp ohne die geringste Reue. »Ich habe über euren Forderungen gerätselt.« Er bedeutete seinen Ruderern, ihn näher ans Ufer zu bringen. »Ich möchte mit Titus Quinctius allein sprechen.«

Titus lehnte ab, seine Verbündeten dürften nicht ausgeschlossen werden. Doch als Philipp darauf beharrte, erklärten sich die anderen bereit, ein Stück weit den Strand hinaufzugehen und Titus und mich zurückzulassen. Philipps Boot kam heran. Er sprang ins seichte Wasser und schritt über den Kies.

»Bist du diese zänkischen Narren niemals leid?«, fragte er.

»Sie sind meine Verbündeten.«

Philipp zuckte die Achseln.

»Wirst du unsere Bedingungen annehmen?«

»Ja«, sagte Philipp. »Die meisten.«

»Welche nicht?«

»Ich gebe diesen Kötern die Knochen, die sie wollen. Attalos mag seine Schiffe bekommen, die Rhodier ihre Landstreifen, die Achaier ihr Argos und«, er zog eine Grimasse, »auch Korinth.«

Titus nickte.

»Nicht aber Chalkis auf Euböa oder Demetrias«, sagte Philipp weiter.

»Dann willst du also zwei von drei Fesseln Griechenlands behalten?«

»Nun, eine bekommt ihr zurück, das ist besser als keine. Bedenke, Titus, dass du den Krieg verlierst. Schlägst du mein Angebot aus?«

»Nicht ich kann es annehmen oder ausschlagen. Das liegt beim Senat von Rom.«

Philipp seufzte und zwinkerte mir zu. »Es ist so ermüdend, wenn man mit den Dienern statt mit den Herren verhandeln muss.«

»Wir alle sind Diener«, erwiderte Titus gereizt.

Philipp zeigte grinsend seine makellosen weißen Zähne. »Nicht ich«, erwiderte er.

Oben auf dem Strand standen die Abgesandten außer Hörweite und schauten neugierig zu uns herüber. Plötzlich riss Philipp die Arme hoch und rief: »Buh!« Sie wandten sich empört ab, und er lachte.

»Du machst Scherze«, bemerkte Titus.

»Warum nicht? Das Leben ist ein Spaß.«

»Und du spielst mit hohen Einsätzen.«

Philipp lachte. »Immer.«

Titus nickte. Ich sah seinen Augen an, dass er gern gelächelt hätte. Er sagte: »Ich muss mit den anderen beraten.«

»Schon wieder?« Er musterte mich und ließ den Blick lüstern über meine Beine schweifen. Dann drehte er sich zum Wasser um und stapfte platschend wie der bärtige Poseidon zum Boot.

Niemand war zufrieden, am wenigsten Phaineas. Schließlich kamen die Abgesandten überein, Titus' Vorschlag zu folgen und die Entscheidung dem Senat zu überlassen. Jede Seite wollte ihre Botschafter entsenden, um ihren Fall darzulegen. In der Zwischenzeit sollte für zwei Monate Waffenstillstand herrschen.

»Ein Waffenstillstand?«, klagte Phaineas. »Nur ein Narr würde sich bei diesem Wahnsinnigen darauf verlassen.«

»So oder so muss ich die Zustimmung des Senats abwarten. Darum soll es jetzt sein, im Winter, wo wir nicht kämpfen können.«

Dreizehntes Kapitel

Auf die Nachricht, dass Menexenos' Vater im Sterben lag, kehrte ich nach Athen zurück. Es war plötzlich kalt geworden, und ein trockner, beißender Wind wehte von den Bergen herab. Kleinias hatte sich eine Erkältung zugezogen, die auf die Brust übergegangen war.

Als ich eintraf, hatten die Haussklaven schon sein Bett ins Arbeitszimmer gestellt. Er lag auf dem Rücken und rührte sich nicht, als wäre er schon tot. Ein bronzener Ofen in der Ecke wärmte das Zimmer.

Doch als ich mich ihm näherte, regte er sich und betrachtete mich mit wässrigen Augen. Er unternahm die Anstrengung, sich ein wenig vom Kissen aufzurichten.

»Marcus«, flüsterte er und streckte die Hand nach mir aus.

Ich setzte mich auf den Hocker neben das Bett und nahm seine Hand. Es war still. Ich hörte nur seinen flachen Atem und das leise Zischen der Kohlen.

Schließlich sagte er: »Ich durfte es erleben, dass mein Sohn einen Geliebten wie dich fand. Darüber bin ich froh. Du machst diesem Haus Ehre. Du hast mir Freude gebracht.«

Meine Augen füllten sich mit Tränen. Ich schluckte. Ein Kloß saß mir im Hals, und ich konnte lange nichts darauf antworten. Aber dann sagte ich: »Es wird vorbeigehen, Herr. Du wirst bald wieder auf den Beinen sein.«

Er drückte meine Hand. »Das ist Unsinn. Du weißt das, und ich weiß das.«

Sein Leib mochte hinfällig sein, sein Verstand war es nicht, und er ließ sich nicht wie ein Kind behandeln. Er schloss die Augen, wie um zu schlafen, aber die Kraft seiner Hand ließ nicht nach, und so wartete ich. Nach einer Weile drehte er den Kopf zu Menexenos hin.

»Sorge für den Hof, mein Sohn. Da ist viel zu tun.«

»Ja, Vater.«

Kleinias brachte ein Lächeln zustande. »Und da ist noch etwas …«

»Ja, Vater?«

»Siege für mich beim Lauf von Isthmia. Du weißt, dass du es kannst.«

Er starb in dieser Nacht in den kalten Stunden vor der Dämmerung. Am nächsten Tag, als die Frauen mit dem Leichnam beschäftigt waren, gingen Menexenos und ich zu den Hängen unterhalb der Akropolis.

Der Wind hatte sich gelegt, und der Himmel war klar. Der Frost hing in den Pinien, und unser Atem wölkte sich weiß in der frühen Morgenluft.

Wir gelangten in den Hain hinter dem Hügel des Areopags, und dort setzten wir uns auf einen grauen Felsüberhang. Menexenos fuhr sich mit seiner breiten Hand durchs Haar, hielt inne, als er zu der Stelle kam, wo er die Locken abgeschoren hatte, als Gabe für den Toten. Lange Zeit sagten wir nichts.

Ich hatte oft gedacht, dass wenn ich vor der harten Unvermeidlichkeit des Todes stünde, mir die Bedeutung der Worte zerränne wie der Dunst vor einem Sturm. Aber irgendwann, als das Schweigen zu schwer auf mir lastete, murmelte ich: »So plötzlich.«

Menexenos stieß den Atem aus. Er verflog in der kalten Luft.

»Er war bereit«, sagte er.

Ich dachte an den ausgebrannten Hof und den Krieg und

an seinen toten Bruder. Es schien, als sei alles, was Kleinias geschaffen hatte, von einem Wahn hinweggefegt worden, und von der harten Hand des Schicksals.

Wir saßen da, er mit seinen Gedanken sonstwo und ich mit meinen Gedanken bei ihm. Er schaute in den Himmel, der hinter dem Hymettos rote Streifen trug. Ich spürte in der Kälte die Wärme seines Körpers.

Er seufzte, dann wandte er sich mir zu und sah mir in die Augen. »Ich wollte es dir schon gestern sagen. Während du fort warst, bin ich ins Amt des Strategen gegangen. Ich habe mich zu den Hopliten gemeldet.

Ich wusste von dieser Einheit. Sie bestand aus Freiwilligen und sollte nach Norden ziehen, um mit den Verbündeten gegen Philipp zu kämpfen. Bei all dem unerschrockenen Kriegsgerede der Athener hatten sich nur wenige gemeldet, als der Aufruf kam.

Zu anderen Zeiten hätte ich vielleicht gesagt, das sei nicht nötig. Doch jetzt nickte ich bloß. Wären Philipp und die großspurige Torheit des athenischen Demos nicht gewesen, dann wäre Kleinias noch am Leben.

»Wenn das so ist«, meinte ich, »werden wir zusammen kämpfen … Titus hat mich gebeten, mit ihm nach Phokis zu kommen. Er erwartet nicht, dass der Senat Philipps Bedingungen zustimmen wird.«

Mit einem Blick zum Himmel sagte er: »Dann hat ein Gott seine Hand im Spiel.«

»Vielleicht.«

»Hast du Titus von Lucius erzählt?«

Ich schüttelte den Kopf. »Nein. Das kann er von anderen erfahren … falls er es wissen möchte. Ich habe nicht vor, zwischen sie zu geraten.« Ich blickte stirnrunzelnd zu den graubraunen Bergen. Bei all seiner Vernunft und Urteilskraft, wenn es um Lucius ging, konnte oder wollte Titus nicht begreifen.

»Dieses Jahr wird das Ende sein«, sagte ich. »Philipp weiß das. Und Titus auch. Und gleich, wer den Sieg davonträgt, die Welt wird hinterher nicht mehr dieselbe sein.«

Wir liefen nach Hause zurück, und am nächsten Tag fuhren wir mit einem Wagen zum Gehöft hinaus, um Kleinias dort zu begraben, auf dem Platz unter den Weinterrassen im Windschatten des Paneion, wo schon sein Vater und sein Großvater lagen, und deren Vorfahren seit undenklichen Zeiten.

Zwischen den alten verblassten Grabsteinen sah ich einen, der noch neu und hell war. Darauf war ein nackter Jüngling neben einem Fohlen, und ein Kranz lag zu seinen Füßen. Der Name war von Efeu überwachsen. Ich brauchte nicht zu fragen, wer dort lag.

Die Gesandten Philipps und unserer Verbündeten reisten nach Rom, um vor dem Senat zu sprechen. Es war Pomponius, der mir erzählte, was sich dort zugetragen hatte.

Der Senat hörte die Vertreter der Verbündeten als Erste an. Die widmeten ihre Rede größtenteils dem Gezänk untereinander oder überhäuften Philipp mit Beleidigungen. Eine Weile hörten die Senatoren sich das an, wurden es aber rasch müde, sich mit Einzelheiten zu befassen, die sie nicht verstanden, und fragten die Abgesandten gereizt, wo denn die Städte und Landstreifen lägen, von denen sie sprachen.

Diese antworteten, wer Demetrias, Chalkis und die Höhen von Akrokorinth besitze, habe ganz Griechenland in der Hand.

»Und wer besitzt sie zurzeit?«, fragten die Senatoren.

Die Antwort lautete: Philipp.

»Danke«, hieß es darauf. »Das genügt.«

Dann wurden die Abgesandten Philipps hereingeholt. Sie begannen mit einer langatmigen Gegendarstellung, doch die Senatoren, die inzwischen nicht mehr in der Stimmung für griechische Rhetorik waren, schnitten ihnen mit einer barschen Frage das Wort ab: »Hat Philipp die Absicht, Demetrias, Chalkis und Akrokorinth zu räumen?«

Die makedonischen Gesandten sahen einander an. Die römische Direktheit waren sie nicht gewöhnt. Was diese Städte angehe, so sagten sie, um Zeit zu gewinnen, hätten sie vom König noch keine genauen Anweisungen erhalten.

»Wenn das so ist«, wurden sie beschieden, »gibt es nichts mehr zu bereden.«

»Und so hat Philipp gar nichts gewonnen«, schloss Pomponius zufrieden. »Aber sag mir, wann wirst du Titus sehen?«

Ich sagte, dass ich in Kürze nach Elateia in Phokis abreisen würde, wo Titus sein Winterquartier habe.

»Dann wirst du also nicht bei der Flotte bleiben?«

»Nein.«

Er schieg einen Moment lang und beobachtete mich aus den Augenwinkeln. »Man hört allgemein, dass es dir gefällt, von Lucius wegzukommen«, meinte er leise lächelnd.

Ich zuckte die Achseln. Er wollte etwas zum Tratschen. Ich ließ mich nicht darauf ein.

»Ich gehe, wohin man mich ruft«, antwortete ich.

»Ja, natürlich. Ganz recht. Dann wird Titus wohl jetzt nach Makedonien marschieren und den Wolf in seiner Höhle erschlagen?«

»Das weiß ich nicht. Wenn er Philipp überzeugen kann, sich aus Griechenland zurückzuziehen, wird kein Krieg nötig sein. Das ist sein Ziel.«

»So, so«, meinte Pomponius nickend, lachte laut auf und sagte: »Ich wünschte, ich könnte selbst in die Schlacht ziehen, aber wie man sieht ...« Zur Erläuterung wies er auf seinen schlaffen Leibesumfang hin.

»Ich verstehe, Herr«, sagte ich.

Ich stand auf, dankte ihm für die Neuigkeiten, und wir gingen auf die Terrasse hinaus.

Im Garten warteten seine Klienten in der Morgenkälte – römische Händler, junge griechische Beamte. Ich schmunzelte im Stillen, weil ich inzwischen zum hofierten Gast aufgestiegen war, seit Titus Konsul war. Pomponius hatte jedem erzählt, der es wahrscheinlich an mich weitertragen würde, dass er meine Möglichkeiten von Anfang an erkannt habe.

»Oh, Marcus«, sagte er noch auf der obersten Stufe, ehe ich mich verabschiedete. »Grüße bitte Titus von mir, wenn du ihn siehst.«

»Ja, Herr, natürlich.«

»Du möchtest vielleicht erwähnen, wenn sich die Gelegenheit ergibt, dass ich nach Rom abberufen worden bin. Vielleicht könnte er ein gutes Wort für mich einlegen ...«

Ich wünschte ihm einen guten Tag.

Als ich durch das Tor ging, hörte ich ihn zu seinem überheblichen Ton zurückkehren und rufen: »Wer ist der Nächste?«

Bald darauf reiste ich nach Norden.

Ich fand Titus geistesabwesend und erschöpft vor. Erst am zweiten Tag bekam ich heraus, was ihm Sorgen machte.

Wir hatten mit den Heerführern zu Abend gegessen. Die meisten waren Römer, doch es gab auch ein paar Griechen darunter, auch den kurzsichtigen Phaineas aus Ätolien. Titus' Freund Villius war aus Rom gekommen. Ich freute mich, ihn wiederzusehen, und es hätte ein angenehmer Abend werden können, wäre nicht der Ätolier gewesen.

Phaineas und sein Gefolge waren in Feierlaune. Sie hatten vom Senat bekommen, was sie wollten, und als der Abend voranschritt, wurden sie laut und prahlerisch, erklärten unter trunkenen Gesten und schallendem Gelächter, dass sie Makedonien völlig vernichten, die Menschen versklaven und Philipps Kopf auf einem Spieß zur Schau stellen würden.

Die römischen Tribunen hörten mit unterdrücktem Abscheu zu. Ihr Griechisch war armselig, doch sie verstanden zumindest, dass sie maßlose, derbe Reden führten. Krieg war Krieg:

unangenehm, aber notwendig. Doch die Mordlust der Ätolier stieß sie ab.

Phaineas' Gefolge spürte wohl die Ablehnung, und mit der eigentümlichen Empfindlichkeit solcher Männer begannen sie, sich dagegen zu verwahren, und wunderten sich laut, warum die Tribunen nicht in Italien geblieben seien, wo sie doch offenbar nicht den Mut zum Kampf hätten.

Sie waren nicht die Ersten – und auch nicht die Letzten –, die römische Zurückhaltung mit Schwäche verwechselten. Die Tribunen hatten eine Generation lang Schlachten gegen Karthago geführt, und sie brauchten keine betrunkenen ätolischen Banditen, damit sie ihnen Mut beibrächten. Das äußerten sie in spitzen Nebenbemerkungen in ihrer eigenen Sprache, und die Bedeutung hätte sich jedem fremdsprachigen Zeitgenossen erschlossen.

Schließlich warf Titus seinen Männern warnende Blicke zu, und sie verfielen in zorniges Schweigen. Hinterher begleiteten Villius und ich ihn in seine privaten Räume. Titus ließ sich schwer in einen Lehnstuhl sinken und verlangte nach Wein. »Erinnert mich an diesen Abend, falls ich je wieder Ätolier zu Verbündeten nehmen will«, sagte er.

Er seufzte und drückte sich die Finger an die Augen. Es klopfte an der Tür, und ein dunkelhaariger phokischer Sklave brachte eine Bronzeflasche mit Wein. Titus sah ihm gedankenverloren zu, wie er die Becher füllte.

Ich sagte: »Ist es das, was dir Sorge macht – die Ätolier?«

Er nahm seinen Becher, betrachtete ihn, setzte ihn ab, ohne getrunken zu haben. »Nein, das nicht. Ich komme mit ihnen zurecht. Ich hatte noch keine Gelegenheit, es dir zu sagen, Marcus, aber ...« Er unterbrach sich und sagte zu dem Sklaven: »Danke, Damoitas. Ich brauche dich dann nicht mehr. Du kannst jetzt zu Bett gehen.«

Er wartete, bis der Knabe die Tür hinter sich geschlossen hatte und seine Schritte auf dem langen Flur verklungen waren.

»Vor zehn Tagen«, fuhr er fort, »hatte ich Besuch von Zeuxippos aus Theben. Er reiste bei Nacht und kam in Verkleidung. Er berichtete mir, dass die Thebaner diesen Aufwiegler Brachylles zum Anführer ernannt haben und dass der das Volk gegen uns aufgebracht hat, indem er ihnen weismachte, wir wollten sie versklaven.«

Ich rutschte auf meinem Stuhl nach vorn. »Was haben sie nun vor? Wird Theben sich für Philipp entscheiden?«

Er schüttelte den Kopf. Er sah überanstrengt aus. Man sah es an den Augen und den Mundwinkeln. »Nicht, solange wir in der Nähe sind, meint Zeuxippos. Nein, wie die Feiglinge werden sie warten, bis wir halb in Makedonien sind, dann wollen sie uns in den Rücken fallen.«

Er zog sich aus dem Lehnstuhl hoch und ging zum Fenster. Der Hof draußen war von einer lodernden Kohlepfanne erleuchtet, die auf dem Tor aufgestellt war. Unter dem Bogen standen zwei Wachsoldaten. Er schaute einen Moment lang hinaus, dann drehte er sich zu uns um. »Wir brauchen Theben auf unserer Seite oder wenigstens als unparteiische Kraft. Ich kann nicht mit einem feindseligen Böotien im Rücken gegen Philipp ziehen.«

»Dann nimm Theben ein«, sagte Villius.

Titus lächelte. »Ich wünschte, es wäre so einfach. Eine Belagerung Thebens kann ein halbes Jahr dauern, und während dieser Zeit würde Philipp sein Heer verstärken. Schon jetzt berichten unsere Spitzel in Makedonien, dass er alte Männer und sechzehnjährige Jünglinge zu den Waffen ruft und dass er nach Asien um Vorräte und Söldner geschickt hat. Aber selbst wenn wir Theben in einer Woche erobern könnten, so ist das doch nicht unser Zweck. Wir müssen sie überzeugen, nicht unterwerfen.«

»Und wie?«, fragte Villius. »Willst du hingehen und selbst mit ihnen reden?«

Er meinte das als Scherz. Aber nach kurzem Zögern antwortete Titus: »Warum nicht? Ja. Ich werde selbst zu ihnen gehen, und dann sollen sie ein für alle Mal entscheiden, auf wessen Seite sie stehen wollen.« Er nickte sinnend, dann grinste er plötzlich. »Ja, ganz recht. Das erwarten sie gewiss nicht.«

Bald danach setzten wir uns in Marsch und brachten ein kleines Heer durch Phokis nach Böotien. Brachylles und die Thebaner waren vollkommen überrascht. Sie hatten Philipps Gold genommen, waren aber nicht bereit, dafür mit ihrem Blut zu bezahlen. Titus sprach vor der Volksversammlung. Er wies nicht auf unser Heer oder die Stärke der Verbündeten hin, noch beleidigte er Philipp. Er sagte bloß, dass er gekommen sei, um die Freiheit der griechischen Städte wiederherzustellen, die Philipp ihnen genommen habe. Er kämpfe für alle Griechen, auch für Theben, und hoffe, dass sie sich entschließen könnten, ihn zu unterstützen. Wenn sie das nicht wollten, bäte er sie nur darum, sich ihm nicht in den Weg zu stellen.

Als er geendet hatte, fragte der Vorsitzende der Versammlung, ob darauf jemand zu sprechen wünsche. Niemand stand auf. Niemand hob die Hand. Alle Augen waren auf Brachylles gerichtet, der mit versteinertem Gesicht dasaß. Wie alle Demagogen kannte er sich mit dem Volk aus, und Titus hatte sie beschämt, indem er sie an ihre Ehre erinnerte. Da gab es nichts, was Brachylles dem entgegenhalten konnte.

Nachdem Theben zurückgewonnen war, wurde alles für die letzte Schlacht vorbereitet, und zur Frühjahrstagundnachtgleiche meldeten unsere Späher, dass Philipp bei Dion seine Truppen sammelte.

Um ihn zu treffen, zogen wir nach Norden über die Pässe von Phokis, nahmen die Küstenstraße an den Thermopylen vorbei und hinauf in die Berge oberhalb Thessaliens.

Am Xynias-See schlugen wir unser Lager auf, und dort warteten wir auf unsere Verbündeten.

Die Hochlandluft war frisch und klar und lichtvoll. Am See

war einmal eine Siedlung gewesen, bis die Ätolier sie zu Beginn des Krieges plünderten. Jetzt waren die einzigen Bewohner die Vögel, die im Schilf am Ufer nisteten und in großen ärgerlichen Schwärmen aufstiegen, als wir vorbeikamen. Die Soldaten hatten den ganzen Winter über nichts zu tun gehabt und erwarteten ungeduldig den Beginn der Schlacht. Das war die herrschende Stimmung, und allenthalben meinte man, dass die letzte Entscheidung bevorstand. Das Schaben der Wetzsteine war überall im Lager zu hören, und wo die Männer nicht mit ihrer Ausrüstung beschäftigt waren, schwammen sie in dem kalten See oder saßen schwatzend bei einem Spiel vor ihren Zelten.

Eines Nachmittags wanderte ich über die Höhe oberhalb der Siedlung, als ich jemanden allein dort stehen sah, der über die Pässe spähte.

Als ich näher kam, sah ich, dass es Titus war. Er hatte sich für die bevorstehenden Kämpfe die Haare kurz geschoren, sodass von seinen Locken nur noch hellbraune Stoppeln übrig waren. Damit sah er wie ein junger Rekrut aus, und wir hatten schon Scherze darüber gemacht.

Er schaute über die Schulter, wer sich näherte, und hob grüßend die Hand.

»Noch immer ist von ihnen nichts zu sehen«, sagte er. »Wie lange sollen wir noch warten? Wir sind den ganzen Weg gekommen, um sie zu verteidigen. Sie versprechen ein Heer, und wenn wir sie brauchen, sind sie nicht da. Sie reden in einem fort über Freiheit, aber wenn es so weit ist, meinen sie, dass das Kämpfen ein anderer übernimmt.«

Ich seufzte und schaute über die Wiesen und die leere Straße. In der Ferne über dem stillen Wasser des Sees stieg ein Adler auf und zog einen weiten Bogen. Die Luft war schneidend und klar wie Gebirgswasser. »Sind wir stark genug, um Philipp zu besiegen, wenn sie nicht kommen?«, fragte ich.

Er zog die Stirn kraus. Der Adler stieß plötzlich herab und

stieg mit schlagenden Flügeln wieder auf, in den Klauen einen zappelnden Fisch. Ich wollte gern ein Zeichen darin sehen.

Titus nickte und lächelte, da er meine Gedanken erraten hatte. »Es ist nicht bloß eine Frage der Zahl. Es ist wie ein Kampf zwischen zwei Geschöpfen verschiedener Elemente, von denen jedes sein eigener Herr ist.«

Ich fragte ihn, was damit gemeint sei.

»Bisher haben wir nur gegen Garnisonssoldaten gekämpft. Wir haben noch nicht der makedonischen Phalanx gegenübergestanden, den tief gestaffelten, geschlossenen Schlachtreihen mit vierzehn Ellen langen Spießen. Es heißt, sie seien unbesiegbar.«

»Wie wollen wir dann gegen diese Phalanx kämpfen?«

Er drehte sich um, und ich sah das Leuchten in seinen blauen Augen. »Die Phalanx hat eine große Schwäche. Im Krieg kann der Feldherr sich das Schlachtfeld nicht immer aussuchen. Die Phalanx kämpft aber am besten auf ebenem Boden, wo es keine Gräben, Wälle oder Bäume als Hindernis gibt. Wenn die Makedonier die freie Wahl des Platzes hätten, wären sie unbesiegbar. Aber die haben sie nicht. Ihre Stärke liegt in der Formation, und wenn ihre Linien einmal durchbrochen sind, sind sie ungeschützt. Sie können nicht kehrtmachen und sich nicht zurückziehen, sie müssen vorwärtsgehen oder stehen bleiben, wo sie sind.«

»Dann dürfen wir Philipp nicht die Wahl überlassen«, sagte ich.

Er nickte. »Aber Philipp weiß das auch. Er wird alles in seiner Macht Stehende tun, damit die Schlacht auf einem Feld seiner Wahl stattfindet.«

Er zuckte die Achseln und warf noch einen Blick auf das leere Tal. »Zu vieles, das wir nicht selbst bestimmen können. Wenn unsere Verbündeten kommen, werden wir wenigstens gleich stark sein ... Sag mir, hast du schon entschieden, welchen Befehl du übernehmen willst?«

Ich bejahte. Er hatte am vorigen Tag einen Tribun zu mir geschickt, der mir die Wahl anbot. Das war eine große Ehre und ein Zeichen des Vertrauens. Ich vermutete, dass er gehört hatte, was zwischen Lucius und mir vorgefallen war.

»Ich brauchte nicht zu überlegen«, sagte ich. »Die Veteranen, die mit mir vor Korinth gefochten haben, sind gestern eingetroffen. Mit ihnen will ich kämpfen.«

Er nickte. »Da hast du gut gewählt. Sie waren mit Scipio bei Zama. Das sind gute Männer.«

»Ich weiß«, sagte ich, »sie haben mir das Leben gerettet.«

Zwei Tage später kamen die Hopliten aus Athen und mit ihnen Menexenos, staubig von der Straße, den Eulenschild auf den Rücken geschlungen, den breiten Sonnenhut des Soldaten auf dem Kopf.

Auch er befehligte eine Einheit. Einige darunter kannte ich noch aus Athen: Da war der junge, dunkelhaarige Lysandros, der mit mir in der brennenden Scheune vor dem Stadttor gekämpft hatte, und Ismenios, der neben seinem Geliebten Theodoros marschierte, und der starke, breitschultrige Ringer Pandion.

Es war das erste Mal, dass ich Menexenos Soldaten anführen sah. Er gab nicht vor, ein anderer zu sein als sonst. Ich habe Männer gesehen, die meinten, sie müssten dabei eine Vulgarität an den Tag legen – die sie nicht hatten –, weil sie hofften, dann wohl gemocht zu werden. Darum spuckten sie und prahlten und klopften den Männern auf den Rücken, und die fühlten sich herablassend behandelt und verachteten den Befehlshaber dafür. Menexenos wäre es nie eingefallen, sich so zu benehmen. Er strebte in allem nach Vortrefflichkeit, und dass er die in seinen Männern sah, bewirkte, dass sie sie in sich selbst fanden. Und all das erreichte er mit schlichten Gesten und Worten, weil es in seinem Wesen begründet lag.

Während ich darüber nachsann, wanderten meine Gedanken zu dem Tag, an dem er die Wettkämpfe gewonnen hatte, und mir fiel der schmerbäuchige Steinmetz wieder ein, der so großen Wert darauf legte, zu tun, was ihm gefiel, und der behauptete, dass alle gleich seien. Solche Männer waren hier nicht zu sehen. Und sie wären von dem kleinen Verband stolzer Hopliten, die sich mit geradem Rücken und leuchtenden Augen den neugierigen Blicken der römischen Soldaten stellten, auch nicht geduldet worden. Sie waren gekommen, um dem Tod ins Auge zu sehen, und sie wussten mit dem klugen Spürsinn, den jeder Mann besitzt, dass in dieser harten Wirklichkeit eine Wahrheit liegt, die einen Mann veranlasst, die Dinge in ihren wahren Proportionen zu erkennen.

In dieser Nacht lagen wir unter dem offenen Fenster meines Raumes in der alten Siedlung und sprachen leise über das, was uns bevorstand. Es roch nach Heidekraut und Zedernholz und Liebesspiel. Nachdem die Leidenschaft des Eros vorüber war, empfand ich eine innere Ruhe und die Melancholie, die immer danach meine Seele streift.

Ich lag im Dunkeln, lauschte seinem gleichmäßigen Atem, fühlte seine Wärme in der nächtlichen Kälte, und da schien es mir, dass ich das Abbild unserer Liebe in den Sternen sah und in allem, was es gab. Das bewegte mich zutiefst, und es drängte mich zu sagen, wir sollten uns von der Schlacht abwenden und an einen Ort gehen, wo wir von Zeit und Gefahr unberührt blieben.

Doch ich wusste, dass es diese Zuflucht nicht gab, denn sie wäre eine Flucht vor dem Leben selbst, und darum sagte ich nichts. Ich drehte mich auf die Seite, zog ihn an mich und hüllte uns in die Decke ein.

Am Nachmittag des nächsten Tages kam endlich Phaineas mit seinen Ätoliern.

Menexenos und ich machten einen Spaziergang im Seeufer. Als wir sie kommen sahen, kletterten wir über einen Ziegenpfad den Hang hinauf, um sie besser zu sehen.

Phaineas und seine Heerführer gingen voran, dann folgten die Berittenen auf stolzen, bunt geschmückten thessalischen Rossen und hinter ihnen der Heerwurm der Fußsoldaten.

Später stießen noch andere zu uns: Männer aus Epirus und Thessalien, deren Städte Philipp geplündert hatte, eine Schar Kreter und Soldaten vom Hellespont, aus Pergamon und Rhodos.

Und dann, nach langer Wartezeit, wandten wir uns nach Norden, um Philipp und sein Heer zu stellen.

Wir marschierten nach Pherai, das an der Hauptroute von Süden nach Makedonien liegt. Dort schlugen wir das Lager auf, und am nächsten Morgen in der Dämmerung ritten Menexenos und ich mit zwei ätolischen Spähern aus, die die Gegend kannten, um zu erkunden, ob von Philipp schon etwas zu sehen war.

Wir ritten fast den ganzen Tag, machten oft Halt, schauten von Anhöhen über das Land und befragten Bauern, an denen wir vorbeikamen.

Doch die schüttelten stets den Kopf und machten ernste Gesichter. Sie hätten die Makedonier nicht gesehen, sagten sie.

Gegen Abend rasteten wir am Rand eines Pinienwaldes, um uns zu erleichtern und die Pferde grasen zu lassen. Wir standen am Rand eines Abhangs, wo wir einem Pfad in die Ausläufer des Chalkedonion gefolgt waren. Ich ging zur anderen Seite des Waldes, wo ein nackter Felsen vorsprang, und spähte mit der Hand über den Augen ein letztes Mal über die Gegend, ehe wir zum Lager zurückreiten wollten.

Die Ebene war einsam und lag in tiefem Dämmer, da die Sonne bereits hinter den Höhen des Pelion stand. Im Nordosten zog eine Wolkenbank herauf, von hinten angestrahlt, sodass sie rotviolett leuchtete. Der Wind frischte auf. Er bewegte die Pinienzweige, und ich dachte, dass es bald regnen würde.

Als ich eben umkehren wollte, hörte ich Kiesel rollen. Ich

blieb stehen und drehte mich um, in der Erwartung, eine Ziege oder ein Kaninchen zu sehen.

Der Hang war leer. Aber dann tauchte auf dem Hochweg halb verborgen hinter Pinien und Eschen und Arbutusbüschen eine Schar berittener Makedonier auf.

Ich eilte zurück zu den anderen. Menexenos hatte sie auch gesehen. Er duckte sich mit den Ätoliern hinter dem Waldrand und spähte vorsichtig aus der Deckung hervor.

»Haben sie uns entdeckt?«, flüsterte ich.

»Wohl nicht, noch nicht. Aber das werden sie, wenn wir weiterziehen.«

Leise gingen wir zu den Pferden. Die Makedonier waren kaum mehr als einen Speerwurf weit entfernt. Wir hörten sie reden mit ihrer breiten, flachen Aussprache. Es war schwer zu sagen, wie viele es waren, vielleicht zehn oder fünfzehn. Der Weg, den sie nahmen, war hinter Bäumen verborgen. Ich fragte einen unserer Späher, wohin er führe. Er zuckte die Achseln. Das war keine bekannte Route. Er vermutete, dass der Weg über den Kamm verlief.

Wir duckten uns und warteten, gewahr, dass die Reiter jeden Augenblick unsere angebundenen Pferde entdecken und Alarm schlagen würden. Aber kein Ruf ertönte, und als sie kurz hinter den nächsten Bäumen verschwanden, stahlen wir uns von dem Waldrand hervor ins Freie und lenkten die Pferde behutsam zurück auf den Gebirgspfad.

Kurz darauf hörten wir ihren Schrei.

»Los!«, schrie ich.

Wir trieben die Pferde zum kurzen Galopp an, schneller konnten wir auf dem unebenen, steinigen Grund nicht reiten. Ein Speer fiel klappernd auf die Steine hinter uns. Aber ich hörte am Klang, dass er ein gutes Stück weit weg aufgeschlagen war. Danach war den Makedoniern klar, dass wir außerhalb ihrer Reichweite waren, und sie sparten ihre Waffen. Sie riefen uns Beleidigungen hinterher und forderten uns heraus, und als wir den Talboden erreicht hatten, drehte ich mich nach ihnen um.

Sie hoben sich dunkel vor dem dämmrigen Himmel ab, eine kleine Schar Reiter, die wütend zu uns hinabstarrte. Ich schmunzelte, und dann durfte ich lachen, denn ich konnte sehen, dass ihr Weg eine Kehre den Berg hinauf beschrieb und sie von uns wegführte. Sie würden uns nur verfolgen können, wenn sie das lange Wegstück, das sie gekommen waren, zurückritten, und dann wären wir längst auf und davon.

Am nächsten Morgen vor Einbruch der Dämmerung sandte Titus einige Männer in die Berge über Pherai, damit sie das Hochland besetzten und sähen, was es zu finden gab.

Später kehrte einer von ihnen mit der Nachricht zurück, sie seien ebenfalls einer Vorhut der Makedonier begegnet, die den Hochpass erkundeten. Beide Seiten hätten Abstand gehalten und auf Befehle gewartet, ohne anzugreifen oder sich zurückzuziehen.

Titus überlegte kurz, dann sagte er: »Ruf die Männer zurück.«

»Was?«, rief Phaineas, der bei ihm stand. »Endlich haben wir sie gefunden, und nun sollen wir nicht angreifen?«

»Ja, Phaineas, hier ist nicht der rechte Platz.« Er blickte zu den fernen Waldhängen des Pelion. Die Wolkenbank war näher gezogen, hing hinter den hohen Gipfeln und warf einen Schatten auf die Ebene. »Was tun die Makedonier da oben in den Bergen?«, fragte er stirnrunzelnd. »Nein, das gefällt mir nicht. Philipp hat einen Plan, und ich weiß nicht, was für einen.«

»Sie entwischen uns«, klagte Phaineas. »So viel weiß ich.«

Doch Titus schien nicht zuzuhören. Er spähte über die Ebene – ein friedlicher Ausblick über Äcker, Weiden, kleine Höfe und Obstgärten –, als läge dort die Antwort und er müsste sie nur sehen.

Phaineas zuckte verständnislos die Achseln und sagte zu den anderen: »Wir hätten sie angeifen können.«

»Ich bin nicht hier, um Scharmützel zu schlagen«, sagte Titus und rieb sich das braune Stoppelkinn. »Und Philipp auch nicht.«

Er drehte sich um und deutete auf die Ebene. »Das Gelände gefällt ihm nicht. Es scheint ihm nicht das richtige zu sein. Er will uns nach Westen locken auf die Ebenen von Thessalien, wo er uns mit seinen Phalanxen zermalmen kann.« Er nickte. »Marcus, sende eine Nachricht an den Präfekten des Lagers. Morgen marschieren wir nach Süden.«

»Nach Süden?«, rief Phaineas ungläubig.

»Ja, nach Süden. Entweder hat er sich zurückgezogen, was ich nicht glaube, oder er zieht hinter uns her, und deshalb finden wir ihn nicht.« Er sah zum Chalkedonion hinauf. »Irgendwo hinter diesem Berg verbirgt er sich vor uns.«

Wir ritten ins Lager und marschierten den Weg zurück, den wir gekommen waren, überquerten die Nebenflüsse des Enipeus, der in das thessalische Tiefland fließt. In der Nacht zelteten wir auf der Südseite des Chalkedonion, unterhalb des Bergdorfes Skotoussa, wo das Thetis-Heiligtum liegt.

Menexenos schnupperte und blickte zum Himmel auf. Die letzten Sonnenstrahlen färbten die Wolkenumrisse grauviolett. »Es wird gleich regnen«, sagte er.

In der Nacht zog ein heftiger Sturm von Osten über das Land, zunächst mit fernem Donnergrollen und Wetterleuchten, dann mit schmetterndem Getöse wie der Angriff eines Titanenheers, sobald er über uns war. Dabei fiel ein strömender Regen. Die Männer suchten Schutz unter ihren Lederzelten, versuchten, trocken zu bleiben, und redeten von Vorzeichen.

Irgendwann, es war noch dunkel, hörte der Regen auf. Doch beim ersten Tageslicht sahen wir, dass die Wolken vom Berg herabgekommen waren und alles in einen kalten, bleichen Dunst tauchten. Ich ging zu Titus und traf Phaineas bereits bei ihm an.

»Und wie willst du ihn jetzt finden?«, sagte er gerade. »Du hättest ihn angreifen sollen, als die Gelegenheit da war. Er wird hinter dir hermarschieren, ohne dass du es bemerkst.«

»Das könnte er tun, wird er aber nicht«, entgegnete Titus.

»Woher willst du das wissen?«

»Das wusste ich schon, als ich mit ihm sprach. Er will diese Schlacht. Er will die Schlacht mit mir.«

»Pah!« Phaineas machte eine verächtliche Geste. »Ich traue ihm nicht.«

»Ich auch nicht«, erwiderte Titus. »Aber ich meine, ihn zu verstehen.« Er schaute in den Nebel. »Du kennst diese Gegend. Was ist oben auf der Anhöhe hinter uns?«

Phaineas drehte sich um. »Nicht viel. Unebenes Gelände, Schaf- und Ziegenweiden, ein paar Terrassen mit Gerste bei Skotoussa. Sie nennen diese Hügel Kynoskephalai.«

»Hundeköpfe«, wiederholte Titus in unserer Sprache.

»Ja«, sagte Phaineas und machte unter seinem dichten schwarzen Bart ein finsteres Gesicht. »Warum fragst du? Du denkst doch nicht, dass er sich da oben versteckt?«

»Ich weiß nicht, wo er ist. Aber ich will nicht, dass er das Gelände oberhalb unseres Lagers besetzt. Marcus, wie schnell sind deine Männer bereit?«

»Im Nu«, sagte ich.

»Dann sei so gut und sieh nach, was da oben ist. Ich will nicht, dass sich dieser verfluchte Nebel lichtet und wir sie von dort angreifen sehen.«

Ich sammelte meine Männer, und wir machten uns im Nebel auf den Weg, stiegen die grasigen Hänge hinauf, die nass waren vom herabströmenden Regenwasser.

Kein Vogel sang. In dem Nebel gab es keinen Hall. Jeder Laut war gedämpft.

Als es hell wurde, erschien die Sonne als kalter weißer Fleck im Osten. Die Männer marschierten schweigend, ernst, voll

Unbehagen, suchten auf den morastigen Wegen und Wiesen nach Spuren unserer Feinde.

Ich versuchte, die Beschaffenheit des Geländes zu ermitteln. Das war schwierig, denn ich konnte nicht einmal bis zu unserem letzten Mann sehen. Manchmal kamen wir über flache Hügel, dann wieder streckte sich das Land flach aus. Doch wie weit die ebenen Flächen reichten, war nicht zu erkennen.

Wir stapften an einem niedrigen Hang entlang.

Ich hörte Schritte. Einer meiner Männer kam im Laufschritt aus dem Dunst. Leise meldete er: »Decimus sagt, er hat da drüben etwas gehört.«

Er zeigte auf den Hang an der anderen Seite des Tals, der weiter oben im Nebel verschwand.

Ich spähte, konnte aber nichts entdecken. »Was hat er gehört?«, fragte ich.

»Er weiß es nicht so recht. Vielleicht einen Vogelschrei, oder den Schrei eines Mannes.«

»Hast du es auch gehört?«

»Nein.«

Ich spähte und horchte.

Man hörte nur die Schritte unserer Leute und das Rascheln ihrer Sachen.

»Lass sie anhalten«, sagte ich. »Schlachtformation einnehmen. Wir werden nachsehen.«

Wir bildeten eine lange Verteidigungslinie und stiegen den Hang hinauf. Der Nebel hüllte uns ein, wurde manchmal durchdringlicher, als wollte er sich lichten, dann kam ein leichter Wind und schloss uns erneut darin ein.

Der Mann neben mir – der bei Korinth am Oberschenkel verwundet worden war – fluchte leise und spuckte aus.

»Was denkst du?«, fragte ich.

Er wischte sich die Nase mit dem Handrücken und sah sich um. »Da ist jemand.«

Ich nickte. Ich spürte es auch wie eine ferne Hitze, obwohl ich nichts sah und hörte.

Ich fasste den Griff meines Schwertes und ging weiter.

Irgendwann gerieten wir auf ein grasbedecktes Plateau, dessen Ende nicht zu sehen war.

Am Rande meines Blickfelds auf einer leichten Anhöhe kam eine Gruppe hoher Pinien aus dem Nebel hervor. Plötzlich sah ich etwas im Augenwinkel, einen heransausenden Schatten, dann schoss eine Elle vor mir ein Speer in den durchnässten Boden.

Ich fuhr erschrocken zurück und starrte auf den zitternden Eschenschaft. Dann brüllte ich: »Schilde hoch!«, und die ganze Reihe Männer riss den Schild hoch, just als die erste Salve aus dem Dunst herniederprasselte.

Dann stürmten die Feinde unter Schlachtrufen zwischen den Bäumen hervor.

Wir stellten uns zum Kampf. Es waren Peltasten, leicht bewaffnete Fußsoldaten. Sie mussten uns gesehen haben, wie wir in das Tal einbogen, und hatten sich auf die Lauer gelegt.

Ringsherum waberte der Nebel, riss auf und lichtete sich ganz. Da sah ich, dass das vermeintliche Plateau nur eine Terrasse zwischen drei Hängen war. Die Makedonier hatten uns in einer Senke erwischt und kamen von drei Seiten.

Ich sandte einen Läufer nach Verstärkung aus. Wir wurden in die Senke zurückgedrängt, wo der morastige, saugende Boden uns behinderte.

Endlich löste sich der Nebel auf, doch was ich sah, war keine Erleichterung. Über die höheren Ebenen strömten Makedonier heran. Überall entlang der buckligen Hügel, die Phaineas als Hundeköpfe bezeichnet hatte, standen ihre Schlachtreihen. Da wurde mir klar, dass das kein Scharmützel werden würde.

»Herr«, rief ein nahender Jüngling. Es war der Bote aus dem Lager. Titus werde das ganze Heer heranführen, und wir müssten bis dahin aushalten.

»Sag ihm, dass wir auf ihn warten«, rief ich und schickte ihn los.

Neben mir grinste der alte Veteran und zeigte seine schwarzen Zähne.

»Sie sind doppelt so viele«, sagte er.

»Mehr als das«, meinte ein anderer.

»Und wir sind Römer«, sagte ich.

Er lachte. »Dann sollten wir uns an die Arbeit machen.«

Und danach blieb keine Zeit mehr zum Lachen, denn die vorderste Reihe der Peltasten griff an, und wir nahmen ernsthaft den Kampf auf.

Wir wurden zurückgedrängt, doch die Makedonier waren noch nicht bereit, mit allen Kräften anzugreifen, und so hielten wir stand.

Endlich traf nach und nach die Verstärkung ein, zuerst die ätolische Reiterei, dann Kohorten der Verbündeten. Durch die aufbrechenden Wolken fielen schräge Sonnenstrahlen durch den Dunst und funkelten auf den heranrückenden Standarten. Durch das Tal schallten die Trompeten.

Auch am Boden zerriss nun der Nebel, und auf der Kuppe eines Hügels erschien ein Reiter mit einer vergoldeten aufgehenden Sonne auf der Brustplatte und purpurnem Mantel. Er saß auf einem prächtigen, goldgeschmückten Schimmel.

Sein Gesicht konnte ich nicht sehen, aber das war auch nicht nötig. Als er in Sicht kam, stieg von den makedonischen Reihen ein Jubel auf. Er nahm ihn mit erhobenem Arm entgegen, dann drängte er den Schimmel an die Front.

Die Piken senkten sich. Vom Rücken seines Pferdes aus stimmte Philipp den ersten Ton des Päan an, die Schlachtreihen fielen ein, und ein Lärm wie Donnergrollen hallte durch das Tal. Der König hob den Arm, senkte ihn herab, und die Phalanx rückte vor.

Unsere Heere trafen aufeinander. Ich sah in der Ferne unseren linken Flügel schwanken und nachgeben. Dann griffen die

Männer von rechts an, und ich musste mich um meine eigenen Angelegenheiten kümmern, als die makedonischen Fußsoldaten gegen unsere Reihen anstürmten.

Unsere Kohorte kämpfte als enger Verband. Was wir in Korinth erlebt hatten, nachdem wir in der Mauerbresche in die Enge getrieben worden waren, während Lucius uns im Stich ließ, hatte ein Band zwischen uns geschmiedet, und nun fochten wir wie ein Mann. Die Makedonier versuchten, uns den Hang hinabzutreiben in die Senke, um uns dort zu überwältigen. Wir gaben nicht nach. Lange Zeit ging es weder vor noch zurück, wie es schien.

Irgendwann, wie es in Schlachten vorkommt, gab es eine kurze Flaute ringsumher, da sich die drangvollen Kämpfe woandershin verlagerten. Wir konnten Atem schöpfen.

Der Veteran neben mir sagte: »Kämpft nicht dein Geliebter bei den Athenern?«

Ich sah ihn an. Er hatte den groben Soldatenausdruck gebraucht, den er gewohnt war, aber ich sah ihm an, dass er es nicht beleidigend meinte.

»Ja«, sagte ich. »Warum?«

Doch da folgte ich bereits seinem Blick und sah die Antwort selbst.

Unser rechter Flügel hatte den Feind von der Höhe hinabgetrieben, zugleich war der linke Flügel zurückgewichen. Überall wurde Mann gegen Mann gekämpft, und in der Mitte sah ich die athenischen Farben vorwärtsdrängen und in eine Falle laufen, die sie nicht bemerkten und die soeben zuschnappte.

Ich sah den Veteranen an. Ich weiß nicht, was meine Miene ihm verriet, aber ich hörte mich sagen: »Sie brauchen Hilfe.«

Er nickte. »Allerdings. Worauf warten wir noch?«

Er stieß zwei Finger in den Mund und pfiff, und wie ein Rudel Jagdhunde blickte die ganze Kohorte auf. Ich drehte mich, um über das Schlachtfeld zu blicken. Die Makedonier hatten die Hopliten eingekreist, und ich konnte sie im Kampfgewühl nicht mehr ausmachen. Ich rief Mars an, er möge mir Weitblick schenken. Und dann sah ich, was nötig war.

In ihrem blinden Eifer, unserer Flanke nachzusetzen, hatten die Makedonier nicht bemerkt, dass wir auf der rechten Seite noch die Höhe hielten, und so tat sich, als sie weiter vorrückten, in ihren Reihen eine Lücke auf.

»Seht ihr es?«, schrie ich, mit dem Arm zeigend, meinen Männern zu. Sie nickten, und ihre Augen blitzten mich durch die Helmschlitze an. Dann griffen wir an, schlugen uns durch die Bresche der makedonischen Phalanx.

Mir fiel ein, was Titus gesagt hatte, und jetzt sah ich es mit eigenen Augen. Die Phalanx war in ihrer Formation gefangen und konnte sich nicht umdrehen, um sich uns entgegenzustellen. Und darum taten sie, was jeder Mann getan hätte. Sie warfen ihre Piken hin und stoben vor uns auseinander, und als sie das taten, gab auch der Rest ihrer Schlachtordnung nach und brach zusammen.

Ich sah Philipp von dem Hügelrücken aus das Schlachtfeld überblicken. Dann formierte sich unser hart bedrängter linker Flügel neu und griff an, und die Makedonier ergriffen vor ihm die Flucht. Philipp zögerte, ein Mann allein vor dem aufklarenden Himmel. Mit einem Ruck an den vergoldeten Zügeln wendete er sein Pferd und ritt davon, und von unseren Reihen stieg der Jubel auf.

Und doch hatte ich währenddessen nur einen Gedanken im Kopf: Menexenos. Was mich davon abhielt, loszulaufen und ihn zu suchen, weiß ich nicht. Vielleicht war es nicht mehr als Stolz und Scham, die einen Mann zusammenhalten, wenn alles andere ihn verlassen hat. Das und die Männer, denen ich soldatische Treue schuldete.

Schließlich begann ich, mich unter den Gefallenen umzusehen.

Auf halber Höhe des Hangs lag die athenische Standarte. Ich ging durch die Toten und Sterbenden – Makedonier, Römer,

Ätolier und Griechen anderer Städte – und gelangte zu den Athenern.

Ismenios sah ich als Ersten. Er lag auf dem Rücken mit einem Speer im Hals, der ihn an den Boden geheftet hatte. Dicht neben ihm mit dem Gesicht nach unten Theodoros, sein Geliebter, den Arm nach ihm ausgestreckt. Ich fragte mich, wer wen hatte sterben sehen.

Ich ging weiter, mein Verstand zu einem einzigen Gedanken erstarrt. Und dann sah ich ihn.

Seine Haare waren nass von Blut und Schweiß, und sein Helm lag auf dem Boden neben ihm. Er saß neben dem jungen Lysandros und hielt seinen Kopf im Schoß. Als ich zu ihnen trat, hob er den Kopf. Seine Wangen glänzten.

»Er hat tapfer gekämpft«, sagte er.

Der Jüngling blickte zum Himmel auf, doch seine Seele hatte ihn verlassen.

Ich nickte und kniete mich daneben, und als ich mir die Tränen abwischte, beschmierte ich mich mit dem Blut der Männer, die ich an diesem Tag getötet hatte.

Nachdem Philipp das Schlachtfeld verlassen hatte, dachte jeder, die Ätolier hätten die Verfolgung aufgenommen.

Doch als wir später das Lager des Feindes erreichten, fanden wir sie dort.

Die Makedonier waren mit Philipp nach Norden geflohen. Die Ätolier hatten sie entwischen lassen, weil es ihnen nur darauf ankam, die Ersten beim Plündern zu sein.

Bis wir dort eintrafen, lag das Lager schon in Schutt und Asche, überall rauchende Zeltreste und verkohltes Holz, dazwischen die Leichen der unschuldigen Begleiter eines Feldzugs: alte Männer, Frauen und Kinder, bei der Flucht erschlagen. Wen die Ätolier nicht ermordet hatten, der war in den Pferdegattern eingepfercht, um als Sklave verkauft zu werden. Dort kauerten sie halb nackt, da ihnen alles von Wert entrissen worden war.

Die Ätolier hatten das Weinlager entdeckt, gemessen an ihrem Zustand schon vor einiger Zeit. Sie tranken aus allem, was als Behältnis taugte, aus erbeuteten Bechern, schweren Silberkannen, Essensschalen, sogar aus den Scherben der zertrümmerten Amphoren. Während wir die Mittelstraße des Lagers entlangschritten, taumelten sie um uns herum, grölten prahlerisch mit rot geränderten Augen, schwenkten ihre Schwerter, brüllten den gesitteten römischen Soldaten zu, wie sie die größte Macht in Griechenland bezwungen hätten.

Menexenos, der neben mir ging, betrachtete sie mit tiefem Abscheu. »Der einzige Sieg, der hier errungen wurde, ist der Sieg der Leidenschaft über den Verstand.«

Gerade eben kamen wir an die Überreste des königlichen Zeltes. Es war geplündert und niedergebrannt wie alles andere auch, aber ich erkannte es an seinem Standort und an einem blauen Stofffetzen am Boden, auf dem das Emblem des Königshauses aufgestickt war. Die Sklaven lagen mit durchgeschnittener Kehle da.

Titus traf bei uns ein, seine blauen Augen loderten vor Zorn.

»Verfluchtes Pack!«, sagte er. »Philipp hat seine Niederlage noch nicht eingestanden, und sie lassen ihn davonkommen.«

Ein ätolischer Befehlshaber kam torkelnd an uns vorbei, in den Armen einen prall gefüllten Sack, aus dem ein silberner Leuchter herausschaute.

»Du!«, schrie Titus ihn an. »Stell das hin und bring Phaineas zu mir.«

Der Mann zögerte. Er sah in die Runde, dann auf seinen Sack, und ich sah ihm an, wie sich sein Verstand abmühte.

Er verzog höhnisch den Mund. »Hinstellen?«, sagte er. »Damit du es mir abnehmen kannst? Ich habe es vor dir gefunden, und darum gehört es mir. Du denkst wohl, ich bin nicht ganz richtig im Kopf.«

Titus machte einen Schritt auf ihn zu, und der Ätolier stolperte davon.

»Das wird aus den Menschen, wenn Gesetz und Anstand und Ordnung abhandenkommen«, sagte Titus zu uns gewandt. »Für Krieg bezahlt man nicht nur mit Blut. Wir täten gut daran, das nicht zu vergessen.«

Vierzehntes Kapitel

Wir folgten Philipp durch Thessalien. Bei Larissa traf uns ein Herold, der um unsere Bedingungen bat, da der König eine endgültige Beilegung wünsche. Die Friedensverhandlungen fanden im Tempe-Tal statt. Philipp, dem nun keine Wahl mehr blieb, erklärte sich bereit, aus Griechenland abzurücken und Sicherheiten für sein künftiges Betragen zu liefern. Alle stimmten zu außer den Ätoliern, die Philipp vernichten wollten.

Menexenos war mit den Abgesandten Athens angereist. Als die Verhandlungen vorbei waren, ritten wir am Ufer des Peneios entlang und fanden eine versteckte Lichtung unterhalb einer Steilwand, wo sich ein flacher Felsen ins kalte Wasser vorstreckte. Dort zogen wir uns aus und schwammen. Danach lagen wir in der heißen Nachmittagssonne zum Trocknen und plauderten, während die Zikaden zwischen den Lorbeerzweigen zirpten. Es roch nach Sommerblumen und nassem Stein.

Die Friedensverhandlungen hatten bei mir einen üblen Nachgeschmack hinterlassen wie faules Wasser. Ich hatte genug von Phaineas und den Ätoliern. »Ich kann ihn nicht verstehen«, sagte ich. »Glaubt er wirklich, Titus würde Philipps Gold annehmen?« Denn am Ende, als Phaineas überstimmt war, fuhr er Titus heftig an, er sei wohl bestochen worden.

Menexenos saß am Felsrand neben mir und ließ seine wohlgeformten Läuferfüße ins Wasser baumeln. Er hatte von der Schlacht eine Stichwunde am rechten Oberarm und eine an der Schulter von einem Speer.

»Phaineas ist wie die meisten Männer«, sagte er. »Er blickt nicht über sich selbst hinaus, weil er nicht nach Erkenntnis strebt. Seine Worte sind ein Spiegel seiner Seele. Er selbst hätte sich bestechen lassen, und darum kann er sich nicht vorstellen, dass Titus das nicht tut. Er weiß nicht, was es heißt, großmütig zu sein, und wenn er Großmut bei anderen begegnet, versteht er sie nicht. Hinter jeder erhabenen Tat sucht er nach niedrigen Beweggründen, Heuchelei und Selbstsucht und ist nicht zufrieden, wenn er keine findet.«

Stirnrunzelnd sah er zu den Hängen des Ossa-Massivs und des Olymps, und ich sah in seinem Gesicht die verborgene Traurigkeit hervorscheinen, die er immer in sich trug.

Seit den Kynoskephalai hatten wir wenig Zeit miteinander gehabt. Wir hatten an dem Tag gute Freunde verloren, junge Männer, die es für ihre Pflicht gehalten hatten, dem Aufruf der Stadt zu folgen und bei deren Verteidigung ihr Leben zu wagen.

Ich wusste, er trauerte um den jungen Lysandros, der zu ihm aufgeschaut hatte und nur, um bei Menexenos zu sein, in die Schlacht gezogen war.

Diese Schlacht, der Krieg, der Tod seines Vaters hatten ihre Spuren hinterlassen.

Vor Kurzem hatte ich verstörende Träume gehabt, nicht von der Schlacht, wie man erwarten würde, sondern von meinem Vater, wie früher in Praeneste. Er versuchte, zu mir zu sprechen, mir etwas Wichtiges zu sagen. Doch seine Worte blieben leise und undeutlich, sodass ich sie nicht verstand.

Ich behielt das für mich, denn es schien mir sinnlos, Menexenos mit etwas zu belasten, das ich gar nicht erklären konnte, während er selbst Sorgen hatte. Als ich ihn betrachtete, dachte ich, dass ein freundlicher Gott ihn für mich bewahrt hatte, wo so viele andere gefallen waren. Obwohl es warm war, fröstelte ich. Es war mir unvorstellbar, ihn zu verlieren. Das glich dem Ort, wo die Welt endet und der Ozean ins Chaos stürzt. Ich wandte mich von diesen Gedanken ab, da sie nur Wahnsinn verhießen.

Eine Weile saßen wir gedankenverloren da, aber irgendwann sagte er: »Hast du bemerkt, wie still die Verbündeten waren, wenn Phaineas redete?«

»Ja«, pflichtete ich ihm bei. »Als gäbe es etwas, das sie nicht sagen wollten.«

Er nickte. »Phaineas hat es zwar nicht gesagt, aber er weiß es so gut wie jeder andere, und darum ist er so wütend. Wenn Makedonien vernichtet würde, wären die Ätolier Herr über Griechenland. Aber wir haben nicht gekämpft, um Philipp gegen Phaineas einzutauschen. Das ist es, was keiner ausgesprochen hat.«

Zwei Tage später kam Philipp ins Tempe-Tal, um am Ufer des Peneios am Altar des Apollon unter Lorbeerbäumen den Vertrag zu besiegeln.

»Siehe da«, meinte er, als er mit seinem Gefolge eintraf, »die Hunde haben den Wolf gerissen.«

Die Bedingungen wurden verlesen. Philipp hörte schweigend zu. Als Titus sagte, dass sein Sohn Demetrios als Pfand an Rom ausgeliefert werden müsse, sagte er bloß: »Wie du es wünschst, so muss es sein.«

Die Verbündeten wechselten Blicke. Der Abgesandte aus Pergamon fragte: »Hast du nichts dagegen einzuwenden?«

»Selbstverständlich habe ich etwas dagegen einzuwenden. Aber ich stimme zu. Ihr mögt eure Städte haben, ihr mögt meine Flotte nehmen. Und ihr mögt meinen Sohn mitnehmen. Ich werde sogar meine Gärtner nach Pergamon senden … Was noch? Wollt ihr noch mehr?«

Phaineas in prahlerischer Siegerpose sagte: »Es wäre besser, wenn du mehr Demut zeigtest, da du nun besiegt bist.«

»Demut?«, wiederholte Philipp und hob die Stimme. »Das Wort ist mir unbekannt. Glaubst du Tor, du könntest mir etwas antun, worauf ich vor dir im Staub krieche? Dann, Phaineas, kennst du mich nicht. Sieh dich an, herausgeputzt und mit Schmuck behängt wie eine lydische Hure. Und wenn du die ganze Welt besäßest und reich wärst wie Xerxes oder Kroisos, wärst du doch nichts anderes als ein blinder Tor. Wenn ich alles verlöre, bliebe ich doch ein König. Das ist der Unterschied zwischen dir und mir, Phaineas. Das wirst du niemals begreifen.«

In diesem Herbst, als sich das Laub golden zu färben begann und die Weinbeeren dunkelrot an den Reben hingen, reisten wir nach Süden, und Titus war für den Rest des Jahres mit der Kommission beschäftigt, die Rom geschickt hatte, damit sie für die Erfüllung des Friedens sorgte.

Ich kehrte mit Menexenos nach Athen zurück. Dort wartete eine Aufforderung auf ihn. Er war für die Isthmischen Spiele ausgewählt worden und sollte sich dem Gymnasiarchen für die Ausscheidungswettkämpfe vorstellen, die im Winter stattfinden würden.

Als er mir das erzählte, erschien er mir so gleichgültig, dass ich ihn am Ende fragte, ob er sich gar nicht freue.

»Doch, durchaus«, antwortete er achselzuckend. »Ich werde zu meinem alten Lehrer ins Lykeion gehen. Er ist noch immer der beste in ganz Athen.«

Ich spürte, dass er mir etwas verschwieg. Als ich ihn eben danach fragen wollte – wir gingen auf dem Rückweg von der Tholos an der Säulenhalle des Zeus vorbei –, rief jemand aus dem Schatten, und Pandion der Zweikämpfer trat mit zwei seiner jungen Freunde auf uns zu.

Seit den Kynoskephalai hatten wir ihn nicht mehr gesehen, und es gab manches zu erzählen. Er hatte gehört, dass Menexenos an den Spielen teilnehmen würde, und bestand darauf, uns zu einem Weinhändler oben auf dem Hügel mitzunehmen, um das zu feiern. Und danach schien Menexenos besserer Laune zu sein.

Am Abend, als wir allein waren, sagte er: »Das wird ein Winter harter Übung werden.«

»Dann werde ich mit dir üben«, sagte ich. Ich legte mich aufs Bett und streckte mich nach ihm aus. »Wir sind zu lange getrennt gewesen.«

Er lachte und nahm meinen Arm.

Später, als wir ruhig dalagen, sagte er: »Lass uns zum Hof fahren, bis es Zeit wird für die Ausscheidungskämpfe. Da gibt es Arbeit, und ich bin nicht in der Stimmung für die Stadt. Vermutlich liegt das am Krieg, jedenfalls habe ich für eine Weile genug von anderen Leuten.«

Ich stützte mich auf den Ellbogen und sagte lächelnd: »Aber hoffentlich nicht von mir.«

Er sah mir ernst in die Augen. »Nicht von dir, Marcus. Niemals. Das ist eine heilige Sache zwischen uns.«

Da ich es nicht länger aufschieben konnte, begab ich mich am nächsten Tag nach Piräus, um Caecilius einen Besuch abzustatten.

Wie immer hatte er nur seine eigenen Angelegenheiten im Kopf. Der Thebaner Tyrtaios war verschwunden und hatte eine große Summe von Caecilius' Geld mitgenommen. Das überraschte mich nicht, und so sagte ich es und fügte hinzu, dass ich ihn nie hätte leiden können.

»Nein?«, sagte Caecilius. »Warum hast du mir keinen Hinweis gegeben? Du hättest mich vor einem großen Verlust bewahren können. Wirklich, Marcus, ich wundere mich, was du die ganze Zeit im Kopf hast, wenn du so wichtige Dinge vergisst. Ein stilles Wort von dir, und ich hätte ein Kästchen voll Gold gespart.«

Das war ein Weg, den ich bei diesem Gespräch nicht einschlagen wollte, darum entgegnete ich: »Ich glaube, du hast mir nie so recht erzählt, was für ein Geschäft dich mit Tyrtaios verband.«

»Oh, das ist jetzt nicht wichtig«, sagte er hastig und wandte sich eifrig den Schriftstücken auf seinem Schreibtisch zu. »Ach, sieh her.«

Er zog eine halb offene Rolle unter seinem Weinbecher hervor und sagte mit schwungvoller Gebärde: »Deine Mutter hat geschrieben. Es geht ihr gut. Der Hof gedeiht. Sie meint, ich brauche um ihretwillen nicht nach Italien zurückzueilen, wenn ich in Griechenland Geschäfte zu führen habe ... An einer Frau ist das bewundernswert, nicht wahr, solches Verständnis für das Vorrangige zu zeigen.«

Ich pflichtete ihm bei, und damit er mein ironisches Schmunzeln nicht bemerkte, fragte ich ihn nach seinen derzeitigen Plänen. »Gewiss hält dich nun nichts mehr in Athen, Herr.«

»Da irrst du dich. Während du beim Feldzug warst, bin ich fleißig gewesen.« Er machte eine Pause und warf mir einen bedeutungsvollen Blick zu. Ich fühlte ein Sacken in den Eingeweiden. »Zweifellos würdest du gern alles erfahren, aber, Marcus, nach meiner Erfahrung ist es umso besser, je weniger Bescheid wissen, und darum behalte ich die Einzelheiten für mich ... vorerst. Ich kann dir aber sagen, dass ich eine Reise nach Asien plane.«

»Asien?«, fragte ich und musterte ihn misstrauisch. »Hoffentlich nicht zu König Antiochos, Herr. Von dort kommt nichts Gutes.«

»Sei nicht neugierig. Ich werde es dir beizeiten sagen. Und ich weiß, was ich tue ... Hast du übrigens von Attalos gehört?«

»Er ist in Theben erkrankt.«

»Nicht nur das. Heute Morgen kam Nachricht aus Pergamon von einem Kaufmann aus Chios: Er ist gestorben. Offenbar hat er sich von seiner Krankheit nicht mehr erholt, und jetzt ist er tot.«

Er lehnte sich zurück und legte die Hände auf den dicken

Bauch wie ein satter Schlemmer. »Doch er ist als reicher Mann gestorben. Mehr kann man nicht erhoffen.«

Ich musste an die Freundlichkeiten denken, die Attalos mir erwiesen hatte, und an seinen Anstand und dass er seine letzten Kräfte für den Kampf um Griechenlands Freiheit verbraucht hatte.

»Er war ein guter Mann«, sagte ich.

»War er das? Schon möglich. Sein Sohn Eumenes folgt ihm auf den Thron. Wir sollten die Ohren offen halten. In solchen Zeiten bieten sich immer Gelegenheiten.«

Ich sah ihm ins Gesicht, und er erwiderte den Blick mit seinen kleinen gelbbraunen Augen. Er war noch aufgedunsener als bei unserer letzten Begegnung. Die Fülle nahm sich an ihm übel aus, denn er war kein breitschultriger Mann.

Jemand scharrte an der Tür.

»Herein!«, donnerte Caecilius.

Florus trat schüchtern ein wie ein misshandelter Hund, der nicht weiß, ob er willkommen ist.

»Ah, da bist du. Ich wollte dich eben rufen ... Marcus, du erinnerst dich an Florus, nicht wahr? Ich habe beschlossen, ihn wieder in meine Dienste zu nehmen. Er war in Kerkyra, weißt du.«

Florus lächelte zaghaft und mied meinen Blick. Zweifellos wollte er an unsere letzte Begegnung nicht erinnert werden.

»Gibt es sonst noch etwas?«, fragte Caecilius schon ungeduldig, als würde ich ihn aufhalten. »Wenn nicht, Florus und ich haben etwas zu erledigen.«

Kurz darauf gingen Menexenos und ich zum Gehöft.

Wir nahmen uns einige Knechte und ernteten die wenigen Oliven und Weintrauben, die die Makedonier uns gelassen hatten. Wir schnitten die Weinstöcke zurück und machten uns daran, das Haus und die Pferche instand zu setzen.

Anfangs war das eine düstere Arbeit, bei der wir verkohlte

Balken wegschafften, ausgebrannte Räume ausfegten und ständig daran erinnert wurden, wie der Hof einmal ausgesehen hatte und was alles verloren war. Aber bald hatten wir aus der Zerstörung etwas Neues geschaffen, und Stein für Stein ließen wir die Vergangenheit hinter uns.

Jeden Morgen gingen wir Seite an Seite in der kühlen Frische laufen, folgten dem Weg am Paneion vorbei zur Küstenstraße. Manchmal sahen wir einen Bauern oder einen Reisenden zu Fuß oder auf dem Maultier, aber meistens waren wir allein, liefen und atmeten im gleichen Rhythmus, eine Sehenswürdigkeit für die Ziegen und Schafe.

Wir plauderten über die Spiele. Inzwischen kann man von jedem gebildeten Römer erwarten, dass er sie kennt, denn wir haben uns mit Griechenland vertraut gemacht. Damals war das griechische Leben weniger bekannt, und als ich fragte, erzählte Menexenos, dass die Spiele auf dem Isthmos alle zwei Jahre zu Ehren Poseidons stattfänden, der dort einen Tempel habe, und der Wettlauf sei eine Besonderheit, denn es handele sich weder um einen kurzen Sprint noch um einen Langlauf, sondern um etwas dazwischen.

Ich fragte ihn, wie er seine Gewinnaussichten einschätze, aber er zuckte nur die Achseln und meinte, er wisse es nicht.

Wir übten uns den ganzen Winter über, arbeiteten auf dem Land und lagen in dem alten Haus zusammen am Feuer. Als die Sonnenwende vorbei und die Zeit zum Aufbruch gekommen war, blickten wir auf ein gutes Stück getaner Arbeit: die Weinstöcke zurückgeschnitten, die Weideneinfriedungen neu gemacht, und das Haus hatte wieder ein Dach und Türen.

Kurz vor Beginn der Ausscheidungskämpfe kehrten wir nach Athen zurück. Dann sah ich zum ersten Mal die anderen Jünglinge, die Athen zu den Spielen entsandte.

Die meisten Läufer waren dünn bis an den Rand der Hässlichkeit oder Krankheit, mit Ausnahme der Beine, die sehnig und muskulös waren, als hätten sie in ihrem Leben nichts anderes getan, als auf der Sandbahn zu rennen. Ihre Lehrer sahen von den Terrassen zu, kauten auf den Lippen, und sobald ein Lauf vorbei war, eilten sie hinab, umsorgten sie mit großem Getue, hüllten sie in Mäntel und gewärmte Handtücher ein und scheuchten sie ins Badehaus, damit sie sich mit duftenden Ölen abreiben ließen.

Ich blickte mich um, ob jemand da war, den ich kannte. Ich hatte erwartet, einige von Menexenos' Freunden zu sehen, die an den Athener Spielen teilgenommen hatten. Aber ich entdeckte niemanden.

Während ich mich darüber wunderte, sah ich Pandion unter dem Eingangsbogen hereinschlendern. Er blieb stehen, blickte zu den Läufern, dann sah er mich und kam zu der Terrasse, wo ich saß. »Grüß dich, Marcus. Ist Menexenos nicht bei dir? Ich hatte erwartet, ihn zu sehen.«

Ich sagte ihm, Menexenos sei soeben ins Badehaus gegangen. Da kündigte ein Schiedsrichter den nächsten Lauf an, einen kurzen Sprint. Wir sahen zu. Als er vorbei war, deutete Pandion auf die mageren Läufer und sagte tonlos: »Und gegen solche Kerle soll Menexenos antreten.«

Ich nickte. »Ich weiß, Pandion. Er sticht heraus wie ein Löwe unter Ziegen.«

Wir schwiegen. Dann sprach ich aus, was mir gerade in den Sinn kam, und fragte, warum von seinen Freunden keiner teilnehme, nachdem sie sich doch bei den Athenäischen Spielen so gut geschlagen hätten. »Und du, Pandion, hast sogar beim Zweikampf den Preis errungen.«

Er machte ein düsteres Gesicht. »Ja, Marcus, aber das war nur ein kleiner Wettkampf.«

»Aber gewiss wird doch ein Wettkampf wie der andere sein. Und jetzt schaust du nur zu wie die alten Männer.«

Nach dieser Bemerkung schwieg er so lange, dass ich mich zu fragen begann, ob ich ihn beleidigt hatte. Ich wollte ihm eben versichern, dass es gar nicht wichtig sei, als er sagte: »Du wirst es schon selbst bemerkt haben, Marcus. Die Sache hat die Verhältnismäßigkeit verloren. Die Spiele sind für die Männer da, nicht die Männer für die Spiele. Zu Hause wetteifern wir miteinander, weil es so Brauch ist und weil wir die Tüchtigkeit des Körpers lieben und weil wir uns mit unseresgleichen messen wollen. Aber bei den großen Spielen auf dem Isthmos oder in Olympia und Delphi ist mittlerweile kein Platz mehr für einen Edelmann. Es ist eine Schande, sich nur einer Sache hinzugeben wie ein Sklave. Ein freier Mann sollte nach Ausgeglichenheit streben, beim Körper als auch beim Geist. Die Spiele drehten sich früher um den ganzen Mann: Sieh dir nur die alten Statuen von Pheidias oder Lysippos an, wo Körper und Geist im Einklang waren. Und heute«, sagte er und deutete auf die Laufbahn, »sieh sie dir an.«

Er setzte sich auf die Steinterrasse und machte eine ärgerliche Geste, als lohnte es nicht, darüber zu reden.

Er musste meinen nächsten Einwand erraten haben, denn als ich sagte: »Aber Menexenos nimmt teil«, antwortete er sofort: »Ja, ja, ich weiß. Und Menexenos sieht das mehr als jeder andere. Was glaubst du, von wem ich das habe? Manchmal denke ich, wenn er nicht wäre, würde mir die Vortrefflichkeit gar nichts bedeuten.«

Er schaute mich prüfend an, als überlegte er, mir ein Geheimnis anzuvertrauen. »Weißt du, ich bin überhaupt nur wegen Menexenos Zweikämpfer geworden. In der Schule dachten alle, ich sei zu nichts nütze, aber er sah etwas in mir und gab mir das Gefühl, dass etwas in mir steckt, und ein Ziel, nach dem ich streben kann.«

Stirnrunzelnd stützte er das Kinn auf den Handballen und schaute über die Laufbahn. Ich glaube gar, er wurde ein bisschen rot.

»Warum tritt er dann überhaupt an?«, fragte ich. »Warum hat er zu dem Gymnasiarchen nicht nein gesagt? Er hätte Grund genug.«

Pandion zuckte die Achseln. »Seines Vaters, seines Bruders wegen? Er spricht nicht über solche Dinge. Oder weil er glaubt, dass selbst jetzt noch Ehre darin liegt, wenn man siegen kann, ohne die Dinge zu opfern, die einen zum Mann machen.«

Ich erzählte Menexenos nicht von diesem Gespräch. Ein Gott riet mir davon ab. Oder vielleicht wusste ich unwillkürlich, dass seine Beweggründe tief in seinem Wesen verborgen waren und aus derselben Quelle des Guten gespeist wurden, die ihn antrieb, für die Stadt zu kämpfen und die Götter zu ehren und mich zu lieben.

Letzten Endes gibt es einige Türen, die man nicht öffnen möchte, und gewisse Dinge, nach denen die Liebe nicht fragt.

Diesen Winter kam Villius auf seinem Weg nach Süden zu Besuch nach Athen. Titus habe Schwierigkeiten mit der römischen Kommission, berichtete er, und auch mit den Ätoliern.

Die Kommission widersetzte sich dem Rückzug des römischen Heeres aus Griechenland. Sie hielten ihm entgegen, da das Problem Antiochos' in Asien nicht geregelt und Hannibal einer beunruhigenden Nachricht zufolge auf freiem Fuß sei, würde mit solch einem Vorgehen weder die Sicherheit Griechenlands noch die Sicherheit Roms erlangt, ungeachtet dessen, was vorher versprochen worden sei.

»Und was sagt Titus dazu?«, fragte ich.

»Er sagt, dass er sein Wort gegeben hat und es halten muss. Mit weniger werden sich die Griechen nicht zufriedengeben. Aber am Ende liegt die Entscheidung bei der Kommission und beim Senat, nicht bei Titus … Und dann«, fügte er erbost hinzu, »sind da noch die Ätolier.«

Immer wenn wir glaubten, eine Frage sei geklärt, erzählte er weiter, traten die Ätolier vor und fingen wieder von vorn an, indem sie unerwartete Gebietsforderungen stellten, auf die sie keinen Anspruch hatten. »Alle sind ihrer überdrüssig. Sie haben nur das Ziel, so viel wie möglich an sich zu reißen.«

Er war auf dem Weg nach Korinth, wo die letzten Verhandlungen stattfinden sollten. Titus hoffte, bei den Isthmischen Spielen das schlussendliche Übereinkommen verkünden zu können. »Vorausgesetzt, dass dieser Schurke Phaineas nicht vorher das Wasser vergiftet. Er verbreitet überall, dass wir die Fesseln Griechenlands für uns selbst haben wollen.«

Der Frühling stellte sich ein. Im Hof zeigten sich rosa Knospen an dem rankenden Jasmin, und in den Tempelgärten blühten die Mandeln und Narzissen.

An einem windigen Aprilmorgen ging ich mit Menexenos nach Piräus, und vom Ufer aus jubelte ich mit den anderen, als die Galeere mit Girlanden und Wimpeln geschmückt auslief und jenseits des Hafendamms das mit Eulen bemalte Segel hisste, um die Athleten zu den Isthmischen Spielen zu bringen.

Als sich das Schiff im Morgendunst verlor und die Leute sich wieder zerstreuten, wandte ich mich gedanklich meiner eigenen Reise zu.

Villius hatte gesagt, dass eine römische Quinquereme rechtzeitig zu den Spielen abfahren werde. Doch am Ende beschloss ich, mich über den Landweg an Eleusis und Megara vorbei allein dorthin aufzumachen.

Es schien, als würde in diesem Jahr ganz Griechenland dorthin wandern, ein stetiger Strom von Männern und Frauen, Maultieren und Pferden, Kutschen, Einspännern und Sänften.

Anfangs lief ich allein und genoss die Einsamkeit, aber in der Nähe von Megara begegnete ich einem Bauern mittleren Alters mit zerfurchtem Gesicht. Er kam aus Phokis und führte einen Esel beladen mit leeren Körben, die er, wie er sagte, auf den Märkten Korinths mit den wohlfeilen Kostbarkeiten zu füllen gedachte, die man dort erwerben konnte.

Inzwischen war mein Griechisch so gut, dass ich, wenn ich wollte, überall als Grieche durchgehen konnte, und als er annahm, ich stamme aus Athen, ließ ich ihn in seinem Irrtum.

Unterwegs erzählte er mir, dass er unweit von Elateia einige Morgen Land beackere und da endlich Frieden herrsche, wolle er zu den Spielen gehen und sich den Faustkampf ansehen, weil ihm der am besten gefiel. Er hob die Faust und schnitt eine Grimasse, um mir die Pose eines Faustkämpfers vorzumachen. Das schien seine Art zu sein. Später bekannte er mit bedeutungsvollem Grinsen, er werde danach noch die Seitenstraßen Korinths aufsuchen, um sich ein besonderes Vergnügen zu gönnen.

Er war ein Mann, der gern über sich selbst sprach, und so hörte ich über seinen Hof, sein Vieh, den Zustand der Felder und über seine Frau – die seiner Schilderung nach eine glücklose Hure war, die sich ausnutzen ließ.

Als er einmal schwieg, bemerkte ich, es müsse doch eine Erleichterung für ihn sein, dass seine Stadt endlich frei sei, nachdem sie so lange unter der Herrschaft der Makedonier gestanden habe.

Darauf schnaubte er verächtlich. »Wir haben nur den einen Sklaventreiber gegen den anderen eingetauscht«, meinte er.

Ich blickte ihn überrascht an. »Aber warum, Herr? Titus hat es doch versprochen. Bald werdet ihr eure Freiheit zurückbekommen und tun können, was euch gefällt.«

Er lachte mich aus. »Denk an meine Worte: Was die Römer einmal haben, das geben sie nicht wieder her. So sind die Menschen. Rom hat Griechenland die Fußfesseln gelöst, nur um ihm eine Kette um den Hals zu legen.«

Ich sagte nichts mehr. Es war klar, dass er sich sein Urteil bereits gebildet hatte.

Danach gingen wir eine Zeit lang schweigend nebeneinander her, und ich dachte, dass die Ätolier gute Arbeit geleistet hatten, wenn Männer, die eben erst von Tyrannei befreit worden waren, so dachten wie dieser Bauer.

Doch schließlich, als hätte ihn das Schweigen geärgert, fragte er mich: »Was glaubst du denn, was die Römer tun werden?«

Ich zuckte die Achseln. »Ich habe gehört, dass Titus entschlossen ist, Griechenland frei zurückzulassen. Alles was er bisher versprochen hat, hat er getan. Warum jetzt daran zweifeln?«

»Weil ich gesehen habe, wie die Menschen sind.«

»Ich auch«, hielt ich ihm entgegen. »Manche sind gut, andere schlecht.«

Er warf mir einen belustigten Blick zu, als hätte jemand meines Alters noch gar nichts vom Leben erfahren können. Dann räusperte er sich und spuckte ins Gras. »Eines will ich dir sagen, Jüngling, in der Welt gibt es nur Grausamkeit und Niedertracht und Selbstsucht. Und wenn ein Mann weise ist, wird er sich nehmen, was er kann, wie ein Schakal beim Kadaver, ehe es ihm ein anderer wegschnappt.«

Er schmunzelte vor sich hin, sichtlich zufrieden mit seinen Worten. Doch nach einem Augenblick fluchte er ohne ersichtlichen Grund und versetzte dem Esel einen boshaften Ruck mit dem Zügel. Das Tier knurrte ärgerlich und trottete weiter.

Der Bauer drehte sich murmelnd um, spähte mit zusammengekniffenen Augen wieder nach vorn und sagte: »Ha! Schau da!«

Ich folgte seinem Blick. Eine halbe Meile voraus stand eine bunt bemalte Kutsche am Wegrand. Zwei Maultiere grasten daneben, und ein Mann starrte verdutzt auf ein Rad.

Der Bauer lachte. »Ein reicher Aristokrat, der stecken geblieben ist«, sagte er. »Geschieht ihm recht. Das wird ihm eine Lehre sein, prunkvoll zu reisen. Soll er zu Fuß gehen wie wir alle.«

Als wir näher kamen, bemerkte uns der Mann und warf uns hilflose, flehentliche Blicke zu.

»Narr«, murmelte der Bauer leise lachend. Aber ich sagte: »Ich werde ihm helfen.«

»Wirklich? Tu, wie du magst, aber mich würde das den halben Tag aufhalten, und ich will vor dem Dunkelwerden in Korinth sein.«

Dann müsse er wohl weiterziehen, meinte ich, wünschte ihm einen guten Tag und ging über die Wiese.

Der Mann bei der Kutsche war ein Sklave. Er betrachtete mich mürrisch. Ich wunderte mich, wo sein Herr wohl abgeblieben war.

Ich wollte ihn eben danach fragen, als ich von der anderen Seite eine Frauenstimme hörte. »Komm her, steh da nicht herum. Das wird sich nicht von selbst richten. Hier, nimm den Riemen und binde ihn um die Achse, wie ich gesagt habe. Oder muss ich es allein tun?«

Ich ging in die Hocke und spähte unter der Kutsche durch. Dann sah ich, wer dort stand, und lachte.

»Pasithea! Was tust du hier?«

Ihre kunstvolle kastanienbraune Frisur kam hinter dem Rad hervor.

»Marcus? Hier, nimm das.« Sie drückte mir einen breiten Lederriemen in die Hand.

Ich kroch unter dem Gefährt durch, nahm den Riemen und rief dem Sklaven zu, mir zu helfen.

Als die Sache behoben war, staubte ich mir die Hände ab und sah sie an. »Noch nie in meinem Leben bin ich einer Frau wie dir begegnet«, meinte ich.

Sie setzte sich auf ein Handtuch ins Gras und schob die Füße in zwei zierliche Kalbslederpantoffeln. »Wenn das so ist«, erwiderte sie zwinkernd, »solltest du mehr Frauen kennenlernen. Außerdem habe ich eines gelernt: Wenn dir etwas wichtig ist, dann erlerne es; andernfalls kommt eine Zeit, wo du dir wünschst, es getan zu haben.«

Sie befahl dem Sklaven, die Maultiere wieder anzuspannen. Dann bemerkte sie den Bauern, der gaffend auf der Straße stehen geblieben war.

»Wer ist das?«, fragte sie und erwiderte seinen Blick, worauf er sich hastig abwandte. »Hat er noch nie eine Frau gesehen, die eine Achse ausbessern kann?«

»Bestimmt nicht«, sagte ich grinsend. »Wohin fährst du? Zu den Spielen?«

»Wohin sonst? Ich möchte sie um keinen Preis versäumen.«

»Offenbar möchte jeder hören, was Titus zu sagen hat.«

»Oh, ich fahre nicht deswegen hin«, widersprach sie in einem Ton, der mir verriet, dass auch ihr die Gerüchte zu Ohren gekommen waren. »Nein, es ist Zeit, dass ich mein Haus in Korinth wieder öffne … und wann, wenn nicht jetzt, wo ich den schönen Menexenos unterhalten kann, nachdem er den Siegerkranz entgegengenommen hat?«

Ich lachte und malte ein Zeichen gegen Unglück in die Luft.

»Zuerst muss er ihn gewinnen«, sagte ich. »Alle denken, er hat eine schwierige Aufgabe vor sich, da er nicht von Geburt an darauf vorbereitet worden ist.«

»Dann werde ich nichts mehr sagen.« Sie klimperte mit ihren dichten Wimpern, dann schaute sie über meine Schulter die Straße entlang. »Wartet dein Freund nicht auf dich?«

Der Bauer war endlich weitergezogen.

Ich sagte ihr, er sei nur eine Reisebekanntschaft. In Wahrheit war ich froh, ihn los zu sein.

»Gut«, meinte sie, »dann werden wir zusammen reisen.«

Wir fuhren los. Der Sklave saß hinten. Unterwegs erzählte sie mir, dass sie den Winter mit Freunden in Megara verbracht hatte. »Eine so langweilige Stadt, und voller Kaufleute. Warst du schon einmal dort? Es würde dir nicht gefallen … Und wie geht es eigentlich Caecilius? Ich hörte, er sei noch in Athen.«

»Ja, bis vor ein paar Tagen.« Ich erzählte ihr von seinem neuen Unternehmen in Asien.

»Hoffentlich weiß er, was er tut«, sagte sie.

»Das bezweifle ich. Ich habe versucht, ihn zu warnen, aber er wollte nicht hören.«

»Gewiss nicht«, meinte sie ohne Überraschung.

Sie sagte mir, sie habe ihren jungen schwarzen Sklaven Niko nach Korinth vorausgeschickt. »Es gefällt ihm dort. Er wird froh sein, endlich wieder zu Hause zu sein … *Er* hätte die Achse richten können.«

Sie habe vor, das Grab der Laïs zu besuchen, da sie ihr ein Opfer schulde.

»Der Laïs?«, fragte ich.

»Aber, Marcus. Hast du noch nie von ihr gehört? Zu ihrer Zeit war sie die berühmteste Kurtisane Griechenlands.«

»Hast du sie gekannt?«

Sie gab mir lächelnd einen Klaps aufs Knie. »Oh nein, mein Lieber. Nicht einmal ich bin so alt. Sie ist seit wenigstens drei Generationen tot. Und doch ist sie in gewisser Weise meine beste Freundin gewesen. Laïs war schön, erfolgreich, anmutig, von allen geliebt. Auch wir Kurtisanen brauchen jemanden, zu dem wir aufschauen können, weißt du, obwohl viele Männer das sicherlich nicht vermuten würden. Und als ich noch jung war und die verkniffenen Frauen von Abydos mich naserümpfend ansahen, dachte ich an Laïs und lächelte zurück.«

So fuhren wir plaudernd dahin.

Gegen Abend gelangten wir in die weite Küstenebene, und voraus lag Isthmia mit dem rot gedeckten Poseidon-Tempel, der zwischen Pinien hervorlugte, und daneben das marmorne Stadion, das in einem weichen Goldton in der Abendsonne leuchtete.

Bald darauf hielten wir an. Die Zelte der Besucher und die behelfsmäßigen Sonnensegel erstreckten sich nach allen Seiten. Die Kochfeuer wurden angezündet. Hunde bellten und balgten sich. Männer saßen in Gruppen zusammen und tauschten Neuigkeiten aus. Es roch nach Rauch und Tieren und Menschen.

Pasithea blickte kühl über die versammelten Köpfe und sagte: »Ich fürchte, dafür habe ich mich zu sehr an meine Bequemlichkeiten gewöhnt. Möchtest du wirklich nicht mit mir nach Korinth kommen und auf seidenen Laken schlafen, wo sich ein Diener um dich kümmert?«

»Mach dir keine Sorgen, Pasithea«, antwortete ich lachend.

»Morgen früh werde ich Menexenos hier treffen.« Er war mit den anderen Athleten untergebracht.

»Bestelle ihm liebe Grüße von mir«, sagte sie, beugte sich zu mir und gab mir einen Kuss auf die Wange.

Dabei schnalzte ein vorbeigehender Mann missbilligend mit der Zunge, da er wohl annahm, ich hätte mich schon in jungen Jahren den Vergnügungen hingegeben, für die Korinth berühmt war. Von ihrem hohen Sitz auf dem Wagen schenkte Pasithea ihm ein liebliches Lächeln. Er eilte brummend weiter.

Wir lachten, und nachdem wir uns versprochen hatten, bald wieder zusammenzutreffen, gingen wir auseinander.

Ich traf Menexenos am vereinbarten Ort, am Fuß des bronzenen Poseidons vor dem Tempel.

Die Leute blieben stehen und starrten, wie sie es bei jedem Athleten der Spiele taten. Er war braun gebrannt von den Übungsläufen; goldbronzen schimmerten seine Arme und Beine in der kurzen weißen Tunika. Nicht verwunderlich, dass ihn alle ansehen, dachte ich.

Er war zu wohlerzogen, um sich seine Empfindungen anmerken zu lassen, aber ich kannte ihn inzwischen gut genug, um ihm seine Stimmung anzusehen. Schließlich blickte er düster auf die kleine Schar, die sich um uns versammelt hatte, und sagte: »Lass uns woandershin gehen.«

Wir verließen das Heiligtum und gingen die Straße zwischen den langen Kolonnaden entlang. Überall hatten Händler ihre Stände aufgebaut und verkauften ägyptisches Leinen, glänzende Seiden und Teppiche, indische Perlen, billige Schmuckstücke, geschnitzte Weihegaben und Glücksbringer. Ab und zu schnappte ich im Vorbeigehen einige Gesprächsfetzen auf, und stets ging es um dasselbe: Titus, die Ätolier und die Freiheit Griechenlands.

Bald jedoch ließen wir die Menschen hinter uns und gelangten in einen schattigen Garten am Hang mit Pinien und Olivenbäumen. »Hier wird es ruhiger sein«, sagte Menexenos. »Der Hain ist Demeter geweiht.«

Wir fanden eine grasige Böschung und setzten uns nieder. Hier und da wanderten Leute auf den Wegen unter den Bäumen. Weiter weg an der Straße stand leuchtend weiß das Stadion mit seinen Flaggen und Girlanden in der Mittagssonne. Wir plauderten über meine Reise und Pasithea und solche Dinge. Und dann fragte ich ihn, was er von seinen Gegnern aus den anderen Städten halte.

Er machte eine unbestimmte Geste. »Die meisten kann ich einschätzen. Es gibt zwei, die mir nicht gefallen – aber damit bin ich wohl der Einzige.«

Ich fragte ihn, was er meine.

Einer werde Thorax genannt, ein Ätolier, erzählte er. »Er ist ein großer Angeber, wie alle seine Landsleute. Aber davon abgesehen ist er auch schnell.«

»Wird er siegen?«

Er zuckte die Achseln. »Möglich. Aber ich habe ihn beobachtet. Wenn er eine Schwäche hat, dann diese: Die Schnelligkeit ist ihm angeboren, er brauchte sich nie anzustrengen, um besser zu werden. Wahrscheinlich ist er bisher bei jedem Lauf Erster geworden. Es ist ihm immer zu leicht gefallen. Er brauchte nie nachzudenken und in sich hineinzublicken.«

»Und der andere?«, fragte ich.

Er lachte auf. »Sein Name ist Damindas. Er ist der verwöhnte Sohn eines reichen Mannes aus Ägina, und wenn du ihn bekleidet in der Menge sähest, würdest du gar nicht glauben, dass er ein Athlet ist. Keiner hat ihm je Benehmen beigebracht, oder Haltung. Aber jemand hat ihm gezeigt, wie man läuft.«

An diesem Abend sah ich sie dann auch.

Wir waren oben beim Heiligtum gewesen und hatten an dem kleinen runden Altar Palaimons ein wenig Weihrauch ins Feuer gestreut. Es war ein warmer, klarer Abend. Die Sterne leuchteten im weiten Rund über dem Isthmos und der See. Auf dem Rückweg, als wir an einer belebten Seitenstraße mit Tavernen vorbeikamen, berührte Menexenos meinen Arm und sagte: »Da sind sie.«

An einem langen, gescheuerten Tisch aus Pinienholz saß eine Reihe Jünglinge vor Weinkrügen und Platten mit halb verzehrten Speisen und den breiten, flachen Schalen, die in den Tavernen üblich sind, weil sie schwer zerbrechen.

»Der mit dem schmalen Gesicht neben dem Mädchen, das ist Damindas«, sagte er.

Ich spähte durch die Leute. Da saß ein rotblonder Jüngling mit runden Schultern und vorstehenden Augen, der erstaunlich blass war. Er hätte der Schreiber eines Kaufmanns sein können. Eine Hand hatte er auf dem Tisch, weil er seinen Becher festhielt, die andere, wie ich sah, zwischen den Beinen des Mädchens, und es war klar zu sehen, dass ihr das nicht gefiel.

»Wer ist seine Freundin?«, fragte ich.

»Ach, eine Flötenspielerin, die er für den Abend bezahlt hat. Er behandelt sie alle so, als würde er sie hassen und beschämen wollen. Ich weiß nicht, was er später noch mit ihnen tut, aber man sieht ihn nie zweimal mit derselben.«

Ich sah wieder hin. In dem Augenblick gab es ein großes Gelächter am anderen Ende des Tisches, wo sich eine Gruppe um einen grinsenden schwarzhaarigen Jüngling mit breitem Gesicht geschart hatte. Er nickte lachend und hatte wohl gerade einen Witz erzählt.

»Der da ist Thorax«, sagte Menexenos. »Er macht Witze über alles. Aber Damindas denkt immer, er mache sich über ihn lustig, und hasst ihn dafür.«

»Warum geht er dann nicht woandershin?«

Er zuckte die Achseln. »Er will nichts versäumen.«

Thorax drehte sich soeben herum und sah uns. Er winkte soleich und rief Menexenos zu, sich anzuschließen und eine Schale Wein mit ihm zu trinken.

»Du kannst sie ebenso gut gleich kennenlernen«, meinte Menexenos grimmig. Wir gingen zu der Taverne und schlängelten uns zwischen den besetzten Tischen hindurch.

Thorax schob seine Nachbarn weiter, und Menexenos setzte sich neben ihn. Ich nahm den einzigen Platz ein, der noch frei war, am Ende der langen Bank neben der Flötenspielerin.

Sie drehte den Kopf, als ich mich setzte, und lächelte mich kurz an. Ich grüßte sie ebenso lächelnd. Das war nur eine schlichte Freundlichkeit, doch Damindas hatte etwas dagegen. Er versetzte ihr einen Stoß und zwang sie, sich ihm zuzuwenden.

Am Ende des Tisches bekam ich von den Gesprächen wenig mit, und eine Weile saß ich schweigend dabei, hörte zu und trank von meinem Wein. Bei all der lärmenden Heiterkeit war ein angriffslustiger Ton herauszuhören. Damindas wirkte angespannt und saß mit langem Gesicht da. Es war kaum anzunehmen, dass er nur wütend war, weil ich das Mädchen angesprochen hatte.

Während ich den Gedanken wälzte, rief Thorax vom anderen Tischende: »He, du hast also bei den Hundeköpfen gekämpft?«

Ich schaute auf. Wie alle Ätolier brüllte er jeden Satz laut heraus wie ein Ziegenhirt auf dem Feld.

»Ja«, antwortete ich vorsichtig und sah woandershin. Ich war nicht gekommen, um mich wegen des Krieges in einen Streit hineinziehen zu lassen.

Ich hörte ihn nach dem Schankdiener schreien, er möge noch einen Krug Wein bringen. Als der kam, goss er sich ein und trank. Dann nahm er den Krug, stand auf und kam mit großen Schritten zu mir.

Ich beobachtete ihn aus den Augenwinkeln. Als er an meinem Platz angekommen war, knallte er den Krug auf den Tisch. Er war aus Bronze und klang wie eine Glocke, und der dunkle Wein schwappte heraus.

Nun hielt die ganze Taverne in ihren Gesprächen inne und sah neugierig zu uns herüber. Es wurde still.

Dann versetzte er mir einen mächtigen Schlag auf die Schulter, griff mit der anderen den Krug am Henkel und schüttete mir Wein in die Schale, bis er überfloss und von der Tischkante auf meinen Oberschenkel tropfte. Der Ätolier füllte eine zweite Schale und hob sie hoch. »Dann auf dich!«, rief er. »Ich ehre dich.«

Er trank, dann warf er die leere Schale in die erschrockenen Zuschauer.

Ich war so verblüfft, dass ich ihn im ersten Moment bloß ansah. Dann nahm ich meine Schale, trank den sauren Wein aus und warf das Gefäß hinter mich.

Thorax lachte. »Wir haben es den Makedoniern gezeigt«, brüllte er. Und dann, als er merkte, dass ihm die Schale fehlte, nahm er einen kräftigen Schluck aus dem Krug und stieß ihn mir in die Hände, damit ich das Gleiche täte.

Ringsherum fingen die Leute an zu lachen und schlugen mit den Fäusten auf den Tisch. Thorax drehte sich nach ihnen um und verbeugte sich spöttisch. »Auf den Sieg über Makedonien!«, brüllte er. »Tod unseren Feinden!«

Unsere Zuschauer jubelten, aber Damindas neben mir fauchte: »Du widerst mich an, Thorax. Du bist betrunken wie ein Maultiertreiber. Wie wär's, wenn du mal das Maul hältst?«

Er hatte leise gesprochen, aber ich wusste, dass Thorax ihn gehört hatte. Ich glaube nicht, dass ihm die Wortwahl etwas ausmachte, aber er spürte die Absicht. Er drehte sich belustigt zu Damindas um, und ehe er etwas erwiderte, zwinkerte er dem Mädchen zu. »Ja, ich bin betrunken, Damindas. Na und? Wenn es so weit ist, werde ich dich beim Lauf besiegen, und was wird dann dein reicher Papa dazu sagen?«

Die Flötenspielerin, die zwar hübsch, aber nicht klug war und nicht begriff, dass das tödlicher Ernst war, fing an zu kichern.

»Verflucht, Thorax«, fauchte Damindas. »Halte dein dummes Maul.«

»Ein Verlierer«, meinte Thorax zu mir. »Beachte ihn gar nicht. Niemand tut es.« Dann klatschte er mir auf den Rücken, zeigte auf Menexenos und fragte mit voller Lautstärke: »Ist es wahr, dass er dein Geliebter ist?«

Ich sah Menexenos zornig werden. Es gefiel ihm nicht, dass unsere stille Liebe herabgewürdigt, von vulgären Händen herumgereicht und begafft wurde wie ein Kuriosum. Aber jetzt starrten natürlich schon alle zu uns herüber, und feige oder beschämt zu erscheinen war schlimmer. Darum antwortete ich mit gleicher Lautstärke: »Ja, das ist wahr.«

Aus irgendeinem Grund fand Damindas, der mit dunkelrotem Gesicht stumm dagesessen hatte, das komisch und lachte schallend heraus. Darauf schwenkte Thorax zu ihm herum.

»Lachst du über die Liebe, Damindas? Dann hüte dich, denn eines Tages wird die Liebe über dich lachen. Und was immer du über meinen Freund hier denkst, er braucht zumindest nicht dafür zu bezahlen.«

Damit wandte er sich von dem bestürzten Damindas ab und setzte sich zu mir. »Lass uns trinken, Römer. Ein Freund von Menexenos ist auch mein Freund, auch wenn er den Lauf verlieren wird.«

Hierauf löste sich das betretene Schweigen in Gelächter auf, und man plauderte wieder. Alle außer Damindas, der abrupt aufstand und das Mädchen auf die Füße zerrte. »Steh auf«, sagte er zu ihr. »Wir gehen. Ich mag den Gestank hier nicht.«

Fünfzehntes Kapitel

Nach dieser Nacht durften die Athleten ihre Quartiere nicht mehr verlassen, bis die Spiele vorbei waren. Das war so Brauch. Bis zu den ersten Wettkämpfen war es noch zwei Tage hin, doch ich brauchte nicht ungeduldig mit den Füßen zu scharren, denn am nächsten Morgen, als ich mich am Brunnen wusch, kam Villius zu mir.

Er warf mir ein Handtuch zu. Ich fing es auf. »Was gibt es Neues?«, fragte ich. »Will Titus noch immer zu den Spielen kommen?«

Bevor er antwortete, schaute er sich in dem dick ummauerten Hof des kleinen Gasthauses um, in dem ich wohnte. Die Neugier über den Verlauf der Verhandlungen hatte den Siedepunkt erreicht. Jedes Gerücht wurde aufgegriffen und weitergetragen.

Aber ich war allein. Als er das sah, drehte er sich zu mir um und sagte: »Zieh dich an, dann kannst du ihn selbst fragen. Er ist unten im Hafen bei Gesprächen mit den Unterhändlern.«

»Und?«, fragte ich, hielt mit dem Trockenrubbeln inne und sah ihn an.

Er senkte die Stimme. »Sie werden nicht zustimmen.«

Er stand dabei, während ich mich anzog. Dann gingen wir zusammen los.

Als wir bei Titus ankamen, saß er vornübergebeugt in seinem Stuhl, den Kopf in die Hände gestützt, und starrte auf eine große offene Schriftrolle, die an den Ecken mit Steinen beschwert war. »Villius, Marcus«, begrüßte er uns mit müder Stimme.

Ich fragte ihn, wie die Gespräche vorankämen, obwohl mir sein Gesicht alles verriet, was ich wissen wollte. Er lehnte sich zurück und deutete geringschätzig auf das Geschriebene. »Mögen mich die Götter vor kleinkrämerischen Beamten schützen, diesen armseligen Männern, die in ihrem Leben nicht zu einer einzigen erhabenen Idee finden. Da heißt es immer nur ›aber dies‹ und ›aber jenes‹, als könnte ein Mann für jeden Wechselfall des Lebens vorsorgen.« Er stieß einen langen Seufzer aus und rieb sich die Augen. »Ich möchte hier nicht als der Mann erinnert werden, der die Griechen betrogen hat.«

Seit den Kynoskephalai war sein Haar wieder gewachsen und sah so aus wie damals, als ich ihn kennenlernte: knabenhaft ungekämmt und lockig in die Stirn fallend. Ich dachte an den Jüngling, der er einmal gewesen war, wie er in Tarent im Garten der Bibliothek gesessen hatte, mit Feuer in den blauen Augen, voller Hoffnung und Ehrgeiz und von Griechenland träumend.

Ich sagte: »Die Spiele haben noch nicht begonnen. Es ist noch Zeit.«

»Ja, Marcus. Es ist noch Zeit … Verzeih, wie geht es Menexenos?«

Ich gab eine kurze Antwort, wie man es tut, wenn eine Frage nur aus Höflichkeit gestellt wird, denn ich sah ihm an, dass er mit den Gedanken woanders war. Und sobald ich schwieg, kehrte sein Blick zu der Schriftrolle zurück. »Wenn je die Zeit für eine große Geste ist, für eine Tat, die durch die Zeitalter nachklingen wird, dann jetzt, wo alle Welt zuschaut. Doch diese Beamten sehen nur Kleinkram und Schwierigkeiten. Ich sage dir, nichts Großes wurde je von einer Kommission vollbracht.«

Es klopfte an der Tür, und ein Tribun streckte den Kopf herein. »Verzeih, Herr, aber die Kommission ist wieder da.«

»Ich komme«, sagte Titus müde.

Er stand auf und nahm die Schriftrolle. An der Tür blieb er stehen, um sich noch einmal umzudrehen. »Ich weiß, was die Leute sagen. Sie sagen, ich sei kein Mann von Ehre. Ich sei ein römischer Barbar, der sein Wort nicht hält. Aber ich werde ihnen zeigen, dass das Wort eines Römers etwas zählt, und bei den Göttern, ich werde die Ätolier Lügen strafen.«

Die Spiele begannen. Mittlerweile war jeder Platz zwischen dem Tempel und dem Stadion von Zelten besetzt. Jeder, der sehen und gesehen werden wollte, war da: Staatsmänner mit ihrem Gefolge, reiche Kaufleute mit ihren Frauen oder Kurtisanen oder Jünglingen, ehemalige Soldaten aus Korinth, Matrosen aus dem Hafen, Maler, Bildhauer, die um Aufträge warben, Rhapsoden und andere Unterhalter und dazwischen überall die fahrenden Händler, die bei jeder Menschenansammlung Wein, Früchte und Honigkuchen verkaufen.

Am ersten Morgen wurden die Athleten in das Heiligtum gerufen. Sie standen in ihrer weißen Tunika aufgereiht, während die Priester die Gebete deklamierten, Opfer darbrachten und die Luft mit blauem, sich kringelndem Rauch schwängerten. Auf den Tempelstufen sang ein Knabenchor eine Hymne an den Rösser liebenden Poseidon, dann erklärte man die Spiele für eröffnet.

Es schien, als wäre die ganze Welt zu den Isthmien gekommen. Da waren Achaier und Arkadier aus dem Süden, Phokier, Thessalier und Ätolier aus dem Norden, Ionier von den östlichen Inseln und auch viele fremde Völker: Lydier und bärtige Perser, Ägypter mit geschminkten Augen und weißen Muselingewändern, glänzende Nubier, farbenprächtige Phöniker, große, breitschultrige Galater mit ihren blonden Zöpfen und der eigentümlichen Sprache, dunkelhäutige Sikuler, reiche Etrusker und Römer, die sich laut in ihrer Sprache unterhielten, als könne kein anderer sie verstehen, während ihre Frauen ungepflegt, überheblich und übertrieben gekleidet dabeistanden.

Ich sah mir die Läufe der Knaben und den Fünfkampf an und ging mit Villius zu den Wagen und Pferderennen draußen auf der Ebene. Titus hatte auch da sein wollen, aber er war noch mit der Kommission beschäftigt.

Am dritten Tag ging ich ins Odeon, hörte den musikalischen Wettbewerben zu und sah mir die Tänze an. Und dann kam der Tag der Läufe.

Nachdem ich vor dem ersten Hahnenschrei erwacht und im Halbdämmer aufgestanden war, ging ich allein zu einem kleinen, verfallenen Heiligtum der Demeter, das ich hoch oben in einem Pinienhain entdeckt hatte. Dort sprach ich, als die Sonne groß über dem Meer aufging, meine eigenen Gebete zu der Göttin.

Es war noch früh, als ich beim Stadion ankam. Seit dem Sonnenaufgang wehte ein frischer Wind landeinwärts. Die Luft roch nach Pinien und Meer, und oben an den Pfählen über den Sitzterrassen flatterten und bauschten sich die großen bunten Fahnen.

Ich suchte mir einen Platz, den ich schon für mich ausgespäht hatte, auf den Steinstufen am fernen Ende gegenüber den Richterplätzen beim Wendepfosten mit dem springenden Bronzedelphin. Da setzte ich mich hin und wartete und sah die ersten Zuschauer hereinkommen. Unten auf der Laufbahn schaute ein Knabe ein letztes Mal nach, ob Steine, Laub oder Zweige wegzuräumen wären. Von irgendwoher trug der Wind den Geruch von Athletenöl heran.

Es dauerte nicht lange, da kamen die Männer in Scharen, plauderten lautstark, winkten und riefen Freunde heran, legten ihre Kissen aus, um sich zu setzen, stellten ihre Körbe mit Speisen und Getränken ab. Unter ihnen sah ich Villius allein eintreffen. Wir hatten uns verabredet. Er blieb stehen und schaute sich um. Als er mich entdeckt hatte, kam er zielstrebig zu meinem Platz.

»Was gibt es Neues von Titus?«, fragte ich.

Er schüttelte den Kopf und sagte: »Nichts.«

Als ein aufgeregtes Raunen durch die Menge ging, drehten wir den Kopf. Die Richter hielten Einzug, bekränzt und in weiß-purpurnen Gewändern. Sie nahmen ihre Plätze ein. Ein Beamter gab ein Zeichen, und durch den Athletenbogen schritten die Läufer in einer Reihe herein.

Jetzt sah ich zum ersten Mal alle Rivalen beisammen. Der breitschultrige Thorax war da, sein gebräunter Körper glänzte vom Öl. Weiter hinten in der Reihe stand Damindas. Sein schmales Gesicht sah angespannt aus, fast kam er mir zornig vor. Er hatte die kräftigen Oberschenkel eines Läufers und diesen starken, gürtelartigen Muskel um das Becken. Aber wie bei den meisten anderen auch waren Arme und Oberkörper vernachlässigt worden, sodass man unwillkürlich an die Hälften zweier Bronzefiguren dachte, die beim Zusammensetzen vertauscht worden waren.

»Da ist Menexenos«, sagte Villius und zeigte mit dem Arm. Ich beugte mich vor. Er war von dem Wendepfosten halb verdeckt.

Die Sonne schien in sein aufgerichtetes Gesicht. Er sah aus wie ein Gott unter Menschen.

Mir fielen Pandions Worte bei den Ausscheidungswettkämpfen in Athen ein, als er die älteren Skulpturen erwähnte, die den makellosen Körper als Spiegel einer makellosen Seele darstellten. Ich dachte, dass, was sie aus Bronze und Stein geschaffen hatten, Menexenos aus dem Stoff seines Wesens gebildet hatte. Und das Schöne, das ihnen eigen war und das kein Mann berühren oder zeigen kann, hatten sie gemeinsam.

Die Umgebung drängte sich in meine Gedanken, und als ich über die Zuschauerreihen schaute, sah ich, dass viele ihn betrachteten. Hier war ein Bild des Vollkommenen, und tief in ihrer Seele wussten sie es und ließen sich davon anziehen wie Pflanzen, die die Blätter nach der Sonne drehen.

»Er ist bereit«, sagte Villius nickend.

»Ja, das ist er«, pflichtete ich ihm bei. Und einen Moment lang traten mir die Tränen in die Augen wegen der Schönheit, die stets jenseits des Greifbaren liegt.

Der Herold trat auf und verkündete die Namen der Läufer.

Als ich hörte: »Menexenos, Sohn des Kleinias aus Athen, Bezirk Zoster«, jubelte ich mit den anderen.

Die Richter sprachen einige Worte, die Athleten drehten sich um und traten an die Linie. Sie gingen in die Hocke, suchten den Startstein mit den Zehen. Es entstand eine Pause. Die Menge wartete.

Ich dachte daran, was Menexenos mir erklärt hatte. Dieser Lauf – der länger als ein Sprint und kürzer als ein Langstreckenlauf war – zog Läufer beider Disziplinen an. Einige hatten sich in Ausdauer und Kraft geübt, andere ihre Schnelligkeit. Jedem Körper sah man die Auffassung des Lehrers an, mit welchem Können der Sieg zu erringen sei.

Dann rief der Schiedsrichter laut und deutlich »Los!«, und sie sprangen vorwärts wie losgelassene Hunde.

Die Menge brüllte. Die Sprinter stürmten sogleich nach vorn. Menexenos fiel zurück und ließ die anderen an sich vorbei. Sein Sinn war auf das Ende gerichtet, nicht auf den Anfang.

Auch andere, einschließlich Thorax und Damindas, erlaubten sich, zurückzubleiben, und liefen unbesorgt hinter den Sprintern her.

Von den dreien hatte Thorax einige Schritte Vorsprung. Damindas war dicht hinter ihm, die Augen auf seinen Hinterkopf geheftet, das Gesicht eine Maske wütender Zielstrebigkeit.

Die vordersten Läufer erreichten den Wendepfosten mit dem springenden Delphin, wo ich saß. Sie vollzogen eine scharfe Kehre, bei der ihre nackten Füße den Sand aufwarfen.

Es führte ein dünner, olivhäutiger Jüngling, ein kretischer Hirte aus Herakleion, so hatte Menexenos mir erzählt, der auf den Bergpässen geübt hatte. Er hatte seine ganze Kraft in den Start gelegt, und wäre dies der Sprint gewesen, hätte er gesiegt. Aber ich konnte ihm am Gesicht ansehen, dass er seinen Fehler allmählich erkannte.

»Er holt auf«, rief Villius.

Ich schaute zu Menexenos. Als die Sprinter zurückzufallen begannen, schob er sich nach vorn. Vor ihm holte Damindas Thorax ein und zog an ihm vorbei. Dabei drehte er den Kopf und warf ihm einen hochmütigen, siegessicheren Blick zu. Der spornte Thorax an, als hätte ihm jemand mit der Speerspitze in den Rücken gestoßen. Er holte auf, aber Damindas ließ ihn nicht vorbei, und so rannten sie Seite an Seite.

Bei der dritten Runde hatten die Sprinter Mühe. Ringsherum auf den Steinterrassen brüllten die Zuschauer und sangen. Thorax und Damindas liefen noch Kopf an Kopf, keiner ließ den anderen in Führung gehen, als wären sie mit unsichtbaren Ketten aneinandergefesselt.

Villius sagte: »Was ist mit diesen beiden? Man möchte meinen, sie wären die einzigen Läufer auf der Strecke.«

Er hatte recht. Damindas achtete nur auf Thorax. Was immer den Hass zwischen ihnen ausgelöst hatte, musste tief getroffen haben. Er machte ein entschlossenes Gesicht. Es hatte einen hässlichen Zug bekommen, wie man ihn mitunter auf dem Schlachtfeld sieht. Um keinen Preis wollte er den Sieg Thorax überlassen.

Doch ich sah jetzt, was Menexenos gemeint hatte, als er sagte, Damindas wisse, was er vorhabe. Noch hatte er Thorax nicht überholt, aber er bestimmte bereits die Geschwindigkeit. Sie kämpften wie zwei widerstreitende Naturkräfte: Thorax rannte mit einer Kraft, die er selbst nicht geahnt hatte, Damindas brannte wie ein Feuerofen, von loderndem Zorn getrieben, dass sich jede Faser seines Körpers seinem Willen beugte.

Wieder umrundeten sie den Delphin in einer aufgeworfenen

Staubwolke, und in der vierten Runde stürmten sie an den anderen vorbei. Aber auch Menexenos holte auf. Der letzte Sprinter fiel zurück, und nun waren nur die drei vorn, wobei Menexenos eine halbe Runde hinten lag.

Endlich schob sich Damindas nach vorn, seine kräftigen Beine stampften auf den Boden. Thorax weigerte sich, die Lücke zwischen ihn größer werden zu lassen. Ich sah seine Überraschung, dass von allen ausgerechnet Damindas der eine sein sollte, der ihn übertraf. Und ich sah auch die Anstrengung, mit der er aus den Tiefen seines Wesens die nötige Schnelligkeit herauszuholen trachtete, wie ein Mann, der verzweifelt im Flussbett nach dem verborgenen Gold scharrt.

Doch Damindas hatte für derlei Mysterien nichts übrig. Er hatte andere Pläne.

Zu Anfang der fünften Runde wetteiferten die Führer miteinander. Einen Moment lang schien es, dass Damindas die Lücke vergrößerte, aber dann, als es gerade so aussah, als würde Thorax seine Kräfte verbrauchen, holte er neue Reserven hervor, die ihn noch einmal vorwärtstrieben.

Die ganze Zeit über kam Menexenos näher, wenn sie es auch nicht bemerkten, doch er war noch weit hinter ihnen. Die Zuschauer feuerten ihn an, riefen seinen Namen und den seiner Stadt. Sein Körper glänzte von Schweiß und Öl. Seine Augen leuchteten.

Thorax und Damindas erreichten den Wendepfosten. Menexenos war nicht mehr weit davon entfernt und holte jetzt schneller auf. Aber dann fiel mir bei dem Pfosten etwas ins Auge: etwas, das nicht ganz richtig lief, wie ein Zaudern, ein fehlender Taktschlag, wie ein Halbton in den Intervallen einer Harmonie. Es zwang mich hinzusehen, doch ehe ich einen Gedanken fassen konnte, packte Villius meinen Arm.

Er gehörte gewöhnlich nicht zu denen, die andere anfassen oder laut werden oder etwas aufbauschen. Doch jetzt starrte er in den aufsteigenden Sandstaub, halb von seinem Platz erhoben. Seine Finger schlossen sich um meinen Unterarm. »Hast du das gesehen, Marcus? Hast du das gesehen? Dieser dünne blasse Jüngling hat etwas gemacht, das schwöre ich.«

Ringsumher erhob sich ein Raunen. Auch andere hatten es bemerkt. Aber nicht die Richter, die am anderen Ende der Bahn auf ihrem stattlichen Marmorthron saßen.

Menexenos hatte einmal gesagt, dass wir das Gute schon im Mutterleib kennen, weshalb wir es erkennen, wenn wir es sehen. Vielleicht gilt das auch für die Niedertracht. Es schoss mir wie ein Blitz durch den Kopf, dass Damindas die Stelle mit Bedacht gewählt hatte, genau dort, wo der Delphin und sein Steinsockel die Läufer für einen Moment vor den Augen der Richter verbargen. Was immer da geschehen war – ein Tritt? ein Stoß? –, bei der Staubwolke konnte das niemand genau sehen. Es hatte Thorax aus dem Takt gebracht, gerade als er seine letzten Kräfte sammelte.

Nun, wo sie beide in die letzte Runde gingen, konnte ich sehen, dass er seinen Schwung verloren hatte. Die Lücke zwischen ihnen wuchs so sehr, dass er nicht mehr aufholen würde. Thorax musste es gewusst haben. Ich konnte sehen, wie ihn der Mut verließ. Er fiel zurück, zuerst eine Handspanne, dann eine Elle, dann einen Schritt oder zwei. Damindas' Unterstützer brüllten, schüttelten stehend ihre Fäuste und feuerten ihn an.

Aber dann kam Menexenos an wie ein goldener Pfeil.

Der Jubel änderte sich. Andere Leute fuhren von ihren Sitzen auf wie Spreu im Wind und übertönten Damindas' Anhänger.

Zuerst zog er an Thorax vorbei, der mit gebrochenem Kampfgeist immer rascher zurückfiel. Doch es schien zu spät zu sein. Schon bog Damindas in die Zielgerade ein. Sein Blick war auf die Ziellinie gerichtet. Sein Gesicht leuchtete siegesgewiss.

Als Menexenos hinter ihm aufholte, drehte er kurz den Kopf. Doch das hätte er sich sparen können, denn im nächsten

Augenblick war Menexenos vor ihm und bewegte sich mit ruhiger, stetiger Kraft wie der Wind auf dem Meer.

Und dann war er an der Ziellinie, und das ganze Stadion sprang jubelnd auf und stieß die Fäuste in die Luft.

Er drehte sich um und grüßte sie mit erhobener Faust und ließ ein breites Lächeln sehen. Die Leute brüllten seinen Namen, und dann fing er meinen Blick auf und nickte mir zu, als wollte er sagen: So ist es doch noch gut geworden.

Die Richter krönten ihn mit dem Selleriekranz. Die anderen Läufer, obgleich niedergeschlagen, wünschten ihm Glück, alle außer Damindas, der wegsah und ihm nicht die Hand geben wollte. Während diese Abschlusszeremonien stattfanden, bemerkte ich eine Aufregung in der Zuschauermenge.

Zuerst dachte ich mir nichts dabei – es gibt oft kleine Auseinandersetzungen, oder jemandem wird in der Hitze schlecht. Aber dann in der Richtung des Torbogens begannen die Leute den Hals zu recken, um etwas zu sehen, und Augenblicke später schallte eine Trompete, und ein Herold trat auf den Platz. Ich kannte ihn. Er war mit uns bei den Kynoskephalai gewesen. Er war einer der Griechen, die Titus beschäftigte.

Unter den Zuschauern breitete sich ein Gemurmel aus, zog durch das Rund des Stadions und schwoll an wie ein nahender Bienenschwarm. Und nach der großen Freude über den Lauf lag plötzlich Angst in den Stimmen. Wer jetzt sprach, wurde niedergezischt, denn der Herold hatte zu sprechen begonnen.

Durch dieses Geräusch hörte ich nur die Worte ›Titus‹ und ›römischer Senat‹ heraus. Als endlich jeder seinen Nachbarn zum Verstummen gebracht hatte, stellte sich Stille ein, und ich konnte das Übrige verstehen.

Nun, da König Philipp und die Makedonier endlich besiegt seien, sagte der Herold, gäben Titus Quinctius und der Senat und das Volk von Rom hiermit dem griechischen Volk seine alten Freiheiten zurück. Sie sollten ohne fremde Garnisonen leben und niemandem tributpflichtig sein und fortan von den eigenen Gesetzen und in der selbst gewählten Weise regiert werden, Korinther, Phokier, Euböer, Achaier, Thessalier …

Die übrigen Namen der langen Liste gingen in Jubel unter.

Jeder fragte seinen Nachbarn, was gesagt worden sei. Villius klopfte mir auf den Rücken und rief mir ins Ohr: »Bei allen Göttern, Marcus, er hat es geschafft!«

Inzwischen wiederholte der Herold auf Drängen der Menschenmenge, was er gesagt hatte, und alle wurden still, sogar jene, die es gleich beim ersten Mal verstanden hatten, denn sie wollten es noch einmal hören.

Als er geendet hatte, brach ein tosender Jubel aus, lauter als zuvor, der sich bis über die Grenzen des Stadions auf die Straßen ausbreitete und durch das Tal schallte wie ein mächtiger Päan – nur dass dies nicht der Beginn eines Krieges war, sondern das Ende.

Irgendwo setzte ein rhythmischer Ruf ein und wurde von jedem aufgegriffen, der ihn hörte: Titus! Titus! Titus! Da wurde mir klar, dass er selbst im Stadion sein musste irgendwo in der wogenden Menge. Wie auch nicht? Das hätte er im Leben nicht versäumen wollen. Doch nicht einmal er hätte so überschäumende Freude erwartet.

»Komm!«, rief Villius und stand auf.

Ich sah mich nach Menexenos um, doch er war nicht zu entdecken. Wir wurden wie Zweige im Strom mit den Leuten fortgetragen, die Stufen hinunter und durch den Bogen nach draußen und in die noch größere Menschenmenge vor dem Stadion.

Dann sah ich Titus. Er stand auf einem niedrigen Wall nahe der Straße. Die Griechen umringten ihn, riefen seinen Namen, griffen nach seinen Händen, seinem Mantel, bewarfen ihn mit Kränzen und bunten Bändern.

Er lächelte. Doch die wenigen Wächter, die er bei sich hatte, schauten erschrocken, als die Menge sie abdrängte.

Villius und ich stoben vorwärts. Während wir uns durch das

Gewühl schoben, kam Menexenos mit Thorax und einigen anderen Athleten, und zusammen machten wir eine Gasse frei und bildeten einen Schutzring.

Ringsherum wurde gejubelt und gelacht. Irgendwo in der Nähe hörte ich eine bekannte Stimme und erkannte den Bauern aus Phokis, der mit mir ein Stück auf der Straße gegangen war.

Er musste die Proklamation selbst gehört haben, denn er wiederholte sie mit größter Lautstärke vor den Umstehenden. Er pries Rom und erklärte ihnen mit erhobenem Zeigefinger, dass es wirklich ein Volk auf dieser Erde gebe, das für die Freiheit anderer zu kämpfen bereit sei, ein Volk, das übers Meer käme, um die Tyrannei niederzuschlagen, und das eigene Blut vergieße, damit Recht und Gerechtigkeit die Oberhand gewinnen könnten. »Erst ein ausländischer Feldherr musste uns gemahnen«, rief er mit großer Gebärde, »dass der Mensch zu edlen Taten imstande ist!«

Ich weiß nicht, wo er diese schönen Worte aufgeschnappt hatte. Vielleicht in einem Theater. Aber seine Zuhörer stimmten ihm jubelnd zu.

Er nickte und verbeugte sich. Er war so sehr von seiner Rede in Anspruch genommen, dass er mich nicht bemerkte. Ich wandte mich schmunzelnd ab.

Nachdem die Spiele vorbei waren, ging ich mit Menexenos zu dem kleinen Gastmahl, das Pasithea ihm zu Ehren gab.

Ihr Haus war genauso, wie ich es mir vorgestellt hatte: ein bescheidenes Heim am Rand der Stadt mit einer bunten Mosaikterrasse unter Weinspalieren, die auf einen ummauerten Garten mit Rosenbäumchen und Kriechpflanzen blickten.

Niko der Nubier, den ich seit Tarent nicht mehr gesehen hatte, hieß mich wie einen alten Freund willkommen. Er hatte seine besten Kleider angezogen und trug seine großen goldenen Ohrringe und eine lange, hauchdünne Tunika, durch die ich die Konturen seines geschmeidigen Körpers sehen konnte.

Er war in der Tat mehr ein Teil von Pasitheas eigenwilliger Familie als ein Diener, und er sprach von ihr mit großer Zuneigung und zeigte, als er uns durch den Garten führte, mit breitem Lächeln auf die Girlanden, die er um die Säulen gewickelt hatte: violette und dunkelrote Hyazinthen zu Ehren von Menexenos' Sieg.

Die Speisesofas waren auf die Terrasse gestellt worden, und dort erwartete uns Pasithea. Sie küsste Menexenos auf die Wange und sagte: »Endlich, der Sieger! Heute Abend, mein Lieber, sollst du das Sofa mit mir teilen.« Wie immer war sie erlesen gekleidet, trug ein dunkles, schimmerndes Gewand aus Seidentaft und ein goldenes, geflochtenes Halsband mit rotem Karneol.

Ich bekam einen Platz neben einer ihrer korinthischen Freundinnen, einer jungen kultivierten Kurtisane, die kürzlich aus Alexandria gekommen war und viel Staunenswertes zu erzählen hatte. In der Ecke unter dem Baum saß ein Musiker und spielte auf einer Lyra, und überall im Garten leuchteten kleine, abgeschirmte Lampen.

Ich schaute zu Pasithea und Menexenos hinüber. Sie waren schon ins Gespräch vertieft. Ich schmunzelte. Wahrhaftig, dachte ich, sie hat aus dem Vergnügen eine Kunst gemacht.

Als Niko den Wein ausgeschenkt hatte, hob sie ihren Kelch, um auf Menexenos zu trinken, und sagte: »Du hast gesiegt, mein Lieber. Ich habe es gewusst. Und jetzt möchte ich alles darüber hören.«

Also erzählte er ihr von dem Wettlauf und fügte am Ende hinzu: »Aber ich wusste, der Ägineter war schneller. Er hat nur verloren, weil sein Hass auf Thorax größer war als sein Wille zum Sieg.«

»Vielleicht war er schneller«, erwiderte sie. »Aber was nützt das? Was bei diesem Lauf zum Sieg führt, ist nicht allein die Schnelligkeit.«

Sie stieß einen glücklichen Seufzer aus und lächelte, und die Musik drang sanft in die Stille. Alles – die Ausstattung, die Speisen, der kühle Wein – war ausgewogen zusammengestellt, um die Sinne zu erregen, nicht um sie zu erdrücken.

»Was wird nun, Pasithea?«, fragte Menexenos. »Wirst du in Korinth bleiben?«

Sie ließ den Blick über den lauschigen Garten und die flimmernden Lichter schweifen. »Ja«, antwortete sie. »Fürs Erste werde ich bleiben. Ich möchte meinen Garten genießen, den ich vermisst habe, werde meine Freunde bewirten und mich weiterbilden. Was kann man sich mehr wünschen? Ich danke den Göttern für solch ein Leben … Und du, Menexenos, was wirst du tun?«

Er drehte den Kopf und begegnete meinem Blick. »Marcus, möchte, dass ich mit ihm nach Italien reise und seine Mutter und Schwester kennenlerne.«

Sie nickte und sagte lächelnd: »Tatsächlich? Nun, es wurde allmählich Zeit.«

Sie plauderten weiter, und ich sah ihnen glücklich zu. Seine breite, muskulöse Hand lag auf dem Saum ihres Gewands, seine Augen strahlten vor Vergnügen und vom Wein. Man konnte sie für ein Liebespaar halten.

Er hatte sich seine beste weiße Tunika angezogen, die mit der Mäanderborte, und in den dichten braunen Haaren trug er einen Myrtenzweig. Ich dachte daran, wie sehr er mich durch sein Beispiel und seine sanfte, beständige Liebe verändert hatte, die wie ein Fels war, auf den ich mein Leben aufbauen konnte. Zugleich streifte mich Traurigkeit. Ich schüttelte den Kopf und nahm meinen Weinkelch. Nichts auf der Welt war mir teurer. Irgendwo auf der Mauer jenseits der Lichter schrie plötzlich ein Vogel, grell und misstönend wie eine Krähe. Niemand schien ihn zu hören. Die Kurtisane neben mir erzählte immerzu von ihrem Besuch in Alexandria, aber ehe ich den Kopf drehen und ihr antworten konnte, machte ich ein rasches Zeichen gegen die Götter der Dunkelheit, die auf den Unvorsichtigen lauern. Der Krähenschrei hatte mich ermahnt, niemals zu vergessen.

Später, kurz bevor wie aufbrachen, berührte Pasithea meinen Arm und sagte: »Wo ist Titus heute Abend, Marcus?«

»Titus?«, sagte ich. »Das weiß ich nicht. Ich nehme an, er feiert irgendwo, schließlich tut das ganz Korinth.«

»Meinst du?«, sagte sie leise. »Warum gehst du nicht auf einen kurzen Besuch zu ihm? Ich habe so eine Ahnung, dass er zu Hause ist.«

Ich gab eine oberflächliche Antwort, dass der letzte Ort, wo er sich heute aufhalten würde, wohl sein eigenes Haus wäre, wo er doch gewiss bei tausend Abendgesellschaften eingeladen sei. Aber da war etwas, ein flüchtiger Blick, der mir ihre Worte einbrannte, und hinterher, als ich mit Menexenos und dem Sklaven, der uns heimleuchtete, auf dem Rückweg war, sagte ich, sie sollten schon vorausgehen, ich würde später nachkommen. Dann bog ich zu dem Haus ab, in dem Titus wohnte.

Am Tor grüßte ich den Wächter – einen Mann, den ich kannte – und nahm mir die Zeit, mich nach seinen Kameraden zu erkundigen. Schließlich sog ich die warme Nachtluft ein, sah mich um und fragte: »Ist Titus schon von den Feiern zurückgekehrt? Ich möchte ihn beglückwünschen.«

»Aber nein, Marcus, Herr, er ist gar nicht ausgegangen.«

»Dann hat er Freunde zu Gast?«

»Das auch nicht. Er ist allein.«

Ich fand ihn in seinem Arbeitzimmer. Nur in einer Ecke brannte eine Lampe. Er drehte sich um, als er die Tür hörte.

»Da bist du!«, sagte ich fröhlich. Ich hatte mehr getrunken als sonst und war in der Stimmung, wo man die ganze Welt wunderbar findet. »Bist du krank, oder was ist los? Heute Abend trinkt ganz Griechenland auf dich, und doch sitzt du hier allein im Dunkeln.«

Ich überquerte den Marmorboden zu dem Sofa, wo er saß. Er hob den Kopf, und der Lampenschein fiel auf sein Gesicht.

»Was ist denn geschehen?«, rief ich.

Er sah weg und strich sich mit der Hand über die Augen. Ohne auf seine Aufforderung zu warten, setzte ich mich neben ihn. Auf dem niedrigen Tisch standen ein Krug mit Wein und ein halb voller Becher. Ich schaute mich in dem Zimmer um, ob irgendwo zu erkennen wäre, welches Unglück ihn ereilt hatte. Aber da war nichts.

Dann sagte er in unendlich traurigem Ton: »Es ist vorbei. Ich habe nichts mehr zu gewinnen.«

Ich blickte ihn verständnislos an. Aber er schwieg lange, den Kopf in die Hände gestützt, den Blick auf den Boden gerichtet. Von weit her drangen Tanzmusik und Gelächter durch das offene Fenster herein. Es klang auf einmal grob und unerfreulich.

Schließlich seufzte er schwer und sagte: »Ich hatte einen Traum. Er brachte mich durch meine Jugend. Er hielt mich aufrecht, wenn nichts anderes das mehr vermochte. Er war das Licht, das mich voranzog.«

Er schüttelte den Kopf. »Hör sie dir an. Sie haben ihre Freiheit wieder und verstehen es nicht, sie zu bewahren. Sie ist nicht mehr als ein Wort für sie. Sie werden sich zanken und kleinliche Kriege gegeneinander führen wie vorher, bis sie erneut unterworfen werden. Doch ich habe von diesem Tag geträumt, habe dafür gelebt, dass dies geschieht. Und was ist es, Marcus? Nur eine Illusion, eine Lüge, die Fantasie eines Kindes.«

»Ein Traum ist keine Lüge«, sagte ich. »Er hat dich zu dem gemacht, was du bist, und wegen deines Traumes sind dir viele Männer gefolgt und haben an dich geglaubt. Vielleicht hast du recht, und die Griechen werden ihre Freiheit nicht klug gebrauchen. Aber sie haben sie wieder, und du hast sie ihnen gegeben. Aufgrund deiner Tat werden Männer, die noch nicht geboren sind, höher hinaus gelangen, als sie für möglich gehalten haben, und wenn sie ermatten und glauben, sie könnten nicht weiter, werden sie zu sich sagen: Es gab schon einen, der diesen Weg vor mir gegangen ist.«

Er wandte mir das Gesicht zu, und ich fuhr fort: »Manchmal geschieht es, in einem Traum oder auf einem Berg oder im Augenblick der Liebe, dass wir von der Hand eines Gottes berührt werden und die ganze Welt sehen, wie sie ist, in ihren wahren Proportionen. Und in solchen Momenten erkennen wir die Wirklichkeit. Ein Frühjahrstrieb weiß nicht, warum er zum Licht wächst, und doch wächst er. Und so ist es mit den Menschen. Es gibt keine edlere Aufgabe, als andere dahin zu führen, wo sie hingelangen könnten, wenn sie nur danach strebten. Du hattest einen Kindheitstraum, und deswegen und weil du dich geweigert hast, ihn von Toren zunichtemachen zu lassen, hat Griechenland heute Abend seine Freiheit wieder. Ein Mensch ist kein Gott. Aber er sollte danach streben, über sich hinauszuwachsen, und indem er das tut, wird er zu sich selbst finden.«

Darauf schwieg ich, und Titus saß lange Zeit still da. Irgendwann griff er nach dem Weinkrug.

»Komm, trink mit mir«, sagte er. »Wir sind einen weiten Weg zusammen gegangen, du und ich.«

Wir tranken und sprachen nicht. Und wie ich so im Halbdunkel dasaß, verfiel ich auf den einsamen Gedanken, dass meine Worte ihn nicht erreicht hatten, so sehr ich es mir anders gewünscht hätte. Ich dachte an den Tag, wo ich als Knabe an der Seite meines Vaters zum ersten Mal Praeneste verließ und er mir sagte, es sei Zeit, dass ich etwas von der Welt sähe. Dieser Knabe war fort, und an seiner Stelle stand der Mann, der ich geworden war. Sah Titus nicht, was ich sah, nachdem er mich an seinem Traum teilhaben ließ? Ich wusste es nicht. Aber als er den Blick abwandte, sah ich den Glanz in seinem Gesicht vergehen, und der gequälte Ausdruck kehrte zurück.

Am nächsten Morgen glaubte ich, die Sonne habe mich geweckt, die durch die Fensterläden schien. Dann hörte ich das Klopfen an der Hoftür.

Ich horchte auf den Sklaven, doch der war wohl schon einkaufen gegangen, oder er schlief noch. Vorsichtig, um Menexenos nicht zu wecken, wand ich mich über die Bettkante, griff nach einem Handtuch und ging durch den Hof zum Tor.

»Oh, Marcus, Herr, den Göttern sei Dank, dass ich dich gefunden habe!«

Ich sah den Mann an. Ich kannte das Gesicht, aber mit meinem schlaftrunkenen Verstand konnte ich mir nicht vorstellen, was er auf dem Isthmos von Korinth zu suchen hatte.

Sein Reisemantel war voller Straßenstaub. Er sah aus, als wäre er den ganzen Weg von Athen hierhergeritten.

»Was gibt es?«, fragte ich.

»Jeder hätte es ihm sagen können. Ich brauche dir die Gefahr kaum zu erklären, Herr.«

Seine plumpen Hände waren immerfort in Bewegung. Er drückte mal die eine, mal die andere, als mahlte er Getreide in den Handflächen. »Beruhige dich, Florus«, sagte ich streng. »Setz dich da hin. Du hast mich gefunden. Jetzt berichte mir, was geschehen ist.«

»Es ist dein Vater, Herr. Dein Stiefvater, meine ich. Ich wusste nicht, was ich sonst tun sollte. Ich bin seit gestern unterwegs und suche dich seit Sonnenaufgang. Sie haben ihn mitgenommen, und ich weiß nicht, was ich tun soll. Hätte ich doch nur …«

»Wer hat ihn mitgenommen, Florus?«

»Die Piraten. Habe ich das nicht gesagt? Die Piraten haben ihn entführt.«

Ich drängte ihn auf die Bank und konnte ihn ein wenig beruhigen. Nach und nach holte ich die Einzelheiten aus ihm heraus. Am vorigen Tag – oder an dem davor, das weiß ich nicht mehr – hatte ein Schiff in Piräus angelegt, mit einem Matrosen vom Schiff meines Stiefvaters. Der Matrose war von den Piraten freigelassen worden – so behauptete er –, damit er die Lösegeldforderung nach Athen brächte. Die meisten an Bord waren umgebracht worden, außer Caecilius. Die Piraten hatten ihn verschont, als sie sahen, dass er ein reicher Mann war, mit dem sich ein hoher Preis erzielen ließe. Bis zum nächsten Monat würden sie ihn noch am Leben lassen. Wenn dann kein Gold käme, würden sie ihn in Stücke hauen und an die Fische verfüttern.

»Verfluchter Kerl!«, rief ich. »Ich habe ihm gesagt, er soll sich von Asien fernhalten, habe ihm gesagt, dass von dort nichts Gutes kommt.« Doch dann, als spürte ich die Hand eines Gottes an der Schulter, fuhr mir ein Schauder durch den Leib, und meine Hände wurden kalt. Ich sah Florus ins Gesicht und fragte: »Welcher Pirat ist es? Wie heißt er?«

Aber ich wusste es schon.

Er wand sich, biss sich auf die Lippen und schaute auf das Mosaik am Boden, um meinem Blick auszuweichen. Ich erinnere mich noch an dieses Mosaik. Es stellte Herakles im Kampf mit dem kretischen Stier dar.

»Du weißt, wie das ist«, antwortete er mit hilfloser Geste. »Alle reden über ihn, aber im Grunde kann es jeder Pirat gewesen sein ...«

Aber als er aufblickte und mein Gesicht sah, sagte er: »Es war Dikaiarchos.«

Die Vergangenheit brach über mich herein – der Libyer mit dem goldenen Ohrring, der Schritt des Mädchens über die Mauerkante, der kopflose Leichnam meines Vaters. Ich zitterte wie im Fieber, und mein Magen zog sich zusammen. Ich dachte an Mars den Rächer und mein Flehen, das ich mit Blut auf dem Altar meiner Vorfahren besiegelt hatte. Solche Bande waren nicht zu zerstören, sie gehörten zum Gerüst der Welt, und Dikaiarchos war ein Teil von mir.

Mir schwirrte der Kopf. Ich drückte die Hände an die Augen und sah Dunkelheit und Bilder des Todes. Nebenbei hörte ich Florus von Gold und Auslösung plappern. Ärgerlich schrie ich: »Halt den Mund, Florus! Es wird kein Gold geben!«

Er starrte mich entsetzt an. »Aber Herr, aber Marcus, wenn

du nicht bezahlst, werden sie ihn umbringen. Er ist dein Vater!«

»Nein, verflucht! Das ist er nicht. Ich habe ihm geraten, nicht dorthin zu reisen. Soll er für seine Taten einstehen!«

Er holte Luft, um etwas zu erwidern, stattdessen sah er an mir vorbei. Ich drehte mich um. Menexenos stand in der Tür zu unserem Zimmer. Er war noch nackt, seine Haare waren vom Schlaf zerzaust.

»Guten Tag, Herr«, sagte Florus und wechselte in sein schlechtes Griechisch.

Ich wusste nicht, wie lange Menexenos schon zugehört hatte, doch lange genug, um zu begreifen. Ruhig sagte er: »Du musst gehen, das weißt du.«

Unsere Blicke begegneten sich, aber ich brachte kein Wort heraus.

»Du musst die Sache beenden, sonst wird er dich verzehren.«

»Nein, Menexenos. Ich kann es sein lassen. Das ist Vergangenheit. Caecilius hat das selbst über sich gebracht.«

Menexenos sah mich forschend an. Schließlich sagte er: »Das hat nichts mit Caecilius zu tun. Das weißt du. Wenn nicht jetzt, so wird es ein andermal geschehen. Du kannst dem nicht ausweichen.«

Ich schüttelte den Kopf. Aber im Grunde wusste ich, dass er recht hatte. Und während Florus neben mir weiterredete, rasten meine Gedanken, und die Schatten der Toten umringten mich.

Wir segelten von Korinth aus. Titus sagte: »Nimm dir, was du brauchst.« Ich nahm eine erfahrene Mannschaft und einige Soldaten mit. Und Menexenos.

Wir segelten unter einem weiten, wolkenlosen Frühlingshimmel über eine lapislazuliblaue See zwischen Felsen und bewaldeten Inseln hindurch. Mich hatte eine eigenartige Ruhe befallen, wie die Ruhe vor dem Sturm, und häufig saß ich schweigend im Bug und dachte daran, wie mich mein Vater und das unerbittliche Schicksal zum ersten Mal zu Dikaiarchos brachten; und nun führte mich mein Stiefvater durch seine blinde Gier erneut zu ihm. Der Augenblick war gekommen, um Blut mit Blut zu vergelten, um den Schatten meines Vaters zu rächen. Darum hatte ich gefleht, das war der dunkle Zorn, der mein Leben geformt hatte und mich von anderen Männern unterschied. Doch an der Schwelle zu der Rache, nach der meine Seele sich gesehnt hatte, war ich gefühllos und widerstrebend und voll böser Vorahnung. Düster schaute ich auf das Wasser, auf dem die Sonnenstrahlen tanzten, als läge darunter das Geheimnis meines Lebens verborgen. Doch ich sah nichts weiter als Sonnenflecken und Gischt und meinen eigenen Schatten, der übers Wasser zog.

Irgendwann schob ich die grüblerischen Gedanken beiseite und bereitete mich auf den Kampf vor, indem ich mich mit Menexenos und den anderen aufs Deck setzte, die Riemen meiner Rüstung einfettete und mein Schwert ölte.

Endlich gelangten wir zu der kleinen Insel bei Paros, wo laut Florus das Lösegeld hinzuschicken war. Als wir uns dem Ufer näherten, zeigte der Kapitän zum Strand und fragte: »Was ist das?«

Alle spähten. Auf dem weißen Sand der länglichen Bucht standen zwei grobe Gebilde aus Steinen und Treibholz.

»Das sind Altäre für Zügellosigkeit und Gottlosigkeit«, sagte ich. »Die errichtet er überall, wo er hinkommt. Das macht ihm Spaß.«

»Fürchtet er die Götter nicht?«

»Er verlacht sie. Er sagt, es gibt keine Götter.«

Der Kapitän, ein frommer Römer, schüttelte den Kopf und sagte nichts mehr.

Die Insel war von einem Pinienwald bedeckt, blassgrüne Wipfel, zwischen denen hier und da weiße Felsen herauslugten. Wir spähten angestrengt, aber nichts bewegte sich. Wir wussten, dass dort Wächter verborgen auf der Lauer lagen, irgendwo auf den bewaldeten Hügelkuppen. Wir segelten weiter, als wäre dies ein Handelsschiff. Dann, im letzten Schein der Dämmerung, wendeten wir und gingen auf der anderen Seite der Insel in einer kleinen Bucht vor Anker, wo wir durch hohe Felsen vor Blicken geschützt waren.

Wir zündeten kein Feuer an und schliefen beim Schiff unter dem abnehmenden Mond, und am nächsten Morgen in aller Frühe beschritten wir einen Pfad, der zwischen Bäumen ins Innere der Insel führte.

Die Piraten hatten ihr Lager unterhalb einer niedrigen, baumlosen Landspitze aufgeschlagen, von der man ungehindert den Zugang von Osten und Süden überblicken konnte. Dort stand ein verlassener Bauernhof – ein niedriges, rotgedecktes Haus mit einer Mauer und einem Brunnen, Weingärten und Olivenbäumen, die überwuchert und vernachlässigt waren.

Wir krochen durchs Gebüsch bis an das Steintor der Umfriedung. Es war noch früh. Die Piraten hatten nicht einmal Wächter aufgestellt, so sicher fühlten sie sich.

»Man könnte glauben, dass ihnen die Insel gehört«, murmelte der Kapitän neben mir.

»So wird es sein«, sagte Menexenos. »Sie werden die Bewohner schon vor langer Zeit vertrieben oder versklavt haben. Niemand bedroht sie. Sie glauben, dass sie nichts zu fürchten haben.«

Wir trafen sie beim Essen an. Es waren ungefähr dreißig, dreimal so viele wie wir, abtrünnige Soldaten, gemeine Verbrecher, Pöbel in bunt gemischten, gestohlenen Kleidern, wie ich sie schon vor Korinth und in Epirus gesehen hatte.

Sie waren es gewohnt, über Wehrlose zu siegen, und waren nun einer so kleinen Schar disziplinierter römischer Soldaten unterlegen. Ich focht mit zäher, kalter Entschlossenheit und hielt die ganze Zeit über nach einem einzigen Mann Ausschau – ohne ihn zu Gesicht zu bekommen.

Als der Kampf vorbei war und die wenigen Gefangenen vor uns knieten, packte ich einen bei den filzigen Haaren, riss seinen Kopf hoch und setzte ihm das Schwert an die Kehle. »Wo ist er?«, schrie ich. »Wo ist Dikaiarchos?«

Zuerst gab er vor, nicht zu begreifen. Doch als ihm klar wurde, dass ich ihn töten würde, spuckte er auf den Boden und höhnte: »Du wirst ihn niemals erwischen. Du kannst ihn nicht besiegen.«

Ich warf ihn in den Staub und stieg allein den Pfad zwischen den alten Weinterrassen hinauf. Unter mir auf der anderen Inselseite am Fuß eines steilen Weges lag das Piratenschiff unbewacht am Strand. Wütend und entäuscht suchte ich mit den Augen das Gelände ab. Die Bucht erstreckte sich in weitem Bogen nach Norden, eingeschlossen von einer sandigen Halbinsel und einer Landzunge. Die Entfernung betrug etwa zwei Meilen, schätzte ich. Und auf halbem Weg zwischen mir und dem offenen Meer bewegte sich mit gelassener Zielstrebigkeit auf dem geschützten Wasser ein kleines Beiboot mit einem Mann am Ruder, der mir ein weiteres Mal entkam.

Einen Moment lang blickte ich ihm ruhig hinterher. Dann kamen der Kapitän und Menexenos zu mir herauf.

»Können wir ihn einholen?«, fragte ich. »Können wir das Schiff herumholen?«

Doch ich wusste schon vor der Antwort, dass es zu lange dauern würde.

Ich schaute zu dem Boot. Noch ehe ich einen klaren Gedanken fasste, griffen meine Hände an die Schnallen meiner Rüstung.

»Hier, nimm mein Schwert.«

Ich begann mir Rüstung und Stiefel auszuziehen.

»Ich komme mit.«

»Nein«, widersprach ich und hielt seine Hände fest, die sich schon über seine Riemenschnallen bewegten.

Unsere Blicke trafen sich.

»Ich muss es allein tun … sofern ich ihn einholen kann.«

Ich drückte ihm den Arm, dann drehte ich mich um und sprang den steilen Weg hinab. Am Strand angekommen, rannte ich los.

Er stand an der Ruderpinne und schaute nach vorn zu der Lücke zwischen den Felsen, wo es aus der Lagune ins offene Meer ging. Seine wüste blonde Mähne wehte im Wind. Hier auf offenem Gelände spürte ich den warmen, trocknen Wind, der von Südwesten wehte. Er begünstigte ihn, aber nicht sehr, sodass er gezwungen war zu kreuzen und das Segel zu bedienen.

Meine nackten Füße stießen in harten weißen Sand. Ich zügelte meine Geschwindigkeit, um Atem und Kraft zu sparen. An dem Punkt der Wasserlinie, wo mich meine Füße nicht näher an ihn heranbringen konnten, blieb ich stehen und zog mich aus bis auf den Gürtel und den Dolch. So sprang ich ins Wasser.

Ich glaube, in dem Augenblick drehte er sich herum, aber wegen der grellen Sonne konnte ich das nicht genau sehen. Ich pflügte durchs Flache, dann schwamm ich auf eine Stelle vor dem Boot zu, wo der Wind es erfasste. Selbst da hatte ich noch keinen klaren Plan, was ich tun würde. Doch ich spürte die Entfaltung meines Schicksals, als ob eine mächtige Hand mich voranzöge.

Das Boot näherte sich der Landzunge und dem offenen Meer, das Segel bauschte sich im Wind, eine Bugwelle erschien, als es Fahrt aufnahm. Ich reckte den Kopf aus dem Wasser, um die Entfernung zu schätzen. Dikaiarchos wechselte noch einmal den Kurs, um durch die felsige Enge zu fahren. Das Boot würde meine Bahn kreuzen: aber nur einmal, und es segelte schneller, als ich schwimmen konnte. Wenn ich es verfehlte, wäre die Jagd vorbei.

Der schwarze Rumpf näherte sich immer schneller wie ein dahingleitendes Seeungeheuer, bis ich am Bug die Einzelheiten des aufgemalten weiß geränderten Auges erkennen konnte. Und dann, als ich fast heran war, änderte es die Richtung, nur ganz wenig, aber das genügte, um an mir vorbeizukommen. Ich tauchte unter und schwamm, fühlte es unter Wasser vorüberziehen, und als ich auftauchte, war es das Heck, das ich sah.

Ich warf mich vorwärts, aber es war zwecklos: mit seiner Geschwindigkeit konnte ich es nicht aufnehmen. Dann sah ich etwas neben mir im Kielwasser, eine Speerlänge weit weg. Ich kniff die Augen gegen das gleißende Licht zusammen, dachte, es sei ein Fisch oder ein Vogel. Dann erkannte ich es. Es war die Festmachleine, die Dikaiarchos in seiner Hast nicht eingeholt hatte. Der Knoten ragte ein wenig aus dem Wasser. Ich hechtete darauf zu und griff danach.

Schleimig von Algen, entglitt die Leine meinen Händen, aber dann fanden meine Finger den Knoten am Ende. Die Leine straffte sich, und mein Körper wogte voran. Dikaiarchos spürte den Ruck und drehte sich um.

Ich zog mich an der Leine entlang auf das Boot zu und hakte mich mit dem Unterarm am Schanzkleid ein, als er von seinem Platz an der Ruderpinne wegsprang. Ein Messer blitzte in seiner Hand, und er stach damit auf die Stelle ein, wo ich mich eben noch festgehalten hatte. Die Klinge jagte zitternd in das Holz. Er hatte sie mit solcher Kraft hineingestoßen, dass er beide Hände brauchte, um sie herauszuziehen, und das verschaffte mir den Moment, um wieder Halt zu gewinnen – aber nur einen Augenblick lang, dann stach er erneut zu und zielte auf meine Hände und Unterarme, mit denen ich mich an den Rand klammerte. Jedes Mal wenn er zustieß, musste ich loslassen, zuerst mit der einen, dann mit der anderen Hand. Meine Finger glitten und rutschten über das glatte Holz. Dann plötzlich mittendrin machte das Boot einen heftigen Sprung, als eine Windbö das Segel erfasste und das allein gelassene Ruder herumschwang. Dikaiarchos taumelte rückwärts, und ich verlor den Halt und tauchte mit einem Wutschrei ins Wasser.

Verbittert sah ich zu, wie der schwarze Rumpf sich von mir entfernte. Ich sah Dikaiarchos mit dem Segeltau und dem Ruder kämpfen und immer wieder hektisch nach vorn blicken. Dann erkannte ich, warum. Das Boot hielt nicht mehr auf die Durchfahrt der Lagune zu, sondern auf die spitzen grauen Klippen, die an einer der beiden Landzungen aus dem Wasser ragten. Mit zorniger Gebärde riss er das Ruder herum. Das Boot legte sich scharf in die Kurve, entkam den Felsen und schoss auf den Sand des langen Strandes.

Dikaiarchos sprang heraus, flüchtete aber nicht. Er stand wartend da und sah mit schmalen Augen zu, wie ich ans Ufer schwamm und nackt aus dem Wasser stieg.

»Dann werde ich dich wohl töten müssen«, rief er, als ich in Hörweite kam.

Mit dem Dolch in der Faust näherte ich mich über den Sand.

»Greif an!«, schrie ich. »Und töte mich, wenn du kannst.«

Er lachte. »Was bedeute ich dir, Römer? Willst du Gold? Oder etwas anderes?«

Er lachte, und ich unterbrach ihn barsch. »Du erkennst mich selbst jetzt noch nicht?«

Er betrachtete mich mit zusammengekniffenen Augen. Der weiße Sand blendete ihn.

»Erinnere dich an Epirus!«, schrie ich. »Du hast meinen Vater getötet.«

Er zuckte die Achseln.

»Ich habe viele getötet.«

Er erinnerte sich nicht, wie ein Mann, der Jahre später nicht mehr weiß, was er an einem bestimmten Tag zu Abend gegessen hat.

Da brach etwas in mir durch. Mir brannten die Augen, meine Gefühle schäumten über, und ich spürte die Macht des Gottes in mir aufflammen wie Feuer an Zunder. Und es schien mir, dass er sagte: Ich habe dich hierhergeführt, dies ist deine Bestimmung; Blut fließt für Blut, und selbst Götter beugen sich der Notwendigkeit.

Dann griffen wir an und kämpften. Ich dachte an Antikles und seine Ratschläge und wusste zum ersten Mal mit Leib und Seele, was er mich hatte lehren wollen. Ich war nichts und alles. Ich kannte jede Bewegung seines Körpers und die Absichten seiner Muskeln, noch bevor er etwas tat, als wären wir ein vereintes Wesen. Ich löste mich von Furcht und Tod, lebte in einem zeitlosen Moment, der wie ein hoher, langgezogener Ton war. Sein Messer ritzte mich – an Brust, Unterarm, Oberschenkel –, aber ich fühlte keinen Schmerz oder nicht mehr Schmerz als sonst auch, und als wir uns umklammerten und rangen, traten und auswichen und zustießen, machte ich jede seiner Bewegungen, jeden seiner Atemzüge mit und tanzte nach seinem tödlichen Muster. Irgendwann, als wir jeder mit der Klinge in der Faust ineinander verhakt waren, beide nass von Schweiß und Blut, fragte er noch einmal: »Wer bist du?«, aber diesmal ohne Lachen in der Stimme. Ich wehrte einen Schlag ab. Sein Handgelenk entwand sich meinem Griff, und das Messer sauste auf meine Kehle zu. Ich wich aus wie eine Katze, drehte und krümmte mich, und die Klinge stieß an meinem Ohr vorbei in den Sand. In diesem Moment blickte er mir in die Augen, und wissend, was folgen würde, stellte sich ein tiefes Begreifen zwischen uns ein. Ich führte den tödlichen Hieb, und einen Moment lang hielt er meinen Blick fest und lächelte, dann hauchte er seinen letzten Atem aus, und seine Seele verließ ihn.

Noch lange danach saß ich still auf einem flachen Felsen am Rand des Wassers, tastete nach Empfindungen, versuchte den Menschen zurückzugewinnen, der ich gewesen war. Schließlich kniete ich mich neben seinen Leichnam. Ich berührte seine Hand, spürte mit den Fingern den Konturen der Haut und den Knochen nach. Er war noch warm und die Haut weich. Ich wusste, er war tot, und doch konnte ich es nicht begreifen. Ich zog die Hand zurück und sah sein Blut daran. Ich starrte es an. Dann führte ich es an die Lippen und schmeckte es auf der Zunge. Vom anderen Ende des Felsens sah mich eine Eidechse an und musterte mich mit starren Augen. Allmählich drangen Geräusche zu mir durch, und ich bemerkte, dass meine Kameraden nach mir riefen. Ich stand auf, nahm das Messer und ging.

Caecilius war in einem Schuppen eingesperrt, einem stinkenden Gemäuer mit Latrinengrube und Schweinekoben.

Er musste den Kampflärm gehört haben. Als sich dann männliche Stimmen näherten, glaubte er, wir kämen, um ihn zu töten, und fing hinter der verriegelten Tür an zu jammern, die Götter mögen sich seiner erbarmen.

Benommen vor Angst taumelte er hervor, noch in den teuren Kleidern, mit denen er entführt worden war. Schlamm und Kot klebten ihm in den Haaren und an dem feinen Wollstoff.

Wir setzten ihn auf einen Holzklotz und sagten ihm, alles sei wieder gut, er sei in Sicherheit und brauche sich nicht zu fürchten. Dabei murmelte er vor sich hin, schnappte ärgerlich nach den Fliegen, die ihn umsummten, und blinzelte ins Licht.

Die anderen, beschämt vom Anblick eines Mannes, der so viel Würde eingebüßt hatte, ließen ihn allein, damit er sich fassen konnte. Doch als ich mich ebenfalls abwandte, ergriff er meinen Arm und fragte: »Warum bist du hier?«

»Um dich zu holen, Herr, wie ich gesagt habe. Ich bin gekommen, um dich nach Hause zu bringen.«

»Sieh mich an! Sieh meine Kleider an!«

»Ich werde dir etwas Sauberes besorgen. Aber jetzt ruh dich aus. Du musst dich erst einmal fassen.«

Er glotzte mich an. Menexenos hatte mir die Wunden gereinigt, den tiefen Schnitt am Oberschenkel verbunden und mir geholfen, mich anzuziehen, denn mein Arm war steif geworden. Aber zweifellos bot ich einen furchterregenden Anblick.

»Was hast du getan?«, fuhr er mich scharf an und kam seinem gewöhnlichen Wesen näher.

»Ich hatte einen Kampf zu bestehen, aber der ist jetzt vorbei.«

»Hast du mein Geld gefunden? Da waren mindestens zehn Talente in einem Kästchen. Sei doch so gut und suche es für mich. Es muss hier irgendwo sein. Geh, geh schon, bevor es jemand wegnimmt. Man darf niemandem trauen, weißt du, und ich kann es mir nicht leisten, es zu verlieren.«

Ich sah ihn an und wandte dann den Blick ab. Mir wurde die Kehle eng. Eine namenlose Trauer überfiel mich, und der Drang zu weinen. Meine Wunden fingen an zu schmerzen. Ich fühlte mich verändert und fremd und verletzlich. In einem tiefen Winkel meines Herzens, wo der Spürsinn haust, hatte ich geglaubt, dass sich irgendwie die ganze Welt mit mir verändert haben müsste. Doch dieser eitle, törichte Mann, der fast sein Leben verloren hätte und eben noch die Götter angefleht hatte, ihn zu retten, war noch derselbe wie immer, sorgte sich um seine kleinlichen Belange, während ringsumher Blut und Tod war.

Er fing wieder an zu reden, aber ich hörte nicht mehr zu. Ohne ein weiteres Wort drehte ich mich um und ließ ihn allein. Hinter mir hörte ich ihn einen Katalog von Klagen herunterleiern, als wäre ich noch da.

Menexenos fand mich allein am Wasser sitzen. Er gesellte sich zu mir und schaute in die Ferne. Die Sonne ging unter. Die Luft war klar und frisch und lichtdurchflutet.

»Sie haben sein Geld gefunden«, sagte er. »Er ist dabei, es zu zählen. Es scheint ihm schon besser zu gehen.«

»Der ändert sich nie«, sagte ich.

»Niemand ändert sich, außer er will es. Erbärmlichen Männern bescheren die Götter erbärmliche Dinge. Das ist immer so.«

Ich lächelte, nahm eine Handvoll Sand auf und ließ ihn durch die Finger rinnen.

»Aber du hast dich verändert«, sagte er nach einer Pause.

Ich warf den Rest Sand weg. Die Körnchen zerstoben im Wind.

»Ja. Ich komme mir anders vor … leer, als wäre in mir etwas gestorben.«

»Du hast getötet, was getötet werden musste. Mars wusste das. Für alles muss man bezahlen, Marcus, und der Preis, den wir bezahlen, macht uns zu Menschen.«

Ich nickte und stieß einen Seufzer aus. Dann schauten wir schweigend in den Sonnenuntergang.

Nachbemerkung

Marcus und Menexenos sind erfundene Figuren. Titus ist die historische Gestalt Titus Quinctius Flaminius (229–174 v. Chr.), und die Geschichte spielt in der Zeit zwischen 207 und 196 v. Chr., als Titus zu Berühmtheit gelangte und Roms Kampf gegen Philipp anführte.

König Philipp ist Philipp V. von Makedonien (238–179 v. Chr.), der zu seiner Zeit, wie in dem Roman geschildert, Griechenland beherrschte. Er ist nicht zu verwechseln mit dem noch berühmteren Philipp II. von Makedonien (382–336 v. Chr.), dem Vater von Alexander dem Großen.

Zur Zeit dieses Romans war das römische Territorium weitgehend auf Italien beschränkt. Das große Imperium gab es noch nicht. Es gab noch keinen Kaiser; die politische Ordnung war die einer Republik, die vom Senat und dem Volk regiert wurde und der zwei gewählte Konsuln vorstanden, welche das Amt gemeinschaftlich für ein Jahr innehatten. Der Aufstieg Philipps fiel zeitlich mit dem endgültigen Sieg Roms über seinen alten Feind Karthago zusammen. Die Karthager hätten, angeführt von Hannibal, Rom beinahe vernichtet. Viele Römer fürchteten, der Makedonier könnte ein zweiter Hannibal werden, und waren nicht bereit zu warten, bis vielleicht auch das makedonische Heer eines Tages vor den Toren der Stadt stand. Es ist strittig, ob Philipp tatsächlich solch eine Bedrohung darstellte. Jedenfalls war er großspurig, gefährlich und unberechenbar, und es hatte sich herausgestellt, dass er Karthago gegen Rom unterstützte.

In diesem Abschnitt der römischen Geschichte bahnten sich zwei bedeutende Veränderungen an: Erstens wuchs das Interesse an der griechischen Kultur, während griechische Lehrer und Künstler und ihr Gedankengut in ganz Italien Einzug hielten. Zweitens gelangte um diese Zeit die Schicht der Kaufleute zu gesellschaftlichem Aufstieg, nutzte Roms wachsende politische Vorherrschaft und die damit einhergehenden geschäftlichen Möglichkeiten. Im Roman werden die Spannungen zwischen Altem und Neuem anhand der Beziehung zwischen Marcus und seinem Stiefvater sowie zwischen Titus und seinem Vater dargestellt.

Titus war ein Philhellene, ein Griechenfreund; er liebte die griechische Kultur, und seine Zeit in der einst griechischen Stadt Tarent ist historisch belegt. Es gibt keinen Grund anzunehmen, dass sein Wunsch, Griechenland zu befreien, nicht echt gewesen ist, es sei denn, man sucht hinter jedem edlen Motiv nach niedrigen Beweggründen.

Lucius, Titus' Bruder, ist ebenfalls eine historische Figur, und in den Quellen wird berichtet, dass er wegen zügellosen Verhaltens aus dem Senat ausgeschlossen wurde. Die Quellen erwähnen auch seinen jugendlichen Liebhaber, wenn auch der Name nicht genannt wird. Er scheint ebenso ungezügelt gewesen zu sein.

Auch Dikaiarchos hat es wirklich gegeben, aber zu Zwecken des Romans habe ich seinen Charakter mit dem einer anderen historischen Person, nämlich Demetrios von Pharos, vermengt.

Es sollte vielleicht noch angemerkt werden, dass in der antiken Welt Bisexualität allgegenwärtig war und in den historischen Quellen hinlänglich bezeugt ist. Sie war für sich genommen kein Gegenstand der Kritik, und das blieb so bis zum Ende der klassischen Periode, als die Kirche bei ihrer politischen Machtentfaltung der Gesellschaft ihren einförmigen Entwurf der menschlichen Beziehungen aufzwang.